名赋百篇评注

全注·全评

国学

张崇琛 ◎ 编著

陕西新华出版传媒集团·三秦出版社

图书在版编目（CIP）数据

名赋百篇评注 / 张崇琛编著. —2版. —西安：三秦出版社，2003.07（2022.5重印）

（传统文化经典读本）

ISBN 978-7-80546-908-9

Ⅰ. 名… Ⅱ. 张… Ⅲ. 赋-作品集-中国-中代-注释 Ⅳ. I222.4

中国版本图书馆 CIP 数据核字（2003）第 042910 号

传统文化经典读本
名赋百篇评注

张崇琛　编著

出版发行	陕西新华出版传媒集团　三秦出版社
社　　址	西安市雁塔区曲江新区登高路 1388 号
电　　话	（029）81205236
邮政编码	710061
印　　刷	北京华强印刷有限公司
开　　本	710mm×1000mm　1/16
印　　张	25.5
字　　数	330 千字
版　　次	2003 年 7 月第 2 版 2022 年 5 月第 2 次印刷
标准书号	ISBN 978-7-80546-908-9
定　　价	68.00 元

洛神

其形也，翩若惊鸿，婉若游龙。仿佛兮若轻云之蔽月，飘摇兮若流风之回雪。肩若削成，腰如约素。柔情绰态，媚于语言。

——曹植《洛神赋》

总　　序

　　中国是举世闻名的文明古国，其光辉灿烂的传统文化，已成为整个人类共同的精神财富。随着时代的进步，随着探索自然、认知社会的触角不断深入，人们比以往任何时候都迫切需要发掘传统文化宝藏，汲取更多的智慧和精神力量，来进行自我完善、自我提高，从而获取成功。于是许多人都不约而同地把目光投向那些历尽风雨淘洗的传世经典，吟之诵之，含英咀华。他们意识到，不了解唐诗宋词，没读过孔孟老庄，其麻烦不仅仅是难以达到辩才无碍的境地或获得博学多识的美誉，而且会在工作、学习及社会生活的许多方面遭遇尴尬。反之，熟知经典，以古为镜，以古为师，必定会在全新意义上的修身、齐家、治国平天下方面收到奇效。这方面例子很多，如国内某名牌高校从《易经》中提取"厚德载物"做为校训，培养了无数英才；日本企业家运用《孙子兵法》和《菜根谭》进行经营管理，屡创经济奇迹；某自然科学家要求弟子背诵《道德经》，作为攻克难关前的心理演练；某诺贝尔奖得主坦言，其所以能够历经磨难取得突破，全得益于《孟子》中的一句名言。近年来我国中小学实验教材不断加大古诗文比重以及高考试题频频"考古"，也是为了促进素质教育，培养一代新人。

　　传统文化经典很多，就存在一个轻重缓急和选择的问题，我们不赞成搞什么"百种必读"或"50种必读"，武断地制造一个封闭系统。我们认为中国传统文化经典宝库应当是开放的，其中异彩纷呈，玉蕴珠藏。所以我们推出这套《传统文化经典读本》丛书，第一批20种，只能说是向广大读者奉献的最基本的、应当最先了解的经典作品，包括《易经》、《论语》、《孟子》、《道德经》、《庄子》、《孙子兵法》、《幼学琼林》、《唐诗三百首》、《宋词三百首》、《元曲三百首》等。我们还将根据情况陆续推出第二辑、第三辑。值得说明的是，我社自上个世纪80年代就开始致力于传统文化经典的整理普及，是最早出版白话类经典读本的出版社之一。此次推出的这批图书都是精选版本、精选作者，付出了艰苦努力完成的，内在质量上乘，曾作为我社品牌图书，经受了市场的检验，受到读者的广泛好评。为适应新的形势，更好满足读者的需求，我们对其进行了重新改造整合，使之在版式、装帧等方面更趋考究精美。同时也希望读者多提批评意见，以便进一步改进。

魏全瑞

2003年7月

前　言

赋是介乎诗和文之间的一种文体。赋在一段时间内虽不为人们所看重，然它与诗、文、词、曲一样，都是中国古代的重要文学样式。在中国古代文学发展的历史画卷中，赋体文学也曾有过它光辉灿烂的一页。

班固《汉书·艺文志》说："不歌而诵谓之赋。"刘勰《文心雕龙·诠赋》说："赋者，铺也，铺采摛文，体物写志也。"所谓"不歌而诵"，是言赋之语言形式；所谓"铺采摛文"，是言赋之表达方式；所谓"体物写志"，是言赋之思想内容。合言之，赋虽不像诗那样可以配乐歌唱，但也不像文那样毫无韵脚。它是一种语言大体整齐，押韵，并十分注意铺排华美的词句，通过细致入微地描绘事物以抒写情志的文体。

作为文学样式的赋，滥觞于先秦。班固《两都赋序》说："赋者，古诗之流也。"《文心雕龙·诠赋》说："赋也者，受命于诗人，拓宇于楚辞也。"所谓"受命"，即受名，亦即得名。所谓"拓宇"，即开拓疆界。可见，"赋"之名是从《诗经》的作者那里得来的，而它又经过楚辞的广泛运用而扩大了表现的领域。诗有六义，赋为其一，故班固、刘勰皆谓赋是由古诗演变而来。而对于《诗经》的"赋"，学界多认为是一种"敷陈其事而直言之"的表现手法。这种铺叙陈述的手法，由《诗经》的作者发其端，到了《楚辞》中便得到了进一步的发展。《楚辞》中的不少作品，都充分运用了铺排的写法，从而增大了容量，增强了表现力，故刘勰遂谓赋是"拓宇于楚辞也"。

　　对于赋的渊源，班固、刘勰都看到了《诗经》、《楚辞》的影响，这是很有道理的；但也仅是问题的一个方面。另一个不可忽视的方面，是赋还融进了先秦散文尤其是诸子散文的因素。章学诚《校雠通义·汉志诗赋第十五》说："古之赋家者流，原本《诗》、《骚》，出入战国诸子。假设问对，《庄》、《列》寓言之遗也；恢廓声势，苏、张纵横之体也；排比谐隐，韩非《储说》之属也；徵材聚事，《吕览》类辑之义也。"可以说，赋的假托问答、夸张声势、铺排议论、历举故事等，都是受了诸子散文的影响。而正是在《诗》、《骚》的基础上又增进了散文的特点，所以赋才由六义附庸而蔚成大国，并最终与诗划境，成为一种"述客主以首引，极声貌以穷文"的新文体。

　　最早以赋名篇的是荀子的《赋篇》和宋玉的《风赋》等。荀、宋一北一南，又恰恰代表了初期赋的两种不同风格。荀况原本赵人，曾游学于齐，后虽仕于楚，然其任职的兰陵，从地域上看仍是北方。北方是《三百篇》的渊薮，又是诸子荟萃之地，故尔其赋也就表现出较多的《诗经》和诸子的影响，文风简朴而质实。现存荀子《赋篇》中共有5篇小赋，即《礼》、《智》、《云》、《蚕》、《箴》，皆以四言韵语为主，并杂有散文形式，用隐语暗示一种抽象的或具体的事物，篇末点明题旨。荀赋虽较少文采，然其对具体事物的极力铺张刻画，以及主客问答，韵散间出的特点，多为此后的赋家所继承。至于后世的咏物赋及说理赋，也可以说是由荀子的《赋篇》开其先河。

　　宋玉赋的典雅、华美而富文采，则是更多地接受了楚辞的影响。宋玉在文学史上向与屈原并称，然对其作品，则除《九辩》一篇外，其余似乎都有争议。《文选》所收宋玉《风赋》、《高唐赋》、《神女赋》、《登徒子好色赋》、《对楚王问》等5篇，于汉魏晋、南北朝时期即曾传世，并为当时的文人所熟悉和引用，且唐以前也不曾被人怀疑，我们有理由相信其不伪；《古文苑》所列《小言赋》、《大言赋》，其格式、体制与1972年山东临沂银雀山西汉早期墓葬出土的《唐勒》赋残篇十分相近，亦可信为是宋玉之作；至于《古文苑》所收的《钓赋》、《讽赋》，虽自明、清以来一直被认为是伪作，但也都嫌证据不足。宋玉赋中铺陈手法的成功运用，奇异的想象，极度的夸张，以及对人物形象（尤其是女性形象）与心理的细致入微的刻画，不但标志着赋作为一种文体的进一步成熟，并且也为此后的许多赋家所仿效。

赋出现后，与其他文学样式一样，也经历了一个发展演变的过程。大致说来，赋繁荣于两汉，变化丰富于魏晋至唐，延续于宋、元、明、清，而汉赋、俳赋、律赋、文赋便是其嬗变的主要轨迹。

汉赋是两汉400年间文学的主要形式，在汉代发展并臻于极盛。正如王国维所说："凡一代有一代之文学，楚之骚、汉之赋、六朝之骈语、唐之诗、宋之词、元之曲，皆所谓一代之文学，而后世莫能继焉者也。"（《宋元戏曲史序》）仅《汉书·艺文志》所著录的汉赋即达900余篇，作者60余人。班固《两都赋序》所谓"奏御者千有余篇"，并非夸张。

赋在汉代的空前繁荣，除了其文体本身发展的原因外，也当与汉帝国的强盛、统治者的好尚及考赋取士的制度有关。纵观汉赋的发展，又大致可以分为三个阶段。一是形成期，即自汉初到武帝初约六七十年间。当时的赋家，主要是追随楚辞的传统，他们的作品也被后人称为"骚体赋"。贾谊的《吊屈原赋》、《鵩鸟赋》，淮南小山的《招隐士》，以及枚乘的《七发》，是这一时期的代表作。而后者更被认为是汉赋正式形成的第一篇作品。二是全盛期，即自武帝初年至东汉中叶约200余年时间。这一时期的作家作品最多，特别是武、宣时代，汉赋达于鼎盛。其时的作家除号称"四大赋家"的司马相如、扬雄、班固、张衡外，还有东方朔、王褒、严助、枚皋、朱买臣，吾丘寿王等人。他们的作品多是"润色鸿业"、"劝百讽一"极铺张之能事的散体大赋；而司马相如的《子虚》、《上林》二赋实标志着汉赋兴盛期的到来，并奠定了大赋铺张扬厉的固定体制。三是转变期，即自顺帝以至汉末的百余年间。这时期的创作虽亦间有大赋出现，然多是讽刺时世、抒情言志的小赋。像赵壹的《刺世疾邪赋》、蔡邕的《述行赋》、祢衡的《鹦鹉赋》等，便是其中的佳作。

  对于汉赋的评价，曾有过很长一段时间的争论。不少研究者斥其为"宫廷文学"、"堆砌词藻"、"呆板"、"幼稚"，这是不公正的。汉赋尤其是汉大赋，不但表现了汉帝国的强大声威和宏伟气魄，有助于我们认识强盛期的封建社会和发扬民族自信心，有助于我们理解汉代的政治、经济、民俗、史地和汉人"以大为美"的审美意识；而且，它对文学题材的多方面开拓，对文学表现艺术的新的探索，及其创作的广泛性、专业化，都为文学的独立于经学和继续发展做出了贡献。历代的文学选集往往将汉赋列于卷首，不是没有道理的。当然，与其他时代的文学一样，汉赋也存在着明显的缺点，例如曾被扬雄视为"童子雕虫篆刻"的某些笨拙描写，以及许多不必要的名物和形象词的堆砌便是。

　　魏晋时期的赋,虽有些仍沿袭了汉大赋的遗风,如左思的《三都赋》、木华的《海赋》等,但多数却已经表现出一些新的变化和特色。首先是抒情赋的空前发达。这与魏晋时期抒情诗和抒情文的兴盛一样,都是时代精神的反映。其时,随着人性的解放和文学自觉时代的到来,赋作也在力求反映人的各方面的思想感情,诸如爱情、离愁、悼亡、送别、登临、归隐、咏物等方面的内容,都在赋中大量出现了。像王粲的《登楼赋》、曹植的《洛神赋》、向秀的《思旧赋》、孙绰的《游天台山赋》、陶渊明的《闲情赋》等,便是这方面的代表作。其次是出现了一些揭露社会的讽刺赋,如曹植的《蝙蝠赋》,阮籍的《猕猴赋》、《大人先生传》,鲁褒的《钱神论》,左思的《白发赋》等,也多能切中当时社会的弊病,并注意将讽刺之意渗透到客观事物的描绘之中。再次,从体制上看,清新质朴的短篇小赋占了主导地位。像上面所列举的不少作品,篇幅都不长。再如曹植的《登台赋》、《感节赋》,张华的《归田赋》,潘岳的《怀旧赋》,傅咸的《申怀赋》,陆机的《应嘉赋》,夏侯湛的《秋夕哀》等,也都是些简短、活泼的小赋。写短赋是由新的题材和内容所决定的,同时也是汉末以来的一种风气。

　　晋以后的六朝时期,随着诗、文创作的日渐讲究声律,赋也更加注意句式的整齐和声韵的和谐。于是,以骈偶对仗、四六排比,用典用事为特征的俳赋即骈体赋日渐兴盛起来。正如孙梅《四六丛话》所说:"左、陆以下,渐趋整练,益事妍华,古赋一变而为骈赋。"就反映社会生活的面来说,骈赋较汉赋更开阔,而且也涌现出不少文笔优美、骈而不滞的佳作。如鲍照的《芜城赋》,江淹的

《恨》、《别》二赋，庾信的《哀江南赋》、《小园赋》等。可以说，骈赋由陆机、左思发为先声，中经鲍照、江淹的发展，最后由庾信集其大成。但骈赋发展到南朝末期，内容已越来越空乏，并出现了一批艳冶轻浮的作品。例如沈约和齐梁时期宫廷作家的一些赋中，便存在这样的缺点。近人对此常加非难，但那已是俳赋的末流，代表不了整个俳赋的成就。

总起来看，魏晋南北朝时期的赋在艺术表现手法上，实较汉赋有了长足的进步。无论体物还是写志，作家们已不满足于大肆的铺张和简单的名物罗列，他们开始追求生动传神的形象描写，采用多种多样的修辞手法，以创造情、景交融的意境，并增进词采与音律的美。

唐代前期，俳赋仍在流行。但一些优秀作者已在力求克服齐梁靡丽之习，而增加清新、刚劲的韵致和气势。像王勃的《青苔赋》、《涧底寒松赋》，徐彦伯的《登长城赋》，卢照邻的《狱中学骚体》即是。唐中叶以后，律赋开始形成。实际上，律赋是俳赋骈偶特点的极端化，即在俳赋对仗工整、声律谐和的基础上，又加以严格的押韵限制。这是一种适应科举考试需要的试体赋。律赋的写作，除命题作赋外，又限定八个韵脚，一般不得超过400字，局限性极大。所以，律赋虽是现存唐赋中最多的一体，但由于它是士子们求名干禄的工具，其在文学上的成就并不高。到了晚唐，有些作家跳出了科举的藩篱，使律赋在题材和主题方面发生了变化，这才出现了一些可喜之作。像王棨的《秋夜七里滩闻渔歌赋》、《凉风赋》，周钅卜的《海门山赋》、《登吴岳赋》等，都可以说是开拓了律赋创作的新领域。

中唐以后，随着古文运动的兴起，赋的散文因素增加，文赋也出现了。文赋突破了俳赋骈偶对仗的限制，句式参差错落，押韵也比较自由，先后涌现出不少自然流畅、情真意切的作品。像李华的《吊古战场文》、韩愈的《进学解》、杜牧的《阿房宫赋》等，都是比较典型的文赋。文赋多用白描的手法和平易清新的语言去抒情、议论和创造鲜明的意境。这不但是赋体语言的一次革新，也带来了赋的艺术表现手法的一些变化。

律赋、文赋之外，唐代还出现了一些用接近口语的通俗语言所写成的俗赋。这是清末从敦煌石室中发现的。如本书所选的《㜵䶉新妇文》即是。这些赋主要流行于下层社会，不少都充满着生活气息，并曾用于说唱，对宋元话本的形成有着某种影响。

除了体式的多样化以外，唐赋在反映社会生活的深度和艺术技巧的进步方面，也很值得注意。唐代不少赋家都能注意社会问题和普通人的生活及思想感情，写出深刻、辛辣的讽刺赋。像柳宗元的《骂尸虫文》、《哀溺文》，李商隐的《虱赋》，陆龟蒙的《蚕赋》，罗隐的《后雪赋》等即其代表。再如柳宗元的《瓶赋》、《牛赋》，杜牧的《阿房宫赋》，皮日休的《桃花赋》，孙樵的《大明宫赋》等，虽非典型的讽刺赋，但也都是十分贴近生活的。至于唐赋艺术构思之巧妙多变和艺术风格的多样化，以及融抒情、议论、描写于一体的表现手法，更对唐以后的赋体文学产生了直接的影响。

唐以后的宋、元、明、清各代，赋的体式没有多大变化，但在题材、风格及表现手法等方面，还是有超越前人之处的。宋赋较之唐赋，语言更为平易、优美，景、情、理的结合也更加自然。我们只须细读欧阳修的《秋声赋》和苏轼的前、后《赤壁赋》便可以体

7

会到宋赋的这种特有韵致。此外，宋赋中还有一些揭露苛政和描写反侵略战争的作品。前者如王禹偁的《吊税人场文》，后者如杨万里的《海䲡赋》，都可以说是对赋的题材的开拓。金、元存赋不多，往往被人忽略，但其中也有一些佳作。像本书所收元好问的《秋望赋》、郝经的《怒雨赋》、杨维桢的《些马赋》，便很值得一读。明赋情形比较驳杂。大致说来，前期以和平淡雅为正宗，但不能十分贴切生活，显得生气不足；后期则由于社会及学术思想的变化，尤其是资本主义生产方式的萌芽及民主思想的增长，也产生了不少反映现实、抨击时政的优秀之作。如徐献忠《布赋》之写江南织户的痛苦与朝廷弊政，陆深《瑞麦赋》之写天灾暴吏给人民带来的灾难，何景明《东门赋》之写饥民的悲惨命运，都是非常深刻的。总的说来，明赋在艺术上特别精美的不多，更缺少与前代相抗衡的大家。

　　明末清初，随着民族矛盾和阶级矛盾的尖锐以及文学思潮的高涨，赋又一度繁兴，其中颇不乏成就突出的作家。夏完淳、黄宗羲、王夫之、蒲松龄便是代表。夏完淳少年时代即参加抗清，死时年仅17岁。他以血泪般的语言写成的长赋《大哀赋》，从明朝的由盛而衰一直叙述到作者的抗清斗争，饱含了深挚的爱国情感，可以追攀庾信的《哀江南赋》。王夫之的《袚禊赋》，乃拒绝为吴三桂写劝进表而作，篇幅虽短，但运用了反衬和隐喻的手法，寓意深刻，感情蕴藉，算得上是清赋中的上品。他的一些咏物赋如《练鹊赋》、《雪赋》、《霜赋》、《孤鸿赋》等，也都能表现出自己独特的艺术风格。黄宗羲的《避地赋》是一篇带自叙性的作品，其反映历史面貌不及夏完淳《大哀》的深广，但生动、明畅，别有一种清俊之气。他的《雁来红赋》，借花草以阐明自己的人生见解和处世态度，也是不可多得的佳作。至于蒲松龄的赋，则不但题材广泛，而且多能贴近生活，文辞也很生动活泼，读后常令人忍俊不禁。如《煎饼赋》之借写煎饼以反映民间疾苦，《绰然堂会食赋》之写私塾先生与学童进食的情状，皆寓庄于谐，洋溢着浓厚的生活情趣。可以说，在利用赋体来表现普通人的日常生活以及赋的雅俗共赏方面，蒲松龄又向前迈进了一大步。

清代中后期，赋的成就虽比不上前期，但也有一批值得注意的作品。像袁枚的《秋兰赋》，汪中的《哀盐船文》、《经旧苑吊马守贞文》，张惠言的《望江南花赋》，龚自珍的《哀忍之华赋》，章太炎的《哀山东赋》，都继承了前代赋的优良传统，并使赋这一特殊的文体得以延续下来。尤其是太炎先生，不但常借赋以写时事，而且竟成了近代史上的最后一位赋家。

"五四"之后，由于语体文代替了文言文，赋作为一种文体已很少被人运用。但赋的许多表现手法，如设为问答、驰骋想象、纵横铺陈、大胆夸张、委婉抒情，乃至词句的整练对偶，语言的优美动听等等，却仍在今日的文学创作中被人们借鉴着，甚至我们从某些优美的散文中也还可以看到古代抒情小赋的影子。我们不能轻易地丢弃这份文学遗产，更无法割断古代文学与现当代文学的联系。这也正是我们编选此书之主要目的。

关于此书的编写，也还有几点需要在这里加以说明。由于是选本，字数又有限制，所以我们在注意了思想内容和艺术价值的同时，便尽可能选取那些短小精粹的作品，大赋仅选了不多的几篇。而且，为了让读者能够了解中国赋的概况和发展脉络，对于不同时代、不同体式的作品，也尽可能地顾及到。当然，为了避免与其他选本重复，我们也有意地调整了一些篇目。"注"的部分，尽量做到简明、准确，不枝不蔓；而"评"的部分，则在吸收前人研究成果的基础上，随时提出自己的见解。总之，我们的目的是想为读者提供一种比较理想的可读性较强的读本。由于水平所限，不足和错误之处在所难免，敬请专家和广大读者不吝赐教。

张崇琛

1993 年 7 月

目　录

赋篇……………………………………荀　况（ 1 ）
风赋……………………………………宋　玉（ 7 ）
高唐赋并序……………………………宋　玉（ 10 ）
神女赋并序……………………………宋　玉（ 16 ）
登徒子好色赋…………………………宋　玉（ 21 ）
对楚王问………………………………宋　玉（ 25 ）
吊屈原赋………………………………贾　谊（ 27 ）
鹏鸟赋…………………………………贾　谊（ 30 ）
七发……………………………………枚　乘（ 34 ）
哀秦二世赋……………………………司马相如（ 48 ）
长门赋…………………………………司马相如（ 50 ）
悼李夫人赋……………………………刘　彻（ 55 ）
答客难…………………………………东方朔（ 58 ）
士不遇赋………………………………董仲舒（ 64 ）
洞箫赋…………………………………王　褒（ 68 ）
逐贫赋…………………………………扬　雄（ 76 ）
遂初赋…………………………………刘　歆（ 81 ）
北征赋…………………………………班　彪（ 90 ）
竹扇赋…………………………………班　固（ 95 ）
舞赋并序………………………………傅　毅（ 97 ）
归田赋…………………………………张　衡（ 105 ）
围棋赋…………………………………马　融（ 108 ）

1

刺世疾邪赋	赵 壹	(111)
述行赋并序	蔡 邕	(115)
鹦鹉赋	祢 衡	(121)
登楼赋	王 粲	(125)
洛神赋并序	曹 植	(129)
猕猴赋	阮 籍	(136)
思旧赋并序	向 秀	(140)
啸赋	成公绥	(143)
鹪鹩赋并序	张 华	(149)
秋兴赋并序	潘 岳	(153)
叹逝赋并序	陆 机	(158)
游天台山赋并序	孙 绰	(163)
闲情赋并序	陶渊明	(170)
雪赋	谢惠连	(175)
芜城赋	鲍 照	(181)
月赋	谢 庄	(185)
恨赋	江 淹	(190)
高松赋	谢 朓	(194)
鸳鸯赋	徐 陵	(198)
采莲赋	萧 绎	(200)
冬草赋	萧子晖	(202)
小园赋	庾 信	(204)
对蜀父老问	卢照邻	(215)
青苔赋并序	王 勃	(221)
登长城赋	徐 洪	(223)
吊轵道赋并序	王昌龄	(228)

惜余春赋	李　白（231）
伐樱桃赋并序	萧颖士（233）
雕赋	杜　甫（236）
吊古战场文	李　华（241）
闵岭中	元　结（244）
进学解	韩　愈（246）
牛赋	柳宗元（250）
牡丹赋并序	舒元舆（252）
大孤山赋并序	李德裕（255）
阿房宫赋	杜　牧（257）
虱赋	李商隐（260）
大明宫赋	孙　樵（261）
杞菊赋并序	陆龟蒙（265）
秋夜七里滩闻渔歌赋	王　棨（267）
虮蚼书	佚　名（269）
吊税人场文并序	王禹偁（272）
松江秋泛赋	叶清臣（275）
秋声赋	欧阳修（279）
灵物赋	司马光（282）
思归赋	王安石（284）
前赤壁赋	苏　轼（286）
后赤壁赋	苏　轼（290）
黄楼赋并序	秦　观（293）
鸣鸡赋	张　耒（296）
飓风赋	苏　过（298）
打马赋	李清照（301）

南征赋	李　纲（306）
觉心画山水赋	陈与义（308）
丰城剑赋	陆　游（311）
望海亭赋并序	范成大（314）
海䲡赋并后序	杨万里（319）
独醒赋	刘　过（323）
秋望赋	元好问（327）
怒雨赋	郝　经（331）
些马赋	杨维桢（335）
吊诸葛武侯赋	刘　基（338）
见南轩赋	李东阳（341）
东门赋	何景明（344）
戎旅赋	杨　慎（346）
梧桐落叶赋	靳学颜（351）
梅桂双清赋	徐　渭（355）
铜马湖赋	汤显祖（358）
临兰皋赋	徐　媛（361）
雁来红赋	黄宗羲（365）
祓禊赋	王夫之（368）
铜雀瓦赋	陈维崧（370）
游五莲山赋	张　侗（373）
绰然堂会食赋并序	蒲松龄（375）
秋兰赋	袁　枚（378）
经旧苑吊马守贞文	汪　中（381）
望江南花赋并序	张惠言（383）
哀山东赋	章炳麟（386）

赋　篇

荀　况

【作者简介】

荀况（前313？－前238？）又称荀卿、孙卿，战国末期赵国人。50岁时游学于齐，曾三为祭酒。后入楚，任兰陵令。晚年被废，家居兰陵。著有《荀子》一书，今存32篇。其中的《赋篇》是最早以"赋"名篇的作品。包括《礼》、《知》、《云》、《蚕》、《箴》5篇小赋。

礼

爰有大物[1]，非丝非帛，文理成章[2]；非日非月，为天下明。生者以寿[3]，死者以葬；城郭以固[4]，三军以强。粹而王[5]，驳而伯[6]，无一焉而亡[7]。愚臣不识，敢请之王[8]？

王曰："此夫文而不采者与[9]？简然易知而致有理者与[10]？君子所敬而小人所不者与[11]？性不得则若禽兽[12]，性得之则甚雅似者与[13]？匹夫隆之则为圣人[14]，诸侯隆之则一四海者与[15]？致明而约[16]，甚顺而体[17]，请归之礼。"

【注释】

[1]爰：发语词。大物：指礼。[2]章：丝织品的经纬文理。[3]寿：长寿。[4]郭：外城。[5]粹：专一。此句言守礼纯粹专一而可以为王。[6]驳：杂，不专一。此句言守礼即使驳杂不专一也可以为侯伯。[7]无一：一点也不遵行。[8]敢：敬词。请：请教。[9]文而不采：有纹理而没有色彩。文，通"纹"。采，通"彩"。[10]简：简明。致：同"至"，极。[11]不：同"否"。[12]性：本性。此句

言人的本性不能获得他就会像禽兽一样。[13]雅：正。似：近似，接近。[14]匹夫：一般的人。隆：尊崇。[15]一四海：统一四海。一，统一。四海，指天下。[16]致明而约：极明确而简约。[17]甚顺而体：很顺乎自然而能身体力行。

知

皇天隆物[1]，以示下民[2]。或厚或薄，常不齐均[3]。桀纣以乱[4]，汤武以贤[5]。湣湣淑淑[6]，皇皇穆穆[7]。周流四海，曾不崇日[8]。君子以修[9]，跖以穿室[10]。大参乎天[11]，精微而无形。行义以正，事业以成。可以禁暴足穷[12]，百姓待之而后宁泰[13]。臣愚不识，愿问其名。

曰："此夫安宽平而危险隘者邪[14]？修洁之为亲[15]，而杂污之为狄者邪[16]？甚深藏而外胜敌者邪？法禹舜而能弇迹者邪[17]？行为动静，待之而后适者邪[18]？血气之精也，志意之荣也[19]。百姓待之而后宁也，天下待之而后平也。明达纯粹而无疵[20]，夫是之谓君子之知。"

【注释】

[1]皇天：上天。皇，大。隆：使生长。[2]以示下民：施加给下民。[3]常不齐均：常常不能等同均匀。[4]桀纣以乱：夏桀纣王恃此以昏乱。[5]汤武以贤：商汤、周武因此而贤能。[6]湣(hūn)：同"惛惛"，昏乱的样子。淑淑：美好的样子。[7]皇皇：即"惶惶"，心神不宁的样子。穆穆：美好和畅的样子。以上两句皆言智慧的不同作用。[8]曾：竟。崇：终。此句言智慧流行天下，一天也不停顿。[9]修：修身。[10]跖：盗跖。古代传说中的大盗。穿室：穿墙入室。[11]参：比，并。[12]禁暴足穷：禁止强暴，使贫穷富足。[13]待：依靠。宁泰：当做"泰宁"，即安宁、康察。[14]安宽平：知宽平之为安？危险隘：知险隘之为危。[15]修洁之为亲：亲近修洁的人。[16]杂污之为狄：疏远杂污的人。杂污，品行驳杂、污秽。狄，

2

通"迭"，疏远。[17] 法：效法。禹、舜：皆为传说中的古帝王。弇（yǎn）承袭。[18] 待：依靠。适：恰当。[19] 精：精华。荣：花朵。[20] 疵：小毛病。

云

有物于此，居则周静致下[1]，动则綦高以钜[2]。圆者中规[3]，方者中矩[4]。大参天地，德厚尧禹[5]。精微乎毫毛。而大盈乎大宇[6]。忽兮其极之远也，攭兮其相逐而反也[7]，卬卬兮天下之咸蹇也[8]。德厚而不捐[9]，五采备而成文[10]。往来惛惫[11]，通于大神[12]；出入甚极[13]，莫知其门[14]。天下失之则灭，得之则存。弟子不敏[15]，此之愿陈[16]。君子设辞，请测意之[17]。

曰："此夫大而不塞者与[18]？充盈大宇而不窕[19]，入郄穴而不偪者与[20]？行远疾速而不可托讯者与[21]？往来惛惫而不可为固塞者与[22]？暴至杀伤而不亿忌者与[23]？功被天下而不私置者与[24]？托地而游宇[25]，友风而子雨[26]。冬日作寒，夏日作暑。广大精神，请归之云。"

【注释】

[1] 周静致下：弥漫在地面。周：周密。致：处于。[2] 綦（qí）：极。钜：大。此二句言云变化时的形状。[3] 规：画圆的工具。[4] 矩：画方的工具。[5] 德厚尧禹：恩德厚于尧禹。因为云可以致雨，并育化万物，故云。[6] 盈：满。大宇：宇宙空间。[7] 攭（lì）：分散。反：通"返"，还。[8] 卬（áng）卬：向上而高的样子。咸：皆。蹇（jiǎn）：艰难。云高去而不下雨。故天下皆艰难也。[9] 捐：捐弃。此句言云对万物无所捐弃，并皆泽被之。[10] 文：文彩。[11] 惛惫：幽暗，晦暝。[12] 通于大神：言其变化莫测也。[13] 极：通"亟"，疾迅。[14] 门：门径。以上两句言云往来迅疾，无人知道它出入的门径。[15] 敏：聪敏。[16] 陈：陈说。[17] 意：猜度。[18] 塞：堵塞。此句言云块

虽大而不堵塞。[19]不窕(tiǎo)：没有空隙。窕：有间隙。[20]郤(xì)：缝隙。偪(bì)：狭窄。[21]此句言云为虚物，行虽远且迅速，但不可以托寄书信。讯：书信。[22]固塞：坚固的要塞。[23]暴至杀伤：指雷霆震怒，风狂雨骤，而杀伤万物。亿忌：怀疑、顾忌。亿读作"意"，疑。[24]此句言天下共享其功而云不偏颇。不私置：无所偏颇，一视同仁。[25]托地而游宇：托身在大地而浮游于天宇。[26]友风而子雨：以风为友，以雨为子。云从风而来，故曰"友风"；雨从云间下，故曰"子雨"。

蚕

有物于此，裸裸兮其状[1]，屡化如神[2]。功被天下，为万世文[3]。礼乐以成，贵贱以分[4]。养老长幼，待之而后存。名号不美，与暴为邻[5]。功立而身废，事成而家败[6]。弃其耆老[7]，收其后世[8]。人属所利[9]，飞鸟所害。臣愚而不识，请占之五泰[10]。五泰占之，曰：

"此夫身女好而头马首者与[11]？屡化而不寿者与[12]？善壮而拙老者与[13]？有父母而无牝牡者与[14]？冬伏而夏游[15]，食桑而吐丝，前乱而后治[16]。夏生而恶暑[17]，喜湿而恶雨[18]。蛹以为母，蛾以为父。三俯三起[19]，事乃大已[20]。夫是之谓蚕理。"

【注释】

[1]裸裸：没有毛羽的样子。[2]屡化：多次变化，指蚕在成长过程中要多次地脱皮。[3]文：纹饰。此指蚕丝可以织成衣物，作为人身上的纹饰。[4]以上两句：言蚕丝可被用来织成不同的服饰，并以之区别人的等级贵贱，促成礼乐教化的实施。[5]"蚕"、"残"声近，"残"、"暴"义近，故云"名号不美，与暴为邻"。[6]以上两句：茧成而蚕被杀，故曰身废；丝抽完则茧亦尽，故曰家败。[7]耆老：指蚕蛾。[8]后世：指蚕卵。[9]属(zhǔ)：关心，专注。利：好处。[10]

五泰：神巫的名字。[11]女好：柔弱美好。[12]不寿：不长寿。[13]善壮而拙老：壮龄得到善养，而年老则不被人关心。壮：指蚕虫。老：指蚕蛾。[14]此句言：蚕虽有父母，然当其为蚕虫时却无雌雄之别。[15]冬伏：蚕冬天则伏藏在卵中。夏游：蚕在夏天则孵化而出。[16]前乱后治：谓茧乱而丝治。治：有条理。[17]夏生：生长于夏天。恶（wù）：不喜欢。[18]"喜湿"句：言蚕种必用水洗，而蚕生之后必须干燥。[19]俯：卧而不食，指蚕眠。蚕在生长过程中共眠三次。[20]事乃大已：指蚕化成茧。已，毕。

箴

有物于此，生于山阜[1]，处于室堂。无知无巧[2]，善治衣裳。不盗不窃，穿窬而行[3]。日夜合离[4]，以成文章[5]。以能合从，又善连衡[6]。下覆百姓[7]，上饰帝王。功业甚博，不见贤良[8]。时用则存，不用则亡。臣愚不识，敢请之王。

王曰："此夫始生钜其成功之小者邪[9]？长其尾而锐其剽者邪[10]？头铦达而尾赵缭者邪[11]？一往一来，结尾以为事[12]。无羽无翼，反覆甚极[13]。尾生而事起，尾遭而事已[14]。簪以为父[15]，管以为母[16]，既以缝表[17]，又以连里[18]。夫是之谓箴理[19]。"

【注释】

[1]阜：土山。此句因铁出山中，故云。[2]知：同"智"。[3]穿窬（yú）：穿洞。窬，同"窦"，穴洞。指针在缝衣服时要穿过布料而行。[4]合：缝合。离：指离散的布片。[5]文章：服饰上的花纹。[6]以上两句：合从，合纵，"从"通"纵"。连衡，连横，"衡"通"横"。合纵、连横是战国时诸侯之间所采取的两种或联合、或斗争的外交策略，此喻针能把布帛或纵或横地缝合在一起。[7]覆：覆盖，遮蔽。[8]见：同"现"，显示。[9]始生钜：指制针的钢铁。成功小：指制成的针。钜：通"巨"，大。[10]长其尾：指针的尾端连着长线。

剽（biǎo）：针尖。[11]铦（xiān）达：锋利，尖锐。赵（diào）缭：长的样子。赵："掉"的借字。掉缭，长貌。[12]结尾：在线的末端打个结。为事：做事，开始工作。[13]极：通"亟"，疾迅。[14]尾生：指穿线于针。尾遭：指把线回绕着打个结。遭（zhān）：回，转。事已：工作完成。[15]簪形似针而大，故曰"簪以为父"。簪，发簪。[16]管：用以装针的筒管。[17]表：衣之外表。[18]里：衣之内里。[19]箴：同"针"。

【评点】

荀子是最早以赋名篇的作家。而流传至今的荀子赋便只有上面5篇。其赋以四言韵语为主，并杂有散文形式，用隐语暗示一种抽象的或具体的事物，篇末点明题旨，从中可以看出初期赋的风貌。

荀子是孔子之后儒家学派的重要代表人物之一，又长期生活于北方，故其赋表现出较多的《诗经》和诸子散文的影响，态度严肃而冷峻，文风简朴而质实。与宋玉赋的典雅、华美而富文采不同。然荀赋对具体事物的极力铺张刻画，以及主客问答、韵散间出的特点，多为此后的赋家所继承。至于后世的咏物赋及说理赋，也可以说是由荀子的《赋篇》开其先河。

风　赋

宋　玉

【作者简介】

宋玉（前300？—前230？），战国时楚人。出身低微，曾为楚襄王侍从小臣。后遭奸佞谗害被黜职，从此穷困潦倒，抑郁终生。宋玉是继屈原之后楚国著名的文学家，他"好辞而以赋见称"，在促成"楚辞"向骚体赋的发展演化过程中曾起过关键性作用。其赋有《风赋》、《高唐赋》、《神女赋》、《登徒子好色赋》、《对楚王问》等。

楚襄王游于兰台之宫[1]，宋玉、景差侍[2]。有风飒然而至，王乃披襟而当之[3]，曰："快哉此风！寡人所与庶人共者邪[4]？"

宋玉对曰："此独大王之风耳，庶人安得而共之？"

王曰："夫风者，天地之气，溥畅而至[5]？不择贵贱高下而加焉。今子独以为寡人之风，岂有说乎[6]？"

宋玉对曰："臣闻于师：'枳句来巢[7]，空穴来风。'其所托者然[8]，则风气殊焉。"

王曰："夫风，始安生哉[9]？"

宋玉对曰："夫风，生于地，起于青𬞟之末[10]。侵淫溪谷[11]，盛怒于土囊之口[12]。缘泰山之阿[13]，舞于松柏之下。飘忽淜滂[14]，激飏熛怒[15]。耾耾雷声，回穴错迕[16]。蹶石伐木[17]，梢杀林莽[18]。至其将衰也，被丽披离[19]，冲孔动楗[20]。眴焕粲烂[21]，离散转移。故其清凉雄风，则飘举升降。乘凌高城，入于深宫。邸华叶而振气[22]，徘徊于桂椒之间，翱翔于激水之上。将击芙蓉之精[23]，猎蕙草，离秦蘅[24]；概新夷，被荑杨[25]；回穴冲陵[26]，萧条众芳。然后徜徉中庭，北上玉堂[27]；跻于罗帷[28]，终于洞房。乃得为大王之风也。故其风中人[29]，状直憯凄惏栗[30]，清凉增欷。清清泠泠，愈病析酲[31]。发明耳目，宁体便人。此所谓大王之雄风也。"

王曰："善哉论事！夫庶人之风，岂可闻乎？"

宋玉对曰："夫庶人之风，塕然起于穷巷之间[32]，堀堁扬尘[33]。勃郁烦冤[34]，冲孔袭门。动沙堁，吹死灰。骇溷浊，扬腐余。邪薄入瓮牖[35]，至于室庐。故其风中人，状直憞溷郁邑[36]，驱温致湿。中心惨怛[37]，生病造热。中唇为胗[38]，得目为蔑[39]。啖齰嗽获[40]，死生不卒[41]。此所谓庶人之雌风也。"

【注释】

[1]楚襄王：即楚顷襄王（前298—前263在位），名横，楚怀王之子。兰台之宫：楚宫苑名，遗址在今湖北省钟祥县境内。[2]景差（cuō）：楚大夫，与宋玉同时，以辞赋著称。[3]披：敞开。当：迎。[4]寡人：国君自称。邪，同"耶"。[5]溥（pǔ）：普遍。[6]说：说法。[7]枳：树名，似橘。句：即"勾"，弯曲。巢：筑巢。此句言枳树多勾曲，致使鸟来做巢。[8]托：依托。然：如此。[9]安：何处。[10]青蘋：水草名。末：末梢。[11]侵淫：逐渐而进。[12]土囊：大的洞穴。[13]缘：沿。泰山：大山。阿：山坳。[14]溯滂（píng pāng）：风激物之声。[15]飏：通"扬"。熛（biāo）怒：像怒火飞于空中。熛，火焰迸飞。[16]耾（hóng）耾：巨大的风声。雷声：言风声如雷。回穴：风回旋貌。错迕（wǔ）：交错相杂。[17]蹶：撼动。[18]梢杀：冲击，折断。[19]被丽披离：四散貌。[20]楗（jiàn）：门栓。此句言风微弱时，只能吹进洞穴，吹动门栓。[21]眴（xuàn）焕：耀眼，眴通"眩"。[22]邸：同"抵"，解动。华：同"花"。振气：散播香气。[23]芙蓉之精：芙蓉，即荷花。精，花。[24]猎：即躐，践踏。离：吹散。秦蘅：秦地所生的香草杜蘅。[25]

概：吹平。新夷：即辛夷，香木名。被：通"披"，分开。荑（tí）杨：初发新叶的杨树。荑，初生的叶芽。[26]冲陵：突击。[27]玉堂：宫殿。古代宫殿坐北向南，故称风人"玉堂"为"北上"。[28]跻（jī）：登上。罗帷：罗帐。[29]中（zhòng）：吹中。[30]直：简直是。憯（cǎn）凄惏栗：凄凉寒冷貌。憯，通"惨"。[31]泠（líng）泠：清凉。酲（chéng）：酒病。[32]塕（wěng）然：忽起貌。[33]堀堁（kū kè）：冲起尘土。堁，尘土。[34]勃郁烦冤：风回旋翻卷貌。[35]邪薄：斜迫。瓮牖（yǒu）：用瓦瓮做成的窗户。同"玉堂"相对。指庶人之居也。[36]憞（dùn）溷：烦乱。郁邑：忧闷。[37]中心惨怛：吹进心里会使人痛苦。[38]胗（zhěn）：口疮。此句言风吹到嘴唇上就会生口疮。[39]蔑：一种眼病。[40]啗（dàn）齰（zhà）嗽获：中风后口抖动的样子。啗，吃。齰，咬。嗽，吸、咂。获，通"嚄"，大叫。[41]死生不卒：或死或生，不能马上决定。即不死不活之意。卒，通"猝"，马上。

【评点】

此赋写下了风这种天气在经由山野进入人间之后，会分化成"大王之雄风"和"庶人之雌风"，从而阐明了"其所托者然，则风气殊焉"的道理，并揭示了楚王与庶民之间的贫富悬殊现象，借以讽谕统治者。这在赋史上便形成了一种讽谏的传统。在艺术上，《风赋》采用了铺张扬厉的笔法、君臣对话的形式和散中有整、韵散相间的句式，与荀赋一起奠定了后世赋体的体制。尤其是对风这一客观事物的生动描绘及其对比手法的成功运用，更显示了作者高超的艺术技巧。

宋玉与荀况一样，都是最早以赋名篇的作家。而荀、宋一北一南，又恰恰代表了初期赋的两种不同风格。由于宋赋深深植根于楚辞，所以不但风格典雅、华美而富文采，即其铺张的规模之大，想象的奇异，夸张的大胆，也都较荀赋更进一步，并对此后的汉赋产生了直接的影响。

高 唐 赋 并序

宋 玉

昔者楚襄王与宋玉游于云梦之台[1]。望高唐之观[2]，其上独有云气，崒兮直上[3]，忽兮改容[4]，须臾之间，变化无穷。王问玉曰："此何气也？"玉对曰："所谓朝云者也。"王曰："何谓朝云？"玉曰："昔者先王尝游高唐[5]，怠而昼寝，梦见一妇人曰：'妾巫山之女也[6]，为高唐之客。闻君游高唐，愿荐枕席[7]。'王因幸之。去而辞曰：'妾在巫山之阳，高丘之阻[8]；旦为朝云[9]，暮为行雨。朝朝暮暮，阳台之下[10]。'旦朝视之，如言。故为立庙，号曰'朝云'。"王曰："朝云始出，状若何也？"玉对曰："其始出也，晲兮若松榯[11]；其少进也，晰兮若姣姬[12]，扬袂障日而望所思[13]。忽兮改容，偈兮若驾驷马、建羽旗[14]。湫兮如风，凄兮如雨[15]；风止雨霁，云无处所。"王曰："寡人方今可以游乎？"玉曰："可。"王曰："其何如矣？"玉曰："高矣显矣，临望远矣[16]！广矣普矣[17]，乃物祖矣[18]！上属于天，下见于渊。珍怪奇伟，不可称论[19]。"王曰："试为寡人赋之。"玉曰："唯唯[20]。"

惟高唐之大体兮，殊无物类之可仪比[21]。巫山赫其无畴兮[22]，道互折而曾累[23]。登巉岩而下望兮[24]，临大阺之稸水[25]。遇天雨之新霁兮，观百谷之俱集。濞汹汹其无声兮，溃淡淡而并入[26]。滂洋洋而四施兮[27]，蓊湛湛而弗止[28]。长风至而波起兮，若丽山之孤亩[29]。势薄岸而相击兮，隘交引而却会[30]。崒中怒而特高兮，若浮海而望碣石[31]。砾磈磈而相摩兮[32]，巆震天之磕磕[33]。巨石溺溺之瀺灂兮[34]，沫潼潼而高厉[35]。水澹澹而盘纡兮,洪波淫淫之溶㵒[36]。奔扬踊而相击兮,云兴声之霈霈[37]。猛兽惊而跳骇兮,妄奔走而驰迈。虎豹豺兕[38],失气恐喙[39]。雕鹗鹰鹞[40],飞扬伏窜。股战胁息[41],安敢妄挚[42]。于是水虫尽暴[43],乘渚之阳[44],鼋鼍鳣鲔[45],交积纵横。振鳞奋翼,蜲蜲蜿蜿[46]。

中阪遥望[47],玄木冬荣[48]。煌煌荧荧[49],夺人目精。烂兮若列星,曾不可殚形[50]。榛林郁盛[51],葩华覆盖[52]。双椅垂房[53],纠枝还会[54]。徙靡澹淡[55],随波闇蔼[56]。东西施翼[57],猗狔丰沛[58]。绿叶紫裹[59],丹茎白蒂。纤条悲鸣[60],声似竽籁[61]。清浊相和,五变四会[62],感心动耳,回肠伤气。孤子寡妇,寒心酸鼻。长吏隳官[63],贤士失志。愁思无已,叹息垂泪。

登高远望,使人心瘁[64]。盘岸巑岏[65],裖陈硙硙[66]。磐石险峻,倾崎崖陨[67]。岩岖参差,纵横相追[68]。陬互横牾[69],背穴偃跖[70],交加累积,重叠增益。状若砥柱,在巫山下。仰视山巅,肃何千千[71],炫耀虹蜺[72]。俯视峥嵘[73],窒寥窈冥[74]。不见其底,虚闻松声。倾岸洋洋,立而熊经[75]。久而不去,足尽汗出。悠悠忽忽,怊怅自失。使人心动,无故自恐。贲育之断[76],不能为勇。卒愕异物[77],不知所出。继继莘莘[78],若生于鬼,若出于神。状似走兽,或象飞禽。谲诡奇伟[79],不可究陈[80]。

上至观侧[81],地盖底平。箕踵漫衍[82],芳草罗生。秋兰茝蕙,江离载菁[83]。青茎射干,揭车苞并[84]。薄草靡靡[85],联延夭夭[86],越香掩掩[87],众雀嗷嗷[88]。雌雄相失,哀鸣相号。王雎鹂黄,正冥楚鸠。姊归思妇,垂鸡高巢[89]。其鸣啁啁,当年遨游[90]。更唱迭和,赴曲随流。有方之士[91],羡门高溪[92]。上成郁林[93],公乐聚谷[94]。进纯牺[95],祷璇室[96]。醮诸神[97],礼太一[98]。传祝已俱,言辞已毕。王乃乘玉舆,驷苍螭[99],垂旒旌,旆合谐[100]。紃大弦而雅声流[101],

冽风过而增悲哀。于是调讴[102]，令人惏悷惨凄[103]，肋息增欷[104]。于是乃纵猎者，基趾如星[105]。传言羽猎[106]，衔枚无声[107]。弓弩不发，罘罕不倾[108]，涉漭漭，驰苹苹[109]。飞鸟未及起，走兽未及发。弭节奄忽[110]，蹄足洒血。举功先得，获车已实[111]。

王将欲见之，必先斋戒。差时择日[112]，简舆玄服[113]；建云旆，蜺为旌，翠为盖。风起雨止，千里而逝。盖发蒙[114]，往自会[115]。思万方，忧国害。开贤圣[116]，辅不逮[117]。九窍通郁[118]，精神察滞[119]，延年益寿千万岁。

【注释】

[1]云梦之台：楚国台名，在云梦泽。[2]高唐之观（guàn）：宫观名。楚怀王游云梦，梦与巫山神女欢会，后于山下立此观。[3]崒（zú）高峻貌。此用以形容云气如山峰独立。[4]改容：改变形态。[5]先王：指楚怀王，名槐，襄王之父。[6]巫山之女：相传炎帝之女姚姬未嫁而卒，葬于巫山之南，后化为神。巫山，在今重庆、湖北两省市边境，有十二峰，下有神女庙。[7]荐枕席：侍寝。荐：进。[8]高丘：山名。阻：险要之处。[9]朝云：早晨的云霞。[10]阳台：传说中台名。[11]盹（duì）：茂盛的样子。树（shí）：树木直立的样子。[12]晣（zhè）：鲜亮。姣姬：美女。[13]袂（mèi）：衣袖。[14]偈（jié）：疾驰的样子。建：树。[15]湫（qiū）、凄：寒凉。[16]临望：从高处往下看。[17]普：广远。[18]万物祖矣：谓神女所居为万物始生之地。[19]不可称论：不能一一道来。[20]唯唯：应答声。[21]殊：特出。仪比：匹比。[22]赫：高大显赫。畴：匹。[23]互折：交互曲折。曾累：层层盘旋。曾：通"层"。[24]巉（chán）岩：险峻的山岩。[25]阺（dǐ）：山坡。稸（xù）：通"畜"。[26]㵝（pì）：水流冲击之声。汹汹：流水奔腾的样子。溃：水流相交。淡（yǎn）淡：水平满貌。[27]滂：大水涌流。四施：四处蔓延。[28]滃（wěng）：水流汇集的样子。湛湛（zhàn）：水很深的样子。[29]

若丽山之孤亩：喻波浪像附着在山上的田埂。丽：附着。亩：田埂。
［30］隘：狭窄处。交引：一起向后倒流。却会：退回与后流相会。
［31］碣石：海边的山。［32］砾（lì）：小石。礧（lěi）礧：形容石头很多。［33］嶨（hōng）：水石相激之声。磕（kē）磕：象声词，亦状水石之相激。［34］溺溺（nì）：浸沉。瀺灂（chán zhuó）：石头在水中出没的样子。［35］沫：泡沫。潼潼：高貌。厉：扬，起。［36］盘纡：回旋。溶溢（yì）：水波动荡。［37］云兴声之霈霈：言波涛翻卷厚密如云，其声宏大。霈霈：阴云密布的样子。［38］虎豹豺兕（sì）：皆猛兽名。［39］喙（huì）：疲困。［40］雕鹗鹰鹞：皆猛禽名。［41］股战：两脚发抖。胁息：不敢出气。［42］挚：攫取。［43］水虫：水中动物。暴：暴露。因为巨浪翻腾，故使水虫暴露。［44］渚：水中的小块陆地。阳：水北为阳。此句言水虫都上了岸。［45］鼋（yuán）：大鳖。鼍（tuó）：扬子鳄。鳣（zhān）鲔（wěi）：皆鱼名。［46］蜿蜿蜒蜒：形容水虫聚积，曲折向前游动。［47］中阪（bǎn）：山坡中间。［48］玄木：指常青之木，冬天为青黑色，故云。荣：茂盛。［49］煌煌荧荧：形容草木光彩鲜明。荧荧：微光闪烁。［50］殚（dān）形：详尽地描述其形态。殚：尽，全。［51］榛林：丛林。［52］葩（pā）：花。华：古"花"字。［53］椅：桐属木名，又称山桐子。垂房：垂下房状果实。
［54］还会：盘曲交缠。［55］徙靡：树枝慢慢地摆动。澹淡：水波动荡的样子。［56］闇（àn）蔼：指树荫投在水波上幽暗的样子。［57］东西施翼：树枝像鸟翅膀一样地向两边伸展。［58］猗狔（yǐ nǐ）：柔软轻飘。丰沛：众多。［59］裹：花房。［60］纤条悲鸣：风吹细条，发出尖细的叫声。［61］竽、籁（lài）：皆管乐器名。［62］五变：五音皆变。四会：四方之声相会。［63］隳（huī）官：废官去职。隳：废。［64］瘁（cuì）：忧伤。［65］盘岸：盘曲的崖岸。巑岏（cuán yuán）：高峻。
［66］祳（zhèn）陈：重叠陈列。祳，重叠的样子。碨（wéi）碨：高的样子。［67］倾崎：倾斜不平。隤（tuí）：倒塌。［68］相追：相连属。
［69］陬（zōu）：崖角。牾（wǔ）：抵触。［70］背穴：背后的深洞。偃跖（zhí）：山石横卧貌。［71］肃：肃穆。芊芊：通"芊芊"，草木茂

13

盛、翠绿的样子。[72]炫耀虹蜺（ní）：光彩照耀，像虹蜺一样高高在上。[73]崝（zhēng）嵘：同"峥嵘"。[74]窐（wā）寥（liáo）窈（yǎo）冥：空深幽暗的样子。[75]立而熊经：立观者内心恐惧，如有熊从旁经过。[76]贲（bēn）、育：指孟贲、夏育，二人皆战国时的勇士，以勇敢果断著称。[77]卒（cù）：通"猝"。愕：惊讶。[78]缑（xǐ）缑莘（shēn）莘：形容怪石众多的样子。[79]谲诡（jué guǐ）：怪诞、奇异。[80]究陈：推究陈述。[81]观侧：高唐观之侧。[82]箕踵：指山势像簸箕的跟部一样，前阔后狭。漫衍：平坦开阔。[83]秋兰、茝、蕙、江离：皆香草名。载菁（jīng）：正在开花。载：则，正。菁：花。[84]荃（quán）、射（yè）干、揭车（jū）：皆香草名。苞并：丛生。[85]薄草：丛生的草。靡靡：草低伏相依的样子。[86]夭夭：草木茂盛的样子。[87]越香：香气超越。掩掩：香气浓郁的样子。[88]嗷（áo）嗷：群鸣声。[89]"王雎"以下四句：王雎（雎鸠）、鹂黄（黄鹂）、楚鸠、姊归（子规）、思妇、垂鸡，皆为鸟名。正冥：未详，疑亦鸟名。高巢：在高处筑巢。[90]当年：正当盛年。[91]方：法术。[92]羡门高溪：古方士名。溪：疑当为"誓"字。《史记·秦始皇本纪》云，秦始皇尝使燕人庐生求羡门、高誓。[93]上成：或云古方士名，未详。郁林：仙人众多如林。[94]公乐：共同作乐。聚谷：聚食。谷，食。[95]纯牺：祭祀时所用毛色纯一的整个牲畜。[96]祷璇室：在璇室中祭祀祈祷。璇室：用美玉装饰的屋子。[97]醮（jiào）：祈祷。[98]太一：天神，为众神之尊。[99]驷：四匹马拉的车。此用为动词，作"驾"解。苍螭（chī）：苍龙。螭：无角龙。[100]以上两句：旒（liú）：古时旗帜下悬垂的饰物。旌、旆（pèi）：皆用为旗帜的通称。[101]紬（chōu）：引，弹奏。大弦：或云古代弦乐器的宫声弦。[102]调：谐调。讴：歌唱。[103]懔悷（lín lì）：悲伤的样子。[104]欷（xī）：抽泣声。[105]基趾如星：言猎者人马簇拥。趾：脚。[106]传言：传告。羽猎：指猎者。古代猎者皆负羽箭故名。[107]衔枚：古代行军时，为防说话，士兵口中都衔以筷状木条。[108]罘（fú）：捕兽的套子。罕（hǎn）：捕鸟的网。倾：施，设。[109]以上两句：涔

14

瀞：水面广阔无际的样子。苹苹：杂草丛生的样子。［110］弭节：停鞭，指驻车。奄忽：迅疾。［111］获车：载猎物的车。实：满。［112］差（chāi）：选择。［113］简舆玄服：乘简车，着黑服。［114］盍（hé）：通"盖"，何不。发蒙：启发蒙昧。［115］会：与神女相会。［116］开贤圣：广开贤圣进言之路。［117］辅不逮：辅佐自己以补救其不足。不逮：不及。［118］九窍：指人身上的九孔（即七窍加大小便处二孔）。通郁：开通。［119］察滞：滞塞之情得以去除。察：体察洞悉。滞：阻塞不通。

【评点】

　　《高唐赋》的主题是要劝说楚襄王，以其求神女以交会，不若用贤人以辅政，即所谓"假以为辞，讽于淫也"。但由于作者行文过于曲折委婉，加之又"竟为侈丽闳衍之词"，所以主题非但不显，倒开了汉大赋"曲终奏雅"、"劝百而讽一"的风气。在表现手法上，此赋较之"骚体"更加铺张扬厉，句法也更加错落多变，这又为汉大赋的"铺采摛文"奠定了基础。另外，在正文前面加序也是此赋的一个创举，开了后世文人写诗赋并序的先河。

　　此赋景物描写生动，词语丰富多彩。后世广为流传的"巫山云雨"的典故即出自本篇。

神　女　赋　并序

宋　玉

　　昔楚襄王与宋玉游于云梦之浦[1]，使玉赋高唐之事[2]。其夜玉寝[3]，梦与神女遇，其状甚丽。玉异之，明日以白王。王曰："其梦若何？"玉对曰："晡夕之后[4]，精神恍忽[5]，若有所喜。纷纷扰扰[6]，未知何意。目色仿佛[7]，乍若有记[8]。见一妇人，状甚奇异。寐而梦之，寤不自识。罔兮不乐，怅而失志[9]。于是抚心定气[10]，复见所梦。"王曰："状何如也？"玉曰："茂矣美矣[11]，诸好备矣。盛矣丽矣[12]，难测究矣。上古既无，世所未见。瓌姿玮态[13]，不可胜赞[14]。其始来也，耀乎若白日初出照屋梁[15]。其少进也，皎若明月舒其光[16]。须臾之间，美貌横生[17]。晔兮如花[18]，温乎如莹[19]。五色并驰，不可殚形[20]。详而观之，夺人目精[21]。其盛饰也，则罗纨绮缋盛文章[22]，极服妙采照万方[23]。振绣衣[24]，被袿裳[25]。秾不短[26]，纤不长[27]，步裔裔兮曜殿堂[28]。忽兮改容，婉若游龙乘云翔。嫷被服[29]，侻薄装[30]。沐兰泽[31]，含若芳[32]。性和适，宜侍旁。顺序卑，调心肠[33]。"王曰："若此盛矣！试为寡人赋之。"玉曰："唯唯。"

　　夫何神女之姣丽兮[34]，含阴阳之渥饰[35]。被华藻之可好兮[36]，若翡翠之奋翼[37]。其象无双，其美无极。毛嫱鄣袂[38]，不足程式[39]；西施掩面[40]，比之无色。近之既妖[41]，远之有望[42]。骨法多奇[43]，应君之相[44]。视之盈目，孰者克尚[45]。私心独悦，乐之无量。交希恩疏[46]，不可尽畅[47]。他人莫睹，玉览其状。其状峨峨[48]，何可极言[49]！貌丰盈以庄姝兮[50]，苞温润之玉颜[51]。眸子炯其精朗兮[52]，瞭多美而可观[53]。眉联娟似蛾扬兮[54]，朱唇的其若丹[55]。素质干之酡实兮[56]，志解泰而体闲[57]。既姽婳于幽静兮[58]，又婆娑乎人间。宜高殿以广意兮[59]，翼放纵而绰宽[60]。动雾縠以徐步兮[61]，拂墀声之珊珊[62]。望余帷而延视兮[63]，若流波之将澜[64]。奋长袖以正衽兮[65]，立踯躅而不安[66]。澹清静其愔嫕兮[67]，性沈详而不烦[68]。时容与以微动兮[69]，志未可乎得原[70]。意似近而既远兮[71]，若将来而复旋[72]。褰余帱而请御兮[73]，愿尽心之惓惓[74]。怀贞亮之洁清兮[75]，卒与我分相难[76]。陈嘉辞而云对兮[77]，吐芬芳其若兰。精交接以来往兮[78]，心凯康以乐欢[79]。神独亨而未结兮[80]，魂茕茕以无端[81]。含然诺其不分兮[82]，喟扬音而哀叹[83]。颛薄怒以自持兮[84]，曾不可乎犯干[85]。于是摇珮饰，鸣玉鸾[86]。整衣服，敛容颜。顾女师，命太傅[87]。欢情未接，将辞而去。迁延引身[88]，不可亲附[89]。似逝未行，中若相首[90]。目略微眄[91]，精彩相授[92]。志态横出，不可胜记[93]。意离未绝，神心怖覆[94]。礼不遑讫[95]，辞不及究[96]。愿假须臾[97]，神女称遽[98]。徊肠伤气，颠倒失据[99]。阇然而瞑[100]，忽不知处。情独私怀，谁者可语[101]。惆怅垂涕，求之至曙[102]。

【注释】

［1］云梦：梦国大泽名。浦：水滨。［2］高唐之事：指楚襄王求与神女交会之事。［3］玉寝：《文选》作"王寝"，此据陈第《屈宋古音义》改。到底谁梦神女，后人有争论。然联系上下文义来看，梦神女者当为宋玉，而非襄王。下文的"王异"也改为"玉异"，"白玉"改为"白王"，"玉曰"改为"王曰"，"王对曰"改为"玉对曰"。［4］晡（bū）夕：傍晚。［5］怳忽：即恍惚，神思不定貌。怳通"恍"。［6］纷纷扰扰：精神迷乱，不能自已。［7］目色仿佛：眼睛看不真切。仿佛：模糊不清。［8］乍若有记：忽然又好像相识。乍：忽然。［9］以

17

上四句：寐（mèi），睡着。寤（wù），醒。罔、怅，皆失意貌。［10］抚心定气：使心神安定。［11］茂：美好。［12］盛：美。［13］瑰姿玮态：形容姿态美好。瑰：奇异。玮：珍贵。［14］胜：尽。赞：夸赞。［15］耀：鲜明。［16］舒：发射。［17］横生：横逸而生，即充分表现出来。［18］晔（yè）：鲜亮。［19］温：温润。莹：珠、玉的光彩。［20］殚：尽。形：形态。［21］夺人目精：耀人眼目。［22］罗、纨（wán）绮（qǐ）、缋（huì）：皆丝织品名。此指华丽的服饰。盛：多。文章：彩绘，花纹。［23］极服：最华丽的衣服。妙采：美妙的色彩。［24］振：抖动。［25］被：通"披"。袿（guī）：妇女的上衣。裳：下衣。［26］襛（nóng）：衣厚貌。［27］纤：衣长貌。以上两句言神女身材适中，穿厚衣身不显矮，着长衣身不见长。［28］裔裔：轻捷流走的样子。曜：耀。［29］嫷（tuǒ）：美好。［30］倪（tuí）：恰好。相宜。［31］沐兰泽：用香兰膏洗头。［32］若芳：杜若的香气。若，杜若，香草名。［33］顺序卑：和顺柔弱。卑，柔弱。调心肠：心肠调顺。［34］姣丽：美丽。［35］含阴阳之渥饰：集天地间厚美之饰。渥，厚。［36］华藻：华丽的纹彩。可：合适。好：美好。［37］翡翠：翠鸟。奋翼：展翅飞翔。［38］毛嫱：古代美女名。障袂（mèi）：以袖掩目。［39］不足程式：不值得效法。［40］西施：古代美女名。［41］妖：妖媚。艳丽。［42］望：姿望。［43］骨法：骨相。［44］应君之相：匹配君王之相。［45］克：能。尚：超过。［46］交：交往。［47］尽畅：尽情倾诉。［48］峨峨：超群独立的样子。［49］极言：尽说。［50］庄：端庄。姝（shū）：美好。［51］苞：通"包"，含也。温润：温和柔顺。［52］炯（jiǒng）：明亮。［53］瞭（liǎo）：眼睛明亮。［54］联娟：同"连娟"，微微弯曲。［55］的（dì）：鲜明。［56］干：躯体。酞（nóng）实：厚实。［57］解泰：舒缓。闲：娴静。［58］媿嫿（guǐ huà）：安详美好的样子。［59］广意：使心意放宽。［60］翼放纵：像鸟的翅膀一样随意放纵。［61］雾縠（hú）：绉纱，以其轻薄如雾，故称。徐步：慢步行走。［62］墀（chí）：台阶。珊珊：象声词。［63］延视：久视。［64］流波：目光。澜：兴起波澜。［65］奋：挥。袿：衣襟。［66］踯躅（zhí zhú）：徘徊不进的样子。[67]澹：恬静。愔嫕（yīn yì）：和悦娴静。嫕，静。[68]沈详：深沉安详。沈，通"沉"。[69]容与：徘徊。[70]原：指本来之意。[71]意：心意，打算。[72]将来：将要过来。旋：回转。这几句写神女之心意不定，若即若离。[73]褰（qiān）：撩起。帱（chóu）：床帐。御：侍奉。[74]愿：希望。惓（quán）惓：同"拳拳"，诚恳的样子。[75]贞亮：贞洁光明。[76]难：拒斥。[77]嘉辞：美辞。对：对答。[78]精：精神。交接：两目对视。来往：眉来眼去。[79]凯：通"恺"，和乐。康：欢乐。[80]神独亨而未结：言神女心中虽已许通，然竟未结爱。亨，通达。结，结爱。[81]茕（qióng）茕：孤零零的样子。端：端次，依赖。[82]然诺：答应。分：甘心。[83]喟（kuì）：叹息。[84]颒（pīng）：发怒的样子。薄：微。持：矜持。[85]干：冒犯。[86]玉鸾：用玉石雕成的鸾形佩饰，行走时可发出声音。[87]以上两句：顾，回视，指召唤。女师、太傅，皆为神女的老师，或曰老保姆。[88]迁延引身：倒退着离去。[89]附：贴近。[90]中：内心。相首：相向。首，向。[91]眄（miǎn）：斜视，多情不舍的样子。[92]精彩：神采。[93]记：记述。[94]怖覆：因恐怖而反覆。[95]不遑：来不及。讫：完毕。[96]究：尽。[97]假：借。[98]称：声称。遽（jù）：急速，指神女急忙要走。[99]徊肠：柔肠回转。颠倒：心神错乱。失据：失去依靠。据，依靠。[100]闇然：昏暗的样子。闇，通"暗"。暝（míng）：昏暗。[101]语：告诉。[102]曙：天明。

【评点】

《神女赋》是《高唐赋》的续篇。由于《文选》将"玉寝"错为"王寝"，致使后人都误作襄王梦神女了。沈括《梦溪笔谈》、陈第《屈宋古音义》引张凤翼说，以及今人郭沫若等对此都有辨正。可信。正如沈括所说："其夜梦神女者，宋玉也。襄王无预焉，从来枉受其名耳。"

《神女赋》也是托辞微讽的。它通过对神女坚贞清洁、以礼自持形象的描写，意在告诫襄王不可妄生荒淫之意，从而绝其求神女之

19

念，劝其把心思用于国事。

　　此赋是继《诗经》的《硕人》和《楚辞》的《湘君》、《山鬼》之后，又一篇集中描绘美好形象的作品。作者不但细致地刻画了神女的体态之美，还注意捕捉其心理的变化，因而人物形象完整、生动、丰满，富有立体感。这是此赋在艺术上的主要成就，并为后世文学作品中的人物描写，尤其是美女描写提供了榜样。例如，曹植的《洛神赋》所塑造的宓妃形象，便是直接师法此赋的。

登徒子好色赋

宋 玉

　　大夫登徒子侍于楚王[1],短宋玉曰[2]:"玉为人体貌闲丽[3],口多微辞[4],又性好色[5]。愿王勿与出入后宫。"

　　玉以登徒子之言问宋玉。玉曰:"体貌闲丽,所受于天也;口多微辞,所学于师也;至于好色,臣无有也。"

　　王曰:"子不好色,亦有说乎[6]?有说则止[7],无说则退[8]。"

　　玉曰:"天下之佳人,莫若楚国;楚国之丽者,莫若臣里[9];臣里之美者,莫若臣东家之子[10]。增之一分则太长,减之一分则太短;著粉则太白[11],施朱则太赤[12]。眉如翠羽[13],肌如白雪,腰如束素[14],齿如含贝[15]。嫣然一笑[16],惑阳城,迷下蔡[17]。然此女登墙窥臣三年[18],至今未许也。登徒子则不然。其妻蓬头挛耳[19],齞唇历齿[20],旁行踽偻[21],又疥又痔[22],登徒子悦之,使有五子。王孰察之[23],谁为好色者矣?"

　　是时,秦章华大夫在侧[24],因进而称曰:"今夫宋玉盛称邻之女,以为美色。愚乱之邪臣[25],自以为守德[26],谓不如彼矣[27]。且夫南楚穷巷之妾[28],焉足为大王言乎?若臣之陋[29],目所曾睹者[30],未敢云也。"

　　王曰:"试为寡人说之。"

　　大夫曰:"唯唯。臣少曾远游,周览九土[31],足历五都[32],出咸阳,熙邯郸[33],从容郑、卫、溱、洧之间[34]。是时向春之末,迎夏之阳[35],鸧鹒喈喈[36],群女出桑[37]。此

21

郊之姝[38]，华色含光[39]，体美容冶[40]，不待饰装[41]。臣观其丽者，因称诗曰[42]：'遵大路兮揽子袪[43]。'赠以芳花辞甚妙[44]。于是处子悦若有望而不来[45]，忽若有来而不见[46]。意密体疏[47]，俯仰异观[48]；含喜微笑，窃视流眄[49]。复称诗曰：'寤春风兮发鲜荣[50]，洁斋俟兮惠音声[51]。赠我如此兮，不如无生[52]。'因迁延而辞避[53]。盖徒以微辞相感动，精神相依凭，目欲其颜[54]，心顾其义[55]，扬诗守礼[56]，终不过差[57]，故足称也[58]。"

于是楚王称善，宋玉遂不退。

【注释】

[1] 登徒子：登徒为复姓，子是对男子的尊称。这是作者虚设的人物。侍：侍从。[2] 短：损短，说坏话。[3] 体貌闲丽：体态娴雅，容貌美丽。[4] 微辞：婉转而巧妙的言辞。[5] 性：本性，生性。[6] 说：说法，理由。[7] 止：指继续留下做官。[8] 退：罢官离职。[9] 里：乡里，家乡。[10] 东家：东邻。子：指未嫁的女子。[11] 著粉：搽粉。[12] 施朱：抹胭脂。朱，指胭脂一类的化妆品。[13] 翠羽：翠鸟的羽毛，为青黑色。[14] 束素：一束白色的生帛，形容女子的腰肢柔美纤细。[15] 贝：贝壳。此句形容牙齿整齐洁白。[16] 嫣然：美好的样子。[17] 阳城、下蔡：皆楚县名，为楚国贵族子弟的封地。以上两句言邻女的美貌足以迷惑住阳城、下蔡的贵族公子哥儿。[18] 窥：偷看。[19] 蓬头挛（luán）耳：头发蓬乱，耳朵卷曲。[20] 齞（yàn）唇：牙齿外露。历齿：牙齿稀疏。[21] 旁行踽（jǔ）偻（lóu）：走路歪斜，弯腰驼背。踽偻，弯腰曲背的样子。[22] 疥：疥疮。痔：痔疮。[23] 孰：同"熟"，仔细。[24] 秦章华大夫：章华为楚地名，这位章华大夫原本楚人，入仕于秦为大夫，此时正好出使楚国。[25] 愚乱之邪臣：昏钝邪僻之臣。此为章华大夫的自谦之辞。[26] 守德：遵守德操。[27] 彼：指宋玉。此句言章华大夫认为自己不如宋玉之能守礼自持。[28] 穷巷：偏僻的小巷。妾：对女子轻视的称呼。[29] 陋：

见识短浅。[30]目所曾睹者：指亲眼所见过的美女。[31]周览：四处游览。九土：指九州，全国。[32]历：经过。五都：五方的大都会。[33]熙：通"嬉"，游玩。[34]从容：消闲、逗留。郑、卫：皆古代国名，在今河南省境内，是古代恋爱比较自由的地方。溱、洧：为郑国境内的两条河，古代男女有在这两条河边欢会的习俗。[35]以上两句：向，接近。迎，迎来。此句指春夏之交的三、四月间。[36]鸧鹒：即黄莺。喈喈：鸟鸣声。[37]出桑：出外采桑。[38]姝：美女。[39]华色：美丽的姿色。[40]容冶：容貌艳丽。冶，艳丽。[41]待：凭借。[42]称诗：诵诗。[43]"遵大路"句：化用《诗·郑风·遵大路》中"遵大路兮，掺执子之祛兮"的成句。揽，牵。祛（qū），衣袖。[44]以上两句：此言章华大夫赠给"丽者"芳香的鲜花，说了些动听的言辞。[45]处子：未婚的女子，指"丽者"。望：期望。[46]忽若有来而不见：忽然好像要来又不肯相见。[47]意密体疏：情意密切而身体疏远。[48]俯仰异观：或俯或仰，神态与众不同。[49]流眄（miǎn）：目光斜视流动。眄，斜视。[50]寤春风：指草木在春风中苏醒。发鲜荣：开出鲜艳的花朵。[51]洁：修饰整洁。斋：清心庄重。俟：等待。惠音声：美好的音讯。此句言女子洁净自持，以等待对方来订盟结约。[52]赠我如此：指只赠给我一支《遵大路》。不如无生：不如死去。以上三句为章华大夫拟"丽者"的口气所唱之歌。或谓是"丽者"自唱。[53]因：于是。辞避：告退。此句言女子慢慢走开了。[54]颜：容颜。[55]顾：顾念。义：义节。[56]扬诗守礼：发扬诗教，遵守礼义。[57]过差：过错。[58]故足称也：所以值得称赞。

【评点】

此赋亦有微讽之旨，即通过登徒子、楚襄王、宋玉和章华大夫的对话，劝诫楚襄王不要沉溺于女色而应致力于国事。然其主要成就还在于艺术而不在思想。赋中成功地运用了正画勾勒、侧面烘托以及夸张、对比乃至排比等多种手法，刻画了美女的形象，对后世文学作品描绘妇女形象有很大的影响。此赋行文平易自然，似江河直下，畅通无阻；笔法灵活多变，错落有致；语言生动鲜明，诙谐有趣。这些也都使作品增加了无穷的艺术魅力。而篇中所虚构的"登徒子"，后世竟成了好色的代名词。

对楚王问[1]

宋 玉

楚襄王问于宋玉曰:"先生其有遗行欤[2]?何士民众庶不誉之甚也[3]?"

宋玉对曰:"唯,然[4],有之。愿大王宽其罪,使得毕其辞。客有歌于郢中者[5],其始曰《下里》、《巴人》[6],国中属而和者数千人[7];其为《阳阿》、《薤露》[8],国中属而和者数百人;其为《阳春》、《白雪》[9],国中属而和者,不过数十人;引商刻羽[10],杂以流徵[11],国中属而和者,不过数人而已。是其曲弥高,其和弥寡[12]。故鸟有凤而鱼有鲲[13],凤凰上击九千里[14],绝云霓[15],负苍天[16],翱翔于杳冥之上[17];夫藩篱之鷃[18],岂能与之料天地之高哉[19]!鲲鱼朝发昆仑之墟[20],暴鬐于碣石[21],暮宿于孟诸[22];夫尺泽之鲵[23],岂能与之量江海之大哉!故非独鸟有凤而鱼有鲲也,士亦有之。夫圣人瑰意琦行[24],超然独处[25];夫世俗之民,又安知臣之所为哉!"

【注释】

[1]此篇《文选》题作宋玉作,并将其列在"对问"类中。后人或疑其非宋玉所自作。然证据不足。[2]遗行:有缺憾的行为。遗:憾,缺。[3]士民众庶:社会上的各种人。不誉:不称誉,批评的委婉说法。[4]唯:敬谨答应之辞。然:是的。[5]郢(yǐng):楚国国都,故址在今湖北省江陵市。[6]《下里》、《巴人》:楚国流行的歌曲名。[7]国中:都城中。属(zhǔ)而和(hè)者:跟上一起唱的人。[8]

25

《阳阿（ē）》、《薤（xiè）露》：楚歌曲名，较《下里》、《巴人》高雅。[9]《阳春》、《白雪》：楚歌曲名。比《阳阿》、《薤露》更高雅。[10]引商刻羽：提高商音，压低羽音。古以宫商角徵羽为五音，商声高昂，羽声悲慨。引：提高。刻：削，减。[11]杂以流徵：再夹杂上流动的徵音。[12]其曲弥高，其和弥寡：那歌曲越是高雅，那跟着唱的人就越少。弥：越，更加。寡：少。[13]鲲：大鱼。[14]上击九千里：向上飞行搏击至九千里。[15]绝云霓：超越云层。[16]负苍天：背靠青天。[17]杳（yǎo）冥：极空远之处。[18]藩篱之鷃（yàn）：篱笆间的小鸟。[19]料：计量。[20]昆仑之墟：昆仑山的脚下。墟：山基。[21]暴（pù）鬐（qí）于碣石：在渤海之畔的碣石山下晒脊背。暴：同曝，晒。鬐：脊背。碣石：山名，在河北昌黎县北。[22]孟诸：古代大泽名。故址在今河南省商丘市东北。[23]尺泽之鲵（ní）一尺来长的小水塘中的小鱼。鲵：小鱼。[24]瑰意琦行：远大的志向，修美的行为。瑰：大。琦：美。[25]超然独处：高超地自处于世。

【评点】

本篇是散体赋，并运用了"对问"的形式。这种由宋玉所创造的"对问"，影响了此后的《七发》等一些名赋，在赋体发展史上具有重要意义。

宋玉因遭受谗言而被楚王责问，但他并没有正面回答自己是否有"遗行"的问题，而是先征歌曲，次引鲲凤，接连采用两组比喻来为自己辩解，从而使得谗言不攻自破。这种对问手法极其高明。也正因为如此，所以篇中"下里巴人"、"阳春白雪"、"曲高和寡"等成语，至今仍活在人们的现实语言中。

吊屈原赋

贾　谊

【作者简介】

贾谊（前201－前169），西汉洛阳人，18岁即"以能诵诗属书闻于郡中"。文帝初，由洛阳太守吴公举荐，被招为博士，不久升任太中大夫。谊于朝政多所建议，卒遭谗见疏，出为长沙王太傅。后曾见招还京，终不得用，复出为梁王太傅。梁王堕马薨，因自伤哭泣。年33而亡。

恭承嘉惠兮[1]，俟罪长沙[2]。侧闻屈原兮[3]，自沉汨罗。造托湘流兮[4]，敬吊先生；遭世罔极兮[5]，乃殒厥身[6]。

呜呼哀哉！逢时不祥[7]。鸾凤伏窜兮[8]，鸱枭翱翔[9]。阘茸尊显兮[10]，谗谀得志；贤圣逆曳兮[11]，方正倒植[12]。世谓随夷为溷兮[13]，谓跖蹻为廉[14]；莫邪为钝兮[15]，铅刀为铦[16]。吁嗟默默[17]，生之无故兮[18]！斡弃周鼎[19]，宝康瓠兮[20]；腾驾罢牛[21]，骖蹇驴兮[22]；骥垂两耳，服盐车兮[23]；章甫荐履，渐不可久兮[24]。嗟苦先生，独离此咎兮[25]！

讯曰[26]：已矣[27]！国其莫我知兮，独壹郁其谁语[28]！凤漂漂其高逝兮[29]，固自引而远去。袭九渊之神龙兮[30]，沕深潜以自珍[31]。偭蟂獭以隐处兮[32]，夫岂从虾与蛭蟥[33]？所贵圣人之神德兮，远浊世而自藏[34]。使骐骥可得系而羁兮[35]，岂云异夫犬羊？般纷纷其离此尤兮[36]，亦夫子之故也[37]。历九州而相其君兮[38]，何必怀此都也[39]？凤凰翔于千仞兮[40]，览德辉而下之[41]。见细德之险征兮[42]，遥曾击而去之[43]。彼

27

寻常之污渎兮，岂能容夫吞舟之巨鱼[44]？横江湖之鳣鲸兮，固将制于蝼蚁[45]。

【注释】

[1]嘉惠：美好的恩惠，指受诏出任长沙王太傅。[2]俟罪：指做官，谦卑的措词。西汉长沙国在今湖南省东部，时谊为长沙王吴差太傅。[3]侧闻：从旁听说，谦词。[4]造：到。托湘流：指投祭文于湘水中进行吊念。[5]罔极：没有标准。[6]殒（yǔn）：殁。厥：其。[7]不祥：不好。[8]鸾凤：都是传说中凤凰一类的鸟，古人以其为祥鸟。伏窜：隐藏。[9]鸱鸮（chī xiāo）：猫头鹰一类的鸟，古人以其为不祥之鸟。[10]阘茸（tà rǒng）：下贱，指下贱的人。[11]逆曳：被倒着拉。言贤圣不得顺正道而行。[12]倒植：言方正之人不能处于合适的位置。[13]随：卞随，商代贤人，汤欲以天下让他，不受。夷：伯夷，因反对武王伐纣，不食周粟而死。二人都是古代传说中的高士。溷：混浊，不洁。[14]跖（zhí）：又叫盗跖，春秋鲁国人。蹻：庄蹻，战国时楚国人。相传二人都是有名的大盗。[15]莫邪：古代有名的宝剑，相传名匠干将和妻子莫邪合铸两剑，故分别以两人的名字命名。[16]铦（xiān）：锋利。[17]默默：不得意的样子。[18]生：先生的简称，指屈原。无故：言无端遇祸。[19]斡（wò）：转，弃也。周鼎：周之传国鼎，为宝器。[20]宝康瓠：以康瓠为宝，康瓠，《尔雅·释器》云："康瓠谓之甈"。甈（qì），瓦壶。康，空也。《诗经·小雅·宾之初筵》"酌彼康爵，在奏尔时"，笺云："康，空也"。[21]罢（pí）：通"疲"。[22]古代的车一般由四匹马拉，靠近车辕的两匹叫服，离车辕较远的两匹叫骖。此言使蹇驴驾车。蹇（jiǎ），跛足。[23]典出《战国策·楚策》："夫骥之齿至矣，服盐车而上太行，中阪迁延，负辕不能上。"骥：千里马；垂两耳：吃力貌。服：驾。[24]章甫：殷冠名。《三礼图考》引"旧图"云："夏曰母追，殷曰章甫，周曰委貌"。荐：垫。渐：汗水浸湿。以上喻上下颠倒，贤不得其所用。[25]离：同"罹"，遭受。咎：灾祸。[26]讯曰："辞赋的结束语，

28

或为"谇（suì）曰"，《楚辞》皆为"乱曰"。［27］已矣：算了吧。［28］壹郁：同"抑郁"。［29］漂漂：同"飘飘"，高飞貌。［30］袭：仿效。［31］汩（mì）：潜藏貌。《庄子·列御寇》："夫千金之珠，必在九重之渊，而骊龙颔下。"［32］偭（miǎn）：背。蟂（xiāo）：水虫，状如蛇，生四足，食鱼。獭：水獭。言欲远离燥蟂而自善。［33］虾：蛤蟆。蛭：水蛭。蚓：蚯蚓。［34］自藏：保全自己。［35］使：假如。以下两句言骐骥若受羁绊，则和犬羊没有两样。［36］般：通"盘"，盘桓，指屈原不肯离开楚国。纷纷：众多貌。离：通"罹"。［37］夫子：指屈原。贾谊以为，屈原之所以遭祸，乃因他不愿意离开楚国之故。［38］相：观察，这里指选择。［39］怀：留恋。此句言屈原应该离开楚国，择君而处。［40］仞：七尺。或以为八尺。［41］德辉：人君的品德所放射出的光辉。［42］细德：品德低下的人。险征：险恶的征兆。［43］遥曾击：飞得很高很远。曾，高。击，两翅拍击身体，指飞。［44］典出《庄子·庚桑楚》："夫寻常之沟，巨鱼无所还其体。"古代八尺为寻，二寻为常。污渎（dú），死水沟。［45］典见《庚桑楚》："吞舟之鱼，砀而失水，则蝼蚁能苦之。"鱣（zhān），一种大鱼。蝼蚁，蝼蛄和蚂蚁。

【评点】

　　此赋为贾谊出任长沙王太傅时所作，故开篇即言作赋之因。接着作者对是非混乱、"方正倒置"的"罔极"之世深为愤慨，写出了他对屈原不幸遭遇的不平与同情。最后的"讯曰"更进一步表达了自己的哀悼之情，继第二节的抒怀之后，又掀起一个新的高潮，增强了全文一唱三叹的韵鼓味，很适合于祭吊文的性质。此赋多用"兮"字句，表明它仍受着战国以来骚体赋传统影响，是汉初骚体赋的代表作之一。

鵩鸟赋

贾 谊

单阏之岁兮[1]，四月孟夏。庚子日斜兮[2]，鵩集予舍[3]。止于坐隅兮[4]，貌甚闲暇[5]。异物来萃兮[6]，私怪其故。发书占之兮[7]，谶言其度[8]，曰："野鸟入室兮，主人将去。"请问于鵩兮："予去何之[9]？吉乎告我，凶言其灾[10]。淹速之度兮[11]，语予其期[12]。"鵩乃叹息，举首奋翼[13]；口不能言，请对以臆[14]："万物变化兮，固无休息[15]。斡流而迁兮，或推而还[16]。形气转续兮，变化而嬗[17]。沕穆无穷兮，胡可胜言[18]！祸兮福所倚，福兮祸所伏[19]；忧喜聚门兮[20]，吉凶同域[21]。彼吴强大兮，夫差以败；越栖会稽兮，句践霸世[22]。斯游遂成兮，卒被五刑[23]。傅说胥靡兮，乃相武丁[24]。夫祸之与福兮，何异纠缠[25]；命不可说兮，孰知其极[26]！水激则旱兮，矢激则远；万物回薄兮，振荡相转[27]。云蒸雨降兮，纠错相纷[28]；大钧播物兮[29]，坱圠无垠[30]。天不可预虑兮，道不可预谋[31]；迟速有命兮，焉识其时！且夫天地为炉兮，造化为工[32]；阴阳为炭兮，万物为铜。合散消息兮，安有常则[33]？千变万化兮，未始有极[34]！忽然为人兮，何足控抟[35]；化为异物兮[36]，又何足患！小智自私兮[37]，贱彼贵我；达人大观兮，物无不可[38]。贪夫殉财兮，烈士殉名[39]。夸者死权兮，品庶每生[40]。怵迫之徒兮[41]，或趋西东[42]；大人不曲兮[43]，意变齐同。愚士系俗兮，窘若囚拘；至人遗物兮[44]，独与道俱。众人惑惑兮[45]，好恶积亿[46]；真人恬漠兮[47]，独与道息。释智遗形兮[48]，超然自丧[49]；寥廓忽荒兮[50]，与道翱翔。乘流则逝兮，得坻则止[51]；纵躯委命兮[52]，不私与己。其生兮若浮，其死兮若休[53]；淡乎若深渊之静，泛乎若不系之舟[54]。不以生故自宝兮[55]，养空而浮[56]；德人无累[57]，知命不忧。细故蒂芥[58]，何足以疑[59]！"

【注释】

[1] 单阏（chán yān）：汉初沿用战国时期的太岁历，太岁在卯称单阏。贾谊作此赋时为文帝六年，即公元前173年，时为丁卯年。[2] 庚子：四月里的一天，古人用干支记日，故云。日斜：太阳西斜，指天将晚。[3] 鵩（fú）：《汉书·贾谊传》云："鵩似鸮，不祥鸟也。"又李善注《文选》引晋灼《巴蜀异物志》曰："有鸟小如鸡，体有文色，土俗因形名之曰鵩。不能远飞，行不出域。"今名猫头鹰，常夜间活动。民间以鵩为不祥之物，至人家，则主人死。集：止。予舍：我的屋子。[4] 坐隅：座位的一角。[5] 闲暇：从容不惊。[6] 萃：止。[7] 发：拿出。占：占卜。[8] 谶（chèn）：预示吉凶的话，这里指占卜的结果。度：吉凶的限度。[9] 之：往。[10] 以上两句言：若为吉事就告诉我，如有凶事也请明言将会是什么灾难。[11] 淹速：迟速。淹，迟。[12] 期：期限。[13] 以上两句：欲有所言貌。[14] 臆：胸，这里指胸中的意念。[15] 固：本来。[16] 以上两句：斡流而迁：流转变迁。斡，转。推而环：推移回环。[17] 蝉（chán）：蜕化。[18] 沕穆：精深微妙。胜：尽。言万物变化之理，深微无穷，不可尽说。《鹖冠子》云："变化无穷，何可胜言。"[19] 以上两句出自老子《道德经》，意思是说祸和福是相互依存、相互转化的。[20] 聚门：聚集在一门之内。[21] 同域：同在一个地域中。[22] 以上四句：用春秋时吴、越相争的事例来说明成败、得失相互转化的道理。吴王夫差曾打败了越王勾践，勾践为了复仇，卧薪尝胆，发奋图强，终于灭吴。《史记·越王勾践世家》载其事。[23] 斯：即李斯，楚国人，尝"从荀卿学帝王之术"，后入秦为相。秦二世时，为赵高所谗，终受五刑。五刑：《汉书·刑法志》载："当三族者，皆先黥、劓，斩左右趾，笞杀之，枭其

首，菹其骨于市，其诽谤罝诅者，又先断舌，故谓之具五刑。"按：李斯系被腰斩，盖与上述五刑相仿，故云。[24]傅说（yuè）：殷相。武丁：殷高宗名。胥靡：古代刑罚名，将犯人串拴在一起，使其服役。相传傅说曾在傅岩操筑，武丁得之，以为贤人，遂用为相。[25]语出《鹖冠子》，其原文为："祸与福如纠缪也。纠缪：指绳索，三股为纠，两股为缪。此以绳索之绞合喻福祸相依。[26]极：究竟。[27]《鹖冠子》云："水激则悍，矢激则远，精神回薄，振荡相转。"旱：同"悍"，凶猛。此言水矢各有常速，为外物所击则或悍或远，发生变化。[28]纠错：纠缠错杂。纷：纷乱。[29]大钧：比喻造化。钧，制陶用的转轮。播物：育化万物。[30]块圠（yǎng yà）：无边无际。垠（yín）：边际。[31]语出《鹖冠子》，其原文为："天不可预谋，道不可预虑。"[32]《庄子·大宗师》："今一以天地为大炉，以造化为大冶，恶乎往而不可哉！"[33]《庄子·知北游》中说："人之生也，气之聚也，聚为生，散为死。"[34]未始：未尝。《庄子·田子方》："生有所乎萌，死有所乎归，始终相反乎无端，而莫知乎其所穷。"[35]忽然：偶然。控抟（tuán）：引持，即贪恋珍惜。[36]异物：非人，指死。[37]小智：智慧浅小之人。[38]达人：和小智相反，指通达的人。大观：眼界开阔。《庄子·齐物论》中说："物固有所然，物固有所可。无物不然，无物不可。"[39]殉：追求。[40]每：贪。[41]怵（xù）迫：为利益所惑和贫贱所迫。怵：引诱，诱惑。《管子·心术》："是以君子不怵乎好，不迫乎恶。"[42]或趋西东：四处奔走以逐利。[43]大人：与天地同德之人。曲：指为外物所曲。[44]至人：《庄子·天下》云："不离于真，谓之至人。"即有至德之人。遗物：能超脱外物的牵累。[45]惑惑：言惑乱之甚。[46]好恶积亿：所憎所爱积累很多，极言为外物所困之甚。[47]真人：指得天地至道的人。恬漠：淡漠安静。[48]释智遗形：停止思想，遗弃形体。[49]自丧：自忘其身，言与道同在。[50]寥廓：深远开阔貌。忽荒：同"恍惚"。此言成为真人之后，与天地一体的混沌境界。[51]坻（chí）：水中的小块陆地。[52]"纵躯委命"两句：《鹖冠子》曰："纵躯委命，与时往来。"言真人应委命造化,一切任凭时运自然的发展。[53]语见《庄子·刻意》:"其生若浮,其死若休。"谓死生同也。[54]淡:安静。泛:漂浮。[55]此句言:不因为活着的缘故就格外珍惜自己,即不应贪恋世俗的利益。[56]"养空"句:涵养空虚之性而与道浮游。[57]德人:《庄子．天地》:"德人者,居无思,行无虑,不藏是非美恶。"累:牵累。[58]细故:细小事故。蒂(dì)芥:即芥蒂,芒刺,喻小不快意的事。指鹏鸟之入室也。[59]疑:虑。

【评点】

此赋的创作稍晚于《吊屈原赋》。作者吸收了先秦诸子所习用的寓言手法,借一只偶然飞入屋中的鹏鸟之口,发表了自己对宇宙人生的看法。这在汉初的辞赋创作中颇具开创意义,其后扬雄的《逐贫赋》在某种程度上就受到过此篇的启发。和《吊屈原赋》一样,此赋也大量地运用"兮"字句,并且全文充满了浓厚的道家思想,这些都足以表明贾谊的赋作正处在从战国以来的骚体赋向自具面目的汉大赋过渡的过程中。

七　发

枚　乘

【作者简介】

枚乘（？－前140），字叔，西汉淮阴（今属江苏省）人。文帝时曾为吴王刘濞郎中，濞欲谋反，乘切谏不听。遂至梁，为梁孝王宾客。武帝立，慕其名，安车蒲轮欲迎往长安，逝于中途。枚乘在汉赋体制的演变中起过很重要的作用。他打破了战国以来骚体赋的传统，使其进一步散体化，开汉大赋排比铺张之先河。

楚太子有疾，而吴客往问之[1]，曰："伏闻太子玉体不安，亦少间乎[2]？"太子曰："惫[3]！谨谢客。"客因称曰："今时天下安宁，四宇和平[4]，太子方富于年[5]。意者久耽安乐[6]，日夜无极[7]，邪气袭逆[8]，中若结轖[9]。纷屯澹淡[10]，嘘唏烦酲[11]，惕惕怵怵[12]，卧不得瞑[13]。虚中重听[14]，恶闻人声。精神越渫[15]，百病咸生[16]。聪明眩曜[17]，悦怒不平[18]。久执不废[19]，大命乃倾[20]。太子岂有是乎[21]？"太子曰："谨谢客。赖君之力[22]，时时有之，然未至于是也。"客曰："今夫贵人之子，必宫居而闺处，[23]内有保母[24]，外有傅父[25]，欲交无所[26]。饮食则温淳甘膬[27]，腥酸肥厚[28]；衣裳则杂遝曼暖[29]，燂烁热暑[30]。虽有金石之坚，犹将销铄而挺解也[31]，况其在筋骨之间乎哉？故曰：纵耳目之欲[32]，恣支体之安者[33]，伤血脉之和[34]。且夫出舆入辇[35]，命曰蹷痿之机[36]；洞房清宫[37]，命曰寒热之媒[38]；皓齿蛾眉[39]，命曰伐性之斧[40]；甘脆肥脓[41]，命曰腐肠之药[42]。今太子肤色靡曼[43]，四支委随[44]，筋骨挺解，血脉淫濯[45]，手足堕窳[46]；越女侍前[47]，齐姬奉后[48]；往来游醼[49]，纵恣于曲房隐间之中[50]。此甘餐毒药[51]，戏猛兽之爪牙也[52]。所从来者至深远[53]，淹滞永久而不废[54]；虽令扁鹊治内[55]，巫咸治外[56]，尚何及哉！今如太子之病者，独宜世之君子[57]，博见强识[58]，承间语事[59]，变度易意[60]，常无离侧[61]，以为羽翼[62]。淹沉之乐[63]，浩唐之心[64]，遁佚之志[65]，其奚由至哉[66]！"太子曰："诺。病已[67]，请事此言[68]。"

客曰："今太子之病，可无药石针刺灸疗而已[69]，可以要言妙道说而去也[70]。不欲闻之乎？"太子曰："仆愿闻之[71]。"

客曰："龙门之桐[72]，高百尺而无枝。中郁结之轮菌[73]，根扶疏以分离[74]。上有千仞之峰[75]，下临百丈之溪。湍流溯波[76]，又澹淡之[77]。其根半死半生。冬则烈风、漂霰、飞雪之所激也[78]，夏则雷霆、霹雳之所感也[79]。朝则鹂黄、鳱鴠鸣焉[80]，暮则羁雌、迷鸟宿焉[81]。独鹄晨号乎其上[82]，鹍鸡哀鸣翔乎其下[83]。于是背秋涉冬[84]，使琴挚斫斩以为琴[85]，野茧之丝以为弦[86]，孤子之钩以为隐[87]，九寡之珥以为约[88]。使师堂操《畅》[89]，伯子牙为之歌[90]。歌曰：'麦秀蔪兮雉朝飞[91]，向虚壑兮背槁槐[92]，依绝区兮临回溪[93]。'飞鸟闻之，翕翼而不能去[94]。野兽闻之，垂耳而不能行。蚑、蟜、蝼、蚁闻之[95]，柱喙而不能前[96]。此亦天下之至悲也，太子能强起听之乎？"太子曰："仆病未能也。"

客曰："犓牛之腴[97]，菜以笋蒲[98]。肥狗之和[99]，冒以山肤[100]。楚苗之食[101]，安胡之饭[102]，抟之不解[103]，一啜而散[104]。于是使伊尹煎熬[105]，易牙调和[106]。熊蹯之臑[107]，勺药之酱[108]。薄耆之炙[109]，鲜鲤之脍[110]。秋黄之苏[111]，白露之茹[112]。兰英之酒[113]，酌以涤口。山梁之餐[114]，豢豹之胎[115]。小饭大歠[116]，如汤沃雪[117]。此亦天下之至美也，太子能强起尝之乎？"太子曰："仆病未能也。"

客曰："钟、岱之牡[118]，齿至之车[119]；前似飞鸟，后类距虚[120]。稻麦服处[121]，躁中烦外[122]。羁坚辔[123]，附易路[124]。于是伯乐相其前后[125]，王良、造父为之御[126]，秦缺、楼季为之右[127]。此两人者[128]，马佚能止之[129]，车覆能起之[130]。于是使射千镒之重[131]争千里之逐[132]。此亦天下之至骏也[133]，太子能强乘之乎？"太子曰："仆病未能也。"

客曰："既登景夷之台[134]，南望荆山[135]，北望汝海[136]，左江右湖[137]，其乐无有[138]。于是使博辩之士[139]，原本山川[140]，极命草木[141]，比物属事[142]，离辞连类[143]。浮游览观[144]，乃下置酒于虞怀之宫[145]。连廊四注[146]，台城层构[147]，纷纭玄绿[148]。辇道邪交[149]，黄池纡曲[150]。溷章、白鹭[151]，孔鸟、鹍鹄、鸧鸹、鵁鹣[152]，翠鬣紫缨[153]。螭龙、德牧[154]，邕邕群鸣[155]。阳鱼腾跃[156]，奋翼振鳞[157]。淑潦、莠蓼[158]，蔓草芳苓[159]。女桑、河柳[160]，素叶紫茎[161]。苗松、豫章[162]，条上造天[163]。梧桐、并间[164]，极望成林[165]。众芳芬郁[166]，乱于五风[167]。从容猗靡[168]，消息阳阴[169]。列坐纵酒，荡乐娱心[170]。景春佐酒[171]，杜连理音[172]。滋味杂陈[173]，肴糅错该[174]。练色娱目[175]，流声悦耳[176]。于是乃发《激楚》之结风[177]，扬郑、卫之皓乐[178]。使先施、征舒、阳文、段干、吴娃、闾娵、傅予之徒[179]，杂裾垂髾[180]，目窕心与[181]；揄流波[182]，杂杜若[183]，蒙清尘[184]，被兰泽[185]，嬿服而御[186]。此亦天下之靡丽皓侈广博之乐也[187]，太子能强起游乎？"太子曰："仆病未能也。"

客曰："将为太子驯骐骥之马[188]，驾飞軨令之舆[189]，乘杜骏之乘[190]。右夏服之劲箭[191]，左乌号之雕弓[192]。游涉乎云林[193]，周驰乎兰泽[194]，弭节乎江浔[195]。掩青蘋[196]，游清风[197]。陶阳气[198]，荡春心[199]。逐狡兽[200]，集轻禽[201]。于是极犬马之才[202]，困野兽之足[203]，穷相御之智巧[204]，恐虎豹，慑鸷鸟[205]。逐马鸣镳[206]，鱼跨麋角[207]。履游麕兔[208]，蹈践麏鹿[209]，汗流沫坠[210]，冤伏陵窘[211]。无创而死者[212]，固足充后乘矣[213]。此校猎之至壮也[214]，太子能强起游乎？"太子曰："仆病未能也。"然阳气见于眉宇之间[215]，侵淫而上[216]，几满大宅[217]。

客见太子有悦色，遂推而进之曰[218]："冥火薄天[219]，兵车雷运[220]，旍旗偃蹇[221]，羽毛肃纷[222]。驰骋角逐，慕味争先[223]。徼墨广博[224]，观望之有圻[225]。纯粹全牺[226]，献之公门[227]。"太子曰："善！愿复闻之。"

客曰："未既[228]。于是榛林深泽[229]，烟云闇莫[230]，兕虎并作[231]。毅武孔猛[232]，袒裼身薄[233]。白刃硙硙[234]，矛戟交错。收获掌功[235]，赏赐金帛。掩蘋肆若[236]，为牧人席[237]。旨酒嘉肴[238]，羞炰脍炙[239]，以御宾客[240]。涌觞并起[241]，动心惊耳。诚必不悔[242]，决绝以诺[243]；贞信之色[244]，形于金石[245]。高歌陈唱，万岁无斁[246]。此真太子之所喜也，能强起而游乎？"太子曰："仆甚愿从，直恐为诸大夫累耳[247]。"然而有起色矣。

客曰："将以八月之望[248]，与诸侯远方交游兄弟，并往观涛乎广陵之曲江[249]。至则未见涛之形也，徒观水力之所到，则恤然足以骇矣[250]。观其所驾轶者[251]，所擢拔者，所扬汩者，所温汾者，所涤汔者，虽有心略辞给[252]，固未能缕形其所由然也[253]。怳兮忽兮[254]，聊兮栗兮[255]，混汩汩兮[256]，忽兮慌兮[257]，俶兮傥兮[258]，浩瀁瀁兮[259]，慌旷旷兮[260]。秉意乎南山[261]，通望乎东海[262]。虹洞兮苍天[263]，极虑乎涯涘[264]。流揽无穷[265]，归神日母[266]。汩乘流而下降兮[267]，或不知其所止。或纷纷其流折兮[268]，忽缪往而不来[269]。临朱汜而远逝兮[270]，中虚烦而益怠[271]。莫离散而曙发兮[272]，内存心而自持[273]。于是澡概胸中[274]，洒练五藏[275]，澹澹手足[276]，颒濯发齿[277]，揄弃恬怠[278]，输写淟浊[279]，分决狐疑[280]，发皇耳目[281]。当是之时，虽有淹病滞疾[282]，犹将伸

37

伛起蹙[283]，发瞽披聋而观望之也[284]，况直眇小烦懑[285]，酲酕病酒之徒哉！故曰："发蒙解惑，不足以言也[286]。"太子曰："善！然则涛何气哉[287]？"

客曰："不记也[288]。然闻于师曰，似神而非者三[289]：疾雷闻百里[290]；江水逆流，海水上潮[291]；山出内云，日夜不止[292]。衍溢漂疾[293]，波涌而涛起。其始起也[294]，洪淋淋焉[295]，若白鹭之下翔。其少进也，浩浩溰溰[296]如素车白马帷盖之张[297]。其波涌而云乱[298]，扰扰焉如三军之腾装[299]。其旁作而奔起也[300]，飘飘焉如轻车之勒兵[301]。六驾蛟龙[302]，附从太白[303]。纯驰浩蜺[304]，前后骆驿[305]，颙颙卬卬[306]，椐椐强强[307]，莘莘将将[308]。壁垒重坚[309]，沓杂似军行[310]，訇隐匈磕[311]，轧盘涌裔[312]，原不可当[313]。观其两旁，则滂渤怫郁[314]，闇漠感突[315]，上击下律[316]。有似勇壮之卒，突怒而无畏[317]；蹈壁冲津[318]，穷曲随隈[319]，逾岸出追[320]；遇者死，当者坏[321]。初发乎或围之津涯[322]，荄轸谷分[323]。回翔青篾[324]，衔枚檀桓[325]。弭节伍子之山[326]，通厉骨母之场[327]。凌赤岸[328]，篲扶桑[329]，横奔似雷行。诚奋厥武[330]，如振如怒[331]，沌沌浑浑[332]，状如奔马。混混庉庉[333]，声如雷鼓。发怒庢沓[334]，清升逾跇[335]，侯波奋振[336]，合战于藉藉之口[337]。鸟不及飞，鱼不及回，兽不及走[338]。纷纷翼翼[339]，波涌云乱。荡取南山[340]，背击北岸[341]。覆亏丘陵[342]，平夷西畔[343]，险险戏戏[344]，崩坏陂池[345]，决胜乃罢[346]，汧汩潺溪[347]。披扬流洒[348]。横暴之极，鱼鳖失势[349]，颠倒偃侧，沈沈湲湲[350]，蒲伏连延[351]。神物怪疑[352]，不可胜言。直使人踣焉[353]，洄闇凄怆焉[354]。此天下怪异诡观也[355]，太子能强起观之乎？"太子曰："仆病未能也。"

客曰："将为太子奏方术之士有资略者[356]，若庄周、魏牟、杨朱、墨翟、便蜎、詹何之伦[357]。使之论天下之精微[358]，理万物之是非[359]。孔、老览观[360]，孟子筹之[361]，万不失一。此亦天下要言妙道也，太子岂欲闻之乎？"于是太子据几而起曰[362]："涣乎若一听圣人辩士之言[363]。"涊然汗出[364]，霍然病已[365]。

【注释】

[1]楚太子、吴客：皆为作者所虚拟的人物。[2]少间：稍愈。间，好转。[3]惫：疲惫，困乏。[4]四宇：四方。[5]富于年：即年轻。[6]意者：料想，想来。耽：沉迷。[7]无极：无度。[8]袭逆：言邪气侵入体内而为逆。[9]中：指胸中。结轖（sè）：郁结不通。[10]纷屯澹淡：心思昏乱、摇荡之貌。[11]嘘唏：叹息声。烦酲（chéng）：烦乱如醉。酲，酒醉。[12]惕（tì）惕怵（chù）怵：忧惧烦乱貌。[13]暝：安睡。[14]虚中：体内虚弱。重听：听觉迟钝。[15]越渫（xiè）：唤散。渫，分散。[16]咸：皆。[17]聪：听觉。明：视觉。眩曜：迷乱貌。[18]不平：不均，犹言失常。[19]执：保持。废：止。此句言病情长期持续而不愈。[20]大命：生命。倾：倒，坏。[21]是：这些，指上面所述之病症。[22]"赖君之力"以下三句：言仰赖国君之力，得以久耽安乐而时有上述病症，然尚不至于这样严重。[23]宫居：居于宫中。闱处：处于闱门之内。闱，宫中小门。[24]保母：指负责生活的妇女。[25]博父：负责辅导教育的男子。[26]交：交往。无所：没有机会。[27]温淳：味厚。甘脆（cuì）：脆甜爽口，同"脆"[28]腥（chéng）：肥肉。酞（nóng）：醇酒。[29]杂遝（tà）：纷杂众多貌。曼：轻细。[30]燂（xún）：火热。烁（shuò）：热。[31]销铄（shuò）：熔化。挺解：散缓。[32]耳目之欲：谓声色之满足。[33]恣：放纵。支：通"肢"。[34]和：调和。[35]出舆入辇：谓出入乘车。舆、辇，皆乘具。[36]命曰：叫做。蹷痿（jué wěi）：身体麻痹、瘫痪而不能行走之病。机：征兆。[37]洞房：幽深的房屋。清宫：清凉的宫室。[38]寒热：感寒或受热。媒：媒介。[39]皓齿蛾眉：指美女。皓，白。[40]伐：砍伐，此谓伤害。性：性命。[41]脓：同"酞"。[42]腐肠：使肠胃腐烂。[43]靡曼：柔

39

弱貌。[44]委随：屈伸不灵。[45]淫濯：扩大。[46]堕窳（yǔ）：懈怠软弱。[47]越女：越国的女子。侍前：在前面侍奉。[48]齐姬：齐国来的姬妾。[49]酤：同"宴"。[50]曲房：深曲的房子。隐间：秘室。[51]甘餐毒药：把毒药当做甘甜的食物吃。餐，吃。[52]此句言与猛兽的爪牙相戏耍。[53]此句言得病的由来极为深远。[54]淹滞：拖延。废：止。[55]扁鹊：先秦时名医。治内：治疗体内疾病。[56]巫咸：传说中的神巫，善以祷祝为人祛病。治外：指于身体之外进行祷祝。[57]宜：应该。[58]博见强识：见识广博而记忆力强。识，记忆。[59]承间：乘机会。语事：谈论事情。[60]变度易意：改变其思虑和心意。[61]侧：指太子之侧。[62]羽翼：辅佐。[63]淹沉：沉耽。[64]浩唐：浩荡，放荡貌。[65]遁佚：放纵。[66]奚由：何从。[67]病已：病愈。[68]事：行事。[69]药石：药物。[70]要言：中肯之言。妙道：精妙的道理。说（shuì）：劝说。[71]仆：自称谦词。[72]龙门：山名，在今陕西省韩城县与山西省河津县之间。桐：木名，其材宜制琴瑟。[73]郁结：指纹理聚结。轮菌：盘曲貌。[74]扶疏：向四面分布。[75]仞（rèn）：八尺，或云七尺。[76]湍流：急流。溯波：波浪逆洄。[77]澹淡：摇荡。[78]漂：通"飘"。激：激荡。[79]感：触。[80]鹂黄：黄鹂。鸤鸠（hàn dàn）：鸟名。[81]羁雌：失群的雌鸟。迷鸟：迷失方向的鸟。[82]独：孤单。鹄（hú）：即天鹅。[83]鹍（kūn）鸡：鸟名。[84]背秋：离秋。涉：至。[85]琴挚：春秋时鲁乐官，善鼓琴。斫斩：砍伐。[86]野茧：野蚕之茧。弦：琴弦。[87]钩：衣带钩。隐：琴上装饰物。[88]杂寡：指春秋时鲁国女琴师，夫早亡，独与九子居。上句"孤子"即其九子也。珥：耳饰。约：琴徽。[89]师堂：一称"师襄"，字子京，相传孔子曾向他学琴。操：弹奏。《畅》：相传尧时琴曲名。[90]伯子牙：春秋时著名琴师俞伯牙。[91]秀：吐穗开花。蕲（jiān）：麦芒。雉（zhì）：鸟名，即野鸡。[92]虚壑：空谷。槁：枯。此句言雉离开枯槐而飞向空谷。[93]绝区：险绝之地。回溪：曲回的溪流。[94]翕（xì）翼：合拢翅膀。翕：合。[95]蚑（qí）：蟏蛸，一种长脚蜘蛛。蟜（jiǎo）：虫名。

蝼：蝼蛄。[96]柱：支，此谓张开。喙（huì）：嘴。[97]牺（chú）牛：小牛。胾：腹下肥肉。[98]菜以笋蒲：配上笋菜和蒲菜。[99]和：羹。[100]冒：通"芼"，用菜调和。山肤：植物名，或云即石耳。[101]楚苗之食：以楚地苗山所产之禾为食物。[102]安胡：又称雕胡，即菰（gū）米。饫：同"饭"。[103]抟（tuán）：团聚。不解：不散，言米之粘性很强。[104]一啜（chuò）而散：一吃入口中即散。啜，尝。[105]伊尹：商汤时大臣，长于烹调。煎熬：烹调。[106]易牙：春秋时齐桓公宠臣，善调味。调和：调和五味。[107]熊蹯（fán）：熊掌。胹（ér）：煮烂。[108]勺药：即"芍药"，古人以为它有"和五脏、辟毒气"的功能。[109]薄耆：切成薄片的兽脊肉。炙：烤肉。[110]脍（kuài）：鱼片。[111]秋黄之苏：秋天变为黄色的紫苏。苏：紫苏，药草名。[112]茹：蔬菜。白露以后，秋嫁始成，故菜亦熟。[113]兰英之酒：用兰花泡制的酒。[114]山梁之餐：指野鸡肉。典出《论语·乡党》："山梁雌雉。"[115]豢豹：为人所豢养之豹。胎：此指用豹胎制成的食物。[116]歠（chuò）：饮。[117]如汤沃雪：喻吃饭速度之快。汤，热水。沃，浇。[118]钟、岱：岱当做"代"，皆古赵国地名，以产马著称。牡：雄马。[119]齿至之车：年齿适中的马所驾的车。齿至，年齿适中。[120]距虚：兽名，善奔走。以上两句极写马之快。[121]穛（zhuō）麦：早熟的麦子。服处：服用，此指饲马。[122]躁中烦外：马精壮而烦躁不安，思奔走也。[123]羁：勒。坚辔：结实的辔头。[124]附：依循。易路：平坦的道路。[125]伯乐：春秋时人，以善相马而著名。[126]王良：春秋时晋国善驾车的人。造父：相传为周穆王御者，曾载穆王西游。[127]秦缺：古代勇士。楼季：战国时魏之勇士，善于攀登跳跃。右：车右。[128]两人：指秦缺、楼季。[129]佚：同"逸"，奔散。[130]覆：倾倒。起：扶起。[131]射：打赌。镒（yì）：古代重量单位，一镒为二十四两。[132]争：竞争。逐：奔跑。[133]至骏：最好的马。[134]景夷：台名。李善注《文选》引《战国策》云："鲁君曰：'楚王登京台，南望猎山，左江右湖，其乐之忘死。'"（今本《战国策》文字与此略有不同）京台即景夷台，在今湖北省监利县北。[135]荆山：即猎山，在今湖北华容县境。[136]汝海：即汝水，源出河南省嵩县，东南注入淮河，称海乃夸言其大也。[137]江：指长江。湖：指洞庭湖。[138]无有：言其为世上所没有。[139]博辩：学识广博而有口才。[140]原本山川：述说山川的原原本本。[141]极命草木：尽举草木之名。极：尽命：名。[142]比物：排比事物。属：连接，归纳。[143]离辞连类：连缀同类事物铺写成文。离，同"丽"，附着。[144]浮游：漫游。[145]虞怀：宫殿名，虞怀即娱心，盖假托之名也。[146]连廊：回廊相连。四注：屋顶四面呈坡形，皆可出水。此句极言建筑之富丽豪华。[147]台城：有台的城。层构：重叠的建筑。[148]纷纭：盛貌。玄：黑色。此写台城之颜色。[149]辇道：车道。邪交：纵横交错，邪通"斜"。[150]黄池：即"黄池"，绕城的积水池。纡曲：曲回。[151]漍章：鸟名，未详。[152]孔鸟：即孔雀。鹍（kūn）鹄：即鹍鸡。鹓（yuān）鹄：凤类鸟名。鸡鹊（jiāo jīng）：水鸟名。[153]鬣（liè）：头顶之毛。缨：颈上之毛。[154]螭：雌龙。龙：雄龙。此指雌鸟和雄鸟。德牲：鸟名。[155]邕（yōng）邕：鸟和鸣声。[156]阳鱼：古人认为鱼类属阳，故云。[157]奋：摇动。翼：指鱼鳍。[158]液潦（jì liáo）：清净的水。荋（chóu）、蓼（liǎo）：皆水草名。[159]芳苓：草名。[160]女桑：柔嫩的小桑树。河柳：生在河畔的柳树。[151]素叶：叶色纯粹，指女桑。紫苓：指河柳。[162]苗松：苗山之松。豫章：樟树。[163]条：枝。造：到达。[164]并间：即棕榈树。[165]极望：极目远望。[166]芬郁：香气浓郁。[167]五风：五方之风。[168]从容：随意貌。猗靡：摇摆。[169]消息：生和灭，引申为隐现。阴：暗。阳：明。此句言树叶随风隐现，忽明忽暗。[170]荡乐：纵情作乐。[171]景春：战国时纵横家，长于辞令。佐酒：陪酒。[172]杜连：古代善鼓琴者。理音：调音，此谓奏乐。[173]滋味：多种美味。陈：陈列。[174]肴糅（róu）：各种鱼肉之类的荤菜。糅，杂。错：错杂。该：备。[175]练色：经过挑选的美色。[176]流声：流啭的声音。[177]《激楚》：歌曲名。结风：旋风，此指《激楚》之曲的迅急音调。[178]郑、卫：皆先秦古国名，

42

以产与雅乐相对的新声著名。皓乐：优美动听的乐曲。[179]先施：即西施。征舒：或云指春秋时夏征舒之母夏姬。阳文：楚美女。吴娃：吴国美女。闾娵（zōu）：战国时梁王魏婴之美人。段干、傅予：均不详。以上所列皆古代美人名。[180]杂裾：各色衣裾。裾，衣之前后襟。霄（shāo）：燕尾形发髻。[181]目窕：用目光挑逗，窕通"挑"。心与：心中相许。[182]揄：引。此句言引水洗澡。[183]杜若：香草名。[184]蒙清尘：言头发上若有尘雾笼罩着。[185]兰泽：兰膏。[186]嬿：美好。御：此谓侍奉。[187]靡：淫靡。皓：通"浩"，盛大。广博：众多。[188]驯：驯服。骐骥：骏马。[189]轸（líng）：车轮。飞轸言其快也。[190]杜骏之乘（shèng）：骏马所拉之车。[191]夏服：夏后氏的箭袋，服通"箙"。[192]乌号：相传为黄帝所用之弓名。雕弓：雕有花纹的弓。[193]云林：云梦泽中的树林。泽在今湖南、湖北交界处，春秋战国时属楚。[194]周驰：环绕奔驰。兰泽：生有兰草的泽地。[195]弭节：停鞭，此谓停车。浒：水边。[196]掩：压倒。草料，蒴：当作"蒢"，草名，生于陆上。此句言车马践行于水边之草地。[197]游：当做"溯"，迎着。[198]陶：陶冶。阳气：春天之气。[199]荡：洗涤。[200]狡兽：凶猛的野兽。[201]集：攒射。轻禽：轻捷的飞鸟。[202]极：尽，此谓充分施展。[203]困：使困乏。此句言追逐野兽而使其困乏。[204]穷：用尽。相：辅相，指射猎时帮助策划的人。御：驾车的人。[205]恐虎豹，慑鸷鸟：使虎豹恐惧，使鸷鸟害怕。鸷，鹰一类的猛禽。[206]逐：驱逐。鸣镳：谓铃铛鸣于马镳。镳，马勒两旁的横铁，上可系铃铛。[207]鱼跨：似鱼之腾跃。麋角：似麋之角逐。[208]履游：践踏。麕（jūn）：兽名，鹿类。[209]麖（jīng）：兽名，鹿类。[210]沫：口中之沫。此句言犬马奔驰劳累之貌。[211]冤伏：畏缩藏伏。陵窘：急促窘迫。此句言野兽见逐而奔逃藏匿。[212]无创而死者：指因惊吓而死的野兽。创，伤。[213]充后乘：装满后车。[214]校猎：设栅栏而围猎。至壮：至为壮观。[215]阳气：喜悦之气。[216]侵淫：扩展貌。[217]几：几乎。大宅：指面部。[218]推而进之：犹言进一步。[219]冥火：夜间燃火。薄：迫近。此言夜间纵火驱兽。[220]兵车雷运：谓兵车运行，声如雷鸣。[221]旝：同"旌"。偃蹇(jiǎn)：高耸貌。[222]羽毛：鸟羽和牛尾，皆旌旗上之装饰物。肃纷：整齐而众多。[223]慕味：追求美味。[224]缴：同"邀"，遮拦。墨：指为驱赶猎物而焚烧的野地，以其为黑色，故云。广博：宽广。[225]圻：通"垠"，边际。[226]纯粹：毛色纯一。全、牺：皆兽类专称，色纯曰牺，体完曰全。[227]公门：诸侯之门。[228]未既：还没有完。既，完。[229]榛林：丛林。[230]闇莫：阴暗貌。[231]兕(sì)：野牛的一种，状如犀牛。作：起。[232]毅武：刚毅勇武之士，此指参与围猎的人。孔：很。[233]袒裼(tǎn xī)：裸露身臂。身：亲身。薄：迫近，此指与野兽搏斗。[234]皜皜：同"皓皓"，白亮貌。[235]掌功：记录功劳。掌，掌管。以下两句：言记功而往赏。[236]肆：陈列。若：杜若。[237]牧人：管理牲畜的官。[238]旨酒：美酒。[239]羞：美味的食物。炰(páo)：烧烤的食物。脍：细切之肉。[240]御：进献。[241]涌觞：斟满的酒杯。并起：齐举。[242]必：一定，守信用。[243]决绝以诺：言事之成与否，但凭一诺而毫不犹豫。决绝，坚决。以上两句皆写众宾之言语。[244]贞信：忠贞诚信。色：指表情，态度。[245]形：表现。金石：乐器。[246]致(yì)：厌。[247]直：只。为诸大夫累：成为群臣的累赘。[248]望：阴历十五。[249]广陵：今江苏省扬州市。[250]怸然：惊惧貌。[251]以上五句：皆言波涛之动态。驾轶：腾越。擢拔：耸起。扬汩(yù)：飞扬激荡。温汾：回旋结聚。涤汔(qì)：冲击。[252]心略：智慧。辞给：有辩才。[253]缕形：细致描述。[254]恍(huáng)忽：同"恍惚"，言江涛浩荡，不可辨识。[255]聊栗：惊恐貌。[256]混：水势盛大。汩汩：水流声。[257]忽慌：同"恍惚"。[258]傲俋：突出貌，此言浪涛突起，俋通"倜"。[259]沉瀁(yǎng)：同"汪洋"，水广大貌。[260]慌：通"荒"，远。旷旷：辽阔广大貌。[261]秉意：集中注意。秉，执。南山：指江水发源之地。[262]通望：一直望到。[263]虹洞：水天相连貌。[264]极虑：尽思虑之所极。涯涘：水边，此指水天相连处。[265]流揽：流览。

[266]归神日母：言心神随江水驰向东方之太阳。日母，指太阳。
[267]"汩乘流"句：言浪涛随江流疾速东下。汩，疾速。[268]纷纭：言波浪盛多纷乱。流折：曲折奔流。[269]缪（liǎo）：纠缠。此句言波涛纠缠错杂，一去不回。[270]朱汜（sì）：盖为地名，未祥。[271]虚烦：空虚烦闷。益：更。怠：倦怠。以上言观涛者见浪潮远逝，心中感到空虚烦闷而更加倦怠。[272]莫：同暮。离散：指晚潮退散。曙发：指早潮到来。[273]存心：安定心神。自持：克制自己。以上两句言自晚潮退去，至早潮到来，观涛者的心神才得安定而自持。[274]澡概：洗涤，概同"溉"。[275]洒练：洗涤。藏：通"脏"。[276]澉澹（gǎn dàn）：洗涤。[277]颒（huì）濯：洗濯。[278]揄：挥。恬息：息惰。[279]输写：排除，写同"泻"。涊（tiǎn）浊：垢浊。[280]分决：解除。狐疑：疑虑。[281]发皇：启明。皇，明。[282]淹、滞：皆谓长久。[283]伸伛：使驼背的人伸直身躯。伛，伛偻。起躄（bì）：使跛足的人站起来。躄，跛足。[284]发瞽：启开瞎子的眼睛。披聋：通开聋子的耳朵。之：指涛。[285]况：何况。直：只是。眇小：此指小病。[286]发蒙：启发蒙昧。以上两句出自《黄帝内经·素问》，其原文为："发蒙解惑，未足以论也。"[287]何气：什么样的气象。[288]不记：不见于记载。[289]似神而非者三：言江涛有三种特征似神而非神。[290]疾雷：声似疾雷。此其特征之一。[291]"江水"二句：此特征之二。[292]"山出内云"二句：出内，同出纳，谓吞吐。此特征之三。[293]衍溢：平满貌。漂疾：湍急。[294]其：指波涛。[295]洪：盛大。淋淋：水倾泻落下貌。[296]浩浩：言水势浩大。洰（yí）洰：一片洁白。[297]帷盖：车帷和车盖。张：张开。[298]云乱：纷乱如云。[299]扰扰：纷乱貌。腾：奋起。装：装备。[300]旁作：旁起，横流。[301]飘飘：波浪飞涌貌。轻车：兵车的一种，此指将军所乘之车。勒兵：指挥军队。[302]六驾蛟龙：六条蛟龙驾车。[303]附从：跟从。太白：河神。[304]纯驰：或屯聚或奔驰，纯通"屯"。浩蛻：高大貌。[305]骆驿：连续不绝，同"络绎"。[306]颙（yóng）颙卬（áng）卬：波浪高大貌。[307]椐（jū）椐强强：言波涛前推后

继。[308]莘(shēn)莘将将：言波浪激荡奔腾。[309]壁垒重坚：言波浪如壁垒，重叠而坚厚。[310]沓(tà)杂：众多貌。军行(háng)：军队的行列。[311]訇隐匉磕(gài)：皆象声词，言波涛之声宏大。[312]轧盘：广大无际。涌裔：波涛奔流。[313]原：本。[314]滂渤怫(fú)郁：汹涌激荡。[315]闇漠：昏暗不明。感突：互相击撞。[316]上击下律：言波浪上下涌起跌落，相互击撞。律，当做"硉"(lù)，石自高处落下。[317]突怒：冲怒。[318]壁：崖壁。津：渡口。[319]隈：水湾。[320]逾：越出。出：超出。追：古"堆"字，指沙堆。[321]坏：毁灭。[322]或围：盖古地名。或，古"域"字。[323]荄(gāi)：通"陔"，山陇。軫：隐。此句言浪涛汹涌，如山陇之相掩隐，川谷之相区分。[324]回翔青篾：如青篾之回旋奔走。青篾：车名。[325]衔枚：言水流无声，有如口中衔枚。檀桓：犹言盘桓。[326]弭节：谓停止。伍子之山：山名，因伍子胥而得名。[327]通历：远奔。骨母：当做"胥母"，山名，在今江苏省。[328]凌：越过。赤岸：地名。[329]篲(huì)：扫，此谓扫过。扶桑：神话中树名。《淮南子》云："日出于旸谷，浴于咸池，拂于扶桑。"[330]诚：实在。奋：奋发。厥：其，它的。武：威武。[331]振：通"震"，发威。[332]沌沌浑浑：言水势之浩大。[333]混混庉(dùn)庉：波涛汹涌相激。[334]窒(zhì)沓：水受到阻碍而沸涌。窒，阻碍。沓，沸涌。[335]清升：清波上扬。逾跇(yì)：逾越。[336]侯：阳侯。传说中的大波之神。[337]藉藉：地名。口：山口。[338]以上三句极言涛势之急。[339]纷纷：众多貌。翼翼：勇健貌。[340]荡：激。[341]背：反。[342]覆亏：颠覆破坏。[343]平夷：荡平。畔：岸。[344]险险戏戏：危险貌，戏通"巇"。[345]陂(bēi)：池泽之堤岸。[346]决胜：取胜。[347]湁(jié)：水波相击。潗湈：水流。[348]披扬：波涛汹涌飞扬。流洒：浪花涌流飞洒。[349]失势：失去常态。[350]沈(yóu)沈溰溰：颠倒之貌。[351]蒲伏：同"匍匐"，伏地而行。连延：相继。此句言鱼鳖在水中不停起伏。[352]神物：谓水中的怪物。[353]踣(bó)：跌倒。[354]洄闇：昏乱失智貌。凄怆：心情悲凉。[355]诡观：奇异的景象。[356]奏：进，引荐。方术：道术。资略：资望和谋略。[357]庄周、魏牟、杨朱、墨翟、便蜎、詹何：皆为春秋战国时的才智之士。伦：类。[358]精微：精妙细微的道理。[359]理：条理。[360]孔、老：指孔子和老子。览观：审定。[361]筹：筹划。[362]据：倚着。几：几案。[363]涣：散。[364]涊（niǎn）然：汗出貌。[365]霍然：迅速貌。

【评点】

　　《七发》在辞赋发展史上占有至为重要的地位。它的出现，标志着汉代散体大赋的正式形成。全赋采用楚太子与吴客对话的形式，通过七件事情来说明奢侈腐化、淫逸享乐是导致统治者得病的根源，其中揭露的深刻与讽谏的锋芒都是此后"劝百讽一"的其他作品所无法相比的。另外，此赋虽为宏篇大作，但其结构严密而层次清楚，且行文富于变化。作者联想丰富，状物细腻，尤其观涛一段，历来为人所称道。尽管它在一定程度上已流露出了追求形式的倾向，但与后来汉赋作品之过分堆砌、臃肿呆板相比，此赋仍不失为挥洒自如、气势磅礴。同时，《七发》还为后世辞赋开拓了一种新的体裁——"七"体。

哀秦二世赋

司马相如

【作者简介】

司马相如(?-前118),字长卿,蜀郡成都人。景帝时曾为武骑常侍,因病免。后游梁,为梁孝王宾客,与邹阳、枚乘等人交游,作《子虚赋》,深受武帝赏识,并因蜀郡同乡狗监杨得意引举,拜为郎。晚年因病免,卒于家。

登陂陁之长阪兮[1],坌入曾宫之嵯峨[2]。临曲江之隑州兮[3],望南山之参差[4]。岩岩深山之谾谾兮[5],通谷豁乎谽谺[6]。汩淢靸以永逝兮[7],注平皋之广衍[8]。观众树之蓊薆兮[9],览竹林之榛榛[10]。东驰土山兮,北揭石濑[11]。弥节容与兮[12],历吊二世[13]。持身不谨兮[14],亡国失势;信谗不寤兮[15],宗庙灭绝[16]。乌乎!操行之不得[17],墓芜秽而不修兮[18],魂亡归而不食[19]。

【注释】

[1]陂陁(pō tuó):倾斜不平貌。阪(bǎn):山坡。[2]坌(bèn):并,同。曾:通"层",高。嵯峨:高耸貌。[3]曲江:即曲江池,在今陕西省西安市东南。秦为宜春苑,汉为乐游原,有河水曲折流过,故名曲江。隑(qí):曲岸。[4]南山:指终南山。参差(cēn cī):高低不平貌。[5]岩岩:高峻貌。谾(hōng)谾:幽空貌。[6]通谷:深谷。豁:开阔。谽谺(hān xiā):山谷空阔貌。[7]汩(gǔ)、淢(yù):同为急流。《庄子·达生》:"与齐俱入,与汩偕出。"《淮南子·本经

训》:"抑减怒濑,以扬激波。"靸(sǎ):本为踩倒鞋帮拖着鞋子走,此喻急流之腾跃也。永逝:一去不回。[8]注:流人。皋:水边高地。衍:低平之地。[9]观:观看。薆薱(ài):茂盛貌。[10]榛(zhēn)榛:繁密貌。[11]揭:疾驰。石濑:石上的急流。[12]弥节:停鞭。容与:逍遥自得。[13]历:至。二世:秦二世胡亥。[14]谨:谨慎。[15]信谗:听信谗言。《汉书》颜师古注曰:"谓杀李斯也。"寤:觉悟。[16]宗庙灭绝:指秦朝灭亡。宗庙,指秦王的祖庙。[17]乌乎:同"呜呼"。得:得当。[18]墓:指秦二世墓。不修:荒芜。[19]魂:指秦二世的阴魂。亡归:无处可归。不食:不能享用祭品。

【评点】

此赋为司马相如侍从汉武帝过宜春宫时所献。作者沿途经过秦二世墓,有感于秦朝灭亡的历史,因而奋笔名篇。所以它虽是小赋,但和作者其他那些铺张扬厉、劝百讽一的大赋相比,倒不失为一篇藉古抒怀的优秀之作。

长 门 赋

司马相如

　　夫何一佳人兮[1]，步逍遥以自虞[2]。魂逾佚而不反兮[3]，形枯槁而独居[4]。言我朝往而暮来兮，饮食乐而忘人[5]。心慊移而不省故兮[6]，交得意而相亲[7]。

　　伊予志之慢愚兮[8]，怀贞悫之欢心[9]。愿赐问而自进兮[10]，得尚君之玉音[11]。奉虚言而望诚兮[12]，期城南之离宫[13]。修薄具而自设兮[14]，君曾不肯乎幸临[15]。廓独潜而专精兮[16]，天漂漂而疾风[17]。登兰台而遥望兮[18]，神怳怳而外淫[19]。浮云郁而四塞兮[20]，天窈窈而昼阴[21]。雷殷殷而响起兮[22]，声象君之车音。飘风回而起闺兮[23]，举帷幄之襜襜[24]。桂树交而相纷兮[25]，芳酷烈之訚訚[26]。孔雀集而相存兮[27]，玄猿啸而长吟[28]。翡翠协翼而来萃兮[29]，鸾凤翔而北南。

　　心凭噫而不舒兮[30]，邪气壮而攻中[31]。下兰台而周览兮[32]，步从容于深宫。正殿块以造天兮[33]，郁并起而穹崇[34]。间徙倚于东厢兮[35]，观夫靡靡而无穷[36]。挤玉户以撼金铺兮[37]，声噌吰而似钟音[38]。

　　刻木兰以为榱兮[39]，饰文杏以为梁[40]。罗丰茸之游树兮[41]，离楼梧而相撑[42]。施瑰木之欂栌兮[43]，委参差以槺梁[44]。时仿佛以物类兮[45]，象积石之将将[46]。五色炫以相曜兮[47]，烂耀耀而成光[48]。致错石之瓴甓兮[49]，象玳瑁之文章[50]。张罗绮之幔帷兮[51]，垂楚组之连纲[52]。

　　抚柱楣以从容兮[53]，览曲台之央央[54]。白鹤噭以哀号兮^[55]，孤雌跱于枯杨^[56]。日黄昏而望绝兮^[57]，怅独托于空堂^[58]。悬明月以自照兮^[59]，徂清夜于洞房^[60]。援雅琴以变调兮^[61]，奏愁思之不可长^[62]。案流征以却转兮^[63]，声幼眇而复扬^[64]。贯历览其中操兮^[65]，意慷慨而自卬^[66]。左右悲而垂泪兮^[67]，涕流离而从横^[68]。舒息悒而增欷兮^[69]，蹝履起而彷徨^[70]。揄长袂以自翳兮^[71]，数昔日之諐殃^[72]。无面目之可显兮^[73]，遂颓思而就床^[74]。抟芬若以为枕兮^[75]，席荃兰而茝香^[76]。

忽寝寐而梦想兮^[77]，魄若君之在旁^[78]。惕寤觉而无见兮^[79]，魂廷廷若有亡^[80]。众鸡鸣而愁予兮^[81]，起视月之精光^[82]。观众星之行列兮，毕昴出于东方^[83]。望中庭之蔼蔼兮^[84]，若季秋之降霜^[85]。夜曼曼其若岁兮^[86]，怀郁郁其不可再更^[87]。澹偃蹇而待曙兮^[88]，荒亭亭而复明^[89]。妾人窃自悲兮^[90]，究年岁而不敢忘^[91]。

【注释】

[1]夫：发语词。何：多么，赞美之词。佳人：美人，指陈皇后。《长门赋序》云："孝武皇帝陈皇后时得幸，颇妒。别在长门宫，愁闷悲思。闻蜀郡成都司马相如天下工为文，奉黄金百斤为相如、文君取酒，因于解悲愁之辞。而相如为文以悟主上，陈皇后复得亲幸。"[2]步：步态。逍遥：从容貌。虞：同"娱"，快乐。[3]魂：指精神。逾佚：飞散。此句言其精神怅然若失。[4]形：形容，相貌。枯槁：憔悴貌。[5]上两句乃佳人内心独白。言帝既已许"我"以"朝往而暮来"，然而一有饮食之乐就将人忘记了。忘人，有埋怨的口吻。人，佳人自指。[6]慊（qiàn）：绝。省：念。故：即故人，亦佳人自指。[7]得意：如意之人。相亲：相爱。以上两句：言帝心绝移，得新欢而忘旧故。[8]伊：发语词。予：我，佳人自指。慢愚：迟钝。以下为佳人陈词。[9]怀：怀有。贞悫（què）：忠诚。悫，诚实。[10]愿：希望。赐问：谦词，即问候。进：接近。此句言希望君王问候自己，并因而自进。

51

[11]尚：听受。玉音：《诗经·小雅·白驹》："毋金玉尔音。"喻言词珍贵。[12]奉：受。虚言：空话。望诚：望其为诚。诚，真。言已受君之虚诺而期望其为真也。[13]期：等待。城南之离宫：指长门宫，陈皇后居之。[14]修：治，备办。薄具：淡薄的饮食。[15]曾：竟。幸临：光临，君主驾临曰幸。[16]廓：空寂。独潜、专精：皆为独处苦思。潜，深入，言沉思。精，专一，谓相思之深。[17]漂漂：迅急貌。[18]兰台：台名。[19]怳（huǎng）怳：失魂落魄貌。淫：放纵。[20]郁：聚集。四塞：覆盖四面八方。[21]窈窈：深远貌。[22]殷（yǐn）殷：雷声震响。《诗经·召南·殷其雷》："殷其雷，在南山之阳。"[23]回：回旋。闺：内室的小门。《公羊传·宣公六年》："有人荷畚自闺而出者。"[24]帷幄：帐幕。襜（chán）襜：飘动貌。[25]交：交错。纷：杂乱。[26]芳：香气。酷烈：浓烈。闽（yín）闽：香气浓厚貌。[27]相存：相互慰问。[28]玄猨：黑猿。[29]翡翠：鸟名。协翼：敛翅。萃：集。[30]凭噫：气满貌。噫，急剧地呼气。[31]攻中：即攻心。以上两句言：由于心中窒胀不舒，邪气亦乘虚而入。[32]周览：四处观看。上段"登兰台而遥望"既已无所获，故此处唯能"下兰台而周览"，聊以解闷而已。[33]块：独立貌。造天：至天。[34]郁：密集貌。穹崇：高大。穹，高。[35]间：一会儿，言下兰台后片刻。徙倚：彷徨。[36]靡靡：细琐美好貌，此言景物。[37]挤：推。玉户：即门，美其名也。撼：摇。铺：铺首，即钉在门上的门环底座，此指门环。下即转而写推门所见之景。[38]噌吰（chēng hóng）：钟鼓之声。[39]木兰：木名。榱（cuī）：屋椽。[40]文杏：木名。以上两句言所用木材之华贵。[41]罗：排列。丰茸（róng）：繁饰貌。游树：屋上之浮柱。[42]离楼：攒聚众木貌。梧：支架。《后汉书·徐登传》："炳乃故升茅屋，梧鼎而爨。"[43]施：设。瑰木：瑰奇之木。欂栌（bó lú）：柱顶之托木。[44]委：置。棵（kāng）梁：空梁。此言委棵梁于欂栌也。[45]仿佛：模糊不清貌。物类：以物类之。类，比拟。[46]积石：积石山，古人认为黄河发源于此。《尚书·禹贡》云："导河积石。"将将：高大貌。以上两句言：时时不能确知用什么去比拟

之,大概它是在仿效积石山的高大吧。[47]炫:光明。曜:照。[48]烂:灿烂。耀:明亮貌。光:光芒。[49]致:细密。瓴甓(líng pì):砖。[50]玳瑁:龟壳的一种,有花纹。文章:花纹。以上两句言:密集众石使代砖以铺地,并拼成玳瑁之纹案。[51]张:挂。罗绮:绘彩的丝绸。幔帷:帐幔。[52]楚组:楚地所产之组。组,有花纹的丝带。梦以产组绶有名,故云。连纲:总丝带,此为系帷幔之用。[53]楣:门楣。[54]曲台:《三辅黄图》云:"未央东有曲台殿。"央央:广阔貌。[55]嗷(jiào):高声。《礼记·曲礼上》:"毋嗷应"。[56]孤雌:失偶之雌鹤。跱:停歇。[57]望绝:念绝。[58]怅:若失貌。托:寄身。此言盼待至日暮而君犹未到,则绝望而寄孤身于空堂之中。[59]悬明月:明月高悬。[60]徂:消逝。洞房:深邃的内室。以上两句言:明月高悬,独照着自己,空房之中,良夜就此消逝了。[61]援:引。刘歆《七略》云:"雅琴,琴之言禁也,雅之言正也,君子守正以自禁也。"变调:乃相对于"雅正"而言,指下句愁思之哀音。[62]奏:弹奏。不可长:不可长久。此句言:弹琴以自求宽慰,不可长久地使人心安。[63]案:停止。流徵(zhǐ):流利的徵音。徵,五音之一。却转:转为哀音。[64]幼(yào)眇:细微。扬:升高。[65]贯:贯串。历览:依曲调次第而察观。中操:内心情操。[66]意:感情。卬(āng):激动。[67]左右:指左右两眼。[68]涕:眼泪。流离:淋离。从横:即纵横。[69]舒:发。息:叹息。悒:忧郁。欷(xī):悲叹声。[70]蹝(xǐ)履:拖着鞋子。[71]揄(yú):扬起。长袂(mèi):长袖。自翳:自遮其面。翳,蔽。[72]数:数算。愆(qiān)殃:祸失。愆,同"愆",过失。[73]无面目之可显:犹言理不出头绪。[74]颓思:放弃心事。[75]抟(tuán):集中。芬若:香草名。[76]席荃兰:以荃兰为席。荃、兰,与茝(chǎi)同为香草之名。[77]寝寐:睡着。[78]魄:梦魂。此言梦中宛若有君在身旁。[79]惕:惊。寤、觉:皆为睡醒的意思。此句言从梦中惊醒以后,却什么都没看见,自己仍然是孤身一人。[80]迋(kuáng)迋:忧惧貌。若有亡:若有所失。[81]众鸡鸣:指天将明。愁予:使我忧愁。[82]精光:明亮的光。[83]毕

53

昴（mǎo）：二十八宿中的两颗星。《淮南子·天文训》云："西方曰颢天，其星胃昴毕。"地球自转十二月为一周，正月其星在西方，至五六月间则出于东方。故其时当为五六月。[84]蔼蔼：黯淡貌。[85]"若季秋"句：言虽值盛夏，然月色凄凉，有如季秋所降之霜。[86]曼曼：漫长。若岁：言长夜如岁。岁，年。[87]郁郁：忧郁貌。更：经历，此为忍受。[88]澹：平静。偃蹇：独立。待曙：等待天明。[89]荒：李善《文选注》云："欲明貌。"亭亭：光明貌。[90]妾人：即妾，自指之词。[91]究年岁：即穷年岁。以上两句：言己不过徒自悲叹而已，即使穷年累岁亦未尝敢忘其君也。

【评点】

此赋与《哀秦二世赋》同为骚体。它细致地刻画了陈皇后失宠以后孤独、寂寞的苦闷心情。全文写得哀婉缠绵，读来令人倍感凄凉。如果说司马相如的其他赋素以气势取胜的话，那么此作则代表了他细腻传神的另外一种风格。同时，作品中通过对陈皇后的刻画，也概括地反映了后宫失宠女子的普遍不幸，所以《长门赋》又开了后世文学创作中"宫怨"题材的先河。

悼李夫人赋

刘 彻

【作者简介】

刘彻（前156-前87），即汉武帝，西汉景帝之子。在帝位54年，承文景之业而多所建树：对内实施政治、经济之改革，大力发展生产；对外反击匈奴，开拓疆土。并受公羊大师董仲舒之建议，罢黜百家而独尊儒术，奠定了儒学在其后两千年封建社会中的正统地位。好辞赋，作品以《秋风辞》、《瓠子歌》、《悼李夫人赋》等为世所称。

美连娟以修嫮兮[1]，命樔绝而不长[2]。饰新宫以延贮兮[3]，泯不归乎故乡[4]。惨郁郁其芜秽兮[5]，隐处幽而怀伤[6]。释舆马于山椒兮[7]，奄修夜之不阳[8]。秋气憯以凄淚兮[9]，桂枝落而销亡[10]。神茕茕以遥思兮[11]，精浮游而出疆[12]。托沉阴以圹久兮[13]，惜蕃华之未央[14]。念穷极之不还兮[15]，惟幼眇之相羊[16]。函菱荴以俟风兮[17]，芳杂袭以弥章[18]。的容与以猗靡兮[19]，缥飘姚虖逾庄[20]。燕淫衍而抚楹[21]，连流视而娥扬[22]。既激感而心逐兮[23]，包红颜而弗明[24]。欢接狎以离别兮[25]，宵寤梦之芒芒[26]。忽迁化而不反兮[27]，魄放逸以飞扬[28]。何灵魂之纷纷兮[29]，哀裴回以踌躇[30]。势路日以远兮[31]，遂荒忽而辞去[32]。超兮西征[33]，屑兮不见[34]。浸淫敞恍[35]，寂兮无音。思若流波[36]，怛兮在心[37]。

乱曰：佳侠函光[38]，陨朱荣兮[39]。嫉妒阘茸[40]，将安程兮[41]！方时隆盛[42]，年夭伤兮。弟子增欷[43]，洿沫怅兮[44]。

悲愁于邑[45]，喧不可止兮[46]。向不虚应[47]，亦云已兮[48]。嫶妍太息[49]，叹稚子兮[50]。悢栗不言[51]，倚所恃兮。仁者不誓[52]，岂约亲兮[53]？既往不来[54]，申以信兮[55]。去彼昭昭[56]，就冥冥兮[57]，既下新宫，不复故庭兮[58]。呜呼哀哉！想魂灵兮。

【注释】

[1]连娟：身材苗条。修、嫭（hù）：皆谓美好。[2]命：性命。樔（jiǎo）：通"剿"，绝灭。[3]饰：修治。新宫：指坟墓。延贮：长久地等待，贮通"伫"。[4]泯：灭。[5]郁郁：忧闷貌。芜秽：荒芜，此谓李夫人的墓地荒凉杂乱。[6]隐处幽：指李夫人死后葬于地下幽暗之中。隐，隐蔽。幽，幽暗。怀伤：感伤。[7]释：解下，置。舆马：车马。山椒：山陵。椒，山顶。[8]奄：通"淹"，迟延。修：长。阳：明。[9]憯（cǎn）：通"惨"。凄泪（lì）：寒凉。[10]桂枝：喻李夫人。此句以"桂枝落而销亡"喻李夫人之死。[11]神：精神。茕（qióng）茕：孤独貌。遥思：思念远方。[12]精：精魂。浮游而出疆：言精魂由于过度思念而脱离身体出走。疆，此指身体。[13]托：托身。沉阴：指地下。圹久：长久，圹同"旷"。[14]蕃华：茂盛的花朵。未央：未半。此句以"蕃华之未央"喻李夫人年岁未半。[15]念：思念。极：尽。不还：停留在外。[16]惟：思。幼（yào）眇：幽微。相羊：徘徊，与"徜徉"同。[17]函：含。荾（suī）：花穗。莩（fū）：敷散。俟：待。此句言李夫人之美貌如春花含苞而敷散。[18]芳：香味。杂袭：重叠。弥：更。章：通"彰"，明显。[19]旳：明亮。容与：从容貌。猗（yī）靡：柔细貌。[20]缥：隐现貌。飘姚：随风飘荡，姚通"飖"。庨（hū）：通"乎"。庄：庄重。[21]燕：通"宴"。淫：放纵。衍：剩余，此谓过度。楹：房屋之柱。[22]流视：流转顾盼。娥：娥眉。[23]激感：感动。心逐：心中思念不舍。[24]包红颜：谓红颜被埋在坟墓中。包，包藏。红颜，指李夫人红润的面色。[25]欢接狎：接狎之欢。狎，亲热。此句言绝接狎之欢而离别。[26]宵：夜。寤：

睡醒。芒芒，模糊不明貌。[27]迁化：指死。反：同"返"。[28]放逸：放任自由。飞扬：飞散。[29]何：多么。纷纷：忙乱貌。[30]裴（péi）回：往返回旋，同"徘徊"。踌躇：徘徊不前。[31]势路：情势、道路。日以远：一天天越来越远。此句言夫人之死已渐渐成为过去。[32]荒忽：同"恍惚"，隐约模糊。[33]超：超越。西征：西行。[34]屑：忽然。[35]浸淫：逐渐。敞恍：模糊。[36]思：思念。流波：流水。[37]怛（dá）：悲伤。以上两句为武帝自写之辞。[38]佳侠：美女。函光：收敛光彩。[39]陨：落。荣：树木之花。[40]阘茸（tà rǒng）：卑贱小人，同"阘茸"。[41]安：哪里。程：较量。[42]方：正当。隆盛：谓年纪青壮。[43]弟：指李夫人之兄弟。子：李夫人之子，即昌邑王。欷（xī）：抽噎。[44]泞（wū）沫：泪流满面。怅：惆怅若失。[45]于（wū）邑：抑郁。[46]喧（xuǎn）：通"咺"，悲泣。[47]向：通"响"。虚应：不响应。[48]云：助词，无实义。以上两句言：夫人在时凡事无不响应，现在却唯剩自己一人在此哭泣。[49]燋妍（qiáo yán）：因忧愁而消瘦貌。太息：叹息。[50]稚子：幼小的儿子。[51]"恻栗"两句：言夫人虽哀伤而不言，然恃平日之恩，知君上必定会感念其子也。恻栗，哀伤。[52]仁者不誓：仁者言必守信，故不立誓。[53]岂：难道。约：约束。亲：亲人。[54]往：去。此句言夫人一去不还。[55]申：陈说。信：真诚。[56]去：离开。昭昭：光明貌，指人世的阳间。[57]就：到。冥冥：幽暗貌，指死人的阴间。[58]复：重回。故庭：谓平生所居之宫廷。

【评点】

汉武帝虽不以写赋而著名，但在西汉前半叶的赋家中，他应该算是比较出色的一位。《悼李夫人赋》是他为悼念宠妃李夫人而作的。由于作者在此赋中投注了比较深刻的感情，所以写得缠绵悱恻、真挚感人。尤其最后的"乱曰"部分，最让人感到亲切而又凄凉。它既是历代帝王辞赋的代表作之一，同时也为后世的悼亡之作所祖。在历史上占有比较重要的地位。

答　客　难

东方朔

【作者简介】
东方朔字曼倩，西汉平原厌次（今山东惠民）人，生卒年不详。武帝时官至太中大夫、给事中。朔为人诙谐，"然时观察颜色，直言切谏，上常用之"。以辞赋著称，作品有《答客难》、《七谏》。

客难东方朔曰[1]："苏秦、张仪一当万乘之主[2]，而都卿相之位[3]，泽及后世[4]。今子大夫修先王之术[5]，慕圣人之义[6]，讽诵《诗》《书》百家之言[7]，不可胜数，著于竹帛[8]，唇腐齿落[9]，服膺而不释[10]，好学乐道之效[11]，明白甚矣；自以智能海内无双[12]，则可谓博闻辩智矣[13]。然悉力尽忠以事圣帝[14]，旷日持久[15]，官不过侍郎[16]，位不过执戟[17]，意者尚有遗行邪[18]？同胞之徒无所容居[19]，其故何也？"
东方先生喟然长息[20]，仰而应之曰[21]："是固非子之所能备也[22]。彼一时也，此一时也[23]，岂可同哉[24]？夫苏秦、张仪之时[25]，周室大坏[26]，诸侯不朝[27]，力政争权[28]，相禽以兵[29]，并为十二国[30]，未有雌雄[31]，得士者强[32]，失士者亡[33]，故谈说行焉[34]。身处尊位[35]，珍宝充内[36]，外有廪仓[37]，泽及后世，子孙长享[38]。今则不然。圣帝流德[39]，天下震慑[40]，诸侯宾服[41]，连四海之外以为带[42]，安于覆盂[43]，动犹运之掌[44]，贤不肖何以异哉[45]？遵天之道，顺地之理，物无不得其所[46]；故绥之则安[47]，动之则苦，尊之则为将[48]，卑之则为虏[49]；抗之则在青云之上[50]，抑之则在深泉之下^[51]；用之则为虎，不用则为鼠^[52]；虽欲尽节效情^[53]，安知前后^[54]？夫天地之大，士民之众，竭精谈说^[55]，并进辐凑者不可胜数^[56]，悉力慕之^[57]，困于衣食，或失门户^[58]。使苏秦、张仪与仆并生于今之世^[59]，曾不得掌故^[60]，安敢望常侍郎乎^[61]！故曰时异事异^[62]。

虽然^[63]，安可以不务修身乎哉^[64]！《诗》云：'鼓钟于宫，声闻于外^[65]。''鹤鸣于九皋，声闻于天^[66]。'苟能修身^[67]，何患不荣^[68]！太公体行仁义^[69]，七十有二乃设用于文武^[70]，得信厥说^[71]，封于齐，七百岁而不绝^[72]。此士所以日夜孳孳^[73]，敏行而不敢怠也^[74]。辟若鹍鸰^[75]，飞且鸣矣。传曰^[76]：'天不为人之恶寒而辍其冬^[77]，地不为人之恶险而辍其广^[78]，君子不为小人之匈匈而易其行^[79]。''天有常度，地有常形，君子有常行；君子道其常，小人计其功^[80]。'《诗》云：'礼义之不愆，何恤人之言^[81]？'故曰：'水至清则无鱼，人至察则无徒，冕而前旒，所以蔽明；黈纩充耳，所以塞聪^[82]。'明有所不见，聪有所不闻，举大德^[83]，赦小过^[84]，无求备于一人之义也^[85]。枉而直之，使自得之^[86]；使而柔之，使自求之^[87]；揆而度之，使自索之^[88]。盖圣人教化如此^[89]，欲自得之；自得之，则敏且广矣^[90]。

"今世之处士^[91]，魁然无徒^[92]，廓然独居^[93]，上观许由^[94]，下察接舆^[95]，计同范蠡^[96]，忠合子胥^[97]，天下和平，与义相扶^[98]，寡耦少徒^[99]，固其宜也^[100]，子何疑于我哉？若夫燕之用乐毅，秦之任李斯，郦食其之下齐^[101]，说行如流^[102]，曲从如环^[103]，所欲必得^[104]，功若丘山^[105]，海内定^[106]，国家安，是遇其时也^[107]，子又何怪之邪^[108]！语曰^[109]'以筦窥天，以蠡测海，以莛撞钟^[110]'，岂能通其条贯^[111]，考其文理^[112]，发其音声哉^[113]！繇是观之^[114]，譬犹鼱鼩之袭狗^[115]，孤豚之咋虎^[116]，至则靡耳^[117]，何功之有？今以下愚而非处士^[118]，虽欲勿用^[119]，固不得已^[120]，此适足以明其不

知权变而终或于大道也[121]。"

【注释】

［1］客：汉赋中常常假设主、客双方进行对话，故此乃作者所假设的人物。难：责难。［2］苏秦、张仪：皆战国时纵横家。苏秦主张"合纵"，后为赵相，联六国以抗秦。张仪为秦宰相，提倡"连横"，说六国各个事秦，破坏"合纵"。当：遇。万乘之主：指大国的君主。万乘：言兵车之多。［3］都：居。［4］泽：恩泽。［5］子：对男子的敬称。大夫：指东方朔，时官太中大夫。先王：古代帝王。术：指治国之术。［6］慕：追慕、向往。［7］讽诵：熟读。《诗》、《书》、《诗经》、《尚书》，皆儒家经典。百家：指春秋、战国时的诸子百家。［8］竹帛：竹即竹简，帛即绢帛，皆书写工具。［9］唇腐齿落：极言其诵读之勤苦。［10］服膺：记在心中。《礼记·中庸》："得一善则拳拳服膺而弗失之矣。"释：舍。［11］效：效验。［12］智能：智慧、才能。［13］博闻：见识广博。辩智：聪明而有口才。辩，有口才。［14］悉力：全力。事：侍奉。圣帝：指汉武帝。［15］旷日持久：荒废时日，拖延很久。旷，荒废。［16］侍郎：汉代皇帝的侍卫之官。［17］执戟：即执戟的侍从，东方朔尝为汉武帝殿下执戟。戟，兵器名。［18］意者：莫非，想来大概。遗行：过失。［19］同胞：亲兄弟。容易：容身处居。［20］喟（kuì）然：叹息貌。长息：长叹。［21］仰：抬起头。［22］是：这。固：本来。备：尽，尽知。［23］语出《孟子·公孙丑下》。时：时势。［24］同：同等对待。［25］夫：句首发语词。［26］周室：周王室，指东周。［27］朝：朝拜，此指朝拜周天子。［28］力政：以武力相征伐。政，通"征"。《大戴礼记·用兵》："诸侯力政，不朝于天子。"争权，争夺权势。［29］禽：通"擒"，此指吞并。［30］十二国：即鲁、卫、齐、楚、宋、郑、魏、燕、赵、中山、秦、韩。［31］未有雌雄：强弱未定。［32］士：指有经国之略的士人。［33］亡：灭亡。［34］谈说（shuì）：谈即谈论，说即游说。行：通行。［35］尊位：即高位。［36］内：内室。［37］廪（lǐn）仓：仓库。廪，粮仓。［38］享：享用。［39］

流德：即布德。[40]震慑：震动恐惧。[41]宾服：归顺。宾，服从。[42]连四海句：合四海之内外为一体，即统治四海。[43]覆盂：盂口大腹小，覆之则稳。此喻国家之安稳。[44]动：举动。运之掌：言其轻易也。45 不肖：不贤。异：分别。[46]物：此指人和物。[47]绥（suí）：安抚。[48]敬：抬高。[49]卑：贬低。虏：奴隶。[50]抗：高举。[51]抑：压抑。[52]以上四句：皆言帝王之"绥"与"动"、"尊"与"卑"、"抗"与"抑"、"用"与"不用"所造成的差异之大。[53]尽节：尽臣下之节。效情：效献忠情。[54]安知前后：怎知是向前还是向后？[55]竭精谈说：竭尽精力进行游说。[56]并进：共进。辐凑：指车之辐条凑集于车毂，喻人或物向一个中心集中。[57]之：指官职利禄。[58]门户：借指门路。以上数句言：有的人全力追求官职利禄，然终为衣食所困，找不到门径。[59]使：假使。仆：我，自称的谦词。[60]曾：简直。掌故：掌管历史资料的小官。[61]安敢：怎敢。望：期望。[62]异：不同。[63]虽然：即使这样。[64]务：致力。修身：修炼自身的道德品质。[65]见《诗经·小雅·白华》。鼓：敲。宫：室。[66]见《诗经·小雅·鹤鸣》。皋：沼泽。[67]苟：假如。[68]患：担心。荣：显耀。[69]太公：姓姜，名尚，字子牙，又名吕望，因佐周武王伐纣有功而封齐。体行：身体力行。[70]设用：置用。文武：周文王和周武王，文王为父，名昌，武王为子，名发，皆姬姓。[71]信：通"伸"，施展。厥：其。[72]七百岁：自姜尚封齐至田和代齐，约七百年，故云。[73]孳孳：勤勉貌。《孟子·尽心上》："鸡鸣而起，孳孳为善者，舜之徒也。"[74]敏：勉力。怠：懈怠。[75]辟若：比如，辟通"譬"。鹡鸰：即鹡鸰。《汉书》颜师古注云："小青雀也，飞则鸣，行则摇。言其勤苦也。"《诗经·小雅·小宛》："题彼脊令，载飞载鸣。"脊令即鹡鸰。[76]传（zhuàn）：古人把先代的典籍通称为传。《孟子·梁惠王下》："于传有之。"可以为证。[77]恶（wù）：厌恶。辍：停止。[78]险：险阻。[79]凶凶：喧哗、纷扰貌。《荀子·天论》云："天不为人之恶寒也辍冬，地不为人之恶辽远也辍广，君子不为小人凶凶也辍行。"[80]亦见《荀子·天论》："天有常道矣，地有常数矣，君子有常行也。君子道其常，而小人计其功。"度：法度。行：品行。道其常：从事其一贯的操行。道，行。计其功：计较功劳。［81］此诗不见于《诗经》，然《左传·昭公四年》郑子产引作"礼义不愆，何恤于人言。"又《荀子·天论》引其末句云："何恤人之言兮？"盖古逸诗也。愆（qiān）：差错。恤：忧虑。此句言己于礼义既无所差错，又何必顾虑他人的言论呢？［82］语出《大戴礼·子张问入官》。至：极。察：明察。徒：众，徒党。冕：古代帝王卿大夫之冠，后专指帝王之冠。旒（liú）：冕前后所垂之玉珠。明：视力。黈纩（tǒu kuàng）：黄色丝棉。黈，黄色。充：塞。聪：听力。此言：水极清纯则无鱼，人极明察则无徒众，冕前加旒，是为遮蔽视线；冕侧垂黄色丝棉，是为堵塞听觉。［83］举：用。大德：好德行。［84］赦：宽恕。小过：小过失。［85］无：不要。求备：求全责备。［86］枉：曲。直：正。此句言人若曲则应使其自省自正，毋过分求备而责之也。［87］使：用。柔：柔和。此句言用人则当宽容而柔和，使其自求上进。［88］揆：揣度。索：求索。此句言待人则应揣情度理而引导之，使其自己去求索成长。语见《大戴礼记·子张问入官》。［89］圣人：品学高尚的人，此指孔子。［90］敏：勤敏，言其品德。广：广博，言其学问。［91］处士：有才能而未仕的人。［92］魁然：块然，孤独貌，魁通"块"。［93］廓然：空寂貌。［94］许由：尧时隐士，相传尧欲以帝位让他，不受而逃。［95］接舆：孔子时隐士，曾讥刺孔子热衷于功名。事见《论语·微子》。［96］范蠡：越王勾践的谋臣，越灭吴后即隐居江湖。［97］合：同。子胥：伍员，吴王夫差之臣，后以忠见杀，尸沉钱塘江。［98］相扶：相守。此句言若天下太平，则独与义相守而已。［99］寡耦：独处。耦，成对。［100］固其宜也：本当如此。宜，适当。［101］乐毅：燕昭王臣，曾大破齐，克城七十余。李斯：秦相，协秦并吞六国而统一天下。郦食其：汉高祖刘邦谋臣，说齐王田广归汉有功。［102］说：主张。行：通行。流：流水。［103］曲从如环：此言帝王对其主张顺从不违，如环之曲回。从，顺从。［104］所欲必得：想要的东西一定会得到。欲，希望、想。［105］功若丘山：以丘山之大喻功之高也。［106］定：稳定。［107］遇其时：得其时。［108］怪：奇怪。［109］语：谚语。《穀梁传·僖公二年》，"语曰：'辱亡则齿寒。'"［110］筦：同"管"。蠡：用瓠做的瓢。莛（tíng）：草茎。［111］条贯：条统，此谓天体系统。［112］考：考察。文理：纹理，此谓海水波动之情形。［113］发：明。其：指钟。［114］繇：由。［115］鼱鼩（jīng qú）：动物名，体小尾短，形似小鼠。袭：乘人不备曰袭。［116］孤豚：单豚。豚，小猪。咋：咬。［117］靡：通"糜"，粉碎。以上言以弱袭强，必致粉身碎骨。［118］下愚：愚蠢之人，此指客。非：非难。处士：东方朔自指。［119］困：窘困。［120］固不得已：本来不可能。［121］适：正好。明：表明。权变：变通。终：最终。或：通"惑"，不明。大道：知人论世之道。

【评点】

《答客难》是一篇具有独创风格的文赋。作者设为主客问答的形式，抒发了自己不受重用的怨愤与不平。同时也在客观上反映了战国纵横之士与汉代中央集权统治之下文士们的不同处境，和时势的变迁给文人的地位所带来的变化，从而揭露了封建专制制度下知识分子只能任从皇帝们随意摆布的不幸命运。此赋语言生动准确、比喻贴切，后来的文士们仿效的甚多，如扬雄的《解嘲》、班固的《答宾戏》等等，但都不及此篇的成就。

士不遇赋

董仲舒

【作者简介】

董仲舒（前179-前104），西汉广川（今河北枣强东）人。少治《春秋》，景帝时为博士。武帝时，曾先后三次应诏对策（即所谓"天人三策"），建议"罢黜百家，独尊儒术"，帝纳其言，遂受命为江都易王相。后因宣扬灾异之说，触怒汉武帝，下狱当死，诏赦之，复任胶西王相。因病免，老死于家。

嗟乎[1]！嗟乎！遐哉邈矣[2]。时来曷迟[3]，去之速矣[4]？屈意从人[5]，非吾徒矣[6]。正身俟时[7]，将就木矣[8]。悠悠偕时[9]，岂能觉矣[10]。心之忧欤[11]，不期禄矣[12]。皇皇匪宁[13]，祇增辱矣[14]。努力触藩[15]，徒摧角矣[16]。不出户庭[17]，庶无过矣[18]。重曰[19]：

生不丁三代之盛隆兮[20]，而丁三季之末[21]。俗以辨诈而期通兮[22]，贞士耿介而自束[23]。虽日三省于吾身兮[24]，繇怀进退之惟谷[25]。彼寔繁之有徒兮[26]，指其白而为黑[27]。目信嫮而言眇兮[28]，口信辩而言讷[29]。鬼神不能正人事之变戾兮[30]，圣贤亦不能开愚夫之违惑[31]。出门则不可以偕往兮[32]，藏器又蚩其不容[33]。退洗心而内讼兮[34]，亦未知其所从也[35]。观上古之清浊兮[36]，廉士亦茕茕而靡归[37]。殷汤有卞随与务光兮[38]，周武有伯夷与叔齐[39]。卞随务光遁迹于深渊兮[40]，伯夷叔齐登山而采薇[41]。使彼圣人其繇周遑兮[42]，矧举世而同迷[43]。若伍员与屈原兮[44]，固亦无所复顾[45]。亦不能同彼数子兮^[46]，将远游而终慕^[47]。于吾侪之云远兮^[48]，疑荒涂而难践^[49]。惮君子之于行兮^[50]，诚三日而不饭^[51]。嗟天下之偕违兮^[52]，怅无与之偕返^[53]。孰若返身于素业兮^[54]，莫随世而轮转^[55]。虽矫情而获百利兮^[56]，复不如正心而归一善^[57]。纷既迫而后动兮^[58]，岂云禀性之惟褊^[59]。昭同人而大有兮^[60]，明谦光而务展^[61]。遵幽昧于默足兮^[62]，岂舒采而蕲显^[63]。苟肝胆之可同兮^[64]，奚须发之足辨也^[65]。

【注释】

［1］嗟乎：感叹词。［2］遐：远。邈：遥远。［3］时：时机。曷：为什么。迟：缓慢。［4］去：离去。速：快。［5］屈：委屈。从：顺从。人：众人。［6］非吾徒：典见《论语·先进》，孔子曰："非吾徒也。小子鸣鼓而攻之，可也。"此谓非己之意也。［7］正身：端正自身。俟：等待。［8］就木：犹言人棺。木，棺材。［9］悠悠：长久貌。偕：同。此句言己将与时俱老。［10］觉：醒悟。［11］忧：忧闷。欤：句末语气词。［12］期：期望。禄：俸禄。此谓见遇于皇帝。［13］皇皇：匆忙貌。匪：通"非"。宁：安宁。［14］祇（zhī）：适，恰好。增辱：增加自己的耻辱。［15］触：抵撞。藩：篱笆。［16］徒：白白。摧：折断。《易·大壮》："羝羊触藩，羸其角。"羝羊：公羊。羸：毁。［17］不出户庭：不出门。《易·节》："不出户庭，无咎。"［18］庶：庶几，或许。过：过错。［19］重：重复，重述。［20］丁：逢，当。三代：夏、商、周三代。盛隆：鼎盛之时。［21］三季：夏、商、周三代。末：末期。［22］俗：一般人。辨：通"辩"，谓言语动听。诈：欺骗。期：期望。通：通达，此谓进用。［23］贞士：坚贞之士。耿介：正直。自束：自我约束。［24］日三省于吾身：每天多次反省自己。三，多次，非确指。省（xǐng），反省，检查。语出《论语·学而》。［25］猶（yóu）：同"犹"。怀：怀有。进退惟谷：即进退两难。语出《诗经·大雅·桑柔》："人亦有言：进退维谷。"惟，通"维"。谷，穷。［26］彼：那些人，指辩诈之徒。寔（shí）：通"实"，确实。

繁：多。徒：同党。［27］指其白而为黑：谓混淆黑白，颠倒是非。以上两句：言奸邪巧诈者党徒甚众，有意颠倒是非，制造混乱。［28］目：眼睛。信：诚，实。嫮（hù）：美好。言：说。眇：眼瞎。［29］辩：口才好。讷：言语迟钝。［30］鬼神：此谓神灵。正：纠正。人事：指世事。变戾：乖戾。［31］开：开启，打通。愚夫：愚蠢之人。违：错误。惑：迷惑。［32］偕：俱，同。往：去。《易·同人》："出门同人，又谁咎也。"［33］藏器：怀才不露。器，才能。《易·系辞（上）》："君子藏器于身，待时而动。"訾：通"呰"，讥笑。容：宽容。《易·师》："君子以容民畜众。"以上两句：谓世事颠倒混乱，欲出则无人可与同行；欲藏器而待时，又恐以不宽容而受讥于人。［34］退洗心：《易·系辞（上）》："圣人以此洗心，退藏于密，吉凶与民同患。"洗心，悔过自新。内讼：自我责备。语出《论语·公冶长》。［35］从：适从。［36］清浊：犹言治乱。［37］廉士：方正之士。茕（qióng）茕：孤独无依貌。靡归：没有归宿，此言无所适从。以上两句言：观乎上古之世，虽有治乱之不同，而廉士总是孤独不遇，古今同也。［38］殷汤：商汤，商代开国之君。卞随、务光：皆古代隐士。相传汤得天下之后，欲让给此二人，二人不受，俱投水而死。［39］周武：周武王，文王之子。伯夷、叔齐：皆商君之后，周得天下后，二人拒食周粟，采薇于首阳山，同饿。［40］遁迹：隐藏，此指投水自尽。深渊：大河。［41］山：首阳山。［42］使：向使。繇：同"犹"。周：普遍。逴：闲暇，此谓不遇。［43］矧（shěn）：何况。举：全。迷：迷惑。［44］伍员：字子胥，春秋楚人，楚平王害其父兄，员奔吴，佐吴伐楚，后遭谗而被迫自尽。屈原：名平，战国楚人，为楚三闾大夫，因遭谗见疏而投水自杀。［45］固：本来。复：再。顾：回头看，此谓留恋。以上两句：言像伍员和屈原，本来对人世就已经无所留恋了。［46］彼：那。数子：指上述卞随、务光、伯夷、叔齐、伍员、屈原等。［47］远游：远行，远去。终慕：终生期慕。以上两句：言自己既然不能像以上数人那样守直而死节，则将去国远游，而终生常怀期慕之情。［48］吾侪（chái）：我辈。［49］以上两句：言古人距离我辈已远，远游之道久已荒废，恐其难行也。[50]惮：怕。[51]诫：告诫。三日不饭：三日而不得吃饭，言旅途之艰难。《易·明夷》："君子于行三日不食。"[52]嗟：叹。偕：普遍。违：违背。[53]怅：惆怅。偕：同。返：归[54]孰若：何如。返身：回归。素业：平素所操之业，指下文所说的正心归善之事。[55]轮转：谓颠倒。[56]矫情：违背真情。百利：多种利益。[57]复：反，倒。正心：端正内心。归：回归。善：善德。[58]纷：杂乱貌。迫：逼迫。动：行动，此谓出游。[59]岂：难道。云：说。禀性：天性。褊（biǎn）：狭隘。以上两句言：己乃受逼迫而后出游，而并非由于天性之狭隘也。[60]昭：光明。同人：同于众人。大有：有过于人。[61]明：明亮。谦光：让于光，言仅次于光。务展：力求明察。展，省视。[62]遵：循，处。幽昧：谓黑暗之世。默足：缄默自足。[63]岂：哪里。舒采：放射光彩，此谓表现才能。采，通"彩"。蕲（qí）：同"祈"，求。显：显赫。[64]苟：假如。肝胆：谓心意。同：集中。[65]奚：何至。须发：胡须和头发。辨：辨别。

【评点】

　　此篇为董仲舒感慨身世，抒发自己与时俱老而不得其用的言怀之作。故它与当时的宫廷作者们所写的辞赋迥异其趣。大概由于作者本人是一位学者，所以此赋说理的成分较多，而殊少夸张铺叙之辞。即使抒情的部分，也写得比较含蓄深沉。作品行文平易，用典自然，代表着西汉辞赋中以说理、抒情为特征的另外一种传统。学术界有人怀疑此赋不是全文，但是证据不足。

洞 箫 赋

王 褒

【作者简介】

王褒（？－前61），字子渊，西汉蜀郡资中（今四川资阳）人。宣帝时，益州刺史王襄以俊才举之，褒应诏作《圣主得臣颂》，帝佳其才，旋擢谏议大夫。善辞赋，常从宣帝游猎，奉旨命笔，所赋《甘泉》、《洞箫》诸作，"后宫贵人左右皆诵读之"。后奉命往益州祭神，病死中途。

原夫箫干之所生兮[1]，于江南之丘墟[2]。洞条畅而罕节兮[3]，标敷纷以扶疏[4]。徒观其旁山侧兮[5]，则岖嵚岩崎、倚巇迤巇[6]，诚可悲乎其不安也[7]。弥望傥莽[8]，联延旷荡[9]，又足乐乎其敞闲也[10]。托身躯于后土兮[11]，经万载而不迁[12]。吸至精之滋熙兮[13]，禀苍色之润坚[14]。感阴阳之变化兮[15]，附性命乎皇天[16]。翔风萧萧而经其末兮[17]，回江流川而溉其山[18]。扬素波而挥连珠兮[19]，声磕磕而澍渊[20]。朝露清泠而陨其侧兮[21]，玉液浸润而承其根[22]。孤雌寡鹤娱优乎其下兮[23]；春禽群嬉翱翔乎其颠[24]。秋蜩不食抱朴而长吟兮[25]，玄猿悲啸搜索乎其间[26]。处幽隐而奥屏兮[27]，密漠泊以獴猱[28]。惟详察其素体兮[29]，宜清静而弗谊[30]。

幸得谧为洞箫兮[31]，蒙圣主之渥恩[32]。可谓惠而不费兮[33]，因天性之自然[34]。于是般匠施巧[35]，夔妃准法[36]；带以象牙[37]，掍其会合[38]；镂镂离洒[39]，绛唇错杂[40]；邻菌缭纠[41]，罗鳞捷猎[42]；胶致理比[43]，挹抐擝擸[44]。

于是乃使夫性昧之宕冥[45]，生不睹天地之体势[46]，闇于白黑之貌形[47]。愤伊郁而酷酟[48]，愍眸子之丧精[49]。寡所舒其思虑兮[50]，专发愤乎音声[51]。故吻吮值夫宫商兮[52]，和纷离其匹溢[53]。形旖旎以顺吹兮[54]，瞑唿喑以纡郁[55]。气旁迕以飞射兮[56]，驰散涣以逯律[57]。趣从容其勿述兮[58]，鹜合遝以诡谲[59]。或浑沌而潺湲兮[60]，猎若枚折[61]；或漫衍而骆驿兮[62]，沛焉竞溢[63]。惏栗密率[64]，掩以绝灭[65]；嘒嚱晔蹀[66]，跳然复出[67]。

若乃徐听其曲度兮[68]，廉察其赋歌[69]；啾咇哗而将吟兮[70]，行铻铻以和啰[71]。风鸿洞而不绝兮[72]，优娆娆以婆娑[73]。翩绵连以牢落兮[74]，漂乍弃而为他[75]。要复遮其蹊径兮[76]，与讴谣乎相和[77]。

故听其巨音[78]，则周流泛滥[79]，并包吐含[80]，若慈父之畜子也[81]。其妙声[82]，则清静厌瘱[83]，顺序卑达[84]，若孝子之事父也[85]。科条譬类[86]，诚应义理[87]。澎濞慷慨[88]，一何壮士[89]；优柔温润[90]，又似君子[91]。故其武声[92]，则若雷霆辚鞠[93]，佚豫以沸㥜[94]；其仁声[95]，则若颽风纷披[96]，容与而施惠[97]。或杂遝以聚敛兮[98]，或拔擞以奋弃[99]。悲怆怳以恻恻兮[100]，时恬淡以绥肆[101]。被淋洒其靡靡兮[102]，时横溃以阳遂[103]。哀悁悁之可怀兮[104]良醰醰而有味[105]。故贪饕者听之而廉隅兮[106]，狼戾者闻之而不怼[107]。刚毅强虣反仁恩兮[108]，啴唌逸豫戒其失[109]。钟期牙旷怅然而愕立兮[110]，杞梁之妻不能为其气[111]。师襄严春不敢窜其巧兮[112]，浸淫叔子远其类[113]。嚚顽朱均惕复惠兮[114]，桀跖鬻博儡以顿颔[115]。吹参差而入道德兮[116]，故永御而可贵[117]。时奏狡弄[118]，则彷徨翱翔。或留而不行[119]，或行而不留[120]。悇㤿澜漫[121]，亡耦失畴[122]。薄索合沓[123]，罔象相求[124]。

故知音者乐而悲之[125]，不知音者怪而伟之[126]。故为悲声[127]，则莫不怆然累欷[128]，撇涕抆泪[129]；其奏欢娱[130]，则莫不惮漫衍凯[131]，阿那腰䅶者已[132]。是以蟋蟀蚸蠖[133]，蚑行喘息[134]；蟪蚁蝘蜓[135]，蝇蝇翊翊[136]；迁延徙迤[137]，鱼瞰鸡睨[138]；垂喙蜿转[139]，瞪瞢忘食[140]。况感阴阳之和而化风俗之伦哉[141]！

乱曰：状若捷武[142]，超腾逾曳[143]，迅漂巧兮[144]；又似流波[145]，泡溲汎㵖[146]，趋巇道兮[147]。哮呷呟唤[148]，跻踬连绝[149]，㴜殄沌兮[150]。搅搜浮捎[151]，逍遥踊跃[152]，若坏颓兮[153]。优游流离[154]，跱踌稽诣[155]，亦足耽兮[156]。颓唐遂往[157]，长辞远逝[158]，漂不还兮[159]。赖蒙圣化[160]，从容中道[161]，乐不淫兮[162]。条畅洞达[163]，中节操兮[164]。终诗卒曲[165]，尚余音兮[166]。吟气遗响[167]，联绵漂撇[168]，生微风兮。连延骆驿[169]，变无穷兮[170]。

【注释】

[1]原：本来。萧：通"箫（xiǎo）"，细竹。[2]江南之丘墟：指江宁县（今属江苏省）慈母山，其山临江生箫管竹，宜制箫，音殊妙。[3]洞：穿通。条畅：条直通畅。罕节：节稀疏。[4]标：竹梢。敷纷：繁盛貌。敷，布。扶疏：四布貌。[5]徒：只。其：指竹。旁山侧：生在山之侧。旁：通"傍"，依傍。[6]岖嵚（qū qīn）、岿（kuī）奇：皆谓山势险峻貌。巇（xī）：危险。迤靡（mǐ）：斜平貌。[7]诚：实在。悲乎其不安：言竹生山之两旁，故倾侧不安。[8]弥：满。儵莽：旷远广阔貌。[9]联延：联绵。旷荡：宽广貌。[10]敞：宽阔。闲：广大。此句言竹生于宽阔广大的地方，是值得快乐的事。[11]托：寄托。身躯：指竹。后土：土地。[12]不迁：不变。以上两句言：竹子生于大地之上，即使经历千年万载也不改变其坚贞的本性。[13]至精：指天地之精气。滋熙：润泽的光热。[14]禀：受。苍色：青黑色。润坚：鲜润坚贞。[15]感：感受。阴阳之变化：指四时变化。[16]皇天：上天。《左传·僖公十五年》："君履后土而戴皇天。"[17]翔风：

旋风。翔，回旋飞动。萧萧：风声。径：经过。末：竹梢。[18]回江：江水曲回貌。川：河流。溉：浇灌。[19]扬：卷起。素波：白色的水波。挥：激溅。连珠：成串的水珠。[20]磕（kē）磕：水石相击声。澍（zhù）：通"注"，灌注。渊：深渊。[21]清泠（líng）：清凉。泠，寒凉。陨：堕。此句言清凉的晨露掉落在竹子旁边的土地上。[22]玉液：指晶莹的露水。承：供给。[23]孤、寡：皆谓失偶。娱：欢乐。优：从容貌。[24]嬉：乐。颠：顶。[25]蜩（tiáo）：蝉。朴（pǔ）：木皮。吟：鸣。[26]玄猿：黑猿。悲啸：悲鸣。搜索乎其间：谓玄猿往来穿梭于竹林中，好像在搜索着什么。[27]幽隐：隐藏貌。奥屏：隐蔽，屏通"屏"。[28]漠泊：密集貌。㹻㹻（chén chuán）：联绵貌。[29]惟：句首助词，无实义。察：观。素体：本体。素，本。[30]宜：应当。諠：通"喧"，喧嚷。[31]幸：侥幸。谥：称，号。[32]蒙：承，受。圣主：指汉宣帝。渥恩：厚恩。渥，厚。[33]惠而不费：施惠于人而无所耗费。语出《论语·尧曰》。[34]因：顺。天性之自然：犹言自然之天性。[35]般匠：即公输班和匠石，二人皆古代巧匠，此指制箫的工匠。般，通"班"。施巧：展施技巧。[36]夔妃：夔为舜时乐官，妃不详，或云当指妃义。准法：测定音律标准。准：测定，衡量。[37]带：饰。[38]捆（hùn）：束，捆。以上两句：言于竹管会合处，束象牙以为饰。[39]锼（sōu）、镂：皆为雕刻。离洒：花纹罗布貌。[40]绛唇：谓以朱涂箫孔。错杂：文彩交错。[41]邻菌：竹管相连。菌，竹。缭纠：缠绕貌。[42]罗鳞捷猎：如鱼鳞之排列，参差相接。捷猎，参差。[43]胶致：细密貌。理比：排列整齐貌。此句言竹管细密排列。[44]挹（yì）、扔（nà）、擪（yè）、擟（niǎn）：皆吹箫时按压箫管的动作。挹，通"抑"。[45]使：让。夫：那。性昧宕冥：天性闇昧，过于幽冥。宕，超过。此指盲人，古代乐官皆盲者，故云。[46]生：生来。不睹：看不见。天地之体势：天地、昼夜运行的形势。[47]阇：不明。白黑之貌形：事物黑白之不同形貌。[48]伊郁：忧愤郁结貌。酷愍（nì）：极为忧伤。[49]愍：忧伤。眸子之丧精：眼睛失明。眸子：眼睛的瞳仁。精，精光。[50]寡所舒其思虑：没有地

71

方抒发其哀思忧虑之情。寡所，没地方。[51]专：专门。发愤：致力貌。音声：音乐声律。[52]故：所以。吻吮：用口吸，此指吹箫。值：正值。宫商：五音中起首的两个音节。此句言刚好吹到宫音和商音。[53]和：同，又《尔雅·释乐》"徒吹谓之和"。纷离、匹溢：声音四散貌。[54]形：体态。旖旎：犹言婀娜，指吹箫者体态柔美。[55]瞋（chēn）：鼓眼。哅唿（hán hú）：鼓腮吹气状。纡郁：环绕郁结，指箫声。[56]旁迕：气流从旁冲出。相互抵迕。飞射：气出迅疾貌。[57]驰：播扬。散涣：散布貌。逯（juě）律：气出迟缓貌。[58]趣从容：指箫声趋走从容，趣通"趋"。勿迕：无所阻逆。[59]骛：急。合遝（tà）：重叠，遝通"沓"。诡谲（jué）：奇怪，奇异。谲，怪异。[60]或：有时。浑沌：水势汹涌貌。浑：浑浊。沌：水盛貌。潺湲：水缓慢流动貌。以下四句：以流水喻箫声之抑扬变化。[61]猎：象声词，摧折之声。枚：树枝。此喻箫声之清脆响亮。[62]漫衍：泛滥貌。骆驿：连续不绝。[63]沛：盛大貌。溢：水流于外。此言箫声之激烈。[64]懔栗（lín lì）：寒冷貌，喻箫声之清爽凄凉。密率：安静貌。[65]掩：止，停息。[66]嚊霸（xī jī）：众声急速貌。哗躠（jiè）：盛多疾速貌。哗，盛。躠：小步急行。[67]跳然：跃然，此谓突然。[68]若乃：至于。徐听：慢慢听。曲度：曲调。[69]廉：察。赋歌：此谓歌曲。[70]啾：歌声。班固《答宾戏》："夫啾发投曲，感耳之声。"咇咈（bì jī）：开始发声貌。[71]行：且。锶锦（zhěn rěn）：声音舒缓貌。和啰：声音迭荡相杂。[72]鸿洞：弥漫相连貌。不绝：不断。[73]优：协调。娆娆：柔弱貌。婆娑：谓琴声委婉曲折。[74]翩：声音飘飞貌。绵连：连绵不断。牢落：稀疏零落。[75]漂：漂散。乍：忽然。弃而为他：言弃其旧调而改为新声。[76]要：拦截。复：重复。遮：遮盖。蹊径：本为道路，此谓讴谣之歌调。[77]讴谣：歌、谣之总名，此谓歌曲。相和：相附和。以上两句言：随歌调之变化，箫声与吟唱声时而冲撞、时而重复、时而又相遮盖，二者相互附和交杂。[78]巨音：此谓高广之音。[79]周流泛滥：喻箫声宏亮四溢，如水泛溢。[80]并包：并包众声。吐含：谓乐声之吞吐。[81]畜：养育。[82]

72

妙声：轻妙之音。[83]厌：安静貌。廞（yì）：深邃。[84]卑：低。达（tì）：滑，顺。[85]事：侍奉。[86]科条：指各种不同的曲声。譬类：类比。[87]诚应义理：至诚而应于义理。[88]澎濞（pì）：波涛冲击声。慷慨：意气激昂貌。[89]一何：多么。[90]优柔温润：柔顺温和。[91]君子：德行兼备的人。[92]武声：威武之音。[93]雷霆：打雷之声。霆，暴雨。辌輷（léng hóng）：车声，此喻箫声之大。[94]佚豫：谓乐声传播之快。佚：通"逸"。豫，游。沸㥄：踊跃貌，沸通"悱"。[95]仁声：仁和之音。[96]飑（kǎi）风：同"凯风"和风，特指南风。纷披：四布貌。[97]容与：从容貌。施惠：凯风温暖，可育化万物，故曰施惠。[98]杂遝：同"杂沓"，众多而杂乱貌。聚敛：聚集。[99]拔摋（sà）：分散。奋弃：奋力弃散，此谓速散。[100]怆怳（huǎng）：失意貌。恻恼（yù）：悲伤。[101]时：一会儿。恬淡：清静貌。绥肆：迟缓。[102]被：及。淋洒：淋淋洒洒，不绝貌。靡靡：乐声柔细貌。[103]横溃：犹言泛滥，乐声宏大貌。阳遂：畅达。遂，通达。[104]悁（yuán）悁：郁闷，忧愁。怀：伤感。[105]良：甚，很。醰（tán）醰：意味深厚。[106]贪饕：贪婪。廉隅：棱角，比喻人品方正廉洁。[107]狠戾（lì）：凶狠，暴戾。怼（duì）：狠暴。[108]刚毅：指寡德薄情之徒。强虣（bào）：凶暴，虣通"暴"。反：通"返"。[109]啴咺（chǎn xián）：舒缓放纵貌。逸豫：舒缓、安乐貌。戒：谨慎。失：过失。[110]钟期：钟子期。牙：俞伯牙。此二人皆春秋时人，伯牙善鼓琴，钟子期为其知音。旷：师旷，春秋时晋国乐师，目盲而善弹琴，精于音律。愕：吃惊。[111]杞梁之妻：即杞殖之妻也，梁，殖字。杞殖为齐大夫，齐庄公四年（前550）伐莒，战死，其妻援琴而鼓之，曲终亦投水自杀。气：气调。[112]师襄：春秋时鲁乐官，相传孔子曾向他学鼓琴。严春：即庄春，东汉时为避明帝刘庄讳而改之，庄春亦古代善鼓琴者。窜：改。[113]浸淫：雨水浸渐。或云为人名，不详。叔子：即颜叔子。《毛诗传》载其尝独处于室，天夜降暴雨，邻居寡妇之屋坏，投于叔子处，叔子纳之，而使执烛达旦，以避男女之嫌也。[114]嚚（yín）顽：愚蠢而顽固的人。朱均：指丹朱和商均，二人分别为尧舜之子，皆不肖。惕：戒惧。复惠：恢复其仁惠之德。[115]桀：夏朝亡国之君，荒暴成性。跖：盗跖，春秋时楚人，为有名的大盗。鬻（yù）：通"育"，指夏育，战国时勇士。博：申博，亦古代力士。陆机《夏育赞》云："夏育之猛，千载所希；申博角勇，临额奋椎。"儽（lěi）：疲惫颓丧貌。顿：倒下。頯（cuì）：同"悴"，困顿憔悴貌。[116]参差：指洞箫。入道德：谓由音乐而进入道德感化之境。[117]永：长久。御：用。[118]奏：吹奏。狡弄：急促的曲调。狡，急。弄，曲调。[119]留而不行：谓乐曲徘徊不前。[120]行而不留：谓乐曲流畅不滞。[121]懆恅（cǎo lǎo）：烦乱。澜漫：分散、杂乱貌。[122]亡耦：亡偶。畤：同"侍"，类。[123]薄索：迫求。薄：迫近。合沓：谓众声重叠。[124]罔象：水怪名，此指余声。相求：相集。[125]乐：爱好。悲：悲伤。[126]怪：奇怪。伟：伟壮。此句言：不懂音乐的人就奇怪它，并以为它很伟壮。[127]为：谓吹奏。悲声：忧伤的曲调。[128]怆然：悲伤貌。累欷（xī）：哀伤过分。累，多次。欷，抽泣，哽咽。[129]撇（pěi）：挥去。抆（wěn）：擦掉。[130]欢娱：指欢快的曲调。[131]惮（dàn）漫：欢乐随意貌。衍凯：和乐貌。[132]阿那：同"婀娜"，柔美貌。腲（wěi）腇：舒缓貌。[133]蚑蠖（chì huò）：即"尺蠖"，昆虫名，为蛾类的幼虫，依靠身体屈伸爬行。[134]蚑（qí）行：缓慢爬行。[135]蝼：蝼蛄。蚁：蚂蚁。螺（yǎn）蜒：即蝘蜓，蜥虎，蜒通"蚞"。[136]蝇蝇、翊（yì）翊：皆虫类爬行貌。[137]迁延：徘徊貌。徙迤（yì）：彷徨貌。[138]瞰（kàn）：远视。睨（nǐ）：斜视。鱼不闭目，鸡好斜视，故取之以为喻也。[139]蜎：同"蜿"，曲折貌。[140]瞪：瞪视。瞢（méng）：视而不明。以上言鸟虫皆感于洞箫中所奏之乐，无不引颈凝目以听。[141]况：何况。感阴阳之和而化风俗之伦：指人。《孔子家语》云："人也者，天地之德，阴阳之交。"化：感化。[142]状：指箫声之状。捷武：迅疾貌。[143]超腾：升腾。逾曳：超越。曳：通"跇（yì）"，越过。[144]迅：快速。漂：迅急。巧：轻捷。[145]流波：流水。[146]泡溲（sōu）：水盛多貌。汛漜：波急之声。[147]蠵（xī）

道：险道。[148]哮呷（xiā）呟唤：皆言声音之宏大。[149]跻（jī）踬（zhì）：上下翻腾。连绝：继续。[150]溷（gǔ）：混浊貌，此谓声音杂乱。殄沌（tián dùn）：杂乱不清。[151]搅搜浮（xué）捎：皆为大水搅动或撞击之声，此喻箫声宏大激荡。浮，搅水声。[152]逍遥：徘徊。踊跃：谓箫声奔腾激荡。[153]坏頺：言箫声之大，如物之崩毁倒塌。[154]优游：犹豫。流离：徘徊。此句言乐声忽大忽小，如有所犹豫而徘徊不前。[155]跨踌：徘徊貌。稽诣：犹豫貌。[156]耽：乐。[157]頺唐：頺丧貌，此言乐声渐衰。往：去。[158]长辞：永别。远逝：谓乐声飘散。[159]漂不还：漂逝而不再回还。[160]赖：依靠。蒙：受。圣化：圣上之教化，圣上指君王。[161]从容中道：言乐声有感于圣上之教化，而徘徊于中正之道也。[162]乐不淫：欢乐而不过度。[163]条畅：顺畅。洞达：洞明通达。[164]中：合。节操：德操。[165]终诗卒曲：即诗终曲卒。此句言吹箫吟唱都已结束。[166]尚余音：尚有余音。[167]吟气：吟唱时所吐之气。遗响：气流所发出的回声。[168]漂撇：余音荡击貌。[169]连延：连绵。[170]变：变化。

【评点】

此赋以洞箫为描写对象，前半部分写未被制成箫之前，竹子的生长情况及竹林中清静自然的秀丽景色；后半部分则集中笔力写箫声的优美和动人。作者对洞箫的外部形状和特点仅仅在全文第二段有限的文字中作了交代。这样既避免了单一地描绘洞箫的外形所造成的堆砌之弊，又可以突出它的素质之纯与音色之美，起到以虚化实、以虚衬实、虚实相生的艺术效果，从而多角度地引发读者的联想。在历来描写音乐与乐器的辞赋中，《洞箫赋》可算是较早的一篇，因此它对后世的影响也颇大。马融的《长笛赋》、嵇康的《琴赋》等都曾模仿过它。

逐 贫 赋

扬 雄

【作者简介】

扬雄（前53-18），字子云，蜀郡成都（今四川成都）人。西汉成帝时，以所作赋似司马相如被举荐，应诏至长安；岁余，拜为郎，给事黄门。其后遂不复受重用。王莽时，雄以病免，后复召为大夫。家素贫，年71而卒。所作辞赋有《甘泉》、《羽猎》、《河东》、《长杨》等。

扬子遁世[1]，离俗独处[2]。左邻崇山[3]，右接旷野[4]。邻垣乞儿[5]，终贫且窭[6]。礼薄义弊[7]，相与群聚[8]。惆怅失志[9]，呼贫与语[10]：

"汝在六极[11]，投弃荒遐[12]。好为庸卒[13]，刑戮是加[14]。匪惟幼稚[15]，嬉戏土砂[16]。居非近邻，接屋连家[17]。思轻毛羽，义薄轻罗[18]。进不由德，退不受呵[19]。久为滞客[20]，其意谓何[21]？人皆文绣[22]，余褐不完[23]；人皆稻粱[24]，我独藜飧[25]。贫无宝玩[26]，何以接欢[27]？宗室之燕[28]，为乐不槃[29]。徒行负赁[30]，出处易衣[31]。身服百役[32]，手足胼胝[33]。或耘或耔[34]，露体沾肌[35]。朋友道绝[36]，进官凌迟[37]。其咎安在[38]？职汝为之[39]。舍汝远窜[40]，昆仑之颠[41]；尔复我随[42]，翰飞戾天[43]。舍尔登山，严穴隐藏[44]；尔复我随，陟彼高冈[45]。舍尔入海，汎彼柏舟[46]；尔复我随，载沉载浮[47]。我行尔动，我静尔休[48]。岂无他人[49]，从我何求[50]？今汝去矣，勿复久留[51]。"

贫曰："唯唯[52]。主人见逐[53]，多言益嗤[54]。心有所怀[55]，愿得尽辞[56]。昔我乃祖[57]，宣其明德[58]。克佐帝尧[59]，誓为典则[60]。土阶茅茨[61]，匪雕匪饰[62]。爰及世季[63]，纵其昏惑[64]。饕餮之群[65]，贪富苟得[66]。鄙我先人[67]，乃傲乃骄[68]。瑶台琼榭[69]，室屋崇高。流酒为池，积肉为崤[70]。是用鹄逝[71]，不践其朝[72]。三省吾身[73]，谓予无愆[74]。处君之家[75]，福禄如山[76]。忘我大德，思我小怨[77]。堪寒能暑[78]，少而习焉[79]。寒暑不忒[80]，等寿神仙[81]。桀跖不顾[82]，贪类不干[83]。人皆重蔽[84]，子独露居[85]。人皆怵惕[86]，子独无虞[87]。"

言辞既馨[88]，色厉目张[89]。摄齐而兴[90]，降阶下堂[91]："誓将去汝[92]，适彼首阳[93]。孤竹二子[94]，与我连行[95]。"余乃避席[96]，辞谢不直[97]："请不贰过[98]，闻义则服[99]。长与汝居，终无厌极[100]。"贫遂不去，与我游息[101]。

【注释】

[1]扬子：扬雄自称。遁世：避世。[2]离俗：远离尘俗。独处：独居。[3]左邻崇山：左边与崇山为邻。崇，高。[4]旷野：空阔的田野。[5]邻垣：隔壁。垣，低墙。[6]终：既。贫：穷。且：又。窭（jù）：贫困。[7]礼薄义弊：礼义不完备。薄，不庄重。弊，败坏。此句与下句互相倒置。[8]相与：相互。[9]惆怅：若有所失貌。[10]呼：唤。贫：此为拟人。与语：对其讲话。[11]汝：你。六极：《尚书·洪范》"六极：一曰凶短折，二曰疾，三曰忧，四曰贫，五曰恶，六曰弱。"或云六极指天地四方，非也。[12]投弃：投降（xiáng）。荒遐：荒远之地。[13]好：喜欢。为：做。庸卒：佣工、士卒。[14]刑：刑罚。戮：杀戮。是：复指代词。无实义。加：施加。此句言还要加受刑罚和杀戮。[15]匪：通"非"。惟：只。幼稚：指小孩。[16]嬉戏：玩耍。《韩非子·外储说左上》："夫婴儿相与戏也，以尘为饭，以涂为羹。"以上两句极言其贫困之状。[17]"居非"两句：言贫困者聚集在一处，虽本非邻居而屋室相连。[18]"恩轻"两句：互文，谓恩

义比羽毛、罗纱还轻薄。此言贫则恩义薄也。[19]"进不由德"两句：进退不以其道。此言礼义之败坏。呵：呵斥。[20]滞客：久留在外的人。滞，停留。[21]意：意图，目的。谓何：为何，谓通"为"。[22]文绣：绣有花纹的衣服。绣：绣衣。[23]余：我。褐：粗布衣。不完：破烂，不完整。[24]稻粱：指稻米和黄米。粱，粟。此言人皆食稻与粱。[25]藜飧（sūn）：野菜饭。藜，野菜名，又称灰菜。飧，指饭食。[26]宝玩：珍宝玩物。[27]接欢：接为欢心，谓交友。[28]宗室：宗族。燕：通"宴"，宴会。[29]槃（pán）：通"般"，快乐。[30]徒行：赤足行走。负贳：受雇于人。贳，雇用。贳或作"笈"（书箱），似与下文不通。[31]出处：出门、在家。易衣：换衣。此句言己家贫少衣，出门则穿稍完好者，回家又复易其破衣。[32]服：承当。百役：指各种劳役。[33]胼胝（pián zhī）：手脚长满了厚茧。[34]或：又。耘：除草。籽（zǐ）：培土。语出《诗经·小雅·甫田》："适彼南亩，或耘或籽。"[35]露体：露珠。沾肌：沾湿肌肤。[36]道绝：路绝。此言与朋友绝交。[37]进官：升官。凌迟：同"陵迟"，渐衰貌，此谓渐趋无望。[38]咎：过错。安在：何在。[39]职：主要。[40]舍：抛弃。远窜：远逃。[41]昆仑之颠：言逃到昆仑山顶。颠，顶。[42]尔复我随：即"尔复随我"之倒装，你又跟着我。[43]翰：高飞。戾：至。语出《诗经·小雅·小宛》："宛彼鸣鸠，翰飞戾天。"[44]严穴：山洞，严通"岩"。[45]陟：登，升。高冈：高丘。语出《诗经·周南·卷耳》："陟彼高冈。"[46]泛：漂流。《诗经·鄘风·柏舟》："泛彼柏舟，亦汎其流。"[47]载：则，又。《诗经·小雅·菁菁者莪》："汎汎杨舟，载沉载浮。"[48]休：止。[49]岂：难道。他人：别人。[50]从：跟随。[51]复：再。[52]唯唯：应答声。[53]主人见逐：即见逐于主人，言被主人驱逐。[54]益嗤（chī）：更加为人讥笑。嗤，讥笑。[55]怀：想。[56]愿得尽辞：希望能够说完要说的话。[57]乃祖：即祖先，"乃"无实义。[58]宣：宣明。明德：贤明之德。[59]克：能够。佐：辅佐。帝尧：即尧，五帝之一。[60]誓：立誓。典则：法则，此谓榜样。[61]土阶：以泥土为台阶。茅茨：以茅草为屋顶。[62]匪雕匪饰：不加雕饰，匪通"非"。[63]爰及季世：等到末世。爰，于是。季世，末代。[64]纵：放纵。昏惑：昏愦迷乱。惑，迷惑。[65]饕餮（tāo tiè）：传说中凶猛贪吃的怪兽，此喻贪婪之徒。[66]苟得：随便得到东西。[67]鄙：轻视。先人：指"贫"之先人。[68]乃：于是。[69]瑶台琼榭：用美玉装修亭台桥榭。瑶、琼：皆美玉名。[70]崤（xiáo）：山名，在今河南省西部。《史记·殷本纪》载，商纣王曾"以酒为池，悬肉为林，使男女倮（裸），相逐其间，为长夜之饮。"[71]是用：因此。鹄逝：像鸿鹄一样高飞远去。[72]践：踩，踏。此句言不处其朝也。[73]三省吾身：多次反复地检查自己。语出《论语·学而》。[74]愆（qiǎn）：即"愆"，过错。[75]君：指扬雄。[76]福禄：此谓好处。[77]"忘我大德"两句：大德，指"堪寒能暑"以下十句。小怨：指第二段扬子语贫之言。[78]堪：经得住。能：通"耐"忍受。[79]习：习惯。此句言从小即习惯了。[80]暑：炎热。忒（tè）：差错。此句言不论寒暑皆不会出差错。[81]等寿神仙：与神仙同寿。[82]桀跖：夏桀、盗跖，喻强暴之徒。不顾：不理会。此句言不为强暴之徒所理会，以其贫无所取，故安稳无事也。[83]贪类：贪婪之徒。干：干犯，冒犯。[84]重蔽：为重楼广屋所遮蔽。[85]露居：居住在露天之下。[86]怵惕：紧张、害怕。[87]无虞：无忧。以上两句言：别人皆以富贵多财而担惊受怕，你却无此忧虑。[88]罄：尽。[89]色厉目张：神色严厉，瞪着眼睛，愤怒的样子。[90]摄：提起。齐（zī）：下衣边。兴：站起。[91]降阶：走下台阶。[92]誓：发誓，坚决貌。去：离开。语出《诗经·卫风·硕鼠》："逝将去汝，适彼乐土。"（逝通誓）[93]首阳：首阳山，在今山西永济县南。[94]孤竹：商代君王名。二子：指伯夷、叔齐，皆孤竹君之子。相传商亡以后，此二人耻食周粟，遂隐居首阳山，皆饿死。[95]连行：同行。[96]避席：离席。席，坐位。[97]辞谢：道歉。不直：不止。[98]不贰过：语出《论语·雍也》，"不迁怒，不贰过"。谓不重犯同一过错。[99]服：用。[100]厌：满足。[101]游息：行走休息。此句言与"贫"形影相伴。

【评点】

　　《逐贫赋》采用了与贾谊《鵩鸟赋》相似的体式，但《鵩鸟赋》重在说理，此作则抒情、说理兼备。作者运用拟人化手法，写了自己逐"贫"并最终被"贫"说服的经过，深刻地批判了现实的不平等，并揭示了底层社会人民生活的贫困和窘迫。另外，赋中还借"贫"之口，对那些耽于安乐的贪婪之徒进行了抨击。结尾一段，则反映了作者安于贫贱，不汲汲于富贵的超然思想。此赋全用四言的句子写成，语言平易流畅、生动活泼，读之令人忍俊不禁。它在文学史上曾产生过较大的影响，唐人韩愈的《送穷文》即仿此而作。

遂 初 赋

刘 歆

【作者简介】

刘歆（？－24），字子骏，"少以通《诗》《书》能属文召"，见成帝，为黄门郎，后受诏与父刘向领校秘书。向死，歆复为中垒校尉，累官侍中太中大夫、骑都尉、奉车光禄大夫。歆素好《左氏春秋》，欲立之学官，然遭朝臣非议，因请求外调，出任河内太守、五原太守等职。王莽时，官至国师公。莽将败，欲谋劫莽降汉，事败自杀。

昔遂初之显禄兮[1]，遭闾阖之开通[2]。蹠三台而上征兮[3]，入北辰之紫宫[4]。备列宿于钩陈兮[5]，拥太常之枢极[6]。总六龙于驷房兮[7]，奉华盖于帝侧[8]。惟太阶之侈阔兮[9]，机衡为之难运[10]。惧魁杓之前后兮[11]，遂隆集于河滨[12]。遭阳侯之丰沛兮[13]，乘素波以聊戾[14]。得玄武之嘉兆兮[15]，守五原之烽燧[16]。

二乘驾而既俟[17]，仆夫期而在涂[18]。驰太行之严防兮[19]，入天井之乔关[20]。历岗岑以升降兮[21]，马龙腾以起摅[22]。舞双驷以优游兮[23]，济黎侯之旧居[24]。心涤荡以慕远兮[25]，回高都而北征[26]。剧强秦之暴虐兮[27]，吊赵括于长平[28]。好周文之嘉德兮[29]，躬尊贤而下士[30]。骛驷马而观风兮[31]，庆辛甲于长子[32]。哀衰周之失权兮[33]，数辱而莫扶[34]，执孙蒯于屯留兮[35]，救王师于余吾[36]。过下虒而叹息兮[37]，悲平公之作台[38]。背宗周而不恤兮[39]，苟偷乐而惰怠[40]。枝叶落而不省兮[41]，公族阒其无人[42]。日不悛而俞甚

81

兮[43]，政委弃于家门[44]。载约屦而正朝服兮[45]，降皮弁以为履[46]。宝砾石于庙堂兮[47]，面随和而不眡[48]。始建衰而造乱兮[49]。公室由此遂卑[50]，怜后君之寄寓兮[51]，喑靖公之铜鞮[52]。越侯田而长驱兮[53]，释叔向之飞患[54]。悦善人之有救兮[55]，劳祁奚于太原[56]。何叔子之好直兮[57]，为群邪之所恶[58]。赖祁子之一言兮[59]。几不免乎徂落[60]。两美不必为偶兮[61]，时有差而不相及[62]。虽韫宝而求贾兮[63]，嗟千载其焉合[64]。昔仲尼之淑圣兮[65]，竟隘穷乎陈蔡[66]。彼屈原之贞专兮[67]，卒放沉于湘渊[69]。何方直之难容兮[69]，柳下黜而三辱[70]。蘧瑗抑而再奔兮[71]，岂材知之不足[72]？扬蛾眉而见妒兮[73]，固丑女之情也[74]。曲木恶直绳兮[75]，亦小人之诚也[76]。以夫子之博观兮[77]，何此道之必然[78]。空下时而矖世兮[79]，自命己之取患[80]。悲积习之生常兮[81]，固明智之所别[82]。叔群既在皂隶兮[83]，六卿兴而为桀[84]。荀寅肆而颛恣兮[85]，吉射叛而擅兵[86]。憎人臣之若兹兮[87]，责赵鞅于晋阳[88]。轶中国之都邑兮[89]，登句注以陵厉[90]。历雁门而入云中兮[91]，超绝辙而远逝[92]。济临沃而遥思兮[93]，垂意乎边都[94]。

野萧条以寥廓兮[95]，陵谷错以盘纡[96]。飘寂寥以荒昒兮[97]，沙埃起而杳冥[98]。回风育其飘忽兮[99]，回飑飑之泠泠[100]。薄涸冻之凝滞兮[101]，茀溪谷之清凉[102]。漂积雪之皑皑兮[103]，涉凝露之隆霜[104]。扬雹霰之复陆兮[105]，慨原泉之凌阴[106]，激流澌之漻涙兮[107]，窥九渊之潜淋[108]。飒凄怆以惨怛兮[109]，憇风漻以冽寒[110]。兽望浪以穴窜兮[111]，鸟胁翼之浚浚[112]。山萧瑟以鹍鸣兮[113]，树木坏而哇吟[114]。地坼裂而愤忽急兮[115]，石捌破之岩岩[116]。天烈烈以厉高兮[117]，廖琤窗以枭牢[118]。雁邕邕以迟迟兮[119]，野鹳鸣而嘈嘈[120]。望亭隧之皦皦兮[121]，飞旗帜之翩翩[122]。回百里之无家兮[123]，路修远之绵绵[124]。于是勒障塞而固守兮[125]，奋武灵之精诚^[126]。摅赵奢之策虑兮^[127]，威谋完乎金城^[128]。外折冲以无虞兮^[129]，内抚民以永宁^[130]。既邕容以自得兮^[131]。唯惕惧于竺寒^[132]。攸潜温之玄室兮^[133]，涤浊秽于太清^[134]。反情素于寂寞兮^[135]，居华体之冥冥^[136]。玩书琴以条畅兮^[137]，考性命之变态^[138]。运四时而览阴阳兮^[139]，总万物之珍怪^[140]。虽穷天地之极变兮^[141]，曾何足乎留意^[142]。长恬淡以欢娱兮^[143]，固圣贤之所喜^[144]。

乱曰：处幽潜德^[145]，含圣神兮^[146]；抱奇内光^[147]，自得真兮^[148]；宠幸浮寄^[149]，奇无常兮^[150]；寄之去留^[151]，亦何伤兮^[152]；大人之度^[153]，品物齐兮^[154]；舍位之过^[155]，忽若遗兮^[156]；求位得位^[157]，固其常兮^[158]；守信保己^[159]，比老彭兮^[160]。

【注释】

[1]昔：昔日。遂：以往。初：当初。显禄：地位尊显。禄，俸禄。位尊则禄亦厚，故云。[2]遭：遇。阊阖（chāng hé）：神话中的天门，此指宫门。开通：畅通。[3]蹠（zhí）：脚掌，此为动词，言登也。三台：星名，共为六星，分三行排列，状如台阶，分布在北斗斗杓之下。汉代中央设丞相、太尉、御史大夫（西汉末又分别改称大司徒、大司马、大司空）三公，"三公在天法三台"，故又以三台称三公。刘歆尝与其父受诏领校秘籍，秘籍乃属大司空部所掌管，故歆言己已登上了三台之门。上征：谓拔擢。征：行。[4]北辰：北极星，借指皇帝。紫宫：紫微垣，借指未央宫，乃朝堂所在之地。此句言己已为侍中太中大夫，得以侍从皇帝左右，掌论应对，甚得宠幸。[5]备：充数。列宿：众星，此指帝的后妃太子等。钩陈：星名，此处代指皇室禁卫军。此句言己尝充数于后妃太子之禁卫。以其曾为中垒校尉，故云。[6]拥：拥戴。太常：旗名，天子所用，上绘日月，此指天子。枢极：至重之位。[7]总：合辔并揽。六龙：驾在御车上的六匹马，马高八尺曰龙。驷房：同指东方苍龙七宿中的第四星宿，驷乃其古名，或云此指御

马厩，不详。[8] 奉：侍奉。华盖：星名，在钩陈旁，形似车盖，此指乘舆。[9] 惟：语助词。太阶：三台，此指三公。侈阔：谓骄纵。此言哀帝时政治腐败，三公外戚当权，登进之途杂，贤佞不分。[10] 机衡：机同"玑"，天玑，北斗第三星；衡，玉衡，北斗第五星，此以机衡代指北斗，喻政权之枢纽。难运：难以运行。此句言三公骄纵擅权，皇帝的意旨难以实施。[11] 魁杓（biāo）：北斗七星中第一至第四颗星叫魁，第五至第七颗星叫杓，此以魁杓代北斗，指皇帝。前后：前后变动。言已久在帝侧，惧其心意变动也。[12] 遂：于是。隆集：高集。集，止。京官外放本为降迁，此谦词也。或云"隆"当做"降"。河滨：黄河之滨，刘歆外调，初为河内太守，郡址怀县（今洛阳附近）临近黄河，故云。[13] 阳侯：波神名，相传其为陵阳国诸侯，溺水而死，魄化为神，能掀起大波。丰沛：指黄河水势盛大。[14] 素波：白浪。聊戾：谓船在波浪中颠簸旋转。[15] 玄武：即玄武七宿，包括奎、娄、胃、昴、毕、觜、参，皆北方之星也。其时歆将移守五原，五原在塞北，故以北方之玄武七宿为"嘉兆"。嘉兆：好兆头。[16] 五原：西汉郡名，在今山西省与内蒙交接的地区。烽燧（suì）：烽火台。五原为西汉边郡，故云守烽燧也。[17] 二乘（shèng）：太守有副车，故云。乘，车。驾：套车。俟：等待。此句言车已驾好在等待了。[18] 仆夫：仆从。期：期待。涂：通"途"，路。[19] 驰：驰行。太行：太行山。严防：险要的关隘。[20] 天井：天井关，在太行主峰附近。乔：高。关：关口。[21] 历：经过。冈：山脊。岑：小而高的山。升降：上下。[22] 摅（shū）：奔腾。[23] 舞：驱马飞驰。双驷：即"二乘"，每乘四马者曰驷。优游：从容貌。[24] 济：止。黎侯：殷代诸侯，为周文王所灭，国在今山西境内。[25] 涤荡：同"条畅"，舒畅。远：兼有二义，一谓古代圣贤，一谓远方的五原郡。[26] 回：绕，高都县（即今山西晋城）在上党郡，至其北方可北行，故云。征：行。[27] 剧：甚。强秦：即秦国，以其在七国中势力最强，故称。[28] 吊：凭吊。赵括：赵国将军，赵奢之子，赵孝成王四年（前260）与秦将白起战于长平，兵败，括战死，秦活埋其降卒四十余万。长平：在今山西高平县。[29] 好：喜欢。周文：周文王。嘉德：美德。[30] 躬：亲自。下士：曲己也，言其礼恭。[31] 骛（wù）：赶马快跑。观风：瞻仰先贤的风范。[32] 庆：庆幸。辛甲：文王太师，曾事纣，屡谏不听而去，召公知其贤，告文王，文王亲迎之以为太师。长子：辛甲的封地，在今山西省长子县。[33] 哀：惋惜。衰周：指东周。[34] 数（shuò）：多次。辱：被侮辱，指周王受辱于诸侯。莫：没有人，此指诸侯。扶：扶持，求助。[35] 执：逮捕。孙蒯（kuǎi）：春秋末卫大夫，《左传·襄公十八年》载其曾于前556年伐曹，曹人诉于晋侯，次年，蒯出使晋国，遂见执。屯留：本留吁国，春秋末为晋所灭，治在今山西省屯留县南。[36] 王师：周王的军队。余吾：晋邑，在屯留西北。[37] 下虒（sī）：汉代地名，在今山西沁县境内。[38] 平公：姬姓，名彪，晋悼公之子，在位期间荒淫无度，大兴土木，晋国实力从此衰退。台：此指宫室台榭一类的建筑物。[39] 背：背弃。宗周：东周王室。恤：顾恤。东周时，诸侯势力日盛，周王虽名为天子，然已不受重视。[40] 苟：苟且。偷乐：只图眼前享乐。惰怠：心志懒惰懈怠。[41] 枝叶：指宗室。落：衰落。[42] 公族阒（qù）：其无人：章樵《古文苑》注引叔向曰："公室将卑，其宗室枝叶先落。"阒：寂静貌，言公族败落无人也。[43] 日：日趋，渐渐。悛（quān）：悔改。俞：通"愈"。[44] 政：政权。委弃：丢落。家门：又称私门，指卿大夫。[45] 载：戴。约：当做"絇"（qú），鞋头饰。屦（jù）：葛、麻制成的单底鞋。正：端正。朝服：入朝时所著之服。[46] 弁（pián）：士冠的一种，尤以皮弁为最贵重。履：鞋。以上两句：以鞋帽倒置喻晋君用人之昏庸不明。[47] 宝：当宝贝。砾石：碎石。庙：宗庙。堂：朝堂。[48] 面：同"偭"（miǎn），背弃。随和：随侯珠与和氏璧，皆稀世珍宝。眂：同"视"，看。以上两句言小人登用，贤才见弃。[49] 建衰、造乱：皆谓引起衰乱。[50] 卑：衰落。[51] 后君：即晋平公之玄孙出公，名凿。寄寓：出公十七年，晋室四卿共分晋范、中行两地以为邑，出公怒，欲结齐、鲁以伐之，四卿遂攻出公，出公奔齐，死于道。[52] 唁（yàn）：吊念。靖公《史记》作"静公"，同，名俱酒，

85

为晋室最后一位国君，在位第二年，韩、赵、魏三家分晋，遂被封于端氏，后又迁屯留，免为庶人，晋亡。铜鞮（dī）：今山西沁县。［53］越：跨越。侯田：据《水经注》当做"侯甲"，山名，在今山西祁县。驱：赶马前进。［54］释：免释。叔向：羊舌肸（xī），字叔向，晋平公太傅，有贤德。飞患：意外之祸。晋平公六年（前551），晋讨其大夫栾盈，叔向之弟羊舌虎与其党，坐诛，祸及叔向，被囚。祁奚闻之，说于范匄（gài），向遂得免。［55］悦：高兴。善人：指叔向。［56］劳：劳谢。祁奚：晋大夫，以正直著名。太原：汉代郡名，即今山西太原一带，祁奚封地在祁县，属太原郡。［57］何：为什么。叔子：叔向。好：爱好。直：正直。［58］为：被。郡邪：邪恶小人，指范匄等人。恶（wù）：憎恨。［59］赖：依赖。祁子：祁奚。［60］几：差点。徂落：死亡。［61］两美：本指君明臣贤，此谓两贤人。必：一定。偶：同"遇"。［62］时：时常。有差：有差错。及：赶上。［63］虽：即使。韫（yùn）：蕴藏。求：求待。贾：通"价"，价格。《论语·子罕》："子贡曰：'有美玉于斯，韫椟而藏诸？求美贾而洁诸？'"［64］嗟：叹。千载：千年。焉：哪里，怎么。合：遇。以上两句言：虽有怀才而待时者，然而千载之中难得得遇于明君。［65］昔：往昔，过去。仲尼：孔子，名丘，仲尼乃字。淑：善。圣：贤圣。［66］竟：竟然。隘穷：困顿，隘，困隘。陈、蔡：春秋时二国名，均在今河南境内。孔子周游列国，尝被陈蔡大夫围困于野外。［67］彼：那。屈原：名平，战国时楚国同姓贵族，曾为三闾大夫，后受谗投水而死。贞专：坚贞专诚。［68］卒：终。放：流放。沉：投水。湘渊：指汨罗江，属湘水支流，屈原即自投于其中。渊，深水。［69］方正：端方正直之人。难容：难以被容纳。［70］柳下：柳下惠，即展获，字禽，柳下为其食邑，惠乃谥号，春秋时鲁大夫。黜（chù）：黜免，撤职。三辱：多次受辱，即被黜。［71］蘧瑗（qú yuán）：字伯玉，春秋时卫国大夫，以善悔过而得名。抑：压制。再奔：两次出奔。卫献公无道蘧瑗为避内乱，曾两次出奔。［72］岂：难道。知：通"智"。［73］扬：抬。蛾眉：形如蚕蛾之眉。妒：嫉妒。［74］固：本来。情：本性。［75］曲木：弯曲的树木。绳：木匠所用之墨斗中的线绳。[76]亦：也是。诚：真心。以上四句：言群小当道，贤能不为所容。[77]夫子：那些人，指叔向、孔子等。博观：博学多识。[78]此道：指不免于困厄贬辱之祸。必然：一定这样。[79]空：白白。下时：曲从于时代，言轻视浊世也。曘（dàn）：怒视。世：世态，世俗。[80]命：使。取患：招祸。[81]悲：悲哀、悲伤。积习：积久的风习。生常：变成常理。[82]明智：指明智之士。别：识别，分辨。[83]叔群：周成王之弟唐叔（名虞，字叔）初封在晋，始建晋国，故称其历代享国子孙为叔群。皂隶：奴隶。此句言晋削减其公族，致使禄去公室，政入私门。[84]六卿：指晋之韩不信、赵无卹、范吉射、荀寅、智瑶、魏多等六家贵族，皆于晋昭公时渐趋强大。桀：强悍。[85]荀寅：即中行文子，六卿之一。肆：放肆。颛恣：专横骄纵，颛通"专"。[86]吉射：即范昭子。《春秋·鲁定公十三年》："（前496）冬，晋荀寅、士吉射入于朝歌以叛。"[87]憎：憎恶。若兹：若此。[88]责：斥责。赵鞅：谥简子，晋正卿，执权近六十年。晋阳：晋故都，汉代为太原郡府，在今山西太原市。《春秋·鲁定公十三年》："秋，晋赵鞅入于晋阳以叛。"[89]轶（yì）：越过。中国：指中原，此指晋阳以南。[90]句注：山名，战国时为赵国北部的天险，在今山西雁门关西北。陵厉：越过。厉，涉。[91]历：经过。雁门：汉郡，在今山西省北部。云中：亦汉代郡名，在今山西省西北部及内蒙南部，与雁门郡中隔定襄郡，西与五原郡相接。[92]超：越过。绝辙：未曾有车辙的地方。逝：去。[93]济：止。临沃：汉县名，属五原郡。遥思：遐想。[94]垂意：留意，关注。边都：边城，此指临沃城。[95]野：旷野。萧条：荒凉貌。寥阔：空旷。[96]陵谷：山陵沟谷。错：交错。盘纡：盘环纤曲。[97]飘：即飘风，旋风。寂寥：空寂寥落。荒昒（hū）：昏暗模糊。[98]沙埃：沙尘。杳（yǎo）冥：昏暗貌。[99]回风：旋风。育：长大，此谓渐盛。飘忽：转移不定。[100]回：回旋。飐（zhǎn）飐：风吹动貌。泠（líng）泠：清冷貌。[101]薄：迫，临近。涸冻：谓流水和大地干枯冻结。凝滞：河水冻结不流。[102]莆（bó）：吹动貌。溪：涧水。谷：山谷。[103]漂

87

通"飘",飞扬。皓皓:洁白貌。[104]涉:践踩。凝露之隆霜:露水凝成的霜。隆,厚。《诗经·秦风·蒹葭》:"蒹葭苍苍,白露为霜。"[105]扬:飞扬。雹:冰雹。霰:雪粒。复:通"覆",覆盖。陆:大地。[106]慨:慨叹。原泉之凌阴:指泉水底下的积冰。原泉,即泉水,原通"源"。凌阴:冰窖,此谓积水。[107]激:激撞。流澌(sī):随流水漂动的冰块。澌,冰块。漻泪(lì):迅急流动貌。[108]窥:望。九渊:深渊,九言其深。潜淋:此谓深水。[109]飒(sà):风声。悽怆:悲伤。惨怛(dá):悲惨。[110]惐风:哀风。漻:吹动。冽:凛冽。[111]兽:野兽。望浪:惊惶貌。穴窜:逃入洞穴。[112]胁翼:夹紧翅膀。浚浚:同"踆踆",缩伏貌。[113]萧瑟:萧条冷落。鹍(kūn):鹍鸡,似天鹅。[114]坏:朽残。哇吟:在大风中作响。[115]坼(chè):开裂。愤:愤怒。忽急:迅急。此句言天寒风急,冻裂了大地。[116]岩岩:碎石堆积貌。[117]烈烈:高远貌。厉:森严。[118]廖珒、杲牢:皆空旷貌。窗(cōng):烟囱。《广雅·释宫》:"其窗谓之埮"。[119]邕(yóng)邕:鸟和鸣声。迟迟:缓慢飞行貌。[120]鹳:(guàn)水鸟名。嘈(cáo)嘈:喧闹貌。[121]亭:守望亭。隧:同"燧",烽火台。皦(jiǎo)皦:显明貌。[122]翩翩:扁动貌。[123]回:远。无家:没有人家。[124]修:长。绵绵:长远貌。[125]勒:约束,此谓修治。障塞:阻障、防塞。固:坚。[126]奋:发扬。武灵:即战国时的赵武灵王,名雍,有雄略。他曾提倡胡服骑射,奋发图强,破林胡、楼烦等部,括地至雁门、云中一带。精诚:专一执著。[127]摅(shū):发抒,此谓实行。赵奢:战国时赵将,富于谋略。策虑:策略、计谋。虑,谋。[128]威谋:声威、雄谋。完:成就。金城:城防坚固如金。[129]外:对外。折冲:制敌取胜。折,挫败。虞:虑。[130]内:对内。抚:安抚。宁:安宁。[131]邕容:从容貌。自得:逍遥貌。[132]惕:惊惧。竺寒:竺通"笃",盛寒。[133]攸(yōu):处所,此谓居住。潜温:深邃暖和。玄室:暗室。[134]涤:洗涮。浊秽:杂浊污秽之气。太清:指道家所谓的太清之境。[135]反:同"返",回归。情素:真情,本性。寂寞:清虚无为。[136]居：处。华体：贵体。冥冥：幽虚之境。[137]玩：展玩。条畅：通畅舒展。[138]考：推究。变态：变化的状态。[139]运四时：即四时运转。四时：四季。览：观察。阴阳：指阴阳变化。[140]总：总观。珍怪：珍奇怪异。[141]虽：虽然。穷：穷尽。天地之极变：指天地间四时万物之一切变化。[142]何足：哪值得。留意：垂意，关心。[143]长：永远。恬澹：淡泊。欢娱：快乐。[144]圣贤：指老、庄一派的道家贤人。喜：喜欢。[145]处幽：处于幽深之境。潜：藏。[146]含：包藏。圣神：谓圣人之情。[147]抱奇：怀抱奇才。内光：内同"纳"，收敛光彩。[148]自得真：自得真性。[149]宠幸：宠爱，指尊荣。浮寄：漂浮不定。[150]奇：奇变。无常：不定。[151]寄：言人生短暂。[152]伤：伤害。以上两句：言人生如寄，故不论远离某地或是久留在同一个地方，都没什么伤害。[153]大人：道家所谓的高人。度：胸襟。[154]品物：众物。齐：同。《庄子·齐物论》中认为万物都是同一的。[155]舍位：丢失官位。舍：丢舍。过：过失。[156]忽：忽然。遗：遗失，此言忘记。[157]求位：指自己请求外调之事。得位：指出任五原太守。[158]常：常理。[159]守信：守诚。信，诚实。保己：保全自己。[160]老彭：彭祖，相传为古代长寿的人。语出《论语·述而》："窃比于我老彭。"

【评点】

《遂初赋》为刘歆自河内徙守五原时所作。作者为当时著名的经学家，深谙前代的历史掌故，加之沿途所经过的又都是晋国故地，这就为他展开思绪、驰骋想象提供了有利的条件。所以此赋首段先简述自己由京官外调之经过，接着便以行程为线索，历举晋地故事和五原一带的风光以抒怀。赋中屡叹晋国自翦其公族，致使大权旁落，终至亡国。这其实也是针对西汉末期朝臣专权的政治现实而发的。作品中这种以行程为线索，历举沿途各地的历史掌故以讽谕现实的写法，为后世的记行赋提供了一种范式。

89

北 征 赋

班 彪

【作者简介】

班彪（3-54），字叔皮，扶风安陵（今陕西省咸阳市东）人。年20余时，西汉更始帝刘玄被杀，长安大乱，彪避乱天水郡（今甘肃通渭西北），归隗嚣，后转为河西大将军窦融从事，劝融归依光武帝刘秀。东汉初，光武闻其才名，遂召见之，举为茂才，拜徐令，以病免。后复为望都长，卒于任。

余遭世之颠覆兮[1]，罹填塞之陋灾[2]。旧室灭以丘墟兮[3]，曾不得乎少留[4]。遂奋袂以北征兮[5]，超绝迹而远游[6]。

朝发轫于长都兮[7]，夕宿瓠谷之玄宫[8]。历云门而反顾[9]，望通天之崇崇[10]。乘陵岗以登降[11]，息郁邻之邑乡[12]。慕公刘之遗德[13]，及行苇之不伤[14]。彼何生之优渥[15]，我独罹此百殃[16]。故时会之变化兮[17]，非天命之靡常[18]。

登赤须之长坂[19]，入义渠之旧城[20]。忿戎王之淫狡[21]，秽宣后之失贞[22]。嘉秦昭之讨贼[23]，赫斯怒以北征[24]。纷吾去此旧都兮[25]，骋迟迟以历兹[26]。遂舒节以远逝兮[27]，指安定以为期[28]。涉长路之绵绵兮[29]，远纡回以樛流[30]。过泥阳而太息兮[31]，悲祖庙之不修[32]。释余马于彭阳兮[33]，且弭节而自思[34]。日晻晻其将暮兮[35]，睹牛羊之下来[36]。寤旷怨之伤情兮[37]，哀诗人之叹时[38]。

越安定以容与兮[39]，遵长城之漫漫[40]。剧蒙公之疲民兮^[41],为强秦乎筑怨^[42]。舍高亥之切忧兮^[43],事蛮狄之辽患^[44]。不耀德以绥远^[45],顾厚固而缮藩^[46]。首身分而不寤兮^[47],犹数功而辞誉^[48]。何夫子之妄说兮^[49],孰云地脉而生残^[50]。登障隧而遥望兮^[51],聊须臾以婆娑^[52]。闵獯鬻之猾夏兮^[53],吊尉邛于朝那^[54]。从圣文之克让兮^[55],不劳师而币加^[56]。惠父兄于南越兮^[57],黜帝号于尉佗^[58]。降几杖于藩国兮^[59],折吴濞之逆邪^[60]。惟太宗之荡荡兮^[61],岂曩秦之所图^[62]。

阵高平而周览^[63],望山谷之嵯峨^[64]。野萧条以莽荡^[65],回千里而无家^[66]。风猋发以漂遥兮^[67],谷水灌以扬波^[68]。飞云雾之杳杳^[69],涉积雪之皑皑。雁邕邕以群翔兮,鹍鸡鸣以哜哜^[70]。游子悲其故乡^[71],心怆恨以伤怀^[72]。抚长剑而慨息^[73],泣涟落而霑衣^[74]。揽余涕以于邑兮^[75],哀生民之多故^[76]。夫何阴噎之不阳兮^[77],嗟久失其平度^[78]。谅时运之所为兮^[79],永伊郁其谁愬^[80]。

乱曰:夫子固穷^[81],游艺文兮^[82]。乐以忘忧^[83],唯圣贤兮^[84]。达人从事^[85],有仪则兮^[86]。行止屈申^[87],与时息兮^[88]。君子履信^[89],无不居兮^[90]。虽之蛮貊^[91],何忧惧兮。

【注释】

[1]遭:遭逢。颠覆:倾跌,谓时局动荡。[2]罹(lí):遭。填塞:道路堵塞不通,喻政治混乱。阸(è):同"厄",危困。[3]旧室:指长安大乱以前原有的房屋。灭:毁坏。丘墟:废墟。[4]曾:竟,简直。少:稍。[5]奋袂(mèi):举袖,奋发貌。北征:北行。[6]超:越。绝迹:荒无人迹之处。远游:远行。[7]发轫(rèn):驱车出发。轫,停车时用以阻止车轮滚动的木头。长都:长安(即今陕西省西安市),为西汉都城。[8]瓠(hù)谷、玄宫:皆地名,在今西安市附近。[9]历:经过。云门:云阳县城门。汉云阳县在今陕西省淳化县西北。反顾:回头看,不舍貌。[10]通天:通天台,在甘泉宫内。崇崇:高峻貌。[11]乘:登。陵:大土山。登降:谓其行时上时下。[12]息:

叹息。郇（xún）邠（bīn）：郇通"枸"，邠通"邠"。枸邑县之豳乡，地在今陕西省旬邑县西南。[13]公刘：周民族远祖，曾率周人迁居于豳。遗德：遗留的美德。[14]行苇之不伤：谓对草木也加以爱护，不许伤害。行苇：道旁的芦苇。《诗经·大雅·行苇》："敦彼行苇，牛羊勿践。"后人以为此诗为公刘所作。[15]彼：它，指行苇。优渥：优厚。此句言：为什么芦苇一出生就会受到优厚的爱护。[16]独：偏偏。百殃：种种灾祸。[17]故：本来。时会：时机，时势。[18]靡常：无常。[19]赤须：坂名，在北地郡（今甘肃省庆阳地区北部和宁夏回族自治区东部一带）。坂（bǎn）：山坡。[20]义渠：古西戎国名，汉为义渠道，属北地郡，在今甘肃省宁县境内。[21]忿（fèn）：愤恨。戎王之淫狡：战国时，义渠戎王与秦昭襄王母宣太后私通，生二子，昭襄王杀之，遂举兵灭其国，秦于是占有了陇西、北地、上郡之地。[22]秽：淫秽。宣后：宣太后，楚人，姓芈（mǐ）氏。[23]嘉：称赞。秦昭：秦昭襄王，名则。[24]赫：盛怒貌。《诗经·大雅·皇矣》："王赫斯怒。"[25]纷：心绪烦乱貌。去：离开。旧都：指义渠之旧城。[26]骈（fēi）：古代凡车有四马，中间两匹叫服，旁边两匹叫骈，亦叫骖。迟迟：缓行貌。历兹：至此。[27]舒节：犹言驰车。节，车行之节度。[28]指：指向。安定：汉安定郡，在今甘肃平凉地区及宁夏回族自治区南部一带。期：限，此谓目的地。[29]绵绵：连绵不绝。[30]纡回：曲折。樛（jiū）流：曲折貌。[31]泥阳：汉泥阳县，在今甘肃宁县。太息：叹息。[32]悲：悲伤。祖庙：班彪祖班壹于秦始皇末年，曾避地于楼烦（古部落名，秦末活动于陕北、陇东一带），故泥阳有班氏庙。不修：没人修理。[33]释：解下。彭阳：汉县名，属北地郡，在今甘肃镇原县。[34]且：暂且。弭节：停鞭。弭，停。节，鞭。自思：独自思索。[35]晻（yǎn）晻：暗淡貌。[36]睹：看。牛羊之下来：语出《诗经·王风·君子于役》："日之夕矣，牛羊下来。"[37]寤：通"悟"。旷怨：旷夫怨女。伤情：哀伤之情。[38]哀：悲哀。诗人：指《君子于役》的作者。叹时：伤叹时势。以上两句：《君子于役》所表现的是对在外行役的君子的思念，故属旷怨之情；而诗人写这首诗则是为了伤时叹势。[39] 越：经过。容与：逍遥。[40] 遵：循着。漫漫：通"曼曼"，长远貌。[41] 剧：甚。蒙公：即蒙恬，为秦将，曾筑长城以却匈奴，役民甚众。[42] 筑怨：蒙恬筑长城，民疲而怨，故云。[43] 舍：舍弃。高：赵高。亥：胡亥，秦二世名。切忧：近忧。[44] 事：从事，此谓防御。蛮狄：指周边的少数民族，在南曰蛮，在北曰狄，此谓北方的匈奴。辽：远。患：忧虑。[45] 耀德：显德。绥：安抚。远：远方。[46] 顾：反而。厚固：坚厚牢固。缮：修。藩：篱笆，此指城防。[47] 身首分：言死。寤：通"悟"，醒悟。[48] 犹：仍然。数：数说。功：功劳。辞：拒绝。諐（qiān）：同"愆"，罪过。[49] 何：多么。夫子：指蒙恬。妄说：胡说。[50] 地脉而生残：秦始皇死时，赵高阴谋立胡亥，乃遣使赐蒙恬亙。恬喟然叹息曰："我何罪于天，无过而死乎？"思之良久，徐曰："恬罪固当死矣，起临洮，属之辽东，城堑万余里，此其中不能毋绝地脉哉，此乃恬之罪也。"遂吞药自杀（事见《史记·蒙恬列传》）。[51] 鄣：城堡。隧：通"燧"，烽火台。[52] 须臾：片刻。婆娑：盘旋，徘徊。[53] 闵：伤悼。獯（xūn）鬻：即匈奴，在商周之际称獯鬻。猾：扰乱。夏：华夏。[54] 吊：吊念。邛（qióng）：姓孙，或云姓段，西汉文帝时为北地郡都尉。朝那：汉县名，属安定郡，在今甘肃省平凉市西北。《史记·孝文本纪》载："十四年（前165）冬，匈奴谋入边为寇，攻朝那塞，杀北地郡都尉邛。"[55] 从：行。圣文：指汉文帝。克：能。让：忍让。[56] 不劳师：不劳师动众去征伐。师：军队。币加：增加币帛、言行安抚之策也。[57] 惠：施惠。南越：即今两广一带。[58] 黜：免。尉佗：西汉时为南越王。《史记·孝文本纪》："南越王尉佗自立为武帝。然上（指文帝）召贵尉佗兄弟，以德报之，佗遂去帝称臣。"佗，同"他"。[59] 降：下赐。几：几案，用以凭靠身体或搁置物体。藩（fān）国：诸侯王之封地，此指吴王刘濞的封国。杖：扶杖。几杖皆老年人坐行时所凭依的用具。[60] 折：挫折。吴濞（bì）：汉高帝兄刘仲之子，高帝立为吴王，文帝时，刘濞托病不朝，失藩臣之礼，帝乃赐其几杖，准予年老不朝。逆邪：叛逆。邪，不正。[61] 太

93

宗：文帝庙号。荡荡：宽广貌。《尚书·洪范》："王道荡荡。"此谓文帝之德开明宽广。[62]曩：往昔。图：谋，此谓设想。[63]陟：升。高平：汉县，属安定郡，在今宁夏固原一带。周览：四望。[64]嵯峨：高峻貌。[65]萧条：荒凉貌。莽荡：空阔貌。[66]回：远。[67]猋(biāo)：疾风。漂遥：风驰貌。[68]灌：灌注，涌流。[69]飞：腾飞。杳杳：幽暗貌。[70]唶(jiē)唶：通"喈喈"，鸟和鸣声。[71]游子：作者自指。悲：怀念。[72]怆悢(chuàng liàng)：忧伤貌。[73]抚：按。慨息：叹息。[74]涟落：泪流貌。霑：沾湿。[75]揽：拭擦。于(wū)邑：气急促貌，指抽噎。[76]哀：悲哀。故：事故，此谓灾难。[77]阴曀(yì)：天阴沉，喻天下丧乱。曀，阴沉，昏暗。阳：晴朗，喻天下太平。[78]嗟：慨叹。平度：正常法度。[79]谅：诚，实在。时运：时势。[80]伊郁：抑郁，愤懑。愬：同"诉"，诉说。[81]夫子：指孔子。固穷：安守穷困。孔子曰："君子固穷，小人穷斯滥矣。"(《论语·卫灵公》)。[82]游艺文：《论语·述而》孔子曰，"志于道，据于德，依于仁，游于艺"。艺，指礼、乐、射、御、书、数等六艺。[83]乐以忘忧：语出《论语．述而》。[84]唯圣贤兮：言唯圣贤能为之。[85]达人：通达的人。[86]仪则：准则。[87]申：同"伸"。[88]与时息：即与时消息。时：时势。[89]履信：实行忠信。[90]无不居：谓没有不可居住的地方。[91]貊(mò)：古代东北方部族。《论语·卫灵公》："子张问行。子曰：'言忠信，行笃敬，虽蛮貊之邦行矣。'"此以"之蛮貊"喻己之远行西凉也。

【评点】

　　此赋是班彪为避长安之乱而西去天水郡时所作。它的结构略仿刘歆的《遂初赋》，也是以作者的行程为线索，并就沿途所经之地的史事抒发感慨。但此篇借古喻今的成分相对要少一些，而且文辞也比较典雅含蓄，在艺术上略胜《遂初赋》一筹。赋中有些片段写战乱中原野的萧条和游子的悲苦心情，也颇为真切感人，收到了情景交融的艺术效果。

竹 扇 赋

班　固

【作者简介】

班固（32—92），字孟坚，班彪子。九岁能"属文诵诗赋"。班彪死，固承父业，撰《汉书》，以私修国史罪被捕下狱。因其弟班超上书明帝，始得免，授为兰台令史。章帝时，朝廷集群儒于白虎观议论五经，固奉命作《白虎通德论》。和帝时，为大将军窦宪中护军，随其出征匈奴。后窦宪败，因受牵连，死于狱中。

青青之竹形兆直[1]，妙华长竿纷实翼[2]。杳篠丛生于水泽[3]，疾风时纷纷萧飒[4]。削为扇翣成器美[5]，托御君王供时有[6]。度量异好有圆方[7]，来风避暑致清凉[8]。安体定神达消息[9]，百王传之赖功力[10]。寿考康宁累万亿[11]。

【注释】

[1]兆：初生。[2]妙华：美丽。纷：繁多貌。翼：披拂。[3]杳篠（tiǎo）：幽深貌。[4]疾风：大风。纷纷：吹乱貌。萧飒（sà）：风吹竹叶声。[5]翣（shà）：扇子。器：用具。[6]托御：进献。托，交托。供时有：供其因时而有。[7]异好：特别好。圆方：规矩。[8]来风：扇来风。致：获得。[9]达：达到。消息：将息。[10]百王：百代之帝王。赖：依赖。功力：指竹扇"来风避暑"、"安体定神"之功效。[11]寿考：高龄。康宁：安宁。累：累至。万亿：万亿之年。

【评点】

《竹扇赋》是一篇咏物小赋。虽然它的文字比较简单,而且艺术上的成就也不高,但由于作品所采用的这种七言诗体的形式在前代尚未出现过,所以是一种创格,在文学史上很值得注意。

舞　　赋 并序

傅　毅

【作者简介】

傅毅字武仲，生卒年不详，扶风茂陵（今陕西省兴平县）人。东汉章帝时拜为郎中，曾为兰台令史，与班固、贾逵共典校秘书。后入窦宪幕为司马，早卒。毅博学多才，为东汉较有影响的辞赋家之一。作品以《舞赋》最著名，另《洛都赋》、《雅琴赋》、《七激》等均余残文。

楚襄王既游云梦[1]，使宋玉赋高唐之事[2]，将置酒宴饮[3]，谓宋玉曰："寡人欲觞群臣[4]，何以娱之[5]？"玉曰："臣闻歌以咏言[6]，舞以尽意[7]。是以论其诗不如听其声，听其声不如察其形[8]。《激楚》《结风》《阳阿》之舞[9]，材人之穷观[10]，天下之至妙[11]，噫[12]！可以进乎[13]？"王曰："如其郑何[14]？"玉曰："小大殊用[15]，郑雅异宜[16]。弛张之度[17]，圣哲所施[18]。是以《乐》纪干戚之容[19]，《雅》美蹲蹲之舞[20]，《礼》设三爵之制[21]，《颂》有醉归之歌[22]。夫《咸池》《六英》[23]，所以陈清庙、协神人也[24]；郑卫之乐，所以娱密坐、接欢欣也[25]。余日怡荡[26]，非以风民也[27]。其何害哉[28]！"王曰："试为寡人赋之[29]。"玉曰："唯唯[30]。"

夫何皎皎之闲夜兮[31]，明月烂以施光[32]。朱火晔其延起兮[33]，耀华屋而熺洞房[34]。黼帐袪而结组兮[35]，铺首炳以焜煌[36]。陈茵席而设坐兮[37]，溢金罍而列玉觞[38]。腾觚爵之斝酎兮[39]，漫既醉其乐康[40]。严颜和而怡怿兮[41]，幽情形而外扬[42]。文人不能怀其藻兮[43]，武毅不能隐其刚[44]。简惰跳

97

踮[45]，般纷挐兮[46]。渊塞沉荡[47]，改恒常兮[48]。于是郑女出进[49]，二八徐侍[50]。姣服极丽[51]，姁媮致态[52]。貌嫽妙以妖蛊兮[53]，红颜晔其扬华[54]。眉连娟以增绕兮[55]，目流睇而横波[56]。珠翠的砾而炤耀兮[57]，华袿飞髾而杂纤罗[58]。顾形影，自整装[59]。顺微风，挥若芳[60]。动朱唇，纡清阳[61]。亢音高歌为乐方[62]。歌曰："摅予意以弘观兮[63]，绎精灵之所束[64]。弛紧急之弦张兮[65]，慢末事之肌曲[66]。舒恢炲之广度兮[67]，阔细体之苛缛[68]。嘉《关雎》之不淫兮[69]，哀《蟋蟀》之局促[70]。启泰真之否隔兮[71]，超遗物而度俗[72]。"扬激徵，骋清角[73]。赞舞操[74]，奏均曲[75]。形态和，神意协[76]。从容得，志不劫[77]。

于是蹑节鼓陈[78]，舒意自广[79]。游心无垠[80]，远思长想。其始兴也[81]，若俯若仰，若来若往[82]。雍容惆怅[83]，不可为象[84]。其少进也[85]，若翱若行[86]，若竦若倾[87]。兀动赴度[88]，指顾应声[89]。罗衣从风[90]，长袖交横[91]。骆驿飞散[92]，飒擖合并[93]。鶣飘燕居[94]，拉㧻鹄惊[95]。绰约闲靡[96]，机迅体轻[97]。姿绝伦之妙态[98]，怀悫素之絜清[99]。修仪操以显志兮[100]，独驰思乎杳冥[101]。在山峨峨，在水汤汤[102]。与志迁化，容不虚生[103]。明诗表指[104]，喷息激昂[105]。气若浮云，志若秋霜[106]。观者增叹，诸工莫当[107]。

于是合场递进[108]，按次而俟[109]。埒材角妙[110]，夸容乃理[111]。轶态横出[112]，瑰姿谲起[113]。眄般鼓则腾清眸[114]，吐哇咬则发皓齿[115]。摘齐行列[116]，经营切儗[117]。仿佛神动，回翔竦峙[118]。击不致策[119]，蹈不顿趾[120]。翼尔悠往[121]，闇复辍已[122]。及至回身还入[123]，迫于急节[124]。浮腾累跪[125]，跗蹋摩跌[126]。纡形远赴[127]，漼似摧折[128]。纤縠蛾飞[129]，纷猋若绝[130]。超逾鸟集[131]，纵驰殟殁[132]。蜲蛇姌袅[133]，云转飘曶[134]。体如游龙，袖如素蜺[135]。黎收而拜[136]，曲度究毕[137]。迁延微笑[138]，退复次列[139]。观者称

98

丽，莫不怡悦[140]。

于是欢洽宴夜[141]，命遣诸客[142]。扰躟就驾[143]，仆夫正策[144]。车骑并狎[145]，㲺炄逼迫[146]。良骏逸足[147]，跄捍凌越[148]。龙骧横举[149]，扬镳飞沫[150]。马材不同，各相倾夺[151]。或有逾埃赴辙[152]，霆骇电灭[153]，跖地远群[154]，闇跳独绝[155]。或有宛足郁怒[156]，般桓不发[157]。后往先至[158]，遂为逐末[159]。或有矜容爱仪[160]，洋洋习习[161]。迟速承意[162]，控御缓急。车音若雷，骛骤相及[163]。骆漠而归[164]，云散城邑[165]。天王燕胥[166]，乐而不洿[167]。娱神遗老[168]，永年之术[169]。优哉游哉[170]，聊以永日[171]。

【注释】

[1]楚襄王：楚顷襄王，名熊横，怀王之子。云梦：泽名，在今湖南、湖北两省交界地区，为春秋、战国时楚国君主的游猎之地。[2]宋玉：战国时楚人，为屈原之后与唐勒、景差等齐名的"楚辞"作者。高唐之事：宋玉曾作有《高唐》、《神女》二赋，其中述楚王与巫山高唐神女欢爱之事。[3]置酒：设酒。[4]觞（shāng）：以酒进人。[5]娱：娱乐。[6]歌以咏言：语出《尚书·尧典》"诗言志，歌永言。"[7]舞以尽意：谓以舞蹈充分地表达情感。《毛诗序》云："在心为志，发言为诗。情动于中而形于言，言之不足故嗟叹之，嗟叹之不足故永歌之，永歌之不足，不知手之舞之、足之蹈之也。"永，通"咏"。[8]"是以"以下两句：言论诗不如听歌唱，听歌唱不如观舞蹈。声：指歌唱之声。形：指舞蹈之形容。[9]《激楚》、《结风》、《阳阿》：皆歌曲名，可配合舞蹈。[10]材人：有才华的人，材通"才"。穷观：极观，至观。[11]至：最。[12]噫：叹词。[13]进：推荐。[14]郑：指春秋战国时的郑地民歌。《礼记·乐记》云："郑卫之音，乱世之音也。"《论语·卫灵公》亦曰："放郑声"，"郑声淫"。此句乃楚王问其与郑声相比如何，盖不欲其类郑声也。[15]小大殊用：言物之大小，各有其不同用途。[16]郑雅：郑声与雅乐。雅，雅乐，乃先秦时期上层社会

流行的雅正之乐。异宜：各有所宜。[17]弛张：弓上弦曰张，下弦曰弛。度：法度。《礼记·杂记下》："一张一弛，文武之道也。"此喻文王与武王以宽、严相济治世的法度。[18]圣哲：指周文王与周武王。施：实行。[19]干戚：古代武舞名，舞时手执干（盾）戚（斧）。容：容貌。《礼记·乐记》："执其干戚，习其俯仰诎伸，容貌得庄焉。"[20]《雅》：指《诗经》的"雅诗"。美：赞美。蹲（cún）蹲：起舞貌。《诗经·小雅·伐木》："坎坎鼓我，蹲蹲舞我。"[21]《礼》：《礼记》。设：设置。三爵之制：《礼记·玉藻》"君子之饮酒也……礼已三爵而油油以退。"爵：酒器。古代臣侍君宴，酒不过三爵，故云。[22]《颂》：指《诗经》的"颂诗"。醉归之歌：指《诗经·鲁颂·有駜》，其中有"鼓咽咽，醉言归"的句子。[23]《咸池》、《六英》：皆古乐名，相传前者为黄帝之乐，后者为帝喾之乐。《周礼·春官·大司乐》："舞咸池以祭地示。"[24]陈：告。清庙：宗庙。协：和。以上两句。言《咸池》《六英》乃用来告宗庙、和人神也。[25]密坐：相互紧挨着坐在一处，此谓玩乐。接：接交。[26]余日：暇日。怡（yí）荡：愉快舒畅。[27]风：教化。[28]其何害哉：有什么伤害呢？害，伤害。[29]寡人：君王的谦称。[30]唯唯：应答声。[31]夫：发语词。何：多么。皎皎：光明貌。闲夜：静夜。[32]烂：灿烂。施光：发光。[33]朱火：指烛火。晔（yè）：明亮。延起：蔓延升起。[34]耀：照耀。华屋：华丽的房屋。熺（xí）：照亮。洞房：深暗的房屋。[35]黼（fǔ）帐：绣帐。袪（qū）：揭起。结组：以丝带结之。组，宽丝带。[36]铺首：门环底坐。炳：光灿貌。焜（hùn）煌：明亮。[37]陈：铺设。茵（yīn）：垫褥。席：坐席。[38]溢：满。罍（léi）：酒器名，腹大口小。金罍，言其贵重。列：排，摆。觞：酒器名。[39]腾：奉上。觚（gū）、爵：皆酒器名。《礼记·礼器》注曰："凡觞，一升曰爵，二升曰觚。"斟酌：指酒。[40]漫：无拘束，此为酒醉貌。乐康：快乐。康，乐。[41]严颜：严肃的表情。颜，容颜，指表情。和：缓和。怡怿：愉悦欢快。[42]幽情：内心深情。形：表现。外扬：显露。[43]怀：藏。藻：文彩。[44]武毅：勇武刚毅之人。刚：刚强。[45]简惰：简慢惰怠之人。跳踃（xiāo）：跳跃。[46]般：乱。纷挐（rú）：纷乱。挐，混乱。[47]渊塞：深沉质实之人。《诗经·鄘风·定之方中》："秉心塞渊。"沉荡：沉迷摇荡。[48]恒常：恒常之态。[49]郑女：郑地之女，相传古代郑国多美女。进：前移。[50]二八：十六人。徐侍：缓步侍侧。《楚辞·招魂》："二八侍宿。"又"二八齐容，起郑舞些。"[51]姣：美好。[52]姁媮（xū yú）：娇媚貌。致：传达。态：神态。[53]貌：相貌。嫽（liǎo）：美好貌。妖：艳丽。蛊：迷惑人。[54]红颜：谓面色红润，晔：容光焕发。华：光彩。[55]连娟：细长。绕：弯曲。[56]流睇：流转顾盼。横波：喻目光流转如水波之横起。[57]珠翠：宝珠、玉翠。的砾（dì lì）：明亮晶莹貌。熠耀：同"照耀"。[58]华袿（guī）：华丽的上衣。袿，妇女的上衣。飞：飞动，飘。髾（shāo）：古时妇女服装上的燕尾形饰物。纤罗：薄细的丝罗。[59]以上两句写其体态美好。[60]挥：谓飘洒。若芳：杜若的香味。若，杜若，为歌者所佩之香草。[61]纡：垂，低。清阳：指清秀的眉目。《诗经·郑风·丰》："有美一人，婉如清扬。"阳，通"扬"。[62]亢音：高声，方：方法。[63]摅：舒发。弘观：大观。[64]绎：陈。精灵：精神。束：约束。此句言精神有所约束，将陈放之。[65]弛：放松。绞张：指琴瑟一类的绞乐器。[66]慢：轻慢。末事之肌曲：指歌唱之曲。盖作者之意乃在赋舞，故以歌唱之曲为末事也。或以为"末事之肌曲"指郑、卫之曲，非也。[67]恢炱（tái）：同"恢台"，广大貌。广度：宽广的胸怀。[68]阔：离开。细体：琐碎。苛缛：繁琐。以上两句：言舒展广大的胸怀，脱离繁琐的约束。[69]嘉：赞美。《关雎》：《诗经》三百零五篇中的第一篇。不淫：《毛诗序》曰："《关雎》，乐得淑女，以配君子，忧在进贤，不淫其色。"[70]哀：哀怜。《蟋蟀》：《诗经·唐风》中的第一篇。局促：窘迫。《毛诗》曰："《蟋蟀》，刺晋僖公也，俭不中礼。"[71]启：开启。泰真：谓太极真气，为道家的术语。否（pǐ）隔：阻隔不通。《吕氏春秋·仲夏纪·古乐》："昔陶唐氏之始，阴多滞伏而湛积，水道雍塞，不行其原。民气郁阏而滞著，筋骨瑟缩不达，故作为舞以宣导之。"[72]超：超越。遗：遗弃。度：越过。[73]

101

扬激徵（zhǐ），骋清角：扬、骋，皆谓演奏。徵、角，皆为五音之一，徵音激，角音清。[74]舞操：跳舞时伴奏的琴曲。[75]均曲：五律协调之曲。均，协调。[76]以上两句：言舞蹈者的形神意态和谐优美。[77]劫：迫劫。[78]蹑：踩。节：鼓节。陈：列阵，此指排成舞阵。[79]舒意：舒展心情。广：广阔。[80]游心：心意驰骋。无垠（yín）：无边无际。[81]始兴：刚开始起舞。兴，兴起。[82]以上两句：言舞蹈者时起时伏，时来时往。[83]雍容：温雅大方。惆怅：失意貌。[84]象：形容。此句言舞蹈者穷极变化，难以描述形容。[85]少：稍微。进：进展，进行。[86]翱：翱翔。[87]竦（sǒng）：伸长脖子，踮起脚跟站着。倾：斜立。[88]兀动：摇撼跳动。兀，摇撼不安。赴度：赴音乐之节度。赴，从。[89]指顾：手指目顾。应声：应合曲声。[90]从风：顺风飘动，言其轻也。[91]长袖交横：衣袖交横舞动。[92]骆驿：不绝貌。飞散：飘荡散开。[93]飒擖（sà yé）：曲折貌。聚合交并。[94]翩𦒘（piān piāo）：轻盈貌。燕居：喻舞蹈者的体态十分轻盈，如同燕子落下一般。[95]拉搭（tà）：举翅貌，此谓舞蹈者投臂起立。鹄（hú）：天鹅。[86]绰约：体态柔美貌。闲靡：娴雅美丽，闲通"娴"。[97]机迅：喻其迅疾，如同弩机之发箭。[98]姿：姿态，此作动词，谓塑造舞姿。绝伦：无与伦比。妙态：美妙的姿态。[99]怀：怀着。悫（què）素：坚贞质朴。絜清：即清洁，此谓纯洁，絜通"洁"。[100]修：修饰。仪操：仪容节操。显志：显示其心志。[101]驰思：思想驰骋游荡。杳冥：指极远之地。[102]峨峨：山高峻貌。汤（shāng）汤：水浩大貌。《列子》中载，伯牙每鼓琴，志在高山，钟子期曰："善哉，峨峨乎若太山。"志在流水，钟子期曰："善哉，汤汤然若江河。"此以伯牙鼓琴而能得高山、流水之妙，比喻舞蹈者技艺之高超。[103]以上两句：言舞蹈者随内心情感的变化而改变着舞姿，故其舞姿的变化必有所象，当不为虚生也。容：当。[104]诗：指所歌之诗。此句言：舞者通过舞蹈表达了所歌之诗的内容与意旨。指：通"旨"。[105]喷：同"喟"，喟叹。激昂：感情激励昂扬。[106]以上两句：言舞者气高、志洁。[107]诸工：指众乐师。当：抵。以上铺写一人独舞之情景。[108] 合场：全场。递进：依次上前。[109] 俟：等待。[110] 埒（liè）：等，此谓比较。材：通"才"，才能。角：斗。妙：巧妙。[111] 夸：美好。理：饰理。以上两句谓较量才艺之巧妙。饰理美好之容仪。[112] 轶（yì）态：飘逸的神态，轶通"逸"。横：出乎意料。[113] 瑰姿：美丽的姿容。谲（jué）：怪异，此谓多变。[114] 眄（miàn）：斜视。般鼓：一种调节舞曲的鼓，亦作"盘鼓"。腾：传送。清眸：纯洁的眼睛。[115] 哇咬：指民间歌乐。皓齿：洁白的牙齿。[116] 摘齐行列：选摘行列，使之整齐。[117] 经营：周旋往来。切儗（nǐ）：切合比拟。儗：比拟。此句言舞蹈者周旋往来，都有所比拟。[118] 竦峙：耸立。[119] 击：击鼓。致：送。策：鞭子，此指鼓槌。[120] 蹈：跳舞。顿：住。趾：指脚尖。以上两句：皆言舞蹈者之轻快迅疾也。[121] 翼尔：轻飘扇动貌。悠往：舞向远处。[122] 闇：通"奄"，忽然。辍、已：皆谓停止。[123] 回身还入：前面既已辍止，故此复回身旋入舞场。[124] 迫：逼迫。急节：音乐繁急的节拍。[125] 浮腾：跳跃。累跪：反复跪下。[126] 跗蹋（fū tà）：脚尖蹈地。跗，脚趾。摩跌：摩擦脚掌。跌，脚掌。[127] 纤：曲。形：形体。此句言舞蹈者曲其身体以踊跃而赴远。[128] 漼（cuǐ）：通"摧"，曲折。摧折：折断。此言舞蹈者的身体弯曲得就像断了一样。[129] 纤縠（hú）：柔细的绉纱，此指舞衣。蛾飞：翩动如飞蛾。[130] 纷猋：纷杂迅飞。绝：断。[131] 超逾：跳跃越过，逾同"逾"。鸟集：像鸟一样落下。[132] 纵驰：放松。殟殁（wēn mò）：舒缓貌。[133] 逶蛇（wěi yí）：回旋曲折貌。姌嫋（rǎn niǎo）：柔长貌。[134] 云转：喻舞蹈者迅疾轻飘如云彩之翻转。飘曶（hū）：迅疾如风，曶通"忽"。[135] 素蜺：白虹，蜺与"霓"同。[136] 黎：徐。此句言舞蹈将尽，舞蹈者徐徐收敛容态而拜谢。[137] 曲度：乐曲。究毕：完毕。[138] 迁却：退却。[139] 次列：次序、行列。[140] 此句言观者称赞其美丽，莫不愉快喜悦。[141] 欢洽：欢快融洽。[142] 命遣：遣散。以君对臣故曰命。诸客：指群臣。此句言宴会已毕而遣散群臣。[143] 扰躟：纷乱疾行。躟：疾行貌。驾：车驾。[144] 正策：执鞭。策，鞭

103

子。[145]并狎：拥挤。[146]巄㠋（lóng sǒng）：聚集貌。逼迫：拥挤。[147]骏：骏马。逸足：快步。[148]跄（qiāng）捍：疾驰。凌越：超越。[149]龙骧：言马昂首疾行，其状若龙。骧，马昂首奔驰貌。横举：横跑。举，起身。[150]镳（biáo）：马勒两旁之铁。飞沫：马口喷溅着白沫，谓其疾行也。[151]以上两句：言马之材质虽各不相同，但都在竞争奔驰。[152]逾埃：超越尘土，谓其疾行若飞。赴辙：追赶前车之辙。[153]霆骇：喻其声音震响如雷霆。电灭：喻其速度迅疾若闪电。[154]跖：踩。此句言逸材之马速度很快，四蹄一踩地即远远超过了众马。[155]阎跳：快速貌。独绝：无比。[156]宛足：回转不前。郁怒：谓马按足缓行，若怒气之郁滞不发。[157]般桓：滞留，徘徊，同"盘桓"。[158]后往先至：言逸材之马，虽后发而先至。往，去。[159]逐末：追逐者之末。追逐的马匹很多，以其在最后者为首，在最前者为末，故云。[160]矜容爱仪：马矜夸而自爱其容仪。[161]洋洋：舒缓貌。习习：和调貌。[162]承意：顺承御者之意。[163]骛骤：奔驰骤集。相及：相连。[164]骆漠：骆驿纷乱。漠，模糊不清。[165]云散：如云之散去。[166]天王：大王。胥：皆，指全体群臣。[167]泆：通"逸"，放纵。[168]娱神：精神欢快。[169]永年：长寿。[170]优游：从容不迫貌。永日：延长寿命。

【评点】

　　此赋开篇即假托为古人所作，这种手法在现存的辞赋中是较早的例子，所以后世的模仿者很多。赋中对乐舞的描写十分生动，作者不仅细致地刻画了舞蹈者的姿态，而且着力地表现了她的神情和气质，以及她贯注在舞蹈中间的高尚情操。这是一个非常成功的创造。同时，《舞赋》还为我们保留了不少关于古代舞蹈的宝贵资料。

归 田 赋

张 衡

【作者简介】

张衡（78-139），字平子，南阳西鄂（今河南南阳西北）人，东汉卓越的科学家和著名文学家。曾任太史令、河间相等职。长于辞赋，作品有《二京赋》、《思玄赋》和《归田赋》等。有《张河间集》。

游都邑以永久[1]，无明略以佐时[2]。徒临川以羡鱼[3]，俟河清乎未期[4]。感蔡子之慷慨，从唐生以决疑[5]。谅天道之微昧[6]，追渔父以同嬉[7]。超埃尘以遐逝[8]，与世事乎长辞[9]。

于是仲春令月[10]，时和气清；原隰郁茂[11]，百草滋荣[12]。王雎鼓翼[13]，仓庚哀鸣[14]；交颈颉颃[15]，关关嘤嘤[16]。于焉逍遥[17]，聊以娱情。

尔乃龙吟方泽，虎啸山丘[18]。仰飞纤缴，俯钓长流[19]。触矢而毙，贪饵吞钩[20]。落云间之逸禽，悬渊沉之鲨鰡[21]。

于时曜灵俄景[22]，继以望舒[23]。极般游之至乐[24]，虽日夕而忘劬[25]。感老氏之遗诫[26]，将回驾乎蓬庐[27]。弹五弦之妙指[28]，咏周、孔之图书[29]。挥翰墨以奋藻[30]，陈三皇之轨模[31]。苟纵心于物外[32]，安知荣辱之所如[33]！

【注释】

[1]游：游宦。都邑：指东汉都城洛阳。永久：时间长久。[2]明略：明智的谋略。佐时：辅佐时君。[3]"徒临"句：《淮南子·说林训》："临流而羡鱼，不如归家织网。"此谓空怀佐时之愿而无所实施。

传统文化经典读本

[4]俟：等待。河清：古人认为黄河变清是政治清明的标志，而黄河千年才清一次。《左传·襄公八年》云："俟河之清，人寿几何！"此言等待政治清明，不知将到何时。[5]"感蔡子"两句。蔡子即蔡泽，唐生即唐举，皆战国时人。《史记·范雎蔡泽列传》载蔡泽尝"游学干诸侯小大甚众，不遇"，遂请唐举看相，后终于发迹，代范雎为秦相。慷慨：悲叹。决疑：指请人看相事。两句言自己怀有蔡泽之志，而对前途命运亦有所疑惑。[6]谅：实在。微昧：神秘难测。[7]渔夫：《楚辞·渔父》记屈原放逐江湘之间，曾与隐身自乐的渔父相互对答。嬉：乐。此连上句言天道幽隐难测，自己将与渔父同乐。有出世归隐之意。[8]埃尘：指浊世。遐逝：远去。[9]长辞：永别。言决心归隐。[10]令月：好的月份。令：好。[11]原隰（xí）：高平曰原，低平曰隰。[12]滋荣：润泽茂盛。[13]王雎（jū）：即雎鸠，水鸟。[14]仓庚：黄鹂。[15]颉颃（xié háng）：鸟时上时下飞翔。[16]关关嘤嘤：皆鸟和鸣声。关关指王雎，嘤嘤指仓庚。[17]于焉：于是乎。逍遥：自在。[18]尔乃：于是。方泽：大泽。此两句设想自己在山泽间从容吟啸，有类龙虎。[19]纤缴（zhuó）：系在箭尾的一种细丝绳，这里指箭。钓长流：即钓于长河。两句言仰射飞鸟，俯钓河鱼。[20]"触矢"两句：上句指鸟因触箭而毙命，下句指鱼因贪饵而吞钩。落：射落。逸禽：高鸟。[21]悬：钓起。鲨（shā）、鲉（liú）：都是鱼名。这一段设想归田后的渔猎之乐。[22]曜灵：指太阳。俄：斜。景：同影，日影。[23]望舒：神话中的月御，这里指月亮。这句说日入继之以月出。[24]般（pán）：游玩。《荀子·仲尼》："闺门之内，般乐奢汰。"[25]劬（qú）：劳苦。[26]老氏之遗诫：《老子》第十二章云："驰骋畋猎，令人心发狂。"[27]回：返。驾：车驾。蓬庐：茅屋。[28]五弦：指五弦琴，相传为舜所作。指：同旨，意趣。[29]周、孔：指周公、孔子。以上两句言自己追慕虞舜、周、孔，故弹其琴而咏其书。[30]翰：笔。奋藻：奋发词藻。此句言挥笔写作。[31]陈：述。三皇：诸说不一，一般谓伏羲、神农、黄帝。轨模：法则。[32]苟：且。[33]如：往，归。以上两句说，且放任自己的心神于物外，哪里还去想荣辱得失的结果呢？

106

【评点】

　　此赋为张衡晚年谪官南阳时所作。其时宦官当权,朝政腐败,政治黑暗。赋中抒写了作者对黑暗现实的不满和对田园隐逸生活的向往与企慕,反映了张衡抱负难伸然又不愿同流合污的思想矛盾。这篇抒情小赋,语言平浅清新,一改以往大赋铺采摛文、壮丽喷涌的风格,而呈现出亲切、自然、流畅的面貌。《归田》之赋,不但开汉末抒情小赋之先河,对后世的田园诗人如陶渊明等也影响很大。

围 棋 赋

马 融

【作者简介】

马融（79-166），字季长，东汉扶风茂陵（今陕西兴平县）人。安帝永初四年，拜为校书郎中，在东观典校秘书。因献《广成颂》而得罪于大将军邓骘，长期困顿不得升迁。桓帝时为南郡太守，复因事违背大将军梁冀，被劾免官，放逐朔方。后遇赦得还，复除议郎。以病免，卒于家。

略观围棋兮，法于用兵[1]。三尺之局兮[2]，为战斗场。陈聚士卒兮[3]，两敌相当[4]。拙者无功兮[5]，弱者先亡。自有中和兮[6]，请说其方[7]：

先据四道兮[8]，保角依旁。缘边遮列兮[9]，往往相望[10]。离离马首兮[11]，连连雁行。踔度闲置兮[12]，徘徊中央。违阁奋翼兮[13]，左右翱翔[14]。道狭敌众兮，情无远行[15]。棋多无策兮[16]，如聚群羊。骆驿自保兮[17]，先后来迎[18]。攻宽击虚兮[19]，跄踉内房[20]。利则为时兮[21]，便则为强[22]。默于食兮[23]，坏决垣墙[24]。堤溃不塞兮[25]，泛滥远长。猷行阵乱兮[26]，敌心骇惶。迫兼棋雔兮[27]，颇弃其装[28]。己下险口兮，凿置清坑[29]。穷其中罜兮[30]，如鼠入囊[31]。收死卒兮[32]，无使相迎[33]。当食不食兮，反受其殃。胜负之策兮，于言如发[34]。杂乱交错兮[35]，更相度越[36]。守视不固兮，为所唐突[37]。深入贪地兮，杀亡士卒[38]。狂攘相救兮[39]，先后并没[40]。上下离遮兮[41]，四面隔闭[42]。围合罕散兮[43]，所对哽咽[44]。韩信将兵兮，难通易绝[45]。自陷死地兮[46]，设见权谲[47]。诱敌先行兮，往往一室[48]。捐棋委食兮[49]，遗三将七[50]。迟逐爽问兮[51]，转相伺密[52]。商度道地兮[53]，棋相连结。蔓延连阁兮[54]，如火不灭。扶疏布散兮[55]，左右流溢。浸淫不振兮[56]，敌人惧栗[57]。迫促踧踖兮[58]，惆怅自失。计功相除兮[59]，以时早讫[60]。事留变生兮[61]，拾棋欲疾[62]。营惑窘乏兮[63]，无令诈出[64]。深念远虑兮[65]，胜乃可必[66]。

【注释】

［1］法：取法。［2］局：棋盘。［3］陈：设置。聚：集中。［4］当：对。［5］拙：笨。无功：犹言不能取胜。［6］中和：此谓基本之法。［7］方：方法。［8］四道：指四边。［9］遮列：拦挡其行列。［10］相望：谓棋子互相连属。［11］离离：排列貌。"离离"、"连连"：皆喻棋势如马首之排列，如雁行之相连。［12］踔度：超越。度，越过。［13］违：离开。阁：房，此谓棋子所守的格子。奋翼，飞翔，此谓棋子之飞着。［14］左右翱翔：左右盘旋。［15］情：诚，实在。无：不要。［16］策：策划，策略。［17］骆驿：不绝貌。［18］先后来迎：谓前后相接。［19］宽：松弛。［20］跄踉（qiāng xiáng）：言或行或止。踉，止立。内房：棋盘内部的格子。［21］利：有利。时：时机。［22］便：便利。强：胜。［23］猒（yàn）：饱。［24］决：裂开。垣：矮墙。［25］堤：堤坝。溃：冲垮。塞：堵塞。"猒足"以下四句：言敌可取不取，当备不备，将遗害长久。［26］阵：指敌阵。［27］迫兼：犹言迫及。䧹（yuè）：围棋中心一子。［28］弃其装：惊惶逃遁之貌。［29］"已下"两句：言己既出险口，当再设险以待敌。坑：谓陷坑。［30］穷：尽。中罫（huà）：棋盘中央的方格。此句言应于中罫处皆设险口。［31］如鼠入囊：喻敌方入其所设陷坑，无可逃窜。［32］收：吃。死卒：谓围死之棋子。［33］迎：接应。上两句：言当尽快吃掉围死之棋子，无使其内外互相接应。［34］于：在。言：通"焉"，此。如发：言其细微。［35］杂乱交错：谓敌我双方混战。［36］度越：超越。［37］唐突：冲犯。［38］

"深入"两句：言孤军深入敌方而贪其地，则会损子甚多。［39］狂攘：慌乱貌。［40］没：覆没。［41］遮：阻断。［42］四面隔闭：犹言四面围困。［43］罕散：无法散开。［44］哽咽：不通。此谓前敌当道，难以进兵。［45］绝：谓断其后路。楚汉战争中，韩信以兵东下井陉，井陉之地道狭，李左车以兵断其后，信为背水阵，乃得出。［46］陷：入。死地：死亡境地。［47］权谲（jué）：权变。谲，变化。以上两句：言棋势危急，则当出奇以取胜。［48］往往：常常。一室：指以一室之地相诱惑。［49］捐：抛弃。委：送致。［50］遗：弃。将：率。以上两句：言当弃子委敌以诱之，十则遗其三而自将其七。［51］迟：等待。爽：差错。此句言安于被驱逐而使敌方懈怠，设假着以误惑敌军。［52］转：转身。伺密：暗中探视。［53］商度：估量。道地：道路地形。［54］蔓延：四面延伸，此谓棋势相连。［55］扶疏：纷披貌，谓棋势四散分布。［56］浸淫：渐次接近。振：奋起。［57］惧栗：害怕。［58］迫促：窘迫局促。踧踖（cù jí）：局促不安貌。［59］除：去掉。此句言计算胜负之数。［60］讫：终止。此句言抓紧时机乘早收兵。［61］留：滞留。［62］拾：收。［63］营惑：迷惑。［64］无令：无使。诈：欺骗。以上两句：言对方既被迷惑而陷于窘乏，则当警惕之，无使其生诈。［65］念：思。［66］必：一定。

【评点】

马融的《围棋赋》虽不如他的《广成颂》和《长笛赋》有名，但此赋把围棋作为描写对象，这在同类的赋体文学作品中却算是最早的。而且赋中以用兵比喻行棋，也颇为生动形象。可以看出，此时的咏物赋已进一步摆脱了大赋的影响，开始趋于精雕细琢了。

刺世疾邪赋

赵　壹

【作者简介】

赵壹，字元叔，东汉汉阳西县（今甘肃天水）人，生卒年不详。壹生性孤傲，不为乡里所容，几死，为友人解救得免。灵帝光和元年，以计吏入京，为司徒袁逢、河南尹羊涉等所器重，名动京师。后屡被公府征辟，皆不就。卒于家。

伊五帝之不同礼[1]，三王亦又不同乐[2]。数极自然变化[3]，非是故相反驳[4]。德政不能救世溷乱[5]，赏罚岂足惩时清浊[6]？春秋时祸败之始[7]，战国愈复增其荼毒[8]。秦汉无以相逾越[9]，乃更加其怨酷[10]。宁计生民之命[11]，唯利己而自足[12]。

于兹迄今[13]，情伪万方[14]：佞谄日识[15]，刚克消亡[16]。舐痔结驷[17]，正色徒行[18]。妪媚名势[19]，抚拍豪强[20]。偃蹇反俗[21]，立致咎殃[22]。捷慑逐物[23]，日富月昌[24]。浑然同惑[25]，孰温孰凉[26]？邪夫显进[27]，直士幽藏[28]！

原斯瘼之攸兴[29]，实执政之匪贤[30]；女谒掩其视听兮[31]，近习秉其威权[32]。所好则钻皮出其毛羽[33]，所恶则洗垢求其瘢痕[34]。虽欲竭诚而尽忠[35]，路绝崄而靡缘[36]。九重既不可启[37]，又群吠之狺狺[38]。安危亡于旦夕[39]，肆嗜欲于目前[40]。奚异涉海之失柂[41]，积薪而待燃[42]。

荣纳由于闪榆[43]，孰知辨其蚩妍[44]！故法禁屈挠于势族[45]，恩泽不逮于单门[46]。宁饥寒于尧舜之荒岁兮[47]，不饱暖于当今之丰年。乘理虽死而非亡[48]，违义虽生而匪存[49]！

有秦客者[50]，乃为诗曰："河清不可俟[51]，人命不可延[52]。顺风激靡草[53]，富贵者称贤[54]。文籍虽满腹[55]，不如一囊钱[56]。伊优北堂上[57]，抗脏倚门边[58]。"鲁生闻此辞，系而作歌曰[59]："势家多所宜[60]，咳唾自成珠[61]。被褐怀金玉[62]，兰蕙化为刍[63]。贤者虽独悟[64]，所困在群愚[65]。且各守尔分[66]，勿复空驰驱[67]。哀哉复哀哉[68]，此是命矣夫！"

【注释】

[1]伊：发语词。五帝：一般指黄帝、颛顼、帝喾、尧、舜。[2]三王：指夏、商、周三代开国君主夏禹、商汤、周文王和武王。乐：音乐。[3]数：气数。极：极限。[4]非是：谓非与是。故：本来。反驳：即反驳，排斥，驳同"驳"。[5]涽(hùn)：浊乱。[6]岂足：怎能够。惩：惩戒。[7]时：通"是"。[8]愈复：更加。荼(tú)毒：喻苦难。荼，苦菜。毒，毒物。[9]逾越：超过。此言秦汉更糟于春秋。[10]怨酷：指人民之怨恨与政治之残酷。[11]宁：哪里。计：考虑。生民：老百姓。[12]唯：只。[13]兹：此，指春秋。[14]情伪：世情之伪诈。万方：各种各样，极言弊病之多。[15]佞(nìng)：伪善巧辩之人。谄：阿谀奉承之人。炽：盛。[16]刚克：刚强正直之人。[17]舐(shì)：舔。痔：痔疮。结：谓相连。驷：四马所拉之车。[18]正色：指正直之士。徒行：徒步行走，即无车。[19]妪妪(yù qǔ)：伛偻，屈背。此句言对有名有势者卑屈恭敬。[20]抚拍：亲抚、拍谀。[21]偃蹇(jiǎn)：高傲。反俗：与世俗相反。[22]立：立刻。致：招致。[23]捷：急。慑：恐惧。逐物：追逐名利或权势。[24]昌：兴盛。[25]浑然：谓是非不明。同惑：共同迷惑。[26]温、凉：此指是非、好坏。[27]邪夫：奸邪之徒。显进：显贵、高升。[28]直士：正直之士。幽藏：隐退，埋没。[29]原：追究根源，考查。瘼(mò)：病。攸(yōu)兴：兴起的原因。攸，所。[30]匪：通"非"。[31]女谒(yè)：皇帝宠爱的宫女和宦官。掩：遮蔽。[32]近习：皇

帝所亲爱的人。秉：执，操。[33] 所好（hào）：所喜欢的人。钻皮出其毛羽：喻千方百计为其找优点。[34] 所恶（wù）：所厌恶之人。洗垢求其瘢痕：喻无中生有，吹毛求疵。[35] 欲：要想，打算。[36] 岨：同"险"，险阻。靡缘：没有机会。缘，机缘。[37] 九重：指君门，九言多数。启：开。[38] 狺狺（yín）：狗吠声。以上两句：言君门既森严难启，群小又猖狂诽谤。[39] 安：安然对待。旦夕：早晚。[40] 肆：放纵。嗜欲：贪欲。目前：眼前。[41] 奚异：有什么不同。柂（duò）：同"舵"。[42] 薪：柴草。[43] 荣纳：受宠荣、被接纳。闪榆（yú）：邪佞貌。[44] 蚩妍（chī yán）：丑与美，蚩通"媸"。[45] 法禁：法律禁令。屈挠：屈服，受阻。势族：豪强贵族。[46] 恩泽：恩惠。逮：及。单门：无权无势的孤门细族。[47] 宁：宁愿。荒岁：荒年。[48] 乘理：坚持真理。非亡：不算死。[49] 违义：违背正义。匪存：不存在，匪通"非"。[50] 秦客：与下文的鲁生皆为假托之人。[51] 河清不可俟：言政治之清明不可等待。详解见前张衡《归田赋》注[4]。[52] 命：寿命。延：延长。[53] 激：疾吹。靡草：细弱的草。此言软弱之人顺风倾倒。[54] 称贤：被称为贤人。[55] 文籍：文章书籍，此指学问。[56] 囊：袋。[57] 伊优：卑躬屈节，谄媚貌。北堂：面南的厅堂，为富贵者所居。[58] 抗脏：刚直之人。倚门边：言不得进身。[59] 系：接着。[60] 多所宜：言所作的一切都被认为是合适的。[61] "咳唾"句：言其所咳唾之物皆被人奉为珍珠。[62] 被：穿着。褐：粗布衣。怀：怀着。金玉：喻才德。[63] 兰蕙：香草。刍：喂牲口的草。以上两句：言贫贱者虽有金玉之德，亦不为人重视，犹兰蕙之被视为刍草。[64] 独悟：独自觉醒。[65] 困：围困。群愚：谓普通的愚蠢之人。[66] 分：本分，职分。[67] 驰驱：喻奔走。[68] 复：又。

【评点】

赵壹在此赋中对汉代的政治进行了大胆的批判，就连人们通常所称颂的文、景盛世，作者也未放过。而且正如赋的题目所标示的，

113

作品对当时的世态人情也给予了相当深刻的揭露和谴责。另外在艺术上，此赋的语言质朴刚劲，寓议论于抒情，表明东汉末期的辞赋已经开始脱去了汉大赋夸张、铺陈的习气，逐渐走上了比较平实自然的道路。

述 行 赋 并序

蔡 邕

【作者简介】

蔡邕（132–192），字伯喈，东汉陈留圉（今河南杞县）人。少博学多才，尤精天文数术音乐，善弹琴，雅好辞章。灵帝时，官居议郎，曾订正六经文字，自书经文刻石，是为熹平石经。邕尝上书极言时政之失，对宦官权贵多所讥刺，为宦官所忌，被贬徙朔方，后遇赦始归。及董卓专政，封邕高阳乡侯。卓乱平，王允收邕付廷尉，死于狱中。作品有《蔡中郎集》。

延熹二年秋[1]，霖雨逾月[2]。是时梁冀新诛[3]，而徐璜、左悺等五侯擅贵于其处[4]。又起显阳苑于城西，人徒冻饿[5]，不得其命者甚众[6]。白马令李云以直言死[7]，鸿胪陈君以救云抵罪[8]。璜以余能鼓琴，白朝庭[9]，敕陈留太守发遣余[10]。到偃师[11]，病不前，得归。心愤此事，遂托所过，述而成赋。

余有行于京洛兮[12]，遘淫雨之经时[13]。涂迍邅其蹇连兮[14]，潦污滞而为灾[15]。乘马蹯而不进兮[16]，心郁悒而愤思[17]。聊弘虑以存古兮[18]，宣幽情而属词[19]。

夕宿余于大梁兮[20]，诮无忌之称神[21]。哀晋鄙之无辜兮[22]，忿朱亥之篡军[23]。历史牟之旧城兮[24]，憎佛肸之不臣[25]。问宁越之裔胄兮[26]，貌仿佛而无闻[27]。

经圃田而瞰北境兮[28]，悟卫康之封疆[29]。迄管邑而增感叹兮[30]，愠叔氏之启商[31]。过汉祖之所隘兮[32]，吊纪信于荥阳[33]。

降虎牢之曲阴兮[34]，路丘墟以盘萦[35]。勤诸侯之远戍兮[36]，侈申子之美城。稔涛涂之愎恶兮，陷夫人以大名。登长坂以凌高兮，陟葱山之峣崝[37]；建抚体以立洪高兮[38]，经万世而不倾。回峭峻以降阻兮[39]，小阜寥其异形[40]。冈岑纡以连属兮，溪谷夐其杳冥[41]。追嵯峨以乖邪兮[42]，廓岩壑以峥嵘[43]。攒栎朴而杂榛楛兮[44]，被浣濯而罗生[45]。布薎莢与台菌兮[46]，缘层崖而结茎。行游目以南望兮，览太室之威灵[47]。顾大河于北垠兮，瞰洛汭之始并[48]。追刘定之攸仪兮[49]，美伯禹之所营[50]。悼太康之失位兮[51]，愍五子之歌声[52]。

寻修轨以增举兮[53]，邈悠悠之未央[54]。山风汨以飙涌兮[55]，气慄慄而厉凉[56]。云郁术而四塞兮[57]，雨濛濛而渐唐[58]。仆夫疲而劬瘁兮[59]，我马虺隤以玄黄[60]。格莽丘而税驾兮[61]，阴噎噎而不阳[62]。

哀衰周之多故兮[63]，眺濒隈而增感[64]。忿子带之淫逆兮[65]，唁襄王于坛次。悲宠嬖之为梗兮[66]，心恻怆而怀惨。

乘舫舟而溯湍洛兮[67]，浮清波以横厉。想宓妃之灵光兮[68]，神幽隐以潜翳。实熊耳之泉液兮[69]，总伊瀍与涧瀨[70]。通渠源于京城兮，引职贡乎荒裔[71]。操吴榜其万艘兮[72]，充王府而纳最[73]。济西溪而容与兮，息巩都而后逝[74]。愍简公之失师兮[75]，疾子朝之为害。

玄云黯以凝结兮，集零雨之溱溱[76]。路阻败而无轨兮[77]，涂泞溺而难遵[78]。率陵阿以登降兮[79]，赴偃师而释勤[80]。壮田横之奉首兮，义二士之侠坟[81]。仁淹留以候霁兮[82]，感忧心之殷殷[83]。并日夜而遥思兮，宵不寐以极晨[84]。候风云之体势兮，天牢湍而无文[85]。弥信宿而后阕兮[86]，思逶迤以东运[87]。见阳光之颢颢兮[88]，怀少弭而有欣[89]。

命仆夫其就驾兮[90]，吾将往乎京邑。皇家赫而天居兮[91]，万方徂而星集[92]。贵宠煽以弥炽兮，金守利而不戢[93]。前车覆而未远兮，后乘驱而竞及。穷变巧于台榭兮[94]，民露处而寝湿。消嘉谷于禽兽兮[95]，下糠粃而无粒[96]。弘宽裕于便辟兮[97]，纠忠谏其骏急[98]。怀伊吕而黜逐兮[99]，道无因而获入。唐虞渺其既远兮，常俗生于积习。周道鞠为茂草兮[100]，哀正路之日涩[101]。

观风化之得失兮，犹纷挐其多违[102]。无亮采以匡世兮[103]，亦何为乎此畿[104]？甘衡门以宁神兮[105]，咏都人而思归[106]。爰结踪而回轨兮[107]，复邦族以自绥[108]。

乱曰：跋涉遐路，艰以阻兮。终其永怀[109]，窘阴雨兮。历观群都，寻前绪兮[110]。考之旧闻，厥事举兮[111]。登高斯赋，义有取兮[112]。则善戒恶[113]，岂云苟兮？翩翩独征，无俦与兮[114]。言旋言复，我心胥兮[115]。

【注释】

[1] 延熹二年：159年，延熹为东汉桓帝之年号。[2] 霖雨：久下不停的雨。[3] 梁冀：为桓帝梁皇后之兄，曾扶立桓帝，位势显赫而专权。梁皇后死，桓帝与宦官谋诛之。[4] 五侯：指宦官徐璜、左悺、单超、具瑗、唐恒，五人以谋诛梁冀有功，同日封侯，世谓之"五侯"。其处：指梁冀之位。[5] 人徒：所役使之百姓。[6] 不得其命：谓横死，此指因冻饿困乏而死。[7] 李云：字行祖，为白马县（今河南滑县东北）令，因上书直谏五侯当政及"官位错乱，小人谄进"，触怒桓帝，被捕下狱而死。[8] 鸿胪：官职名，掌管赞导相礼等事。陈君：陈蕃。抵罪：犹言得罪。[9] 白：禀告。[10] 陈留：东汉郡名，为蔡邕本籍。[11] 偃师：今河南偃师市。[12] 京洛：洛阳，为东汉都城。[13] 遘：遭。淫雨：久雨。[14] 涂：通"途"。迍邅（zhūn zhān）、塞连：皆困顿难行意。迍邅，同"屯邅"。[15] 潦污：积水。[16] 蟠：盘旋不进貌。[17] 郁悒（yì）：忧郁。[18] 弘虑：扩大思绪。存古：存想古昔。[19] 属（zhù）词：作文。[20] 大梁：战国时魏都城，在今河南开封。[21] 诮（qiào）：责备。无忌：魏公子，号信陵君，以养士出名。称神：被推崇。[22] 晋鄙：魏大将。无辜：无罪。[23] 朱亥：信

陵君所养之士。史载秦人围赵，信陵君欲救之，然魏将晋鄙惧秦而不肯进兵，侯嬴乃荐朱亥椎杀晋鄙，夺其军。［24］中牟：汉县名，在今河南中牟县内。［25］佛肸（bì xì）：春秋时晋大夫赵简子之中牟县宰，后据中牟以叛赵氏。［26］宁越：战国时中牟人，刻苦好学，人言三十年可以学成，越则十五年成之，卒为周威王之师。裔胄：后人。［27］藐：遥远。［28］圃田：据《周礼》，河南曰豫州，其薮泽曰圃田。又据《左传》，圃田之北境为卫康叔封地。［29］卫康：卫康叔，名封，周武王同母弟，为卫之始封君。［30］迄：到。管邑：又称管城，在今河南郑州附近，为周武王胞弟管叔封地。［31］愠：怒。叔氏：指管叔和蔡叔，二人同为周成王叔父。启商：武王灭商后，以纣子武庚为诸侯，并令管、蔡二人共同安抚商之遗民。武王死后，管、蔡、武庚同谋反周，卒为周公所诛。［32］隘：因厄。［33］纪信：汉将。楚汉战争中，高祖尝被困于荥阳，纪信假装高祖以降项羽，高祖遂得脱身，项羽怒焚纪信。［34］虎牢：古城邑名，位于荥阳附近。曲阴：曲回的山谷。［35］盘萦：盘旋曲绕。［36］"勤诸侯"以下四句：载见《左传》僖公四年、五年、七年。侈：大。申子：申侯，郑大夫。谂：通"谂"，念。涛涂：辕涛涂，陈大夫。愎恶：刚愎可恶。夫人：那个人。［37］葱山：在今河南巩县东南。峣陉：高峻的山坡。［38］洪高：大而高。［39］阻：险。［40］寥：空阔。异形：形状奇怪。［41］夐：深远貌。杳冥：幽暗。［42］乖邪：改变形状。［43］廓：空阔。峥嵘：深险貌。［44］棫（yū）：柞木。朴：树木丛生。榛、楛（hú）：皆山木名。此句以"攒棫朴"、"杂榛楛"喻人才众多。［45］被：蒙受。浣濯：雨露之润泽。罗生：排列生长。［46］虋：当做"虋"（mén），门冬，植物名。菼（tǎn）：芦苇之类。台：通"苔"。［47］太室：即太室山，代指嵩山。［48］洛汭（ruì）：洛水入河处，在今河南巩县，现已改道。汭：小水注入大水貌。［49］刘定：刘定公，春秋时周大夫。《左传·昭公元年》载其赞美大禹治水曰："微禹，吾其鱼乎！"攸仪：所向往。仪，向往。［50］伯禹：大禹。营：建。［51］太康：相传为禹之孙，因放纵游猎而长久不归，终致丧国。［52］愍：伤念。五子之歌声：太康荒淫，

118

其弟五人乃于洛汭作歌，示劝诫之意。[53] 修轨：长远的路。增举：越走越高。[54] 未央：无尽。[55] 汩：风势迅疾貌。飙：疾风。[56] 懆（cǎo）懆：愁惨貌。历：至。[57] 郁术：郁结。[58] 渐：浸渐。唐：通"塘"，堤，此谓道语。[59] 劬（qú）瘁，劳累。[60] 虺隤（huī tuí）、玄黄：皆谓积劳成疾。《诗经·周南·卷耳》："我马虺隤，我马玄黄。"[61] 格：至。莽丘：丛草所生之丘。税驾：解下驾车之马，即停车。[62] 噎（yī）噎：阴暗貌。不阳：无日光。[63] 衰周：指东周。[64] 濒隈：水边之地。[65] "忿子带"以下两句：事见《左传·僖公二十四年》记载。周惠王子太子郑与王子带争夺王位，太子得位，是为襄王。子带出奔，后返国，与襄王之后隗氏通，逐襄王，襄王出奔坎欿。坛次，即坎欿，在今河南巩县附近地区。[66] 宠嬖：宠爱之人，指子带。梗：祸。[67] 舫舟：两舟相并。洛：洛水。[68] 宓妃：洛水女神。[69] 熊耳：山名，在洛阳西南，洛水即出于其中。[70] 总：汇聚。伊、瀍、涧：皆水名。濑：急流。[71] 此句言：洛水引来了边远之地的朝贡。[72] 吴榜：船桨。[73] 纳最：上贡。最，聚。[74] 巩都：周卿士巩简公之封邑。逝：去。[75] "愍简公"以下两句：《左传·昭公二十二年》载，周景王死，庶子朝与王子猛争位，王子猛即位，伐子朝，巩简公为王党，败绩。后得晋之援，始逐子朝。[76] 零雨：降落的雨。溱（zhēn）溱：众多貌。[77] 阻败：堵塞冲垮。[78] 汙溺：道路泥泞而被水淹没。[79] 率：遵循，顺。陵阿：高突之地。此句言自己循着高突之地或上或下，以避水潦。[80] 释勤：解除疲劳，指休息。[81] "壮田横"以下两句：《史记·田儋列传》载，汉高祖刘邦灭齐，齐王田横逃于海岛，高祖召之，横不得已，率士二人赴洛阳。未至，自杀，命二士奉其首级见高祖，高祖礼葬之。事毕，二人掘坟于田横墓穴旁，皆自杀。[82] 候霁：等待天晴。[83] 殷殷：深沉。[84] 极晨：到早晨。极，到。[85] 牢湍：牢谓阴天持续，湍谓雨势盛大。无文：没有晴意。[86] 信宿：两宿。阕：停止。[87] 思：思绪。逶迤：缓慢移动貌。东运：转向东方的来路。运，转。[88] 颢（hào）颢：明亮貌。[89] 怀少弭：愁思少解。[90] 就驾：赶车，谓起程。

119

[91]赫：显赫。天居：居于天上之境。[92]徂：往。星集：喻万方归向。[93]佥：皆。守利：贪利。戢（jí）：止。[94]此句言富贵者官室奢华。[95]消嘉谷于禽兽：以上等之谷物喂养禽兽。[96]下：下咽。[97]便辟：辟通"嬖"，佞巧谄媚之人。[98]纠：纠察。骎：迫急。[99]怀伊吕：言纵使怀有伊尹、吕望之才德。[100]鞠：困穷。茂草：谓荒芜。《诗经·小雅·小弁》："踧踧周道，鞠为茂草。"[101]涩：不通。[102]纷挐：杂乱。违：错误。[103]亮采：忠于职守的人。[104]畿：京郊。[105]衡门：横木为门，喻门庭卑陋。《诗经·陈风·衡门》："衡门之下，可以栖迟。"[106]都人：即《都人士》，《诗经·小雅》中篇名。[107]结踪：结束游踪。[108]绥：安。[109]永怀：深长的叹息。[110]前绪：指前面所举述的故事。[111]举：列举。[112]"登高"以下两句：说明作此赋本来是有所寄托的。[113]则善：以善为法则。[114]俦与：同伴。[115]胥：快乐。此句盖袭《诗经·小雅·桑扈》"君子乐胥"之意。

【评点】

《述行赋》是蔡邕自述他在延熹二年自陈留发遣洛阳途中的见闻与感想之作。赋的前半部分偏重于怀古，后半部分则集中揭露了当时的社会矛盾和朝政的腐败，表现了作者对人民命运的关注与同情。这最后的一点正是在赵壹的《刺世疾邪赋》所缺乏的。此赋在写法上虽模仿了刘歆的《遂初赋》和班彪的《北征赋》，但由于作者能在怀古中加入抒情的成分，并且始终关注现实，所以就显得比刘、班之作更为成功。

鹦 鹉 赋

祢 衡

【作者简介】

祢衡（173-198），字正平，平原般（今山东德平）人。为人刚直善辩，恃才傲物，于权贵多所侮慢。建安初，为曹操鼓吏，曾因当众击鼓骂曹而得罪，被送与荆州牧刘表；又不为所容，转送江夏太守黄祖，与其子射相善。然卒以辱骂黄祖而被杀，死时年仅26岁。

惟西域之灵鸟兮[1]，挺自然之奇姿。体金精之妙质兮[2]，合火德之明辉[3]。性辩慧而能言兮[4]，才聪明以识机。故其嬉游高峻[5]，栖峙幽深[6]。飞不妄集[7]，翔必择林。绀趾丹觜[8]，绿衣翠衿[9]。采采丽容[10]，咬咬好音[11]。虽同族于羽毛[12]，固殊智而异心[13]。配鸾皇而等美[14]，焉比德于众禽？

于是羡芳声之远畅[15]，伟灵表之可嘉[16]；命虞人于陇坻[17]，诏伯益于流沙[18]；跨昆仑而播弋[19]，冠云霓而张罗[20]。虽纲维之备设[21]，终一目之所加[22]。且其容止闲暇[23]，守植安停[24]；逼之不惧，抚之不惊；宁顺从以远害，不违忤以丧生[25]。故献全者受赏，而伤肌者被刑[26]。

尔乃归穷委命[27]，离群丧侣；闭以雕笼，翦其翅羽[28]；流飘万里[29]，崎岖重阻[30]；逾岷越障[31]，载离寒暑[32]。女辞家而适人[33]，臣出身而事主；彼贤哲之逢患[34]，犹栖迟以羁旅[35]。矧禽鸟之微物[36]，能驯扰以安处[37]！眷西路而长怀[38]，望故乡而延伫[39]。忖陋体之腥臊[40]，亦何劳于鼎俎[41]？

121

嗟禄命之衰薄[42]，奚遭时之险巇[43]？岂言语以阶乱[44]？将不密以致危[45]？痛母子之永福，哀伉俪之生离[46]。匪余年之足惜[47]，愍众雏之无知[48]。背蛮夷之下国[49]，侍君子之光仪[50]。惧名实之不副，耻才能之无奇。羡西都之沃壤[51]，识苦乐之异宜[52]。怀代越之悠思[53]，故每言而称斯。

若乃少昊司辰，蓐收整辔[54]。严霜初降，凉风萧瑟。长吟远慕[55]，哀鸣感类[56]。音声凄以激扬，容貌惨以憔悴。闻之者悲伤，见之者陨泪[57]。放臣为之屡叹[58]，弃妻为之歔欷[59]。

感平生之游处[60]，若壎篪之相须[61]；何今日之两绝，若胡越之异区[62]？须笼槛以俯仰[63]，窥户牖以踟蹰；想昆山之高岳[64]，思邓林之扶疏[65]；顾六翮之残毁[66]，虽奋迅其焉如[67]？心怀归而弗果[68]，徒怨毒于一隅[69]。苟竭心于所事[70]，敢背惠而忘初[71]？托轻鄙之微命，委陋贱之薄躯；期守死以报德[72]，甘尽辞以效愚[73]；恃隆恩于既往，庶弥久而不渝[74]。

【注释】

[1]西域：西方之地，此指陇山，相传鹦鹉即出于陇山。灵鸟：神鸟。[2]金精：古人以五行与五方、五色相配，西方属金，主白。此以鹦鹉有白色羽毛，故曰"金精"。[3]火德：五行中火主赤色，而鹦鹉嘴为红色，故云。[4]性：天性。辩慧：聪明而有口才。[5]高峻：指高山。[6]峙：立。幽深：指山谷。[7]妄集：随便停息。[8]绀（gàn）：青中带红之色。觜：同"嘴"。[9]衣、衿：皆指鹦鹉的羽毛。[10]采采：鲜明貌。[11]咬（jiāo）咬：鸟鸣声。[12]同族于羽毛：言鹦鹉与众鸟属于同类，都生有羽毛。[13]此句言众鸟与鹦鹉智力相差甚远。[14]鸾皇：鸾鸟和凤凰。[15]芳声：美名。远畅：远播。[16]伟：认为壮美。灵表：美好的外表。[17]虞人：古代掌管山泽禽兽的官吏。陇坻：即今甘肃陇山。[18]伯益：相传为古代掌管山泽的官，舜任以为虞人。流沙：指西方之地。[19]昆仑：昆仑山，在今西

藏与新疆交界处。弋(yì)：系有细绳的箭，用以射鸟。[20]冠云霓：笼罩云霓。罗：罗网。[21]纲维：网上的大绳。[22]目：网眼。[23]容止：仪容举止。[24]守植：立志。[25]违忤：违背，违逆。[26]伤肌：损伤其肌体。被：受。[27]尔乃：于是。归穷委命：归于困境而无可奈何。委命，任从命运。[28]翦：同"剪"。[29]流飘：流转飘移，此谓迁徙。[30]崎岖：道路曲不平。重阻：险阻重重。[31]岷：岷山，在今川甘交界处。嶂：山名，在甘肃西部。[32]载：动词词头，无实义。[33]适人：嫁人。[34]逢患：遭祸。[35]犹：犹且。栖迟：停留。[36]矧：何况。[37]能：能不。驯扰：驯顺。[38]眷：留恋。西路：西来之路。怀：想念。[39]延伫：长久地站立并等待。[40]忖：暗想，此指鹦鹉独自思索。腥臊：味道不鲜美。[41]鼎俎：皆烹饪工具。鼎，大锅。俎，案板。[42]嗟：叹。禄命之衰薄：谓命苦福薄。[43]奚：何以。险巇(xī)：险恶。[44]阶乱：即引起祸乱。《易·系辞上》："乱之所生，则言语以为阶。"[45]将：抑或。不密：泄露秘密。[46]伉俪(kàng lì)：夫妻。[47]匪：通"非"。[48]愍(mǐn)：怜悯。众雏：指所生的小鹦鹉。[49]背：离。蛮夷之下国：鹦鹉自称它的故乡。下国，小国。[50]光仪：光彩和仪表。[51]西都：指长安。[52]异宜：各有其宜。[53]代越之悠思：谓思恋故乡之情，典出古诗"胡马依北风，越鸟巢南枝"之句。代，古郡名，在今河北、山西北部交界处。越，即南越，今两广地区。悠思，长久的思念。[54]少昊(hào)、蓐收：古代传说中主宰秋季第一月的两个神。司辰：掌管节令。整辔：驾车。此句以不同季节可以驱使之神的连续更换，比喻车马不断前进。[55]慕：思念。[56]感类：感念同类。[57]陨泪：掉泪。[58]放臣：放逐之臣。[59]歔欷(xū xī)：抽泣声，指哭泣。[60]游处：指同游共处的伙伴。[61]壎箎(xūn chī)：皆乐器名，壎为陶制，箎为竹制。相须：相互应和。[62]胡：指北方。越：指南方。[63]笼槛：鸟笼的栅栏。[64]昆山：昆仑山简称。[65]邓林：神话中相传，夸父逐日而弃其杖，化为邓林。这里泛指森林。[66]顾：回头看。六翮(hé)：指翅膀。翮：羽毛的硬管。[67]奋迅：奋翅迅飞。如：去。[68]弗果：未果。[69]徒：白白。怨毒：怨恨。[70]苟：暂且。所事：所事奉的主人。[71]敢：岂敢。背惠：背恩。[72]期：希望。[73]甘：甘心。尽辞：鹦鹉善于模仿人说话，故云。效愚：效献愚诚。[74]庶：庶几，大概。渝：改变。

【评点】
祢衡《鹦鹉赋》与贾谊《鵩鸟赋》颇为相似，二者都是借题发挥，抒发了作者的忧生之叹。但与《鵩鸟赋》不同的是，《鹦鹉赋》自始至终都以鹦鹉喻人，达到了物我为一的境界。作者以鹦鹉自比，抒发了自己寄人篱下，不得自由的痛苦。此赋感情真切，悱恻动人，无怪乎李白说它"锵锵振金石，句句欲飞鸣"（《古风》）。

登 楼 赋

王 粲

【作者简介】

王粲（177—217），字仲宣，山阳高平（今山东邹县）人。少时即有才名，后为"建安七子"中有较大成就者，与曹植并称"曹王"。先依刘表，未重用；后归附曹操，官至侍中。原有文集，今只传《王侍中集》1卷。

登兹楼以四望兮[1]，聊暇日以销忧[2]。览斯宇之所处兮[3]，实显敞而寡仇[4]。挟清漳之通浦兮[5]，倚曲沮之长洲[6]。背坟衍之广陆兮[7]，临皋隰之沃流[8]。北弥陶牧[9]，西接昭丘[10]。华实蔽野[11]，黍稷盈畴[12]。虽信美而非吾土兮[13]，曾何足以少留[14]！

遭纷浊而迁逝兮[15]，漫逾纪以迄今[16]。情眷眷而怀归兮[17]，孰忧思之可任[18]！凭轩槛以遥望兮[19]，向北风而开襟[20]。平原远而极目兮[21]，蔽荆山之高岑[22]。路逶迤而修迥兮[23]，川既漾而济深[24]。悲旧乡之壅隔兮[25]，涕横坠而弗禁[26]。昔尼父之在陈兮[27]，有"归欤"之叹音[28]。钟仪幽而楚奏兮[29]，庄舄显而越吟[30]。人情同于怀土兮[31]，岂穷达而异心[32]！

惟日月之逾迈兮[33]，俟河清其未极[34]。冀王道之一平兮[35]，假高衢而骋力[36]。惧匏瓜之徒悬兮[37]，畏井渫之莫食[38]。步栖迟以徙倚兮[39]，白日忽其将匿[40]。风萧瑟而并兴兮[41]，天惨惨而无色[42]。兽狂顾以求群兮[43]，鸟相鸣而举冀[44]。原野阒其无人兮[45]，征夫行而未息[46]。心凄怆以感发兮[47]，意忉怛而憯恻[48]。循阶除而下降兮[49]，气交愤于胸臆[50]。夜参半而不寐兮[51]，怅盘桓以反侧[52]。

【注释】

[1] 兹：此。[2] 聊：姑且。暇日：假借时日。销忧：消除忧愁。[3] 斯宇：此楼，指当阳县城楼。[4] 显敞：明亮宽敞。寡仇：少有匹敌。[5] 挟：带。清漳：清澈的漳河水。通浦：与大水沟相通的小水渠。这句说，城楼俯临漳河的支流。好像挟带着清澈的江水。[6] 倚：靠。曲沮（jū）：弯曲的沮水。沮水与漳水在当阳县合流注入长江。长洲：水边的长形陆地。这句话说，城楼位于曲折的沮水边上，好像倚长洲而立。[7] 坟衍：高地为坟，平地为衍。广陆：宽广的陆地。这句说，楼背靠高低起伏的广阔陆地。[8] 皋：水边之地。隰（xí）：低湿之地。沃流：可用以灌溉的流水。这句说，城楼面对地势低洼的水边。[9] 弥：终，极至。陶：指陶朱公，即春秋时越国的范蠡（lǐ），助勾践灭吴后弃官至陶地，自名陶朱公。牧：郊外。相传湖北江陵县西郊有陶朱公坟墓，因称其地为"陶牧"。[10] 昭丘：楚昭王的坟墓，在当阳县郊外。[11] 华实：花和果实。[12] 黍：一年生草本植物，子实淡黄色、去皮后叫黄米，煮熟后有黏性。稷：与黍同类，无黏性。这里黍稷泛指庄稼。盈畴：充满田野。[13] 信美：的确很好。吾土：我的故乡。[14] 曾：语气词。何足以：怎么能够。少留：短暂逗留。[15] 遭：遇。纷浊：纷乱污浊，比喻乱世。迁逝：犹言"迁徙流亡"，指作者避董卓之乱而徙荆州。[16] 漫：漫长。逾：超过。纪：十二年为一纪。[17] 眷眷：深切思念的样子。怀：想。[18] 孰：谁。任：担当，承受。这句说，谁能经受住怀念家乡的忧思呢！[19] 轩槛（jiàn）：栏杆。[20] 向：对着。这句说，故乡在荆州之北，因而打开衣襟受北风吹拂，以慰思念之心。[21] 极目：用尽目力远望。[22] 荆山：在今湖北省南漳县。岑：山小而高。[23] 逶迤（wēi yí）：长曲折的样子。修迥（jiǒng）：长远。[24] 川：河。漾：长。济：渡，这里指河水。

[25]旧乡：故乡。壅隔：阻塞隔绝。[26]涕横坠：眼泪杂乱地流落。弗禁：止不住。[27]尼父：孔子，字仲尼。古代在男名后加"父"表示尊敬。据《论语·公冶长》载，孔子周游列国，在陈国绝粮，叹息道："归欤！归欤！"[28]归欤：回去吧。[29]"钟仪"句：据《左传·成公九年》载，楚国乐官钟仪为晋所俘，晋侯叫他弹琴，他弹出的仍是楚乐。幽：囚禁。[30]庄舄（xì）：据《史记·陈轸传》载，越人庄舄在楚国做了显赫的官，病中思念故乡，仍旧发着越国的语音。[31]怀土：思念故乡。[32]穷：不得意，未显贵。达："穷"的反面。此连上句说，人们思念乡土的情感是相同的，并不因为遭到祸难或得到高官而有所不同。[33]惟：句首语助词。日月：指时光。逾迈：过往，消逝。[34]"俟河清"句：据《左传·襄公八年》载，逸《诗》有"俟河之清，人寿几何"的句子。此以河水清喻时世太平。这句说，大概等不到太平盛世。[35]冀：期望。王道：王政。一平：统一稳定。[36]假：借。高衢：大路，此处指清明的政治。骋力：施展能力。[37]匏（páo）瓜：葫芦的一种。葫芦悬在藤上不能食用。《论语·阳货》云："吾岂匏瓜也哉，焉能系而不食？"这句说，我不能白白活着不为世所用。[38]渫（xiè）：除去污物使水干净。这句以井水干净却无人食用比喻作者担心自己虽修身洁体却不为时君所用。[39]栖迟：停停走走。徙倚：走走停停。[40]匿（nì）：隐藏。此连上句说，我徘徊楼上，不觉太阳将要西落。[41]萧瑟：风吹的响声。并兴：指四面起风。[42]惨惨：黪黪，暗淡无光。[43]狂顾：仓皇地左顾右盼。[44]举翼：振翅欲飞。此连上句说，鸟兽之类尚且求群举翼将归故所，而我却孤零零的一个人在此。[45]阒（qù）：寂静。[46]息：停息。此连上句说，原野无农人，但有征夫而已。[47]凄怆：悲伤。感发：感伤触发。[48]意：心情。忉怛（dāo dá）：悲痛。惨恻（cǎn cè）：忧伤。[49]循：沿着。阶除：楼梯。[50]交：夹杂。臆：胸。这句说，胸中怨气夹杂着愤懑。[51]夜参半：夜的一半，即半夜。参：分。寐：睡着。[52]怅：惆怅。盘桓：徘徊，这里指想来想去。反侧：翻来覆去。

【评点】

　　此赋为作者避董卓之乱流亡荆州时所作。当时军阀割据，政局一片混乱。本赋抒写了作者怀念故土的深情和建功之志难酬的忧虑，从一个侧面表现了他对带来战乱的军阀的痛恨。全篇写景和抒情相结合，先写登楼所览，次叙思乡之情。后述身世之惧。登楼本为消愁，却反而增添了哀伤。回肠荡气，颇具诗味。语言自然流畅，感情真切质朴，脱尽了汉赋铺陈堆砌的习气，显示了抒情小赋在艺术上的成熟，因而成为建安时代同类小赋的代表作。而"王粲登楼"也便成为后代文人表达思念故乡和怀才不遇之情的典故。

洛神赋 并序

曹 植

【作者简介】

曹植（192-232），字子建，沛国谯县（今安徽亳县）人。曹操第三子。颇工诗赋，原有集，后散佚，宋人辑有《曹子建集》。早年因才学过人而受其父宠爱，曹丕、曹叡相继帝位后，他备受猜忌，抑郁而死。曾封东阿王，后改封雍丘王，死后谥为陈思王。

黄初三年[1]，余朝京师[2]，还济洛川[3]。古人有言，斯水之神名曰宓妃[4]。感宋玉对楚王神女之事[5]，遂作斯赋，其辞曰：

余从京域[6]，言归东藩[7]。背伊阙[8]，越轘辕[9]，经通谷[10]，陵景山[11]。日既西倾，车殆马烦[12]。尔乃税驾乎蘅皋[13]，秣驷乎芝田[14]，容与乎阳林[15]，流眄乎洛川[16]。于是精移神骇[17]，忽焉思散[18]。俯则未察[19]，仰以殊观[20]：睹一丽人[21]，于岩之畔[22]。乃援御者而告之曰[23]："尔有觌于彼者乎[24]？彼何人斯[25]，若此之艳也[26]？"御者对曰："臣闻河洛之神名曰宓妃[27]。然则君王所见，无乃是乎[28]？其状若何[29]？臣愿闻之。"

余告之曰：其形也，翩若惊鸿[30]，婉若游龙[31]。荣曜秋菊[32]，华茂春松[33]。仿佛兮若轻云之蔽月[34]，飘飖兮若流风之回雪[35]。远而望之，皎若太阳升朝霞[36]；迫而察之[37]，灼若芙蕖出渌波[38]。秾纤得衷[39]，修短合度[40]。肩若削成，腰如约素[41]。延颈秀项[42]，皓质呈露[43]。芳泽无加[44]，铅华弗御[45]。云髻峨峨[46]，修眉联娟[47]。丹唇外朗[48]，皓齿内鲜[49]。明眸善睐[50]，靥辅承权[51]。瑰姿艳逸[52]，仪静体闲[53]。柔情绰态[54]，媚于语言[55]。奇服旷世[56]，骨象应图[57]。披罗衣之璀粲兮[58]，珥瑶碧之华琚[59]。戴金翠之首饰[60]，缀明珠以耀躯。践远游之文履[61]，曳雾绡之轻裾[62]。微幽兰之芳蔼兮[63]，步踟蹰于山隅[64]。于是忽焉纵体[65]，以遨以嬉[66]。左倚采旄[67]，右荫桂旗[68]。攘皓腕于神浒兮[69]，采湍濑之玄芝[70]。

余情说其淑美兮[71]，心振荡而不怡[72]。无良媒以接欢兮[73]，托微波而通辞[74]。愿诚素之先达兮[75]，解玉佩以要之[76]。嗟佳人之信修[77]，羌习礼而明《诗》[78]。抗琼珶以和予兮[79]，指潜渊而为期[80]。执眷眷之款实兮[81]，惧斯灵之我欺[82]。感交甫之弃言兮[83]，怅犹豫而狐疑[84]。收和颜而静志兮[85]，申礼防以自持[86]。

于是洛灵感焉[87]，徙倚彷徨[88]。神光离合[89]，乍阴乍阳[90]。竦轻躯以鹤立[91]，若将飞而未翔[92]。践椒涂之郁烈[93]，步蘅薄而流芳[94]。超长吟以永慕兮[95]，声哀厉而弥长[96]。尔乃众灵杂遝[97]，命俦啸侣[98]。或戏清流，或翔神渚[99]。或采明珠，或拾翠羽[100]。从南湘之二妃[101]，携汉滨之游女[102]。叹匏瓜之无匹兮[103]，咏牵牛之独处[104]。扬轻袿之猗靡兮[105]，翳修袖以延伫[106]。体迅飞凫[107]，飘忽若神[108]。凌波微步[109]，罗袜生尘[110]。动无常则[111]，若危若安[112]。进止难期[113]，若往若还[114]。转眄流精[115]，光润玉颜[116]。含辞未吐[117]，气若幽兰。华容婀娜[118]，令我忘餐。

于是屏翳收风[119]，川后静波[120]，冯夷鸣鼓[121]，女娲清歌[122]。腾文鱼以警乘[123]，鸣玉鸾以偕逝[124]。六龙俨其齐首[125]，载云车之容裔[126]。鲸鲵踊而夹毂[127]，水禽翔而为卫。于是越北沚[128]，过南冈。纡素领[129]，回清阳[130]。动朱唇以徐言，陈交接之大纲[131]。恨人神之道殊兮[132]，怨盛年之莫当[133]。抗罗袂以掩涕兮[134],泪流襟之浪浪[135]。悼良会之永绝兮[136],哀一逝而异乡[137]。无微情以效爱兮[138],献江南之明珰[139]。虽潜处于太阴[140],长寄心于君王[141]。忽不悟其所舍[142],怅神宵而蔽光[143]。

于是背下陵高[144],足往神留[145]。遗情想象[146],顾望怀愁[147]。冀灵体之复形[148],御轻舟而上溯[149]。浮长川而忘反[150],思绵绵而增慕[151]。夜耿耿而不寐[152],沾繁霜而至曙[153]。命仆夫而就驾[154],吾将归乎东路[155]。揽騑辔以抗策[156],怅盘桓而不能去[157]。

【注释】

[1]黄初:魏文帝曹丕的年号。[2]朝:朝见。京师:京城。这句说,去京城朝见文帝。[3]还:返回。济:渡。洛川:即洛水,源出今陕西省,流经今河南省,注入黄河。[4]斯:此。宓(fú)妃:传说宓羲(即伏羲)氏之女淹死在洛水,成洛水神,故名。[5]"感宋玉"句:战国时楚人宋玉作《高唐赋》和《神女赋》,均记述与楚王对答梦遇巫山神女之事。感:有感于。[6]京域:京都地区。[7]言:语助词。东藩:东边的封地。时曹植受封为鄄城(今山东省鄄城县)王,因鄄城处洛阳东北,故称东藩。[8]背:离开。伊阙:山名,位于洛阳西南。[9]辕(huán)辕:山名,在河南省偃师县东南。[10]通谷:山谷名,在洛阳城南。[11]陵:登。景山:山名,在偃师县西南。[12]殆:坏。烦:乏。[13]尔乃:于是。税驾:停车。乎:于。蘅皋:长着蘅草的水边高地。[14]秣(mò)驷:喂马。芝田:长着芝草的田地。[15]容与:从容游息。阳林:地名。[16]流眄(miǎn):随意眺望。[17]移:动。骇:乱。[18]忽焉:忽然。此句说,忽然思绪分散。[19]俯:低头。察:看清。[20]仰:抬头。以:已。殊观:特异景观。[21]丽人:美人。[22]岩:山崖。[23]援:拉。御者:赶车人。[24]觌(dí):看见。彼:指丽人。[25]斯:语助词。[26]艳:美丽。[27]河洛:即洛河,洛川。[28]无乃:恐怕,莫非。[29]状:

指容貌。[30]翩（piān）：飞翔轻快。鸿：鸿雁。[31]婉：柔曲。此连上句说，洛神体态轻盈宛转。[32]荣：光彩。曜：明亮。此句说，光彩比秋菊还鲜明。[33]华：光华。茂：丰茂。此句说，光华比春松还丰茂。[34]仿佛：似隐似现的样子。[35]飘摇：飘忽不定的样子。此句说，洛神飘忽回旋，有如轻风携卷雪花飞舞。[36]皎：明亮。此句说，洛神光彩夺目，似太阳在朝霞中升起。[37]迫：近。[38]灼：明亮。芙蕖（fú qú）：荷花。渌（lù）：清澈。此句说，洛神艳丽耀眼，如荷花在清波中挺立。[39]秾（nóng）：指丰盈。纤：指苗条。得衷：适中。[40]修：长。合度：合乎标准。此连上句说，洛神胖瘦高矮都恰到好处。[41]约：束。素：色白而细致的丝带。此连上句说，两肩狭窄下垂如刀削而成，腰肢柔细浑圆若带扎使然。[42]延：长。秀：高。[43]皓（hào）：白。呈：显露。此连上句说，洁白的长颈露在衣领外。[44]芳泽：芳香的油脂。加：指涂抹。[45]铅华：粉。古代烧铅成粉，所剩为铅之精华，故名。御：指敷施。此连上句说，美丽天成，不假修饰。[46]云髻（jì）：头发绾在头顶而成的发结。峨峨：高耸的样子。[47]修眉：细长弯曲的眉毛。联娟：微微弯曲的样子。[48]丹唇：红唇。朗：鲜艳。[49]鲜：明亮。[50]眸（móu）：眼珠。睐（lài）：向旁边看。此句说，明亮的眼睛顾盼有神。[51]靥（yè）：酒窝。辅：面颊。权：颧骨。[52]瑰（guī）：瑰丽。艳逸：美艳脱俗。[53]仪静：仪容安详。体闲：体态娴雅。[54]绰：宽缓。此句说洛神情致温柔宽和。[55]媚：可爱。此句说，洛神言语美妙动听。[56]旷世：世上所无。[57]骨象：骨骼分布的格局。应图：意即相当于图画中人。[58]罗：质地轻软稀疏的丝织品。璀璨：明净。[59]珥（ěr）：带。瑶：似玉的美石。碧：青白色的玉。华琚：上刻花纹的佩玉。此连上句说，穿着明丽的丝衣，佩带各色各样的美玉。[60]金翠：黄金与翡翠。[61]践：穿。远游：鞋名。文履：有文饰的鞋。[62]曳（yè）：拖。绡（xiāo）：生丝织成的绸子。裾（jū）：衣后着地部分。此连上句说，足登绣花远游鞋，身穿轻薄如雾的绡绸裙。[63]微：轻轻散发。幽兰：兰花别称。芳蔼：香气。[64]步：慢慢行走。踟蹰：徘徊。山

132

隅：山角。[65]于是：这时。忽焉：忽然。纵体：耸动身体。[66]遨：游逛。嬉：嬉戏。此连上句说，体态轻盈宜舞，嬉戏自由自在。[67]倚：靠。彩旄：彩旗。[68]荫：遮蔽。桂旗：用桂枝做竿的旗。此连上句说，四周彩旗飘动。[69]攘（rǎng）：挽起衣袖。神浒：洛神所游的水边之地。[70]湍濑（tuāi lài）：急速的水流。玄芝：黑色灵芝草。[71]悦：悦爱。淑美：善良娇美。[72]振荡：忐忑不安。怡：高兴。此连上句说，我喜欢洛神的淑美，但又担心爱意不被接受，所以心中不安，神情不乐。[73]接欢：通接欢爱之情。[74]微波：轻柔的水波。通辞：传达言语。[75]诚素：真诚的情愫。先达：先于别人而致之洛神。[76]要：邀约。[77]嗟：感叹词。信修：的确修洁美好。[78]羌：语助词。习礼：通晓礼仪。明诗：熟悉《诗经》。此句说，洛神行止高雅，善于言辞。[79]抗：举起。琼、珶：皆美玉。和（hè）：应答。予：我。[80]潜渊：深渊，此指洛神居处。期：约会。[81]执：怀着。眷眷：恋恋不舍的样子。款实：诚实。[82]斯灵：指洛神。我欺：欺哄我。[83]据《神仙传》载，郑交甫游于江边，遇二神女，赠交甫玉佩。交甫才走数步，玉佩、女子俱已不见。此句说，担心自己再遭遇像郑交甫被神女遗弃那样的事。[84]怅：失望。狐疑：将信将疑。[85]和颜：和悦的容颜，即喜悦爱慕的脸色。静志：使情志宁静。[86]申：施用。礼防：礼法的约束。自持：控制自己。[87]此句说，洛神因此受到了感动。[88]徙倚：走走停停。彷徨：徘徊。[89]此句说，洛神的光彩时聚时散。[90]此句说，洛神的光彩忽明忽暗。[91]竦（sǒng）：伸长。鹤立：如鹤鸟站立。[92]翔：盘旋起飞。[93]椒涂：铺满椒泥的路途。郁烈：香气浓烈。[94]蘅薄：杜蘅草丛生之地。流芳：流散香气。[95]超：怅然。长吟：长叹。永慕：永久思慕。[96]厉：急切。弥：长。[97]尔乃：于是。杂遝（tà）：众多的样子。[98]命俦啸侣：犹说呼朋唤友。[99]神渚（zhǔ）：众神游玩的水中高地。[100]翠羽：翠鸟的羽毛。[101]从：后面跟着。南湘之二妃：据刘向《列女传》载，唐尧的两个女儿嫁给虞舜，后随舜巡行南方，舜死，二妃投湘水，成为湘水之神。[102]汉滨：汉水之滨。游女：即［83］所言郑交甫所遇神女。［103］匏（páo）瓜：星名，又叫天鸡，独在河鼓星东，不与它星相接。无匹：无配偶。［104］牵牛：星名，相传牵牛、织女二星为夫妇，但各处天河一侧，只于每年七月七日一次聚会，故云"独处"。［105］袿（guī）：妇女的上衣。猗靡：随风飘动的样子。［106］翳（yì）遮蔽。延伫（zhù）：长久待立。［107］凫（fú）：水鸟名。此句说，身体比飞动的水鸭还要迅捷。［108］"飘忽"句：洛神即神，但"神"为神灵的总称，此处用"若"，只在说洛神属神类，并不是说她为非神。［109］凌：踏。微步：细步而行。［110］"罗袜"句：指行走时带起了水雾。［111］常则：固定规则。［112］若危若安：看起来好像遇到了危险又好像安然无恙。［113］期：预料。［114］若往若还：好像要离去又好像要回来。［115］转眄：目光转动。流精：精光四射。［116］玉颜：洁白如玉的容颜。［117］辞：言辞。此句说，想说话而未开口。［118］华容：如花的容貌。婀娜：轻盈而柔美的样子。［119］屏翳：传说中的风神。［120］川后：水神，即河伯。静波：使水波平静。［121］冯（píng）夷：水神河伯之名。［122］女娲（wā）：传说中的女皇，据说笙簧是她所造。清歌：唱出清脆的歌声。［123］文鱼：一种能飞的鱼。警乘：守卫车驾。［124］玉鸾：车上鸾鸟状的铃，以玉制成。偕逝：一块儿离去。此连上句说，文鱼腾出水面护卫洛神的车驾，车铃作响，众神一同离去。［125］六龙：传说驾太阳的车用六条龙。俨其：俨然，矜持庄重的样子。齐首：一齐昂首而行。［126］载：牵拉。云车：以云制成的车。容裔：起伏而行的样子。［127］鲸鲵（ní）：即鲸鱼，雄的叫鲸，雌的叫鲵。踊：跳跃。夹毂（gǔ）：夹护着车驾。［128］沚（zhǐ）：水中小块陆地。［129］纡（yū）：回转。素领：雪白的脖颈。［130］回：转动。清阳：眉目之间，此指面庞。［131］陈：陈述。交接：结交往来。大纲：主要方式。［132］殊：不同。［133］盛年：少壮之时。莫当：没有相逢。［134］袂（mèi）：袖子。掩涕：擦泪。［135］浪浪：流的样子。［136］悼：伤心。良会：美好的聚会。［137］一逝：一去。［138］无：抚。微情：微薄的心意。效爱：致献爱慕之意。［139］明珰（dāng）：明珠做成的耳环。［140］潜处：深居

134

太阴：众神所居处。[141] 长寄心：意指永远将心意寄托在作者身上。[142] 悟：明白，此指看见。其：指洛神。所舍：停休之处。[143] 宵：暗冥。此句说，洛神忽然成为一片黑暗，隐蔽了光彩，令我怅恨不已。[144] 背：离开。陵：登上。此句说，上下追寻洛灵踪影。[145] 神：精神，心思。[146] 遗情：留情，指情思留恋。想象：回想洛神的神态容貌。[147] 顾望：回头看。此句说，四顾使人内心添愁。[148] 冀：希望。灵体：神体。复形：重新显现。[149] 御：驾。上溯（sù）：逆流而上。[150] 长川：大河，指洛水。反：返。[151] 绵绵：连续不断的样子。增慕：增益思慕之情。[152] 耿耿：心神不安的样子。[153] 沾：浸湿。繁霜：浓厚霜花。曙：天明。[154] 仆夫：车夫。就驾：准备车驾。[155] 乎：于。东路：去东藩之路。[156] 揽：抓。骈：车辕两边的马。辔：缰绳。抗策：举起马鞭。[157] 盘桓：徬徨不前的样子。

【评点】

　　此赋为曹植后期作品。当时曹丕父子肆意迫害曹姓侯王，曹植几遭暗算，心情十分忧郁。但他忠君建功思想不灭，因而写作此赋以表达他对理想愿望的追求。赋中叙写他对洛神的爱慕之情和"人神道殊"不能如愿的惆怅，寄寓了他对君王的忠诚之情和怀才被黜、无由效忠王室的苦闷。此赋虽有宋玉《神女赋》的影子，但它扬弃了宋赋铺叙的体式，组织形式变换多姿。虽然神话色彩浓厚，但作者赋予洛神以真挚的人情味，增强了内容的真实感，加强了悲剧气氛。想象丰富，刻画细腻生动。此赋颇受后代艺术家偏爱。

猕猴赋

阮　籍

【作者简介】

阮籍（210-263），字嗣宗，陈留尉氏（今河南开封）人。"竹林七贤"之一。博鉴嗜学，慕老、庄之学，崇尚自然，不拘礼俗。长于五言诗的创作，同时工巧于文。曾为步兵校尉，世称阮步兵。原有文集，已散佚，后人辑《阮步兵集》。

昔禹平水土而使益驱禽[1]，涤荡川谷兮栉梳山林[2]，是以神奸形于九鼎而异物来臻[3]。故丰狐文豹释其表[4]，间尾驺虞献其珍[5]；夸父独鹿被其豪[6]，青马三雏弃其群[7]：此以其壮而残其生者也[8]。

若夫熊狟之游临江兮[9]，见厥巧以乘危[10]。夔负渊以肆志兮[11]，扬震声而衣皮[12]；处闲旷而或昭兮[13]，何幽隐之罔随[14]？矍畏逼以潜身兮[15]，穴神丘之重深[16]；终惑饵以来兮[17]，乌凿之而能禁[18]？诚有利而可欲兮[19]，虽希觐而为禽[20]。故近者不弥岁[21]，远者不历年[22]。大则有称于万年[23]，细者则为笑于目前[24]。

夫猕猴直其微者也[25]，犹系累于下陈[26]。体多似而匪类[27]，形乖殊而不纯[28]。外察慧而内无度兮[29]，故人面而兽心。性褊浅而干进兮[30]，似韩非之囚秦[31]。扬眉额而骤呻兮[32]，似巧言之伪真[33]。藩从后之繁众兮[34]，犹伐树而丧邻[35]。整衣冠而伟服兮[36]，怀项王之思归[37]。耽嗜欲而盼视兮[38]，有长卿之妍姿[39]。举头吻而作态兮[40]，动可增而

136

自新^[41]。沐兰汤而滋秽兮^[42],匪宋朝之媚人^[43]。终嗤弄而处绌兮^[44],虽近习而不亲^[45]。多才使其何为兮,固受垢而貌侵^[46]。姿便捷而好技兮^[47],超趫腾跃乎岩岑^[48]。既投林以东避兮^[49],遂中冈而被寻^[50]。婴徽缧以拘制兮^[51],顾西山而长吟^[52];缘槾㮨以容与兮^[53],志岂忘乎邓林^[54]。庶君子之嘉惠^[55],设奇视以尽心^[56]。且须臾以永日^[57],焉逸豫而自矜^[58]?斯伏死于堂下^[59],长灭没乎形神^[60]。

【注释】

[1] 平：治理。益：传说中舜的大臣皋陶（yáo）的儿子。禽：鸟兽的总称。[2] 涤荡：清理。川谷：大河与山谷。梐（zhì）梳：整理。[3] 神奸：神鬼作邪之状。形：刻画形状。九鼎：禹曾收九州之金铸成大鼎，象征国家政权。异物：祥贵物品。臻（zhēn）：到达。[4] 丰狐：大狐狸。文豹：身有花纹的豹子。释其表：脱去皮毛，指贡献其皮毛。[5] 闾尾：兽名，似猕猴而大，因尾长而得名。驺虞：传说中的义兽。[6] 夸父：神兽。独鹿：吉兽，佩带其皮，子孙兴旺。被（fú）：除。豪：强健。[7] 青马：黑色骏马。三骐（zhī）喜群处的苍白杂色马。以上四句说，由于禹的治理，珍禽异兽被大量捕获，皮毛供人享用，它们也因此而分奔离群，失去了强健天性。[8] 其壮：指人的强大力量。残其生：摧残禽兽的生命。[9] 狚（dàn）兽名，形如狼。[10] 见厥巧：显示其技巧。乘危：登上高险之处。[11] 夔（kuí）：一足兽，似龙。负渊：凭恃深水。肆志：施展能力。[12] 扬震声：发出如雷之声。[13] 处闲旷：生活在空旷荒寂处。或昭：或，通"惑"，昭，明亮。指被明亮迷惑而出渊。[14] "何幽隐"句：为什么不继续处在幽深隐蔽处？[15] 鼷（xī）：小家鼠。逼：指生命受到威胁。[16] 穴：打洞。神丘：社坛，古代祭祀土神所用的台。《庄子·应帝王》有云："鼷鼠深穴乎神丘之下，以避薰凿。"[17] 惑饵：被诱饵迷惑。[18] 乌：何，怎么。[19] 欲：指贪食。[20] 希觌（dí）：罕见。为禽：被捕擒。此句说，鼷鼠虽然很少被人看见，但却常被人擒捉。[21] 近者：指活

137

得短。弥岁：满一年。[22]远者：指活得久。历年：超过一年。[23]有称：指有臭名声。[24]为笑：被人耻笑。此连上句说，如鼹鼠那样贪图利禄的人，有的遗臭万年，有的被世人嘲笑。[25]猕猴：又名沐猴，猴的一种，以野菜、野果为食，有的偷吃农作物。直：只不过。微：小。[26]系累：捆缚。下陈：堂下陈列物品处。[27]匪类：不是同类。[28]乖殊：不同。纯：单一。此连上句说，猕猴的形体看起来相像，其实并非同一种类。喻指追逐名利者手段互不相同。[29]无度：欠思虑。[30]褊浅：褊狭浅陋。干进：追求仕进。[31]"似韩非"句：据《史记·韩非列传》载，韩非子著《孤愤》、《五蠹》等，秦王悦之。后韩非出使秦国，被李斯诬陷而死。[32]扬眉额：舒眉展额，形容得意的样子。骤呻：反复鸣叫。[33]伪真：掩盖真相。[34]藩从后：如藩屏般护随在后。[35]伐树：指捣毁树木。丧邻：伤害邻居。此连上句说，众多的猕猴互相追随，互相破坏伤害。喻指求功逐利者互相吞并。[36]伟服：穿着盛装。[37]怀项王句：据《史记·项羽本纪》载，项羽烧尽秦宫室后想要东归，说："富贵不归故乡，如衣绣夜行，谁知之者！"此连上句说，追逐名利者，空图虚荣。[38]耽(dān)：沉溺。盼视：左顾右盼，形容得意的样子。[39]"有长卿"句：长卿，司马相如的字。妍：美丽。[40]举头吻：抬头咧嘴。[41]增：通"憎"。自新：自以为新奇有趣。[42]沐兰汤：用兰水洗头。滋秽：更加污秽。《楚辞·九歌·云中君》云："浴兰汤兮沐芳。"古人用兰水洗浴喻洁身自好，此处反用其意。[43]宋朝：春秋时宋国的公子，美而善淫。媚：可爱。[44]嗤弄：被嗤笑耍弄。处绁(xiè)：处于受绑境地。[45]近习：亲近的人。此句说，即使平日亲近者见其受绑也不再接近。[46]固受垢：本来应当遭受耻辱。貌侵：容貌丑陋。[47]姿便捷：姿态灵活。[48]超趱(zǎn)：跳跃急行。岑(cén)小山。[49]投林：投身于山林。东避：指东躲西藏。[50]中冈：半山腰。被寻：被找到。[51]婴：缠绕。徽缰(mò)：绳索。[52]西山：与上文的"东避"相对。吟：叹息。[53]缘：循着，顺着。榱(cuī)桷(jué)：屋椽。容与：徘徊。[54]邓林：神话中的大森林。据《山海经·海外北经》载，夸父逐日，弃手杖而化为邓林。此连上句说，见小利而忘大义。［55］庶：乞求。君子：捕获猕猴者，喻统治者。嘉惠：施以恩惠。［56］设奇视：给以特殊待遇。［57］且：尚且。须臾：苟延。永日：拖延时日。［58］焉：怎能。逸豫：安乐。自矜：自夸。［59］斯：就。［60］灭没：消失。

【评点】

阮籍一向厌弃功名，蔑视礼法。此赋即是这一思想的表露。就文题与内容的关系而言，本赋采取了先旁写后正写的结构法。第一段写统治者压制人性，以礼法束缚人的手脚，使人丧失了自然本性。这是作者慕老庄尚自然的思想体现。第二段写人往往为名利所诱，因而身陷罗网，贻笑千古。在前两段铺衬的基础上，第三段着力刻画了像猕猴那样形态丑陋，举止可憎，虽一时洋洋得意，不久即伏死堂下的慕名喜利者的形象。含义深邃，构思新奇，形象细腻生动。后代虽有赋猴之作，但均不可与此篇相提并论。

思旧赋 并序

向 秀

【作者简介】

向秀（约227-272），字子期，河内怀县（今河南省武陟县附近）人。"竹林七贤"之一。喜老、庄之学，据说今传郭象《庄子注》即向秀所作。官至黄门侍郎、散骑常侍。传世作品有《思旧赋》和《难嵇叔夜养生论》。

余与嵇康、吕安居止接近[1]，其人并有不羁之才[2]。然嵇志远而疏[3]，吕心旷而放[4]，其后各以事见法[5]。嵇博综技艺[6]，于丝竹特妙[7]，临当就命[8]，顾视日影[9]，索琴而弹之[10]。余逝将西迈[11]，经其旧庐[12]。于时日薄虞渊[13]，寒冰凄然[14]。邻人有吹笛者，发声寥亮[15]。追思曩昔游宴之好[16]，感音而叹[17]，故作赋云：

将命适于远京兮[18]，遂旋反而北徂[19]。济黄河以泛舟兮[20]，经山阳之旧居[21]。瞻旷野之萧条兮[22]，息余驾乎城隅[23]。践二子之遗迹兮[24]，历穷巷之空庐[25]。叹《黍离》之愍周兮[26]，悲《麦秀》于殷墟[27]。惟古昔以怀人兮[28]，心徘徊以踌躇[29]。栋宇存而弗毁兮[30]，形神逝其焉如[31]？昔李斯之受罪兮[32]，叹黄犬而长吟[33]。悼嵇生之永辞兮[34]，顾日影而弹琴[35]，托运遇于领会兮[36]，寄余命于寸阴[37]。听鸣笛之慷慨兮[38]，妙声绝而复寻[39]。停驾言其将迈兮[40]，遂援翰而写心[41]。

【注释】

[1]嵇康：字叔夜，"竹林七贤"之一，向秀好友，谯郡铚（今安徽宿县）人。吕安：字仲悌，向秀好友，东平（今山东东平县）人。居止：住所。[2]不羁：不可羁绊，比喻才质出众。[3]志远而疏：志向远大而疏略于人事。[4]心旷而放：心胸旷达而行为放逸。[5]见法：遭刑。此指嵇、吕受钟会诬陷，被司马昭杀害一事。[6]博综：广泛汇集。这句说，嵇康多才多艺。[7]丝竹：丝弦竹管，此处泛指音乐。妙：精通。[8]临当：面临。就命：终命，死亡。[9]顾：看。[10]索：讨要。据《晋书》本传，嵇康临刑时曾弹奏一曲《广陵散》，并叹息此曲将失传。[11]逝将：行将。西迈：向西远行，指自怀县西赴洛阳。[12]旧庐：旧居。[13]薄：迫近。虞渊：传说中日落之处。这句说，太阳将要西落。[14]凄然：寒冷的样子。[15]寥亮：嘹亮。[16]曩（nǎng）：从前。游宴：游乐宴饮。[17]感音：为音乐所动。[18]将命：奉命。适：往。远京：指京都洛阳。[19]旋反：回返，指自洛阳返回。北徂（cú）：向北走。[20]济：渡。泛：漂浮。这句说，凭借舟船渡越黄河。[21]山阳：晋县名，在今河南省焦作市东。[22]瞻：眺望。旷野：空旷的原野。[23]息：停止。驾：马车。乎：于，在。城隅：城角。[24]践：踏。二子：嵇吕二人。这句说，踏寻二友当年的活动踪迹。[25]历：经过。穷巷：阻塞不通的里巷。[26]《黍离》：《诗经·王风》中的一篇。据毛《序》云，周室东迁后，周大夫经过周朝故都，见宫室宗庙旧地遍生禾黍，不禁悲悯周室的覆亡，彷徨流连，因作此诗。愍：悯。[27]《麦秀》：据《尚书·大传》载，微子朝见周天子，道经殷代故都，见宫室尽毁，地生禾黍，伤感不已，因作《麦秀歌》。殷墟：殷都废墟。此连上句言眼前情景使自己想起了周大夫慨叹周亡的《黍离》诗和微子悲悯殷墟的《麦秀歌》。[28]惟：想。古昔：指周大夫和微子事。怀人：思念嵇康、吕安二人。[29]徘徊：犹豫。踌躇：止步不前。[30]栋宇：栋梁屋檐，此指嵇、吕旧居。[31]形神：形体和精神。逝：离开。焉如：往哪里。此连上句说，屋仍存而人已亡。[32]"昔李斯"句：据《史记·李斯列传》载，秦二世听信赵高之

言,下李斯于狱,用尽五刑。罪:刑。[33]"叹黄犬"句:李斯临刑前对儿子说:"吾欲与若复牵黄犬,出上蔡东门逐狡兔,岂可得乎?"意思是说,自己与嵇康、吕安昔日宴游之乐亦不可复得。[34]生:古时对读书人的称呼。永辞:永远辞别人世。[35]"顾日影"句:意思是说,嵇康临死不惧。[36]运遇:命运机遇。领会:遭际。[37]余命:余生。寸阴:指嵇康临刑前的短暂时刻。此连上句说,嵇康不为偶然遭遇的不幸悔痛,而是将余生寄托于刑前短促的琴音。[38]鸣笛:即序文"邻人有吹笛者"一事。慷慨:感慨,悲叹。[39]妙声:指昔日嵇康的琴声。寻:重温,继续。意思是说,嵇康琴声久绝而今似重现。[40]停驾:停着的车子。言、其:皆语动词。[41]援翰:持笔。写心:写出心中感慨。

【评点】

曹魏王朝末期,统治阶级内部由尖锐的争权夺利的斗争演成恐怖性的大屠杀,司马氏执政后更是肆意迫害在政治上异己的名士。此赋即为悼念被司马昭杀害的嵇康、吕安而作。作者道经朋友故居,触景伤怀。但由于政治的黑暗,人们敢怒而不敢言。这就决定了本赋的明暗两条线索相辅而行。明写足历故地、目睹旧物、耳闻笛音的感伤之情,暗寄对嵇康不畏强权、视死如归的钦敬之怀;明以《黍离》诗和《麦秀》歌寄托对友人的惋惜、追思,暗叙魏国政权旁落带来的忧伤与哀痛。文字简短,似未尽欲言,恰如人遇悲痛,泣难成声。属词清雅,表情真切。其中"闻笛"成为后世文人悼念故友常用的典故。

啸　赋

成公绥

【作者简介】

成公绥（231-273），字子东，东郡白马（今河南滑县）人。幼而聪慧，广涉经传，口吃而好音律。所作辞赋颇受张华推崇。思想上体现了道家和儒学的融合。官至中书郎，原有集，已散佚，明人辑有《成公子安集》。

逸群公子[1]，体奇好异[2]，傲世忘荣[3]，绝弃人事[4]。睎高慕古[5]，长想远思。将登箕山以抗节[6]，浮沧海以游志[7]。于是延友生[8]，集同好[9]。精性命之至机[10]，研道德之玄奥。愍流俗之未悟[11]，独超然而先觉。狭世路之陋僻[12]，仰天衢而高蹈[13]。邈姱俗而遗身[14]，乃慷慨而长啸[15]。

于时曜灵俄景[16]，流光濛汜[17]。逍遥携手，踟蹰步趾[18]。发妙声于丹唇，激哀音于皓齿[19]。响抑扬而潜转[20]，气冲郁而熛起[21]。协黄宫于清角[22]，杂商羽于流徵[23]。飘游云于泰清[24]，集长风乎万里[25]。曲既终而响绝，遗余玩而未已[26]。良自然之至音[27]，非丝竹之所拟[28]。

是故声不假器[29]，用不借物[30]，近取诸身，役心御气[31]。动唇有曲，发口成音[32]，触类感物[33]，因歌随吟。大而不洿[34]，细而不沉[35]。清激切于竽笙[36]，优润和于瑟琴[37]。玄妙足以通神悟灵，精微足以穷幽测深。收《激楚》之哀荒[38]，节《北里》之奢淫[39]。济洪灾于炎旱[40]，反亢阳于重阴[41]。唱引万变[42]，曲用无方[43]。和乐怡怿[44]，悲伤

143

摧藏[45]。时幽散而将绝[46],中矫厉而慨慷[47]。徐婉约而优游[48],纷繁骛而激扬[49]。情既思而能反[50],心虽哀而不伤。总八音之至和[51],固极乐而无荒[52]。

若乃登高台以临远,披文轩而骋望[53]。喟仰抃而抗首[54],嘈长引而慺亮[55]。或舒肆而自反[56],或徘徊而复放[57]。或冉弱而柔挠[58],或澎濞而奔壮[59]。横郁鸣而滔涸[60],冽飘眇而清昶[61]。逸气奋涌[62],缤纷交错[63]。列列飚扬[64],啾啾响作[65]。奏胡马之长思[66],向寒风乎北朔[67]。又似鸿雁之将雏[68],群鸣号乎沙漠。故能因形创声[69],随事造曲[70]。应物无穷[71],机发响速[72]。怫郁冲流[73],参谭云属[74]。若离若合,将绝复续。飞廉鼓于幽隧[75],猛虎应于中谷[76]。南箕动于穹苍[77],清飚振乎乔木[78]。散滞积而播扬[79],荡埃蔼之溷浊[80]。变阴阳之至和,移淫风之秽俗。

若乃游崇岗[81],陵景山[82],临岩侧[83],望流川,坐盘石[84],漱清泉,藉皋兰之猗靡[85],荫修竹之蝉蜎[86],乃吟咏而发散,声骆驿而响连[87],舒蓄思之悱愤[88],奋久结之缠绵[89]。心涤荡而无累[90]。志离俗而飘然。

若夫假象金革[91],拟则陶匏[92],众声繁奏,若笳若箫[93]。礚磕震隐[94],訇礚聊嘈[95]。发徵则隆冬熙蒸[96],聘羽则严霜夏凋[97],动商则秋霖春降[98],奏角则谷风鸣条[99]。音均不恒[100],曲无定制。行而不流[101],止而不滞[102]。随口吻而发扬[103],假芳气而远逝[104]。音要妙而流响[105],声激曜而清厉[106]。信自然之极丽[107],羌殊尤而绝世[108]。越《韶》、《夏》与《咸池》[109],何徒取异乎郑、卫[110]。于是绵驹结舌而丧精[111],王豹杜口而失色[112]。虞公辍声而止歌[113],宁子检手而叹息[114]。钟期弃琴而改听[115],孔父忘味而不食[116]。百兽率舞而抃足[117],凤皇来仪而拊翼[118]。乃知长啸之奇妙,盖亦音声之至极[119]。

【注释】

[1] 逸群公子：出众的男子。这是作者假托的人物。[2] 体奇好异：性情奇特，喜爱新异。[3] 忘荣：不追求荣华富贵。[4] 人事：指仕进。[5] 睎（xī）：仰慕。[6] 箕山：山名，传说此山为尧时两位高洁之士巢父和许由隐居之所。抗节：保持节操。此句说，仿效古代高士，保持雅洁操行。[7] 游志：伸展心志。[8] 延友生：邀约朋友。[9] 同好（hào）：志同道合者。[10] 精：潜心钻研。至机：最高机奥。[11] 愍（mǐn）：哀怜。流俗：指一般凡俗之人。未悟：指不懂傲世忘荣、弃绝人事的道理。[12] 狭世路：认为人世间路途狭窄。阨（è）僻：狭小偏僻。[13] 天衢：天街。高蹈：走向高处，此指离开俗世。[14] 邈姱俗：远离世俗。姱：通"跨"。遗身：遗忘自身的荣辱，即道家的"忘我"。[15] 慷慨：情绪激昂的样子。长啸：噘口吹出长音，即吹口哨。魏晋时期吹口哨是一种时尚。[16] 曜（yào）灵：太阳别名。俄：斜。景：即"影"。[17] 濛汜：传说中日落处。此连上句说，太阳将西落。[18] 踟蛛：即今"踟蹰"。步趾：漫步。[19] 激：发出。[20] 潜转：指声音在喉咙中转变作响。[21] 冲郁：强气流冲口而出。熛起：如火焰般兴起，指声音大作。[22] 黄宫：即黄钟吕，古乐十二律之一，声调最洪亮。清角：古五音之一，相当于现代乐谱中的"4"，其音哀婉。[23] 商羽：五音中的第二、五两个，相当于今天乐谱中的"2"和"6"的音。流徵（zhǐ）：流利的徵音。徵，五音中相当于今天乐谱里"5"的音。[24] 泰清：天的别称。此句说，啸声随游云在天空飘荡。[25]"集长风"句：啸声乘长风达万里之外。[26] 遗余玩：留下最值得玩味的余音。已：止。[27] 良：的确。至音：最高妙悦耳的音乐。[28] 丝竹：指弦乐器和管乐器奏出的声音。拟：相比。[29] 假器：借助乐器。[30] 用：感染作用。[31] 役心：使用心力。御气：控制气流。以上几句说，奏出乐调并使其发挥感染作用，无须借助器物，只要自己随心所欲控制气流就够了。[32] 发口：开口。[33] 触类感物：对所接触事物有感想。[34] 洿（wū）：指失去控制。[35] 沉：指微弱得听不见。此连上句说，声音高扬但不至于毫无控

制，声音低回但不至于微弱无闻。[36]清激：清彻激越。切：近乎。竽笙：两种乐器，此指其音。[37]优润：优美圆润。和：和谐。[38]收：收煞。《激楚》：古典名，音调清厉哀婉。哀荒：过度悲哀。[39]节：节制。《北里》：商纣王宫中舞曲名，为靡靡之音。奢淫：过分淫靡。此连上句说，啸声哀婉适度而不淫靡。[40]"济洪灾"句：在炎热干旱时，啸声使天降大雨。[41]"反亢阳"句：在浓云密雨时，啸声使太阳出现。[42]唱引：乐曲的引子，类似序曲。[43]曲用：曲调。无方：不总是一个。[44]怡怿（yì）：愉悦。[45]摧藏（zàng）：挫伤五脏。此连上句说，和谐轻快之音足以使人身心愉悦，悲切伤感之声足以使人脏腑摇动。[46]时：有时。幽散：深沉低回。[47]中：时而。矫厉：高扬激越。[48]徐婉约：指乐曲缓慢而婉转。优游：从容不迫。[49]纷繁骛（wù）：指乐音纷繁急疾。激扬：激越高亢。[50]反：即"返"。此句说，曲始有思物之情，曲终又回复平静。[51]包：包罗。八音：古代称金（钟）、石（磬）、丝（琴）、竹（笙竽）、匏（箫管）、土（埙）、革（鼓）、木（柷敔）八类乐器为八音。至和：最谐调的配合。[52]固：通"故"，所以。荒：放荡。[53]披：推开。文轩：装饰华美的车子。聘望：极目远望。此句说，掀开车幔远望。[54]喟（kuì）：叹息。抃（biàn）：两手相拍。抗首：昂头。[55]嘈：啸声。长引：拖长。憀亮：嘹亮。此连上句说，一边昂首吹出长音，一边击掌作为节拍。[56]或：时而。舒肆：舒缓。自反：自返，指声音转低。[57]徘徊：指轻音不绝。复放：指声音又转向高亢。[58]冉弱：和谐缠绵。柔挠：轻柔婉转。[59]彭濞（bì）：大水急流声。奔壮：奔放雄壮。此句说，有时啸声如大水奔流般表现出雄壮气势。[60]横：交错。郁鸣：强烈的响声。[61]冽：清冽。飘眇〔miǎo〕：声音悠长的样子。昶（chǎng）：长。此连上句说，浓重和轻清的啸音交替而响，或如水之滔漫，又如水之干涸：或如水的清冽，又如水的悠长。[62]逸气：俊迈的气魄。奋涌：喷薄而出。[63]缤纷：指啸声富于变化。此连上句说，超逸的情志随不断变化的啸声生动地表现出来。[64]列列：风声。[65]啾啾：啸声。此连上句说，啸声乘着大风扬于天空。

[66]胡马:匈奴的马。长思:深深的思念。[67]北朔:北方。《古诗十九首·行行重行行》有"胡马依北方,越鸟巢南枝"的句子,意思是马和鸟之类都有怀念故土之情。此连上句说,啸声可以抒发思乡情怀。[68]将雏:携带幼鸟。[69]因形创声:依不同的口形吹出不同的啸声。[70]随事造曲:据不同的事类奏出不同的曲律。[71]应物无穷:啸声可与所有物象相应和。[72]机发:像弩机发射般迅速。响速:如回声应和般快疾。[73]怫郁:指啸声抑郁。冲流:指啸声高扬。[74]参谭:声音连续的样子。云属(zhǔ):如云雾般相连缀。此连上句说,啸声或抑或扬,连续不断。[75]飞廉:传说中的风神。鼓:吹风。幽隧:幽深的风道。[76]"猛虎"句:《春秋元命苞》有云:"猛虎啸,谷风起,类相动也。"此连上句说,啸声如同飞廉鼓风,又似应和风声的猛虎咆哮。[77]南箕:星名,位在南方,移动则表明有风。穹苍:天空。[78]清飙:清风。乔木:高树。此连上句说,啸声感动了箕星,以致大树上清风吹拂。[79]散滞积:啸声能使滞积之气散发开来。播扬:散扬开去。[80]溷(hùn)浊:混浊。[81]崇岗:高岗。[82]陵景山:登上大山。[83]临岩侧:俯视山崖。[84]盘石:大石。[85]藉:坐于其上。皋兰:水边兰草。猗靡:随风飘动的样子。[86]修竹:长竹子。蝉蜎:美好的样子,今多作婵娟。[87]骆驿:即络绎。[88]舒:舒展。蓄思:积虑。悱(fěi)愤:忧思郁积。[89]奋:排解。[90]"心涤荡"句:《庄子·刻意》有云:"故(圣人)无天灾,无物累,无人非。"此句说,啸声冲刷了人世间一切烦累。[91]假象:借以为比。[92]拟则:比拟取法。此连上句说,啸声可与八音相比拟。[93]笳(jiā):乐器名。[94]硼磕(péng láng)、震隐:皆指声音大。[95]訇礚(hōng kài)、聊嘈(liáo cáo):皆指声音大。[96]"发徵"句:古人将五音配四季,徵属夏,因而说"隆冬熙蒸"。熙蒸:热气蒸腾。[97]"聘羽"句:羽属冬。涸:落。[98]"动商"句:商属秋。霖:雨。[99]"奏角"句:角属春。谷风:春风。鸣条:使树木枝条鸣响。以上四句说,啸歌奏出不同的曲调,呈现出不同季节的景象。[100]音均:即"音韵",音调和韵律。不恒:变化无定。[101]行而不流:行

进而不失控。[102]止而不滞：平稳而不凝滞。此连上句说，啸声迟速有度。[103]发扬：发出。[104]芳气：香气。这是对吹啸者气息的美称。远逝：指飘向远方。[105]要妙：细微曲折。流响：如水流动而响。[106]激曜（dí）：急疾快速。清厉：清朗高扬。[107]信：的确。极丽：指最美的声音。[108]羌：语助词。殊尤：特异。[109]《韶》：舜时名乐。《夏》：禹时名乐。《咸池》：尧时名乐。[110]徒：只，仅仅。取异：有别于。郑、卫：指郑、卫两国的俗乐。《礼记·乐记》有云："郑卫之音，乱世之音。"[111]绵驹：春秋时齐国歌唱家。结舌而丧精：失魂落魄以致不敢再唱。[112]王豹：齐国歌唱家。[113]虞公：齐国歌唱家。[114]宁子：指宁戚。据《吕氏春秋》载，宁戚在齐国喂牛，见景公，击牛角而歌，歌声打动了景公。检：通"敛"，收起。[115]钟期：即钟子期，楚国音乐家。[116]"孔父"句：据《论语·述而》载，孔子在齐国听到韶乐，三月不辨肉味。孔父，孔子。[117]抃足：顿足，指跳舞。[118]凤皇：即凤凰。来仪：飞来且有容仪。拊翼：拍翅膀。[119]至极：极妙。

【评点】

　　成公绥崇尚三国后期嵇康、阮籍等人提倡的"越名教而任自然"的玄学思想，《啸赋》正是对这一思想的生动解说。赋中人物"傲世忘荣，绝弃人事"，"慷慨而长啸"，却不借助任何身外之物。这种"啸""动唇有曲，发口成音"，而且"触类感物，因歌随吟"。它正是老庄哲学中听任自然、"无人非，无物累"思想的体现。反复运用对比手法是此赋最显著的艺术特色。如长啸跟一切乐器比较，突出了啸声变化无穷、表现灵活的特点；啸歌跟《韶》、《夏》、《咸池》等雅乐比较，突出了啸歌缤纷多彩、天然至美的特点。

鹪鹩赋 并序

张 华

【作者简介】

张华（232-300），字茂先，范阳方城（今河北固安南）人。以博洽著称于时。其诗文词藻华丽，被钟嵘评为"儿女情多，风云气少"。有的作品也表现了对时政的忧虑和感慨，并抒发其抱负。曾任中书令、司空等官，后被赵王司马伦和孙秀杀害。原有集，已散佚，后人辑有《张司空集》。另撰有《博物志》。

鹪鹩，小鸟也。生于蒿莱之间，长于藩篱之下，翔集寻常之内[1]，而生生之理足矣[2]。色浅体陋[3]，不为人用；形微处卑，物莫之害。繁滋族类[4]，乘居匹游[5]，翩翩然有以自乐也[6]。彼鹫、鹗、鹍、鸿、孔雀、翡翠，或凌赤霄之际[7]，或托绝垠之外[8]，翰举足以冲天[9]，觜距足以自卫[10]。然皆负赠婴缴[11]，羽毛入贡，何者？有用于人也。夫言有浅而可以托深[12]，类有微而可以喻大[13]，故赋之云尔。

何造化之多端兮[14]，播群形于万类[15]。惟鹪鹩之微禽兮，亦摄生而受气[16]。育翾翾之陋体[17]，无玄黄以自贵[18]。毛无施于器用，肉不登乎俎味[19]。鹰鹯过犹俄翼[20]，尚何惧于罿罻[21]！翳荟蒙茏[22]，是焉游集[23]。飞不飘飏[24]，翔不翕习[25]。其居易容，其求易给[26]：巢林不过一枝，每食不过数粒。栖无所滞[27]，游无所盘[28]。匪陋荆棘[29]，匪荣茞兰[30]。动翼而逸，投足而安。委命顺理[31]，与物无患[32]。伊兹禽之无知[33]，何处身之似智。不怀宝以贾害[34]，不饰表以

149

招累^[35]。静守约而不矜^[36]，动因循以简易^[37]。任自然以为资^[38]，无诱慕于世伪。

雕鹗介其觜距^[39]，鹄鹭轶于云际^[40]。鹍鸡窜于幽险，孔翠生乎遐裔^[41]。彼晨凫与归雁^[42]，又矫翼而增逝^[43]。咸美羽而丰肌，故无罪而皆毙。徒衔芦以避缴^[44]，终为戮于此世。苍鹰鸷而受绁^[45]，鹦鹉慧而入笼^[46]。屈猛志以服养^[47]，块幽絷于九重^[48]。变音声以顺旨^[49]，思摧翮而为庸^[50]。恋钟岱之林野^[51]，慕陇坻之高松^[52]。虽蒙幸于今日，未若畴昔之从容^[53]。海鸟鹢鹍^[54]，避风而至；条枝巨雀^[55]，逾岭自致。提挈万里^[56]，飘摇逼畏。夫惟体大妨物^[57]，而形瑰足玮也^[58]。

阴阳陶蒸^[59]，万品一区^[60]。巨细舛错，种繁类殊。鹪螟巢于蚊睫^[61]，大鹏弥乎天隅^[62]。将以上方不足而下比有余^[63]。普天壤以遐观^[64]，吾又安知大小之所如^[65]！

【注释】

[1]寻常：古代长度单位，八尺为寻，倍寻为常。[2]生生：安于性命之自然。[3]色浅：指毛色不华丽。[4]繁滋：繁衍滋生。[5]乘（shèng）：量词，为"四"的代称。匹：成双成对。[6]翩翩：自得的样子。[7]赤霄：红云，此指天空。[8]绝垠：极远之处。[9]翰：高飞。[10]觜（zuǐ）：鸟口。距：鸟爪。[11]负矰婴缴（zhuó）：身受箭伤。矰缴为一物二体，带丝绳于尾部的箭叫矰，系于箭尾的丝绳叫缴。负，遭受。婴，缠缚。[12]言有浅：浅的平实的话语。托深：寄托深刻的道理。[13]类有微：事物微小。喻大：说明大道理。[14]造化：指自然的创造化育。[15]播：分布。群形：各种形体。万类：所有物类。[16]摄生：获得生命。受气：禀受阴阳之气。[17]翾翻（xuān）：飞舞的样子。[18]玄黄：黑色与黄色。此指华丽色彩。[19]登：升，指放置。俎（zǔ）：祭祀时盛牛羊等祭品的礼器。[20]鹯（zhān）：猛鸟。俄翼：倾斜翅膀。[21]罝、罦（chōng wèi）：捕鸟网。[22]翳荟（huì）：草木繁茂的样子。[23]是焉：于此。[24]

飘飏：指高飞。[25]翕（xī）习：疾速的样子。[26]给（jǐ）：满足。[27]滞：阻滞。[28]盘：徘徊，留恋。[29]匪陋荆棘：不以身处荆棘为不光彩。[30]匪荣茝（chǎi）兰：不以身处茝草兰花中为荣耀。[31]委命：听任命运安排。顺理：依从自然规律。[32]与物：顺应他物。[33]伊：句首语助词。兹：此。[34]贾（gǔ）害：招惹灾祸。[35]招累：招致忧患。[36]守约：保持俭约。矜：自夸。[37]因循：遵循旧习惯不加改变。[38]资：依凭。[39]鹖（hé）：鸟名：似雉而大，青色，善斗。介：铠甲，此处指使坚硬。[40]轶：超过。此指穿越。云际：云间。[41]遐裔：遥远的地方。[42]晨凫：野鸭。常于早晨起飞，故名。[43]矫翼：展翅。增：通"层"，指高空。逝：离开，飞去。[44]徒：徒劳。衔芦：鸟飞行时常衔芦草以防箭绳缠束翅膀。[45]鸷：凶猛。受绁（xiè）：遭受绑缚。[46]惠：通"慧"，聪明。[47]服养：顺从驯养。[48]块：孤独。幽縶（zhí）：幽禁。九重（chóng）：指宫禁，古制天子所居有九道门。[49]变音声：指学人言语。顺旨：顺从主人旨意。[50]摧翮（hé）：折断翅膀。为庸：变得平庸。[51]钟：指钟山，即紫金山，在今南京市东。岱：泰山。[52]陇坻（dǐ）：即陇山，在今陕西陇县至甘肃平凉一带。[53]畴昔：先前。从容：安逸而自由自在。[54]爰居（yuán jū）：海鸟名。据《国语·鲁语》载，一爰居至鲁东门，展禽据此现象判断海上有灾，果然这年海上多大风。[55]条支：汉朝时西域地名。据《汉书·西域传》载，条支国临西海（今波斯湾），有大鸟。[56]提挈（qiè）：携带。[57]体大妨物：体大易妨害他物，指爰居身体易受风的冲激。[58]瑰（guī）：珍奇。玮（wěi）：珍异。此句说，条支巨雀形状奇特值得珍视。[59]陶蒸：陶冶。此句说，阴阳生成万物。[60]万品一区：一切物类处于同一自然界。[61]鹪螟：小虫名。[62]弥乎天隅：占满天的一角。[63]方：比较。[64]普天壤：整个天地之间。[65]退观：远望。[66]所如：所往、所归。此句说，不计较大小的区别。

【评点】

　　此赋是张华年轻时代的作品。作者目睹魏末及晋初复杂的政治斗争中名士罕能全身的现实，有感而作。以鹪鹩羽毛无色、身体丑陋、肉不堪食而幸免于祸比喻人的绝圣弃智，避患自保。这种思想虽有老、庄学说的影响，但说教意味不显。本篇托物言志，直承祢衡《鹦鹉赋》的余绪。但它把鹪鹩置于群体对比中观察，因而意境更为开阔，突破了以往赋作单陈一物的窠臼。语言质朴凝练，既无汉赋铺张堆砌之弊，也无刘宋以后苛求声律之病。

秋 兴 赋 并序

潘 岳

【作者简介】

潘岳（247-300），字安仁，荥阳中牟（今属河南）人。能诗赋，与陆机齐名。作品多美化当时统治集团和抒写伤春悲秋之情，文辞华靡。历任河阳令、给事黄门侍郎等职，原有集，已散佚，明人辑有《潘黄门集》。

晋十有四年[1]，余春秋三十有二，始见二毛[2]。以太尉掾兼虎贲中郎将[3]，寓直于散骑之省[4]。高阁连云，阳景罕曜[5]，珥蝉冕而袭纨绮之士[6]，此焉游处。仆野人也[7]，偃息不过茅屋茂林之下[8]，谈话不过农夫田父之客。摄官承乏[9]，猥厕朝列[10]，夙兴晏寝[11]，匪遑厎宁[12]，譬犹池鱼笼鸟，有江湖山薮之思。于是染翰操纸[13]，慨然而赋。于是秋也，故以"秋兴"命篇。辞曰：

四时忽其代序兮[14]，万物纷以回薄[15]。览花莳之时育兮[16]，察盛衰之所托[17]。感冬索而春敷兮[18]，嗟夏茂而秋落。虽末士之荣悴兮[19]，伊人情之美恶。善乎宋玉之言曰[20]："悲哉，秋之为气也！萧瑟兮草木摇落而变衰，憭栗兮若在远行[21]，登山临水送将归。"夫送归怀慕徒之恋兮[22]，远行有羁旅之愤，临川感流以叹逝兮，登山怀远而悼近[23]。彼四感之疚心兮[24]，遭一涂而难忍[25]。嗟秋日之可哀兮，谅无愁而不尽[26]。

野有归燕，隰有翔隼[27]。游氛朝兴，槁叶夕殒。于是乃

153

屏轻箑[28]。释纤绤[29],藉莞蒻[30],御袷衣[31]。庭树槭以洒落兮[32],劲风戾而吹帷[33]。蝉嘒嘒而寒吟兮[34],雁飘飘而南飞。天晃朗以弥高兮[35],日悠阳而浸微[36]。何微阳之短晷[37],觉凉夜之方永[38]。月朣胧以含光兮[39],露凄清以凝冷。熠耀粲于阶闼兮[40],蟋蟀鸣乎轩屏[41]。听离鸿之晨吟兮,望流火之余景[42]。宵耿介而不寐兮[43],独展转于华省[44]。

悟时岁之遒尽兮[45],慨俛首而自省。斑鬓髟以承弁兮[46],素发飒以垂领[47]。仰群俊之逸轨兮[48],攀云汉以游骋。登春台之熙熙兮[49],珥金貂之炯炯[50]。苟趣舍之殊涂兮[51],庸讵识其躁静[52]。闻至人之休风兮[53],齐天地于一指[54]。彼知安而忘危兮,故出生而入死。行投趾于容迹兮[55],殆不践而获底[56]。阙侧足以及泉兮[57],虽猴猿而不履[58]。龟祀骨于宗祧兮[59],思反身于绿水[60]。且敛衽以归来兮[61],忽投绂以高厉[62]。耕东皋之沃壤兮[63],输黍稷之余税[64]。泉涌湍于石间兮,菊扬芳于崖澨[65]。澡秋水之涓涓兮[66],玩游鯈之潎潎[67]。逍遥乎山川之阿[68],放旷乎人间之世。优哉游哉[69],聊以卒岁[70]。

【注释】

[1]晋十有四年:指晋武帝咸宁四年(273)。[2]二毛:头发黑白夹杂。[3]太尉掾(yuàn):太尉的副官。虎贲(bēn)中郎将:帝王行宫或营帐的卫队首领。[4]寓直:寄值。潘岳以虎贲中郎将的身份隶属散骑省当班,所以说"寓直"。散骑之省:侍从皇帝左右,掌规谏的部门。[5]阳景(yǐng):日光。罕曜(yào):很少照射到。[6]珥(ěr):戴。蝉冕:汉代时侍从官员之冠以貂尾蝉纹为饰,后遂用为显贵者的通称。袭:穿。纨绮:绢绸衣服,代指富贵人家的子弟。[7]仆:自谦称呼。野人:乡野俗人。[8]偃息:卧息,指居住。[9]摄官承乏:在任官吏的谦语,意思是,人才缺乏,自己只好承担职务充数。[10]猥:谦词,相当于"辱"。厕朝列:置身于朝臣的行列。[11]夙兴晏

寝：起得早，睡得晚。[12]匪遑：无暇。厎（zhǐ）：致，得到。[13]染翰：指以笔醮墨。[14]四时：春、夏、秋、冬。忽：迅疾的样子。代序：次序更替。[15]回薄：指万物的生长与凋谢反复更替。[16]览：观察。莳（shì）：栽种。时育：按时令生长。[17]：察：明白，察觉。[18]冬索：冬季万物凋散殆尽。春敷：春季百卉四处布生。以上几句感叹时光短暂。[19]末士：士大夫中官位低卑者。荣悴：指政治上的得志和失意。[20]宋玉之言：指《九辩》。[21]憭（liáo）栗：伤心的样子。[22]徒之恋：即徒恋之，徒劳地留恋。[23]悼：感伤。[24]四感：封建士大夫宣扬养生处世应奉行忍、默、平、直四条原则，违背即有痛苦，所以叫"四感"。疚心：内心痛苦。[25]遭：遇。一涂：一次厄运。涂，堵塞，坎坷。[26]谅：的确。此句说，即便无愁而哀伤不尽。[27]隼（sǔn）：鸟名，凶猛善飞。[28]屏：通"摒"，放弃。箑（shà）：扇子。[29]纤绤（chī）：一种用葛纤维织成的细布。[30]藉（jiè）：铺上。莞（guān）：草名，此处指席子。蒻（ruò）：草名，此处亦指席子。[31]御：等于说"穿"。袷（jiá）：夹衣。[32]槭（sè）：树枝无叶的样子。[33]戾（lì）：猛烈。[34]嘒（huì）嘒：蝉鸣声。[35]晃朗：明亮的样子。[36]悠阳：太阳将落的样子。浸微：日光越来越微弱。[37]晷（guǐ）：时光。[38]方永：正长。此连上句说，就连阳光微弱的时间也很短促，只觉寒冷的秋夜漫长。[39]朣胧（tóng lóng）：似明不明的样子。含光：月光不够明亮如物之含而未吐，光亮没有完全散出。[40]熠耀（yì yào）：指萤火虫。粲：明亮的样子。闼（tà）：门。[41]轩屏：堂前屏风。[42]流火：流，指下行。火，指大火星，即心宿。夏历六月黄昏时，心宿出现于南方，方向最正，位置最高。到了七月，就偏西向下了。余景：余光。[43]耿介：烦躁不安的样子。[44]华（huá）省：职务亲贵的官署。此指散骑省。[45]逌：临近。[46]髟（biāo）：鬓发下垂的样子。弁：用皮革做成的帽子。[47]飒：衰落。[48]群俊：指众多的官僚。逸轨：超逸的行迹，指仕途得意。[49]春台：登眺游玩的胜处。熙熙：人多的样子。[50]金貂：金珰和貂尾。汉、唐时代侍中，中常侍冠上的两种饰物，后用以指代亲贵者。炯炯：明亮的样子。[51]趣舍：进与退。趣，通"趋"。殊涂：异路。涂，通"途"。[52]庸讵(jù)：难道，反问副词。躁静：急躁与安静。《老子》有云："重为轻根，静为躁君。"此连上句说，自己处世态度不同于达官贵人，以稳重宁静为要。[53]至人：道家指对人生悟彻的人。休风：美好风范。[54]"齐天地"句：《庄子·齐物论》云："天地一指也，万物一马也。"意思是，天地同是一个概念，万物都如一匹马。这是庄子否定事物对立性的主观唯心主义思想。此连上句说，要学习至人淡视荣辱贵贱的风范。[55]投趾：置足。容迹：仅能容纳一脚之地。[56]殆：近处。不践：不踩踏。厎：通"坻(zhǐ)"，达到。[57]阙：通"掘"。侧足：足附近之地。及泉：指挖掘很深。[58]履：走。以上几句说，人行走虽然不过容脚之地，但若以为足外之地无用而挖去，那么即使敏捷的猴猿也不敢走过去。这是庄子"无用之用"的观点，意思是显贵与低贱相同。[59]宗祧(tiāo)：宗庙。[60]反：通"返"。《庄子·秋水》载，庄子在濮水垂钓，楚王派人往聘。庄子问来人说，神龟愿意死去而留骨于庙堂之上求得尊贵呢，还是愿意活着而身处泥水之中。回答是后者。庄子说，他愿意仿效之。此连上句说，与其求贵遭险，不如处低自由。[61]敛衽：提起衣襟。归来：辞官归家。[62]投绂(fú)：解下系印的带子，指辞官。高厉：走向高处，指归隐。[63]东皋：泛指田野。[64]输：缴纳。税：租。[65]澨(shì)：水涯。[66]澡：洗。涓涓：水流的样子。[67]玩：观赏。儵(yóu)：鱼名，又称苍条鱼。据《庄子·秋水》载，庄子与惠子游于濠水大堤上，见有儵鱼出游，庄子说："那是鱼的快乐。"潎(pì)潎：游动的样子。[68]阿(ē)：大山。[69]优哉游哉：自得的样子。[70]卒岁：度完时日。

【评点】
　　此赋写作者仕途不得志的怨愤与自我安慰。前端叙述时序变易引起的人情感触：自己虽然已近中年，二毛已见，但官滞难迁，因而悲秋之感强烈。后端抒写自己不屑与高官显宦为伍，与其居高遭险，不如效法庄子"逍遥乎山川，放旷乎人间"的行为，归家闲居。从作者实际看，这种出世思想与其生平行事相背。赋的意境清新高远，行文自然流畅，用典浅近贴切，写景细腻生动，其中"庭树槭以洒落兮"至"望流火之余景"一段颇为后人称诵。

叹 逝 赋 并序

陆 机

【作者简介】

陆机（261-303），字士衡，吴郡吴县华亭（今上海市松江）人。出身于吴国世家大族，十三岁即任牙门将统兵。吴亡后，闭门勤学。太康末年与弟陆云同至洛阳，文才倾动一时，时称"二陆"。历任内史、祭酒、著作郎等职。晋惠帝太安初年，为成都王司马颖出征，兵败受谗被杀。其诗、赋、骈文均有佳作，其中《文赋》为古代重要的文学理论著作。原有集，已散佚，后人辑有《陆士衡集》。

昔每闻长老追计平生同时亲故[1]，或凋落已尽[2]，或仅有存者。余年方四十，而懿亲戚属亡多存寡[3]，昵交密友亦不半在[4]。或所曾共游一涂[5]，同宴一室，十年之外，索然已尽[6]。以是思哀，哀可知矣。乃作赋曰：

伊天地之运流[7]，纷升降而相袭[8]。日望空以骏驱[9]，节循虚而警立[10]。嗟人生之短期，孰长年之能执[11]？时飘忽其不再[12]，老晼晚其将及[13]。怼琼蕊之无征[14]，恨朝霞之难挹[15]。望汤谷以企予[16]，惜此景之屡戢[17]。悲夫，川阅水以成川[18]，水滔滔而日度[19]；世阅人而为世，人冉冉而行暮[20]。人何世而弗新[21]，世何人之能故[22]？野每春其必华，草无朝而遗露[23]。经终古而常然[24]，率品物其如素[25]。譬日及之在条[26]，恒虽尽而弗寤[27]。虽不寤其可悲，心惆焉而自伤[28]。亮造化之若兹[29]，吾安取夫久长！

痛灵根之夙陨[30]，怨具尔之多丧[31]。悼堂构之颓瘁[32]，愍城阙之丘荒[33]。亲弥懿其已逝[34]，交何戚而不忘[35]？咨余今之方殆[36]，何视天之芒芒[37]？伤怀悽其多念，戚貌瘁而鲜欢[38]。幽情发而成绪[39]，滞思叩而兴端[40]。惨此世之无乐，咏在昔而为言[41]。

居充堂而衍宇[42]，行连驾而比轩[43]；弥年时其讵几[44]，夫何往而不残[45]？或冥邈而既尽，或寥廓而仅半[46]。信松茂而柏悦[47]，嗟芝焚而蕙叹[48]。苟性命之弗殊，岂同波而异澜。瞻前轨之既覆[49]，知此路之良难[50]。启四体之深悼[51]，惧兹形之将然[52]。毒娱情之寡方[53]，怨感目之多颜[54]。谅多颜之感目，神何适而获怡[55]。寻平生于响象[56]，览前物而怀之[57]。步寒林以凄恻，玩春翘而有思[58]。触万类以生悲[59]，叹同节而异时。年弥往而念广[60]，涂薄暮而意迮[61]。亲落落而日稀[62]，友靡靡而愈索[63]。顾旧要于遗存[64]，得十一于千百[65]。乐隤心其如忘[66]，哀缘情而来宅。托末契于后生[67]，余将老而为客[68]。

然后弭节安怀[69]，妙思天造[70]，精浮神沦[71]，忽在世表[72]。寤大暮之同寐[73]，何矜晚以怨早[74]。指彼日之方除[75]，岂兹情之足搅[76]。感秋华于衰木，瘁零落于丰草[77]。在殷忧而弗违[78]，夫何云乎识道[79]！将颐天地之大德[80]，遗圣人之洪宝[81]，解心累于末迹[82]，聊优游以娱老[83]。

【注释】

［1］长老：年高者的通称。追计：追忆。平生：平时，平素。亲故：朋友。［2］凋落：指逝世。［3］懿亲：至亲。戚属：亲属。［4］昵交：交往深笃者。不半在：在世的不到一半。［5］所：语助词。涂：通"途"。［6］索然：尽的样子。［7］运流：运动。［8］纷：不定的样子。升降：指变化。《礼记·月令》："天气下降，地气上腾，而百化兴焉。"袭：继续。［9］骏驱：如骏马奔驰，指时间迅速。［10］节：时令。循虚：随着虚宿的转动。虚宿，二十八宿之一，又名玄枵，颛顼

之虚、北陆,为北方玄武之第四宿。有二星,今立秋节于正二刻一分的中星。警立:迅速出现,指时节推移很快。[11]长年:长生不老。执:保持。[12]飘忽:快疾的样子。不再:一去不返。[13]晼(wǎn)晚:日将暮,喻年迈。[14]憝(duì):怨恨。琼蕊:传说中琼树的花蕊,似玉屑,食之长生不老。无征:不灵验。[15]挹(yì):牵制,留住。此连上句说,时光无法挽留,即使服食灵丹妙药也无法抗拒迟暮之至。[16]汤谷:传说日出日落之处。企予:使自己脚跟踮起,指盼望心切,以至翘首企足。[17]惜:痛惜。景:影,时光。戢(jí):收藏。此连上句说,我渴望日光永驻,但无奈昼夜更替如故。[18]阅:汇集。[19]日度:每天流淌。[20]冉冉:渐渐。行暮:走向暮年。[21]新:更新。[22]故:保持原状,指永远年轻。[23]遗露:留下露水。此句说,露之在草,无一朝不干,喻人之在世,无一时而能故。[24]终古:久远。[25]率:大率,一般。品物:各种事物。如素:如故。[26]日及:木槿之别名,其花晨开暮谢。[27]寤:明白。此连上句说,人生的短促如同日及,虽至于尽也难以明白其中道理。[28]惆:惆怅。伤:感伤。[29]亮:通"谅",的确。造化:自然规律。[30]灵根:木根,指祖考。凤陨:早逝。[31]具尔:指兄弟。《诗经·大雅·行苇》有云:"戚戚兄弟,莫远具尔。"[32]堂构:堂基屋宇。颓瘁:坍塌,圮毁。[33]愍:哀怜。丘荒:废墟,荒地。[34]亲:亲人。弥懿:十分美好。[35]交:交往,朋友。戚:忧伤。[36]咨:叹词。方殆:将要遇到危殆,指将逝。[37]芒芒:昏愦不明。[38]貌瘁:面容黄瘦。[39]幽情:郁积之情。发:表现在外。[40]叩:通"扣",凝积。此连上句说,内心的悲伤之情千头万绪。[41]在昔:往昔,从前。[42]充堂:东西充满庭堂。衍宇:物品堆满屋宇。[43]连驾:车驾相连。比轩:车栏杆相比。[44]弥年:临终之年。讵:曾,竟。[45]残:毁坏。以上四句说,虽财宝充栋,车驾如云,但无不随着时光流逝而毁弃。[46]寥廓:空旷。[47]信:的确。松茂而柏悦:喻朋友亲人健在则自己欢喜。[48]芝焚而蕙叹:喻指亲朋至友逝世则自己哀伤。[49]前轨:前面的车子,指先逝者。[50]此路:指死亡之路。[51]启：通"晵"，视。启四体指将死。据《论语·泰伯》载，曾子有病，把他的学生召来说："启予足，启予手。"[52]兹形：指自身。[53]毒：恨。娱情：使心情欢乐。寡方：缺少办法。[54]感目：眼睛所看到的。多颜：指死去的人很多。怀念死去的人，想起的多是其颜面，所以说"多颜"。[55]神何适：精神寄托在哪里。获怡：得到快乐。[56]寻：寻思。响象：音容笑貌。[57]前物：指逝者之物。[58]玩：赏。春翘：春天茂盛的万物。[59]万类：一切事物。[60]弥往：长往，不停地留逝。[61]途：指人生之路。薄暮：指晚年。意迮（zuò）：怀念之情迫切。[62]落落：稀少的样子。[63]靡靡：将尽的样子。[64]顾：回想。旧要：往日与朋友的约定。遗存：遗物。[65]得：指实现。十一：十分之一，意思是很少。[66]隤：通"遗"，遗失。[67]末契：小小心愿。[68]老而为客：将要老死的委婉说法。《古诗十九首》："人生天地间，忽如远行客。"[69]弭节：停车，此指结束人生途程。安怀：心内安宁。[70]天造：自然生成。[71]精浮神沦：精神时而高涨，时而平静。[72]世表：人世以外。[73]大暮：长夜，指永离人世。寐：指死。[74]矜：夸耀。晚：指死得迟。[75]日之方除：时光正在逝去。[76]搅：扰乱。此连上句说，既已寤明生死之理，虽时光逝去，死日渐近，也不会扰乱我的情怀。[77]瘁：忧伤。[78]殷忧：深深的忧愁。违：离开。[79]识道：悟透玄妙之理。此连上句说，若长久沉沦于忧愁，则不能了悟大道。[80]颐：保养。天地之大德：指生命。[81]遗：抛弃。圣人之洪宝：指权位。《周易·系辞下》有云："天地之大德曰生，圣人之大宝曰位。"此连上句说，将淡视名利而颐养天年。[82]心累：内心的负担，指功名。末迹：末路，指年老。[83]优游：悠闲自得。

【评点】

此赋系陆机逝世前三年所作。其时八王之乱开始，作者深受世变惊扰，颇觉前途无望，同时目睹亲朋故友纷纷谢世，于是方感日月流逝之速，及人世过往之疾，因以"叹逝"为题而赋，借以表达自己意欲隐退优游娱老的思想。赋的开头感叹万物变化无常，中间痛悼亡亲故友，结尾表明归隐意向。无论是言情还是体物，大都直接抒写，因而赋中物状和感情都很明显。和同期文人赋作相比，用典少而明了，读来质朴流畅。赋中对逝者的悼念凄婉动人，有往复回环的悲伤抑郁之情，而无行文上的雷同重叠之感。

游天台山赋 并序

孙 绰

【作者简介】

孙绰（314—371），字兴公，太原中都（今山西平遥西北）人。年轻时喜欢隐居，以文才名于当时，一度成为玄言诗的代表人物。辞赋、散文也有一定影响。官至廷尉卿。原有集，已散佚，明人辑有《孙廷尉集》。

天台山者，盖山岳之神秀者也[1]。涉海则有方丈、蓬莱[2]，登陆则有四明、天台[3]，皆玄圣之所游化[4]，灵仙之所窟宅[5]。夫其峻极之状[6]，嘉祥之美[7]，穷山海之瑰富[8]，尽人神之壮丽矣。所以不列于五岳，阙载于常典者[9]，岂不以所立冥奥[10]，其路幽迥[11]？或倒景于重溟[12]，或匿峰于千岭[13]。始经魑魅之途[14]，卒践无人之境[15]；举世罕能登陟[16]，王者莫由禋祀[17]。故事绝于常篇，名标于奇纪[18]。然图象之兴[19]，岂虚也哉！非夫遗世玩道[20]，绝粒茹芝者[21]，乌能轻举而宅之[22]？非夫远寄冥搜[23]，笃信通神者[24]，何肯遥想而存之[25]？余所以驰神运思[26]，昼咏宵兴[27]，俯仰之间[28]，若已再升者也[29]。方解缨络[30]，永托兹岭[31]，不任吟想之至[32]，聊奋藻以散怀[33]。

太虚辽廓而无阂[34]，运自然之妙有[35]，融而为川渎[36]，结而为山阜[37]。嗟台岳之所奇挺[38]，寔神明之所扶持[39]。荫牛宿以曜峰[40]，托灵越以正基[41]。结根弥于华岱[42]，直指高于九疑[43]。应配天于唐典[44]，齐峻极于周诗[45]。

163

邈彼绝域[46]，幽邃窈窕[47]。近智以守见而不之[48]，之者以路绝而莫晓[49]。哂夏虫之疑冰[50]，整轻翮而思矫[51]。理无隐而不彰[52]，启二奇以示兆[53]。赤城霞起而建标[54]，瀑布飞流以界道[55]。

睹灵验而遂徂[56]，忽乎吾之将行[57]。仍羽人于丹丘[58]，寻不死之福庭[59]。苟台岭之可攀[60]，亦何羡于层城[61]。释域中之常恋[62]，畅超然之高情[63]。被毛褐之森森[64]，振金策之铃铃[65]。披荒榛之蒙茏[66]，陟峭崿之峥嵘[67]。济楢溪而直进[68]，落五界而迅征[69]。跨穹隆之悬磴[70]，临万丈之绝冥[71]。践莓苔之滑石[72]，搏壁立之翠屏[73]。揽樛木之长萝[74]，援葛藟之飞茎[75]。虽一冒于垂堂[76]，乃永存乎长生[77]。必契诚于幽昧[78]，履重险而逾平[79]。既克隮于九折[80]，路威夷而修通[81]。恣心目之寥朗[82]，任缓步之从容[83]。藉萋萋之纤草[84]，荫落落之长松[85]。觌翔鸾之裔裔[86]，听鸣凤之嗈嗈[87]。过灵溪而一濯[88]，疏烦想于心胸[89]。荡遗尘于旋流[90]，发五盖之游蒙[91]。追羲农之绝轨[92]，蹑二老之玄踪[93]。

陟降信宿[94]，迄于仙都[95]。双阙云竦以夹路[96]，琼台中天而悬居[97]。朱阙玲珑于林间[98]，玉堂阴映于高隅[99]。彤云斐亹以翼棂[100]，暾日炯晃于绮疏[101]。八桂森挺以凌霜[102]，五芝含秀而晨敷[103]。惠风伫芳于阳林[104]，醴泉涌溜于阴渠[105]。建木灭景于千寻[106]，琪树璀璨而垂珠[107]。王乔控鹤以冲天[108]，应真飞锡以蹑虚[109]。骋神变之挥霍[110]，忽出有而入无[111]。

于是游览既周[112]，体静心闲[113]。害马已去[114]，世事都捐[115]。投刃皆虚[116]，目牛无全[117]。凝思幽岩[118]，朗咏长川[119]。尔乃羲和亭午[120]，游气高褰[121]。法鼓琅以振响[122]，众香馥以扬烟[123]。肆觐天宗[124]，爰集通仙[125]。挹以玄玉之膏[126]，嗽以华池之泉[127]。散以象外之说[128]，畅以无生之篇[129]。悟遣有之不尽[130]，觉涉无之有间[131]。泯色空以合迹[132]，忽即有而得玄[133]。释二名之同出[134]，消一无于三幡[135]。恣语乐以终日[136]，等寂默于不言[137]。浑万象以冥观[138]，兀同体于自然[139]。

【注释】

[1]神秀：奇异。[2]方丈、蓬莱：传说中大海中的仙山。[3]四明：山名，在浙江宁波境内。天台：即天台山，在今浙江天台和临海两县境。[4]玄圣：得道而不愿做官的人。游化：游憩逝世。[5]窟宅：居住。这几句说，天台山跟海上和陆地的其他名山一样，都是神仙来往之所。[6]峻极：高到极点。[7]嘉祥：嘉善吉祥。[8]穷：包揽无余。瑰（guī）富：众多的珍奇宝物。[9]阙载：没有记载。常典：一般典籍。[10]立：指坐落。冥奥：深幽。[11]迥（jiǒng）：遥远。[12]或：山的有些部分。景：即影。重溟：大海。[13]千岭：崇山峻岭。此连上句说，天台山有的部分临近大海，有的部分处于深山。[14]魑魅（chī mèi）：传说山林中害人的妖怪。[15]卒：后来。践：踏。此连上句说，欲登天台山，须经险要荒凉之途。[16]陟（zhì）：登。[17]王者：称王的人。莫由：无从。禋（yīn）祀：祭祀。[18]标：写，记载。奇纪：少见的书。[19]图象：指天台山的图画。兴：描绘。[20]遗世玩道：抛弃世俗事务，潜心道术。[21]绝粒茹芝：不吃米粮而吃芝草。[22]乌能：怎么能够。轻举：飞升。宅：住。[23]远寄冥搜：寄情高远，搜访幽冥。[24]笃信通神：虔诚忠实，感通神灵。[25]存之：认为它存在。[26]所以：因此。驰神运思：驱使精神，反复思虑。[27]昼咏宵兴：白天吟咏，晚上不眠。[28]俯仰：一低头一抬头，此指很短时间。[29]再升：飞升两次。[30]方：将要。缨络：缠绕，喻缠身琐务。[31]托：委身。兹：此。[32]不任：不禁。吟想：一边吟咏，一边想念。[33]聊：姑且。奋藻：奋发词藻，指写作。散怀：指舒解思虑之心。[34]太虚：宇宙。阂（hé）：阻碍。[35]妙有：道家术语。道家认为，宇宙万物皆由无至有，这中间的奇

妙的道理，所以叫妙有。此连上句说，宇宙本来空阔无物，只是自然的妙有运动起来之后才有万物。[36]川渎（dú）：河流。[37]阜（fǔ）：山陵。[38]嗟：语助词。台岳：天台山。奇挺：非常高大。[39]寔（shí）：实在。[40]牛宿（xiù）：牵牛星。天台山在越地，属于牵牛星的分野。曜（yào）：照亮。[41]灵越：灵秀的越地。正基：使山基端正。此连上句说，天台山上有牵牛星照映，下有灵秀的越地为基础。[42]结根：形成的山根。弥：宽广。华岱：华山和泰山。[43]直指：向上挺出。九疑。九嶷山，在今湖南宁远县境。此连上句说，天台山的根基比华山、泰山还广，高度比九嶷山还高。[44]配天：祭天时以之配享。唐典：《左传》有云："周史谓陈侯曰：'姜，大岳之后也。'杜预注："姜姓之先，为尧四岳，故曰唐典也。"此句说，天台山据唐尧的制度有配天资格。[45]周诗：指《诗经·大雅·嵩高》篇，其有云："嵩高维岳，峻极于山。"此句说，天台山与周诗所说的"峻极"相齐等。[46]邈（miǎo）：远。绝域：极远的地方。[47]邃：深远。窈窕：幽远。此连上句说，天台山很远。[48]近智：见识短浅之人。守见：固守偏见。之：前往。[49]莫晓：不了解。[50]哂（shěn）：耻笑。此句说，夏天的虫子怀疑冬天有冰，真是可笑。[51]翮（hé）：鸟的翅膀。传说神仙乘鸟而行，所以叫"轻翮"。矫：起飞。此句说，自己将学鸟整翅飞往天台山。[52]彰：揭示。此句说，事理没有隐晦到不能揭示的。[53]启：分析。二奇：指下两句中的赤诚和瀑布。示兆：显示迹象。[54]赤城：山名，位于天台山南口，色赤如霞，故称。此句说，赤城山的红色就是树立的标志。[55]瀑布：山名，天台山的西南峰，上有飞瀑，故称。界道：划出界限。此句说，飞泻的瀑布在青山上划出了一条白线。[56]灵验：指上文的"二奇"。徂（cú）：前往。[57]忽乎：迅速的样子。此连上句说，既已看到了作为标志的两个奇观，我将快速前去。[58]仍：跟随。羽人：指仙人，言其有翅能飞。丹丘：传说中昼夜常明的仙山。[59]福庭：福地。此连上句说，跟随神人去仙山寻求长生之地。[60]苟：如果。台岭：指天台山。[61]层城：传说中昆仑山上神仙居处。[62]释：解脱。域中：指尘世。常恋：

经常顾惜的事物。[63]畅：通畅。高情：高雅情趣。[64]被：披。毛褐：羽毛制成的衣服。森森：毛茸茸的样子。[65]振：挥动。金策：指锡杖。铃铃：锡杖摇动的响声。[66]披：推开。荒榛：丛林。蒙茏：稠密的样子。[67]峭崿：峭壁。峥嵘：高峻的样子。[68]楢（yóu）溪：登天台山必经的溪水。[69]落：邪行。五界，天台山上的地名。迅征：急速前行。此句说，邪行经五界地方而后快速行进。[70]穹隆：高起成拱形的样子。悬磴：高险的石桥。[71]绝冥：深涧。[72]莓（méi）苔：青苔。滑石：因石上有苔草而滑。[73]搏：抓。翠屏：长着莓苔的石屏风。[74]樛（jiū）木：向下弯曲的树。萝：缠绕树上的藤蔓。[75]援：牵拉。葛藟：葛与藟，两种蔓生植物。飞茎：悬空的藤。[76]冒：冒险。垂堂：堂屋檐下，因檐瓦落下可能伤人，比喻危险境地。《史记·司马相如传》："故鄙谚曰：'家累千金，坐不垂堂。'"[77]乃：就。乎：语助词。[78]契：投合。幽昧：指道，道家认为玄理幽冥晦昧。[79]履：经历。重险：重重危险。逾：更加。此连上句说，如果投合诚心，与神明之道结合，即使足历险境也如走坦途。[80]陟（jī）：登上。九折：指多曲折之路。[81]威夷：即逶迤，曲折而延续不绝的样子。修：长。此连上句说，如能走过艰险曲折的路途，再向前就变得越来越通畅了。[82]恣：听任。心目之寥朗：即心寥目朗，亦即心虚目明。[83]任：任凭。此连上句说，随心而想，随目而视，任凭缓步从容而行。[84]藉：坐着。萋萋（qī）：草柔美的样子。[85]荫（yìn）：遮盖。落落：高大的样子。[86]觌（dí）：看见。翯翯：飞动的样子。[87]噰噰（yōng）：和谐的鸣叫声。[88]灵溪：天台山的一条溪流。濯（zhuó）：洗。[89]疏：除去。烦想：烦俗之想。[90]荡：洗涤。遗尘：未尽的尘俗。旋流：深渊。[91]发：打发，此指抛弃。五盖：佛家语，据《大智度论》载，五盖指贪欲、瞋恚（huì）、睡眠、调戏、疑悔五种障盖人心的俗念。游蒙：虚假的遮蔽物。[92]羲农：伏羲和神农。绝轨：未延续下来的行为规范。古人认为，羲农时代生活自由无拘。[93]蹑：踩。二老：老子和老莱子，皆道家先驱、立言人。传说老莱子是位长寿者。玄踪：玄妙的踪迹。此连上句说，要追寻上古羲农和二老玄妙的行踪，求得自在和长寿的幸福。〔94〕信：住两夜。宿：住一夜。〔95〕迄：至。仙都：神仙聚居处。此连上句说，上下攀登数昼夜方才到达仙人所在地。〔96〕双阙：天台山上的峰名，因两半相向而立，中间有路，故名。〔97〕琼台：天台山上的峰名，跟双阙山对立。中天而悬居：高入天半，如悬挂空中。〔98〕玲珑：光彩明亮。〔99〕阴映：暗处的亮光。隅：角落。此句说，因玉堂居山角之高处，幽邃深远，所以光亮似在暗处。〔100〕彤云：红霞。斐亹（fěi wěi）：有文彩而美丽。翼栊：如同使窗栊长上了翅翼。〔101〕皎（jiǎo）：明亮。炯晃：光明。绮疏：有装饰花纹的窗孔。此句说，明亮的日光照射窗户。〔102〕八桂：指桂树林。《山海经·海内南经》说："桂林八树，在番隅东。"八棵树成林，说明树大。后遂以八桂代指桂树。森挺：稠密而立。凌霜：傲凌严霜。〔103〕五芝：五种灵芝草，即赤芝、黄芝、白芝、黑芝、紫芝。含秀、含苞。敷：敷布，此指开花。〔104〕惠风：柔和之风。伫芳：积藏着香气。阳林：山南的树林。〔105〕醴泉：甜美之水。涌溜：腾涌流淌。阴渠：山北的水渠。〔106〕建木：传说中神人上下的树，此树居于天地的正中，正午时没有影子。景：即影。此句说，建木高至千寻，日照不见影子。〔107〕琪树：传说中的玉树。璀璨：光彩夺目。〔108〕王乔：又称王子乔，传说中的仙人。控：控制，此指驾驭。〔109〕应真：得真道的人，佛家叫做罗汉。飞锡：舞支锡杖。蹑虚：来往于太空。〔110〕骋：尽情施展。神奇：奇异的变化。挥霍：轻捷迅疾的样子。〔111〕忽：快速。有：道家指心思困扰于俗事。无：道家指忘记一切俗务，顺应自然。〔112〕周：周遍。〔113〕体静心闲：指超然物外，彻底解脱，无杂念俗事扰乱，因而身心安闲。〔114〕害马：比喻嗜欲。据《庄子·徐无鬼》载，黄帝向牧马童子请教治理天下的道理，童子答道："夫为天下者，亦奚以异乎牧马者哉！亦去其害马者而已矣。"〔115〕世事：世间俗事。捐：抛弃。〔116〕刃：指刀。〔117〕目：视。全：完整。此连上句袭用《庄子·养生主》寓言。寓言说一个善于宰牛的人，技术纯熟，可以透过牛体表面看到骨节间隙，刀入牛体后正中骨缝，游刃无碍，眼睛所见只是骨骼而非浑全牛体。这两句意是，自己得道至妙，就如同宰夫那样无所滞碍，自由自在。[118]凝思：集中思想。[119]朗咏：高声歌唱。[120]羲和：传说为太阳驾车的神灵，此代指太阳。亭午：正午。[121]游气：云气。褰（qiān）：散开。[122]法鼓：法众活动时用以指挥的鼓。琅：即琅琅，敲鼓的声音。[123]众香：《法华经》中众名香的省称，祭祀或诵经时插于炉中供烧的芳香气味。馥：香味。[124]肆：遂，于是。觐：朝见。天宗：即天尊，指太上老君。[125]爰：接着，然后。通仙：灵通的仙人。[126]挹（yì）：舀取。玄玉之膏：黑色玉石所成的膏。[127]华池：传说中昆仑山上的神池。[128]散：启发。象外之说：物象以外的学说，指道。[129]畅：解释。无生之篇：指佛经。[130]悟：发觉。[131]间：距离，差距。[132]泯：消除。色空：佛教观念，色指实物：即有；空指虚空，即无。实物皆因缘而生，本固有，所以色空原为一体。合迹：合而为一。[133]即有：凭借有。此连上句说，将色空合而为一，就可以从有中得到玄妙之道。[134]释：明白。二名：指有和无。[135]三幡：佛教用语，即色、空、观。佛家认为，三幡同归于无。[136]恣语：尽情地谈论。[137]等：等同。此连上句说，随意论道终日，乐趣无穷，却如同默不作声一样。[138]浑：杂合。万象：万物。冥观：深入观察。[139]兀（wù）：茫然一体的样子。此连上句说，把万物混同观察，就会感到己身同自然融为一体了。

【评点】

　　此赋为孙绰任永嘉太守时所作。当时士族阶层中清谈玄理之风兴盛，佛教义理的兴起更将玄学推到了一个新的高度。此赋即表现了作者崇尚老庄超然物外、释家色空如一的思想和追求恬静生活的心境。前半部分写作赋缘由及天台山的壮景，其中"赤城霞起而建标，瀑布飞流以界道"等句成为后世文人常常引述和化用的名句。后半部分纯写仙境，道、佛观点并出。这种融仙佛思想与山水题材为一体的写法为谢灵运的山水诗指了门径，王维、李白等人的作品也有由此折射的影子。

闲 情 赋 并序

陶渊明

【作者简介】

陶渊明（365-427），一名潜，字元亮，私谥靖节，浔阳柴桑（今江西省九江市西南）人。出身于没落的士族家庭。曾任江州祭酒、镇军参军、彭泽令等职，不久即辞官归隐。诗人辞赋多描绘自然景色及农村的生活情景，其中隐寓着他对腐朽统治的憎恶和不愿同流合污的精神。有《陶渊明集》。

初，张衡作《定情赋》[1]，蔡邕作《静情赋》[2]。检逸辞而宗澹泊[3]，始则荡以思虑[4]，而终归闲正[5]。将以抑流宕之邪心[6]，谅有助于讽谏。缀文之士，奕代继作[7]，并因触类[8]，广其辞义。余园间多暇[9]，复染翰为之[10]；虽文妙不足，庶不谬作者之意乎[11]！

夫何瑰逸之令姿[12]，独旷世以秀群[13]；表倾城之艳色[14]，期有德于传闻[15]。佩鸣玉以比洁[16]，齐幽兰而争芳[17]；淡柔情于俗内[18]，负雅志于高云[19]。悲晨曦之易夕[20]，感人生之长勤[21]；同一尽于百年，何欢寡而愁殷[22]。褰朱帏而正坐[23]，泛清瑟以自欣[24]。送纤指之余好[25]，攘皓袖之缤纷[26]；瞬美目以流眄[27]，含言笑而不分[28]。曲调将半，景落西轩[29]。悲商叩林[30]，白云依山。仰睇天路[31]，俯促鸣弦[32]。神仪妩媚[33]，举止详妍[34]。

激清音以感余，愿接膝以交言。欲自往以结誓[35]，惧冒礼之为愆[36]；待凤鸟以致辞[37]，恐他人之我先[38]。意惶惑而靡宁，魂须臾而九迁[39]。愿在衣而为领，承华首之余芳[40]；悲罗襟之宵离[41]，怨秋夜之未央[42]。愿在裳而为带，束窈窕之纤身；嗟温凉之异气，或脱故而服新。愿在发而为泽[43]，刷玄鬓于颓肩[44]；悲佳人之屡沐，从白水而枯煎[45]。愿在眉而为黛[46]，随瞻视以闲扬[47]；悲脂粉之尚鲜[48]，或取毁于华妆[49]。愿在莞而为席[50]，安弱体于三秋[51]；悲文茵之代御[52]，方经年而见求[53]。愿在丝而为履[54]，附素足以周旋[55]；悲行止之有节[56]，空委弃于床前。愿在昼而为影，常依形而西东；悲高树之多荫，慨有时而不同[57]。愿在夜而为烛，照玉容于两楹[58]；悲扶桑之舒光[59]，奄灭景而藏明[60]。愿在竹而为扇，含凄飙于柔握[61]；悲白露之晨零，顾襟袖以绵邈[62]。愿在木而为桐，作膝上之鸣琴；悲乐极以哀来，终推我而辍音。

考所愿而必违[63]，徒契契以苦心[64]。拥劳情而罔诉[65]，步容与于南林[66]。栖木兰之遗露，翳青松之余荫；傥行行之有觌[67]，交欣惧于中襟[68]。竟寂寞而无见，独悁想以空寻[69]。敛轻裾以复路[70]，瞻夕阳而流叹[71]；步徙倚以忘趣[72]，色惨凄而矜颜[73]。叶燮燮以去条[74]，气凄凄而就寒；日负影以偕没，月媚景于云端[75]。鸟凄声以孤归，兽索偶而不还；悼当年之晚暮[76]，恨兹岁之欲殚。思宵梦以从之[77]，神飘摇而不安；若凭舟之失棹，譬缘崖而无攀。于时毕昴盈轩[78]，北风凄凄；恫恫不寐[79]，众念徘徊[80]。起摄带以伺晨，繁霜粲于素阶[81]。鸡敛翅而未鸣，笛流远以清哀[82]；始妙密以闲和[83]，终寥亮而藏摧[84]。意夫人之在兹[85]，托行云以送怀；行云逝而无语，时奄冉而就过[86]。徒勤思以自悲[87]，终阻山而带河[88]；迎清风以祛累[89]，寄弱志于归波[90]。尤《蔓草》之为会[91]，诵《邵南》之余歌[92]；坦万虑以存诚[93]，憩遥情于八遐[94]。

【注释】

[1]张衡：东汉著名的科学家、文学家。《定情赋》：写爱情，已亡佚。[2]蔡邕（yōng）：东汉著名文学家、书法家。《静情赋》：写爱情，已亡佚。[3]检：检束。逸辞：放逸之辞。澹泊：恬静寡欲。[4]荡以思虑：指驰骋想象。[5]闲正：典雅纯正。[6]流宕：自流放荡。[7]奕代：一代接一代。张衡、蔡邕之后，魏陈琳、阮瑀都作有《止欲赋》，王粲作《闲邪赋》，应玚作《正情赋》，曹植作《静思赋》，晋张华作《永怀赋》，都以赋情为题。[8]触类：感触相同。[9]园间：田中家中。[10]染翰：以笔醮墨。[11]庶：大概。作者：指前代创作情赋的作家。[12]瑰逸：瑰奇俊逸，指女子极美。令姿：美好容恣。[13]旷世：绝代，当代无双。秀群：超群。[14]表：显示。倾城：使全城人倾倒，形容女子容貌极美。[15]期：愿。此句说，女子希望把好品德留在世上。[16]鸣玉：相撞而有声的玉环。[17]齐：整齐地佩戴。此连上句说，女子佩鸣玉而戴幽兰，其心志可与鸣玉比洁，与幽兰争香。[18]淡：轻视。俗内：世俗者的内心情感。[19]负：怀抱。此连上句说，对世俗柔情很淡薄，而怀有超群的高雅之志。[20]晨曦（xī）：晨光。易夕：容易变为迟暮。[21]长勤：勤苦居多。[22]殷：多。[23]褰（qiān）：通"搴"，揭起。正坐：端坐。[24]泛清瑟：指用瑟奏出轻柔的乐曲。[25]余好：指手指动作优美，变化多姿。[26]攘：却袖捋臂。皓袖：洁白的衣袖。缤纷：指衣袖飘动时交错的样子。[27]瞬美目：以漂亮的眼睛看。流昐（miàn）：眼波流转。[28]含言笑：有言亦有笑。[29]景：即"影"。西轩：西边的窗户。此句说，日将西落。[30]悲伤叩林：悲凄的风吹着树林。商是五音之一，音调凄厉，与肃杀的秋风相似。这里悲伤即指秋风。[31]睇（dì）：凝视。天路：指天空景色。[32]俯促：俯声急弹。[33]神仪：神情姿貌。[34]详妍：安详美丽。[35]结誓：订立相爱的盟约。[36]冒：犯，违背。愆（qiān）：过错。[37]"待凤鸟"句：古代传说帝喾高辛氏用凤凰传送礼物娶得有娀氏之女简狄。[38]"恐他人"句：《楚辞·离骚》："凤凰既受诒兮，恐高辛之先我。"[39]九迁：多次受惊。九，

172

表示多数。[40]华首：华美的头部。[41]罗襟：罗衣。宵离：指晚上衣服离身。[42]未央：没有尽头，指漫长。[43]泽：润发的脂膏。[44]颓肩：削肩。古代女子以"削肩"为美。[45]从白水：顺清水而流。枯煎：枯竭，指被水冲走。[46]黛：女子用来画眉的青黑色颜料。[47]瞻视：看视。闲扬：娴雅清扬，眉目顾视宛转的样子。[48]尚鲜：崇尚鲜艳。此句说，可悲的是时尚讲究脂粉那样的艳彩。[49]取毁于华妆：被华丽的梳妆取而代之。[50]莞（guān）：草名，可以织席。[51]弱体：指美人之体。三秋：秋季。[52]文茵：华丽有文采的皮褥子。代御：代替使用。[53]见：被。此句说，再经过一年方可见用。[54]履：绣鞋。[55]附素足：穿在洁白的脚上。[56]节：时间。[57]不同：不能同行，不能形影不离。[58]两楹（yíng）：两个柱子中间，指屋中。[59]扶桑：传说中太阳升起之树，此处指太阳。舒光：放出光芒。[60]奄：覆盖。景：即"影"，指烛光。[61]含凄飙（biāo）：扇起凉风。柔握：柔软的手掌。[62]绵邈：遥远。此句说，不得不远离襟袖，即远离其人而被闲置。[63]考：思考，细想。[64]契契：愁苦的样子。[65]拥劳情：怀着苦心。罔诉：无处诉说。[66]容与：徘徊不进。[67]傥：或许。行行：徘徊的样子。有觌：有见面机会。[68]交欣惧：欣喜与惊惧之情交织。中襟：怀中。[69]悁想：愁思。空寻：白白地追寻。[70]复路：从原路回去。[71]流叹：发出叹息声。[72]徙倚：徘徊的样子。趣：向前走。[73]矜颜：脸色沮丧。[74]燮燮（xiè）：叶落声。[75]月媚景：月亮显现出明媚之光。[76]当年：今年。[77]宵梦：夜里做梦。从之：追求女子。[78]毕昴（mǎo）：两个星宿名，均于秋后出现，代指秋天的星星。[79]惘惘（jiǒng）：不安的样子。[80]众念徘徊：思绪杂乱。[81]素阶：白色石阶。[82]笛流远：笛声从远处传来。[83]妙密：轻细。闲和：闲静和畅。[84]寥亮：嘹亮。藏摧：摧藏，凄怆。[85]意：想象。夫人：那个人，指女子。[86]奄冉：逐渐推移。就过：迅疾而过。[87]勤思：苦想。[88]阻山而带河：被山河阻隔。[89]祛（qū）累：消除累赘，指消除思念美人的烦恼。[90]寄弱志于归波：将懦弱情怀付之东流。

173

[91]尤：批评，不赞同。《蔓草》：即《野有蔓草》，《诗经·郑风》中的一篇。《诗序》解释说，这首诗的含义是"男女失时（过了年龄），思不期（期指正规的婚姻结合）而会焉"。此句说，不赞同像《野有蔓草》中那种非礼的男女结合。[92]诵：念，指赞同。《邵南》：即《召南》，《诗经》十五国风之一。余歌：有别于《野有蔓草》的诗，指《草虫》、《行露》等篇，这些诗都是讥刺男女无礼私会的。[93]坦：平息。存诚：保持庄肃的精神。[94]憩（qì）：止息，此指寄托。八：八方，指极远之处。

【评点】

　　此赋是陶渊明作品中惟一写爱情的篇章，体现了作者思想上的浪漫主义色彩。鲁迅称此赋是大胆的"胡思乱想的自白"，是"坚定而有趣的作品"。赋的前半部分写了著名的"十愿"，每"愿"之后，都有一"悲"，构思奇特，气象万千，读来令人有回肠荡气之感。后半部分写相思之情，将一个相思者从傍晚等待佳人出现直到深夜而归，以至终夜难眠的种种心理活动，刻画得细致入微。这种类似影视中分镜头的心理描写，在历代辞赋中极为少见。

雪　赋

谢惠连

【作者简介】

谢惠连（397—433），陈郡阳夏（今河南太康）人。十岁能文，颇善诗赋，深得族兄谢灵运喜爱。与灵运并称"大小谢"。他长时间未能得官，后为彭城王的法曹参军。原有集，已散佚，明人辑有《谢法曹集》。

岁将暮，时既昏[1]。寒风积[2]，愁云繁。梁王不悦，游于兔园[3]，置旨酒[4]，命宾友，召邹生[5]，延枚叟[6]，相如末至[7]，居客之右[8]。俄而微霰零[9]，密雪下，王乃歌《北风》于卫诗[10]，咏《南山》于周雅[11]。授简于司马大夫[12]，曰："抽子秘思[13]，骋子妍辞[14]，侔色揣称[15]，为寡人赋之[16]。"

相如于是避席而起[17]，逡巡而揖[18]，曰："臣闻雪宫建于东国[19]，雪山峙于西域[20]。岐昌发咏于《来思》[21]，姬满申歌于《黄竹》[22]。《曹风》以麻衣比色[23]，楚谣以《幽兰》俪曲[24]。盈尺则呈瑞于丰年[25]，袤丈则表沴于阴德[26]。雪之时义远矣哉[27]，请言其始。若乃玄律穷[28]，严气升[29]，焦溪涸[30]，汤谷凝[31]，火井灭[32]，温泉冰，沸潭无涌[33]，炎风不兴[34]。北户墐扉[35]，裸壤垂缯[36]。于是河海生云，朔漠飞沙[37]，连氛累霭[38]，掩日韬霞[39]；霰淅沥而先集[40]，雪纷糅而遂多[41]。其为状也，散漫交错，氛氲萧索[42]；蔼蔼浮浮[43]，瀌瀌弈弈[44]；联翩飞洒[45]，徘徊委积[46]。始缘甍而冒栋[47]，终开帘而入隙；初便娟于墀庑[48]，末索盈于

175

帷席[49]。既因方而为珪[50]，亦遇圆而成璧。眄隰则万顷同缟[51]，瞻山则千岩俱白[52]。于是台如重璧[53]，逵似连璐[54]；庭列瑶阶[55]，林挺琼树[56]。皓鹤夺群[57]，白鹇失素[58]；纨袖惭冶[59]，玉颜掩姱[60]。若乃积素未亏[61]，白日朝鲜[62]，烂兮若烛龙衔耀照昆山[63]；尔其流滴垂冰[64]，缘霤承隅[65]，灿兮若冯夷剖蚌列明珠[66]。至夫缤纷繁骛之貌[67]，皓旰瞰絜之仪[68]，回散萦积之势[69]，飞聚凝曜之奇[70]，固展转而无穷[71]，嗟难得而备知。若乃申娱玩之无已[72]，夜幽静而多怀，风触楹而转响[73]，月承幌而通晖[74]。酌湘吴之醇酎[75]，御狐貉之兼衣[76]；对庭鹍之双舞[77]，瞻云雁之孤飞。践霜雪之交积，怜枝叶之相违[78]。驰遥思于千里，愿接手而同归[79]。"

邹阳闻之，懑然心服[80]，有怀妍唱[81]，敬接末曲[82]。于是乃作而赋积雪之歌[83]，歌曰："携佳人兮披重幄[84]，援绮衾兮坐芳缛[85]；燎熏炉兮炳明烛[86]。酌桂酒兮扬清曲[87]。"又续而为白雪之歌，歌曰："曲既扬兮酒既陈[88]，朱颜酡兮思自亲[89]，愿低帷以昵枕[90]，念解佩而褫绅[91]。怨年岁之易暮，伤后会之无因。君宁见阶上之白雪[92]，岂鲜耀于阳春？"

歌卒[93]，王乃寻绎吟玩[94]；抚览扼腕[95]，顾谓枚叔[96]，起而为乱。[97]乱曰：白羽虽白，质以轻兮[98]；白玉虽白，空守贞兮；未若此雪，因时兴灭。玄阴凝不昧其洁[99]，太阳曜不固其节[100]。节岂我名？洁岂我贞？凭云升降，从而飘零。值物赋象[101]，任地班形[102]。素因遇立[103]，污随染成[104]，纵心皓然[105]，何虑何营[106]？

【注释】

[1] 昏：黄昏，傍晚。[2] 积：积聚，此指风烈。[3] 梁王：指梁孝王刘武，汉文帝的次子，好宫室苑囿之乐，召揽众多文士。据《汉书》载：邹阳、枚乘、司马相如等都曾随梁孝王游梁，形成了一个辞赋文学集团。下面所写是假设的主客问答之辞，未必实有其事。兔园：苑

囿名，又叫梁园，梁苑。[4] 旨酒：美酒。[5] 邹生：指邹阳，汉代辞赋家。古代把年轻的读书人叫生。[6] 延：邀请。枚叟：指枚乘，汉代辞赋家。古人把老年男子叫叟。[7] 相如：司马相如，汉代辞赋家。末至：最后到来。[8] 右：坐次中的上位。古代以右为尊，所以右位是高贵位置。[9] 俄：一会儿。微霰（xiàn）：小雪粒。零：落。[10] 歌《北风》于卫诗：《诗经·邶风》中有《北风》一篇，头两句说："北风其凉，雨雪其雱。"春秋时邶地属卫，所以古人多以邶诗为卫诗。[11] 咏《南山》于周雅：《诗经·小雅·谷风之什》有《信南山》一篇，其中有"上天同云，雨雪雰雰"的句子。此连上句说，梁王吟咏《诗经》中有关雪的诗句。[12] 简：用以写字的竹板。大夫：尊敬之辞。[13] 抽：拔出，此指发挥。秘思：精妙的思想。[14] 骋：驰骋，此指施展。妍辞：妙语。[15] 侔（móu）：相等。色：指雪色。揣：估量。称（chèn）：恰到好处。此句说，准确地描绘雪景。[16] 寡人：梁王自称。[17] 避席：离开席位。古人席地而坐，说话或劝酒时为表示对别人尊重，就离席起立。[18] 逡巡：向后退。[19] 雪宫：战国时齐国行宫名，故址在山东临淄县，所以下面说东国。[20] 峙（zhì）：耸立。西域：汉代开始，对玉门关以西地区统称西域。据《汉书·西域传》载，西域有天山，天山冬夏有雪。[21] 岐：地名：在今陕西省岐山县东北。周部族首领古公亶父始建都于此，周文王据岐而强大。昌：周文王名。发咏：开始咏唱，指咏雪。《来思》：代指《诗经·小雅·采薇》篇，其中有"昔我往矣，杨柳依依；今我来思，雨雪霏霏"的句子。此句说，周文王在《采薇》诗中吟咏过雪。[22] 姬：周王的姓。满：周穆王名。申歌：继续歌唱，指继文王而唱雪。《黄竹》：诗篇名。据《穆天子传》载，周穆王游黄台之丘，天大寒，北风卷雪，因作《黄竹》诗，哀悯百姓之苦。[23]《曹风》：《诗经》十五国风之一。《曹风》中有《蜉蝣》篇，篇有"蜉蝣掘阅，麻衣如雪"的句子。色：指雪色。[24] 楚谣：楚辞。宋玉《讽赋》中说，他曾行至一家，主人只有一女，给了他一张琴，他同时弹奏了《幽兰》和《白雪》两首歌曲。俪：指同时弹奏。曲：指《白雪》曲。[25] 盈尺：指雪厚满一尺，这是说雪大，古人认为，丰年之冬必有大雪。呈瑞：呈现祥瑞之兆。［26］袤（mào）丈：指雪深高一丈，这是说雪太大，古人认为，雪太大就是阴盛阳衰之兆。沴（lì）：传说中的灾气。此句说，雪性阴，雪太大是有灾气的表征。［27］时义：按时令而下的道理。远：深。［28］玄：玄月，古人把九月叫玄月。律：指天道运行的规律。穷：尽。［29］严气：肃杀之气，寒气。此连上句说，按自然规律的变化，九月结束以后，寒气上升。［30］焦溪：溪水名，据《水经注》载，焦泉发源于天门山之左，南流成溪。涸（hè）：水干。［31］汤谷：谷名，据《荆州记》载，南阳郡城北有紫山，东有一水，冬夏常温。凝：指结冰。［32］火井：即天然气井。［33］沸潭：据《水经注》载，曲阿季子庙前井及潭常沸，将生东西投入，须臾变熟。涌涌：滚动。［34］炎风：热风。［35］北户：向北的门。墐（jìn）：用泥涂。扉：门扇。此句说，为了防止寒冷的北风侵袭，要用泥把门窗的缝隙涂实。［36］裸壤：据《东夷传》载，古有裸人国，常年不衣。垂缯（zēng）：指穿衣服。此句说，冬天到了，连热带地区生活的人也要穿上衣服。［37］朔漠：北方的沙漠。［38］连氛累霭：指阴云重重。［39］韬：遮蔽。［40］淅沥：雪粒降落的声音。先集：指先落在地上。［41］纷糅：纷纷扬扬的样子。［42］氤氲（yūn）：繁多的样子。萧索：稀少的样子。此句说，雪花时而稠密时而稀疏。［43］蔼蔼：多的样子。浮浮：来往飘动的样子。［44］瀌瀌（biāo）：多的样子。弈弈：往来翻飞的样子。［45］连翩：连续飞动。［46］委积：聚积。［47］缘：裹上。甍（méng）：屋脊。冒：蒙覆。［48］便（pián）娟：轻盈回旋的样子。墀（chí）：台阶。庑（wǔ）：大屋子。［49］萦盈：轻飞的样子。帷席：帷幔和坐席。［50］因：顺着。珪（guī）：古代王侯举行典礼时手中所持玉器，上尖下方。此句说，雪遇到方形物体就塑造成像白玉做成的珪那样的形状。［51］眄（miǎn）：斜视。隰（xí）：低洼阴湿之地。缟（gǎo）：白绢。［52］瞻：往上看。此连上句说，举目所极，高山平原如同裹上丝缟，四处皆白。［53］重璧：厚玉。［54］逵：大路。连璐：连缀的美玉。［55］庭列瑶阶：庭院中好像陈列着玉石台阶。［56］林挺琼树：森林中好像挺立着玉树。［57］皓（hào）：白。

夺鲜：被夺去光彩。[58]鹇（xiáo）：鸟名。[59]纨袖：白绢衣袖。冶：艳美。[60]玉颜：如玉般洁白的面孔。姱（kuā）：娇美。此连上句说，跟雪的洁白美丽相比，美人的纨袖玉颜也显得黯淡无光。[61]积素未亏：喻积雪未化。[62]白日朝（zhāo）鲜：在朝阳下呈现一片鲜白。[63]烛龙：传说中口衔明烛照亮黑暗的龙。昆山：即昆仑山。[64]流滴垂冰：冰滴流注，冻成冰锥。[65]缘霤：顺着屋檐。承隅：延伸至墙角。[66]冯（píng）夷：传说中的水神名，即河伯。蚌（bàng）：水中软体动物，有介壳可开闭，能产珍珠。[67]缤纷：多而乱的样子。繁骛（wù）：飞舞的样子。[68]皓旰（hào gàn）：白亮的样子。曒絜：通"皎洁"。仪：仪态。[69]回散萦积：回旋、四散、萦绕、积聚。[70]飞聚凝曜（yào）：飞舞、聚积、凝结、闪光。此连上面三句说，雪花闪闪发光，时静时动，或散或聚，形成了种种奇观。[71]固：本来。展转：即辗转，变动无拘的样子。[72]申：继续。无已：不停止。[73]风触楹（yíng）：风吹屋柱。转响：发出响声。[74]月承幌（huǎng）：月光射到帷帐上。通晖：照得通明。[75]湘吴：二地名。湘州古有酃（líng）湖，位于今湖南衡阳县东，取湖水为酒，味甘美。吴兴乌程县有若下酒，颇有名。醇酎（zhòu）：美酒。[76]御：用御。此指穿上。兼衣：两件以上衣服。此连上句说，喝着美酒，穿着皮衣。[77]对：面对，看着。庭鹍（kūn）：庭中鹍鸟。[78]违：离开。[79]接手：携手。[80]憫（mèn）：心服的样子。[81]有怀：有感。妍唱：妙曲，指上述司马相如的《雪赋》。[82]敬接：恭敬地接唱。末曲：对自己歌曲的谦称。[83]作：站起来。[84]披：推开。重幄（wò）：层层帷帐。[85]援：拉开。绮衾：有花纹图案的被子。缛：通"褥"。[86]燎：烧。熏炉：熏香味的炉子。炳：点燃。[87]桂酒：桂花置其中而发出香味的酒。扬：高亢地唱。清曲：清妙歌曲。[88]陈：陈列。[89]酡（tuó）：因喝酒而脸红。[90]低帷慢：放下帷慢。昵枕：靠近枕头，指睡觉。[91]褫（chǐ）：脱，解开。绅：束在腰间的大带。[92]宁：难道。[93]卒：结束。[94]寻绎：寻思体会。吟玩：吟咏玩味。[95]抚览：拭目。兴奋的动作。扼腕：抓住手腕。

179

激动的行为。[96]顾：回头。枚叔：枚乘，即上文的枚叟，叔是枚乘的字。[97]起：指枚叔站起。乱：赋的末章叫乱，是对上文的总结。[98]质：本性。以：通"已"，太。[99]玄阴：指冬月。凝：冰冻。昧：使不明。[100]不固其节：不顽固地守其节操。指雪受太阳照射而融化。[101]值：碰上。赋象：赋于形象。[102]任：听任，随。班形：显示形态。[103]素因遇立：随落在上面的物体而白。[104]污随染成：随落在上面的物体而黑。[105]纵心：随心所欲。皓然：正大刚直的样子。[106]何虑何营：还有什么事物值得忧虑和追求？

【评点】

《雪赋》是南朝咏物小赋的代表作。它假托西汉梁孝王在兔园宴请臣下作赋咏雪一事，表明了作者"因时兴灭"、"纵心皓然，何虑何营"的思想，这是当时盛行的老庄虚无恬淡的哲学思想的反映。在结构安排上值得注意的是，本赋对雪的描写并不是简单地在一个平面上展开，而是把写景归之于司马相如，把抒情归之于邹阳，把说理归之于枚乘。这种以写景为主，兼及抒情和议论的行文方式，与当时的诗歌作法完全相同。这反映了不同的文学体裁可以互相影响的事实。全篇写景之句十分工致，逼真得宜。骈赋华丽铺排的形式，把充分的和谐细腻之美带给了读者。此赋给稍晚的谢庄写作《月赋》提供了取法标准。

芜 城 赋

鲍 照

【作者简介】

鲍照（约414—466）字明远，东海（今江苏连云港市东）人。有远大抱负，但因出身寒微而终生不得志。曾任临海王刘子顼（xū）的参军，人称鲍参军。他是宋齐年间最有成就的诗人，也擅赋及骈文。有《鲍参军集》。

沵迤平原[1]，南驰苍梧涨海[2]，北走紫塞雁门[3]。柂以漕渠[4]，轴以昆岗[5]。重江复关之隩[6]，四会五达之庄[7]。当昔全胜之时，车挂辖[8]，人驾肩[9]，廛闬扑地[10]，歌吹沸天[11]。孳货盐田[12]，铲利铜山[13]。才力雄富[14]，士马精研[15]。故能侈秦法[16]，佚周令[17]，划崇墉[18]，刳浚洫[19]，图修世以休命[20]。是以板筑雉堞之殷[21]，井干烽橹之勤[22]，格高五岳[23]，袤广三坟[24]，崪若断岸[25]，矗似长云[26]。制磁石以御冲[27]，糊赪壤以飞文[28]。观基扃之固护[29]，将万祀而一君[30]。出入三代[31]，五百余载，竟瓜剖而豆分[32]！

泽葵依井[33]，荒葛罥途[34]。坛罗虺蜮[35]，阶斗麏鼯[36]。木魅山鬼[37]，野鼠城狐，风嗥雨啸[38]，昏见晨趋[39]。饥鹰厉吻[40]，寒鸱吓雏[41]。伏虣藏虎[42]，乳血飡肤[43]。崩榛塞路[44]，峥嵘古馗[45]。白杨早落，塞草前衰[46]。棱棱霜气[47]，蔌蔌风威[48]。孤蓬自振[49]，惊沙坐飞[50]。灌莽杳无际[51]，丛薄纷其相依[52]。通池既已夷[53]，峻隅又已颓[54]。直视千里外[55]，唯见起黄埃[56]。凝思寂听[57]，心伤已摧[58]。

181

若夫藻扃黼帐[59]，歌堂舞阁之基[60]；璇渊碧树[61]，弋林钓渚之馆[62]；吴蔡齐秦之声[63]，鱼龙爵马之玩[64]；皆薰歇烬灭[65]，光沉响绝[66]。东都妙姬[67]，南国丽人[68]，蕙心纨质[69]，玉貌绛唇[70]，莫不埋魂幽石[71]，委骨穷尘[72]，岂忆同舆之愉乐[73]，离宫之苦辛哉[74]？

天道如何[75]？吞恨者多[76]。抽琴命操[77]，为芜城之歌[78]。歌曰："边风急兮城上寒，井径灭兮丘陇残[79]。千令兮万代[80]，共尽兮何言[81]！"

【注释】

[1]沵迤（mǐ yǐ）：连绵斜平的样子。此指广陵平原的辽阔。[2]南驰：向南绵延。苍梧：汉代苍梧郡，今广西梧州市及其附近。涨海：南海别称。[3]北走：向北伸展。紫塞：指长城，因长城土色发紫，故名。雁门：汉代郡名，今山西代县一带。[4]柂（tuó）：引。漕渠：运粮的河道。指今从江苏省江都县西北到淮安县的三百七十里运河，古名邗（hán）沟。[5]昆岗：一名阜岗，又叫广陵岗，广陵城建于其上。此连上句说，广陵城边有运河流过，城下有如车轴一般横贯的昆岗。[6]隩（ào）：山隐深处。[7]庄：大道。此连上句说，广陵为重重江河关口环绕，处于隐蔽之所，道路四通八达。[8]轊（wèi）：车轴端。挂轊：车轴相碰撞。[9]驾肩：抬起肩膀。此连上句说，广陵城人多车众，以致车辆互相撞击，人挤得耸起了肩膀。[10]廛（chán）：居民区。闬（hàn）：里巷之门。扑地：遍地。[11]吹：指各种管乐吹奏出来的声音。此连上句说，遍地是民居，歌声乐声响彻天空。[12]孳：滋生。货：钱财。[13]铲利：取利。此连上句说，有赚钱的盐地，有谋利的铜山。据《史记·吴王濞列传》载，西汉初年吴王刘濞曾在广陵煮海水取盐，利用豫章郡所属铜山铸钱。[14]才：即材。[15]妍：美好。此句说，人强马壮。[16]侈：超越。[17]佚：通"轶"，超过。此连上句说，因当时国力强盛，所以奢侈程度超过了历代法令的规定。[18]划：割开，此指修建。崇墉（yōng）：高峻的城墙。[19]刳（kū）：

挖凿。浚洫(xùn xù)：深深的护城河。[20]图：谋求。修世：永世。休命：好命运。此句说，图谋国运久长。[21]板筑：筑墙用的木板和杵头，此指筑墙。雉：墙高一丈长三丈为一雉。堞(dié)：城上齿状的矮墙。殷：盛大。[22]井干(hán)：指建筑时四周所用木架，其相交如同井上的栏架。烽：指烽火台。橹：城上的望楼。此连上句说，大兴土木，精心建造这一城池。[23]格：指高度。[24]袤(mào)：宽广。三坟：说法不一，一说兖州、青州、徐州，此三州与广陵相连。此连上句说，城池又高又大。[25]崒(zú)：高峻。断岸：陡峭的崖壁。[26]矗(chù)：高耸上出。此句说，城墙高入云端，简直是云层的延长。[27]制磁石：指以磁石制作城门。御冲：防御突然袭击。据《三辅黄图》载，秦王阿房宫以磁石为门，磁石吸铁，故能防止揣刀入宫者。[28]糊：粘。赪(chēng)壤：赤色泥。文：即纹，指墙上的图案。飞文：飞光流彩的图案。此连上句说，设防严密，制作豪华。[29]基扃(jiōng)：城的根基和门闩，代指城阙。固护：牢固保险。[30]将：打算。万祀：万年。一君：指一姓统治。[31]出入：经历。三代：指汉、魏、晋。[32]瓜剖豆分：如瓜之剖离，如豆之分裂。比喻广陵城的崩裂毁坏。[33]泽葵：苔类植物。[34]葛：蔓草。罥(juàn)：挂。此连上句说，井边长上了野苔，路上生出了蔓草。[35]坛：庭堂。罗：陈列。虺(huǐ)：毒蛇。蜮(yù)：传说能含沙射人的精怪。[36]麇(jūn)：獐类，似鹿而小。鼯(wú)：即大飞鼠。此句说，台阶上有麇鼯相斗。[37]魅(mèi)：古人以为木石之怪。[38]风嗥雨啸：如风声狂吼，如雨声大作。[39]见：即现。[40]厉：磨砺。吻：嘴。[41]鸱(chī)鸺鹰。吓：怒呼威胁。此连上句说，城地荒凉，饥寒的鸺鹰肆意而为于此。[42]虣(bào)：虎类。[43]乳：喝。飧(sūn)：吃。此连上句说，猛兽隐藏于此，伺机饮食血肉。[44]崩榛(zhēn)：倒伏的榛树。[45]峥嵘：阴森的样子。馗：即逵，大路。[46]前衰：早已枯竭。[47]棱棱：寒冷的样子。[48]欶欶(sù)：强劲的风声。[49]孤蓬：蓬草。振：飞动。[50]坐飞：无故而飞。[51]灌莽：丛生草木。杳(yǎo)：深远。际：止境。[52]丛薄：杂草聚生。纷：乱而多。相依：相连。[53]通池：深的护城河。夷：平。[54]峻隅：指高城。颓：倒塌。[55]直视：视力不受干扰。[56]唯：只。埃：尘。[57]凝思：思想凝滞。寂听：听觉不明。形容极度伤心。[58]摧：悲伤。[59]藻扃：彩饰的门。黼（fǔ）帐：绣花帷帐。[60]基：基址。[61]琁渊：玉做的水池。碧树：玉树。[62]弋（yì）林：射鸟的林子。钓渚：钓鱼的小洲。[63]吴蔡句：指各地音乐。[64]鱼龙句：指各种玩物。爵：通雀。[65]薰：香气。烬：将灭之火。[66]光沉：光华沉没。响寂：响声寂灭。[67]东都：指洛阳。妙姬：美艳女子。[68]丽人：佳人。[69]蕙心：如兰蕙一般雅善的心。纨（wán）质：如细绢一般柔美的体质。此句形容女子的雅洁。[70]绛：红。[71]幽石：深埋的石头。[72]委：丢弃。穷尘：荒土。[73]同舆：同车。帝王可命妃子与己同车，以示宠爱。[74]离宫：皇帝的行宫。此句说，姬妃被皇帝所弃而独居离宫，十分心酸。[75]天道：自然规律。[76]吞恨：抱憾。[77]抽：取出。命操：谱曲。[78]芜城：荒芜之城。[79]井径：田间小路。丘陇：高出来的田埂。残：塌毁。[80]令：时令。[81]共尽：都会死亡。

【评点】

南朝宋孝武帝三年，竟陵王齐诞凭据广陵反叛，不久被宋王朝镇压。战乱中许多百姓无故遭戮，曾一度繁荣豪华的广陵城变为一片荒凉。此赋即作者感此而写。作者把昔日的广陵盛状和目前的衰败景象用夸张笔调做了对比铺写，显示了这个都城命运的剧烈变化，表现了作者强烈的沧桑浮沉之感和浓重的忧伤情绪。全篇虽极尽夸张渲染之能事，但不显堆砌雕琢之陋习；虽通篇俪句，但又随文势的缓急交变而往往有长短句错落互出，读来有错综顿宕之美。语言生动形象，尤其善用动词展示不同物象的情态。这是骈体抒情小赋的典范之作。

月　赋

谢　庄

【作者简介】

谢庄（421-466），字希逸，陈郡阳夏（今河南太康）人。工于散文，而诗赋更佳。他有意识地把短赋向诗的方向改造，给人以独特清新的感觉。曾任吏部尚书、金紫光禄大夫。原有集，已散佚，明人辑有《谢光禄集》。

陈王初丧应刘[1]，端忧多暇[2]。绿苔生阁，芳尘凝榭[3]。悄焉疚怀[4]，不怡中夜[5]。乃清兰路[6]，肃桂苑[7]，腾吹寒山[8]。弭盖秋阪[9]。临浚壑而怨遥[10]，登崇岫而伤远[11]。于时斜汉左界[12]，北陆南躔[13]，白露暧空[14]，素月流天[15]。沉吟齐章[16]，殷勤陈篇[17]。抽毫进牍[18]，以命仲宣[19]。

仲宣跪而称曰：臣东鄙幽介[20]，长自丘樊[21]。昧道懵学[22]。孤奉明恩[23]。

臣闻沉潜既义[24]，高明既经[25]，日以阳德[26]，月以阴灵[27]。擅扶光于东沼[28]。嗣若英于西冥[29]。引玄兔于帝台[30]，集素娥于后庭[31]。朒朓警阙[32]。朏魄示冲[33]。顺辰通烛[34]，从星泽风[35]。增华台室[36]，扬采轩宫[37]。委照而吴业昌[38]，沦精而汉道融[39]。

若夫气霁地表[40]，云敛天末[41]，洞庭始波，木叶微脱[42]。菊散芳于山椒[43]，雁流哀于江濑[44]；升清质之悠悠[45]，降澄辉之蔼蔼[46]。列宿掩缛[47]，长河韬映[48]；柔祇雪凝[49]，圆灵水镜[50]；连观霜缟[51]，周除冰净[52]。君王乃

185

厌晨欢，乐宵宴；收妙舞，弛清悬[53]；去烛房，即月殿[54]；芳酒登[55]，鸣琴荐[56]。若乃凉夜自凄[57]，风篁成韵[58]。亲懿莫从[59]，羁孤递进[60]。聆皋禽之夕闻[61]，听朔管之秋引[62]。

于是弦桐练响[63]，音容选和[64]。徘徊《房露》[65]，惆怅《阳河》[66]。声林虚籁[67]，沦池灭波[68]。情纡轸其何托[69]，愬皓月而长歌[70]。

歌曰："美人迈兮音尘阙[71]，隔千里兮共明月[72]。临风叹兮将焉歇[73]？川路长兮不可越[74]。"歌响未终，余景就毕[75]。满堂变容，回遑如失[76]。

又称歌曰："月既没兮露欲晞[77]，岁方晏兮无与归[78]。佳期可以还[79]？微霜沾人衣[80]。"

陈王曰："善。"乃命执事[81]，献寿羞璧[82]。"敬佩玉音[83]，复之无斁[84]。"

【注释】

[1]陈王：指曹植，其谥为陈思王。应刘：指"建安七子"中的应玚和刘桢，都是曹植好友。[2]端：忧愁的样子。此连上句说，应玚和刘桢去世之初，曹植因悲愁而闲居。[3]芳尘：尘土的美称。榭（xiè）：建筑在高台上的屋子。此连上句说，陈王无心娱乐游玩，因而楼阁台榭蒙尘生草。[4]悄焉：忧愁的样子。疚怀：伤怀。[5]怡：愉快。中夜：半夜。此句说，不愉快直到深夜。[6]清：使清静。兰路：有兰草的路。[7]肃：使整肃。桂苑（yuàn）：有桂树的园囿。[8]腾：升起，此指演奏。吹：概指管乐。[9]弭（mǐ）：停止。盖：车盖。陂（bēi）：斜坡。此连上句说，在秋天寒凉的山坡上停下车子奏乐消愁。[10]临：俯视。浚壑：深谷。此句说，面对深谷俯视而忧怨。[11]崇岫（xiù）：高山。此句说，登上高山远望而伤感。[12]斜汉：斜着的天河。左：古时地理上以东为左。界：划出界限。[13]陆：黄道线。躔（chán）：行走的位次。此句说，太阳线由北向南移动，是秋冬

来临的天象。[14]白露：白色露气。暖：不明亮。[15]素月：白色月光。此连上句说，白色露气笼罩天空，月光流射。[16]沉吟：沉思吟味。齐章：指《诗经·齐风·东方之月》，这是咏月的诗。[17]殷勤：反复念诵。陈篇：指《诗经·陈风·月出》，其中有"月出皎兮"的句子。此连上句说，由天空的月光想起了《诗经》中咏月的句子，并进而有了写作的念头。[18]毫：毛笔。牍：写字的木板。[19]仲宣：王粲的字，"建安七子"之一。[20]东鄙：东边偏远的地方。王粲系山阳高平（今山东邹县）人，因此说东鄙。幽介：幽昧孤介，指见识浅陋。[21]丘樊：指山村农家。[22]懵（méng）：无知。此句说，不明事理。[23]孤：通"辜"。奉：承受。明恩：明王之恩。[24]沉潜：指地。义：应该存在。[25]高明：指天。经：经常存在。此连上句说，当天地运行的规律形成后。[26]德：指属性。[27]灵：精灵。此连上句说，日月各因其属性而成为阴阳的精灵。[28]擅：独揽。扶：扶桑的省称。传说太阳从这棵树上升起，此处代指太阳。东沼：指汤谷，传说扶桑所在处。[29]嗣：继续。若：若木的省称，传说太阳在这棵树上降落，此处代指太阳。英：光华。西冥：指昧谷，传说若木所在处。此连上句说，月亮从西边升起，接替在那里降落的太阳发光；运行至东方最为明亮，好像夺走了整个太阳的光芒。[30]玄兔：天青色的兔子，传说月中有兔。帝台：天帝所在处。[31]素娥：白皙的嫦娥。后庭：帝后所在处。此连上句说，月亮将玄兔和素娥引集到了天宫。[32]朒（nù）：农历月初月亮见于东方，此时为上弦月。朓（tiǎo）：农历月底月亮见于西方，此时为下弦月。警阙：警戒人的缺点、错误。[33]朏（fěi）：初见之月。魄：农历初三的月亮。冲：谦虚。此连上句说，月亮以其圆缺警示人的不足与谦虚。[34]顺辰：顺着十二个时辰的次序。通：整个。烛：照亮。[35]星：指箕星和毕星。泽：指雨。月亮经过箕星是风兆。经过毕星是雨兆。此连上句说：月亮按时序运行，普照大地，调节风雨。[36]台室：即三台星。[37]轩宫：即轩辕星。此连上句说，月亮使三台星、轩辕星增益光彩。[38]委照：投下光亮。吴业：吴国的帝业。据传，东吴孙策之母曾梦亮月入怀而生

187

策，后来孙策奠定了吴国基业。[39]沦精：沉下精华。汉道：汉朝的政治。据传，汉元帝的岳母梦月入怀而生一女，后来此女做了皇后，帮元帝理政。融：明亮。此连上句说，月亮投射其精华而助汉吴昌盛。[40]霁（jì）：云雾消散。[41]天末：天边。此连上句说，天地间的云气收拢消散。[42]脱：落下。[43]山椒：山顶。[44]濑：流得很急的水。大雁发出愁音似乎顺流而响，因此说流哀。[45]清质：清朗的质体。悠悠：慢慢。[46]澄辉：澄洁的光辉。蔼蔼：柔和的样子。此连上句说，月亮缓缓升起，把澄洁柔和的光辉投向大地。[47]列宿：众星。掩缛：收拢光彩。[48]长河：天河。韬映：隐藏光明。此连上句说，月光明亮时，其他星星显得没有亮度。[49]柔祇（qí）：地的别称，古人认为地道阴柔。[50]圆灵：天的别称，古人认为天形呈圆。此连上句说，月光把大地照得如同白雪凝积，把天空照得如同镜子透亮。[51]连观（guàn）：相接的望楼。缟（gǎo）：白。[52]周除：四周的台阶。此连上句说，四周连绵的楼台被月光照得冰霜一般白净。[53]弛：松弛，此指停止。悬：垂挂钟磬等乐器的架子，此处代指歌曲。[54]即：走向。月殿：有月光的庭堂。[55]芳酒：醇香之酒。登：进献。[56]荐：奉送。[57]凄：悲伤。[58]风篁：风吹竹林。成韵：指发出有韵律的声响。[59]亲懿（yì）：亲朋好友。[60]羁孤：旅居他乡的单身人。递进：接连而来。此连上句说，身边没有亲友，见到的只是一个个旅居在外的陌生人。[61]聆：听。皋禽：指鹤。《诗经·小雅·鹤鸣》有云："鹤鸣于九皋。"此处化用。闻：指鹤声。[62]朔管：北方少数民族的管乐。引：乐曲体裁之一，此指乐曲。[63]弦桐：琴的别称，桐木是制琴的优质材料。练响：选择声响，指调弦。[64]音容：音乐的风格。[65]《房露》：古曲名。徘徊：指曲调缠绵。[66]《阳阿》：古曲名。惆怅：指曲调忧伤。[67]声林：风吹而作响的树林。虚籁：籁虚倒言，即声音停歇。[68]沦池：风吹而有波纹的池水。灭波：波灭倒言。[69]纡（yū）：指郁结。轸（zhěn）：悲痛。其：语助词。[70]愬（sù）：通"诉"，向着。[71]美人：喻应玚和刘桢。迈：离去。音尘阕：音信全无。[72]此句说，虽相隔遥远，却有明月联结。[73] 焉歇：怎能停歇。[74] 川路：水路。[75] 余景：月光的余辉。就：接近。此句说，月亮将沉落。[76] 回遑：怅惘。[77] 没：指落下。晞：干。[78] 晏：迟暮。此句说，所剩时日不多，但却无知心朋友在一起。[79] 佳期：指与朋友会晤的日期。[80] 微霜：薄霜。此连上句说，长时间盼望佳期重现，不觉霜露沾湿了衣服。[81] 执事：陪臣。[82] 献寿：祝贺长寿。羞：进献。璧：平圆而中心有孔的玉。[83] 敬佩：敬重佩服。玉音：指美好的言辞。[84] 斁（yì）：厌倦。此句说，反复吟味玉音而不倦。

【评点】

　　这是一篇借物言情的小赋，反映了谢庄对人生别离的体味和对岁月匆匆的感受。作者以实际人名而虚构情景的手法巧妙地把叙事和抒情融为一体。前半部分呈现出一幅穆然净化的月下情景，运笔细腻柔婉。后半部分则抒发感伤悱恻之情，末尾两歌更将凄凉孤单气息和盘托出，读来令人唏嘘。赋中所写由月夜美景而引起对美人的思念，给人以无限遐想。这种由物及人的抒情方式对后代抒情诗赋也产生过一定影响。

恨　赋

江　淹

【作者简介】

江淹（444-505），字文通，济阳考城（今河南兰考县）人，出身孤寒，沉静好学。历仕宋、齐、梁三朝，官至金紫光禄大夫。少年时即以文章显名，晚年才思减退，所作诗文不如前期，时云"江郎才尽"。其诗多拟古之作，擅长抒情小赋，以《恨赋》、《别赋》最为有名。原有集，已散佚，后人辑有《江文通集》。

试望平原[1]，蔓草萦骨[2]，拱木敛魂[3]。人生到此，天道宁论[4]！于是仆本恨人[5]，心惊不已，直念古者，伏恨而死[6]。

至如秦帝按剑[7]，诸侯西驰，削平天下，同文共规[8]。华山为城，紫渊为池[9]。雄图既溢[10]，武力未毕。方架鼋鼍以为梁[11]，巡海右以送日[12]。一旦魂断[13]，宫车晚出[14]。

若乃赵王既虏[15]，迁于房陵[16]。薄暮心动[17]，昧旦神兴[18]，别艳姬与美女，丧金舆及玉乘[19]。置酒欲饮，悲来填膺[20]，千秋万岁[21]，为怨难胜[22]。

至如李君降北[23]，名辱身冤，拔剑击柱，吊影惭魂[24]。情往上郡[25]，心留雁门[26]。裂帛系书[27]，誓还汉恩[28]。朝露溘至[29]，握手何言[30]。

若夫明妃去时[31]，仰天太息。紫台稍远[32]，关山无极[33]。摇风忽起[34]，白日西匿。陇雁少飞[35]，代云寡色[36]。望君王兮何期[37]，终芜绝兮异域[38]。

至乃敬通见抵[39]，罢归田里[40]。闭关却扫[41]，塞门不仕[42]。左对孺人[43]，右顾稚子[44]。脱略公卿[45]，跌宕文史[46]。赍志没地[47]，长怀无已。

及夫中散下狱[48]，神气激扬[49]。浊醪夕引[50]，素琴晨张[51]。秋日萧索[52]，浮云无光。郁青霞之奇意[53]，入修夜之不旸[54]。

或有孤臣危涕[55]，孽子坠心[56]。迁客海上[57]，流戍陇阴[58]。此人但闻悲风汩起[59]，血下沾衿[60]。亦复含酸茹叹[61]，销落湮沉[62]。

若乃骑叠迹[63]，车屯轨[64]；黄尘匝地[65]，歌吹四起[66]。无不烟断火绝[67]，闭骨泉里[68]。

已矣哉！春草暮兮秋风惊[69]，秋风罢兮春草生。绮罗毕兮池馆尽[70]，琴瑟灭兮丘陇平[71]。自古皆有死，莫不饮恨而吞声。

【注释】

[1]试望：使用目力。[2]萦骨：缠绕着尸骨。[3]拱木：两手合抱之树，此处代指墓地。《左传·僖公三十一年》有云："中寿，尔墓之木拱矣。"敛魂：聚集鬼魂。[4]天道：自然规律。宁论：指无可奈何。[5]仆：自谦之词。恨人：抱恨之人。[6]伏恨：降伏于怨恨，即抱恨。[7]秦帝：秦始皇嬴政。按剑：指动用武力。[8]同文共规：指统一文字。统一度量衡和车道。[9]紫渊：河名，在今山西省离石县北。[10]雄图既溢：雄伟计划已经实现。[11]方：还。架：搭设。鼋（yuán）：鳖。鼍（tuó）：俗称猪婆龙，穴居池沼水底，常食鱼、蛙等，皮可为鼓。梁：桥。据《竹书纪年》载："周穆王三十七年，大起九师，东至于九江，架鼋鼍以为梁。"[12]海右：海的西岸。送日：观看日落。据《列子·周穆王》载："命架八骏之乘……乃观日所入。"此连上句说，帝王征战巡狩气势磅礴。[13]魂断：指死。[14]宫车晚出：帝王去世的委婉说法。宫车为帝王上朝所乘，若晚出，则有不祥。又说"宫车晏驾"。[15]赵王既虏：据《史记·赵世家》载，赵与秦战，秦

191

灭赵，俘虏赵王张敖。[16]迁：流放。房陵：古县名，即今湖北省房县。[17]薄暮：迫近天黑。心动：心内不安。昧旦：十二时辰之一，在鸡鸣之后。[18]神兴：指睡醒。[19]金舆及玉乘：指装饰精美豪华的车辆。[20]填膺（yīng）：充满胸臆。[21]千秋万岁：指在位之年。[22]为怨：造成怨恨。难胜：难以忍受。[23]李君降北：据《汉书·李陵传》载，武帝天汉二年，李陵任骑都尉，率兵北击匈奴而败，被迫投降。[24]吊影：《三国志·魏志·陈思王植传》引曹植《疏》云："形影相吊，五情愧赧。"惭魂：《晏子春秋》有云："君子独寝，不惭于魂。"此句说，因羞愧不为人理解而感孤单。[25]上郡：秦汉郡名，地在今陕西延安、榆林一带。[26]雁门：秦汉郡名，地在今山西省右玉南，辖境当今山西河曲、恒山以西、内蒙古黄旗海一带。[27]裂帛系书：据《汉书·苏武传》载，匈奴拘苏武于北海，却欺骗汉朝说并无苏武，汉使者用常惠计，对单于说："天子射上林中，得雁，足系帛书，言武等在某泽中。"单于见事败，即送苏武归汉。[28]还：报答。[29]溘（kè）：快的样子。此句说，人生短促如同朝露受晒即干那样。《汉书·苏武传》载，李陵劝苏武投降时说："人生如朝露，何久自苦如此？"[30]握手何言：苏武返汉前，李陵置酒饯行。此反用其意，指诀别无言。[31]明妃去时：汉元帝宫女王昭君离汉时。晋人避司马昭讳，改昭君为明君，后人又称明妃。[32]紫台：指汉天子宫廷。稍：渐渐。[33]无极：没有尽头。[34]摇风：即扶摇，亦即飙风，此指塞外暴风。[35]陇：甘肃一带。[36]代：今河北蔚县一带。此连上句说，离汉土极远，以致云物雁禽也无秀色且少见。[37]望：盼。何期：何时是归期？[38]芜绝：草木枯死，此喻指明妃老死异域。[39]敬通：东汉辞赋家冯衍的字。见抵：被压制。据《文选》李善注引《东观汉记》云："冯衍字敬通，明帝以衍才过其实，抑而不用。"[40]罢：免官。[41]闭关却扫：关闭大门，不再扫径迎客。[42]仕：当官。[43]孺人：旧时对夫人的尊称，此指妻子。[44]稚子：幼儿。[45]脱略：轻慢。[46]跌宕（dàng）：恣意。此连上句说，对公卿轻视不以为意，读书随意而不受正统文史约束。[47]赍（jī）志：怀抱壮志。没地：

指死亡。[48] 中散下狱：中散指嵇康，因他曾任中散大夫。下狱事见向秀《思旧赋》注。[49] 激扬：激动慷慨。[50] 浊醪（láo）：浊酒。引：斟饮。[51] 素琴：不加装饰的琴。[52] 萧索：萧条、冷落。[53] 郁：不舒展的样子。青霞：青云。奇意：大志。[54] 修夜：长夜。旸（yáng）：明亮。此连上句说，凌云之志不得实现，就如同身处漫漫长夜。[55] 孤臣：失宠无依的臣子。[56] 孽子：失宠的庶子。此与上句互文成义，意思是说，孤臣孽子心感危殆，因而涕泗坠落。[57] 迁客：贬谪迁徙之人。海上：指苏武被匈奴徙北海牧羊一事。[58] 流戍：流放远方戍守边疆。陇阴：今甘肃、陕西一带。流戍陇阴指汉高祖时齐人娄敬戍守陇西事。[59] 汩（gǔ）起：如泉水涌突。[60] 血下：形容极度悲痛。《韩非子·和氏》载，卞和因宝玉得不到承认且己身因此遭刑，"乃抱其璞而哭于楚山之下，三日三夜，泣尽而继之以血。"衿：即"襟"。[61] 含酸茹叹：忍受辛酸，饮恨吞声。[62] 销落湮沉：销散埋没，指死亡。[63] 骑（jì）：骑兵。叠迹：马蹄痕迹相叠。[64] 屯：聚集。屯轨：指车道很多。[65] 匝：绕。[66] 歌吹：指战斗的号角。[67] 烟断火绝：喻人气绝身亡。[68] 闭骨泉里：埋葬尸骨于黄泉。[69] 春草暮：指春尽。[70] 绮罗句：指富豪人家尽皆灭亡。[71] 丘陇：指坟墓。

【评点】

南朝前后，政权动荡，局势多变，下层知识分子地位沉浮不测。《恨赋》即感此而作。赋中历写天子以晏驾为恨，名将以陷虏为恨，美人以远嫁为恨，高人以冤杀为恨等。其中写名士冯敬通以罢黜归田为恨一段，最能激起失意文人的共鸣，因而在后世文人中颇见传诵。此赋首尾呼应，内容繁杂而条理分明，自始至终无不透出"恨"字精髓。词藻繁茂但通畅明丽，体格渐卑但流利清爽。于此可以看出赋由咏物转为抒情的特点。

高 松 赋

谢 朓

【作者简介】

谢朓（464-499），字玄晖，陈郡阳夏（今河南太康）人。与谢灵运同族，人称"小谢"。他在永明体作家中成就较高，山水诗方面的成就尤其显著，是"竟陵八友"之一。虽有政治抱负，但因不愿与人同流合污而未得如愿。曾任宣城太守，人称谢宣城。今有《谢宣城集》传世。

阅品物于幽记[1]，访丛育于秘经[2]，巡泛林之珍望[3]，识斯孙之最灵。提于岩以群茂[4]，临于水而宗生[5]。岂榆柳之比性[6]，指冥椿而等龄[7]。

若夫修干垂阴[8]，乔柯飞颖[9]，望肃肃而既闲[10]，即微微而方静[11]。怀风音而送声[12]，当月露而留影[13]。既芊眠于广隰[14]，亦迢递于孤岭[15]。集九仙之羽仪[16]，栖五凤之光景[17]。固松木之为选[18]，贯山川而自永[19]。

尔乃青春受谢[20]，云物含明[21]，江皋绿草[22]，暖然已平[23]。纷弱叶而凝照[24]，竞新藻而抽英[25]。陵翠山其如剪[26]，施悬萝而共轻[27]。

至于星回穷纪[28]，沙雁相飞。同云泱其无色[29]，阳光沉而减晖；卷风飙之吸欻[30]，积霜霰之严霏[31]。岂凋贞于岁暮[32]，不受令于霜威。

若乃体同器制[33]，质兼上才[34]。夏书称其岱畎[35]，周篇咏其徂徕[36]。乃屈己以宏用[37]，构大壮于云台[38]。幸为玩于君子[39]，留神心而顾怀[40]。君王乃徙宴兰室[41]，解佩明椒[42]；

194

搴幽兰于夕阳[43]，咏笒竽于琴朝[44]；陵高邱以致思[45]，御风景而逍遥[46]；夷皴冕之隆贵[47]，怀汾阳之寂寥[48]；邈道胜于千祀[49]，蕴神理而自超[50]。夫江海之为大，实涓浍之所归[51]；瞻衡恒之峻极[52]，不让壤于尘微。嗟孤陋之无取[53]，幸闻道于清徽[54]。理弱羽于九万[55]，愧不能兮奋飞[56]。

【注释】

[1] 阅：披阅。品物：众物。幽记：精深的著作。[2] 访：寻找。丛育：成丛生长之物。秘经：罕见的典籍。[3] 巡：巡视。泛林：广阔森林。珍望：值得观赏之物。[4] 提：挺举，立。群茂：成群而繁茂地生长。[5] 宗生：同类相连生长。[6]"岂榆柳"句：榆柳禀性脆弱，不耐严寒，无法与高松相比。[7] 冥椿：冥灵与大椿，都是传说中长寿的大树。《庄子·逍遥游》："楚之南有冥灵者，以五百岁为春，五百岁为秋；上古有大椿者，以八千岁为春，八千岁为秋：此大年也。"等龄：同龄。此连上句说：松树有冥椿一般旺盛的生命力，不能与杨柳之类相提并论。[8] 修干垂阴：修长的树干搭起一片阴凉。[9] 乔柯飞颖：高高的枝条上长着四射如飞的松针。[10] 望：远看。肃肃：肃穆。闲：闲邪。[11] 即：远看。微微：幽静。[12]"怀风音"句：指大风借助高松发出声音且传向远方。[13] 月露：月光。留影：投下影子。[14] 芊（qiān）眠：茂密繁盛。隰：低洼之地。[15] 迢（tiáo）递：高远。此连上句说，松树不择环境，无论洼地山岭，都能茂密挺拔地生长。[16] 九仙：道教认为太清境有九位仙人：一上仙、二高仙、三大仙、四元仙、五天仙、六真仙、七神仙、八灵仙、九至仙。羽仪：仪仗中用羽毛做成的装饰品。[17] 栖：指聚集。五凤：传说中不同颜色的五种凤鸟：一青凤、二赤凤、三黄凤、四白凤、五紫凤。光景：光彩。[18] 固：通"故"。选：特出者。[19] 贯山川：贯通山川，到处都有。自永：自然长久地生存。[20] 青春：春天。春天来到。万物转青，故云。受谢：冬天逝去，春天代而受之。[21] 云物：云气的颜色。含明：指吐射光明。[22] 江皋：江边。[23] 暧（ài）然：模糊不分明的样子。

195

传统文化经典读本

此连上句说，草叶上出，地面上平展展一片绿象。[24]纷：繁多。弱叶：嫩叶。凝照：聚集日光，指阳光照在嫩草上发出光彩。[25]新藻：刚长出的草。抽英：开花。[26]陵：飞越，凌驾。翠山：青翠的山。[27]施（yì）：延伸。悬萝：有蔓而攀绕悬挂于他物的植物。此连上句说，松树挺立苍山，齐整如人工栽剪，藤萝依附树上而显示自己的轻盈。[28]星回：星宿回到原位，指一周年结束，新年将始。穷纪：一年十二个月都已过去。日、月、年累经至十二为一纪。[29]同云：云成一色。是下雪的征象。泱（yāng）：云气上涌。[30]飙（biāo）：大风。吸欻（xū）：风速迅猛。[31]严霏：雪大的样子。此连上句说，狂风席卷，大雪堆积。[32]凋贞：失去操守，指枯败凋谢。[33]体同器制：树体合乎制作器具的标准。[34]质兼上才：兼有上等木材的各种资质。[35]夏书：指《尚书》。称：赞扬。岱畎（quǎn）：泰山的沟谷。《尚书·禹贡》说："（青州）厥贡盐絺，海物惟错，岱畎丝、枲、铅、松、怪石。"[36]周篇：指《诗经》。徂徕（cú lái）：山名，在今山东省泰安市东南。《诗经·鲁颂·閟宫》篇说："徂徕之松，新甫之柏。"此连上句说，松树的优秀资质在古代经典中即被称道。[37]屈己：使自己受屈。宏用：大用。[38]大壮：《易经》第三十四卦卦名，卦象是乾下震上，乾为天，震为雷，雷在天上象征强盛。此指强有力的栋梁。云台：汉明帝宫中高台名，明帝曾在此为三十二名中兴功臣记功画像。此代指规模宏大的楼阁。此连上句说，松树因有作为栋梁构筑楼阁的重大用途，常遭斩伐，委屈了自己。[39]幸：幸亏。玩：玩赏。[40]神心：精神和意念。顾怀：顾念怀恋。此连上句说，君子仰慕"宏用"，因而松树是他们赏玩系心的对象。[41]君王：指竟陵王萧子良。乃：若，如果。兰室：芳香高雅的居室。[42]解佩：解下佩饰，以示诚信。《离骚》有云："解佩纕以结言兮"。明椒：明亮的椒房，亦为高雅芳洁之所。此连上句说，君王应当培养兰椒一般高洁的志趣。以下六句也是奉劝之言。[43]搴（qiān）：拔取。幽兰：兰花。夕阴：傍晚。[44]耸干：高耸的树干。琴朝（zhāo）：早晨弹琴。古人认为琴音可以正人心，驱淫邪。此连上句说，早晚都要加强修养，追求远大目标。[45]陵：登。邱：通"丘"。致思：得到启发。[46]御：享受。[47]夷：平。黻（fú）冕：礼服礼帽。隆贵：高贵。[48]怀汾阳：指怀想汉武帝渡越汾水时身感年迈而作《秋风辞》一事。辞中有云："秋风起兮白云飞，草木黄落兮雁南归……欢乐极兮哀情多，少壮几时兮奈老何？"此连上句说，应当平易近人，谦虚处世，趁年轻时有所作为，以减轻年老时的孤寂与惆怅。[49]邈：远。道胜：以道取胜。《尉缭子·战威》："凡兵有以道胜……讲武料敌，使敌之气失而师散，虽形全而不为之用，此道胜也。"千祀：千年。[50]蕴神理：心知高妙道理。此连上句说，如做到了上述各点，则虽距古人"道胜"之时千年之久，也自然了悟神妙之理而超越前人。[51]涓浍（kuài）：小的水流。此处比喻小官、地位卑微者。[52]瞻：仰视。衡恒：南岳衡山，北岳恒山。峻极：高到极点。[53]孤陋之无取：无取孤陋的倒置。孤陋：指学识浅薄。此句说，不要结交轻薄之辈。[54]幸：敬词，表示对方这样做是自己感到幸运的。清徽：指操行美洁。此句说，要听取有高洁志趣者的宏论。[55]弱羽：娇嫩的翅膀。九万：指九万里高空。《庄子·逍遥游》："鹏之徙于南冥也，水击三千里，抟扶摇而上者九万里。"[56]奋飞：振翅高飞。比喻人奋发有为。此连上句说，当为无所作为而羞愧，要像鹏鸟那样在万里高空翱翔。

【评点】

《高松赋》是谢朓奉竟陵王萧子良之命而作。前半部分是对高松外在美的赞扬：挺拔超逸、不择地势、不畏严寒、四季常青。后半部分是对高松内在美的品评：品性雅洁、质兼上材。作者由此而引发感触，借题发挥，劝勉竟陵王应当高瞻远瞩，虚怀若谷，树立远大志向，成为高松那样有"宏用"的栋梁之材。作者是继谢灵运之后的又一杰出山水文学家。此赋采用旁衬兼白描的手法，历写松树的挺于岩与临于水、闲与静、声与影、青春之时与霜威之际等等，展现了松树的丰采，揭示了"岁寒然后知松柏之后凋也"的深刻道理。全篇充满了诗情画意。

鸳 鸯 赋

徐 陵

【作者简介】

徐陵（507-583），字孝穆，东海郯（今山东郯城）人，自幼才华过人，八岁能文，十二岁通老、庄之学。其诗歌和骈文轻靡绮绝，是宫体诗的主要作家，与庾信齐名，世称"徐庾"。梁时曾官东宫学士，陈时任丹阳尹、中书监等职。原有集，已散佚，后人辑有《徐孝穆集》。另编有《玉台新咏》。

飞飞兮海滨，去去兮迎春。炎皇之季女[1]，织素之佳人[2]。未若宋王之小史[3]，含情而死。忆少妇之生离[4]，恨新婚之无子[5]。既交颈于千年，亦相随于万里。山鸡映水那自得[6]？孤鸾照镜不成双[7]。天下真成长合会[8]，无胜比翼两鸳鸯。观其哗吭浮沉[9]，轻躯瀺灂[10]。指荇戏而波散[11]，排荷翻而水落[12]。特讶鸳鸯鸟，长情真可念。许处胜人多[13]，何时肯相厌？闻道鸳鸯一鸟名，教人如有逐春情[14]。不见临邛卓家女[15]，只为琴中作许声[16]。

【注释】

[1] 炎皇：炎帝，号神农氏。季女：排行在末的女孩。据《汉书·张良传》颜师古注，神农时有雨师名赤松子，常止于西王母石室，随风雨上下，炎帝的小女追随他，亦得仙，一同离去。[2] 织素：纺织绸缎。古诗《上山采蘼芜》："新人工织缣，故人工织素。……将缣来比素，新人不如故。"[3] 宋王：战国时宋国的康王。小史：官府中的

小吏。据干宝《搜神记》载，宋康王的小吏韩凭有妻何氏，甚美，康王夺之，并罚韩凭修筑长城。后韩何夫妇相继自杀。乡人埋之。一夜之间，两坟冢均有梓树长出，根交于下，枝错于上。又有鸳鸯雄雌各一，栖于树上，晨夕不离，交颈悲鸣，声音感人。以上几句说，无论神仙之恋，还是凡人之情，都不及韩凭夫妇感情的深挚悲壮，因为韩何二人在世时相随，死后变鸟也相伴。[4] 少妇：指何氏。[5] 新婚之无子：韩何夫妇新婚即被拆散，故无子。[6] 山鸡：鸟名；形似雉。据刘敬叔《异苑》载，山鸡爱其羽毛，常照水而舞。那（nuǒ）自得：怎么能算做自在得意？[7] 孤鸾：失群的鸾鸟。据范泰《鸾鸟诗·序》载，罽（jì）宾王捕获一鸾鸟，甚爱之，三年不鸣，夫人对王说，鸟见其类而后鸣。以镜照鸾，鸾睹影悲鸣而绝。[8] 长合会：长久聚合处。以上几句说，山鸡顾影自怜，鸾鸟易失群，都比不上鸳鸯比翼厮守，两情久长。[9] 哢吭（lòng háng）：鸟鸣声。浮沉：指叫声时高时低。[10] 瀺灂（chán zhuó）：指在水面上忽隐忽现。[11] 拂：轻轻飞过。荇（xìng）：水中荇菜。[12] 排：推开。[13] 许处：处处。[14] 逐春情：追求爱恋之情。[15] 临邛（qióng）：县名，今四川邛崃县。卓家女：指卓文君。[16] 许：此，指鸳鸯情。《玉台新咏·琴歌二首·序》云："司马相如游临邛，富人卓王孙有女文君新寡，窃于壁间窥之，相如鼓琴，歌以挑之。"歌词有："同缘交颈为鸳鸯，胡颉颃兮共翱翔"的句子。

【评点】

此赋通过对鸳鸯的"既交颈于千年，亦相随于万里"品性的赞美，寄托了作者想使人间变成"长合会"的理想，作者先从传说入手，将鸳鸯当人来写，跟炎皇季女、织素佳人作比；然后又将它当鸟来写，跟山鸡、孤鸾相较，从而显出了鸳鸯的"长情"可念。篇末笔锋突转，写到人间爱情，就此收笔，给人留下了无穷的想象余地。

采 莲 赋

萧 绎

【作者简介】

萧绎（508—554），字世诚，号金楼子，南兰陵（今江苏常州西北）人。梁武帝第七子，初封湘东王，侯景作乱后，他在江陵称帝，是为梁元帝。在位三年，为西魏军所杀。所作诗赋轻靡绮艳，属"宫体"一类，但亦有少数风格清新活泼的作品。他生平著作甚多，今存《金楼子》辑本。原有集，已散佚，后人辑有《梁元帝集》。

紫茎兮文波[1]，红莲兮芰荷[2]。绿房兮翠盖[3]，素实兮黄螺[4]。于时妖童媛女[5]，荡舟心许[6]，鹢首徐回[7]，兼传羽杯[8]。櫂将移而藻挂，船欲动而萍开。尔其纤腰束素，迁延顾步[9]。夏始春余，叶嫩花初。恐沾裳而浅笑，畏倾船而敛裾，故以水溅兰桡[10]，芦侵罗裤[11]。菊泽未反[12]，梧台迥见[13]，荇湿沾衫[14]，菱长绕钏[15]。泛柏舟而容与[16]，歌采莲于江渚[17]。歌曰："碧玉小家女[18]，来嫁汝南王[19]。莲花乱脸色，荷叶杂衣香。因持荐君子[20]，愿袭芙蓉裳[21]。"

【注释】

[1]文波：有纹的水波。[2]芰（jì）荷：出水的荷，指荷叶。[3]绿房：花苞。花未开前包着花的小叶片，呈绿色，故名。翠盖：青绿色枝叶茂密，如同华盖。[4]素实：白色果实，指藕。黄螺：莲子，色黄而有细纹。[5]妖童媛女：穿着艳丽、情态妩媚的少男少女。[6]心许：赞许。[7]鹢（yì）首：指船。鹢，水鸟名。古人常画鹢首于船头，故

称船为鹢或鹢首。[8]羽杯：即羽觞，状如羽翼的酒杯。此连上句说，男男女女十分喜爱莲花，因而恋恋不舍，拨回坐船，为表喜悦之情，加倍饮酒。[9]迁延：拖延时间。顾步：看着脚下。此句说，女子故意拖延，羞答答低头而视。[10]兰桡（ráo）：极好的桨。[11]罗裥（jiān）：丝织品做成的垫子。[12]菊泽：菊花的光泽。反：通"返"。此句说，菊花尚未开放。[13]梧台：战国时齐有宫叫梧宫，所在之台称梧台。此句说，视野开阔。[14]荇（xìng）：荇菜。[15]钏（chuàn）：镯子。[16]容与：徘徊不进。[17]渚（zhǔ）：水中小洲。[18]碧玉：《乐府诗集·吴声曲辞·碧玉歌》引《乐苑》云："碧玉歌者，宋汝南王所作也。碧玉，汝南王妾名。"[19]汝南：郡名，治所在河南上蔡。此连上句说，男女两情相愿，欲结为夫妇。[20]荐：献给。[21]袭：穿。此句说，愿男子品行高洁，如同芙蓉。

【评点】

此赋以"采莲"为题，叙写少男少女们在明媚春光和朦胧情爱的召唤下天真浪漫的生活情景。赋所展示的图景中，人和莲花相映而出，既有莲花紫、红、绿、素、黄各种色彩的协调搭配，又有人的荡舟、浅笑、溅水、容与、歌唱多种动作的有机牵连，从而动态地展现了莲花的特有魅力，突破了一般作品单纯叙述莲花的风姿或品格的陈套。文字简短而内容具体，行文流畅而画面完整。是一篇优秀的抒情小赋。

冬　草　赋

萧子晖

【作者简介】

萧子晖（510年左右），字景光，兰陵（今江苏常州市西北）人。少小即博览群书，能文善赋。曾潜心佛经，颇有研究。历任临安令、仪同从事、中骑长史等职。传世作品较少。

有间居之蔓草[1]，独幽隐而罗生[2]。对离披之苦节[3]，反葳蕤而有情[4]。若夫火山灭焰[5]，汤泉沸泻[6]；日悠扬而少色[7]，天阴霖而四下[8]。于是直木先摧[9]，曲蓬多陨[10]；众芳摧而萎绝[11]，百卉飒以徂尽[12]。未若兹草，凌霜自保[13]。挺秀色于冰涂[14]，厉贞心于寒道[15]。已矣哉，徒抚心其何益[16]？但使万物之后凋[17]，夫何独知于松柏[18]！

【注释】

[1]间居：在夹缝中生长。喻自己在压抑的环境中生活。[2]罗生：罗列而生，亦即蔓生。[3]离披：草木凋落的样子。苦节：苦寒季节。[4]反：反而。葳蕤（ruí wēi）：亦作葳蕤，草木茂盛，枝叶下垂。有情：指姿态娇美。[5]灭焰：等于说焰灭。[6]汤泉：温水之泉。沸：指温水。泻：消除，此指停止流动。[7]悠扬：太阳将落的样子。少色：没有光色。[8]阴霖：寒气笼罩的样子。这几句是说，天气非常寒冷。[9]直木：大树。摧：凋零。[10]曲蓬：指小草。陨：枯萎。[11]芳：指花。萎绝：衰萎绝灭。[12]卉：草。飒：衰竭。徂：通"殂"，死。[13]凌霜：顶着寒霜。[14]挺秀色：显示隽秀资色。涂：

通"途",道路。[15]厉:通"励",振奋。贞心:坚定的心志。[16]徒:空,徒劳。抚心:以手摸胸。表示感叹的行为。其:语助词。益:好处。[17]但使:假如。[18]夫:语助词。此连上句说,因为各种草木在严冬纷纷凋谢,这才显出了此蔓草松柏一般傲凌寒冬的品格。此处化用《论语·子罕》中的句子:"岁寒,然后知松柏之后凋也。"

【评点】

萧子晖本是南齐王朝宗室。梁朝时,先代士大夫和王族遭受压制,这时许多人纷纷改变原来的政治主张,投奔新主。萧子晖宁受欺压,决不低头,因作此赋表明自己的志向。他把自己化作缝隙中艰难生长的蔓草,但这种蔓草有着胜于直木和曲蓬的顽强生命力,有着松柏般耐寒的品性。如此构思,可谓新颖奇特,形象生动。此赋短小精悍,语言洗炼;长句短句错出,对句散句并见,读来铿锵有力。

小　园　赋

庾　信

【作者简介】

庾信（513-518），字子山，南阳新野（今河南省新野县）人。博览群书，少而俊迈。历仕梁、西魏、北周三朝，官至开府仪同三司，世称庾开府。善诗赋、骈文。在梁时，与宫廷诗人徐陵一起写了许多绮艳轻靡的宫体诗赋，时称"徐庾体"。晚年作品风格大变，萧瑟苍凉成为主调，内容多是对社会动乱的反映和对故国的怀念，深受杜甫推崇。原有集，后散佚，后人辑有《庾子山集》。

若夫一枝之上[1]，巢父得安巢之所[2]；一壶之中，壶公有容身之地[3]。况乎管宁藜床[4]，虽穿而可坐[5]；嵇康锻灶[6]，既暖而堪眠[7]。岂必连闼洞房[8]，南阳樊重之第[9]；绿墀青琐[10]，西汉王根之宅[11]。余有数亩敝庐[12]，寂寞人外[13]，聊以拟伏腊[14]，聊以避风霜。虽复晏婴近市[15]，不求朝夕之利[16]；潘岳面城[17]，且适闲居之乐。况乃黄鹤戒露[18]，非有意于轮轩[19]；爰居避风[20]，本无情于钟鼓[21]。陆机则兄弟同居[22]，韩康则舅甥不别[23]。蜗角蚊睫[24]，又足相容者也。

尔乃窟室徘徊[25]，聊同凿坯[26]。桐间露落，柳下风来。琴号珠柱[27]，书名《玉杯》[28]。有棠梨而无馆[29]，足酸枣而非台[30]。犹得敧侧八九丈[31]，纵横数十步，榆树三两行，梨桃百余树。拨蒙密兮见窗[32]，行敧斜兮得路。蝉有翳兮不惊[33]，雉无罗兮何惧[34]！草树混淆[35]，枝格相交[36]。山为篑覆[37]，地有堂坳[38]。藏狸并窟[39]，乳鹊重巢[40]。连珠细

204

茵[41]，长柄寒匏[42]。可以疗饥[43]，可以栖迟[44]。敧区兮狭室[45]，穿漏兮茅茨[46]。檐直倚而妨帽[47]，户平行而碍眉[48]。坐帐无鹤[49]，支床有龟[50]。鸟多闲暇，花随四时。心则历陵枯木[51]，发则睢阳乱丝[52]。非夏日而可畏[53]，异秋天而可悲[54]。

一寸二寸之鱼，三竿两竿之竹。云气荫于丛著[55]，金精养于秋菊[56]。枣酸梨酢[57]，桃榹李薁[58]。落叶半床，狂花满屋[59]。名为野人之家[60]，是谓愚公之谷[61]。试偃息于茂林[62]，乃久羡于抽簪[63]。虽有门而长闭[64]，实无水而恒沉[65]。三春负锄相识[66]，五月披裘见寻[67]。问葛洪之药性[68]，访京房之卜林[69]。草无忘忧之意[70]，花无长乐之心[71]。鸟何事而逐酒[72]？鱼何情而听琴[73]？

加以寒暑异令[74]，乖违德性[75]。崔骃以不乐损年[76]，吴质以长愁养病[77]。镇宅神以藐石[78]，厌山精而照镜[79]。屡动庄舄之吟[80]，几行魏颗之命[81]。薄晚闲闺[82]，老幼相携[83]。蓬头王霸之子[84]，椎髻梁鸿之妻[85]。燋麦两瓮[86]，寒菜一畦[87]。风骚骚而树急[88]，天惨惨而云低[89]。聚空仓而雀噪[90]，惊懒妇而蝉嘶[91]。

昔草滥于吹嘘[92]，藉《文言》之庆余[93]。门有通德[94]，家承赐书[95]。或陪玄武之观[96]，时参凤凰之墟[97]。观受釐于宣室[98]，赋长杨于直庐[99]。

遂乃山崩川竭[100]，冰碎瓦裂[101]，大盗潜移[102]，长离永灭[103]。摧直辔于三危[104]，碎平途于九折[105]。荆轲有寒水之悲[106]，苏武有秋风之别[107]。关山则风月凄怆[108]，陇水则肝肠断绝[109]。龟言此地之寒[110]，鹤讶今年之雪[111]。百龄兮倏忽[112]，光华兮已晚[113]。不雪雁门之踦[114]，先念鸿陆之远[115]。非淮海兮可变[116]，非金丹兮能转[117]。不暴骨于龙门[118]，终低头于马坂[119]。谅天造兮昧昧[120]，嗟生民兮浑浑[121]。

【注释】

[1] 若夫：句首语助词。[2] 巢父：尧时隐士，即许由，据《高士传》载，他年老时以树为巢而寝卧其上，故时人号曰巢父。所：处所。[3] 壶公：东汉时道士，名谢元。据《神仙传》载，他在市中卖药，门前悬一铜壶，太阳落山后他就跳入壶中休息。这几句说，一枝一巢尚且可以容身，自己作为羁旅之人，纵有敝庐可居也很满意了。[4] 管宁藜床：管宁，三国北海朱虚（今山东省临朐县东南）人，隐而不仕。据《高士传》载，他常坐一铺有藜草的木床，五十多年后，床上双膝接触处洞穿。[5] 穿：穿透。坐：古人两膝着地，臀部压在脚跟上，叫做"坐"。[6] 嵇康锻灶：据《文士传》载，嵇康以锻铁为生，家虽贫，但不慕名利。锻灶：打铁的炉灶。[7] 堪眠：可以睡眠。[8] 岂必：何必。连闼（tà）：门户相连。洞房：一屋沟通一屋。[9] "南阳"句：据《后汉书·樊宏传》载，光武帝刘秀的舅父樊重居南阳（今河南省唐河县西南），富有田产，善经商，家中所建屋舍，都是重堂高阁。第：宅第。[10] 绿墀（chí）：用绿色涂饰的台阶。青琐：用青色涂饰的连环状雕刻图案。[11] "西汉"句：据《汉书·元后传》载，曲阳侯王根生活骄奢，所居房屋多拟宫廷式样。这几句说，自己不求居住高楼大厦。[12] 数亩敝庐：几间破房。因房需占据田亩，所以用"亩"字。[13] 寂寞人外：指居处人少的偏僻地方。[14] 聊以：聊且用以。拟：比拟。伏：夏日祭名。腊：冬日祭名。此句说，几间陋屋，也同样可用来度冬过夏，同样可以按节令祭神，完全可跟高楼大厦相比拟。[15] 晏婴近市：晏婴，春秋时齐国大夫，以节俭闻名。据《左传·昭公三年》载，晏婴宅近闹市，阴湿窄狭，景公想为他调换好住处，他辞谢说，家离市近，购物方便，不需麻烦别人。[16] "不求"句：意思是说，虽然靠近市区，但不是为追求早晚购物的方便。此句反用《左传》句意。[17] 潘岳面城：潘岳，人名，见《秋兴赋》简介。潘岳居所面向城郊，曾作《闲居赋》对此表示不满。这里反用潘岳之意，说虽然面城而居，但心情闲适。[18] 黄鹤戒露：据周处《风土记》载，鹤性机警，群宿时必有一两个作戒卫。八月霜降，露滴打草作声，戒卫之鹤即

高鸣示警，移居安全地方。此句说，自己应当时刻谨慎。[19]轮轩：古代大夫乘坐的车子。此句说，自己无意于做官享受豪华待遇。[20]爱居避风：爱居，海鸟名。据《国语·鲁语》载，爱居忽然飞至鲁国东门外，三天也不离开，文仲使人祭祀它，大夫展禽说，这是海上发生了风暴之灾，爱居为了避风而来。[21]钟鼓：祭祀所用音乐。此连上句说，自己并无意于魏周的高官厚禄，只是不得已，暂时托身而已。[22]"陆机"句：陆机，西晋文学家，吴郡华亭（今上海市松江县）人，其弟名陆云，也是文学家。据《世说新语·赏誉》载，吴亡后，陆氏兄弟同至洛阳，同住三间瓦舍，陆机住西端，陆云住东端。[23]"韩康"句：韩康，即韩康伯，东晋人，宰相殷浩的外甥。据《晋书·殷浩传》载，殷浩十分喜爱康伯。殷浩遭贬洛阳时，康伯随同前往。一年后，康伯回建康，殷浩依依送别，赋诗涕泣。此连上句说，陆机兄弟和韩康甥舅都是南人而流落北方，自己也是南朝之臣却羁縻北朝。[24]蜗角：蜗牛的触角，喻极微。蚊睫：蚊子的睫毛，喻极细小。此句说，自己的居所很狭小。[25]窟室：在地下累土所成洞室。《左传·襄公三十年》载，郑伯嗜酒，常在窟室饮酒，击钟为乐。[26]凿坯（pī）：凿穿后墙壁。据《淮南子·齐俗训》载，鲁君想要颜阖为相，使人带厚礼邀请，颜阖不愿，凿开后墙逃走。此连上句说，自己在小园内饮酒消遣，不问政事，就如同古代隐士穿墙而逃一样。[27]珠柱：用宝珠装饰的系弦短轴，此处代指良琴。[28]《玉杯》：据《汉书·董仲舒传》载，董仲舒阐说《春秋》，著有《玉杯》、《蕃露》、《清明》、《竹林》等篇。此连上句说，自己时而弹琴，时而读书。[29]棠梨：树名。又用作馆名，在汉甘泉宫中。[30]酸枣：植物名。又用作县名，故城在今河南延津县北，城西有韩王望气台。此连上句说，小园中但有棠梨、酸枣而无楼馆台榭。[31]犹得：独占。鼓（qī）侧：不正的样子，指小园的地形不正。[32]蒙密：树叶茂密的样子。[33]翳（yì）：遮蔽，指树叶。[34]罗：捕鸟网。此连上句说，在小园中自由来往，无须惊惧。[35]混淆：指草木杂生。[36]格：长枝条。[37]篑（kuì）：盛土竹筐。覆：指倾倒。[38]堂坳（ào）：堂前水洼。《庄子·逍遥游》有云："覆杯水于坳堂之上，则芥为之舟。"此连上句说，小园中土山很低，仅如筐土所积；水池很小，只似杯水所聚。[39]狸（lí）：野猫。并窟：洞窟相连。[40]乳鹊：喂哺幼子的鹊。重巢：巢穴重叠。[41]连珠细茵：连珠般丛生的细草，如同铺在地上的席茵。[42]长柄寒匏：清冷孤寂的长柄葫芦。《世说新语·简傲》有云："陆士衡初入洛，诣刘道真。刘无他言，唯问：'东吴有长柄葫芦，卿得种来不？'"[43]疗饥：充饥止饿。[44]栖迟：停息。以上六句说，自己在小园内与鸟兽为伍，以匏瓜为食，以杂草为席，不求食丰居安。[45]欹区：通"崎岖"，此处指室内地面高低不平。[46]穿漏：屋顶透穿滴水。茅茨（cí）：用芦苇、茅草盖的屋顶。[47]直倚：直身倚门而立。[48]平行：不弯身子行走。此连上句说，屋子低矮窄狭：倚门而立，屋檐会碰着帽子；直立行走，门框要触上眉毛。[49]坐帐无鹤：据《神仙传》载，三国时吴人介象有仙术，吴王召至武昌向他学习。介象死后，吴王为其立庙。但介象凭仙术复活，回到建邺（今南京）。后来常有白鹤飞至庙中，久久徘徊。此句说，自己无仙术可凭，恐怕再也回不到梁首都建邺。[50]支床有龟：据《史记·龟策列传》载，南方一老人以龟支垫床脚，二十多年后老人死了，移床后，龟还活着。此句说，自己在长安已受拘很久了。[51]历陵枯木：历陵，县名，汉属豫章郡，故城在今江西省九江市东。应劭《汉官仪》有云："豫章郡树生庭中，故以名郡矣。此树尝中枯，逮晋永嘉中，一旦更茂，丰蔚如初。"此句说，自己心灰意冷，如同枯木。[52]睢阳乱丝：睢阳，战国时宋国地名，故城在今河南省商丘县南，墨子生活之地。据《淮南子·说林训》载，墨子见染素者而泣，因为丝既可染成黄色，亦可染成黑色，就如人的命运难以自己控制。此处借睢阳指墨子。此句说，自己忧国怀乡，以致蓬乱的头发由黑变白。[53]"非夏日"句：《左传·文公七年》载，酆（fēng）舒问贾季说，赵衰和赵盾二人谁强一些，贾季说，赵衰如冬天的太阳，赵盾如夏天的太阳。杜预注"冬日可爱，夏日可畏。"[54]"异秋天"句：古人认为，秋天气息肃杀悲伤。宋玉《九辩》："悲哉秋之为气也。"此连上句说，常人都觉夏日可畏，秋天悲伤，而自己却在非夏日的季节也觉得可畏，非秋天的季节也感到悲伤，一年四季总是悲伤畏惧。［55］荫（yìn）：遮盖。丛蓍（shī）：丛生的蓍草，古代常用该草占卜。传说蓍草丛生之处，上方常有青云覆盖。［56］金精：秋菊的精华，古人常在九月上寅这天采摘。古代以五行配四季，秋属金，菊花盛于秋。养：指包藏。［57］酢（cù）："醋"的古字，此指酸。［58］樲（sī）：山桃。薁（yù）：山李。此与上句语序当是酸枣酢梨，樲桃薁李。为协韵而倒置。［59］狂花：四处乱飞的花瓣。［60］野人：乡野之人，实指隐士。据《高士传》载，东汉桓帝出游，百姓争相观看，独有一老人耕而不辍，人问其故，回答说："我野人也，不达斯语（听不懂话）。"［61］愚公之谷：指隐居之所。据《说苑·政理》载，齐桓公出猎，追鹿至一山谷，见一老人，询问此谷名字，回答说："为愚公之谷。"此连上句说，自己虽非隐士，身居小园亦有隐士味道。［62］试：且。偃息：休息。［63］乃：原本。久羡：早就企慕。抽簪：抽去头簪，使发披散。指弃官不仕。［64］"虽有门"句：指无心与人往来。［65］"实无水"句：指隐士如同无水而沉之物。《庄子·则阳》云："方且与世违，而心不屑与之俱，是陆沉者也。"郭象注："人中隐者，譬无水而沉，曰陆沉。"此连上句说，自己无心结交权贵，虽高官在身，实质上过着隐居生活。［66］三春：春季三个月。负锄：扛着锄头，指隐居当农民。《论语·微子》："子路从而后，遇丈人，以杖荷蓧（锄头一类农具）。子路问曰：'子见夫子乎？'丈人曰：'四体不勤，五谷不分，熟为夫子？'植其杖而芸。……明日，子路行，以告。子曰：'隐者也。'"［67］五月披裘：夏天穿皮袄，这是隐士的举动。据《高士传》载，春秋时，吴公子季札于五月出游，见路上有块金子，便命道旁一位穿着皮衣砍柴的人捡起，那人抖着手瞪起眼睛说："五月披裘而负薪，岂取金者哉？"此连上句说，自己愿寻访结交隐士，以求心情闲适。［68］"问葛洪"句：葛洪，东晋医学家，丹术家，号抱朴子。所著《抱朴子》，其内篇论神仙方药等事，还著有《金匮药方》、《肘后要急方》等。此句说，想弃官而求长寿。［69］"访京房"句：京房，西汉时研究《易经》的专家，长于占验灾异。卜林：指京房《易》学名著《周易集林》、《周易守林》

209

等书。此句说，愿得闲以免灾害。[70]"草无"句：野草无所谓忘忧与否。古人认为，萱草可以使人忘记忧愁，因而常作赠物，此即忘忧草。[71]"花无"句：花卉无所谓快乐的长短。紫花又名长乐花。此连上句说，园中花草本无所谓忧愁与快乐，只因自己被北朝扣留于此，所以花草也随主人而显愁色。[72]"鸟何事"句：飞鸟怎会求酒去喝？《庄子·至乐》载，有一海鸟，至于鲁郊，鲁侯在庙里设太牢奏乐款待它，可鸟却既不敢吃肉也不敢喝酒，三天就死了。[73]"鱼何情"句：游鱼怎会出水听琴？《荀子·劝学》云："昔者瓠巴鼓瑟而流鱼出听。"此处庾信反用古义。此连上句说，自己应像鸟栖深林、鱼潜渊水那样，回归故里，得其所乐，而现在处非其所，强己所难，简直像强迫鱼鸟听琴饮酒一样令人伤悲。[74]加以：加之以。异令：节令不同，指南北方节候各异，水土不服。[75]乘违：违背。德性：本性。此句说，眼下地位与自己心性相违。[76]崔骃（yīn）：东汉文学家。据《后汉书·崔骃传》载，他曾作车骑将军窦宪的属官。窦宪骄恣，崔骃屡谏无效，反遭贬谪，命为长岑长，骃不愿赴任，郁郁而死。损年：减短寿命。[77]吴质：三国魏文学家。据《三国志·魏书·王卫二刘傅传》裴松之注引《魏略》，建安二十二年，魏国疫疾盛行，吴质的许多好友遭疫丧命，他自己因此伤感抱病。[78]宅神：住宅的鬼邪。薶（mái）：通"埋"，古人认为，十二月在住宅四周埋石可以驱邪防疫。[79]厌（yā）：通"压"。山精：山中妖怪。照镜：用镜子照。据《抱朴子·登涉》载，精怪常变人形而惑人，但镜子可以照见其原形，所以人出外带镜可以避妖降邪。以上几句说，自己心情忧郁，因而多病；神思恍惚，怕有妖邪。[80]屡动：常常感发。庄舄之吟：见《登楼赋》注。[81]几行：几乎发生。魏颗之命：据《左传·宣公十五年》载，魏武子有宠妾而不孕，武子病重时命儿子魏颗将她嫁与别人，临死前又命儿子要把她殉葬。武子死后，魏颗把她出嫁了。人问其故，魏颗回答说，他听父亲清醒时的话，不听死前神志不清时的话。此连上句说，自己病中更如庄舄思念故土，以致到了昏昧不明的地步。[82]薄晚：傍晚。闲闺：使房子空闲。[83]老幼相携：据《哀江南赋》、《报赵王惠酒诗》、《腾王逌序》等，庾信携老母、妻子、儿子一同留于长安。此连上句说，黄昏时节全家外出消遣，以减轻怀念故土之情。[84]"蓬头"句：据《后汉书·列女传》载，王霸初跟令狐子伯友善，后来子伯为相，命儿子给霸送信，王霸见子伯的儿子有车马相随，举止文雅，而自己的儿子蓬发无礼，惭愧得久卧不起。他的妻子责备他应当保持高洁，不慕荣利。王霸于是笑呵呵地起来。此后全家隐遁不仕。[85]"椎髻"(jì)句：据《后汉书·逸民传》载，梁鸿家贫博学，娶同县孟光为妻。初嫁时，孟光盛装入门，梁鸿不加理睬，后孟光改穿布衣，挽椎形发髻，梁鸿才面带笑容。此连上句说，自己及妻儿均无为官慕利之意。[86]燋：同"焦"。焦麦即干麦。[87]畦(qí)：田地里分成的小区。[88]骚骚：风声。树急：指树摇摆剧烈。[89]惨惨：暗淡无光的样子。[90]雀噪：鸟雀鸣叫。汉苏伯玉妻《盘中诗》："空仓雀，常恐饥。"[91]懒妇：蟋蟀别名。蝉嘶：如蝉嘶鸣。这两句的语序当为：雀聚空仓而噪，懒妇惊而蝉嘶。意思是说，自己的心情因怀念故土而繁乱嘈杂始空仓雀噪，又如蟋蟀惊鸣。[92]昔：指先前仕梁时。草：草莽细贱之人。此为谦词。滥：不真实。吹嘘：指吹竽。据《韩非子·内储说上》载，齐宣王喜欢听竽，吹竽的有三百人，南郭处士不会吹，混在人中充数。[93]藉(jiè)：凭借。《文言》之庆余：《易经·乾卦·文言》云："积善之家，必有余庆。"意思是先世的功德，可以惠及子孙。这里"余庆"因协韵而倒。此连上句说，想起往昔仕梁情景，那是凭父亲庾肩吾的名望功德的结果，自己并无真才实学，但却深得恩宠。[94]门有通德：东汉末年有位经学家郑玄，学问渊博，屡征未就。北海相孔融十分敬重郑玄，为他特立一乡，乡之门曰通德门。此处庾信用郑玄事喻郑父庾易在齐时同样不肯出仕而名望广被。[95]家承赐书：家中藏有皇帝所赐书籍。据《汉书·叙传》载，东汉史学家班彪与兄班嗣四处求学，皇帝赐给他们书籍。又据《梁书·文学传》载，庾信的伯父庾于陵和父亲庾肩吾均有文名。因此，庾信用班彪兄弟喻父亲兄弟。[96]或：有时。陪：指陪同皇帝。玄武之观(guàn)：名叫玄武的观楼。《三辅旧事》云："未央宫北有玄武阙。"[97]参：参与，进入。凤凰之墟：《三辅黄图》云:"汉宫殿有凤凰殿。"此连上句说,自己仕梁时,常陪皇帝进出宫禁。[98]观:参观典礼。受釐(xī):接受祭祀后所分的肉食。宣室:汉未央宫前的正室。此处用贾谊与孝文帝答问事。《史记·贾谊列传》云:"贾生征见,孝文帝方受釐,坐宣室。上因感鬼神事,而问鬼神之本。贾生因具道所以然状。"[99]长杨:汉代宫室名,旧址在今陕西省周至东南。扬雄曾作《长杨赋》。直庐:旧时臣子朝见帝王时值宿休息的房子。此连上句说,自己曾像贾谊、扬雄那样受过皇帝的特殊恩遇,与皇帝和太子相唱和。[100]山崩川竭:旧时认为这是亡国之征。此指侯景之乱。[101]冰碎瓦列:指国家遭乱后的破败局面。[102]大盗:指侯景。潜移:指篡位。侯景于梁武帝太清二年反叛,攻入建康,武帝饿死,元帝迁都江陵。[103]长离:星宿名,即长丽,是南方七宿的总称,此代指南朝梁。[104]摧:折断,坠落。直辔:驱马驰骋。三危:山名,其地说法不一,高峻危峭是其特征。[105]平途:平路。九折:坂名,在四川省荥经县邛崃山,曲折多险。以上两句当理解为:直辔而行,摧于三危;视若平途,碎于九折。意思是说,自己正过着平静生活,不料世遭变故,国家败亡。[106]"荆轲"句:荆轲:战国末年刺客。据《史记·刺客列传》载,燕太子丹派他刺杀秦王,于易水上饯行,临别时荆轲唱道:"风萧萧兮易水寒,壮士一去兮不复还。"[107]"苏武"句:苏武:汉武帝时大臣。据《汉书·苏武传》载,苏武出使匈奴被扣留十九年,不受利禄诱降,临归时,汉降将李陵赠诗云:"欲因晨风发,送子以贱驱。"此连上句说,自己出使西魏,徒遭扣留,出于无奈,勉强任官。[108]"关山"句:古乐府有《关山月》,主要写离别之情。[109]"陇水"句:古乐府有《陇头水》,中有"陇头流水,鸣声幽咽,遥望秦川,肝肠断绝"的句子。此连上句说,自己远离故土,心情悽怆,犹似肝肠寸断。[110]龟言:据《水经注》引车频《秦书》云,前秦苻坚时,有人凿井得一龟,苻坚筑池养之,十六年后龟死,用其甲骨占卜,名为客龟。有人梦见大龟说:"我将归江南,不遇,死于秦。"此句说,自己思归江南而不得,担心如大龟那样客死他国。[111]"鹤讶"句:据刘敬叔《异苑》载,太康二年冬,天寒雪大,有人看见两只白鹤在桥下说:"今兹寒,不减尧崩年也。"于是飞去。同年梁都江陵失陷,元帝被杀。此句说,元帝被西魏兵杀害,自己不由得震惊悲痛。[112]百龄:百岁,指人的一生。倏(shū)忽:迅速的样子。[113]光华:年华,岁月。[114]雪:洗刷。踦(jī):通"奇",运气不好。据《汉书·段会宗传》载,段会宗曾作雁门太守,犯法被免职。后来又作都护,朋友谷永见他年老,写信告诫他,不要再求立功,只要不出什么问题,早日调回,就可掩盖雁门那次的耻辱了。此句说,自己也像段会宗那样,年龄已高,难以企求立功雪耻。[115]鸿陆之远:《易经·渐卦》云:"鸿渐于陆,夫征不复。"意思是飞鸿从陆地上飞远,预兆征夫一去难返。此句说,自己也如征夫一样,被留北朝而难以回返。[116]"非淮海"句:《国语·晋语九》有云:"雀入于海为蛤,雉入于淮为蜃。鼋(yuán)鼍(tuó)鱼鳖莫不能化。惟人不能,悲夫!"[117]"非金丹"句:不是服用金丹所能改变的。金丹,古代方士用黄金炼成的金液和用丹砂炼成的还丹,认为服食后人可长生不老。此连上句说,自己的命运很难改变。[118]"不暴骨"句:据《后汉书·李膺传》李贤注引《三秦记》云:"龙门山在河东界,禹凿山断门一里余,黄河自中流下,两岸不通车马。鱼登者化为龙,不登者点额暴腮而返。"[119]"终低头"句:据《战国策·楚策》载,一老马拉着盐车上太行山,累得浑身大汗也上不去。伯乐见此情景,不禁潸然落泪。此连上句说,自己不能像鱼那样点额暴腮而死节龙门,致使落得如千里马那样屈辱负重的下场。[120]谅:的确。天造:自然造化。昧昧:昏暗。[121]嗟:感叹。生民:世上的人。浑浑:浑沌纷乱。此连上句说,造化无法明晓,人只能在纷浊无知中生存。

【评点】

此赋是庾信晚年羁留北方时思念故国的作品,突出地抒发了他内心的忧郁和痛苦之情。前半部分写小园之景,表面上写其闲适乐观,实质上处处用心刻画"小"字:鸟兽草木小,园中屋舍小,园中景物小,反映了作者处处感到压抑难伸的烦恼与痛苦,达到了情景交融的境界。后半部分写思故情怀，浓墨重彩地描述了国破家亡羁留异国的凄愁哀伤。篇末两句发出无可奈何的感叹，凄怆之情溢于言表。赋中几乎句句用典，但却异常贴切生动，真正做到了情深辞雅。此赋不但是庾信后期的代表作，也是抒情赋作中不可多得的鸿文巨制。

对蜀父老问

卢照邻

【作者简介】

卢照邻(637—687),字升之,号幽忧子,河北范阳(今北京附近)人。做过新都尉等小官,仕途失意。晚年因病残废,卧床十余年,终于不堪病痛,自沉颍水而死。他是初唐著名诗文作家,擅长七言歌行,诗风纵横奔放,表现出一定的批判精神。他的赋也颇有慷慨不平之气。有文集20卷。

龙集荒落[1],律纪蕤宾[2]。余自丰镐归于五津[3],从王事也。丁丑,届于升仙桥上送客亭[4],即相如所谓不乘高车驷马不出汝下者也[5]。遇蜀父老皤然庞眉华发者休于斯,谓余曰:"子非衣冕之族欤[6]?文章之徒欤?饰仁义以干时乎。怀诗书以邀名乎?吾闻诸夫子曰:'邦有道,贫且贱焉,耻也[7]。'当今万方日照,九有风靡[8]。主上垂衣裳正南面而已矣[9],庸非有道乎?而子爵不登上造[10],位不止中涓[11]。藜羹不厌[12],裋褐不全[13]。庸非贫贱乎?吾视子形容憔悴,颜色疲怠。心若涉六经,眼若营四海[14]。何其无耻也?何其不一干圣主,效智出奇?何栖栖默默[15],自苦若斯?吾闻'克为卿,失则烹[16]'。何故区区尤尤,无所成名[17]?"

余笑而应之曰:"井鱼不可以语于海者,拘于墟也[18];夏虫不可以语于冰者,笃于时也[19];盖闻智者不背时而徼幸[20],明者不违道以干非。是以圣贤驰骛[21],莫救三家之辙[22];匹夫高抗[23],不屈万乘之威。道在则箪瓢匪陋[24],义存则珪组斯违[25]。或立谈以邀鼎食,或白首而甘布衣。或委辂而事属论

215

都之会[26]，或射钩以相遇匡霸之机[27]。亦有朝为伊周[28]，暮为桀跖[29]。当其时也，袭珩珮之锵锵[30]。失其时也，委沟渠而喀喀[31]。故使龙邱先生羞闻拥篲[32]，雁门太守不知缝掖[33]。孟轲偃蹇[34]，为王者师；范雎匍匐[35]，为诸侯客。富贵者君子之余事，仁义者贤达之常迹。来不可违，类鸿雁之随阳；去不可留，同白驹之过隙[36]。

行苏张之辩于娲燧之年则迂矣[37]，用彭韩之术于尧舜之朝则舛矣[38]，守夷齐之节于汤武之时则孤矣[39]，抱申商之法于成康之日则愚矣[40]：彼一时，此一时也。易时而处，失其所矣。大唐之有天下也，出入三代，五十余载。月窟来庭[41]，风邱款塞[42]。华旌已偃，羽檄已平。虽有廉白之将[43]，孙吴之兵[44]，百胜无遗策[45]，千里不留行[46]，无所用也。社首既禅[47]，介邱既封[48]，创明堂，立辟雍[49]。虽有阙里之圣[50]，淹中之儒[51]，叔孙通之蕝[52]，公玉带之图[53]，将焉设也？咸英并作[54]，韶武毕用[55]。奏之方泽而地祇登[56]，升之圆丘而天神降。虽有伶伦、伯夔、延陵、子期[57]，操雅曲则风云动，激悽音则草木悲，又何施也？画衣莫犯[58]，囹圄不修[59]。虽有咎繇仲甫之器，释之定国之侔[60]，金科在握，丹笔如流[61]，非急务也。人归东户，家沐南薰[62]。山泽无蹊隧，鸡犬不相闻。虽有文翁、黄霸之述职，子游、子贱之弦歌[63]，政成礼让，俗被雍和[64]，固无取也。干戈已戢[65]，礼乐已兴，刑罚已措[66]，梁父已升[67]。公卿常伯[68]，庶政其凝[69]。虽有鸿才大略，丽句丰词，发言盈乎百代，濡翰周乎四时[70]，略无益于今日，而适足以拂之。是故天子恭己，群臣演成[71]。攘袂而陵稷契，抚掌而笑阿衡[72]。无为而万物皆遂，不言而品汇咸亨[73]。莫不称赞鸿烈[74]，揄扬颂声。言殊者招累，行危者相倾。效智者辍谈于草泽[75]，出奇者裹足于山楹[76]。许由去而尧臣不少[77]，善卷逃而舜德不轻[78]。

夫周冕虽华，猿猴不之好也[79]；夏屋虽崇，骐骥不之处也[80]。载鼷以车马[81]，不如放之于薮穴也[82]；乐鹖以钟鼓[83]，不如栖之以深林也。此数物者，岂恶荣而好辱哉？盖不失其天真也。若余者十五而志于学，四十而无闻焉。咏羲农之化[84]，玩姬孔之篇[85]。周游几万里，驰骋数十年。时复陵霞泛月，拟札弹弦。随时上下，与俗推迁[86]。门有张公之雾[87]，突无墨子之烟[88]。虽吾道之穷矣，夫何妨乎浩然[89]。今将授子以中和之乐，申之以封禅之篇[90]。终眇惭乎指地，窃所慕乎谈天。"

于是蜀父老再拜而谢曰："鄙夫瞽陋[91]，长自愚惑，习俗遐陬[92]，不游上国。闻王人之休旨[93]，听皇猷之允塞[94]。亦犹献雉而遇司南[95]，御龙而光有北[96]。请终余论，永告印棘[97]。"

【注释】

［1］龙集荒落：龙指岁星，岁星也叫龙星。荒落即"大荒落"。《尔雅》："太岁在巳曰大荒落。"［2］律纪蕤（ruí）宾：与十二律中"蕤宾"相配合的是五月。前二句讲时间是巳年五月。［3］丰镐：地名，今陕西咸阳一带。五津：地名，四川犍为与灌县之间有五个渡口，叫做五津。［4］届：到。升仙桥：在成都。［5］"相如"句：《华阳国志·蜀志》："城北十里有升仙桥，有送客观。司马相如初入长安，题市门曰：'不乘赤车驷马，不过汝下也。'"［6］衣冕：衣冠。借指士大夫。［7］夫子：孔子。孔子的话见《论语·泰伯》。［8］九有：九州，泛指全国。风靡：随风而从。［9］垂衣裳：《易·系辞下》："黄帝、尧、舜垂衣裳而天下治。"［10］上造：爵位名，秦制定爵位十二级，第二级为上造。［11］中涓：古时称皇帝的近侍为中涓。［12］藜羹：藜是一种野菜，指粗劣的食物。厌：饱。［13］裋（shù）褐：粗布衣服。［14］营：围绕。［15］栖栖：忙碌不安的样子。栖栖默默就是碌碌无为、默默无闻的意思。［16］克为卿，失则烹：人生当建功立业，否则鼎烹而死。［17］区区尣尣（yín）：踟蹰不前的样子。［18］拘：拘束。墟：空间。

217

[19]笃：局限。井鱼：夏虫二句出自《庄子·秋水》。[20]背时：不合时宜。[21]驰骛：奔走。《汉书·扬雄传》："世乱则圣贤驰骛而不足。"[22]三家之辙：春秋鲁国仲孙、叔孙、季孙三家大夫不守礼法，自行其政，孔子极力反对却无法制止。[23]高抗：刚强。[24]箪瓢：简陋的食具。[25]珪组：玉器、绶带，象征尊贵、权势。违：避开。[26]"委辂"句：汉代娄敬本是挽车戍卒，因向汉高祖建议建都长安，拜为郎中。[27]"射钩"句：春秋时齐国管仲曾箭射齐桓公中带钩，后辅佐桓公一匡天下，成就霸业。[28]伊周：伊尹、周公，商、周时名臣。[29]桀跖：夏桀、盗跖，暴君与强盗。[30]珩（héng）佩：衣带上的饰物，表示地位、身份。锵锵：象声词，形容金玉饰物的声音。[31]委沟渠：穷困流落而死，弃尸沟渠。喀（kè）喀：呕吐声，形容惨死的样子。[32]龙邱先生：龙邱苌，东汉隐士。王莽时，四辅三公，连辟不到。拥篲：古代迎客之礼。篲即扫帚，拥篲表示扫除以待。[33]缝掖：儒生穿的衣服。汉代著名学者王褒隐居雁门，雁门太守不知其人。事见《后汉书·王褒传》。[34]偃蹇：高耸，引申为骄傲、傲慢的意思。[35]范雎匍匐：范雎，战国魏人，为人门客，因受人诬陷而遭受毒打，他佯死得脱，逃到秦国为客卿。匍匐，爬行。[36]鸿雁之随阳：指鸿雁随着太阳的南北移动而迁移。白驹之过隙：《庄子·知北游》："人生天地间，若白驹之过郤，忽然而已。"比喻时光流逝，一去不复返。这儿指功名失去，不可强留。[37]苏张：苏秦、张仪，战国时辩士。娲燧：女娲、燧人氏，传说中的上古人物。[38]彭韩：彭越、韩信，汉代两位将领。舛：错。[39]夷齐：伯夷、叔齐。汤武：商汤和周武王。[40]申商：申不害和商鞅，战国时两位法家人物。成康：开创商朝的成汤与复兴夏朝的少康。[41]月窜（cuì）：月亮沉落下的地方，指极西处。庭：朝廷。[42]风邱：风的发源地，指极远之处。款塞：叩塞。指外族要求内附、归顺。[43]廉白：指战国名将廉颇、白起。[44]孙吴：孙武、吴起。[45]遗策：失算。[46]千里不留行：行军千里，无所阻挡。行进中受阻滞或停止不前叫留行。[47]社首：山名，在今山东泰安。古代帝王"封泰山，禅社首"。[48]

介邱：介山，在今山西闻喜县，是古帝王祭后土的地方。[49] 明堂：古代帝王宣明政教的地方。辟雍：周代为贵族子弟设立的学校。唐垂拱四年，武则天建明堂、辟雍。[50] 阙里：地名，相传是孔子授徒讲学之所。[51] 淹中：春秋鲁国里名，在今山东曲阜。汉代在此发现古文《礼》，是当时学术研究的中心。[52] 叔孙通：秦汉时儒生，汉高祖称帝后，叔孙通为高祖制定朝仪，任太子太傅。蕝（jué）：周代诸侯会盟时，束茅立于地面，表明诸侯位次，称作蕝。[53] 公玉带：汉代济南人，曾向朝廷进献建造明堂的图形。[54] 咸英：指上古典雅的乐曲，相传尧时有乐曲名《咸池》。[55] 韶武：《韶虞》、《武象》，前者传说是舜时的乐曲，后者是周武王时乐曲。[56] 方泽：祭祀地神之处。地祇：地神。下句的"圆丘"为祭天神之处。[57] 伶伦：传说中黄帝的乐官。伯夔：舜的乐官。延陵：指吴公子季札，春秋时人，其封地在延陵。子期：钟子期，春秋楚人。季札与钟子期都精通音律，善于鉴赏乐曲。[58] 画衣：象征刑罚的衣服。[59] 囹圄（líng yǔ）：监狱。[60] 咎（gāo）繇：即皋陶。传说是舜的大臣，掌刑狱之事。仲甫：仲山甫，周宣王时的贤臣。释之：张释之，汉文帝时重臣，以贤能著称。定国：于定国，汉代名臣。[61] 金科：完美重要的法令。丹笔：古代用红笔书写犯人姓名。[62] 南薰：传说虞舜弹五弦琴，作《南风》诗，诗中有"南风之薰兮，可以解吾民之愠兮"等句，后人用"南薰"来表示温暖、抚育的意思。[63] 文翁、黄霸：汉代两位政绩卓著的官员。子游、子贱：孔子的学生言偃，字子游，任武城宰，以弦歌为教民之具。宓不齐，字子贱，"治单父（地名），弹鸣琴，身不下堂而单父治。"事见《论语》、《韩诗外传》。[64] 雍和：融洽、和睦。[65] 戢（jí）：止息。[66] 措：弃置。[67] 梁父：泰山下的一座小山，是举行祭礼的地方。[68] 常伯：周代官名，由诸侯中选举担任，相当于后来的"侍中"。[69] 庶政：各种政务。凝：安定、巩固。[70] 濡翰：写字、作文。濡：浸湿。翰：笔。[71] 演成：演，表现。成，平和。[72] 攘袂：捋袖。陵：超越。稷契：稷，后稷，舜的臣子，是周人的祖先。契是帝喾之子，舜之臣，曾辅大禹治水，是商人的祖先。阿衡：商汤之臣伊尹号阿衡。[73]遂：顺。品汇：各类事物。咸：都。亨：通达顺利。《易·坤》："品汇咸亨。"[74]鸿烈：伟大的功业。[75]辍：停。[76]山楹：石柱，借指凿山而建的石室。[77]许由：尧时隐士，相传曾拒绝尧的征召。[78]善卷：舜时隐士，相传舜让天下给善卷，遭拒绝。[79]周冕：质地精美的礼帽。[80]夏屋：大屋。骐骥：良马。[81]鼷（xī）：一种小鼠。[82]薮穴：草地上的洞穴。[83]鹖（yàn）：一种小鸟。以上比喻，出自《庄子》。[84]羲农：伏羲与神农氏。化：教化。[85]玩：反复观赏。姬孔：周公与孔子。[86]随时上下，与俗推迁：意为顺随时俗，与世无争。[87]张公之雾：汉代隐士张楷善于道术，能作五里雾。[88]突：烟囱。墨子之烟：墨子以救世济人为己任，到处奔走，常常不等新居的烟囱熏黑就迁走了。[89]浩然：博大刚正之气。[90]中和之乐：中正和平之乐。封禅之篇：封禅是古代帝王的国家大典，《史记》中有《封禅书》。[91]鄙夫：乡下人。瞽陋：像盲人一般鄙陋无闻。[92]退陬：偏远。陬（zōu）：角落。[93]王人：对官吏的尊称。休旨：美好的见解。[94]皇猷：堂皇正大的道理。允塞：洽当充实。[95]司南：周初越棠氏来献白雉，周公赐以指南车。[96]御龙而光有北：《博物志》："禹使范成光御龙以行域外。"古代传说极北之地日照不到，有烛龙以目照明。[97]卭僰（bó）：西南地区的两个少数民族。这儿泛指蜀地。

【评点】

这篇《对蜀父老问》，是作者为发泄其才高难遇的愤懑心情而写的。蜀父老的责问，代表了一般人对于功名的看法。作者的反驳则一方面从正面指出"富贵者君子之余事，仁义者贤达之常迹"，表达了自己安贫乐道，不求闻达的志节。另一方面又极力夸张现实政治的完善无缺，表示在这样的太平盛世中，贤才已无所用。表面上歌功颂德，冠冕堂皇，实际上讽刺当朝贤才不用，枉称盛世，表现了强烈的批判精神。这种答难解嘲的构思，亦庄亦谐的手法，对后代赋作产生了很大的影响。

青 苔 赋 并序

王 勃

【作者简介】

王勃（650-676），字子安，绛州龙门（今山西河津县）人，隋代著名学者王通之孙。14岁科试及第，曾为沛王府修撰、虢州参军，后因罪免官。27岁时，前往交趾探望父亲，渡海溺水而死。王勃是初唐著名诗文作家，风格清新质朴，与杨炯、卢照邻、骆宾王并称"初唐四杰"。他的赋刚健朴实，一扫六朝浮华雕琢的习气。有《王子安集》。

吾之旅游数月矣，憩乎荒涧，睹青苔焉，缘崖而上。乃喟然而叹曰："嗟乎！苔之生于林塘也，为幽客之赏。苔之生于轩庭也，为居人之怨。斯择地而处，无累于物也。爱憎从而生。遂作赋曰：

若夫桂洲含润，松崖祕液[1]。绕江曲之寒沙，抱岩幽之古石。汎回塘而积翠，縈修树而凝碧。契山客之奇情[2]，谐野人之妙适[3]。

及其瑶房有寂，琼室无光，霏微君子之砌[4]，蔓延君侯之堂。引浮青而泛露，散轻绿而承霜。起金钿之旧感，惊玉筯之新行[5]。

若夫弱质绵幂[6]，纤滋布濩[7]。措形不用之境，托迹无人之路。望夷险而齐归[8]，在高深而委遇[9]。惟爱憎之未染，何悲欢之诡赴[10]。宜其背阳就阴，违喧处静，不根不蒂，无华无影。耻桃李之暂芳，笑兰桂之非永。故顺时而不竞，每乘幽而自整。

【注释】

[1]祕：藏。[2]契：合。[3]妙适：高雅的趣味。[4]霏微：朦胧。[5]玉筯：玉制的筷子，喻泪水。[6]绵幂：细微。[7]布濩（hù）：散布。[8]夷险：平坦与险峻。[9]委遇：听凭机遇。[10]诡赴：着意追求。

【评点】

古代咏苔的赋不止一篇，其中最早的当属江淹所作。但江淹的赋正如后来陆龟蒙所说的："尽苔之状则有之，惩劝之道，雅未闻也。"王勃则是第一个赋予青苔以社会内涵的。王勃这篇赋文风朴实平淡，一反前代赋浓墨重彩，追求渊博富丽的形式效果的倾向。他着重表现清新细腻的感受，渲染宁静清远的气氛，来衬托苔的朴实无华，从而突出了作品的主题：歌颂不求名利，不慕繁华，洁身自好的理想人格。

登长城赋

徐 洪

【作者简介】

徐洪（？—714），字彦伯，唐兖州瑕丘（今兖州县）人。曾任太常少卿、刺史、工部侍郎、昭文馆学士等职。以文章著称，有文集20卷。

班孟坚辍编史阁[1]，掌记戎幕。坐燕阜之阳，览秦城之作，喟然而叹曰：傅翼下鞲[2]，视人则婾[3]。鲸吞我宝鼎，蚕食我诸侯。鞭挞我上国，动摇我中州，所以二世而陨。职此之由乎[4]？

当其席卷之初，攻必胜，战则克。因利乘便，追亡逐北。自以为功勤三王，威慑万国。重铁锧干戈于仁义[5]，轻诗书礼乐于残贼。然后驰海若以为梁[6]，断阳纡以为薮[7]。犀象有形而采掇，珠玉无胫而奔走。朝则贪竖比肩，野则庶人钳口。负关河千里之壮，言帝王一家之有。神告箓图，亡秦者胡[8]。实懵萧墙之衅[9]，滥行高阙之诛[10]。凿临洮之西徹[11]，穿负海之东隅[12]。猛将虎视，焉存纲纪；谪戍勃兴，钩绳乱起[13]。连连坞壁[14]，岌岌亭垒[15]。飞刍而輓粟者十有二年[16]，堑山而堙谷者三千余里[17]。黔首之死亡无日，白骨之悲哀不已。犹欲张伯翳之绝胤[18]，驰撑黎之骄子[19]。曾不知失全者易倾，逆用者无成。陈涉以间左奔亡之师[20]，项梁以全吴趫悍之兵[21]。梦骖征其败德[22]，斩蛇验其鸿名[23]。板筑未艾[24]，君臣颠沛。六郡沙漠[25]，五原旌旆[26]。运历金火[27]，地分中外。因虐主之淫慝[28]，成后王之要害。则知作之者劳，而居之者泰。

岁次单阏[29]，我行穷发[30]。眇然鸡田，幽阴马窟[31]。土色紫而关回，川气黄而塞没。调噪鼓于海风，咽秋笳于陇月。试危坐以侧听，孰不消魂而断骨哉！况复日入青波，坚冰峨峨[32]；危蓬陨蒂，森木静柯；群峰雪满，联岘霜多。龙北卧而衔烛[33]，雁南飞以渡河。载驰载骤，彼亭之候[34]。惟见元洲无春[35]，阴壑罢昼[36]。鸷隼争击，哀猱直透；饥鹿夜咆，乳虎晨斗；蛰熊舐掌[37]，寒龟缩壳。悲壮图之夭遏[38]，悯劳生之艰遘[39]。

昔韩信猜叛，李陵拘执。望极燕台[40]，山横马邑[41]。战云愁聚，冲飚晦集[42]。莫不陵地脉以扣心[43]，望天街以陨泣[44]。亦有王昭直送，葵炎未还[45]。路尽南国，亭临北蛮。贮汉月于衣袖[46]，裹胡霜于髻鬟。虽宠盈毡幄，而魂断萧关[47]。至若赵王迁逐[48]，马融幽放[49]。去家离土，逾沙历障。梦蠛蠓之户侧[50]，坐蠮螉之塞上[51]。桃李夕兮有所思，绮罗春兮遥相望。登毁垣以撇摽[52]，坐颓隅以惆怅。是以卫青开幕，张辽辟土[53]。校尉嫖姚[54]，将军捕虏[55]。薙垣铺障[56]，钼亭伐鼓[57]。斩元于铁防之门[58]，流血于金河之浦[59]。张虎牙以泄愤，纪蝟须以蓄怒[60]。及夫中郎殉节[61]，博望逾边[62]。取剑仆地，寻河际天[63]。幽海上而万里[64]，窜胡中而几年[65]。银车洊出[66]，玉节仍还[67]。南向国以乐只[68]，北违沙以莞然。

呜呼！长城之涉，载逾九百。古往今来，肖然陈迹。穷海战士，孤亭戍客。登峻埔，陟穹石[69]。嗟故里而不见，感殊方以陨魄者，亦何可胜道哉！嗟我羁浍，南庭苦辛[70]。长怀壮士，永慕忠臣。经百战之戎俗[71]，对三边之鬼邻[72]。徐乐则燕北书生[73]，开伟词而谕汉。贾谊则洛阳才子，飞雄论以过秦[74]。岁峥嵘而将暮，实慷慨于穷尘。

【注释】

[1]班孟坚：班固，东汉人，曾任兰台令、典校秘书，后随窦宪出征匈奴，任中护军。[2]傅翼：指鹰隼。鞲（gōu）：革制臂套，用于停鹰。[3]媮（tōu）：轻。这两句意思是鹰隼离开革套飞于空中，就会轻视人。[4]职：主要。[5]锧（zhì）：刑具，腰斩时用的砧板。[6]海若：北海之神。传说秦始皇想在海上架桥梁通往日出的地方，有神人为他鞭石下海。[7]阳纡：秦国的大泽，即具囿。薮（sǒu）：水浅草茂的泽地。[8]神告箓图，亡秦者胡：指秦始皇因见到方士所献图谶，有"亡秦者胡"的预言，便发兵攻匈奴，修长城的事。见《史记·秦始皇本纪》。[9]憞：胡涂。萧墙：借指宫殿。嬖：宠爱。[10]高阙：指宫殿、宫衙。[11]徼（jiào）：边界。[12]负海：依海。[13]钩绳：用于校正曲直的工具。借喻法令制度。[14]坞壁：防御用的堡垒。[15]岌岌：高耸的样子。[16]飞刍挽粟：急速运输粮草。[17]堑山堙谷：挖山填谷。[18]伯翳：即伯益，秦人先祖。绝：优秀、杰出。胤（yìn）：后代。[19]撑黎：天。匈奴语。[20]闾左：秦代平民居里门之左。[21]趫（qiáo）悍：剽悍。[22]梦骖：秦二世梦见白虎咬死他的左骖马，不久被杀。[23]斩蛇：刘邦斩蛇起义。鸿名：大名。[24]板筑：筑墙。艾：尽，停止。[25]六郡：指陇西等六个边郡。[26]五原：地名，在今内蒙五原。秦始皇三十五年，巡游至五原。[27]运历金火：根据汉儒五德运命的学说，秦属金，汉属火。[28]淫愎：荒淫、刚愎。[29]岁次单阏：卯年。[30]穷发：极北荒远之地。[31]鸡田、马窟：地名，一说指景物。[32]峨峨：形容山峰高耸。[33]龙北卧而衔烛：用"烛龙"的传说。[34]驰、骤：马快跑。亭之候：用于守望的岗亭。[35]元洲：大洲，旷野。[36]阴壑罢景：阴暗的山谷中没有日光。[37]蛰熊：冬眠的熊。[38]夭遏：阻挡。[39]艰遘：艰难的遭遇。[40]燕台：即燕昭王所建黄金台，在今易县。[41]马邑：地名，在今山西朔县一带。[42]冲飚：风暴。晦集：昏暗汇集。[43]陵：登上。地脉：指长城跨越的山脉。《史记·蒙恬传》："起临洮，属之辽东，城堑万余里，此其中不能无绝地脉哉。"

225

[44]天街：京城的街道。[45]王昭：王昭君。蔡炎：蔡琰、蔡文姬。[46]贮汉月于衣袖：王昭君嫁匈奴后，带去的汉服穿完，曾托使者向汉朝索取服装。古人认为这是怀念故国之情。[47]萧关：在今宁夏固原。[48]赵王迁逐：战国末，秦灭越，迁赵王于房陵。[49]马融幽放：马融，东汉学者，曾得罪"髡徒朔方"。[50]蟏蛸（xiāo shāo）：即喜蛛。《诗经·豳风·东山》："蟏蛸在户"，表现征人担心家中荒芜的心情。[51]蠮螉（yè wēng）：细腰蜂。居庸关别称蠮螉关。[52]擗摽：拊心而悲。马融《长笛赋》："掐膺擗摽"。[53]卫青：汉代大将，屡次出击匈奴。张辽：曹魏将领，曾随曹操北伐匈奴，斩蹋顿单于。[54]校尉嫖姚：嫖姚校尉，军官名，汉将霍去病曾任嫖姚校尉。[55]将军捕虏：捕虏将军，军官名。[56]薙（tì）：除草，也有铲平的意思。[57]钼：同"锄"。[58]铁防之门：铁门关，在西域。[59]金河：现名大黑河，在今内蒙古中部。[60]纠：同"纠"。蝟须：像刺蝟毛一样的胡须。[61]中郎：苏武，曾以中郎将奉使出匈奴，在受到敌人侵犯时，为了不辱使命，抽剑自刺。[62]博望：汉博侯张骞。[63]寻河际天：古代认为黄河源头在极西之地，张骞通西域则是寻河之源。[64]幽海上：苏武被匈奴扣押幽禁在北海（今贝加尔湖）。[65]窜胡中而几年：张骞出使西域途中被匈奴扣留了十几年。[66]银车：使臣乘的车。洊（jiàn）出：再出。张骞通西域后，又第二次出使西域。[67]玉节：符节。苏武被扣期间"杖汉节牧羊，卧起操持"，最后终于持节回国。[68]乐只：快乐。只：语助词。[69]穹石：大石。[70]南庭：南匈奴朝廷所在。[71]戎俗：边民。[72]三边：汉代称幽、并、凉三州为三边，后泛指边疆。鬼邻：古代西北方有少数民族部落称"鬼方"。[73]徐乐：西汉燕郡无终人，曾上书议政，受到汉武帝赏识。[74]过秦：贾谊有《过秦论》。

【评点】

  这是一篇立意高远、气势磅礴的佳作。修筑长城的功过利弊，历来褒贬不一。徐彦伯则不停留于一时一事的评判上，而是用历史的眼光，对长城的社会政治意义作全面的观照，得出了"因虐主之淫慝，成后王之要害"的精辟论断。从这一深刻的思想出发，作者既批判了秦朝的暴政，也肯定了长城的作用；既反映了战争徭役给人民带来的苦难，也歌颂了忠臣义士的爱国主义精神；既描绘出广阔的历史画面，也比较全面地表现了长城在中华民族精神心理上的意义。赋中还通过塞上肃杀萧瑟景象的描写，渲染悲凉凄惨的气氛，寄托沉郁激昂的情感，读来使人神悚容动，有力地烘托了作品的思想主题。

吊轵道赋 并序

王昌龄

【作者简介】

王昌龄（698-757），字少伯，京兆长安人。唐开元十五年进士，历任汜水尉、校书郎、江宁丞、龙标尉。安史之乱爆发后，被地方权豪杀害。善于诗歌，是唐代著名诗人，尤以七言绝句著称。《全唐诗》收有他的诗4卷，《全唐文》收有他的赋3篇。

轵道，秦故亭名也，今在京师东北十五里。署于路曰：秦王子婴降汉高祖之地。岂不伤哉？余披榛往而访之，则莽苍如也。夫以战国之弊，天下创夷，又困于秦，使无所诉，罪在于政，而戮乎婴。呜呼！杀降不祥，项氏之不仁也。遂作赋以吊云：

长林之墟，荒草无垠。踌躇访古，隐嶙如存[1]。耆老曰："此秦之轵亭也。"莫不陨泣而伤魂。

我闻中原板荡，历数更造[2]。来为都邑，去为郊道。化育人寰，盛德攸保。其有随覆车之遗迹，蹑咸阳以崩倒[3]。陈炯戒而罔怀[4]，终灭裂以荡扫[5]。今者行旅有悲凉之色，将未识圣人之大宝[6]。听之哉！不义而强，其敝必速。徒以金城千里，介马万轴[7]。九国既夷，上慢下黩。东游莫返，白帝先哭[8]。是以沙邱闯祸[9]，制出赵氏[10]。扶苏赐死，大事去矣。海内汹焉，雷骇飙起。自非蹂先王而堕道德[11]，亦无能而及此。五星夜聚[12]，汉瑞秦亡。白马素车，降于道傍。非子婴之罪也，而杀身于项王。悲夫！以暴易乱，莫知其极。且闻追怀霸楚[13]，无乃弛义而争国。东城引剑，亦其宜哉。至于后稷贻周，三圣九贤。合于成康，千有余年。犹复慎终如始，爰作《顾命》[14]。宣文武之重光，训艰难于执政。乃尸天主[15]，遂诰诸侯。高奭内軸[16]，齐鲁外輈[17]。此周之所以磐石相维，数革龟谋[18]。孰与夫离摈子弟，甘心贼臣，身死国灭，如火燎薪？设使雍州为舆，伊傅为轮[19]。当朽索之不驭，岂龙虎之能驯[20]？不其然乎？

贾生闻之，于是让东陵故侯曰[21]："昔王子有殷墟之歌，大夫有周庙之作。子秦人也，岂无情哉？"邵平乃太息久之，且为歌曰："道不虚行兮史鲔没位[22]，吾宁范伯之徒与[23]？感夷齐而多媿。麟凤远去，龙则死之。河水洋洋兮先师莫归。往者不可谏，来者吾谁欺？姑退身以进道，易飓言而受非[24]。彼萧相国，知子乎布衣。"

【注释】

[1]隐嶙：突起。[2]历数：天道。更造：命数变更。[3]蹑：踩。[4]炯戒：明白的鉴戒。[5]灭裂：破坏。[6]大宝：最珍贵的事物，这儿指道理。[7]介马：甲马。轴：量词，指战车。[8]白帝先哭：指刘邦斩蛇，有老妪哭诉赤帝斩杀白帝的传说。[9]沙邱闳祸：闳祸，藏祸。指秦始皇死于沙邱，赵高矫诏篡权事。[10]制：帝王的命令。赵氏：赵高。[11]蹂：践踏。堕：毁坏。[12]五星：金、木、水、火、土五星。《汉书·天文志》："汉元年十月，五星聚于东井……秦王子婴降于轵道。"[13]追怀霸楚：指项羽想恢复楚国的霸业。[14]顾命：临终托命。《尚书·顾命》："成王将崩，命召公、毕公率诸侯相康王，作《顾命》。"[15]尸：主持、即位。天主：应是"天子"，《尚书·康王之诰》："康王即尸天子，遂诰诸侯。"[16]高奭（shì）：高氏与奭氏两家诸侯。[17]齐鲁：齐国、鲁国两家诸侯。輈（zhōu）：车辕。[18]龟谋：指国家的命运。[19]伊傅：殷商贤臣伊尹、傅说。[20]朽索句：《尚书·五子之歌》："予临兆民，懔乎若朽索之驭六马。"

形容执政的艰险，当谨慎戒惧。[21] 东陵故侯：指邵平，秦时封东陵侯，秦亡后种瓜于长安城东，与汉相萧何相善。[22] 史䲡：春秋时卫国大夫，史称贤臣。[23] 范伯：范蠡。这几句意为自己既不能像史䲡那样为数朝之老臣，又不能像范蠡那样弃官经商致富，更不能像伯夷叔齐那样忠于前朝，不食周粟。[24] 飏言：大声疾言。

【评点】

　　"前车之覆，后车之鉴。"这是王昌龄作《吊轵道赋》的宗旨。作者以秦朝灭亡的教训，告诫统治者"不义而强，其敝必速"。赋以访求古迹开篇，点出轵亭、抒发哀思之后，便进入议论。议论由秦的灭亡谈到项羽的以暴易乱，再以周朝的长治久安为对比，揭示执政艰险、慎始慎终的道理，最后以邵平的唱叹结束。虽以议论为主，却章法灵活，情理相彰，有一唱三叹之致，无呆滞枯燥之感。

惜余春赋

李　白

【作者简介】

李白（701-762），字太白，号青莲居士。祖籍陇西，幼时随父迁居绵州彰明县（今四川江油）青莲乡。渴望建功立业，但始终未得施展抱负。除天宝初年曾应召入京供奉翰林近两年外，一生都在漫游中度过。李白是中国古代伟大的浪漫主义诗人，诗风雄奇、飘逸。他的赋或宏伟壮丽，或清新流丽，也表现出独特的艺术风格。有《李太白集》。

天之何为令北斗而知春兮，回指于东方。水荡漾兮碧色，兰葳蕤兮红芳[1]。试登高兮望远，极云海之微茫。魂一去兮欲断，泪流颊兮成行。

吟清风而咏沧浪[2]，怀洞庭兮悲潇湘[3]。何予心之缥缈兮，与春风而飘扬。飘扬兮思无限，念佳期兮莫展[4]。平原萋兮绮色，爱芳草兮如翦[5]。惜余春兮将阑[6]，每为恨兮不浅。汉之曲兮江之潭[7]，把瑶草兮思何堪！想游女于岘北[8]，愁帝子于湘南[9]。恨无极兮气氤氲[10]，目眇眇兮愁纷纷[11]。披卫情于淇水[12]，结楚梦于阳云[13]。

春每归兮花开，花已阑兮春改。叹长河之流速，送驰波于东海。春不留兮时已失，老衰飒兮情逾疾。恨不得挂长绳于青天，系此西飞之白日。

若有人兮情相亲，去南越兮往西秦。见游丝之横路，网春晖以留人。沉吟兮哀歌，踯躅兮伤别。送行子之将远，看征鸿之稍灭[14]。醉愁于垂杨，随柔条以纠结[15]。望夫君兮兴咨嗟，横涕泪兮怨春华。遥寄影于明月，送夫君于天涯。

【注释】

[1]葳蕤（wēi ruí）：枝叶茂盛。[2]沧浪：清澈的水。[3]怀洞庭兮悲潇湘：传说舜南巡死于苍梧，舜之二妃成为湘水之神，"神游洞庭之渊，出入潇湘之浦"《水经注·湘水》）。《楚辞·九歌》中的《湘君》、《湘夫人》描写了湘水男女二神相爱却不能相见的情景。[4]佳期：与佳人的约会。《楚辞·九歌·湘夫人》："与佳期兮夕张。"[5]翦：同"剪"。[6]阑：残。[7]潭：水边。[8]游女：《诗经·周南·广汉》："汉有游女，不可求思。"后人认为指汉水女神。《韩诗外传》记载郑交甫在汉皋台下遇二女，赠佩珠与郑，顷刻珠与女皆亡去。岘：小山。[9]帝子：《湘夫人》："帝子降兮北渚，目眇眇兮愁予。"[10]氲氲（yūn）：浓郁而强烈。[11]眇眇（miǎo）：远望的样子。[12]披卫情于淇水：披，分。《诗经·卫风》中多有表现爱情的诗篇，诗中常提到淇水。[13]结楚梦于阳云：指楚襄王梦巫山女神之事，见宋玉《高唐赋》、《神女赋》。[14]稍灭：逐渐消失。[15]纠结：缠绕。

【评点】

李白赋如其诗，有一种飘逸、动荡的风韵。在这篇《惜余春赋》中，作者以创造出一种优美、清新的意境，寄托忧愁哀婉的情思为目的，并不局限于具体事件的交待。作品没有固定的故事过程和场景，在时空上表现出极大的跳跃性，富于变化、动荡之感。同时又以明媚的春光为背景，以爱情的离合为线索，以忧郁的情致为基调，再加上流畅、绮丽的语言，造成了鲜明、完整、和谐的艺术效果。

伐樱桃赋 并序

萧颖士

【作者简介】

萧颖士（708-768），字茂挺，唐兰陵（在今山东苍县）人。开元二十三年进士，做过秘书省正字、集贤校理、河南府参军等。博学，善于文章，与李华齐名，同为古文运动的先驱。后人辑有《萧茂挺文集》。

天宝八载，予以前校理罢，降资参广陵大府军事。任在限外，无官舍是处，寓居于紫极宫之道学馆，因领其教职焉。庙庭之右，有大樱桃树，厥高累数寻。条畅荟蔚，攒柯比叶，拥蔽风景。腹背微禽，是焉栖托，颉颃上下，喧呼甚适。登其乔枝，则俯逼轩屏，中外斯隔。余实恶之，惧寇盗窥窬，用是为资，遂命伐焉。聊托兴兹赋，以儆夫在位者尔。赋曰：

古人有言："芳兰当门，不得不锄。"眷兹樱之攸止[1]，亦在物之宜除。观其体异修直，材非栋干。外阴森以茂密，中纷错而交乱。先群卉以效诣，望严霜而彫换。缀繁英兮霰集，骈朱食兮星灿。故当小鸟之所啄食，妖姬之所攀玩也。

赫赫闳宇[2]，元之又元。长廊霞截，高殿云褰[3]。实吾君聿修祖德，论道设教之筵。宜乎莳以芬馥，树以贞坚。莫非夫松篠桂桧，茝若兰荃[4]，犄具美而在兹[5]，尔何德而居焉？擢无用之璅质[6]，蒙本枝而自庇。汨群林而非据[7]，专庙廷之右地[8]。虽先寝而式荐[9]，岂和羹之正味。每俯临乎萧墙，奸回得而窥觊。谅何恶之能为，终物情之所畏。于是命寻斧，伐盘根，密叶剥，攒柯焚[10]。朝光无阴，夕鸟不喧。肃肃明明，荡

233

乎阶轩。

嗟乎！草无滋蔓，瓶不假器[11]。苟恃势而将偪，虽见亲而益忌。譬诸人事也，则翼吞并于潜沃[12]，鲁出逐于强季[13]。綝峻擅而吴削[14]，伦冏专而晋坠[15]。其大者虎迁赵嗣[16]，鸾窃齐位[17]。由履霜而莫戒，聿坚冰而洊至[18]。呜呼！乃终古覆车之轨辙，岂寻常散木之足议[19]。

【注释】

[1]眷：看。攸止：处所。[2]閟(bì)宇：祠堂。[3]褰(qiān)：撩、掀。霞截云褰形容殿宇高耸入云。[4]松篠(xiǎo)桂桧(guì)：四种坚贞挺拔的竹木。茝(chǎi)若兰荃：四种气味芬芳的花草。[5]猗(yǐ)：依靠。[6]擢：抽、拔。璪(zǎo)：像玉的石头，比喻华而不实的事物。[7]汩：扰乱。[8]右地：要地。[9]先寝：帝王的宗庙。式荐：奉献祭品。[10]攒柯：茂密的树枝。[11]瓶不假器：《左传·昭公七年》："虽有挈瓶之知，守不假器，礼也。"与草无滋蔓同为防微杜渐的意思。[12]翼：春秋晋国的旧都。潜：帝王未正名时称潜。沃：晋国城邑。晋文侯封其弟成师于沃，到成师的孙子时，攻克翼而自为晋君。[13]鲁出逐于强季：春秋时鲁国贵族季平子联合叔孙、孟孙氏，将鲁国国君逐出国境。[14]綝峻：指三国时东吴宗室贵族孙綝和孙峻，他们把持朝政，胡作非为。[15]伦冏(jiǒng)：指西晋的两个藩王司马伦与司马冏，先后执掌国政，专权滥杀，朝政大乱。[16]虎迁赵嗣：十六国时后赵皇帝石勒死后，他的侄子石虎篡夺帝位，杀死石勒的儿子。[17]鸾窃齐位：南北朝时，南齐萧鸾篡夺帝位。[18]"履霜"句：《易·坤》："履霜坚冰至。"比喻见微知著，未雨绸缪。洊(jiàn)至：再至。[19]散木：无用之木。

【评点】

高大丰茂的树木，原本并非丑恶的事物，作者却要寻斧斫去，因为"芳兰当门，不得不锄"，何况并非坚贞芬馥。这篇《伐樱桃赋》，通过说明伐樱桃树的理由，阐述了为政用人的道理：大臣的用黜，当以于国于政是否有利为据，若是在位者有害国家，虽为亲信，虽据要害，也应像伐樱桃一样除去。这篇赋写于萧颖士因得罪奸相李林甫而被贬广陵时，赋中以伐木为譬喻，以史实为鉴戒，锋芒毕露而又用意深远，因而绝不是仅为泄一时一己之怨愤而作。

雕　赋

杜　甫

【作者简介】

杜甫（712-770），字子美，生于巩县。青年时曾漫游吴、越、齐、鲁等地，因献三大礼赋待制集贤院。安史之乱爆发后曾在唐肃宗朝任左拾遗，不久贬为华州司功参军。759年弃官经秦川入蜀，768年离蜀漂泊于两湖一带，最后病逝于湘江上的舟中。

杜甫是中国古代伟大的现实主义诗人，他的诗歌广泛深刻地反映了当时的社会现实，充溢着忧国忧民的精神，被誉为"诗史"。他众体兼长，表现出极高的艺术才能，形成了"沉郁顿挫"的艺术风格。他除了三大礼赋（《朝献太清宫赋》、《朝享太庙赋》、《有事于南郊赋》）外，赋作还有《封西岳赋》、《雕赋》、《天狗赋》等。有《杜工部集》。

当九秋之凄清[1]，见一鹗之直上[2]。以雄才为己任，横杀气而独往[3]。梢梢劲翮[4]，肃肃逸响[5]。杳不可追[6]，俊无留赏[7]。彼何乡之性命，碎今日之指掌。伊鸷鸟之累百[8]，敢同年而争长。

此雕之大略也，若乃虞人之所得也[9]，必以气禀玄冥[10]，阴秉甲子[11]。河海荡潏[12]，风云乱起。雪洿山阴[13]，冰缠树死。迷向背于八极[14]，绝飞走于万里[15]。朝无所充肠，夕违其所止[16]。颇愁呼而蹭蹬[17]，信求食而依倚[18]。用此时而椓杙[19]，待弋者而纲纪[20]。表狃羽而潜窥[21]，顺雄姿之所拟[22]。欸捷来于森木[23]，固先系于利觜[24]。解腾攫而竦

236

神[25]，开网罗而有喜。献禽之课[26]，数备而已。

及乎闽隶受之也[27]，则择其清质[28]，列在周垣[29]。挥拘挛之掣曳[30]，挫豪梗之飞翻[31]。识畋遊之所使[32]，登马上而孤骞[33]。

然后缀以珠饰，呈于至尊[34]。抟风枪纍[35]，用壮旌门[36]。乘舆或幸别馆、猎平原[37]，寒芜空阔，霜仗喧繁[38]。观其夹翠华而上下[39]，卷毛血之崩奔[40]。随意气而电落，引尘沙而昼昏[41]。豁堵墙之荣观[42]，弃功效而不论，斯亦足重也。

至如千年孽狐，三窟狡兔。恃古冢之荆棘，饱荒城之霜露。回惑我往来[43]，趋趄我场圃[44]。虽有青骹载角，白鼻如瓠[45]。蹙奔蹄而俯临[46]，飞迅翼而遝寓[47]。而料全于果，见迫宁遽[48]。屡揽之而颖脱，便有若于神助。是以哓哮其音，飒爽其虑[49]。续下鞲而缭绕[50]，尚投迹而容与[51]。奋威逐北，施巧无据。方蹉跎而就擒[52]，亦造次而难去[53]。一奇卒获，百胜昭著。夙昔多端，萧条何处？斯又足称也。

尔其鸽鹕凫鸠之伦[54]，莫益于物，空生此身。联拳拾穗[55]，长大如人。肉多奚有，味乃不珍。轻鹰隼而自若，讬鸿鹄而为邻。彼壮夫之慷慨，假强敌而逡巡[56]。拉先鸣之异者[57]，及将起而遄臻[58]。忽隔天路，终辞水滨。宁掩群而尽取[59]，且快意而惊新[60]。此又一时之俊也。

夫其降精于金[61]，立骨如铁。目通于脑[62]，筋入于节[63]。架轩楹之上，纯漆光芒。擎梁栋之间，寒风凛冽。虽趾跻千变[64]，林岭万穴。击丛薄之不开[65]，突杈枒而皆折。此又有触邪之义也。

久而服勤，是可呀畏[66]。必使乌攫之党[67]，罢钞盗而潜飞[68]。枭怪之群[69]，想英灵而遽坠。岂比乎虚陈其力，叼窃其位，等摩天而自安，与枪榆而无事矣[70]。

故不见其用也，则晨风绝壑，暮起长汀。来虽自负，去若

237

无形。置巢巉崄[71]，养子青冥。俟而年岁，茫然阙庭[72]。莫试钩爪，空回斗星。众雏倘割鲜于金殿[73]，此鸟已将老于岩扃[74]。

【注释】

[1]九秋：九月之秋。[2]鹗：雕。[3]横：充满。杀气：秋天肃杀之气。[4]梢梢：象声词，形容雕翅掠空的声音。翮（hé）：羽茎，也指鸟翼。[5]肃肃：象声词。[6]杳（yǎo）：飘忽不见踪影的样子。[7]俊无留赏：形容雕动作迅捷神速，使人无暇细看。[8]鸷鸟：猛禽。[9]虞人：古代掌管山泽、苑囿、田猎的官，负责驯养猛禽。[10]玄冥：玄冥是孟冬之神，气禀玄冥意为禀受冬神的寒气。[11]阴秉甲子：一年中的阴寒季节。甲子指日期。[12]荡潏（yù）：汹涌起伏。[13]冱（hù）：冻结。[14]迷向背：分不清南北阴阳。[15]绝飞走：飞禽走兽绝迹。[16]违：离开、错过。[17]蹭蹬（cèng dèng）：困顿。[18]依倚：徘徊不去。[19]椓杙（zhuó yì）：捶钉小木桩，用于张网捕雕。[20]弋人：猎人。纲纪：结网。[21]表狎羽：设置诱饵。狎羽：驯养狎熟的禽鸟。[22]拟：预定、预计。[23]欻（xū）捷：迅捷。[24]觜（zī）：鸟喙。[25]腾攫：雕落网后挣扎挠抓之态。竦神：敬畏，神情肃然。[26]课：赋税。以上一段描写捕雕的情形，下面写驯雕。[27]闽隶：官名，掌役畜养鸟。[28]清质：形态清秀的。[29]周垣：设在官殿外围的机构，这儿指皇家苑囿。[30]拘挛：痉挛、抽搐。掣曳：牵引。[31]豪梗：豪放倔强。[32]畋遊：打猎、郊游。[33]孤骞（qiān）：高傲的样子。[34]至尊：皇帝。[35]抟风：乘风而上。枪櫐（lěi）：篱笆。[36]旌门：皇帝出游，旌旗排列如门，称旌门。[37]乘舆：皇帝的车驾。[38]霜仗：如霜雪一般发亮的仪仗。[39]翠华：翠羽装饰的旗帜。[40]毛血：被雕击杀的鸟兽的毛与血。崩奔：四散纷飞。[41]引：卷起、带起。[42]豁：开，冲开。堵墙：围观的人群像堵墙一样。荣观：荣耀壮观的景象。这一段写雕在皇帝出游时用于表演观赏。[43]回惑：迷惑。[44]趑趄（zī jū）：犹豫不前。

场圃：打场种菜的地。这句意思是由于狐妖兔怪作祟，使人不敢到场圃去。［45］青骹载角，白鼻如瓠：骹指胫骨下段。瓠指瓠籽。这是写普通鹰隼的形状：青色腿胫，头有毛角，嘴上方有白点。［46］蹴（cù）：踢。以下到"便有若于神助"，写狐兔狡诈，普通鹰隼不能奈何。［47］遐寓：从远处望。［48］遽：窘迫。［49］哓哮：凄厉的叫声。飒爽其虑：神情矫健。以下描写雕擒杀狐兔的雄姿。［50］续：接着。缭绕：盘旋。［51］容与：从容。投迹：止步不前。［52］蹉跎：失足，摔倒。［53］造次：仓猝。［54］鸧鹄凫鹥：几种禽鸟的名称。［55］联拳：同"联踡"，一个接一个的样子。［56］逡巡：迟疑不前。这几句写鸧鹄之类轻视鹰隼，作出慷慨雄壮的样子。但见到雕就不敢上前了。［57］拉：摧折。拉先鸣之异者是说雕准备攻击首先鸣叫的凡鸟。［58］遄臻：迅速跑掉。指鸧鹄之类见雕将起身攻击，便急忙逃跑了。［59］掩群：一网打尽。［60］快意而惊新：因新奇刺激而感快意。这一段写雕不击凡鸟，示威震慑而已。［61］降精于金：是说雕是五行中金气之精华的化身。傅玄《鹰赋》："受金刚之纯精。"［62］目通于脑：写雕眼之有神。［63］筋入于节：写雕爪之劲健。［64］趾：脚趾。蹻（qiāo）：草鞋。趾蹻指踪迹。［65］丛薄：草木丛生之处。［66］呀畏：赞叹敬畏。呀一作"吁"。［67］乌攫：乌鸦一类的鸟。［68］钞盗：抄掠。［69］枭怪：猫头鹰之类。［70］枪榆：冲到榆树上。《庄子·逍遥游》："我决起而飞，枪榆枋。"以上四句写凡鸟的窃居高位，无所作为。［71］巀嶭（zá è）：高峻。［72］阙庭：宫廷。［73］割鲜：分割美味。［74］岩扃：山洞。

【评点】

杜甫于天宝年间向皇帝进献《雕赋》。在《进雕赋表》中，作者说："臣以为雕者，鸷鸟之特殊，搏击而不可当。岂但壮观于旌门，发狂于原隰，引以为类，是大臣正色立朝之义也。臣窃重其有英雄之姿，故作此赋。"当时唐玄宗日趋腐化，奸佞得志，朝政败坏。杜甫用雕凶威勇猛，搏击妖孽，驱逐乌枭的英雄之姿，象征贤臣的正气高节，雄才大略。表现了扫荡群丑,重振朝纲的政治主张,体现出作者疾恶如仇的性格。铺写详尽而章法井然,描绘生动而形神毕现,读来使人为之振奋。

吊古战场文

李 华

【作者简介】

李华（715-774），字遐叔，赵州赞皇（今河北赞皇）人。开元二十三年进士，曾任监察御史，因弹劾权贵遭嫉，徙右补阙。安史之乱中被俘，委任为安氏伪朝的官员。乱平后贬为杭州司户参军。以文章著称，主张恢复古文，开中唐古文运动的先河。有《李遐叔集》。

浩浩乎平沙无垠，敻不见人[1]，河水萦带[2]，群山纠纷[3]。黯兮惨悴[4]，风悲日曛[5]。蓬断草枯，凛若霜晨。鸟飞不下，兽铤亡群[6]。亭长告余曰："此古战场也，常覆三军，往往鬼哭，天阴则闻。"伤心哉！秦欤？汉欤？将近代欤？

吾闻夫齐魏徭戍，荆韩召募。万里奔走，连年暴露。沙草晨牧，河冰夜渡。地阔天长，不知归路。寄身锋刃，腷臆谁诉[7]？秦汉而还[8]，多事四夷。中州耗斁[9]，无世无之。古称戎夏，不抗王师[10]。文教失宣，武臣用奇[11]。奇兵有异于仁义，王道迂阔而莫为。呜呼噫嘻！

吾想夫北风振漠，胡兵伺便[12]。主将骄敌，期门受战[13]。野竖旄旗，川回组练[14]。法重心骇[15]，威尊命贱[16]。利镞穿骨，惊沙入面。主客相搏，山川震眩。声析江河，势崩雷电。至若穷阴凝闭[17]，凛冽海隅。积雪没胫，坚冰在须。鸷鸟休巢[18]，征马踟蹰。缯纩无温[19]，堕指裂肤。当此苦寒，天假强胡[20]，凭陵杀气[21]，以相剪屠。径截辎重，横攻士卒。都尉新降[22]，将军覆没。尸填巨港之岸，血满长城之窟。无贵无贱，同为枯骨。可胜言哉？鼓衰兮力尽，矢竭兮弦绝。白刃交兮宝刀折，两军蹙兮生死决[23]。降矣哉？终身夷狄。战矣哉？骨暴沙砾。鸟无声兮山寂寂，夜正长兮风淅淅[24]。魂魄结兮天沈沈[25]，鬼神聚兮云幂幂[26]。日光寒兮草短，月色苦兮霜白。伤心惨目，有如是耶？

吾闻之，牧用赵卒[27]，大破林胡[28]，开地千里，遁逃匈奴。汉倾天下，财殚力痡[29]。任人而已，其在多乎？周逐猃狁[30]，北至太原[31]，既城朔方[32]，全师而还。饮至策勋[33]，和乐且闲，穆穆棣棣[34]，君臣之间。秦起长城，竟海为关，荼毒生灵，万里朱殷[35]。汉击匈奴，虽得阴山，枕骸遍野，功不补患。

苍苍蒸民[36]，谁无父母？提携捧负，畏其不寿。谁无兄弟，如足如手？谁无夫妇，如宾如友？生也何恩？杀之何咎[37]？其存其没，家莫闻知。人或有言[38]，将信将疑。悁悁心目[39]，寝寐见之。存奠倾觞[40]，哭望天涯。天地为愁，草木凄悲。吊祭不至，精魂何依？必有凶年[41]，人其流离。呜呼噫嘻！时耶？命耶？从古如斯。为之奈何？守在四夷[42]。

【注释】

[1] 夐（xiōng）：广大的样子。[2] 萦带：围绕。[3] 纠纷：重叠交错。[4] 悴：忧伤。[5] 曛（xūn）：日落时的余光。[6] 铤（tǐng）：快跑的样子。[7] 腷（bì）臆：情绪郁结。[8] 秦汉而还：秦汉以来。[9] 中州：中原。耗斁（dù）：损耗败坏。[10] 不抗王师：指被称为戎的异族不敢抵华夏族王朝的军队。[11] 武臣用奇：《老子》："以正治国，以奇用兵。"[12] 伺便：窥伺可乘之机。[13] 期门：官名，汉武帝时设，掌执兵出入护卫。泛指军官。[14] 组练：用组（绦带）缀甲称"组甲"，用帛缀甲称"被练"，简称组练，借代军队。[15] 法重心骇：军法严厉使人惊怕。[16] 威尊命贱：将领威严尊贵，战士生命卑贱。[17] 穷阴凝闭：阴云满天，沉沉凝滞。[18] 鸷鸟：猛禽。[19]

242

缯（zēng）：帛。纩（kuàng）：丝绵絮。[20]假：借。[21]凭陵：侵凌，进逼。[22]都尉：武官名。[23]麾：逼近。[24]浙浙：形容风声。[25]结：聚。[26]幂幂（mì）：阴沉的样子。[27]牧：战国时赵国名将李牧。[28]林胡：匈奴的一支。李牧曾破东胡，降林胡。[29]殚（dān）：竭尽。痡（pū）：疲倦。[30]猃狁（xiǎn yǔn）：古代北方的一个民族，一说即后来的匈奴。[31]太原：地名，在今宁夏固原县北。《诗经·小雅·六月》："薄伐猃狁，至于太原。"獯狁即猃狁。[32]朔方：地名。《诗经·小雅·出车》："天子命我，城彼朔方。"朔方城在今内蒙古自治区鄂尔多斯右旗。[33]饮至：军队凯旋后在宗庙中饮酒庆贺。策勋：记功。[34]穆穆棣棣：庄严祥和的样子。[35]朱殷：赤黑色。[36]苍苍：形容多。蒸民：众民。[37]生也何恩？杀之何咎？：让他们活着，算什么恩典？使他们被杀死，他们有什么过错？[38]人或有言：指关于在前线的亲人的传言。[39]悁悁：忧闷的样子。[40]布奠：摆下祭品。倾觞：倒出酒来。[41]凶年：灾年。《老子》："大军之后，必有凶年。"[42]守在四夷：《左传·昭公二十三年》："古者天子，守在四夷。"意为招抚四夷，使之为自己守土。

【评点】

唐玄宗穷兵黩武，连年发动对外战争，给人民带来了深重的灾难，也造成了唐王朝的社会政治危机。作者意在针砭现实，却着笔于历史上战争情景的描写。这样就充分发挥了赋体描写铺张、联想广泛的特点，起到了借古讽今的作用，也使文章具有了更为广泛深刻的批判意义。作者以儒家王道思想为批判战争的理论出发点，通过景物的描写渲染战场上悲惨凄凉的气氛。寄托对战争牺牲者的深切同情。立意深刻，形象鲜明，感情充沛。读来使人伤心惨目，感慨既顿生。

闵 岭 中

元 结

【作者简介】

元结（719-772），字次山，河南（今洛阳附近）人，天宝十二年进士，曾任监察御史、道州刺史。以诗文著称。其作品以"救世劝俗"为宗旨，积极反映社会现实，成为中唐古文运动和新乐府运动的先声。有《元次山集》。

群山以延想[1]，吾独闵乎岭中[2]。彼岭中兮何有？有天舍之玉峰。殊阂绝之极颠[3]，上闻产乎翠茸[4]，欲采之以将寿[5]，眇不知夫所从。大渊蕴蕴兮，绝栈岌岌[6]，非梯梁以通险，当无路兮可入。彼猛毒兮曹聚[7]，必凭托乎阻修，常儗儗兮伺人[8]，又如何兮不愁？彼妖精兮变怪，必假见于风雨，常闪闪而伺人[9]，又如何兮不苦？欲仗仁兮托信，将径往兮不难。久懹懹以悽愡[10]，却迟回而永叹。惧太灵兮不知，以予心为永惟。若不可乎遂已，吾终保夫直方。则必蒙皮箑以为矢[11]，弦母筱以为弧[12]，化毒铜以为戟[13]，刺棘竹以为殳[14]。得猛烈之材，获与之而并驱。且舂刺乎恶毒[15]，又引射夫妖怪。尽群类兮使无，令善仁兮不害。然后采棖榕以驾深[16]，收枞櫘兮梯险[17]。跻予身之飘飘，承予步之跌跌[18]。入岭中而登玉峰，极阂绝而求翠茸，将吾寿兮随所从，思未得兮马如龙。独翳蔽于山颠[19]，久低回而愠瘀[20]。空仰讼于上玄[21]，彼至精兮必应[22]，宁古有而今无？将与身而皆亡，岂言之而已乎？

244

【注释】

[1]据《全唐诗》注,首句前缺一字。[2]闵:同"悯"。岭中:指商於山,在今陕西商南县与河南淅川、内乡县一带。当地有太灵古祠,天宝十二年,元结在此作《演兴四首》,《闵岭中》是其中之一。[3]闷(bì)绝:极高而无法到达。[4]翠茸:指仙草。[5]将寿:延年益寿。[6]蕴蕴:形容深邃。栈(zhàn):高险的山岩。[7]猛毒:毒蛇猛兽。曹聚:群聚。[8]儗儗(nǐ):形容多。[9]闪闪:若隐若现。[10]懹懹(ràng):畏惧的样子。悛悗:惶恐不安。[11]皮簩(piáo):一种竹子,又称筋竹,可用来做箭。蒙皮簩指给竹子安装镞羽。[12]母筱:也是一种竹子,物之大者称母。弦:安装弓弦。弧:弓。[13]毒铜:坚铜。[14]殳(shū):一种兵器,用竹木制成。[15]舂刺:冲击刺杀。[16]梫(qǐn):牡桂,桂树的一种。驾深:驾于深谷之上。[17]枞(cōng)槥(huì):都是树木的名称。梯险:以梯越险。[18]跤跤(yǎn):步履轻捷的样子。[19]翳蔽:遮蔽。[20]愠瘀:忧愤郁结。[21]上玄:上天。[22]至精:精诚。

【评点】

想象奇,寄寓深,是元结《闵岭中》的主要特点。在这篇赋中,作者将自己置身于神话的境界中,这神话的境界又是现实社会的反映:那艰险的山路,象征着仕途的坎坷;那些毒蛇猛兽、妖精鬼怪,象征着社会上的恶势力。在政治黑暗的天宝年间,这篇作品是有所针对的。这种象征寄托的手法,显然来自屈原《离骚》的传统。赋中还表现了作者猛烈冲击黑暗丑恶的意志,抱负雄心受到压抑的愤激,为追求美好理想顽强求索的决心,这些也都是与楚骚的精神一脉相承的。

进 学 解

韩 愈

【作者简介】

韩愈（768-824），字退之，南阳人，世居昌黎。贞元八年进士及第，曾任监察御史、国子监祭酒、吏部侍郎等职。政治上反对藩镇割据，主张改革弊政；思想上抵制佛道，推崇儒学；文学上提倡散体，反对骈偶文风。他的散文气势磅礴，雄健有力，是中国古代杰出的散文家。他的诗歌汪洋奇崛，自成一家。有《韩昌黎集》。

国子先生晨入太学[1]，招诸生立馆下。诲之曰："业精于勤荒于嬉，行成于思毁于随[2]。方今圣贤相逢，治具毕张[3]，拔去凶邪，登崇俊良[4]。占小善者率以录[5]，名一艺者无不庸[6]。爬罗剔抉[7]，刮垢磨光[8]。盖有幸而获选，孰云多而不扬[9]？诸生业患不能精，无患有司之不明；行患不能成，无患有司之不公。"

言未既，有笑于列者曰："先生欺余哉！弟子事先生，于兹有年矣。先生口不绝吟于六艺之文，手不停披于百家之编[10]；记事者必提其要，纂言者必钩其玄[11]；贪多务得，细大不捐[12]；焚膏油以继晷[13]，恒兀兀以穷年[14]：先生之业，可谓勤矣。觝排异端[15]，攘斥佛老，补苴罅漏[16]，张皇幽眇[17]；寻坠绪之茫茫[18]，独旁搜而远绍[19]；障百川而东之，回狂澜于既倒[20]：先生之于儒，可谓有劳矣。沈浸酰郁[21]，含英咀华[22]，作为文章，其书满家：上规姚姒[23]，浑浑无涯；周诰殷盘[24]，佶屈聱牙[25]；《春秋》谨严，左氏浮夸[26]；《易》

奇而法[27],《诗》正而葩[28];下逮《庄》、《骚》[29],大史所录,子云相如,同工异曲:先生之于文,可谓闳其中而肆于外矣[30]。少始知学,勇于敢为;长通于方[31],左右具宜:先生之于为人,可谓成矣。然而公不见信于人,私不见助于友。跋前疐后[32],动辄得咎。暂为御史,遂窜南夷[33]。三年博士,冗不见治[34]。命与仇谋[35],取败几时!冬暖而儿号寒,年丰而妻啼饥。头童齿豁[36],竟死何裨[37]?不知虑此,而反教人为!"

先生曰:"吁!子来前!夫大木为杗[38],细木为桷[39],欂栌侏儒[40],椳闑扂楔[41],各得其宜,施以成室者,匠氏之工也。玉札丹砂[42],赤箭青芝[43],牛溲马勃[44],败鼓之皮,俱收并蓄,待用无遗者,医师之良也。登明选公[45],杂进巧拙,纡余为妍[46],卓荦为杰[47],校短量长,惟器是适者,宰相之方也。昔者孟轲好辩,孔道以明,辙环天下,卒老于行。荀卿守正,大论是弘,逃谗于楚[48],废死兰陵[49]。是二儒者,吐辞为经,举足为法,绝类离伦,优入圣域,其遇于世何如也?今先生学虽勤而不繇其统[50],言虽多而不要其中[51],文虽奇而不济于用,行虽修而不显于众。犹且月费俸钱,岁靡廪粟[52];子不知耕,妇不知织;乘马从徒,安坐而食;踵常途之役役[53],窥陈编以盗窃[54]。然而圣主不加诛,宰臣不见斥,兹非其幸欤?动而得谤,名亦随之,投闲置散,乃分之宜[55]。若夫商财贿之有亡,计班资之崇庳[56];忘己量之所称,指前人之瑕疵[57]。是所谓诘匠氏之不以杙为楹[58],而訾医师以昌阳引年[59],欲进其豨苓也[60]。"

【注释】

[1]国子先生:本文作于元和八年,当时作者任国子博士。太学:指国子监。[2]随:因循敷衍。[3]治具:治理的工具,指法令制度。毕张:健全。[4]登崇:提拔举用。[5]占:有。率:全。录:录用。

[6]名一艺者：以精通一艺而闻名的。庸：用。[7]爬罗：扒拉。剔抉：挑选。这句意为尽力选拔人才。[8]刮垢磨光：刮去污垢，磨出光彩。喻精心培养人材。[9]多：学识渊博。扬：举用。[10]披：翻，翻阅。[11]纂言者：记载言论的。钩：探。玄：深奥的道理。[12]捐：弃。[13]晷（guǐ）：日光。[14]兀兀：辛苦的样子。[15]砥：抵。异端：指非儒家正统的学说。[16]补苴：填补。苴本义为垫鞋的草，这儿作"填"的意思。罅（xià）：缝隙。[17]张皇：张大阐发。幽眇：幽深微妙。[18]坠绪：指儒家已失落的事业。[19]旁搜：旁征博引。绍：继承。[20]百川、狂澜：指思潮。[21]沉浸酖郁：沉浸在儒学经典的浓郁芬芳之中。[22]含英咀华：咀嚼吸收其中的精华。[23]规：取法。姚姒（sì）：姚书、姒书，指《尚书》中的"虞书"、"夏书"。虞舜姓姚，夏禹姓姒。[24]周诰殷盘：周代的《大诰》、《康诰》与殷朝的《盘庚》，都是《尚书》中的篇名。[25]佶（jí）屈聱（áo）牙：艰难生涩。[26]左氏：《左传》。浮夸：文辞铺张华美。[27]奇而法：奇妙而有法度。[28]正而葩：纯正而有文采。葩（pā）：花，指华丽的文采。[29]《庄》、《骚》：《庄子》、《离骚》。[30]闳：广博宏大。肆：流畅奔放。[31]方：道理。[32]跋前踬后：进退两难。《诗经·豳风·狼跋》："狼跋其胡，载踬其尾。"跋，踩。踬（zhì），跌倒。[33]遂窜南夷：韩愈于唐德宗贞元十九年，因上书请免徭役赋税，由监察御史贬为阳山令，阳山地处广东。[34]冗：冗散。见治：表现出理政之才。[35]命与仇谋：命运和仇敌相谋。[36]童：秃。[37]竟：终。裨：补益。[38]宗（máng）：栋梁。[39]桷（jué）：方椽。[40]欂（bó）栌（lú）：斗拱，柱上的方木。侏儒：梁上的梁柱。[41]椳（wēi）：门户转轴的臼。闑（niè）：门中间的短柱。扂（diàn）：门栓。楔：门框两侧的短木。[42]玉札：地榆。丹砂：朱砂。[43]赤箭：天麻。青芝：又名龙芝。以上是几种较名贵的中药。[44]牛溲：车前草。马勃：一种菌类植物。牛溲马勃和败鼓之皮属于普通药材。[45]登明选公：明智公正地提拔选举人才。[46]纡余：委曲随和。妍：美。[47]卓荦：超绝出众。[48]逃逸：逃避谗言。[49]废死兰陵：荀况逃避谗言由齐

248

到楚,在楚国为官,后废黜为平民,死在楚国的兰陵。[50]繇(yóu):同"由"。统:系统。[51]要其中:抓住中心。[52]靡:浪费。[53]踵(zhǒng):追随,跟着走。役役:疲惫的样子。[54]陈编:旧书。盗窃:抄袭。[55]分(fèn)之宜:理所应当。[56]班资:地位、品秩。崇庳:高低。庳同"卑"。[57]前人:指长官。[58]杙:小木桩。楹:柱子。[59]訾(zǐ):指责,批评。昌阳:昌蒲。古人认为这是一种滋补延年的药物。[60]豨(xī)苓:猪苓。古人认为这种药物只能利尿,不能用来延年益寿。

【评点】

韩愈是古代杰出的语言大师。这篇《进学解》以气贯辞,生动流畅,精辟新颖,表现了作者驾驭语言的高超技巧和创造能力。篇中的许多词句直到今天仍在使用:业精于勤荒于嬉、行成于思毁于随、爬罗剔抉、提要钩玄、细大不捐、兀兀穷年、佶屈聱牙、含英咀华、宏中肆外……一篇之中能创造出这么多脍炙人口的警句成语,是非常少见的。《进学解》又是一篇借答难解嘲来发泄不满的文章,精彩的文辞加上幽默辛辣的讽刺,遂使它成为广为流传的赋中名篇。

牛　赋

柳宗元

【作者简介】

柳宗元（773-819），字子厚，唐河东（今山西永济）人。唐德宗贞元九年进士，唐顺宗时参加王叔文为首的政治革新集团。改革失败后由礼部员外郎贬为永州（今湖南零陵）司马，十年后调任柳州刺史，47岁时死于柳州。

柳宗元是中国古代杰出的思想家、文学家，与韩愈共同倡导古文运动。他的散文议论精辟，严谨明晰。他的诗歌幽峭明净，为唐诗大家之一。他的赋思想深刻，形象生动，富于批判精神，是唐代最有成就的赋作家。

若知牛乎？牛之为物，魁形巨首，垂耳抱角，毛革疏厚[1]。牟然而鸣[2]，黄钟满脰[3]。抵触隆曦[4]，日耕百亩。往来修直，植乃禾黍。自种自敛，服箱以走[5]。输入官仓，己不适口[6]。富穷饱饥[7]，功用不有[8]。陷泥蹷块[9]，常在草野。人不惭愧[10]，利满天下。皮角见用，肩尻莫保[11]。或穿緘縢[12]，或实俎豆[13]。由是观之，物无逾者。不如羸驴[14]，服逐驽马[15]。曲意随势，不择处所。不耕不驾，藿菽自与[16]。腾踏康庄[17]，出入轻举[18]。喜则齐鼻[19]，怒则奋踯[20]。当道长鸣，闻者惊辟。善识门户，终身不惕[21]。牛虽有功，于己何益？命有好丑[22]，非若能力。慎勿怨尤[23]，以受多福[24]。

【注释】

[1]毛革疏厚：毛疏革厚。[2]牟：象声词，牛的叫声。[3]黄钟：古乐十二律之一，声调最响亮洪大。脰（dòu）：颈项。[4]抵触隆曦：顶着烈日。[5]敛：收。服箱：驾车。箱指车箱，代车。[6]适口：食用。[7]富穷饱饥：使穷者富，饥者饱。[8]功用不有：不要功劳。[9]蹙块：在田地中磕绊行走。[10]人不惭愧：对人没有可惭愧的。[11]肩尻（kāo）：从肩部到臀部，指全身。[12]绁縢：绳索。[13]俎：放肉的几案。豆：盛肉的器皿。[14]羸驴：瘦驴。羸，瘦弱。[15]服逐：顺随、追随。驽马：能力低下的马。[16]藿菽：指草料。藿：豆叶。菽：豆类。[17]腾踏康庄：奔跑在平坦的道路上。康庄：四通八达的大道。[18]轻举：轻而易举。[19]齐鼻：扬鼻相对而嗅。[20]奋蹄：尥蹶子。[21]惕：戒惧。[22]好丑：好坏。[23]怨尤：埋怨、责怪。[24]多福：洪福。最后两句是说，安分守命，无怨无尤，就是福气。

【评点】

辛勤劳作，造福于人的遭遇坎坷；游手好闲，无所贡献的却春风得意。柳宗元的《牛赋》便借咏物揭露了这种不合理的社会现象。韩愈说："凡物不得其平则鸣。"其实鸣的未必都不平，你看那羸驴得意时不也"当道长鸣"？但羸驴的鸣叫令人厌恶，牛的吼声却如黄钟一般响亮动听。《牛赋》好就好在这美与丑的鲜明对比上，而在这鲜明，的对比、褒贬中，又寄托了作者多少辛酸，多少不平！

牡 丹 赋 并序

舒元舆

【作者简介】

舒元舆，婺州东阳人，唐宪宗元和八年进士，曾任御史中丞兼刑部侍郎，官至同中书门下平章事。敢言能文，文宗太和九年与李训、郑注谋划尽诛宦官，事泄被杀。

古人言花者，牡丹未尝与焉。盖遁于深山，自幽而芳，不为贵者所知，花则何遇焉？天后之乡西河也[1]，有众香精舍[2]，下有牡丹，其花特异。天后叹上苑之有阙，因命移植焉。由此京国牡丹，日月寖盛。今则自禁闼泊官署，外延士庶之家，浃漫如四渎之流，不知其止息之地。每暮春之月，邀游之士如狂焉，亦上国繁华之一事也。近代文士，为歌诗以咏其形容，未有能赋之者。余独赋之，以极其美。或曰："子常以丈夫功业自许，今则肆情于一花，无乃犹有儿女之心乎？"余应之曰："吾子独不见张荆州之为人乎[3]？斯人信丈夫也，然吾观其文集之首，有荔枝赋焉。荔枝信美矣，然亦不出一果耳，与牡丹何异哉？但问其所赋之旨何如，吾赋牡丹何伤哉？"或者不能对而退，余遂赋以示之。

圆元瑞精[4]，有星而景，有云而卿[5]。其光下垂，遇物流形[6]。草木得之，发为红英。英之甚红，钟乎牡丹。拔类迈伦，国香欺兰。我研物情，次第而观：

暮春气极，绿苞如珠。清露宵偃，韶光晓驱。动荡支节，如解凝结。百脉融畅，气不可遏。兀然盛怒，如将愤洩。淑色

252

披开，照曜酷烈。美肤腻体，万状皆绝。赤者如日，白者如月。淡者如赭，殷者如血。向者如迎，背者如诀。坼者如语，含者如咽。俯者如愁，仰者如悦。裹者如舞[7]，侧者如跌。亚者如醉[8]，曲者如折。密者如炽，疏者如缺。鲜者如濯，惨者如别。

初胧胧而上下[9]，次鲜鲜而重叠。锦衾相覆，绣帐连接。晴笼昼薰，宿露宵裹[10]。或灼灼腾秀，或亭亭露奇。或飐然如招[11]，或俨然如思。或带风如吟，或泣露如悲。或垂然如绐[12]，或烂然如披。或迎日拥砌，或照影临池。或山鸡已驯，或威凤将飞。其态万千，胡可立辨；不窥天府，孰得而见。

乍疑孙武，来此教战。其战谓何？摇摇纤柯，玉栏风满，流霞成波。历阶重台，万朵千窠。西子南威，洛神湘娥。或倚或扶，朱颜已酡。角衔红钉[13]，争攀翠娥。灼灼夭夭，逶逶迤迤。汉宫三千，艳列星河。我见其少，孰云其多。

弄彩呈妍，压景骈肩。席发银烛，炉升绛烟。洞府真人，会于群仙。晶荧往来，金钉列钱[14]。凝睇相看，曾不晤言。未及行雨，先惊旱莲。

公室侯家，列之如麻。咳唾万金，买此繁华。遑恤终日[15]，一言相夸。列幄庭中，步障开霞。曲庑重梁，松篁交加。如贮深闺，似隔窗纱。彷佛息妫，依稀馆娃。我来睹之，如乘仙槎。脉脉不语，迟迟日斜。九衢游人，骏马香车。有酒如渑[16]，万坐笙歌。一醉是竞，孰知其他。

我案花品，此花第一。脱落群类，独占春日。其大盈尺，其香满室。叶如翠羽，拥抱比栉。蕊如金屑，妆饰淑质。玫瑰羞死，芍药自失。夭桃敛迹，秾李惭出。踯躅宵溃，木兰潜逸。朱槿灰心，紫薇屈膝。皆让其先，敢怀愤嫉？焕乎美乎，后土之产物也。使其花如此而伟乎！何前代寂寞而不闻，今则昌然而大来？曷草木之命，亦有时而塞，亦有时而开？吾欲问汝：曷为而生哉？汝且不言，徒留玩以徘徊。

【注释】

　　[1]天后之乡：天后，武则天。武则天是并州文水人，这一带古称西河。[2]精舍：道士、僧人的住所。[3]张荆州：张九龄。[4]圆元：天。瑞精：吉祥的光华。[5]景：星。卿：卿云。古代认为都是祥瑞的天象。[6]流形：赋形。[7]裛：同"袭"。[8]亚：压，低垂的样子。[9]胧胧：暗淡。[10]裛（yè）：香气飘散。[11]飐（zhǎn）：随风摇动。[12]缒（zhuì）：用绳子拴住人或物降下。[13]角衔：争比，炫耀。红缸：一种灯。[14]金缸：宫墙上的装饰物，有如列钱。[15]遑恤：惶恐忧虑。[16]渑：河流名。

【评点】

　　舒元舆的《牡丹赋》，以巧妙的譬喻、生动的比拟表现其绮丽的才思，而不是借繁富的典故、深奥的文辞逞显其渊博的学识。赋中新奇绝妙的比喻连类而及，使人目不暇接；以人拟花，将花写得活灵活现，仪态万千。"乍疑孙武，来此教战……"其设想真是奇之又奇，出奇制胜。唐人咏牡丹的诗多，而赋牡丹者少，可能是因为牡丹遽兴于本朝，可借以联想发挥的故实很少，不便成文。而舒元舆却用他精湛绝妙的艺术构思，写出了国色天香的风采，也再现了唐人热爱牡丹的风尚，可谓赋他人所不能赋，而极牡丹之美。赋的结尾处提出一连串的疑问，表现了作者对牡丹的激赏和热爱；这因赏极、爱极而生的大惑不解，又反衬出牡丹压倒群芳的魅力。在对牡丹神奇命运的质疑中，作者的思考无形中已进入了社会的领域。

大孤山赋 并序

李德裕

【作者简介】

李德裕(787-849),字文饶,唐代赵郡人。唐武宗时任宰相,执政6年。唐宣宗时受政敌打击,贬潮州、崖州,死于贬所。李德裕是唐代后期著名政治家,执政期间抑制宦官,维护统一,抵御外侮,多有建树。善于诗文,尤长于赋,《全唐文》收有他的赋32篇。

余剖符淮甸[1],道出蠡泽[2]。属江天清霁[3],千里无波。点大孤于中流[4],升旭日于匡阜[5]。不因佐官,岂逐斯游?谢康尔尤好山水,尝居此地,竟阙词赋,其故何哉?彼孤屿乱流[6],非可俦匹,因为小赋,以寄友朋。

川渎巇道[7],人心所恶,必有穹石,御其横骛[8]。势莫壮于滟滪[9],气莫雄于砥柱[10]。惟大孤之角立,掩二山而碟竖[11]。高标九派之冲[12],以捍百川之注。眈若虎视,蚴如龙据[13]。靡摇巨浪,神明之所扶;不倚群山,上元之所固。必迤逦而何多,信嵬然而有数[14]。念前世之独立,知君子之难遇。如介石者袁扬[15],制横流者李杜[16]。观其侧秀灵草,旁挺奇树,宁忧梓匠之斤,岂有樵人之路。想江妃之乍游[17],疑水仙之或驻。嗟瀛洲与方丈[18],盖髣髴如烟雾。据神鳌而跪跪[19],逐风涛而沿泝。未若根连坤轴[20],终古而长存;迹寄夜川[21],负之而不去。虽愚叟之复生[22],焉能移其咫步?

【注释】

[1]剖符：古时帝王授与诸侯凭证。剖符淮甸指作者赴淮南节度使任。[2]蠡泽：鄱阳湖。[3]属：同"瞩"。[4]大孤：大孤山，位于鄱阳湖中。[5]匡阜：匡庐，庐山。[6]乱：涉。[7]巇（xī）：险。[8]御：抗御。横鹜：奔腾不羁。[9]滟滪：长江瞿塘峡中巨石。[10]砥柱：黄河三门峡中巨石。[11]掩：盖过，超过。磙竖：卓然耸立。[12]派：江河。[13]蚴（yǒu）：屈曲的样子。[14]嶷然：高峻、突出。[15]袁杨：袁安、杨震，东汉两位以耿直、正派著称的名士。[16]李杜：东汉以正直忠诚著名的大臣李固、杜乔。袁安、杨震、李固、杜乔事迹均见于《后汉书》。[17]江妃：长江中的女神。[18]瀛洲与方丈：传说中的三神山蓬莱、瀛洲、方丈。[19]据神鳌：传说在渤海之东有五座神山，由十五只巨鳌举首顶戴而起。輗軏（niè wù）：动摇不安状。[20]坤轴：地轴。[21]夜川：地下河流。[22]愚叟：即《列子·汤问》中移山的愚公。

【评点】

超卓不同凡俗，独立不倚外物，豁达能容，坚定不移，这是一个政治家应有的品格。咏物言志，以物喻人，是中国古代文学的传统。但能像李德裕《大孤山赋》这样赋予一座孤山如此鲜明突出、丰富完整人格的作品并不多见，惟有真正具备这种人格的作者才能写出。因为有了这样的人格内涵，孤山不仅超越滟滪、砥柱，压倒连绵群峰，就连传说中的神山仙岛也不能与之相比。

阿房宫赋

杜 牧

【作者简介】

杜牧（803—853），字牧之，京兆万年（今陕西西安）人。唐文宗太和三年进士，曾任侍御史、左补缺及黄州、池州、睦州、湖州刺史，官终中书舍人。晚唐杰出诗人，诗风清新俊拔，文章奇警纵横，诗文多针砭现实。有《樊川集》。

六王毕。四海一，蜀山兀，阿房出[1]。覆压三百余里，隔离天日。骊山北构而西折，直走咸阳。二川溶溶[2]，流入宫墙。五步一楼，十步一阁。廊腰缦回[3]，檐牙高啄[4]。各抱地势，勾心斗角[5]。盘盘焉，囷囷焉[6]。蜂房水涡，矗不知几千万落。长桥卧波，未云何龙[7]？复道行空[8]，不霁何虹？高低冥迷[9]，不知西东。歌台暖响[10]，春光融融；舞殿冷袖，风雨凄凄。一日之内，一宫之间，而气候不齐。

妃嫔媵嫱[11]，王子皇孙，辞楼下殿，辇来于秦。朝歌夜弦，为秦宫人。明星荧荧[12]，开妆镜也；绿云扰扰，梳晓鬟也；渭流涨腻，弃脂水也[13]；烟斜雾横，焚椒兰也[14]。雷霆乍惊，宫车过也；辘辘远听[15]，杳不知其所之也。一肌一容，尽态极妍。缦立远视[16]，而望幸焉，有不得见者三十六年[17]。

燕赵之收藏，韩魏之经营，齐楚之精英，几世几年，剽掠其人[18]，倚叠如山。一旦不能有，输来其间。鼎铛玉石[19]，金块珠砾，弃掷逦迤[20]。秦人视之，亦不甚惜。

嗟乎！一人之心，千万人之心也。秦爱纷奢[21]，人亦念其

257

家。奈何取之尽锱铢[22]，用之如泥沙？使负栋之柱，多于南亩之农夫；架梁之椽，多于机上之工女；钉头磷磷[23]，多于在庾之粟粒[24]；瓦缝参差，多于周身之帛缕；直栏横槛，多于九土之城郭；管弦呕哑[25]，多于市人之言语。使天下之人，不敢言而敢怒。独夫之心[26]，日益骄固[27]。戍卒叫[28]，函谷举[29]，楚人一炬[30]，可怜焦土！

呜呼！灭六国者六国也，非秦也；族秦者秦也[31]，非天下也。嗟乎！使六国各爱其人，则足以拒秦；使秦复爱六国之人，则递三世可至万世而为君，谁得而族灭也？秦人不暇自哀，而后人哀之；后人哀之而不鉴之，亦使后人而复哀后人也。

【注释】

[1]阿房：秦宫殿名，故址在今陕西长安西。据《史记》载，秦始皇统一中国后，因嫌原咸阳秦宫狭小，便在渭河南上林苑营造新宫。工程于公元前212年开始，到秦亡时尚未完工，项羽进驻秦地后，下令将其焚毁。新宫的前殿称阿房，人们便称其为阿房宫。[2]二川：指渭水和樊川。[3]廊腰缦回：走廊曲折迂回。[4]檐牙高啄：屋檐像牙齿、鸟嘴一样向空中翘起。[5]勾心斗角：形容屋角连接、交错，如钩向心，如角相斗。[6]盘盘：盘旋状。囷囷（qūn）：曲屈状。[7]未云何龙：云从龙，无云而有龙，形容卧波长桥的壮观。下句"不霁何虹"也是这个意思。[8]复道：楼阁之间凌空架设的走道。[9]冥迷：茫然不清。[10]暖响：充满暖意的歌声。下句冷袖意为带起凉意的舞袖。[11]妃嫔媵嫱：指六国各种等级的嫔妃。[12]荧荧：明亮。[13]脂水：指阿房宫中嫔妃宫女含有胭脂、粉黛的洗脸水。脂水倒入河中，以致渭水涨起了油腻。[14]椒兰：指香料。[15]辘辘：象声词，车走声。[16]缦立：延伫，久立。[17]有不得见者三十六年：由于宫女嫔妃极多，有的宫女三十六年还未见到过秦始皇。秦始皇在位共三十六年，做秦朝皇帝十二年。[18]人：民。[19]鼎铛玉石：以鼎为铛（锅），以玉为石，形容豪侈之极，下句同。[20]迤逦：接二连三，

到处都是。[21] 纷奢：繁华奢侈。[22] 锱铢：极小的重量单位。取之尽锱铢意为从老百姓那儿征求时锱铢必取，丝毫也不放过。[23] 磷磷：形容钉子的突出显眼。[24] 庾（yǔ）：露天的谷仓。[25] 呕哑：象声词，形容管弦之声。[26] 独夫：众叛亲离的统治者，指秦皇。[27] 骄固：骄横顽固。[28] 戍卒叫：指陈胜、吴广率领戍卒起义反秦。[29] 函谷举：公元前206年，刘邦率义军攻克函谷关，占领咸阳。[30] 楚人一炬：项羽进驻咸阳后，焚烧秦朝宫殿，大火三月不熄。[31] 族：族灭，杀死合族的人。

【评点】

《阿房宫赋》叙述宫殿的兴废，反映历史的兴衰与政治的得失。立意高远，笔力遒劲。赋中对秦宫奢侈豪华的描绘铺陈夸张，穷形极态，对历史兴衰原因的分析深刻中肯，对世人的告诫警策醒豁。语言精美，流畅，明快，犀利；句式骈散兼行，错落有致；比喻生动贴切，别出机杼。字里行间，充溢着深深的感慨、澎湃的激情。此赋发扬了赋体铺张扬厉、精彩宏伟的特长，却无一般赋体文采有余而思想贫乏的缺陷。其精美的形式，完全服务于"爱民"的主题思想，做到了形式与内容的高度统一。为中国古典文学中具有永久魅力的篇章之一。

虱 赋

李商隐

【作者简介】

李商隐（813-858），字义山，号玉谿生，怀州河内（今河南沁阳）人。开成二年进士，任过节度判官等微职。是晚唐著名诗人，诗歌深情绵邈，绮丽精工，对后代产生了很大影响。有《李义山诗集》、《樊南文集》。

亦气而孕，亦卵而成。晨凫露鹄，不知其生[1]。汝职惟啮，而不善啮：回臭而多[2]，跖香而绝[3]。

【注释】

[1] 知：一作"如"。[2] 回：颜回。[3] 跖：盗跖。最后两句写虱的不善啮：专咬穷瘦之颜回，不咬富肥之盗跖。

【评点】

李商隐除了这首《虱赋》外，还有一首《蝎赋》，也是三十二字。这两首赋可算是别出心裁，篇幅短到不能再短，所赋小到不能再小。像一首咏物小诗，又像随口而出的歌谣。但这两首小赋体物生动，寓意深长，体制虽小而形神兼备。作者用虱子象征卑鄙龌龊、欺善怕恶的小人，用幽默嘲弄的口吻，表达了对他们的鄙视，读来意趣横生。

大明宫赋

孙 樵

【作者简介】

孙樵（生卒年不详），字可之，关东人。唐宣宗大中九年进士，任过中书舍人，职方郎中。以文章著称，是韩愈的再传弟子，文风奇崛，有《孙可之集》。

孙樵齿贡士名[1]，旅见大明宫前庭[2]。仰眙俯骇[3]，阴意灵怪[4]。暮归魂动，中宵而梦。梦彼大明宫神，前有云，且曰："太宗皇帝缭瀛启居[5]，廓穹起庐[6]。圜然而划[7]，隆然而赫[8]。孰翕孰隳[9]，永求帝宅。帝诏吾司其宫，与日月终。翼圣护艰[10]，十有六君。荡妖斩氛，孰知吾勤！吾当庐陵锡武[11]，庙祐撤主[12]，吾则协二毗辅[13]，左右提护。义甲愤徒[14]，起帝仆周，吾则械二黠雏[15]，俾即其诛[16]。胡猁饱脬[17]，蹈肌齝骨[18]，惊血溅阙，仰吠白日。二圣各辙[19]，大麓北挈[20]。吾则激髯孽悖节[21]，俾济逆杀翼[22]。两杰愤烈[23]，俾即靳灭[24]。蓟枭妖狂[25]，突集五堂[26]。纵啄怒吞，大驾惊奔[27]。吾则励阴刀翦其翼[28]，俾不得逃明殛[29]。三革蚀黑[30]，孰匪吾力！吾见若正声在悬[31]，诤舌在轩[32]；辍甑延谏[33]，刿襟沃善[34]，赏必正名，怒必正刑；当狱撤醒[35]，当稼吞暝[36]。吾则入渎革浊[37]，入囿肉角[38]，旬泽暮溥[39]，斛谷视土[40]。吾见若奸声在堂，谀吞在旁；窒聪怫讽[41]，正斥邪宠；嘉赏失节，怒罚失杀；夺农而谣，厚征而彤[42]。吾则反耀而彗[43]，反泽而沴[44]；荡坤而坼[45]，裂乾而石[46]。然

261

吾留帝宫中二百年，昔亦日月，今亦日月，往孰为设？今孰为缺？籍民其彫[47]，有野而蒿；籍甲其虚[48]，有垒而墟[49]。西垣何缩[50]？匹马不牧。北垣何蹙？孤垒城粒[51]……"

言未及阕[52]，樵迎斩其舌[53]，且曰："余闻宰获其哲[54]，得是赫烈[55]。老魅迹结[56]，尔曾何伐？宰获其慝[57]，得是昏蚀。魅怪横惑，尔曾何力？今者日白风清，忠简盈庭。阃南侯霈[58]？阃北侯霁？矧帝城阛阓[59]，何赖穷边。帑廪加封[60]，何赖疲农？禁甲饱狞[61]，尚何用天下兵。神曾何知，孰愧往时？"

神不能对，退而笑曰："孙樵谁欺乎？欺古乎？欺今乎？吁！"

【注释】

[1] 齿：录用、列名。贡士：唐代称乡贡考试合格者为贡士，由州县送京赴试。[2] 大明宫：宫殿名，贞观八年建，是皇帝常居之处，中书、门下二省和弘文、史二馆所在，故址在今陕西长安县东。[3] 眙（chì）：惊视。[4] 阴意：暗想。[5] 缭：绕。瀛：水。[6] 廓：开阔。穹：高大。[7] 圜：同"圆"，形容周全完善。[8] 赫：鲜明突出。[9] 窨：洞。隟：同"隙"。[10] 翼圣护艰：在艰危中翼护圣主。[11] 庐陵锡武：指武则天称帝，革唐为周，废唐中宗为庐陵王，赐姓武氏。[12] 庙祏撤主：祏（shí）是盛放神主的石匣。这句表示改朝换代，社稷易主。[13] 二毗辅：指当时的两位执政大臣。[14] 义甲愤徒：指神龙元年，宰相张柬之联合大臣，发动兵变，迫使武则天归政复唐。[15] 二黠雏：指武则天的嬖臣张易之、张昌宗。[16] 俾：使。[17] 猘（zhì）：疯狗。腯（tú）：肥壮。胡猘饱腯指安禄山。[18] 踣（bó）：撕扑。齰（zé）：咬。[19] 二圣各辙：安史之乱爆发后，长安失陷，唐玄宗逃往四川，唐肃宗留在秦地。[20] 大麓：指朝廷，当时唐肃宗将朝廷移至灵武，在今宁夏。[21] 髯孽：指安庆绪，庆绪为争权弑其父安禄山。[22] 济：助。杀翼：铩翼，受挫而意气消沉。[23] 两杰：指平定安史之乱的唐军主将郭子仪、李光弼。[24] 斮（zhuó）：斩。

[25] 蓟枭：指朱泚，唐德宗时叛变称帝。朱泚是昌平人，任卢龙节度使。[26] 五堂：天子听政之处。[27] 大驾惊奔：朱泚反叛后，唐德宗逃出长安。[28] 阴刀：指鬼神暗中对人的打击。[29] 明殛：公开的惩罚。殛（jí）：杀。[30] 蚀黑：日食，古人认为象征皇权受到威胁、侵犯。[31] 悬：挂乐器的架子。[32] 诤舌：直言进谏的大臣。轩：朝堂。[33] 黈（tǒu）：黄色。这儿指"黈纩"，古代帝王冠冕两边悬着两个黄色绵球，以示不听无益之言，辍黈则表示广泛听取意见。[34] 刳（kū）：剖开。刳襟的意思与"辍黈"类似。沃善：用别人的善言浇灌自己的心田。[35] 当狱撤腥：唐贞观五年，诏令"行刑之日，尚食勿进酒肉，内教坊及太常不举乐。"[36] 当稼吞螟：贞观二年，京畿蝗灾，唐太宗生吞蝗虫以示为民受灾。[37] 渎：河。革浊：使河水变清。[38] 肉角：麒麟。渎清、获麟是祥瑞之兆。[39] 旬泽暮溥：十天一雨，下在晚上，这就是风调雨顺。[40] 斛谷视土：形容粮食便宜，唐开元年间斗米五钱。[41] 窒聪怫讽：堵住耳朵拒绝批评。[42] 彫：同"凋"。[43] 耀：同"曜"，日月星光。彗：彗星。[44] 沴：灾气。[45] 荡坤而坼：使地震裂开。[46] 裂乾而石：使天裂陨石。[47] 籍民：在册之民。[48] 籍甲：在册之兵。[49] 垒：营垒。墟：废墟。[50] 西垣：西部边疆。[51] 粒：形容小。[52] 阕：完毕。[53] 迎斩其舌：打断话头。[54] 宰：宰臣。哲：贤哲。[55] 赫烈：盛大辉煌。[56] 迹结：绝迹。[57] 慝（tè）：邪恶。[58] 盍：同"盍"。这两句意思是南北各地风调雨顺，不必求晴祈雨。[59] 阗（tián）阗：丰盛充实的样子。[60] 帑（tǎng）：金库。廪：粮仓。[61] 禁甲：御林军。饱：旺盛。狞：凶猛。

【评点】

这是一篇绝妙的文字，一是虚拟作者梦中与神的对话，来追述大唐王朝的由盛转衰，感慨国势的江河日下，表达作者对"明良政治"的期望。真实的史实揭示了明确的思想，而幽昧的景象则流露出心绪的抑郁茫然。二是围绕一个"欺"字作文章。宫神大言不惭地自夸往昔的功劳,是欺人之谈;而作者极力粉饰现时的状况,则是自欺之举。用欺人与自欺的对照,启发读者对历史和今天的思考。总之,奇特的想象、新颖的构思是此赋的主要特色。

杞 菊 赋 并序

陆龟蒙

【作者简介】

陆龟蒙（？-881），字鲁望，吴郡（今苏州）人。举进士不第，隐居淞江甫里，自号江湖散人、天随子，人称甫里先生。以诗文著名于晚唐，与皮日休相善，多有唱和，人称"皮陆"。著有《耒耜经》、《小名录》、《笠译丛书》、《甫里集》。

天随子宅荒少墙，屋多隙地。著图书所，前后皆树以杞菊[1]。春苗恣肥，日得以采撷之，以供左右杯案。及夏五月，枝叶老硬，气味苦涩，旦暮犹责儿童辈拾掇不已。人或叹曰："千乘之邑，非无好事之家，日欲击鲜为具以饱君者多矣[2]。群独闭关不出，率空肠贮古圣贤道德言语。何自苦如此？"生笑曰："我几年来忍饥诵经，岂不知屠沽儿有酒食邪？"退而作《杞菊赋》以自广云：

惟杞惟菊，偕寒互绿。或颖或苕[3]，烟披雨沐。我衣败绨，我饭脱粟。羞惭齿牙，苟且粱肉。蔓延骈罗[4]，其生实多。尔杞未棘[5]，尔菊未莎[6]。其如予何？其如予何？

【注释】

[1] 杞菊：枸杞与野菊，叶嫩时可食用。[2] 击鲜：宰杀牲畜，引申为准备美食。[3] 颖：禾穗。苕：草花。这儿指杞菊的嫩芽。[4] 骈罗：骈比、罗列。[5] 棘：刺，枸杞生出刺来，就不能吃了。[6] 莎：指菊长老，变得粗硬。

【评点】

　　这也是一篇篇幅短小却影响很大的小赋,宋代苏轼曾有续作。这自然是由于赋中表现出的安贫乐道,宁肯自苦也不向世俗低头的高尚节操。不过细细品味,又会感觉出这篇赋在表达作者蔑视富贵,甘守贫困而自得其乐的情志时,也流露出对不公正社会现实的愤慨,以及怀才不遇的凄怆。亦歌亦哭,亦乐亦悲。也许正因为这样,这首小赋才引起了后人的共鸣。

秋夜七里滩闻渔歌赋

王 棨

【作者简介】

王棨,字辅之。福州福清县人。唐咸通三年进士,任过大理司直、太常博士、水部郎中等职。擅长作赋,《全唐文》收有他的赋46篇,多为律赋。

七里滩急[1],三秋夜清。泊桂棹于遥岸,闻渔歌之数声。临风断续,隔水分明。初击楫以兴词,人人骇耳;既舣舟而度曲,处处含情。众籁微收,浓烟乍歇,屏开两面之镜,璧碎中流之月。逃名浪迹,始荡桨以徐来。咀徵含商,俄扣舷而回发。一水喧豗[2],旁连钓台。群鸟皆息,孤猿罢哀。激浪不停,高唱而时时过去;凉飙暗起,清音而一一吹来。潺潺兮跳波激射,历历兮新声不隔。初闻而弥觉神清,再听而惟忧鬓白。远而察也,调且异于吴歌;近以观之,人又非其郢客。杳袅悠扬,深山夜长。殊采菱于镜水[3],同鼓枻于沧浪[4]。泛滥扁舟,逸兴无惭于范蠡;沈浮芳饵,高情不减于严光。况其岸簇千艘,巘森万树。湍奔如雪之浪,衣裛如珠之露[5]。寂凝思以侧聆,悄无言而相顾。此时游子,只添歧路之愁;何处逸人,顿起江湖之趣。由是寥亮清浔[6],良宵渐深。引乡泪于天末,动离魂于水阴。究彼喉啭,似感无为之化;察其鼓腹[7],因知乐业之心。既而暗卷纤纶,潜收密网。滩头而犹唱残曲,水际而尚闻余响。渔人歌罢兮天已明,挂轻帆而俱往。

【注释】

[1] 七里滩：地名，在今浙江桐庐县严陵山西，长七里。这一带是东汉隐士严光隐居垂钓的地方。[2] 喧豗（huī）：喧闹。[3] 采菱：梁武帝《江南弄》七曲中，有《採菱曲》。镜水：镜湖，在今浙江绍兴。[4] 鼓枻：摇桨。[5] 裹：缠绕。[6] 寥亮：声音清越高远，同"嘹亮"。浔：水边。[7] 鼓腹：袒腹，凸起肚子。《庄子·马蹄》："夫赫胥氏，民居不知所为，行不知所之，含哺而熙，鼓腹而遊。"

【评点】

这是一篇律赋。律赋由于有严格的格律，写作有一定的难度。又由于律赋在晚唐以前主要用于考试，所以较少佳作。晚唐时律赋的写作逐渐与科举分离，出现了一些内容充实，形式优美的优秀作品。王棨的这篇《秋夜七里滩闻渔歌赋》，情、景、韵俱佳，创造了一种清幽、深远的意境，取得了动人心魄的艺术效果。这篇赋在表现出世之想、超然之致的同时，字里行间又流露出深深的凄凉悲伤之感，这正是晚唐时代精神的体现。结尾两句写到天明，既形成色调气氛上的对称、变化，又起到烘托夜闻渔歌情境的作用；读来既有豁然开朗之感，又引起对夜景的无穷回想；既是收束，又是宕开，尤可见出作者的艺术功力。

㚻䶂书

佚 名

【作者简介】

　　清朝末年，在甘肃敦煌石窟中发现大量古代文献，其中一部分是唐代民间说唱文学写本，称作"变文"。在敦煌变文中，有若干篇赋体文，这些出自民间的赋既有一般赋押韵、语句整齐的特征，又具有民间口头文学叙说故事、使用口语的特点，被人们称作俗赋。《韩朋赋》、《燕子赋》、《晏子赋》、《㚻䶂书》等便是。

　　夫㚻䶂新妇者[1]，本自天生，斗唇阔舌，务在喧争。欺儿踏聟[2]，骂詈高声，翁婆共语，殊总不听。入厨恶发，翻粥扑羹[3]，轰盆打瓮[4]，匏釜打铛[5]。嗔似水牛料斗[6]，笑似辘轳作声。若说轩裙拨尾[7]，直是世间无比。斗乱亲情，欺邻逐里[8]。向婆慎着，终不合觜。将头自檻[9]，竹天竹地[10]，莫著卧床[11]，佯病不起。见聟入来，满眼流泪。夫问来由，有何事意。没可分梳[12]，口称是事："翁婆骂我，作婢作奴之相。只是担眠夜睡[13]，莫与饭吃，饿急自起。"阿婆向儿言说："索得个屈期丑物入来[14]，与我作底[15]。"新妇闻之，从床忽起："当初缘甚不嫌？便即不财下礼[16]，色我将来[17]，道我是底。未许之时，求神拜鬼，及至入来，说我如此。"新妇乃色离书："废我别嫁，可会夫婿。"翁婆闻道色离书，忻忻喜喜。且与缘房衣物[18]，更别造一床毡被。乞求趁却[19]，愿更莫逢相值。新妇道辞便去，口里咄咄骂詈："不徒钱财产业[20]，且离怨家老鬼。"新妇惯唤向村中自由自在[21]，礼宜不学[22]，女艺不

269

爱，只是手提竹笼，恰似傍田拾菜。如此之流，须为监解[23]，看是名家之流，不交自解[24]。本性龂龃，打煞也不改。已后与儿色妇，大须稳审，趁逐莫取媒人之配[25]。阿家诗曰[26]：

龂龃新妇甚典砚[27]，直得亲情不许见。

千约万来不取语，恼得老人肠肚烂。

新妇诗曰：

本性龂龃处处知，阿婆何用事悲悲。

若觅下官行妇礼，更须换却百重皮[28]。

【注释】

[1]龂龃（yá jiā）：口齿锋利，说话刻薄，喜欢争吵。[2]聟（xù）：同"婿"。[3]羹：五味浓汤。[4]甑（zèng）：同"甑"，一种瓦器，用于蒸煮。[5]鼋釜：敲打锅釜。[6]料（liáo）斗：挑战。[7]轩裙：扬裙。拨尾：摆尾。轩裙拨尾形容举止张狂。[8]欺邻逐里：一说为"欺凌妯娌"之误。[9]榼：同"盖"。[10]竹天竹地：意思相当于"昏天黑地"。[11]莫：通"摸"。[12]分梳：分说。[13]担眠夜睡：原抄本为"担眠夜"，担字可能是"贪"字之误，一说担通"旦"。[14]屈期：屈奇，稀奇古怪。[15]作底：作对，为敌。[16]不财下礼：即"不下财礼"。[17]色：通"索"。[18]缘房：同"圆房"。缘房衣物指嫁妆。[19]趁却：赶紧。[20]徒：通"图"。[21]惯唤：放纵、随便。[22]宜：通"仪"。[23]监解：其意不详，疑是"鉴戒"之误。[24]交：疑为"教"之误。[25]趁逐：千万、要紧。[26]阿家：称婆母。[27]典砚：其意不明，典疑为"颠"字之误。表示颠狂、张致的意思。[28]原抄本"更须换却百重皮"以下还有若干诗句，内容与前文无关，可能是抄录者将另一篇作品误续于此，删去。

【评点】

早在汉代，就有民间艺人用赋来演述故事的记载。从《龂龃书》等仅存的唐代俗赋中，我们可以窥得赋在民间流行的情形。赋整齐押韵、铺陈渲染的特点，本来就适合讲唱表演，民间艺人用赋来叙说故事，塑造人物形象，使民间俗赋具备了不同于文人赋的艺术特色，读来别有风味。这篇《𫘤𫘫书》描写了一位极有个性的新娘，她泼辣的性格、尖刻的语言、无拘无束的举止，给人留下了深刻的印象。在她冒犯尊长、蔑视礼仪的行为中，表现出反抗封建礼教的精神。这一形象，对后来的通俗文学产生了很大的影响，宋词话《快嘴李翠莲记》中那位能言善辩的李翠莲，与𫘤𫘫新妇显然有着一脉相承的关系。

吊税人场文 并序

王禹偁

【作者简介】

王禹偁（954-1001），字元之，济州巨野（今山东巨野）人。太宗太平兴国八年进士。历任左司谏、翰林学士、知制诰等职。一生刚正立朝，遇事敢言，多所规讽，屡遭贬谪。被贬知黄州时，曾作《三黜赋》以见志："屈于身而不屈于道，虽百谪而何亏！"

他是宋初倡导文学革新运动的重要人物之一。"韩柳文章李杜诗"就是他提出的口号。所为诗文，多反映现实社会矛盾，风格朴实自然，清新流畅。存赋22篇。

峡口镇多暴虎[1]，路人遇而罹害者[2]，十有一二焉。行役者目其地曰："税人场"。言虎之搏人，犹官之税人。因为文以吊之。其辞曰：

虎之生兮，亦禀亭毒[3]。文彩蔚以锦烂[4]，睛眸赫其电烛[5]。爪利锋起，牙张雪矗[6]。岩乎尔。游溪乎尔。育匪隐雾以泽毛[7]，惟吁人而嗜肉[8]。豺伴躯邻林，潜革伏啸生习习之风[9]。

视转眈眈之目，始有霜径晨征，阴村暮宿尔，必搏以疗饥，嚼而充腹。骨委沟壑，血膏林麓。恨魄长往，悲魂不复。旅人无东海之勇[10]，嫠妇起太山之哭[11]。至使贾说商谈，飞川走陆。职彼兽之攸暴[12]，示斯场之所酷。骑者为之鞭蹄[13]，车者为之膏轴[14]。铍者谓之发刃[15]，弧者谓之挟镞[16]。来之者有备，过之者在速。鲜不魄骇魂惊而神翻思复者哉！

於戏[17]！虎之搏人也，止于充肠；官之税人也，几于败俗[18]。则有泉涌鹿台之钱[19]，山积巨桥之粟[20]。周幽、厉之不恤[21]，汉桓、灵之肆欲[22]，是皆收太半以充国用[23]。三夷而祸族[24]，牙以五刑[25]，爪以三木[26]。搏之以吏，咥之在狱[27]。马不得而驰其蹄，车不得而走其毂[28]。铍在匣以谁引？矢在弦而莫属？斯场也大于六合[29]，斯虎也害于比屋[30]。虽有黄公之力，莫得而戮；虽有卞庄之戟[31]，岂得而逐。

必在乎立道德而为戟为刃，张仁慈而为阱为机[32]，俾尔兽之训扰[33]，见我场之坦夷，乃芟凶薙恶[34]，除浇涤漓[35]。帝道以之荡荡[36]，人心以之熙熙[37]。自然来驺虞之仁兽[38]，返淳风兮庶几[39]。

【注释】

[1]峡口镇：地名。一说在河南淅川；一说在广西临桂。[2]罹害：遭到残害。[3]禀：领受、承受。亭毒：化育、养成。《老子》："长之育之，亭之毒之。"《文选·刘峻〈辨命论〉》："生之无亭毒之心，死之岂虐刘之志。"李周注："亭毒，均养也。"[4]"文彩"句：言虎之斑纹鲜艳而有光泽。[5]赫：红如火烧，亦泛指红色。晴眹句：言老虎目光红亮如闪电之光。[6]牙张雪矗：雪白的牙伸出来，矗立着。[7]匪：非。[8]惟：独、只。咥（dié）：咬。[9]革：皮，此指身体。潜革伏啸：潜藏身体爬伏咆哮。习习之风：《诗·邶风·谷风》："习习谷风"。[10]东海之勇：东海黄公之勇。张衡《西京赋》："东海黄公，赤刀粤祝。冀厌白虎，卒不能救。"黄公：巫师。少时擅兴云吐雾之术，能制蛇虎。故云。东海：汉郡名。[11]"嫠妇"句：典出《礼记》。嫠妇：寡妇。其妇公爹、丈夫、儿子皆死于虎，故云。[12]攸：语助词，无义。[13]鞭蹄：鞭打马匹，使之疾走。[14]膏轴：以油膏润滑车轴。[15]铍（pǐ）：两刃刀或长矛。此句谓拿刀和矛的拿出了武器。[16]弧（hú）：弯弓。弧者：拿弓箭的人。镞：箭头。此句谓拿弓箭的，安好箭头（做好准备）。[17]於戏（wū hū）：呜呼。[18]几

273

(jī)：将近，几乎。《史记·留侯世家》："几败而公事"。败俗：败坏道德礼俗。［19］鹿台：地名，在河南淇县，殷纣王贮财宝之府库。此句指官府搜刮钱财之多。［20］巨桥：地名，在河北曲同县，殷纣王的粮库。［21］周幽、厉之不恤句：像周代周幽王，周厉王那样不体恤国事、不关心民命。［22］汉桓、灵之肆欲句：像汉桓帝、汉灵帝一样任用恶人，恣意妄为。［23］三夷而祸族：夷灭父族、母族、妻族。［24］牙以五刑：官府以五种残酷的刑罚为牙。［25］爪以三木：官府以枷锁为爪。［26］三木：古时加在罪犯颈项、手足上的刑具。司马迁《报任少卿书》："魏其，大将也，衣赭衣，关三木。"［27］搏之、咥之二句：指官府用恶吏抓捕人，在牢狱中置人于死地。［28］毂（gǔ）：围绕车轴支撑车辐的圆木。［29］六合：天地四方合称六合。代指天下。［30］比屋：每家。［31］卞庄：春秋鲁国大夫，食邑于卞。以勇著名。《史记·陈轸传》记其刺双虎事。［32］阱：陷坑。机：弩箭上的发动机关。［33］俾：使。训扰：训养。［34］芟凶薙恶：斩除凶恶。芟（shān）、薙（tì）均除草之意。［35］除浇涤漓：清除浮薄习俗。浇、漓：风俗浮薄。［36］帝道以之荡荡：皇帝治理天下的意图因此能顺利实行。荡荡：平坦。《诗·齐风·南山》："鲁道有荡。"［37］熙熙：和乐。［38］驺虞：典出《诗·召南·驺虞》。孔颖达疏："驺虞，义兽，不食生物。"故称为仁兽。［39］淳风：淳朴之风。庶几：将近，差不多。

【评点】

　　此赋作年不详。其最大的特色在于对宋代苛政给予了无情深刻的揭露。命意虽与《礼记》"苛政猛于虎"，柳宗元《捕蛇者说》近似，但赋中直斥官府"牙以五刑，爪以三木"、"搏之以吏，咥之在狱"，"斯场也大于六合，斯虎也害于比屋。"其抨击之激烈，忧愤之深广，突过前人。于中可见其疾恶如仇的个性和一往勇决的精神。

松江秋泛赋[1]

叶清臣

【作者简介】

叶清臣（1000-1051）字道卿，宋朝苏州长洲人（今江苏吴县），真宗天圣二年进士。仁宗宝元初为两浙转运使，有政声；后知永兴军，浚三白渠，溉四六千顷。官至翰林学士，权三司使。晚知河阳，卒。今存赋1篇。

泽国晚晴[2]，天高水平。遥山晚碧[3]，别浦寒清[4]。循游具区之野[5]，纵泛吴淞之濡[6]。东瞰沧海[7]，西瞻洞庭[8]。槁叶微下[9]，斜阳半明。樵风归兮自朝暮[10]，汐溜满兮谁送迎[11]。浩霜空兮一色，横霁色兮千名[12]。于是积潦未收[13]，长江无际。澄澜方倾[14]，扁舟独诣[15]。杜桔初黄[16]，汀葭余翠[17]。惊鹭朋飞[18]，别鹄孤唳[19]。听渔榔之递响[20]，闻牧笛之长吹。既览物以放怀[21]，亦思人而结欸[22]。

若夫敌寇初平，霸图方盛[23]。均忧待济，同安则病。鱼贪饵而登钩[24]，鹿走险而忘命。一旦辞禄[25]，扬舲高咏[26]，功崇不居[27]，名存斯令[28]。达识先明[29]，孤风孰竞[30]。又若金耀不融[31]，洛尘其蒙[32]。宗城寡扞[33]，王国争雄。拂衣客右[34]，振棹江东[35]。拖翠纶乎波上[36]，脍蝉翼兮柴中[37]。傥即时之有适[38]，遑我后之为恫[39]。至如著书笠泽[40]，端居甫里[41]，两桨汀洲[42]，片帆烟水[43]。夕醉酒垆[44]，朝盘鱼市。浮游尘外之物[45]，啸傲人间之世[46]。富词客之多才，剧骚人之清思[47]。缅三子之芳徽[48]，谅随时之有宜[49]。非才高见弃于荣路[50]，乃道大不容于祸机[51]。申屠临河而蹈瓮[52]，伯夷登山而食薇[53]。皆有为而然尔，岂得已而用之？

别有执简仙瀛[54]，持荷帝柱[55]。晨韬史氏之笔[56]，暮握使臣之斧[57]。登览有澄清之心[58]，临遣动光华之赋[59]。荷从欲之流慈[60]，慰远游之以惧。肇提封之所履[61]，属方割之此忧[62]。将浚疏于汇川[63]，其拯济乎畛畴[64]。转白鹤之新渚[65]，据青龙之上游。濯埃垢于缁袂[66]，刮病膜乎昏眸[67]。左引任公之钓[68]，右援仲由之桴[69]。思勤官而裕民[70]，乃善利之远猷[71]。彼全身以远害[72]，盖孔臧于自谋[73]。鲜鳞在俎[74]，真荼满瓯[75]。少回俗士之驾[76]，亦未可为兹江之羞[77]。

【注释】

[1] 松江：吴淞江。泛：泛舟。[2] 泽国：水乡。[3] 遥山：远山。[4] 别浦：浦，水滨。别，分出。指河湖分流处。[5] 具区：作者管辖的区域。[6] 濴（líng）：弯曲的流水。[7] 瞰（kàn）：俯视。沧海：大海。[8] 瞻：望。洞庭：湖名。在湖南省北部，岳阳市西。[9] 槁叶：枯叶。[10] 樵风：语出南朝宋孔灵符《会稽记》。后因以樵风指顺风。[11] 汐：晚潮。[12] 霁（jì）色：天晴后的景色。千名：喻多种多样。[13] 积潦（lǎo）：雨后的积水。[14] 澄澜：清澈的波浪。[15] 扁舟：小船。诣：前往、去到。[16] 社：古代地区单位之一。《管子·乘马》："方六里，名之曰社。"《左传·昭公二十五年》："请致千社。"杜预注："二十五家为社。"[17] 汀葭：水边上生长的芦苇。[18] 朋飞：比翼并飞。[19] 唉（jì）：鸟鸣。[20] 渔榔：榔，同桹。渔人捕鱼时敲击船舷以惊鱼入网的长木条。《文选·潘岳·西征赋》："鸣桹厉响。"李善注："以长木扣舷为声……所以惊鱼入网也。"递：顺次；一个接一个。[21] 放怀：舒怀；畅怀。[22] 结欸：叹息抽咽。[23] 霸图：霸业；称霸者的雄图。方：正。[24] 登钩：鱼被钓住。[25] 辞禄：辞官。[26] 舲（líng）：有窗的小船。[27] 崇：高。[28] 令：善；美。《周书·萧

276

璱传》:"幼有令誉。"[29]达识先明:通达事理,有先见之明。[30]孤风:崇高特立的风貌。竞:胜。以上十二句吊范蠡。[31]金耀不融:耀应为跃。语出《庄子·大宗师》:"今之大冶铸金,金踊跃曰'我必且为镆铘',大冶必以为不祥之金。"[32]洛尘其蒙:喻指天下动乱,帝王流亡或失位。[33]宗城:语本《诗·大雅·板》。因以宗子封因,藩屏王室,故称宗城。寡:少。扞:捍。[34]拂衣:归隐。[35]振棹:荡舟游玩。[36]拖翠纶:垂钓。纶(lún):钓丝。[37]柴:同盘。[38]傥:假若。[39]遑:恐惧;害怕。[40]笠泽:水名,即松江。陆龟蒙隐居松江甫里,著《笠泽丛书》。[41]甫里:即松江甫里。在今江苏吴县。[42]汀洲:水中小块陆地。[43]片帆:孤舟。烟水:江湖。[44]酒垆:酒店放置酒瓮的土台,后为酒店的代称。[45]盘:盘桓。浮游:漫游。尘外:尘世之外。[46]啸傲:歌咏自由,放旷不受拘束。[47]剧:增加。骚人:诗人。[48]缅:怀。三子:范蠡、张翰、陆龟蒙。[49]芳徽:美名。[50]荣路:仕途。[51]祸机:致祸的机关。[52]申屠:申屠蟠,东汉外黄人。因东汉衰落,乃隐居治学,绝迹于梁、砀之间。[53]"伯夷"句:典出《史记·伯夷列传》:"伯夷、叔齐,孤竹君之二子也。……武王已平殷乱,天下宗周,而伯夷、叔齐耻之。义不食周粟,隐于首阳山,采薇而食之。"后以之指有高尚节操的人物。[54]简:即简策。《论衡·定贤》:"口谈之实语,笔墨之余迹,陈在简策之上,乃可得知。"仙瀛:传说中的仙山瀛洲。[55]荷:担任;担负。张衡《东京赋》:"荷天下之重任。"帝柱:指在朝担任重要官职。《史记·张丞相列传》:"张丞相苍者……秦时为御史,立柱下方书。"以上二句谓在朝任清要或重要官职。[56]韬:隐藏。韬笔:搁笔。[57]斧:出使的节钺。[58]"登览"句:典出《后汉书·范滂传》:"滂登车揽辔,慨然有澄清天下之志。"[59]"临遗"句:典源《战国策·燕策四》:荆轲等为复仇,借献图之名行行刺之实。燕太子丹及宾客、皆白衣冠送之。荆轲为歌曰:"风萧萧兮易水寒,壮士一去兮不复还。"士皆瞋目,发尽上指冠。庾信《小园赋》:"荆轲有寒水之悲,苏武有秋风之别。"以上二句,写在朝以澄清天下为己

277

任；出使则舍身忘家为国。[60]流慈：散布，传流恩惠、恩泽。[61]肇（zhào）：始。[62]方割：到处灾害。方：并。割：灾害。属：适值。[63]浚疏：疏通河道。[64]拯济：救济。畛畴：田地。[65]渚：水中小块陆地。[66]濯：洗。埃垢：灰尘污垢。缁袂：黑色的衣袖。[67]膜：眼中的角膜。昏眸：昏花的眼珠。[68]任公：古代传说善于捕鱼的人。见《庄子·外物》。[69]仲由：即子路。孔子弟子。相传子路有勇力，故后来作为勇士的代称。桴：桴鼓。指战鼓或警鼓。《史记·田叔列传》："提桴鼓，立军门。"以上二句言用智慧勇力为国效命。[70]裕民：富民。[71]远猷：远谋。[72]彼：范蠡、张翰、陆龟蒙。全身：保全自身。[73]孔：深远。臧：同藏。自谋：为自己着想。[74]鲜鳞：指活鱼。俎：菜板。[75]瓯：茶盅。张翰嗜鱼，陆龟蒙嗜茶，故云。[76]俗士：世俗中人。作者戏言自称。[77]兹江：此江。指松江。

【评点】

此赋作于叶氏任两浙转运使时。作者写景清丽，叙事晓畅，抒情高朗。尤为令人称赏的是，作者以范蠡、张翰、陆龟蒙的避世隐居，与己之"思勤官而裕民"相对照，既不贬损前人，又隐以"善利之远猷"自负，思想境界极高。在宋代游览赋中，确是不可多得之佳作。

秋 声 赋

欧阳修

【作者简介】

欧阳修(1007-1072),宋吉州庐陵(今江西吉安)人。字永叔,号醉翁,晚年号六一居士。天圣八年(1030)进士。景祐间为馆阁校勘,因为范仲淹申辩,贬夷陵令。庆历三年(1043)知谏院,擢知制诰,支持并参与庆历变法。新政失败,出知滁、扬、颍等州十一年。后历任枢密副使、参加政事。晚年反对王安石变法,坚请致仕。欧阳修是宋代诗文革新运动的领袖,是宋朝第一个在诗文词、史学、金石学等方面均有成就的杰出作家。今存赋23篇。

欧阳子方夜读书,闻有声自西南来者[1],悚然而听之[2],曰:"异哉!"初淅沥以萧飒[3],忽奔腾而砰湃[4],如波涛夜惊,风雨骤至,其触于物也,鏦鏦铮铮,金石皆鸣;又如赴敌之兵,衔枚疾走[5],但闻人马之行声。余谓童子:"此何声也?汝出视之。"童子曰:"星月皎洁,明河在天[6],四无人声,声在树间。"

余曰:"噫嘻悲哉[7]!此秋声也,胡为而来哉[8]?盖夫秋之为状也[9]:其色惨淡,烟霏云敛[10];其容清明,天高日晶[11];其气栗冽,砭人肌骨[12];其意萧条,山川寂寥[13]。故其为声也:凄凄切切,呼号愤发。丰草绿缛而争茂,佳木葱茏而可悦[14];草拂之而色变,木遭之而叶脱。其所以摧败零落者,乃其一气之余烈[15]。夫秋,刑官也[16],于时为阴[17];又兵象也,于行为金[18];是谓天地之义气[19],常以肃杀而为

279

心。天之于物，春生秋实。故其在乐也，商声主西方之音[20]；夷则为七月之律[21]。商，伤也，物既老而悲伤；夷，戮也，物过盛而当杀。嗟乎！草木无情，有时飘零。人为动物，惟物之灵[22]，百忧感其心，万事劳其形，有动于中，必摇其精[23]。而况思其力所不及，忧其智之所不能，宜其渥然丹者为槁木[24]，黟然黑者为星星[25]；奈何以非金石之质[26]，欲与草木而争荣。念谁为之戕贼[27]，亦何恨乎秋声？"

童子莫对，垂头而睡。但闻四壁虫声唧唧，如助余之叹息。

【注释】

[1]欧阳子：作者自称。方：正在。西南：《太平御览》卷九引《易纬》："立秋，凉风至。"注："西南方风。"[2]悚然：惊惧貌。[3]淅沥：雨声。萧飒：风声。以：而。[4]砰湃：波涛汹涌声。[5]衔枚：《汉书》颜师古注："衔枚者，止言语欢嚣，欲令敌人不知其来也。"[6]明河：银河。[7]噫嘻悲哉：叹息声。宋玉《九辨》："悲哉秋之为气也！"[8]胡为：何为。[9]盖夫：发语词。[10]烟霏云敛：烟雾飘散。敛：收敛，消失。[11]晶：明亮。[12]栗冽：寒冷。砭(biān)：刺。[13]寂寥：冷落。[14]缛：茂盛。葱茏：青翠繁茂。[15]一气：秋气。余烈：余威。[16]夫秋，刑官也：上古设官，以四时为名，称刑部为秋官。[17]于时为阴：古以阴阳二气配合四时，春夏属阳，秋冬为阴。[18]于行为金：行，指五行：金、木、水、火、土。古人认为四季的变化是五行相生的结果，并把五行分配于四季，秋属金。[19]天地之义气：《礼记·乡饮酒义》："天地严凝之气，始于西南，而盛于西北，此天地之尊严气也，此天地之义气也。"孔颖达疏："西南象秋始。"[20]"商声"句：古以宫、商、角、徵、羽五音和方位配合四时，秋天为商声，主西方。[21]"夷则"句：古以十二律（黄钟、大吕、太簇、夹钟、姑洗、中吕、蕤宾、林钟、夷则、南吕、无射、应钟）分配十二月，夷则与七月对应。《史记·律书》："七月也，律中夷则。夷则，言阴气之贼万物也。"[22]惟物之灵：《尚书·周书·泰誓上》："惟人万

物之灵。"[23]百忧感其心四句：语源《庄子·在宥》："必静必清，无劳女形，无摇女精，乃可以长生。"而从反面立说。精，精神。[24]"渥然"句：红润的容颜变得枯槁衰老。渥然丹者语出《诗经·秦风·终南》："颜如渥丹。"面容红而有光泽。[25]"黟然"句：谓黑发变白。黟，黑貌。星星，喻头发花白。谢灵运《游南亭》："戚戚感物叹，星星白发垂。"[26]金石之质：坚固不坏的品质。古诗："人生非金石，焉能长寿考。"[27]戕贼：残害。

【评点】

《秋声赋》写于嘉祐四年（1059）。自宋玉《九辩》以来，写秋的赋很多，较之前人，欧赋在思想和艺术上都独具特色。随着文化的发展，哲学的兴盛，宋人对人生有着更深的思考探求。在纷纭复杂的人世，保持一种清旷、恬静的情怀，使人的内心世界有一个全新的支点——达者，不至于过分贪婪；穷者，不因外在的重压而精神崩溃。这是一种看似消极而实则积极的人生态度。欧公此赋中人生态度对后世，特别对苏轼有较大影响。

这是一篇文赋，语言骈散结合，错落有致，形成一种抑扬顿挫之美；它保留了传统赋铺张扬厉的特色，对秋声秋景作了绘声绘色的描写；主客问答形式的灵活运用，又以起合转折之势，使作品结构上别具曲折变化之美。外在的文辞结构之美与内在的深沉丰富的思想和情感结合，使之成为传诵不衰的名篇，充分表现了文赋发展到宋代所达到的新的高度。

灵 物 赋[1]

司马光

【作者简介】

司马光（1019-1086），宋陕州夏县（今属山西）人，字君实。仁宗宝元初进士。神宗时历任翰林学士，御史中丞等职。因极力反对王安石变法，离开朝廷，退居洛阳15年。哲宗即位，祖母高太后垂帘听政，召为宰相，数月间废除新法略尽。司马光是一位著名的史学家，他用19年时间主编的《资治通鉴》，是一部有名的历史巨著。此外，又著有《温国文正司马公文集》。

有物于世，制之则留[2]，纵之则去[3]；卷之则小[4]，舒之则钜[5]；守之有主[6]，用之有度[7]；习之有常[8]，养之有素[9]；誉之不喜，毁之不怒[10]；诱之不迁[11]，胁之不惧[12]。吾不知其为何物，聊志之于此赋[13]。

【注释】

[1]灵物：指珍奇神异之物。《后汉书·光武纪》："今天下清宁，灵物仍降。"此指人（心、道德修养、志节操守）。《尚书·周书·泰誓》："唯人万物之灵。"欧阳修《秋声赋》："人为动物，万物之灵。"[2]制：制止；控制。《淮南子·修务训》："跳跃扬蹄，翘尾而走，人不能制。"[3]纵：放纵；听任。《离骚》："启九辩与九歌兮，夏康娱以自纵。"[4]卷：把东西弯曲裹成圆形。《诗·邶风·柏舟》："我心匪席，不可卷也。"[5]舒：展放；伸展。钜：同巨。大。[6]守：笃守正道。《汉书·楚元王传》附《刘向传》："君子独处守正，不挠众枉。"此句谓君

子笃守正道，主见在胸。[7]度（duó）：量；计算。《左传·隐公十一年》："度德而处之，量力而行之。"[8]习：习惯。习之有常：如言习以为常。[9]养：培养；修养。养之有素：如言学养有素。[10]誉：称赞；称扬。毁：诽谤。范仲淹《岳阳楼记》："不以物喜，不以己悲。"欧阳修《资政殿学士户部侍郎文正范公神道碑铭》："公少有大节，于富贵贫贱，毁誉欢戚，不一动其心，而慨然有志于天下。"[11]诱：威胁利诱。迁：变；移。《屈原·桔颂》："后皇嘉树……受命不迁，深固难徙。"[12]胁：胁迫。[13]聊：且，姑且。

【评点】

此赋作年不详。宋儒喜欢说理，喜欢高扬儒家的道德修养，志节操守。"学者，所以求治心也。学虽多而心不治，何以学为！"（司马光《学要》）此赋即是这种社会风气在辞赋创作上的一种反映。作者所倡言的"习之有常，养之有素；誉之不喜，毁之不怒；诱之不迁，胁之不惧"的人格精神，给人们留下深刻印象。全赋短小精炼，在质朴洗炼格言式的语句中寄寓至正至刚的思想情操。在同类赋中，乃杰出之作。

思 归 赋

王安石

【作者简介】

王安石（1021-1086）字介甫，晚号半山。抚州临川（今江西抚州市）人。仁宗庆历二年进士。神宗熙宁二年（1069）任参知政事，次年任宰相，锐意改革。后因保守派的激烈反对，且变法派内部产生矛盾，于熙宁七年被迫辞相，次年再相，九年再辞，退居江宁。封舒国公，后改封荆，故世称荆公。致力于骚体，且含蓄精炼。

蹇足南兮安之[1]？莽吾北兮亲之思[2]。朝吾舟兮水波，暮吾马兮山阿[3]。亡济兮维夷[4]，夫孰驱兮亡巇[5]？风翛翛兮来去[6]，日翳翳兮溟濛之雨[7]。万物纷披萧索兮[8]，岁逶迤其兮暮[9]。吾感不知夫涂兮[10]，徘徊彷徨以反顾[11]。盍归兮[12]？盍归兮，独何为乎此旅[13]？

【注释】

[1]蹇（jiǎn）：难。蹇是《易》的卦名。后因用作不顺利的意思。白居易《庐山草堂记》："一旦蹇剥，来佐江郡。"[2]莽：无涯际貌。杜甫《秦州杂诗》："莽莽万重山，孤城山谷间。"[3]山阿：山脚。[4]亡：同无。维：念；思考；计度。夷：平坦；平安。与险相对。[5]孰：谁。驱：驱驰。巇（xī）：危险。刘孝威《蜀道难》："双流逆巇道。"[6]翛（xiǎo）翛：象声词，风声。[7]翳（yì）翳：深晦不明。溟濛：模糊不清。溟濛雨。犹言毛毛细雨。[8]纷披：散乱。萧索：萧条；冷落。王维《奉寄韦太守陟》："荒城自萧索，万里山河空。"[9]

逶迤：连续不断。［10］涂：同途。［11］徘徊彷徨：均有往返回旋，犹豫不定意。反顾：回头看。［12］盍（hé）：何不。［13］旅：羁旅。游宦或羁旅。

【评点】

此赋作年不详，考其内容，当是作者仕途遇到艰难时所作。从此赋我们可以看到王安石刚毅果敢的政治家风采的另一面——忧患于仕途艰险、执著于家人亲情，甘于恬退，不贪恋禄位。全赋虽未点出其具体处境，但用比兴手法描绘了一幅世路艰难的图画和倾诉了思亲思归心情，显得含蓄不露，缠绵悱恻，颇富艺术感染力。

前赤壁赋

苏 轼

【作者简介】

苏轼（1037—1101）宋眉州眉山（今四川眉山县）人，字子瞻，号东坡居士。嘉祐二年（1057）进士，复举制科。熙宁中上书反对王安石变法，出为杭州通判，徙知密、徐、湖三州。屡受攻讦，不安于位，来往于朝廷与地方官任上。苏轼历州郡多有惠政，但一生坎坷，政治上极不得意。然而在文学艺术上，他是一位具有多方面才能的大家。无论诗词、散文，都代表着北宋文学的最高成就。

壬戌之秋[1]，七月既望[2]，苏子与客泛舟，游于赤壁之下[3]。清风徐来，水波不兴。举酒属客[4]，诵明月之诗[5]，歌窈窕之章[6]。少焉，月出于东山之上，徘徊于斗牛之间[7]。白露横江，水光接天。纵一苇之所如[8]，凌万顷之茫然。浩浩乎如凭虚御风[9]，而不知其所止；飘飘乎如遗世独立[10]，羽化而登仙[11]。

于是饮酒乐甚，扣舷而歌之。歌曰："桂棹兮兰桨[12]，击空明兮溯流光[13]，渺渺兮予怀[14]，望美人兮天一方[15]。"客有吹洞箫者[16]，倚歌而和之。其声呜呜然，如怨如慕，如泣如诉，余音嫋嫋[17]，不绝如缕[18]，舞幽壑之潜蛟，泣孤舟之嫠妇[19]。

苏子愀然[20]，正襟危坐而问客曰[21]："何为其然也？"客曰："'月明星稀，乌鹊南飞'，此非曹孟德之诗乎[22]？西望夏口[23]，东望武昌[24]，山川相缪[25]，郁乎苍苍[26]，此非孟德之困于周郎者乎[27]？方其破荆州，下江陵[28]，顺流而东也，舳舻千里[29]，旌旗蔽空，酾酒临江[30]，横槊赋诗[31]，固一世之雄也[32]，而今安在哉！况吾与子渔樵于江渚之上[33]，侣鱼虾而友麋鹿[34]；驾一叶之扁舟，举匏樽以相属[35]。寄蜉蝣于天地[36]，渺沧海之一粟[37]；哀吾生之须臾[38]，羡长江之无穷。挟飞仙以遨游，抱明月而长终[39]。知不可乎骤得，托遗响于悲风[40]。"

苏子曰："客亦知夫水与月乎？逝者如斯[41]，而未尝往也[42]；盈虚者如彼[43]，而卒莫消长也[44]。盖将自其变者而观之，则天地曾不能以一瞬；自其不变者而观之，则物与我皆无尽也[45]。而又何羡乎？且夫天地之间，物各有主，苟非吾之所有，虽一毫而莫取。惟江上之清风，与山间之明月，耳得之而为声，目遇之而成色，取之无禁，用之不竭，是造物者之无尽藏也[46]，而吾与子之所共适[47]。

客喜而笑，洗盏更酌，肴核既尽[48]，杯盘狼藉[49]，相与枕藉乎舟中[50]，不知东方之既白。

【注释】

［1］壬戌：宋神宗元丰五年（1082），岁次壬戌。［2］既望：旧历每月的十六日。既：过了。望，十五日。［3］赤壁：此指苏轼所游的湖北黄冈县城外的赤壁矶，非三国时"赤壁之战"的旧址。作者在此乃借赤壁之名吊古抒怀。［4］属（zhǔ）：劝酒。［5］明月……之诗：即下文客所言曹孟德（曹操）之诗《短歌行》："月明星稀……"［6］窈窕之章：指《诗经·陈风·月出》。首章有"月出皎兮，佼人僚兮，舒窈纠（jiǎo）兮"。窈纠，即窈窕。［7］少焉：一会儿。徘徊：踌躇不前。斗牛：星宿名。指斗宿和牛宿。［8］纵一苇之所如：任凭小船在江面上飘荡。纵，听任。一苇，喻小船。《诗经·卫风·河广》："谁谓河广？一苇杭之。"如：往。［9］凭虚御风：腾空驾风而行。凭，乘。虚，太空。御：驾驭。《庄子·逍遥游》："列子御风而行。"［10］遗世：遗

弃人世。[11]羽化：道家认为人飞升成仙叫羽化。登仙：飞升仙境。[12]桂棹兰桨：划船工具的美称。桂木、木兰，均为香木。[13]空明：江水明澈。溯：逆流而上。流光：水面上闪动的月光。[14]渺渺：悠远貌。[15]美人：借指自己倾慕的人。《楚辞·九章》有《思美人》，王逸《章句》："言己思念其君。"[16]客：后人多谓指道士杨世昌。[17]嫋嫋：形容声音婉转悠长。[18]缕：指细丝。[19]舞、泣：均使动用法。使之舞、使之泣之意。幽壑：深涧。嫠（lí）妇：寡妇。[20]愀然：忧愁变色貌。[21]正襟危坐：整好衣襟，端坐。语出《史记·日者列传》。[22]孟德：曹操字。[23]夏口：故址在今武汉市黄鹄山上。[24]武昌：今湖北省鄂城县。[25]缪（liǎo）：通缭，缭绕。[26]郁：草木茂盛。苍：苍翠。[27]周郎：周瑜。因其任建威中郎将时仅24岁，吴中皆呼为周郎。该句指建安十三年（208），吴将周瑜在赤壁之战中击溃曹操号称八十万大军一事。[28]荆州：汉时荆州治所在今湖北襄阳县。下，攻下。江陵：今湖北江陵县。赤壁之战前，曹操曾攻陷荆州，再克江陵，而后进军赤壁。见《资治通鉴·汉纪》。[29]舳舻（zhú lú）：大船。舳舻千里：语出《汉书·武帝纪》。颜师古注："舳，船后持舵处也。舻，船前刺棹处也。言其船多，前后相衔，千里不绝也。"[30]酾（shī）酒：斟酒。[31]横槊赋诗：语出元稹《唐故工部员外郎杜子美墓系铭并序》："曹氏父子鞍马间为文，往往横槊赋诗。"槊：长矛。[32]固一世之雄：本是一代的豪杰。[33]江渚：江中的小洲。渔、樵：打鱼，砍柴。皆用作动词。[34]侣、友：与……作伴侣、作朋友的意思。麋：鹿的一种。[35]匏：葫芦的一种。樽：酒器。[36]蜉蝣：昆虫名。夏秋间生长水边，往往只能活几小时。用以喻人生短暂。[37]沧海：大海。粟：谷子。此句喻人极其渺小。[38]须臾（yú）：片刻。[39]挟：腋下夹着。此指伴随。遨游：游玩。长终：永远的意思。[40]遗响：余音。指箫声。悲风：秋风。[41]逝者如斯：语出《论语·子罕》："子在川上曰：'逝者如斯夫！不舍昼夜。'"斯，这（江水）。[42]未尝往：没有消失。往：房玄龄《管子·权修》注："往，谓亡去也。"[43]盈：满。虚：缺。彼：那（月亮）。

288

［44］卒：最终。消长：消减、增长。［45］盖：句首助词。将：假设语气。曾：竟然。一瞬：眨眼间，言变化之速。无尽：永恒不尽。［46］造物者：大自然。无尽藏：佛家语。原指佛法无边，作用于万物无穷无尽。此喻指大自然乃无尽的宝藏。［47］适：快适，欢乐。引申为享受。［48］肴核：菜肴和果品。［49］杯盘狼藉：语出《史记·滑稽列传》："男女同席，履舄交错，杯盘狼藉。"狼藉：杂乱貌。［50］相与：彼此。枕藉：交错躺着。

【评点】

此赋作于元丰五年（1082），是苏轼在黄州贬所之作。全文以即景抒感、主客问答的手法，曲折地反映了他贬黄期间思想上的矛盾和痛苦，突出体现了他身处逆境，不以得失为怀，善自排遣的旷达胸襟和乐观的人生态度。文中变与不变、物我无尽的观点具有辩证法的因素，有一定积极意义。全篇抒发的感情流程经过了由喜而悲和回悲转喜的跌宕变化，而其叙事、写景、抒情、明理都与感情的变化紧密配合，从而使情景理三者和谐完美地统一在一起，给人以奇美的艺术感受。

后赤壁赋

苏 轼

是岁十月之望[1],步自雪堂[2],将归于临皋[3]。二客从予过黄泥之坂[4]。霜露既降,木叶尽脱。人影在地,仰见明月。顾而乐之,行歌相答[5]。

已而叹曰[6]:"有客无酒,有酒无肴;月白风清,如此良夜何?"客曰:"今者薄暮[7],举网得鱼,巨口细鳞,状似松江之鲈[8]。顾安所得酒乎?"归而谋诸妇[9]。妇曰:"我有斗酒,藏之久矣,以待子不时之须[10]。"

于是携酒与鱼,复游于赤壁之下。江流有声,断岸千尺[11],山高月小,水落石出[12]。曾日月之几何,而江山不可复识矣!予乃摄衣而上[13],履巉岩[14],披蒙茸[15],踞虎豹[16],登虬龙[17];攀栖鹘之危巢[18],俯冯夷之幽宫[19]。盖二客不能从焉。划然长啸[20],草木震动,山鸣谷应,风起水涌。予亦悄然而悲,肃然而恐,凛乎其不可留也[21]。返而登舟,放乎中流,听其所止而休焉[22]。时夜将半,四顾寂寥。适有孤鹤,横江东来。翅如车轮,玄裳缟衣[23],戛然长鸣也[24],掠予舟而西。

须臾客去,予亦就睡。梦一道士,羽衣翩仙[25],过临皋之下,揖予而言曰:"赤壁之游乐乎?"问其姓名,俯而不答。呜呼噫嘻[26],我知之矣!"畴昔之夜[27],飞鸣而过我者,非子也耶?"道士顾笑,予亦惊寤[28]。开户见之,不见其处。

【注释】

[1]是岁：承前篇而言，指元丰五年（1082）。[2]雪堂：苏轼在黄冈东坡建筑的住所。据其《雪堂记》云，堂是在大雪中筑成的，四壁绘有雪景，故名。[3]临皋：即临皋亭，苏轼在黄州曾寓居于此。[4]坂：山坡。黄泥坂是雪堂临皋间往来的必经之路。作者有《黄泥坂词》。[5]行歌相答：边走边唱、互相应和。[6]已而：过了一会儿。[7]薄暮：傍晚。薄：迫近。[8]松江之鲈：松江县（今属上海市）以产四鳃鲈著名，无鳞，长仅五六寸，味甚鲜美。[9]谋诸妇：和妻子商量。诸：之于。[10]须：一作需，义同。不时之需：随时的需要。[11]断岸千尺：江岸峭壁陡立，高达千尺。[12]水落石出：语出欧阳修《醉翁亭记》："风霜高洁，水落而石出。"[13]摄衣而上：撩起衣服登岸。[14]履巉（chán）岩：踏上险峻的山岩。[15]披蒙茸：拨开丛生的野草。[16]踞虎豹：蹲坐在像虎豹一样的山石上。[17]虬龙：古代传说中一种有角的小龙。此指盘曲、古老的树木。[18]栖：同棲。宿息。鹘（hú）：鹰之一种。危：高。巢在悬崖，故云。作者《赤壁记》："断崖壁立，江水深碧，二鹘巢其上。"[19]冯夷：神话传说的水神名，即河伯。《文选》张衡《思玄赋》引旧注："河伯，华阴潼乡人也。姓冯氏，名夷。浴于河中而溺死，是为河伯。"幽宫：深宫。此指水府。[20]划然：象声词。长啸：撮口发出清越而悠长的声音。[21]凛乎：恐惧貌。[22]听其所止句：任凭船漂流到哪里就停泊在哪里。[23]玄裳缟衣：黑裙白衣。玄，黑。裳，下裙。缟，白色丝织品。衣，上衣。鹤身上纯白，羽尾黑色，故云。据作者《为杨道士书帖》："十月十五日与杨道士泛舟赤壁，饮醉。夜半，有一鹤自江南来，掠予舟而西，不知其为何祥也？"据此，孤鹤云云，当是据事实而引发的想象。[24]戛然：象声词。状鹤声尖利悠长。[25]羽衣：《汉书·郊祀志上》颜师古注："羽衣，以鸟羽为衣，取其神仙飞翔之意也。"后世称道士为羽士，道服为羽衣。翩（piān）仙：飘然轻捷的样子。一作翩跹。[26]呜呼噫嘻：均为感叹词。[27]畴昔之夜：昨夜。语见《礼记·檀弓上》。[28]惊寤：惊醒。

【评点】

　　苏轼写前赋三个月后,重游赤壁,写了此赋。本篇通过月夜游赏的见闻和奇异的梦境,渲染了一种寥落幽峭的气氛,寄托了作者超尘绝世的奇想。全文仅四百余字,从开始商量如何出游始,到登山、泛舟、记梦,一一写来,文理自然,情景如见,姿态横生,表现了苏文高度的艺术概括力。文中"水落石出"一语,虽由欧阳修《醉翁亭记》变化而出,现已成为人人皆知的成语。于此也可见作者语言洗炼特色之一斑。

黄 楼 赋 并序

秦 观

【作者简介】

秦观（1049—1100），字少游，一字太虚，号邗沟居士，学者称淮海先生。扬州高邮（今江苏高邮）人。神宗元丰八年进士及第。秦观诗、词、文皆工，而尤以词著称于世。

太守苏公守彭城之明年[1]，既治河决之变[2]，民以更生[3]。又因修缮其城，作黄楼于东门上。以为水受制于土，而土之色黄，故取名焉。楼成，使其客高邮秦观赋之。其词曰：

惟黄楼之瑰玮兮[4]，冠雉堞之左方[5]。挟光景以横出兮[6]，干云气而上征[7]。既要眇以有度兮[8]，又洞达而无旁[9]。斤丹膺而不御兮[10]，爰取法乎中央[11]。列千山而环峙兮，交二水而旁奔[12]；冈陵奋其攫拏兮[13]，谿谷效其吐吞[14]。览形势之四塞兮，识诸雄之所存[15]。意天作以遗公兮，慰平日之忧勤。

繄大河之初决兮[16]，狂流漫而稽天[17]。御扶摇以东下兮[18]，纷万马而争前。象罔出而侮人兮[19]，螭蜃过而垂涎[20]。微精诚之所贯兮[21]，几孤堞之不全[22]。偷朝夕以昧远兮[23]，固前识之所羞[24]。虑异日之或然兮，复压之以兹楼。时不可以骤得兮，姑从容而浮游[25]。倪登临之信美兮[26]，又何必乎故丘！觞酒醪以为寿兮[27]，旅肴核以为仪[28]；俨云髻以侍侧兮[29]，笑言乐而忘时。发哀弹与豪吹兮[30]，飞鸟起而参差。怅所思之迟暮兮，缀明月而成词。

293

噫变故之相诡兮,迺传马之更驰[31],昔何负而逞遽兮[32],今何暇而遨嬉!岂造物之莫诏兮[33],惟元元之自贻[34]?将苦逸之有数兮,畴工拙之能为[35]?韪哲人之知其故兮[36],蹈夷险而皆宜[37]。视蚊虻之过前兮,曾不介乎心思[38]。正余冠之崔巍兮,服余佩之焜煌[39]。从公于斯楼兮,聊徘徊以徜徉[40]。

【注释】

[1]苏公:指苏轼。彭城:徐州(今属江苏)。守彭城之明年:元丰元年(1078)。[2]河决之变:熙宁十年(1077)曹村黄河大堤决口,淹四十五个州县、三十万顷良田,徐州城下水深八尺。[3]更生:再生。《史记·平津侯主父列传》:"及至秦王……元元黎民得免于战国,逢明天子,人人自以为更生。"[4]瑰:奇伟,珍贵。班固《西都赋》:"因瑰材而究奇,抗应龙之虹梁。"玮(wěi):珍奇;贵重。陆机《辨亡论》:"明珠玮宝,耀于内府。"[5]雉堞:城墙上的矮墙。左方:东方。[6]光晷(guǐ):日光。[7]干:犯,冲犯。[8]要眇:美好貌。度(dù):制度,法度。《左传·昭公三年》:"公室无度。"[9]洞达:通达。旁(páng):邪,偏。[10]丹艧(huò):指美好的色彩。御:用。[11]爰:乃。中央:中间。[12]二水:黄河和泗水。[13]攫拏(jué ná):夺取。[14]效:贡献。[15]"览形势"二句:言徐州地处要冲,历代豪强蜂起。苏轼《上皇帝书》:"徐州为南北之襟要,而京东诸郡安危所寄也。"刘邦、项羽、刘裕、朱全忠等"皆在今徐州数百里间耳。其人以此自负,凶桀之气,积以成俗。"[16]繄(yī):犹惟。大河初决:熙宁十年曹村黄河决口。[17]稽天:至;及到。《庄子·逍遥游》:"大浸稽天而不溺。"[18]扶摇:急剧盘旋而上的暴风。李白《上李邕》诗:"大鹏一日同风起,扶摇直上九万里。"[19]象罔:典出《庄子·天地》。虚拟的人物。此指罔象,古代传说中的水怪名。《淮南子·氾论训》:"水生罔象。"高诱注:"水之精也。"[20]螭(chī):蛟龙之属。蜃(shèn):大蛤。[21]微:无。贯:通。[22]孤墉:孤城。墉,城墙。[23]偷:偷安,苟且。昧远:忽视将来,远景不明。

294

[24]前识:犹言先见之明。《老子》:"前识者,道之华而愚之始。"王弼注:"前识者,前人而识也。"[25]浮游:漫游。[26]傥(tǎng):倘或。信:确实。[27]觞:向人敬酒或自饮。《吕氏春秋·达郁》:"管子觞桓公。"醪(láo):浊酒。[28]旅:陈列。仪:礼物。[29]俨:恭敬庄重。髾(shāo):发梢,此指女子。[30]哀弹、豪吹:言筵会上弹奏管弦乐。杜甫《醉为马坠诸公携酒相看》:"酒肉如山又一时,初筵哀丝动豪竹。"注:"哀丝,谓丝弦哀也;豪竹,谓大管也。"[31]道(qiú):强劲。传(zhàn)马:驿站所备的车马。[32]负:重负。指昔日担负治理河决之变的重任。遑遽:同惶遽。惊惧慌张。[33]造物:天;大自然。诏:告,多用于上告下。[34]元元:众民。贻:赠送。[35]畴:同酬。[36]毗(wěi):是。[37]蹈:履行。[38]曾(zēng):乃,竟。介:介意。[39]焜煌:光明。[40]倘佯:徘徊;盘旋;自由自在地往来。韩愈《送李愿归盘谷序》:"从子于盘兮,终吾生以倘佯。"

【评点】

《黄楼赋》写于元丰元年。苏轼、秦观情同师友,相知甚深。此赋予人最为突出的印象是,作者用十分简练的笔墨,突现了黄楼筹建者的哲人风范——善处苦逸。后人称苏轼"善于处穷",言其一生"乐亦过人,哀亦过人,是艺术化的人生。"皆由此赋生发。苏轼在谢诗中称秦赋"雄辞杂古今,中有屈宋姿",对此赋从立意到遣辞大加赞许,也可洞见其时之赏,知己之感。

鸣鸡赋

张 耒

【作者简介】

张耒（1054-1114），字文潜，号柯山，祖籍亳州谯县（今安徽亳县）人，生长于楚州淮阴（今属江苏）。神宗熙宁六年（1073）进士，官至起居舍人。张耒文学创作以诗成就最高，其文被苏轼誉为"汪洋淡泊，有一唱三叹之音"。一生大力写赋，今存四十三篇，是宋代存赋较多的一位作家。

先生闲居学道[1]，昧旦而兴[2]。家畜一鸡，司晨而鸣[3]。畜之既久，语默有程[4]。意气武毅[5]，被服鲜明[6]。峨峨朱冠，丹颈元膺[7]，苍距矫攫[8]，秀尾翘腾。奉职有恪[9]，徐步我庭。啄粟饮水，孔肃靡争[10]。山川苍苍[11]，风霰宵凝[12]。黯幽窗之沉沉，恍余梦之欲惊。万里一寂。钟鼓无声。闻振衣之膈膊[13]，忽孤奏之泠泠[14]。委更筹之离乱[15]，和城角之凄清。应云外之鸣鸿，吊山巅之落星。歌三终而复寂[16]，夜五分而既更[17]。万户皆作，车驱马行。先生杖履而出，观大明之东生[18]。

【注释】

[1]先生：作者自指。[2]昧旦：天色将明未明的时候。兴：起。[3]司晨：报晓。陶潜《述酒》："倾耳听司晨。"[4]程：法式，规章。[5]武毅：勇武刚毅。[6]被服：穿着。此指鸡之毛色。[7]元膺：大胸。[8]距：鸡爪。矫：强。攫（jué）：禽鸟用爪疾取。[9]恪（kè）：

谨慎，恭敬。[10]孔：甚，很。肃：威。[11]苍苍：深青色。《庄子·逍遥游》："天之苍苍，其正色邪？"[12]霰（xiàn）：白色不透明球形或圆锥形的固体降水物。宵：夜。凝：由液体结成固体。张协《七命》："天凝地闭。"又"霜锷水凝。"[13]振衣：拂拭，抖擞衣服。《楚辞·渔父》："新沐者必弹冠，新浴者必振衣。"此指鸡抖动羽翼。腷（bì）膊：象声词。禽鸟鼓翼的声音。[14]泠（líng）泠：形容声音清越。[15]委：丢弃，堆积。更筹：古代夜间报更的竹签。[16]三终：古乐章以奏诗一篇为一终，每次奏乐共三终。此指鸡鸣三遍。[17]五分：五鼓，五更。《颜氏家训·书证》："汉魏以来，谓为甲夜、乙夜、丙夜、丁夜、戊夜；又云鼓，一鼓、二鼓、三鼓、四鼓、五鼓；亦云一更、二更、三更、四更、五更，皆以五为节。既更：尽更，天将明。[18]大明：日月。此指日。

【评点】

　　《鸣鸡赋》是张耒大观四年（1110）前后闲居陈州时所作。作者托物言志，那孔肃武毅、与世无争、奉职有恪的雄鸡，正是其晚年心志的写照。赋中展现的长夜已去、万景皆作的生气勃勃的景象，亦能激发人们奋发有为的精神面貌。尤其应当指出的是，作者是在历尽坎坷、至晚年仍处逆境的情况下写成此赋的，因此其在赋中抒发的"梧桐真不甘衰谢，数叶迎风尚有声"的情志，更为令人感佩。

飓 风 赋[1]

苏 过

【作者简介】

苏过（1072-1124），字叔党，号斜川居士，眉州眉山（今属四川）人。苏轼少子。元祐七年，任右承务郎。绍圣元年（1094），苏轼谪岭南，随行奉侍。建中靖国元年，轼卒于常州。苏过葬父于汝州郏城（今河南郏县）小峨眉山，遂家颍昌（府治在今河南许昌市）小斜川，因以为号。苏过善书画，善文赋，为父辈所称。苏辙曾说："吾兄远居海上，惟成就此儿能文。"（《宋史·苏过传》）人称"小坡"，有《斜川集》传世。

仲秋之夕，客有叩门指云物而告予曰："海氛甚恶，非祲非祥[2]，断霓饮海而北指[3]，赤云挟日而南翔，此飓之渐也，子盍备之[4]！"语未卒[5]，庭户肃然，槁叶簌簌[6]，惊鸟疾呼，怖兽辟易[7]，忽野马之决骤[8]，矫退飞之六鹢[9]，袭土囊而暴怒[10]，掠众窍之叱吸[11]。予乃入室而坐，敛衽变色[12]。客曰："未也，此飓之先驱尔！"少焉，排户破牖[13]，陨瓦擗屋[14]，礧击巨石[15]，揉拔乔木，势翻渤澥[16]，响振坤轴[17]。疑屏翳之赫怒[18]，执阳侯而将戮[19]；鼓千尺之涛澜，襄百仞之陵谷[20]；吞泥沙于一卷，落崩崖于再触；列万马而奔骛[21]，溃千车而争逐。虎豹詟骇[22]，鲸鲵奔蹙[23]。类巨野之战[24]，殷声呼而动地[25]；似昆阳之役，举百万于一覆[26]。予亦为之股栗毛耸[27]，索气侧足[28]。夜拊榻而九徙[29]，昼命龟而三卜[30]。盖三日而后息也。父老来唁[31]，酒浆罗列，劳来僮仆，惧定而悦。理草木之既偃[32]，葺轩槛之已折[33]；补茅屋之罅漏[34]，塞墙垣之颓缺。已而，山林寂然，水波不兴，动者自止，鸣者自停，湛天宇之苍苍，流孤月之荧荧。忽悟且叹，莫知所营。呜呼！大小出于相形[35]，喜忧因于所遇。昔之飘然者，若为巨邪？吹万不同[36]，果足怖邪？蚁之缘也，嘘则坠；蚋之集也[37]，呵则举。夫嘘呵曾不能以振物，而施之二虫则甚惧。鹏水击而三千，抟扶摇而九万[38]，彼视吾之惴栗[39]，亦尔汝之相莞[40]。均大块之噫气[41]，奚巨细之足辨？陋耳目之不广，为外物之所变。且夫万象起灭，众怪妖炫[42]，求仿佛于过耳，视空中之飞电，则向之所谓可怖者，实邪？虚邪？惜吾知之晚也。

【注释】

[1] 飓风：风名。娄元礼《田家五行·论风》："夏秋之交大风，及有海沙云起，俗呼谓之风潮，古人名之曰飓风。言其具四方之风，故名飓风。有此风必有霖淫大雨同作，甚则拔木偃禾，坏房屋，决堤堰。"[2] 祲（jìn）：旧谓阴阳相侵的灾祸之气。祥：吉利；吉凶的预兆。[3] 霓：虹的一种。[4] 盍：何不。[5] 卒：终。[6] 籁籁：语出鲍照《芜城赋》："稜稜霜气，籁籁风威。"李善注："籁籁，风气劲疾之貌。"[7] 辟易：惊退。《史记·项羽本纪》："项王嗔目而叱之，赤泉侯人马俱惊，辟易数里。"[8] 决骤：急速奔跑。《庄子·齐物论》："麋鹿见之决骤。"[9] 矫：纠正。退飞之六鹢：语出《左传·僖公十六年》："六鹢退飞过宋都。"鹢：鸟名。[10] 土囊：洞穴。语出宋玉《风赋》："夫风生于地，起于青苹之末，侵淫谿谷盛怒于土囊之口。"[11] 窍：孔穴。[12] 敛衽：犹敛袂，整一整衣袖。《国策·楚策一》："一国之众，见君莫不敛衽而拜，抚委而服。"[13] 牖：窗户。[14] 陨：毁坏。擗：剖。[15] 礌：通擂，撞击。[16] 渤澥：渤海。[17] 坤轴：古人想象的地轴。见张华《博物志》。[18] 屏翳：神名，所指不一。曹植《洛神赋》："屏翳收风。"吕向注："屏翳，风师也。"联系上下语

299

意,当指风神。赫怒:勃然震怒。语出《诗·大雅·皇矣》:"王赫斯怒。"[19]阳侯:水神。[20]襄:上举。[21]奔骛:疾速奔跑。[22]謺(zhé)骇:恐惧。[23]奔蹶:局促不安地奔跑。[24]巨鹿之战:公元前207年项羽在巨鹿与秦军激战,胜。[25]殷声:大声。[26]昆阳之役二句:指汉代推翻王莽政权的一次大战役。昆阳,今河南叶县北。刘秀在此以精兵突袭,败王莽百万大军。[27]股栗毛耸:两腿发颤,毛发竖起。[28]索气侧足:形容因畏惧而气息不调,不敢正立。[29]夜拊句:言夜间辗转反侧,不能入睡。[30]昼命句:言白天多次用龟甲占卜吉凶。[31]唁:慰问。[32]偃:倒,伏。[33]葺:修复。[34]罅(xià)漏:漏洞。[35]相形:互相衬托,对比显现。[36]吹万不同:语出《庄子·齐物论》:"夫吹万不同,而使其自已也。"指大自然吹煦生养万物,形气不同。[37]蚋:昆虫,似绳。[38]鹏水击二句:见《庄子·逍遥游》。[39]惴栗:因恐惧而颤抖。[40]相莞(wǎn):彼此微笑。[41]大块:指大自然。噫气:呼气。[42]众怪妖炫:光怪陆离。

【评点】

《飓风赋》写于苏过在儋州(今属海南省)奉侍苏轼期间。此赋极易令人联想到宋玉的《风赋》,联想到从自然现象中寻求天人感应、挖掘人生哲理的文学传统。从其思想内容上固然可以看到老庄与乃父思想的影响,但其敏锐的思想,对人生深切的感触,则突出反映了苏过目睹父辈在朝中朋党之争中宦海浮沉、大起大落,自身也历尽劫难后的独特感受。苏轼写诗赞苏过"近者戏作凌云赋,笔势仿佛《离骚》经",亦是由此着眼的。

打　马　赋

李清照

【作者简介】

李清照（1084-?），号易安居士，济南（今山东省济南市）人。她出身于官宦家庭，受到良好的文化艺术熏陶。与太学生赵明诚成婚后，夫妻诗词唱和，志趣相投，共同爱好和研究金石书画。宋室南渡，飘流江南，不久其夫病死，毕生收藏又相继散失，晚境凄凉悲苦。李清照诗词文赋皆精，书画兼能，一生心气高傲，在词学理论、金石考据方面均有建树。而以其词最负盛誉。

岁令云徂[1]，卢或可呼[2]。千金一掷，百万十都[3]。樽俎具陈，已行揖让之礼[4]；主宾既醉，不有博弈者乎[5]！打马爱兴[6]，樗蒲遂废[7]。实小道之上流，乃闺房之雅戏。齐驱骥骤，疑穆王万里之行[8]；间列玄黄，类杨氏五家之队[9]。珊珊珮响，方惊玉镫之敲[10]；落落星罗，忽见连钱之碎[11]。若乃吴江枫冷，燕山叶飞[12]；玉门关闭[13]，沙苑草肥[14]。临波不渡，似惜障泥[15]。或出入用奇，有类昆阳之战[16]；或优游仗义，正如涿鹿之师[17]。或闻望久高，脱复庚郎之失[18]；或声名素昧，便用痴叔之奇[19]。亦有缓缓而归，昂昂而去[20]。鸟道惊驰[21]，蚁封安步[22]。崎岖峻坂，未遇王良[23]。踯促盐车，难逢造父[24]。且夫丘陵云远，白云在天[25]。心存恋豆[26]，志在著鞭[27]。止蹄黄叶，何异金钱[28]。用五十六采之间，行九十一路之内[29]。明以赏罚，核其殿最[30]。运指挥于方寸之中，决胜负于几微之外[31]。且好胜者，人之常情，小艺

301

者，士之末技。说梅止渴[32]，稍苏奔竞之心；画饼充饥[33]，少谢腾骧之志。将图实效，故临难而不回；欲报厚恩，故知几而先退。或衔枚缓进[34]，已逾关塞之艰；或贾勇争先[35]，莫悟阱堑之坠[36]。皆因不知止足[37]，自贻尤悔[38]！况为之不已，事实见于正经[39]。用之以诚，义必合乎天德[40]。故绕床大叫，五木皆卢[41]。沥酒一呼，六子尽赤[42]。平生不负，遂成剑阁之勋[43]；别墅未输，已破淮淝之贼[44]。今日岂无元子，明时不乏安石[45]。又何必陶长沙博局之投[46]，正当师袁彦道布帽之掷也[47]。辞曰[48]：佛狸定见卯年死[49]，贵贱纷纷尚流徙。满眼骅骝杂骤骃[50]，时危安能真致此[51]？木兰横戈好女子[52]，老矣不复志千里，但愿相将过淮水。

【注释】

[1]云：语助词。徂：往，逝去。杜甫《今夕行》："今夕何夕岁云徂。"仇兆鳌注："值除夜也。"[2]卢或可呼：即呼卢。《珊瑚钩诗话》："樗蒲起自老子，今谓之呼卢，取纯色而胜之之义。"《晋书·刘毅传》："（刘）裕喝之，即成卢焉。"[3]千金一掷：指博弈时凭一掷见输赢，以千金作赌注。百万十都：《宋书·武帝纪》："刘毅家无儋石之储，樗蒲一掷百万。"都，博戏中之计数单位。《艺文类聚》引《风土记》："一藏为一筹，三藏为一都。"[4]樽俎（zǔ）：古时盛酒肉的器皿。[5]"不有"句出自《论语·阳货》。[6]打马：作者《打马图序》："打马，特为闺房雅戏。""按打马世有两种，一种一将十马者，谓之关西马；一种无将二十马者，谓之依经马。"爰（yuán）兴：爰，及。[7]樗蒲：亦作摴（shū）蒲。汉代流行的一种博戏。见唐·李肇《国史补·叙古樗蒲法》。[8]骥骤：赤骥，骅骤，传说周穆王八骏中的良马名。穆王句出《列子》："穆王乃观日之所入，一日行万里。"[9]玄黄：玄，黑色。泛指各种颜色的马。杨氏句见《唐书·杨贵妃传》："玄宗每年十月幸华清宫，国忠姐妹五家扈从。每家为一队，着一色衣，五家合队，照映如百花之焕发。"[10]珊：玉珊。古代贵族身上佩带的装饰物。珊珊：玉

珮相击的声音。杜甫《郑驸马宅宴洞中》:"时闻杂珮声珊珊。"玉镫句出自张祜《少年乐》:"醉把金船掷,闲敲玉镫游。"[11]落落星罗:落落,稀疏貌。刘禹锡《送张盥赴举诗引》:"向所谓同年友,当其盛时,联袂齐镳……今来落落如曙星之相望。"连钱:有斑纹之马叫连钱马。《尔雅·释畜》注:"色有深浅斑驳隐粼,今之连钱骢。"[12]吴江枫冷:语出唐崔信明诗"枫落吴江冷"。吴江:即吴松江。喻博者受挫。燕山叶飞:语出唐张固《幽闲歌吹》:"一喷生风,下胡山之乱叶。"燕山,或径作胡山。[13]玉门:古关隘名,在今甘肃敦煌县西。玉门关闭:典出《汉书·李广利传》,言李广利以"人少不足以拔宛,愿且罢兵,益发而复往。天子闻之大怒,使使遮玉门关曰:'军有敢入,斩之。'贰师恐,因留敦煌。"此喻行马过关之难。[14]沙苑:一名沙阜,在今陕西大荔县南洛、渭间,宜于牧畜。此句喻打马时屯兵不发之技法。[15]障泥:即马鞯。垫于鞍下垂于马背两旁以挡泥土。此句典出《晋书·王济传》:"济善解马性,尝乘一马,着连钱障泥。前有水,不肯渡。济曰:'必是惜障泥。'使人解去,便渡。"此喻博者举棋不定。[16]昆阳之战:汉代推翻王莽政权的一次大战役。昆阳,今河南叶县北。据《汉书·王莽传》、《后汉书·光武纪》,刘秀在此以精兵三千突袭敌军中坚,大败王莽百万大军。此喻打马中善用奇兵,以少胜多的技法。[17]优游:悠闲自得。仗义:主持正义。涿鹿之师:传说上古黄帝讨伐蚩尤的正义之师。见《史记·五帝本纪》。涿鹿,在今河北省涿鹿县东南。[18]闻望:声望、名望。脱:偶尔,倘或。庾郎之失:事见《世说新语·雅量》,略谓晋人庾翼以善骑闻名,某次在岳母前盘马,"始两转,坠马堕地"。[19]声名素昧:一向不为人知,默默无闻。痴叔之奇:据《晋书·王湛传》载,晋人王湛,兄弟宗族皆以为痴。后其侄王济发现他不仅有非凡的骑术,且对《易经》有精妙的见解。于是荐于晋武帝,王湛"于是显名"。[20]缓缓而归:语出苏轼《陌上花三首引》,此指从容退兵。昂昂而去:去或作出。屈原《卜居》:"宁昂昂若千里之驹乎。"此指志气高扬地进击。[21]鸟道:险峻狭窄的山道。李白《蜀道难》:"西当太白有鸟道,可以横绝峨眉巅。"[22]蚁封:蚂蚁封穴的土堆。蚁封安步:反用《世说新语·赏鉴》中王湛、王济"就蚁封盘马,果倒踣"之典,比喻良马履险如夷。[23]峻坂:险峻的山坡。王良:春秋时晋国有名的驭手。见《孟子》。[24]跼促:同局促。伸展不开。盐车:典出《战国策》,言伯乐善相马,见有骏马服盐车下,见之而长鸣。伯乐下车泣之。骥乃俯而喷,仰而鸣,声闻于天。造父:周穆王的著名驭手。[25]"丘陵云远"二句出《穆天子传》卷三。言天高路远,道路艰险。[26]存:一作无。恋豆:指马贪恋槽中的草料。喻见小利而无远志。[27]著鞭:亦即著先鞭之省。意为先人一步,得志在前。典出《晋书·刘琨传》:"……吾枕戈待旦,志枭逆虏,常恐祖生先吾著鞭。"[28]"止蹄"二句:命辞打马例,遇钱文下马,故云。[29]五十六采:据《打马图经·采色例》,全戏共五十六采。九十一路:据《打马图谱》,从赤岸驿上马至尚乘局下马,其行马共九十一路。[30]核其殿最:核查胜负名次。殿最,《汉书音义》:"上功曰最,下功曰殿。"[31]方寸:心。几微:犹预兆、先兆。[32]说梅止渴:典出《世说新语·假谲》,今习用为望梅止渴。[33]画饼充饥:语出《景德传灯录·邓州香岩智闲禅师传》:"画饼不可充饥。"又见《三国志·卢毓传》:"选举莫取有名,名如画地作饼,不可啖也。"[34]衔枚:《汉书》颜师古注:"衔枚者,止言语欢嚣,欲令敌人不知其来也。"枚,像筷子样的木棍,用时横衔口中,用绳系两端而系之脑后。[35]贾(gǔ)勇:语出《左传》成公二年:"欲勇者,贾余余勇。"谓勇力有余,可以出售他人。[36]阱堑(qiàn):为猎兽或御敌而设的陷坑。[37]不知止足:语出《老子》:"知足不辱,知止不殆。"[38]自贻尤悔:自取其咎。[39]况为之不已:又作况为之贤已。语出《论语·阳货》:"不有博弈者乎?为之犹贤乎已。"故下文言见于正经。正经:儒家经典。[40]天德:指天道。《礼记·中庸》:"苟不固聪明圣知达天德者,其孰能知之!"[41]"绕床大叫"二句:典出《晋书·刘毅传》:"后在东府聚,樗蒲大掷……毅次掷得雉,大喜,褰衣绕床叫……裕恶之,因挼木久之曰:'老兄聊为卿答。'既而四子皆黑,其一子转跃未定。裕喝之,即成卢焉。"床,古之坐席。五木:《樗蒲经》:"古唯砍木为子,一具凡五子,故名五木。"[42]"沥酒一呼"二句:典出宋代郑文宝《南唐近事》所载刘信精诚昭感，一掷六子皆赤的故事。沥酒：即酌酒而饮。[43]"平生不负"二句：语出《世说新语·识鉴》，谓桓温将伐蜀，反对者众，"唯刘尹云：'伊必能克蜀，观其蒲博，不必得则不为。'"剑阁：在今四川省。[44]"别墅未输"二句：典出《世说新语·雅量》，意谓前秦苻坚大举南侵，晋京震怖。惟宰相谢安无惧色。遣谢石、谢玄领兵八万拒敌于淝水，自己却于别墅与谢玄围棋赌墅。后报捷书至，安对弈如常。人问之，答曰："小儿辈大破贼。"[45]"今日"二句：元子，指桓温，字元子。安石，谢安字安石。[46]"陶长沙"句：典出《晋书·陶侃传》："诸参佐或以谈戏废事者，乃命取酒器蒲博之具，投之于江。"陶长沙，指陶侃，因其封长沙郡公，故称。[47]"袁彦道"句：典出《世说新语·任诞》，略谓桓温少时，因博戏输钱遭债主所逼而求救于袁彦道，袁"遂变服，怀布帽随温去，与债主戏。……十万一掷，直上百万数。投马绝叫，旁若无人。探布帽掷，对人曰：'汝竟识袁彦道不！'"袁彦道，即袁耽。《晋书》有传。[48]辞曰：一作乱曰。篇末结束语。[49]"佛狸"句：佛狸，北魏太武帝拓跋焘的小名。语出《宋书·臧质传》所引童谣："虏马饮江水，佛狸死卯年。"[50]骓骝骆骊：皆骏马名。[51]"时危"句：袭用杜甫《题壁上韦偃画马歌》诗句。[52]"木兰"句：木兰曾女扮男装，代父从军，保家卫国，建立功勋。一好字见作者赞颂钦羡之意。

【评点】

此赋以棋局与政局相类比，借打马寄慨言志，寄寓了作者忧国之思，抒发了强烈的爱国主义精神。"庙堂只有和戎策，惭愧深闺打马图。"尤其在南宋朝廷屈辱求和的情势下，此赋更值得珍视。

李清照以战阵喻对弈，乃自马融《围棋赋》以来人们惯用的成法。但以打马游戏写兴亡之感则是作者的创造。全赋字字写打马之戏，又语语见历史典故、战争烟云、轶闻趣事。令人于闺房雅戏之中，见战场万里征尘，闻良马嘶鸣之声。将闲暇游戏与国家民族之兴亡巧妙联系起来，运巧思于方寸之中，见深意于笔墨之外，乃一篇奇作。

南 征 赋

李 纲

【作者简介】

李纲（1085-1140），字伯纪，邵武（今属福建）人。徽宗政和二年进士。宣和七年（1125）为太常少卿，时金军南侵，李纲坚决主战，反对迁都，一生著述甚丰。《四库全书总目提要》说："即以其诗文而言，亦雄深雅健。磊落光明，非寻常文士可及……以赋格，置于唐人之中，可以乱真矣。"有《梁豀集》传世，内有赋四卷。

承嘉惠以南行兮[1]，动去国之离愁。远故园而回首兮，惊岁华之再秋。览庐阜之环秀兮[2]，俯大江之东流[3]。登黄鹤而遐瞩兮[4]，发孤照之寸眸[5]。吞云梦于胸中兮[6]，怀浙河于醉里[7]。怅离群而索居兮[8]，寄相思于一水。佩兰芷之芬芳兮[9]，狎樵渔于汝尔[10]。终系羁而未释兮[11]，类鳖者之念起[12]。荷天恩之宽大兮，犹生廛于廪食[13]。驰精爽于淮濆兮[14]，飞梦魂于漠北[15]。怅曷日而归休兮[16]，遂东山之钓弋[17]。老苒苒而将至兮[18]，岂佳时之再得。尝承教于君子兮，窃希风于古人。慨抚卷而击节兮，如意气之相亲。每终篇而自喜兮，觉诗成之有神。惟深藏而密寄兮，惧夫妒者之瞋顾。戎马之崩腾兮[19]，方四郊之多事。临洞庭而伤怀兮[20]，望九疑而增思[21]。乱湘流而适澧兮[22]，灵均岂其前身[23]。续《离骚》而赋《远游》兮[24]，愿承芳于后尘。与日月而争光兮[25]，庶此道之弥新。

【注释】

[1] 嘉惠：对他人所给予恩惠的敬称。承嘉惠与下文之荷天恩意

306

同，都是李纲对自己迁谪的委婉措辞。[2]庐阜：庐山。[3]大江：长江。[4]黄鹤：黄鹤楼。遐瞩：远望。[5]孤照：一线之光。寸眸：眼睛。[6]云梦：古泽名。《尔雅》："楚有云梦。"郭璞注：今南郡华容县东南巴丘湖是也。[7]浙河：今钱塘江上游。[8]离群而索居：语出《礼记·檀弓上》："吾离群而索居，亦已久矣。"指离开同伴而孤独地生活。[9]"佩兰芷"句：以佩饰比志行高洁。语义出《离骚》。[10]狎：戏。樵渔：樵夫渔民。[11]"终系羁"句：指难以宽释遭谗被贬情怀。[12]蹩者：失意潦倒的人。[13]靡：奢侈。廪食：官府给以粮食。[14]精爽：精神，心思。淮濆（fén）：《诗·大雅·常武》："铺敦淮濆。"郑玄笺："陈屯其兵于淮水大防之上。"濆：沿河的高地。[15]漠北：大漠以北。因其时徽、钦二帝被金人囚禁，故云。[16]曷：何。[17]东山：山名。在浙江上虞县西南。晋谢安早年隐居于此，又临安金陵均有东山，也是谢安游憩之地。后因以东山指隐。钓弋：钓鱼射鸟。[18]"老苒苒"句：出自《离骚》。[19]崩腾：动荡。[20]洞庭：洞庭湖。[21]九疑：或作九嶷，山名，在湖南境内。[22]乱：横渡。澧：澧水。适：往；去到。[23]灵均：屈原字。《离骚》："皇览揆余初度兮，肇锡余以嘉名：名余曰正则，字余曰灵均。"[24]续《离骚》句：《离骚》《远游》皆屈原作品。此谐其音义，指作者自身遭谗被贬，远谪湘澧。[25]"与日月争光"句：语出屈原《涉江》："与天地兮同寿，与日月兮争光。"又，刘安《离骚传叙》："《国风》好色而不淫，《小雅》怨悱而不乱，若《离骚》者，可谓兼之矣……推此志也，虽与日月争光可也。"李白《江上吟》："屈平词赋悬日月，楚王台榭空山丘。"作者借以明志。

【评点】

建炎二年（1128）十一月，李纲责授单州团练副使，万安军安置，旋移澧州居住。据赋中"乱湘流而适澧兮"词句及抒发的特定情感，此赋当作于是年或稍后。作者在赋中抒发了被贬去国的苦闷情怀，表达了壮志难酬，欲独善其身的愿望。失意而不屈其志，贬谪仍眷念国事，乃此赋的感人之处。

觉心画山水赋[1]

陈与义

【作者简介】

陈与义（1090—1138），字去非，号简斋，洛阳（今河南省洛阳市）人。政和三年（1113）登上舍甲科。历任府学教授、太学博士等职。宋室南渡后，历任中书舍人、翰林学士、参知政事等职。其诗受黄庭坚影响较深。后期多反映现实，抒发爱国情怀之作，诗作风格倾向杜甫。亦能词赋，其赋作在艺术上以精美、简练、构思别致为人称道。

天宁堂中[2]，黄面老禅[3]，四海无人[4]，碧眼视天[5]。有一居士，山泽之仙[6]，结三生之习[7]，口不停乎说山[8]，聊寄答于一笑，夜乃梦乎其间：重岩复岭，蔽亏吐吞[9]，纷应接其未了[10]，万云忽其归屯[11]，乱晦明于俄顷[12]，存十二之峰峦[13]。有木偃蹇[14]，樵斤所难[15]，饱千霜与百霆兮，根不动而意安[16]。澹山椒之寒日[17]，送万古以无言。彼飞鸟其何知，方相急而破烟。须臾变没[18]，所见惟壁。有木上座[19]，梦中侍侧。问上座以何见，口不能于啧啧[20]。岂彼口之真无，悟前境之非实[21]。管城子在傍[22]，代对以臆[23]。忽风雨之骤过[24]，恍向来之所历[25]。此其画耶？则草木禽鸟皆似相识；抑犹梦耶？则已见囿于笔黑之迹矣[26]。居士再至，问以此故，复寄答于一笑，持画疾去。

【注释】

[1]觉心：汝州天宁寺僧，能诗画。夏文彦《图画宝鉴》卷三："觉

心字虚静，嘉州人。善画草虫，后工山水。"[2]天宁堂：即汝州天宁寺。[3]黄面老禅：语出《景德传灯录》卷十六：潭州云盖山志元，号圆静大师。有僧问："如何是佛？"师曰："黄面的是。"[4]四海无人：语出苏轼《书丹元子所示李太白真》："西望太白横峨岷，眼高四海空无人。"[5]碧眼视天：胡穉注《简斋集》："杨次公《颂古》云：碧眼胡僧闇点头。"林逋《西湖》诗："春水净于僧眼碧，晚山浓似佛头青。"《简斋集》增注："中斋云：宝公谓思大和尚，胡不下山教化众生，在山上自视霄汉么？"[6]山泽之仙：司马相如《大人赋》："列仙之儒，居山泽间，形容甚臞。"[7]结三生之习：胡穉注《简斋集》："《观普贤经》：专心修习，三生得见。《维摩经》：天女散花维摩诘室，至菩萨皆落，至弟子即着。摩诘云：结习未尽，花着身耳；结习尽者，花不着身。《华严经离世间品》言习气十种。又《楞严经偈》：习气成暴流。[8]说山：语见张籍《酬王秘书》诗："马上逢人亦说山。"[9]蔽亏：语出《文选·子虚赋》："岑崟参差，日月蔽亏。"注曰：张揖曰："高山拥蔽，日月亏缺半见也。"吐吞：语出韩愈《陆浑山火》："山狂谷狠相吐吞。"[10]"纷应接"句：由《世说新语·言语》："王子敬云：从山阴道上行，山川自相映发，使人应接不暇"变化而出。[11]万云旧屯：谢灵运《彭蠡》诗："岩高白云屯。"[12]乱晦明于俄顷：乱，变乱，变化纷纭。晦，阴暗。俄顷，顷刻；一会儿。[13]存十二之峰峦：李白《元丹丘坐巫山屏风》诗："疑是天边十二峰，飞入君家彩屏里。"[14]有木偃蹇：语出淮南王安《招隐士》："桂树丛生兮山之幽，偃蹇连卷兮枝相缭。"偃蹇，夭曲上伸。[15]樵：斫柴。斤：斧头。[16]"根不动"句：杜甫《茅屋为秋风所破歌》："风雨不动安如山。"[17]山椒：山顶。汉武帝《李夫人赋》："释舆马于山椒兮。"《说文》："山顶曰颠，亦曰椒。"澹寒日：语出《李嘉祐·送元侍御》诗："霜林澹寒日。"[18]须臾：片刻、一会儿。没：或作灭，义同。语出《维摩经》："是身如浮，须臾变灭。"[19]木上座：拄杖。吴曾《能改斋漫录》卷六："东坡诗：'留我同行木上座，赠君无语竹夫人。'按，慧日至夹山，夹山问：'与什么人同行？'日云：'有个木上座。'盖谓拄杖也。"

[20]啧啧:叹赏语气词。伶玄《赵飞燕外传》:"帝召妹合德宫中,左右叹赏之啧啧。"[21]前境:梦境。非实:语出《圆觉经》:"妄想缘起,非实心体,已如空华。"[22]管城子:毛笔。典出韩愈《毛颖传》:"封管城,号管城子。"[23]代对以臆:语出贾谊《鵩鸟赋》:"口不能言,请对以臆。"[24]"忽风"两句:语出杜甫《寄李白》诗:"笔落惊风雨。"[25]"恍向来"句:语出李白《梦游天姥吟留别》:"惟觉时之枕席,失向来之烟霞。"[26]"此其画耶"以下四句:语意句法见《列子·周穆王篇》:"若将是梦见薪者之得鹿邪?讵有薪者邪?今真得鹿,是若之梦真邪?"又云:"若初真得鹿,妄谓之梦;真梦得鹿,妄谓之实。"又见苏轼《赞龙眠画李端叔像》:"以为可得而见欤?则漠乎其无言;以为不可得而见欤,则已见画于龙眠矣。"

【评点】

传统山水画至宋"可谓群峰竞秀,万壑争流,法备而艺精。"(潘天寿《中国绘画史》)随之而起的是咏画诗赋的兴盛。陈与义这篇写于早期的赋作,把一幅画的创作构思过程用巧妙的方式展示在读者面前,并从行文着墨中流露出作者傲然人世的情操。此赋写画,由观画答笑始,再从笑入梦,由梦入画,复以笑结。文字简练,构思别致精致。

丰城剑赋[1]

陆 游

【作者简介】

陆游（1125-1210），字务观，号放翁，越州山阴人（今浙江绍兴）。高宗绍兴二十三年（1153）赴临安省试为第一，次年应礼部试，为秦桧所黜。孝宗时，授枢密院编修，坚持抗战主张。擅长诗文，尤以诗歌创作成就最大，今存诗近万首。著有《剑南诗稿》、《渭南文集》、《南唐书》、《老学庵笔记》等。

在晋太康[2]，观星者曰[3]：夕有异气，见于牛斗之躔[4]。时方伐吴[5]，或曰：吴未可平，彼方得天[6]。独张华之博识[7]，排是说之不然。迨孙皓之衔璧[8]，气益著而不骞[9]。于是雷焕附华之说曰[10]：是宝剑之精，维太阿与龙泉。卒之斸获于丰城之狱[11]，变化于延平之川[12]。世皆以为是矣。千载之后，有陆子者[13]。喟其永叹[14]。夫占天知人[15]，本以考验治忽[16]，十运祚之促延[17]。彼区区之二剑，曾何与于上玄[18]？若吴亡而气犹见[19]，其应晋之南迁[20]。有识已悲宗庙之丘墟[21]，与河洛之腥膻矣[22]。华不此之是惧，方饰智而怙权[23]。呜呼！负重名，位大吏，俯仰群枉之间[24]，祸败不可以旋踵[25]，而顾自谓优游以穷年[26]。夫九鼎不能保东周之存[27]，则二剑岂能救西晋之颠乎[28]？使华开大公[29]，进众贤。徙南风于长门[30]，投贾谧于羽渊[31]。则身名可以俱泰[32]，家国可以两全。彼三尺者[33]，尚何足捐乎？焕辈非所责，予将酹卮酒[34]，赋此以吊吾茂先也[35]。

【注释】

[1]丰城剑：典出《晋书·张华传》，略谓吴灭晋兴之际，斗牛间常有紫气。晋尚书以此请教雷焕，雷焕说：是宝剑之精，上彻于天，在豫章丰城。华即补焕为丰城令。"焕到县，掘狱屋基，入地四丈余，得一石函，光气非常，中有双剑，并刻题，一曰龙泉，一曰太阿，其夕，斗牛间气不复见焉。"焕得剑，遣使送一剑与华，留一自佩。"华诛，失剑所在。焕卒，子（雷）华为州从事。持剑行经延平津，剑忽于腰间跃出堕水。"但见两龙各长数丈，光彩照水，波浪惊沸，于是失剑。[2]晋太康：西晋武帝太康元年（280）。[3]观星者：古代观测天象占卜吉凶的人。[4]躔（chán）：日月星辰运行的度次。[5]方：正好，正当。伐吴：晋武帝进兵伐吴末帝孙皓。[6]彼方得天：语出《左传·僖二十八年》。[7]张华（232—300）：西晋大臣，文学家。[8]迨：同逮，等到。孙皓（242—283）：三国吴国末帝。衔璧：旧俗人死，口必含以物。天子含珠，诸侯含玉，大夫含玑，士含贝，庶人含谷食（详见刘向《说苑·修文》）。故有罪之人，口含诸物，以示已有死罪。[9]著：显明。骞（qiān）：亏损，减少。[10]附：附和，迎合。[11]斸（zhú）：掘取。[12]延平之川：延平津。[13]陆子：作者自称。[14]喟其永叹：喟然长叹。[15]占天知人：观测天象的变化以占卜人事的吉凶。[16]治忽：治理与忽怠。[17]运祚：国运福祚，气运。韩愈《论佛骨表》：汉明帝时始有佛法，明帝在位才十八年耳，其后乱亡相继，运祚不长。促延：短长。[18]上玄：上天。[19]气：剑气。[20]二句言吴已亡而剑气仍在，其征兆在晋室南渡。[21]有识：有识之士。宗庙：天子、诸侯祭祀祖先的处所。封建帝王把天下据为己有，世代相传。故以宗庙作为王室、国家的代称。《汉书·霍光传》："伊尹相殷，废太甲以安宗庙，后世称其忠。"[22]河洛：黄河与洛水。此指中原地区。腥膻：指代西北少数民族。[23]饰智：弄巧设诈。《淮南子·本经》："及伪之生也，饰智以惊愚，设诈以巧上。怙权：倚仗权势。[24]群枉：群邪。[25]旋踵：旋转脚跟，后退。引申为迅速，顷刻。辛弃疾《淳熙己亥论盗贼札子》："臣生平刚拙自信，年来不为众人所容，顾恐言

未脱口而祸不旋踵。"[26]顾自：径自。穷：尽。[27]九鼎：古代传说夏禹铸九鼎，象征九州，三代时奉为传国之宝。成汤迁之商邑，周武王迁之洛邑，秦攻周，取九鼎，其一沉于泗水，余无考。[28]颠：败坏。[29]使：假若。[30]南风：南方的音乐。长门：汉宫名。窦太主献长门园，武帝更名长门宫。见司马相如《长门赋序》。[31]贾谧：晋人。作者目之为奸佞。羽渊：池潭名。《左传·昭七年》："昔尧殛鲧于羽山，其神化为黄熊，以入于羽渊。"[32]泰：《易》卦名。引申为通畅、安宁。[33]三尺：剑。语出《史记·高祖纪》。[34]酹：以酒洒地以示祭奠。[35]茂先：张华字茂先。吊：悲伤；怜悯。

【评点】

陆游淳熙七年（1180）十月曾有丰城之行，有诗数首，此赋当作于此时。作者在赋中抚今追昔，借谈剑以议政，借故事指点时事，托古人警醒今人。不仅破前人传说之虚妄，且引发出一篇正大光明之议论。通篇回荡着忧国伤时的悲愤之气。在艺术上，全赋一韵到底，显得气韵相连，淋漓酣畅，以气势胜。并且可以见出其赋作的特色：简洁凝炼，不矜才使气，而骨力自见。

望海亭赋 并序

范成大

【作者简介】

范成大（1126-1193），字致能，号石湖居士，吴郡（今江苏苏州市）人。高宗绍兴二十四年（1154）进士及第，官至参知政事，仅两月而去职。晚年退隐故乡石湖。范成大是南宋诗坛四大诗人之一，与陆游、杨万里、尤袤齐名。诗作题材广泛，以爱国诗、田园诗为主。亦工词。其赋，在当时曾享盛名。有《石湖诗集》、《揽辔录》、《吴船录》、《吴郡志》等著述传世。

会稽[1]太守参政魏公[2]，作望海亭于卧龙之巅[3]，率其属为歌诗以落成[4]，录与书来，且使赋之。余谨掇其膏馥之余[5]，拟赋一首以寄，后日获从杖屦[6]，其上于山川之神，尚有旧焉。其辞曰：

诸侯之客[7]，有来自东，而姹会稽之游者[8]，曰："佳乎丽哉！越之为邦也[9]。萦山带湖[10]，楼观相望；背卧龙而崛起，焕丹碧之翬翔[11]。跻攀下临，顾瞻无旁；平畴蔚以稚绿[12]，乔木森其老苍[13]；淙万壑之春声，写千岩之秋光；朝霞暝霏[14]，扶疏微茫。望山河之故墟，吊草木之余社[15]。夏后万国之朝[16]，勾践百战之野[17]；兴亡梗概[18]，犹有存者。至于流觞泛雪[19]，高人之旧事；浣纱采莲，游女之遗迹[20]。郁溪山之如画[21]，尚仿佛其可识；访故老以问讯[22]，兴慨叹于畴昔[23]。是为游览之大略，而蓬莱观风之所得[24]。

虽然，士固多感，而况于对景以怀古，抚事而凝情[25]，往往使人魂断意折，酒淡而歌不平[26]。故丽则丽矣，而未擅乎登临之胜也[27]。

若夫浩荡轩豁[28]，孤高伶俜[29]；腾驾碧寥[30]，指麾沧溟[31]；堕忧端于眇莽，挹颢气于空明[32]；飘飘焉有连鳌跨鲸之意[33]，举莫如望海之新亭。尝试登兹而望焉：沃野既尽，遥见东极[34]；送万折之倾注，艳寒光之迸射；浸地轴以上浮[35]，荡天容而一色。珠辉具芒，蠧蛛横霓[36]；快宇宙之清宽，怅百年之逼仄[37]。

当其三星[38]晓横，万境俱寂；浴日未动，晨光先激；波鳞鳞以跃金，天晃晃而半赤[39]；颍轮腾上[40]，东方皆白；烟消尘作，栖鸟振翼[41]。俯群动而纷起，寄一笑于遐觌[42]。

永我暇日[43]，苒其将夕[44]；饯斜晖于孤嶂，候佳月于沧浦[45]。沉沉上下，杳无处所；惊玉地之破碎，漾银盘而吞吐[46]；忽搴云而涌雾[47]，献霜影于庭宇[48]。夜色既合，初闻钟鼓。觞屡至而不辞，诗欲成而起舞。

又若潮生海门[49]，万里一息；浮光如线，涛头千尺。方铁马之横溃，倏银山之崩圻[50]。气平怒霁，水面如席；吴帆越樯，飞上空碧。此亦天下之伟观，然犹未及乎目力。

燕香春容[51]，俗客莫陪；神情意消，徙倚徘徊[52]。天风激吹，波涛阖开；五云明灭[53]，丹宫绛台[54]。睇三山之不远，其为公而飞来[55]；遂招汗漫之胜游[56]，下飙车之逸轨[57]。属紫霄之妙质[58]，侑玉斝之清酎[59]；勤歌鸾与舞凤，寿仙伯以多祉[60]；恍风雨之皆散，但惊尘之四起。悟真灵之不隔，而何有乎弱水之三万里也[61]。

噫！昔之居此者多矣，曾靡暇于经营[62]，逮山灵之效奇[63]，发遗址于岩肩[64]，殚巧妙于天藏[65]，超埃壒而上征[66]；极观听之所接，遂杳渺而难名。嗟此乐之无央，与来者而同登。决訾荡胸[67]，雪其尘缨；且安知前日之苍烟白露，断蔓而荒荆者哉！顾客子之所能道者，才管中之一斑[68]；惟览者之自得，会绝景于凭栏[69]。心凝神释，浩如飞翰[70]；而后知兹亭之仙意，而凌虚御风之无难。"

主人瞿然而起曰："有是哉！吾将观焉。"

【注释】

[1]会稽：会稽郡，秦置。宋为绍兴府。[2]魏公：魏良臣，范成大之妻叔。绍兴二十五年十一月参知政事，次年二月罢为资政殿学士，知绍兴。[3]建于会稽卧龙山顶。原有遗址，魏良臣知绍兴而重建。卧龙，山名，在浙江绍兴县治后，后改名兴隆山。[4]属：下属。[5]掇：拾取。膏馥：指前文"其属"所"为歌诗"。此句乃谦辞。[6]杖屦：又作杖履。古人席地而坐，老人出行，须持杖着屦，后因以为敬老之辞，亦用指老人出游。[7]诸侯：西周，春秋时分封的各国国君。此指代一地的地方长官。[8]姹：夸。《汉书·司马相如传》引《子虚赋》："子虚过姹乌有先生。"注："姹，夸诳之语也。"[9]越之为邦：越，古国名，建都会稽，故云。[10]萦：缠绕，回绕。带：围绕。《国策·魏策一》："殷纣之国，左孟门而右漳釜，前带河，后被山。"[11]翚（huī）：羽毛五彩的野鸡。翚翔：语出《诗·小雅·斯干》："如翚斯飞。"朱熹《诗集传》："其檐阿华采而轩翔，如翚之飞而矫其翼也。"后因用之形容官室壮丽。[12]平畴：平旷的田地。蔚：繁盛貌。稚：嫩。[13]森：树木丛生繁密。[14]暝：日暮，夜晚。霏：云气。[15]社：祀社神之所。《白虎通·社稷》："封土立社，示有土地。"[16]"夏后"句：夏后，指夏禹。舜死，"天下诸侯皆去商均朝禹"。东巡，至会稽而崩。详见《史记·夏本纪》。[17]勾践句：勾践，越国国君，曾为雪会稽之耻，"十年生聚而十年教训"，卧薪尝胆，最终灭吴。吴越相邻，互相攻伐，战火连绵，故云。[18]梗概：大概，大略。[19]流觞泛雪：典源王羲之《兰亭诗序》。指饮宴游赏。[20]浣纱句：若耶山下，有浣纱溪，浣纱石，传说西施曾浣纱于此，故云。[21]郁：繁盛貌。[22]故老：旧称年老而有声望的人。[23]畴昔：往昔。[24]蓬莱：传说中三仙山之一。此代指望海亭畔美景。

观风：古代国君派采诗官到各处采集民谣，以便从中了解政情和民风。此代指游赏。[25]凝情：情感专注，凝聚。[26]不平：语出韩愈《送孟东野序》："大凡物不得其平则鸣。"[27]擅：独擅，据有。[28]浩荡：广阔壮大貌。轩豁：开朗。王禹偁《月波楼》："兹楼最轩豁，旷望西北陬。"[29]伶俜：孤单。[30]碧寥：晴朗寥廓的天空。[31]指麾：犹指挥。原指手的动作，引申为发令调遣。沧溟：海水弥漫貌。指代大海。[32]挹：汲取。颢：白。《楚辞·大招》："天白颢颢，寒凝凝只。"空明：天空。苏轼《登州海市》："东海云海空复空，群仙出没空明中。"[33]连鳌跨鲸：指飘然成仙。[34]东极：东方边远之地，也指东海或日出之所。语出《史记·秦始皇本纪》："登兹泰山，周览东极。"[35]地轴：古人想象的大地的轴心。见张华《博物志》。[36]蛛：即蝃蝀，虹的别称。霓：虹的一种，又称副虹。[37]"快宇宙"二句：句意出苏轼《前赤壁赋》："羡长江之无穷，叹人生之须臾。"逼仄，狭窄。[38]三星：明亮而又接近的三颗星。有参宿三星，心宿三星，河鼓三星。《诗·唐风·绸缪》："绸缪束楚，三星在户。"[39]晃晃：明亮貌。[40]赪轮：太阳。赪亦作赬(chēng)，赤色。[41]振翼：振动翅膀。[42]邈：远。觌：见。[43]永：长。暇：空闲。[44]苒：渐渐。[45]沧浦：沧海。浦，水滨。[46]漾：水波摇动貌。[47]褰：揭起。[48]霜影：月色。[49]海门：在今浙江省临海县东南。吴自牧《梦梁录》："海门在江之东北，有山曰赭山，与龛山对峙，潮水出其间也。"[50]崩坼：崩裂，分裂。[51]燕香：犹燕亭。春容：本指钟声回荡相应，引申为雍容畅达之音。[52]徙倚：徘徊流连。[53]五云：五色的彩云。杜甫《重经昭陵》："再窥松柏路，还有五云飞。"[54]丹：朱红色。绛：大红色。[55]睇：斜视，流盼。三山：典源《史记·封禅书》："蓬莱、方丈、瀛洲，此三神山者，其传在渤海中，去人不远，患且至，则船风引而去……未至，望之如云，及到，三神山反居水下。临之，风辄引去，终莫能至云。"此反其意用之，尽颂扬之意。[56]汗漫：漫无边际。[57]飙车：御风以行之车。范成大《昼锦行送陈福公判信州诗》："人言公与赤松期，飙车羽轮来何时？"[58]紫霄：天。

霄谓云气。[59]侑：劝。斝：酒器。酏：甜酒。[60]祉（zhǐ）：福。[61]弱水：《十洲记》："凤麟洲在西海之中央，洲四面有弱水绕之，鹅毛不浮，不可渡也。"[62]靡：无。[63]逮：等到，及。[64]遗址：望海亭旧址。[65]殚：尽。天藏：天工，天巧；自然之灵妙。[66]埃壒：尘土。[67]决眥：眥同眦。张目瞪视。荡胸：荡涤胸怀。[68]管中一斑：语出《世说新语·方正》："此郎亦管中窥豹，时见一斑。"[69]绝景：绝妙之景。[70]翰：鸟羽。飞翰：语出左思《吴都赋》："理翮振翰，容与自玩。"[71]凌虚御风：语出苏轼《前赤壁赋》："浩浩乎如冯虚御风，而不知其所止。"[72]瞿然：惊动貌。

【评点】

　　该赋作于绍兴二十六年（1156），作者31岁。在全赋通篇称美赞颂之语中，"酒淡而歌不平"甚为醒目。考其始末，其不平之处当在魏良臣从参大政，颇有建树而为台官论罢。歌山水之丽以慰谪宦之怀，感时事而发不平之鸣，而又含蓄深隐，乃此赋之奇特之处。

海　鰍　赋 并后序

杨万里

【作者简介】

杨万里（1127-1206），字廷秀，号诚斋，吉州吉水人（今江西吉水）。绍兴二十四年进士及第，光宗初至秘书监，晚年退隐不仕。为人刚直敢言，"遇事辄发，无所顾藉。"又性格幽默诙谐。其诗于南宋四大家中独具特色。杨万里一生著述颇丰，著有《诚斋集》133卷。《宋史》有传。

辛巳之秋，牙斯寇边[1]。既饮马于大江，欲断流而投鞭[2]。自江以北，号百万以震扰；自江以南，无一人而寂然[3]。牙斯抵掌而笑曰："吾固知南风不竞，今其幕有乌而信焉[4]。"指天而言："吾其利涉大川乎[5]！"方将杖三尺以麾犬羊，下一行以令腥膻[6]；掠木棉估客之艓，登长年三老之船[7]；并进半济，其气已无江壖矣[8]。南望牛渚之矶，屹崎七宝之山[9]；一帜特立，于彼山巅。牙斯大喜曰："此降幡也[10]！"贼众呼"万岁"而贺曰："我得天乎[11]！"言未既，蒙冲两艘，夹山之东西，突出于中流矣[12]！其始也，自行自流，乍纵乍收；下载大屋，上横城楼[13]；缟于雪山，轻于支毬；翕忽往来，顷刻万周[14]；有双垒之舞波，无一人之操舟[15]。贼众指而笑曰："此南人之喜幻，不木不竹，其诳我以楮先生之俦乎[16]？不然，神为之楫，鬼与之游乎？"笑未既，海鰍万艘，相继突出而争雄矣！其迅如风，其飞如龙。俄有流星，如万石钟；贯自苍穹[17]，坠于波中；复跃而起，直上半空；震为迅雷之隐愆，散为重雾之冥濛[18]。人物咫尺而不相辨，贼众大骇而莫知所从。

319

于是海鳅交驰，搅西蹂东；江水皆沸，天色改容：冲飙为之扬沙，秋日为之退红[19]。贼之舟楫，皆蹦藉于海鳅之腹底[20]；吾之戈铤矢石，乱发如雨而横纵[21]；马不必射，人不必攻，隐显出没，争入于阳侯之珠宫[22]。牙斯匹马而宵遁，未几自毙于瓜步之棘丛[23]。予尝行部而过其地，闻之于渔叟与樵童；欲求牙斯败衄之处，杳不见其遗踪[24]。——但见倚天之绝壁，下临月外之千峰；草露为霜，荻花脱茸；纷棹讴之悲壮，杂之以新鬼旧鬼之哀恫[25]。因观蒙冲，海鳅于山趾之河汹，再拜劳苦其战功[26]；惜其未封下濑之壮侯，册以伏波之武公[27]。抑闻之曰：在德不在险，善始必善终[28]。吾国勿恃此险，而以仁政为甲兵；以人材为河山，以民心为垣墉也乎[29]！

右采石战舰，曰蒙冲，大而雄；曰海鳅，小而驶[30]。其上为城堞屋壁，皆垩之[31]。绍兴辛巳，逆亮至江北，掠民船，指挥其众欲济。我舟伏于七宝山后，令曰："旗举则出江！"先使一骑偃旗于山之顶[32]。伺其半济，忽山上卓立一旗，舟师自山下河中两旁突出大江，人在舟中，踏车以行船[33]。但见船行如飞，而不见有人，虏以为纸船也。舟中忽发一霹雳炮：盖以纸为之，而实之以石灰硫黄。炮自空而下，落水中，硫黄得水而火作，自水跳出，其声如雷。纸裂而石灰散为烟雾，眯其人马之目，人物不相见。吾舟驰之，压贼舟，人马皆溺[34]。遂大败之云。

【注释】

[1]辛巳：宋高宗绍兴三十一年（1161）。牙斯：指西汉末年的匈奴王乌珠留若鞮单于，名囊知牙斯。此借指金国的完颜亮。寇边：侵略边疆。[2]饮马：语出《宋书·臧质传》所引童谣："虏马饮江水，佛狸死卯年。"后因以胡马饮江指北方民族南侵。大江：长江。断流而投鞭：语出《晋书·苻坚载记》："……以吾之众旅，投鞭于江，足断其流！"[3]号百万、寂然：承上文续用苻坚侵晋、淝水之战比拟金国侵宋、采石之役。《晋书·谢安传》："(苻)坚后率众号百万，次于淮肥，京师

震恐……（谢）玄入问计，安夷然无惧色，答曰：'已别有旨。'既而寂然。"[4]南风不竞：语出《左传·襄公十八年》："又歌南风，南风不竞，多死声，楚必无功。"借指宋无能为。其幕有乌：语出《左传·庄二十八年》："楚幕有乌。"营幕无人，故乌栖。指营垒空虚。[5]利涉大川：语见《易·需》及《同人》。利涉：顺利通过。大川：此指长江。[6]杖三尺：杖，执持。三尺，指剑。《汉书·高帝本纪》："吾以布衣提三尺取天下。"麾犬羊、令腥羶：指挥士兵前进。犬羊、腥羶：对敌军的侮辱性称谓。一行：军令。[7]木棉：古代名吉贝、古贝，可纺织；草棉亦称木棉，即今棉花，出西域。此代指商品。估客：估客，商人。艓：小船，轻舟。长年三老：篙工。陆游《入蜀记》："……问何谓长年三老，云：'梢公是也'。"[8]江壖：沿江两岸之地。"其气已无江壖"言金人骄横，气吞江南。[9]牛渚之矶：牛渚，山名，在安徽当涂县西北，下临长江，其北部突入江中，名采石矶。七宝之山：指采石以北的宝积山。屹峙：屹立，高耸。[10]降幡：纳降旗。刘禹锡诗："千寻铁锁沉江底，一片降旛出石头。"幡、旛通用。[11]我得天乎：语出《左传·僖二十八年》。此指取胜。[12]蒙冲：宋代战舰，形制见《后序》。[13]大屋、城楼：关涉宋代"楼船制度。"《宋史·兵志》："建炎初，李纳请于沿江淮河帅府置水兵二军……招善舟楫者充，立军号曰'凌波楼船军'。"[14]缟于雪山：缟，白色。雪山，夸大形容语。云毯：指一种灯毯。范成大《上元纪吴下节物俳谐体三十二韵》自注："小毯灯，时掷空中。"霱（xì）忽：形容轻巧疾快。[15]双垒：即指楼船战舰，因其上下均有掩蔽设施，故称。[16]楮先生：纸的别名。韩愈《毛颖传》："颖（毛笔）与……会稽楮先生（纸）友善。"侪：流辈，一类人物。[17]流星：指霹雳炮，见《后序》。万石钟：钟，古量器，容六斛四斗。此极言其大。霣：与陨通，落。此暗用《公羊传》"星霣如雨"字面。苍穹：天空。[18]隐磤（hóng）：形容大声。《法言·问道》："或问大声，曰：'非雷非霆，隐隐磤磤。'"冥濛：景色不分明，迷濛。[19]冲飙：暴风。退红：犹言无光。[20]蹒藉：践踏。指敌船被海鳅船冲压毁坏。[21]戈铤（chán）：戈是戟类兵器，其小枝向上的为戟，平出的为戈。铤是铁

321

柄的小矛。《史记·匈奴传》："其长兵则弓矢，短兵则刀铤。"[22] 阳侯：古代神话中的水神。《汉书·扬雄传》注："阳侯，古之诸侯也，有罪自投江，其神为大波。"珠宫：谓以珍宝饰修的官殿。略如俗谓之水晶宫。[23] 匹马宵遁：乃故意贬抑之笔。自毙于瓜步：指完颜亮采石败绩，转至扬州，欲渡瓜洲。将士建言缓图渡江。完颜亮震怒，军令惨急。部属危惧，乃谋杀亮。十一月三十日，亮为其部下先射后缢而死。[24] 行部：长官巡视所属各地部下。渔叟樵童：指当地民间父老。败衄（nǜ）：挫败损伤。杳：遥远渺茫。[25] 棹讴：棹歌。新鬼、旧鬼：杜甫诗："新鬼烦冤旧鬼哭，天阴雨湿声啾啾。"恫：哀痛。[26] 河汭（ruì）：河曲，水湾。劳苦：致以慰劳、钦感之意。[27] 下濑之壮侯：《汉书·武帝纪》注："濑，湍也，吴越谓之濑，中国为之碛。伍子胥书中有下濑船。"意谓海鳅，蒙冲有战功，应像人一样封侯。伏波：汉代将军马援的名号，取征讨时涉江海使波浪停止的意思。武公：公乃公侯的公。因战船有军功，所以用"壮、武"封公封侯。[28] 抑：转折词。在德不在险：语出《史记·吴起传》。善始必善终：语出《史记·陈丞相世家·赞》。[29] 垣墉：此指城池守固之所。[30] 駃（kuài）：同快。[31] 垩（è）之：刷以白粉。[32] 骑：骑兵。偃旗：将旗卧伏掩藏。[33] 踏车：用人力踏动机轮。[34] 驰之：犹言冲之。压贼舟：即赋中所说："贼之舟楫，皆蹒藉于海鳅之腹底。"

【评点】

　　《海鳅赋》是杨万里赋的代表作之一。作者自称"予尝行部而过其地"，按其行踪，当作于光宗绍熙（1190——1194）年间。本篇是赋中惟一描写反侵略战争的名作。歌颂了高宗绍兴三十一年采石矶之役抗金斗争的胜利。

　　赋中叙事最难，叙战事尤难。此赋用数百字展现了一次重大战役的经过，且把人的骄横和宋人战船的神出鬼没写得有声有色、淋漓尽致，颇见功力。即就科技史而言，此赋所载宋时战船机械制作，以及火炮的应用，都是十分珍贵的史料。

独 醒 赋

刘 过

【作者简介】

刘过（1154-1206），字改之，号龙洲道人。吉州太和（今江西泰和）人，长于庐陵（今江西吉安）。愤南宋偏安，曾数次上书，陈恢复方略，不被采用。终身布衣，流浪江湖，依人作客。刘过是著名的辛派词人，所作感慨时事，奔放淋漓，多抒发整顿河山收复中原的壮志和信心，亦流露出怀才不遇的感慨。著作有《龙洲集》、《龙洲词》。今存赋1篇。

有贵介公子[1]，生王、谢家[2]，冰玉其身[3]，委身糟丘[4]，度越醉乡[5]。一日，谓刘子曰[6]："曲蘖之盛[7]，弃土相似，酿海为酒，他人视之，以为酒耳。吾门如市[8]，吾心如水。独不见吾厅事之南[9]，盖亦吾之胸次哉[10]！矮屋数间，琴书罢陈。日出内其有余闲，散疲薾于一伸[11]。摩挲手植之竹[12]，枝叶蔚然其色青[13]。此非管库之主人乎[14]？其实超众人而独醒。"

刘子曰："公子不饮，何有于醉？醉犹不知，醉为何谓？若我者，盖尝从事于此矣。少而桑蓬[15]，有志四方。东上会稽[16]，南窥衡湘[17]，西登岷峨之巅[18]，北游烂漫乎荆襄[19]。悠悠风尘[20]，随举子以自鸣[21]。上皇帝之书，客诸侯之门。发鸿宝之秘藏[22]，瑰乎雄辞而伟文[23]。得不逾于一言[24]，放之如万马之骏奔[25]。半生江湖，流落龃龉[26]。追前修兮不逮，途益远而日暮[27]。始寄于酒以自适，终能酖酺而涉其趣[28]。操卮执瓢[29]，拍浮酒船。痛饮而谈《离骚》，白眼仰卧而看天[30]。虽然，此特其大凡尔[31]。有时坠车，眼花落井[32]。颠倒乎衣裳[33]，弁峨侧而不整[34]。每事尽废，违昏而莫省[35]。人犹曰："是其酩酊者然也[36]。至于超舞捋须[37]，不逊骂座[38]，芥视天下之士[39]，以二豪为螟蛉与蜾蠃[40]，兆谤稔怒[41]，或贾奇祸[42]。矧又欲多酌我耶[43]？今者不然，我非故吾。觉昨非其未远[44]，扫习气于一除[45]。厌饮杯酒，与瓶罂而日疏[46]。清明宛在其躬[47]，泰宇定而室虚[48]。譬犹醯酸出鸡[49]，莲生淤泥[50]，粪壤积而菌芝[51]，疾驱于通道大都而去其蒺藜[52]。当是时也，岂不甚奇矣哉！夫以易为乐者[53]，出于险；以常为乐者，本于变。是故汩没于是非者[54]，始知真是；出入于善恶者，始认真善。今公子富贵出于襁褓[55]，诗书起于门阀[56]，颉颃六馆[57]，世袭科甲[58]，游戏官箴[59]，严以自律。所谓不颣之珠[60]，无瑕之璧[61]，又何用判醒醉于二物[62]？"

公子闻而笑曰："夫无伦者醉之语[63]，有味者醒之说。先生舌虽澜翻而言有条理[64]，胸次磊落而论不讹杂[65]。子固以我为未知醒之境界，我亦以子为强为醉之分别。"

于是取酒对酌，清夜深沉[66]。拨活火兮再红[67]，烛花灿兮荧荧[68]。澹乎相对而忘言[69]，不知其孰为醉，孰为醒。

【注释】

[1]贵介：尊贵。[2]王谢：六朝时王、谢世为望族，故常并称。后以王谢为高门世族的代称。[3]冰玉：语出《世说新语·言语》注引《卫玠别传》："妻父有冰清之姿，婿有璧润之望。"后称岳丈、女婿为冰清玉润，简称"冰玉。"[4]糟丘：积酒糟成丘。喻沉溺于酒。[5]醉乡：指醉中境界。杜牧《华清宫三十韵》诗："雨露偏金穴，乾坤入醉乡。"《新唐书·王绩传》："著《醉乡记》以次刘伶《酒德颂》。"[6]刘子：作者自谓。[7]曲蘖（niè）：酒母。[8]吾门如市：犹言门庭若

市。[9]厅事：厅堂，堂屋。[10]胸次：胸怀。[11]疲薾（nǐ）：困极之貌。[12]摩挲（suō）：抚摸。[13]蔚然：茂盛之貌。[14]管库：掌管库藏。[15]桑蓬：桑弧蓬矢。古时男子出生，以桑木作弓，蓬草为矢，使射人射天地四方，寓志在四方之意。朱熹《次韵择之进贤道中漫成》诗："岂知男子桑蓬志，万里东西不作难。"[16]会稽：山名，在今浙江。[17]衡湘：衡山与湘水。[18]岷峨：岷山北支，其南为峨眉山。因称峨眉为岷峨。[19]烂漫：分散。荆襄：湖北襄阳。[20]悠悠：遥远，长久。[21]举子：被荐举应试的士子。[22]鸿宝：道术书篇名。[23]瑰：奇伟。[24]逾：越过。[25]骏奔：急速奔走。[26]龃龉（jǔ yǔ）：齿牙参差不齐。引申为抵触、不合。扬雄《太玄经·亲》："其志龃龉。"[27]"途益远"句：意出《离骚》："欲少留此灵琐兮，日忽忽其将暮。""路漫漫其修远兮，吾将上下而求索。"李清照《渔家傲》："吾报路长嗟日暮。"[28]酕醄：大醉。[29]卮、瓢：酒器。[30]白眼：鄙薄厌恶。据《晋书·阮籍传》，阮看人喜则用青眼，恶则用白眼。[31]大凡：大概。[32]眼花落井：语出杜甫《醉中八仙歌》："知章骑马似乘船，眼花落井水底眠。"[33]颠倒乎衣裳：语出《诗·齐风·东方未明》："东方未明，颠倒衣裳。"此喻指醉态。[34]弁（biàn）：冠名。峨：高耸。[35]违昏莫省：不能昏定晨省。[36]酩酊：大醉。[37]挼（luō）：顺手抚摸。[38]不逊：不恭敬。骂座：辱骂同座的人。语出《史记·魏其武安侯传》："劾灌夫骂坐不敬，系居室。"[39]芥视：轻视。[40]螟蛉：一种绿色小虫。蜾蠃（guǒ luǒ）：一种青黑色的寄生蜂。[41]兆：预兆。稔：酝酿成熟。[42]贾（gǔ）：招致。[43]矧（shěn）：况。酌：饮酒。[44]觉昨非句：语出陶渊明《归去来兮辞》："实迷途其未远，觉今是而昨非。"[45]习气：习惯。[46]瓶罂（yīng）：酒器。[47]清明：神志清静明朗。躬：身体，自身。[48]泰宇定：安详镇定。《庄子·庚桑楚》："宇泰定者，发乎天光。"《释文》："谓气宇闲泰则静定也。"[49]醯酸出鸡：语出《庄子·田子方》："丘之于道也，其犹醯鸡欤。"醯（xī），醋。醯鸡，醋瓮中所生小飞虫。[50]莲生淤泥：语出周敦颐《爱莲说》：

"予独爱莲之出淤泥而不染。"［51］菌芝：菌类植物。［52］大都：大都市。蒺藜：草名。果实球状多刺。［53］易：平坦。［54］汩（gǔ）没：沉没。［55］襁褓（qiǎng bǎo）：背负婴儿的背带和布兜。［56］门阀：世家门第。［57］颉颃（xié háng）：不相上下。六馆：唐代国子监下设六馆：国子学、太学、四门、算学、律学、书学。［58］科甲：科举。［59］官箴：对官吏的劝诫。［60］颣（lèi）：缺陷，毛病。［61］瑕：玉的斑点，缺点。璧：圆形中心有孔的玉器。［62］判：区别。［63］无伦者：语无伦次。［64］澜翻：言词滔滔不绝。［65］讹杂：谬误杂乱。［66］清夜深沉：语出杜甫《醉时歌》："清夜沉沉动春酌。"［67］活火：旺盛的火。苏轼《汲江煎茶》诗："活水还须活火烹，自临钓石取深清。"［68］灿：光彩鲜明耀眼。荧荧：烛光闪烁。［69］澹：恬静、淡泊。

【评点】

　　此赋颇似作者人生思想经历的总结，当是其晚年之作。世传刘过为人豪放，"刘改之能诗词，酒酣耳热，出语豪纵。"（《词苑》）或对其嗜酒豪饮，狂放不羁有微词，细味此赋，作者自叙生平志向，百无一酬；既而纵酒，遨游醉乡，以求自适；终厌酒盏，彻悟人生。貌似旷达，中实悲辛；语似通脱，不无愤激。使我们对作者所生活的病态社会及其特殊性格有了进一步的认识。

秋 望 赋

元好问

【作者简介】

元好问（1190-1257），字裕之，号遗山，元太原忻州秀容（今山西忻县）人。自幼好学，七岁能诗，金宣宗兴定五年（1221）进士。金亡不仕，发愤著述。所为诗文，流露了反对侵略、憎恨贪吏、鄙视权贵、同情人民的思想感情。其诗被称为一代"诗史"，其词为金一代之冠，其《论诗绝句》见解独到，流誉古今。其赋为数不多，但文笔道劲，技法高人一等。著有《遗山集》、《金史》（未完成）、《续夷坚志》等。

步裴回而徙倚[1]，放吾目乎高明[2]。极天宇之空旷，阅岁律之峥嵘[3]。于时积雨收霖[4]，景气肃清。秋风萧条，万籁俱鸣[5]。菊鲜鲜而散花，雁杳杳而遗声。下木叶于庭皋[6]，动砧杵于芜城[7]。穿林早寒[8]，阴崖昼冥[9]。浓淡霏拂[10]，绕白纡青[11]。纷丛薄之相依[12]，浩霜露之已盈[13]。送苍苍之落日，山川郁其不平[14]。

瞻彼辕辕[15]，西走汉京。虎踞龙盘[16]，王伯所凭[17]。云烟惨其动色，草木起而为兵[18]。望嵩少之霞景[19]，渺浮丘之独征[20]。汗漫之不可与期[21]，竟老我而何成[22]！挹清风于箕颍[23]，高巢由之遗名[24]。悟出处之有道[25]，非一理之能并[26]。繄南山之石田[27]，维景略之所耕[28]。老螭盘盘[29]，空谷沦精[30]。非云雷之一举，将草木之偕零[31]。太行截天[32]，大河东倾[33]。邈神州于西北[34]，怳风景于新亭[35]。

念世故之方殷[36]，心寂寞而潜惊[37]。激商声于寥廓[38]，慨涕泗之缘缨[39]。

吁咄哉[40]！事变于已穷[41]，气生乎所激[42]。豫州之士，复于慷慨击楫之誓[43]；西域之侯，起于穷悴佣书之笔[44]。谅生世之有为[45]，宁白首而坐食[46]！且夫飞鸟而恋故乡，嫠妇而忧公室[47]。岂有夷坟墓而剪桑梓，视若越肥而秦瘠[48]？天人不可以偏废[49]，日月不可以坐失。然则时之所感也，非无候虫之悲[50]。至于整六翮而睨层霄[51]，亦庶几鸷禽之一击[52]。

【注释】

[1] 裴回：即徘徊。徙倚：流连不去。[2] 高明：指高敞的处所。《礼记·月令》："(仲夏之月)可以居高明，可以远眺望，可以升山陵，可以处台榭。"[3] 岁律：岁时、季节。峥嵘：不平凡，不寻常。[4] 霖：久雨。《左传·隐公九年》："凡雨，自三日以往为霖。"[5] 万籁俱鸣：各种声音都鸣响起来，此指秋声。[6] 木叶：树叶。庭皋：堂前高地。[7] 砧：捣衣用的石板或石头垫子。杵：捣衣用的木棒。芜城：荒芜的城市。[8] 穹林：幽深的树林。[9] 阴崖：背阳的山崖。[10] 霏：云气。[11] 绕白纡青：指山林中云气飘拂，就像缠绕着白色的、系着青色的东西一样。纡，系结。[12] 丛薄：丛生的草木。[13] 浩：盛。盈：满；充积。[14] 郁：繁盛的样子。[15] 轘(huán)辕：山名，在今河南省偃师县东南。《元遗山诗集笺注》引《管子》："轘辕之险，谓道路形若辕而轘曲，缑氏东南有轘辕道是也。"[16] 虎踞龙盘：形容地势雄壮险要。常指帝都。本文承上句汉京(东汉京都)指洛阳。[17] 王伯：多写作王霸。春秋时，周天子是诸侯国的共主，称为王；强有力的诸侯纠合各国，尊王室、御外侮，称为霸。凭：凭借，倚仗。[18] 草木起而为兵：即草木皆兵。详见《晋书·苻坚传》。[19] 崧：通嵩。即嵩山；少：少室山，为嵩山之西峰，在河南登封县境内。[20] 浮邱：即浮邱子，古代传说中的神仙，曾与容成子骑鹤游嵩山。[21] 汗漫：漫无边际，时间久远。期：约会。《诗·鄘风·桑中》："期我乎桑

中。"[22]老我：等老了自己。[23]挹（yī）：捧取。箕颍：箕山、颍水。相传上古高士许由曾隐居箕山，洗耳于颍水之滨。[24]巢由：巢父、许由。巢父亦传说中尧时隐士，因在树上筑巢而居，故称。尧以天下让之，不受；又让许由，亦不受。后世诗文用典，并称为巢由或巢许。[25]出处：出仕和退隐。[26]一理：个别标准。[27]繄：句首语气词。南山：终南山，属秦岭山脉，在今陕西西安市南。《诗·小雅·节南山》："节彼南山，维石巖巖。"石田：不可耕之田。[28]景略：王猛，字景略，曾隐居华阴山，怀佐世之志，后成为苻坚谋士。详见《晋书·王猛传》。[29]螭：古代传说中龙的一种。盘盘：蜷曲的样子。[30]沦精：见识高远之士沉沦。沦：沉沦，埋没。精：精英；见识高远之士。[31]"非云"二句：意谓像王猛那样的英才，如不被起用出仕，也会同草木一样凋零于空谷荒山之中。云雷一举，指被起用出仕。[32]太行：太行山。[33]大河：黄河。[34]邈：远。神州：联系后句，此当指帝都。[35]怳：茫昧，形象模糊。新亭：古迹名。故址在南京市东南。典出《世说新语·言语》："过江诸人，每至美日，辄相邀新亭，藉卉饮宴。周侯（顗）中坐而叹曰：'风景不殊，正自有山河之异！'皆相视流泪。"[36]世故：世事变故，战乱。殷：众多。[37]潜惊：暗惊。[38]商声：秋声。[39]涕泗缘缨：泪水侵湿了冠带。涕泗：眼泪鼻涕。《诗·陈风·泽陂》："涕泗滂沱。"缨，系在颔下的冠带。[40]吁咄（xū duō）哉：感叹词。[41]"事变"句：谓事物发展到了极点就要向反面变化。穷，极点。[42]气：精神气质。激：激动感情使奋发。[43]"豫州之士"二句：典出《晋书·祖逖传》：祖逖，字士稚，范阳人。元帝拓定江南，未遑北伐，逖进说之，以为豫州刺史。将部曲百余家渡江，中流击楫誓曰："不能清中原而复济者，有如大江！"词色壮烈，众皆慨叹。[44]"西域之侯"二句：典出《后汉书·班超传》："班超，字仲升，扶风平陵人。家贫，为官佣书。尝投笔叹曰：'大丈夫当效傅介子、张骞，立功异域，以取封侯。安能久事笔砚间乎！'"后因开拓西域有功，封为西域都护，定远侯。[45]谅：料想。生世：人生在世。[46]宁：难道。[47]嫠妇而忧公室：寡妇为

329

国家担忧。语出《左传·昭公二十四年》："嫠妇不恤其纬，而忧宗室之陨，为将及焉。"［48］越肥而秦瘠：指与自己无关的事。语出韩愈《争臣论》："今阳子（城）在位不为不久矣，而未尝一言及於政，视政之得失，若越人视秦人之肥瘠，忽焉不加喜戚於其心。"［49］天人：指天意与人事。［50］候虫之悲：指像蟋蟀一类的昆虫，一到秋天就发出悲哀的鸣叫声。［51］六翮（hé）：健羽。语出《战国策·楚四》："奋其六翮而凌清风，飘摇乎高翔。"睨：斜视。［52］庶几：差不多。

【评点】

由于元军入侵，家乡沦落，元好问曾徙居嵩山脚下，度过八年"半隐居"的生活。此赋当作于此时。时值元蒙侵金，"世故方殷"，又历国破家亡，转徙流离的生涯，赋中表现了作者"嫠妇而忧宗室"，关心国家安危的焦虑心情和强烈的报仇复土的愿望。情真意切，慷慨激昂。文笔刚健而有气势。实乃金赋中的上乘之作。

怒　雨　赋

郝　经

【作者简介】

郝经（1222-1275），字伯常，泽州陵川（今山西陵川县）人。曾受教于元好问。忽必烈即位后，为翰林学士。后充国使使宋，被贾似道扣留真州达16年之久。郝经一生重实用之学，著述颇丰。《四库提要》说："其文雅健雄深，无宋末肤廓之习；其诗亦神思深秀，天骨挺拔，与其师元好问可以雁行。"有《陵川集》存世，集中有赋15篇，多以雄健阳刚之气著称。

蟾泪毕而膨脖[1]，箕哆口而馋吞[2]。帝恶贪兮赫怒[3]，气轩轩兮不平[4]。乃命箕伯[5]，召坎师[6]：转阴轴，翻阳机[7]，郁抑乎两仪[8]，蕴隆乎四维[9]，包并乎八荒[10]，充塞乎九围[11]，括一囊而大举[12]，疆万里以长吹。阵云移海而起，双霓贯斗而飞[13]。肃肃栗栗[14]，沉寥惨戚[15]。收两造之和气[16]，寒凛凛兮来逼。

忽六合之破碎[17]，迸金光于虚碧[18]。震来兮虩虩[19]，迅击兮霹雳。轰万乘之空车，陨千寻之绝壁[20]。劲穿心而裂耳，讶踵入而顶出[21]。间剥啄之声落[22]，似沙石而还湿。忽抑绝而闭默[23]，等万籁之喧寂[24]。骤江倾而河沛[25]，瀁天瓢为一滴[26]。滔滔荡荡，潆潆泱泱，千里一注[27]。瞿塘峡上[28]，急浪惊湍，汹涌飞蟠，从天而下，底柱山间。纷秦坚之百万，避晋玄之五千。怒夫差之水犀，既射潮而矢天[29]。少瑟碧而淅沥[30]，复涎瀁以连泫[31]。蛟龙奋而不屈，走陆梁以高骞[32]。

331

蚯蚓暗而不鸣^[33]，蛙黾噎而不喧^[34]。疑天地之嘉运，欲覆世而一湔^[35]。蝄蛃惊而转石，罔象喜而跳渊^[36]。溢溷中之污秽^[37]，没庭下之兰荃^[38]。疑天地之衰运，复太古之茫然^[39]。

稚子踣而不苏^[40]，畏崩壤而坏垣^[41]；老媪伏而不动，固局束以挛拳^[42]。彼胸中兮何主，宜外物之变迁。羌独居兮草堂^[43]，方偃蹇而高眠^[44]。为揽衣而徐起^[45]，正冠襟而待旃^[46]。主之乎以忠信，彼胡为乎诐偏^[47]！倏孤电之长扫^[48]，贾余勇而忽还^[49]。星吐焰而耿耿^[50]，月流波而娟娟^[51]。于是抚床而下，击藜而歌之^[52]。歌曰：尸居兮龙见，渊默兮雷殷^[53]。彼自怒而为幻，我惟常而是允^[54]。存而守之，一心而定；推而放之，四海而准^[55]。又何怒之迁而喜之引也^[56]！

【注释】

[1] 蟾：指月亮，传说月中有蟾蜍，故称。汩（gǔ）：弄乱，沉没。毕：星宿名，二十八宿之一。膨脝（péng hēng）：腹部膨胀变大的样子。《诗经·小雅·渐渐之石》："月离于毕，俾滂沱矣。"古天文学说，月行经毕星，就会下大雨。将雨之前，月亮四周会产生晕圈，好像蟾蜍肚腹膨胀。[2] 箕：星宿名，二十八宿之一。主风。《书·洪范》："庶民惟星，星有好风，星有好雨。"孔安国传："箕星好风，毕星好雨。"哆（chǐ）：张口貌。《诗经·小雅·巷伯》："哆兮哆兮，成是南箕。"[3] 赫怒：勃然大怒。[4] 气轩轩：怒气很盛的样子。[5] 箕伯：风师，箕星之神。[6] 坎师：水神，雨神。坎：八卦之一，像水。[7] "转阴轴"二句：指发动阴阳二气。[8] "郁抑"句：指阴阳二气在天地之间郁结不畅。两仪，指天地。《周易·系辞》："易有太极，是生两仪。"[9] 蕴隆：闷热。语出《诗·大雅·云汉》："旱既大甚，蕴隆虫虫。"毛传："蕴蕴而暑，隆隆而雷，虫虫而热。"四维：东南、东北、西南、西北。见《淮南子·天文训》。[10] 包并：包举，并吞。八荒：八方荒远之地。见《汉书·陈胜项藉传赞》颜师古注。[11] 九围：九州。《诗经·商颂·长发》："帝命式于九围。"疏："谓九州为

九围者，盖以九分天下，各为九处，规围然，故谓之九围也。"[12] 括：容盛；包括。贾谊《过秦论上》："有席卷天下，包举宇内，囊括四海之意。"[13] 双霓：霓，虹的一种，又称副虹。《尔雅·释天》邢昺疏："虹双出，色鲜盛者为雄，雄曰虹；暗者为雌，雌曰霓。"贯斗：直贯斗宿。[14] 肃肃栗栗：肃恐，颤栗。[15] 沆寥：语出《楚辞·九辩》："沆寥兮天高而气清。"王逸注："沆寥，旷荡空虚也。"[16] 两造：原指诉讼中的原告和被告。语见《周礼·秋官、大司寇》。此指阴阳二气。[17] 六合：天地四方称六合。[18] 金光：闪电。虚碧：天空。[19]"震来"句：语出《周易·震卦》："震来虩虩，笑声哑哑。"震为雷。虩（xì）虩，恐惧貌。[20] 陨：坠落。[21] 踵：脚跟。顶：头顶。[22] 闪：夹杂。剥啄：象声词，指雨滴声。[23] 抑绝：遏止，断绝。[24] 等：等同，好比。[25] 沛：水势湍急貌。[26] 灒（jiǎn）：倾；泼；倒。[27] 漭（mǎng）漭泱（yāng）泱：广大无边际貌。[28] 瞿塘峡：长江三峡之一。[29]"怒夫差"二句：味上下语意，当是化用伍员乘潮和钱王射潮二典。《太平广记》卷291载，伍子胥因忠谏含冤而死，临终，嘱其子投尸于江，要"朝暮乘潮，以观吴之败。""自是，自海门山，潮头汹高数百尺……朝暮再来，其声震怒，雷奔电走百余里。"孙光宪《北梦琐言》载：钱镠修钱塘江海塘，怒涛汹涌，版筑不成。于是造竹箭三千，在迭雪楼命水犀军驾强弩五百以射潮，迫使潮头趋向西陵，才奠基成塘。夫差，春秋末吴国国君。水犀，犀牛的一种，多生活在水中。此指水军。夫差、钱镠皆有水犀军。[30] 少：稍微。瑟缩：蜷缩而抖动貌。形容雨势减弱。淅沥：雨声。[31] 涎澴（xián huàn）：水滴下垂的样子。连洓：水珠连续不断下落。[32] 陆梁：跳跃，腾跃。骞（xiān）：振翼飞举。[33] 喑（yīn）：哑。[34] 哇黾（měng）：青蛙。[35] 湔（jiān）：洗涤。[36] 蝄蜽（wǎng liǎng）、罔象：《国语·鲁语下》："木石之怪曰夔、蝄蜽，水之怪曰龙、罔象。"注："蝄蜽，山精。效人声而迷惑人也。""罔象食人，一名沐肿。"[37] 溷（hùn）：厕所。[38] 荃：一种香草。[39]"复太古"句：传说太古时洪水滔天，故曰茫然。[40] 踣：跌倒。苏：醒。[41] 壤：土地。垣

333

（yuán）：矮墙。［42］局束：行为拘谨。挛拳：因害怕而蜷缩。［43］羌：句首语助词。［44］偃蹇：高傲。［45］揽衣：用手提持衣服。［46］正冠襟：把帽子、衣襟整理端正。旃（zhān）：之。《左传·桓公十年》："初，虞叔有玉，虞公求旃，弗献。"［47］诐（bì）偏：邪僻。［48］倏（shū）：迅速。［49］贾：买。贾余勇：还有余勇可卖，指勇力过人。典出《左传·成公二年》。［50］吐焰：放出光芒。耿耿：光明的样子。［51］娟娟：美好的样子。［52］击藜：敲击藜杖。［53］"尸居"二句：见《庄子·在宥》："故君子苟能无解其五藏，无擢其聪明，尸居而龙见，渊默而雷声，神动而天随，从容无为，而万物炊累焉。"郭注："出处默语，常无其心，而付之自然。"［54］惟常而是允：允惟常。允，信。惟常，只是保持常态。［55］"推而放之"二句：谓无论在什么地方、任何情况下始终保持常态。［56］迁：改变。引：引起。

【评点】

据作者本集题下注明的"己酉五月十三"，可知此赋作于公元1249年，作者27岁。这篇赋把人皆熟知的暴雨写得有声有色，扣人心弦，将自然现象与神话传说、历史典故及作者丰富的想象完美结合，笔力雄健。尤为令人赞叹的是，作者以赋明志，写出了自己独立不惧，履险如夷的个性、气质，亦可略窥元蒙开国之际的雄杰之气，以及北国山河的坚凝之质。

些 马 赋

杨维桢

【作者简介】

杨维桢（1296-1370），字廉夫，号铁崖、东维子、铁笛道人。会稽（今浙江绍兴）人。元泰定四年（1327）进士。明初，朱元璋召，不仕。杨维桢乃元末诗坛领袖，其诗纵横奇诡，独具一格，人称"铁崖体"。亦是元末明初赋坛一大家。

吁嗟骏乎[1]，汝其糜没九渊[2]，填于海鳍之空乎[3]？抑越景超光以返于房星之宫乎[4]？将升昆仑[5]，抑负瑞图化荥河之龙乎[6]？其将觐湘累以从其忠乎[7]？毋亦皓车白乘，随革尸之愤，忽往忽来于江中乎[8]？又辞曰：灵奇俶傥生渥流[9]，肉鬣星尾文龙虬[10]，协图特出兮应世求。嗟我何幸兮逢沙丘，逝八极兮隘九州[11]，观阊阖兮历玉台以遨游[12]。忽泳水兮为龙为龟，重澜驰逐兮奴不善泅。盐车坎壈兮为骏愁[13]，逝一跃兮释累而离尤[14]。吁嗟斋沦兮蓄怪幽[15]：三角二尾兮猰䝙牛头[16]，岩牙㘄口兮啮海舟[17]，嗟尔骏兮纷逢仇。骏不归来乎贻我忧，超越倒景兮乘云浮[18]，骏兮来归乎，江险不可以久留。

【注释】

[1] 吁嗟：感叹词。[2] 糜：碎烂。《汉书·贾山传》："万钧之所压，无不糜灭者。"九渊：深渊。《汉书·贾谊传》："袭九渊之神兮，沕渊潜以自珍。"[3] 海鳍：即露脊鲸，在传说中被神化。刘恂《岭表

335

录异》:"海鳅,即海上最伟者,其小者亦千余尺,吞舟之说,固非谬也。"[4]景:日光。房星:即房宿,星官名,二十八宿之一。古人以为它是主车驾之天马,故又称"天驷"。宫:古人称房星为天府,宫即指此。[5]昆仑:传说中仙人所居之山。周穆王曾驾八骏西上昆仑,与王母宴会。[6]负瑞图:典源关于《周易》一书来源的传说。传说上古时有龙马在黄河中出现,背负河图,伏羲氏据此而画成八卦。荥:即荥泽,古时有名的水泽,与黄河中游相通。河:黄河。[7]觐(jìn):会见。湘累:指屈原。《汉书·扬雄传》:"钦吊楚之湘累。"颜师古注引李奇曰:"诸不以罪死曰累……屈原赴湘死,故曰湘累也。"[8]"皓车白乘"以下三句:均源关于伍子胥的传说,伍子胥屡谏不从,又受太宰嚭的中伤。吴王赐剑命其自杀,并令用皮口袋盛其尸投入江中。伍临终,言要"朝暮乘潮,以观吴之败"。其后"时有见子胥乘素车白马在潮头之中"(参《太平广记》卷291)。[9]渥流:指渥洼水。在今甘肃安西县,党河的支流。《史记·乐书》:"又尝得神马渥洼水中,复次以太一之歌。"[10]星:彗星,俗称扫帚星,有长尾。文:花纹。虬(qiú):古代传说中的一种龙。[11]八极:八方极远的地方。《淮南子·地形》:"八紘之外,乃有八极。"九州:古代中国设置的九个州,后用以泛指中国。隘:狭窄,狭小。[12]阊阖(chāng hé):传说中的天门。《离骚》:"吾令帝阍开关兮,倚阊阖而望予。"玉台:传说中天帝居住的地方。《汉书·礼乐志》:"天马徕,龙之媒,游阊阖,观玉台。"颜师古注引应劭曰:"阊阖,天门;玉台,上帝之所居。"[13]盐车坎壈:典出《战国策·楚策四》:"夫骥之齿至矣,服盐车而上太行,蹄申膝折,尾湛胕溃,漉汁洒地,白汗交流。中坂迁延,负辕不能上。伯乐遭之,下车攀而哭之。"坎壈(lǎn):困顿,不得志。[14]逝:通誓。[15]蔇(yūn)沦:水势回旋。[16]狶(xī):指大野猪。鬣(liè):野猪头颈上的硬毛。[17]岩牙:齿牙如山岩。嚃(tā):不咀嚼而吞咽。嚪(dàn):同啖,吃。[18]景(yǐng):即影。

【评点】

此赋前原有具寓言意味的长序,据之可知本赋作于其钱塘清盐场司令任上。《明史》本传说作者任"钱清盐场司令,狷直忤物,十年不调",亦有助于我们认识此赋明为哀马,实为哀己的特色。元代知识分子曾有"九儒十丐"之悲叹。更有断指易服杂于屠沽、混于编氓的绝望。此赋因小见大,可以由其个人感伤不遇中见出一代文士的困顿感叹,暴露出元末社会的矛盾和危机。

吊诸葛武侯赋[1]

刘 基

【作者简介】

刘基（1311-1375），字伯温，浙江青田人。元末进士，官高安县丞。因性刚嫉恶，与时多忤，弃官归隐。明太祖兴，被聘至金陵，佐定天下，为明朝开国重臣。官至御史中丞，兼弘文馆学士，封诚意伯。正德中，追谥文成。他是元末明初的诗文大家，著有《诚意伯文集》二十卷。其赋多系有感而发，寓意深刻。

天地闭塞兮[2]，圣贤隐沦[3]。大旱焦土兮，龙无所用其神。当运命之厄穷兮[4]，尧舜且犹有极。委厥躯以随化兮[5]，亦哲人之所戚[6]。彼狂猾之纵悖兮[7]，履羿、莽以滔天[8]。乱伦汩典兮[9]，流毒为渊。夏少康之不作兮[10]，时又无汤与武[11]。蕨薇不可以食兮[12]，焉睘睘而独处[13]？睠三顾之款悃兮[14]，蹠高光之所为[15]。凤凰非梧桐不栖兮，于嗟去此其安归[16]？瞻星芒于渭滨兮[17]，岂皇天之叛涣[18]？日昃不可使再中兮[19]，指桓、灵而慨叹[20]。昔尼父之不逢兮[21]，寓斧钺于《春秋》[22]。诛奸邪于既死兮，开日月之昧幽[23]。般纷纷以攘夺兮[24]，世不以之为殃民。彝泯灭犹一发兮[25]，微斯人其孰明[26]？览《出师》之遗表兮[27]，涕淫淫其如雨[28]。悲逝者之不回兮，邈英风于万古[29]。

【注释】

[1] 诸葛武侯：三国蜀丞相诸葛亮（181—234），字孔明，被封为

武乡侯，故后世称之为诸葛武侯。[2] 天地闭塞：形容奸邪当道，贤哲不用，时事黑暗。[3] 隐沦：隐遁沦落。[4] 运命：命运。厄穷：穷困潦倒，不显于时。[5] 厥躯：其身。随化：听凭自然规律的安排。[6] 戚：悲哀。[7] 狂猾：狂妄奸邪之人。纵悖：不顾一切，放纵妄为。[8] 履：步随。羿（yì）：夏代有穷氏国君，不修民事，荒淫无度，被家臣寒浞诛杀。莽：王莽，代汉称帝，自立新朝，法苛役繁，民不聊生，为农民起义军所杀。滔天：罪恶滔天。[9] 乱伦汩（gǔ）典：败坏伦理，扰乱典章。[10] 少康：夏王相的儿子。寒浞之子寒浇杀相代夏，少康长大后，就和旧臣合力灭浞，恢复了夏朝。不作：不能复生。[11] 汤：商汤。夏桀淫乱，怨声载道，他兴兵灭夏，建立了商王朝。武：周武王。商末纣王淫乐无度，民生凋敝，他起兵灭商建周。[12] 此句系用伯夷、叔齐的典故。周武王灭商，孤竹国国君的儿子伯夷与叔齐逃至首阳山，不食周粟，采蕨薇以充腹。此句是说，隐居遁世的办法是不行的。[13] 焉：怎么能。睘睘（qióng qióng）：孤独无依。《诗经·唐风·杕杜》："独行睘睘。"[14] 睠（juàn）：反顾，追念。三顾：三次探视、邀请。汉末刘备曾三顾隆中，请诸葛亮出山辅政。款悃（kǔn）：诚恳，恳切。[15] 蹢（zhí）：踩，步随。[16] 于嗟：亦作"吁嗟"。叹词。去此：除了这种选择。安归：又能归属谁呢？[17] 瞻星芒于渭滨：据《晋阳秋》记载，诸葛亮屯军于渭河岸边，有星赤而芒角，自东北向西南流，落于亮营，顷刻亮死。[18] 皇天：上天。叛涣：跋扈，蛮横。[19] 昃（zè）：太阳偏西。中：正午。[20] 桓、灵：汉桓帝、汉灵帝。[21] 尼父：孔子名丘字仲尼，后世尊称为尼父。不逢：生不逢时，不逢明主。[22] 此句意为：孔子作《春秋》，寓贬斥于其中。即下文所谓"诛奸邪于既死"。斧钺（yuè），古代兵器，借指诛伐。[23] 昧幽：幽暗不明。代指黑暗的年代。[24] 般：乱。攘夺：争夺，抢夺。比喻战争。[25] 彝（yí）：常道，法度。泯（mǐn）灭：灭绝。一发：一发系千钧，形容情况万分危急。[26] 微斯人：如果没有此人。孰明：谁能证明。[27]《出师》之遗表：诸葛亮曾先后两次上《出师表》，表明自己辅佐汉室、恢复中原的决心。[28] 涕：眼泪。

淫淫：流淌的样子。屈原《九章·哀郢》："涕淫淫其若霰。"［29］邈（miǎo）：远。英风：杰出的气概。

【评点】

　　这是一篇感时吊古之作。三国时的诸葛亮那"鞠躬尽瘁，死而后已"的精神，激励着后世的无数仁人志士，刘基对他也十分景慕。此赋首先铺叙了汉末奸邪当道、圣哲隐沦、社会黑暗的无情现实；次写诸葛亮感念刘备的三顾之诚，慨然出山，为平定中原、恢复汉室效力；继而笔势一转，写诸葛亮"出师未捷身先死"，壮志未酬，从而抒发了作者无穷的哀婉之情。无疑，这篇赋寄托了作者的身世之感，是有感而发的，我们不难从中感受到元末的社会现实与作者的远大抱负。在艺术上，此赋不事冗长的铺张，篇幅虽短而意足神完，堪称一篇较好的抒情小赋。

见南轩赋

李东阳

【作者简介】

李东阳（1447—1516），字宾之，号西涯，谥文正，湖广茶陵人，生长于北京。天顺七年（1463）进士，官至吏部尚书、华盖殿大学士。著有《怀麓堂集》一百卷。他不仅是明代著名政治家，还是著史文学家，开创了"茶陵诗派"。有赋10余篇。

若有人兮衡门之下[1]、兰渚之滨[2]，体貌质野[3]，意度清真。植丛菊兮十株，抚孤桐兮五弦[4]。朝咏"结庐"诗[5]，暮诵"归来"篇[6]。盖慕陶靖节之为人也[7]，遗世绝俗，自称为葛天氏之民[8]。尔其傲睨江湖[9]，逶迤冈阪[10]。倚秋旻而长啸[11]，惊落景之方短[12]。藜杖纡徐其却立[13]，芒屦逍遥其未返[14]。登西丘而左顾，涉东皋而右盼。时宿留以延伫[15]，忽南山之在眼。澹秋色兮将夕，思美人兮何极[16]！瞻孤云兮归来，与飞鸟兮俱息。慨岁华之迟暮[17]，及草木之萧瑟。寄缅怀于太古[18]，聊一感于山色。方其崭岩嶙崿[19]，如斗如却[20]；驰张廓翕[21]，如揖如拱。飘扬兮如骤[22]，偃蹇兮如立[23]。倏欲藏兮既定[24]，渺不知其所入。

当予之始遇也，怅怅皇皇[25]，心志交驰。四顾徬徨，不暇走趋。俯仰之间，万景毕露。披襟一笑，倾盖如故[26]。神之既交，窅窅冥冥[27]。一尘不干[28]，彼此志形。太空寥寥[29]，何物非假？随所寓托，物无不可。盖于是不知山之为山，我之为我也。

341

夫物有化机[30]，相为终始。情感气应，谁之所使？出于自然，乃见真尔。锦彩之炫烂[31]，适足以瞽吾之目[32]；笙簧之聒杂[33]，适足以聩吾之耳[34]。故达人之放浪[35]，独钟情于山水。而乐水者之动荡，又不如乐山者之静而止也。

呜呼！南山之闲闲兮，繄我之乐不可以言传[36]。南山之默默兮，繄我之乐不可以意识。彼逆旅之相遭[37]，岂茫茫其求索！惟物我之无间，始忘情于声色。盍反观乎吾身[38]？快天地之充塞。彼南山兮何事？仅乃胸中之一物。

【注释】

[1] 衡门：横木为门，言其简陋。常用来指隐者之居。《诗经·陈风·衡门》："衡门之下，可以栖迟。"[2] 兰渚（zhǔ）：生长兰草的沙洲（水中小块陆地）。[3] 质野：淳厚朴素。[4] 孤桐：《尚书·禹贡》："峄阳孤桐。"峄阳孤桐曾被制成良琴，故后世就将"孤桐"作为琴的代称。[5] "结庐"诗：指陶渊明《饮酒》诗之一首。首二句云："结庐在人境，而无车马喧。"[6] "归来"篇：指陶渊明的《归去来辞》。[7] 陶靖节：东晋陶潜字渊明，又字元亮，曾为彭泽令，简傲不事上官，曰："吾安能为五斗米折腰！"遂解印去，作《归去来辞》以明其志。后世谥曰"靖节"。[8] 葛天氏之民：葛天氏，传说中的远古帝王（部落酋长），其治不言而自信，不化而自行，古人认为是理想中的自然、淳朴之世，故多愿为葛天氏之民。陶渊明在《五柳先生传》中就自称为"葛天氏之民。"[9] 傲睨：傲视。睨，斜眼看。[10] 逶迤：从容自得的样子。冈阪：山丘与山坡。[11] 秋旻（mín）：秋季的天空。[12] 落景：落日的光辉。[13] 藜杖：用藜的老茎制成的手杖。纡（yū）徐：从容宽缓的样子。[14] 芒屩（jué）：草鞋。[15] 宿留：久久停留。延伫：长时间地站立。[16] 美人：古代诗文中常用以指贤能的人或有才华的人。何极：无尽止。[17] 岁华：岁月，年华。迟暮：比喻人的晚年。[18] 缅怀：追想以往的事情。太古：上古。[19] 崭岩：山高而险峻的样子。嶨崿（què è）：山崖高峻的样子。[20] 却：退。[21] 廓

翕（xì）：开合。[22] 骤：疾速奔驰。[23] 偃蹇（yǎn jiǎn）：高耸。[24] 倏：疾速。欻藏：隐藏。[25] 伥伥（chāng）皇皇：匆忙无所适从。[26] 倾盖如故：初交即一见如老友，关系融洽。盖，车盖。行道相遇，停车共语，则车盖接近。《史记·邹阳传》："谚曰：'……倾盖如故。'"[27] 窅窅（yǎo）冥冥（míng）：深远隐藏的状态。[28] 干：干犯，沾染。[29] 寥寥：高远辽阔的样子。[30] 化机：事物变化的奥妙。[31] 炫（xuàn）烂：光彩闪耀。[32] 瞽（gǔ）：瞎眼。这里作动词用。[33] 笙簧：两种乐器名。聒（guō）杂：喧扰嘈杂。[34] 聩（kuì）：耳聋。这里做动词用。[35] 达人：心怀宽广的人。放浪：放任无拘。[36] 繄（yī）：语助词，无实际意义。[37] 逆旅：旅馆。遭：遇。[38] 盍：何不，为什么不。

【评点】

在这篇赋中，作者塑造了一个放浪形骸、寄情山水的隐士形象。寄寓了作者向往隐逸超脱的思想。盖因李东阳虽位居显要，而实困扰于朝廷的勾斗险恶，而思有以排解。在艺术上，这篇赋词句流丽，意境美妙，读之令人神往。尤其对南山景象与状态的描写，更见优长。

343

东 门 赋

何景明

【作者简介】

何景明（1483-1521），字仲默，号大复，河南信阳人。弘治十五年进士，官至陕西提学副使。他是明代拟古派"前七子"的首领之一，与李梦阳并称为"何李"，又与李梦阳、边贡、徐祯卿并称为"弘正四杰"。著有《大复集》38卷，又有《雍大记》等并传于世。其诗长于抒情，赋亦清丽可读。

步出东门，四顾何有？敝冢培累[1]，连畛接亩[2]。有一男子，饥卧冢首。傍有妇人，悲挽其手。两人相语，似是夫妇。夫言告妇："今日何处？于此告别，各自分去。前有大家[3]，可为尔主。径往投之，亦自得所。我不自存，实难活汝。"妇言谓夫："出言何绝！念我与君，少小结发[4]。何言中路，弃捐决别？毕身奉君，不得有越[5]！"夫闻妇言："此言诚难。三日无食，肠如枵管[6]。仰首鼓喙[7]，思得一餐。大命旦夕，何为迁延？即死从义，弗如两完。"妇谓夫言："尔胡勿详？死葬同沟，生处两乡，饱为污人，饥为义殇[8]。纵令生别，不如死将[9]！"夫愠视妻[10]："言乃执古[11]。死生亦大，尔何良苦？死为王侯，不如生为农圃[12]；朱棺而葬，不如生处蓬户。生尚有期，死即长腐。潜寐黄泉，美谥何补[13]？"夫妇辩说，踟蹰良久。妇起执夫，悲啼掩口。夫揖辞妇，抆泪西走[14]。十声呼之，不一回首。

【注释】

［1］培累：聚积得很多，连成一片。［2］连畛（zhěn）接亩：意为布满了田野。畛，田间小路。亩，田垄。［3］大家：大户人家，富贵人家。［4］结发：古俗，成婚之夜，男左女右共髻束发，表示结为夫妻。［5］不得有越：不能有越礼的行为。此处意为不能背你而去。［6］肠如枵（xiāo）管：肠子像空管子。意为挨饿。［7］仰首鼓喙（huì）：抬起头张动嘴巴。形容饥饿思食的状态。［8］义殇（shāng）：符合道义的夭亡。［9］死将（jiāng）：死掉。将，助词，无意义。［10］愠（yùn）：生气。［11］言乃执古：说话竟然拘泥于古礼。［12］农圃（pǔ）：种田人与种菜人。代指农夫。［13］谥：古代在人死之后给予的美称。［14］抆（wěn）泪：擦泪。

【评点】

这是一幅生离死别、催人泪下的悲惨图景。明中叶的弘治、正德年间，伴随着中央集权的加强，土地集中的现象也愈演愈烈，大批农民失去土地，流离失所，饿死异乡。正德年间爆发了刘六、刘七领导的农民大起义，决非偶然。何景明的这篇赋，便是截取了饥民图中的一个片段，加以描写再现。这至少在客观上为这场农民大起义作了很好的注脚。赋这种文学体裁，向来被用于铺陈景物与抒发怀抱，而何景明用来反映民生疾苦，这是对赋的题材的开拓，读来让人感到耳目一新、别开生面。在表现手法上，此赋主要采取了对话的方式，来再现夫妻忍痛分手的情景，具有如闻如见、催人泪下的艺术效果。

戎 旅 赋

杨 慎

【作者简介】

杨慎（1488-1559），字用修，号升庵，明四川新都人。正德六年状元，授修撰。他于书无所不读，学问渊博，才情富赡，著述之多为明代第一。著作有《升庵集》81卷等。

恭承恩谴兮[1]，于役滇越[2]。捐珮江皋兮[3]，解绅云阙[4]。三陟崔崔兮[5]，九折嵽嵲[6]。不日不月兮[7]，遂届穷发[8]。抚孤旅而悁胆兮[9]，掩众困而怛心[10]。怅圭箒之骏遄兮[11]，逾四稔而迄今[12]。父母孔远兮[13]，懿亲离而北南[14]。类连迭而分衢兮[15]，似同波而殊浔[16]。慈乌忻于共巢兮[17]，恒鸟悲乎异林[18]。彼纤羽之微族兮[19]，亦命侣而踌跦[20]。何生人之含灵兮[21]，乃离群而弗如[22]。咏清人之介驷兮[23]，感放士之鸣鸪[24]。姬公畏于熠耀兮[25]，尼父喟夫螳蛄[26]。屈托乘于螭豹兮[27]，庄寄径于鼪鼯[28]。在圣哲而固然兮[29]，揽古人而重欷[30]。哀吾生之罹邮兮[31]，背中土而播荒[32]。粤戴盆而伏嵷兮[33]，望崦嵫之末光[34]。神悦悢而辈颮兮[35]，形窝卷而伦囊[36]。睇孙水之浩渺兮[37]，瞻灵关之峻极[38]。聆猩猩之夜啼兮[39]，履狒狒之朝迹[40]。灵终古之攸居兮[41]，问祝融之昔宅[42]。胥靡登而不惧兮[43]，魑魅过而奚慄[44]。崛嵝飚扬兮[45]，含沙影流[46]。唶兹徂春兮[47]，忽焉杪秋[48]。月令殊于九州兮[49]，瘴卉华而岁周[50]。若有人兮好我[51]，携旨酒兮思柔[52]。采槟榔兮缀扶留[53]，赠相离兮结忘忧[54]。寒䳺鸡

346

兮为脯[55]，露江鱼兮为修[56]。滇歌兮爨舞[57]，白日逝兮元景浮[58]。独持觞而怀远兮[59]，杂叹啸其向陬[60]。遂还轸而休室兮[61]，隐零雨乎寂夜[62]。引簟枕而假寐兮[63]，遥梦归乎亲舍[64]。家人嘻以款语兮[65]，闾里纷其来讶[66]。众鸡鸣而惊余兮，晨光吻乎东射[67]。怀梦惟而觉悲兮[68]，泪承睫而交下。假灵氛以历古兮[69]，援龟颂兮余谢[70]。曰明庭其布德兮[71]，子行归乎肆赦[72]。系曰[73]：莫靡荒服自中古兮[74]，日月之表烛不普兮[75]。章亥步穷禹罔睹兮[76]，兰津开道行商苦兮[77]。碧鸡望祭使者阻兮[78]，余亦何为恒此土兮[79]。金跃不祥顺勿忤兮[80]，乐天知命去何忧兮[81]！

【注释】

[1]恭承恩谴：恭敬地接受皇帝的贬谪。[2]于役：出外服兵役或劳役。此指被谴戍。《诗经·王风·君子于役》："君子于役，不知其期。"滇越：云南一带边远地区。[3]捐珮江皋：相传周代郑交甫于汉皋遇二女，解珮相赠。后用为男女爱慕赠答的典故。宋石孝友《玉楼春》词："汉皋佩失诚相误。"此指失欢于君王。[4]解绅：解下了腰间的宽带。意即被免官。云阙：云中宫阙，指朝廷。[5]陟（zhì）：登。崔崔：山高貌。代指高山峻岭。[6]折：弯曲绕避。嶭嶭（niè niè）：山险峻貌。代指崇山大岭。[7]不日不月：不记日月，忘了时间。[8]遂届穷发：终于到达了极荒远之地。草木为山之毛发，穷发即指草木不生的边疆之地。[9]悁脰（juān dòu）：忧愁地低着头。脰，脖子。[10]怛（dá）心：伤心。[11]怅：不痛快。圭箠：代指时光。圭，即圭表，古代测日影以掌握时间的仪器。骏遄（chuán）：急速，迅速。[12]四稔（rěn）：农作物成熟为稔，四稔即四年。[13]孔：很。[14]懿（yì）亲：对亲属或亲戚的美称。[15]类连逵而分衢：就像连接一个十字路口的许多条道路。逵、衢：皆指四通八达的道路。[16]似同波而殊浔（xún）：就像一条河上的不同的岸边。浔：水边地。[17]慈乌：乌鸦的一种，也称慈鸦、孝乌、寒鸦。相传它能反哺（喂）其母，故称慈乌。忻（xīn）：同

347

欣。喜欢。共巢：住在一个窝里。[18]恒鸟：平常的鸟，一般的鸟。异林：不在一个树林子里居住。[19]纤羽之微族：长着细羽毛的弱小族类。[20]命侣：呼引同类。跢跦（duò zhū）：跳跃而行的样子。[21]含灵：有灵性。[22]弗如：比不上（鸟类）。[23]清人：高洁之人。介驷：披着介甲的驾兵车的四马。《新论·类感》："干戈戡兴，介驷将动，而禽兽应之。"[24]放士：被放逐的人。鸣鹧（zhū）：据说鹧鸟鸣则多被放逐之人。"鹧"、"逐"音近。《山海经·南山经》："（柜山）有鸟焉，……其名曰鹧，其鸣自号也，见则其县多放士。"[25]姬公畏于熠（yì）耀：周公姬旦也害怕远征。《诗经·豳风》中的《东山》篇，描写远征之人思念家乡和亲人的心情，传为周公所作，中有句云："町畽鹿场，熠耀宵行。不可畏也，伊可怀也！"[26]尼父嗟（jiè）夫蟪蛄（huì gū）：孔子也赞叹蟪蛄这种昆虫。尼父，孔子名丘字仲尼，后世尊称为尼父。嗟，赞叹。蟪蛄，蝉的一种，生活在夏季。《庄子·逍遥游》："蟪蛄不知春秋。"[27]屈托乘于螭（chī）豹：屈原被放逐，以螭与豹为坐骑。《九章·涉江》："驾青虬兮骖白螭。"《九歌·河伯》："驾两龙兮骖螭。"又《九歌·山鬼》："乘赤豹兮从文狸。"[28]庄寄径于鼪鼯（shēng wú）：庄子逃名草野，走鼪鼯所行的路。鼪，又名鼬。鼯，俗称飞鼠。《庄子·徐无鬼》："夫逃虚空者，藜藿柱乎鼪鼬之径。"[29]此句意为：在那些古圣先哲来讲，本来就应该是如此的啊。[30]重欷（chóng xū）：一再地叹息。[31]罹邮：遭遇忧患。"邮"通尤。[32]背中土而播荒：离开中原，迁徙到遥远的边疆。播，迁移。荒，极远的地方。[33]粤：发语词，无义。戴盆：戴盆而望天，比喻手段与目的不符。此指结局与初衷相反。汉司马迁《报任安书》："仆以为戴盆何以望天？"伏扢（kān）：潜藏于深山。[34]崦嵫：山名，在甘肃天水市西，古代神话传说中的日落之处。屈原《离骚》："吾令羲和弭节兮，望崦嵫而勿迫。"[35]怳悢：惆怅失意，心神不定。蜚飏：飞扬。[36]裔卷：拘束不舒展的样子。伦囊：同狯囊，借为抢攘，纷乱的样子。《庄子·在宥》："乃始裔卷狯囊而乱天下也。"[37]睎：看。孙水：水名，今称安宁河，在四川冕宁县，向南流入金沙江。浩渺：水势盛大的样子。[38]峻极：高险无比。

[39]聆：细听。[40]履：踩。狒狒：兽名，猴类。[41]终古：传说为夏桀的史官。桀荒淫怠政，终古泣谏，不听，遂奔商。攸居：所居，居住过的地方。[42]祝融：上古高辛氏的火正，颛顼氏后裔，相传死后为火神。昔宅：旧居。[43]此句意为：作为一个罪人，登高涉险是没有什么畏惧的。《庄子·庚桑楚》："胥靡登高而不惧，遗死生也。"胥靡，罪犯。[44]此句意为：神怪从面前经过又有什么害怕的。魑魅，山神、鬼怪。杜甫诗句："魑魅喜人过。"此处反其意而用之。奚慄，有什么害怕的。[45]崛嵬（jué wěi）：突兀高峻的样子。飑（páo）扬：暴风飞扬。[46]含沙影流：相传蜮居水中，听到人声，即含沙以射人，被射中者皮肉生疮，中影者亦病。唐白居易《读史诗》："含沙射人影，虽病人不知。巧言构人罪，至死人不疑。"[47]喟兹徂春：叹息在此经过了春天。[48]杪：末，指秋末。[49]九州：华夏。因云南一带远在大西南，故作者认为不属于内地。[50]瘴卉：西南瘴疠之地的花卉。华：同花，作动词用，开花。岁周：满一年。[51]好我：喜欢我。[52]旨酒：美酒。思柔：情感温和。[53]缀：装饰，佩戴。扶留：藤属植物，缘木而生。叶可用于与槟榔并食，果食似桑葚而长，味辛，可为酱。左思《吴都赋》："东风扶留。"[54]相离：此处当为草木名，不详。忘忧：即忘忧草，萱草的别名，又名忘归草。《太平御览》引《本草经》："萱，一名忘忧。"[55]鹌（zhāng）鸡：水鸡。又名鹌渠。《集韵》："鹌，鹌渠，水鸡也。"《广韵·阳韵》："鹌，吴人呼水鸡为鹌渠。"脯（fǔ）：干肉。[56]修：同"脩"，肉干。[57]爨（cuàn）舞：云南地区少数民族的舞蹈。爨，云南地区少数民族名，属百濮族，晋代分为东西两爨。[58]元景：自然浑朴的景象。[59]持觞：握杯。怀远：怀念远方的亲人。[60]陬：角落。[61]还轸：返车，坐车回去。轸，车箱底部后面的横木，代指车子。休室：在房子里休息。[62]零雨：零星的小雨。[63]簟枕：竹席子与枕头。假寐：不脱衣而睡。[64]亲舍：亲属所居住的房子。[65]款语：恳谈。[66]讶（yà）：同"迓"，迎接。[67]昒（hū）：天色将亮。[68]惟：思念，想。[69]灵氛：古代占卜吉凶之人。屈原《离骚》："欲从灵氛之吉占兮，心犹豫而狐疑。"历古：神游往古。[70]龟颂：古

349

人认为龟为灵物，可预知吉凶，故灼龟甲以卜，其吉兆即为龟颂。[71] 明庭：明堂。古帝王祀神灵、朝诸侯之地。代指朝廷。[72] 肆赦：宽赦罪人。[73] 系：辞赋末尾总结全文之词。[74] 莫靡：莫非是。荒服：离王畿很远的边远地区，为"五服"中最远之地。《尚书·禹贡》："五百里荒服。"中古：次于上古的时代。此句意为：莫非是这边远的地区还处在中古时代？[75] 此句意为：因为这里地处僻远，连日月之光也照射不到。表，外。烛，照。[76] 章亥步穷：连大章、竖亥都没走到过。章亥，大章、竖亥，皆为古代善于奔跑的人。张协《七命》："蹑章亥之所未迹。"注："大章、竖亥，亦捷行步者"禹冈睹：大禹没有看见过。大禹治水，走遍九州，但没到过云南。此句极言云南地处僻远。[77] 兰津开道：于兰仓江岸开辟道路。兰仓江：即今澜沧江。津，渡口，岸边。[78] 碧鸡：碧鸡山，在云南昆明市西，峰峦碧绿，俯临滇池。望祭：遥望而致祭。此句意为：由于山川险远，祭祀碧鸡山的使者难以到达，只能遥望而致祭。[79] 此句意为：我又是为什么久留于此地。[80] 金跃不祥：《庄子·大宗师》："今之大冶铸金，金踊跃曰：'我必且为镆铘。'大冶必以为不详之金。"以金跃喻不从自然造化，而以为不吉利。勿忤（wǔ）：不要违逆。[81] 何忤（wǔ）：有什么不满意的呢？忤，忤然，茫然自失的样子。

【评点】

　　杨慎为明朝状元、一代才子。但遭时忌，被贬窜到大西南瘴疠之地，戴罪深山达几十年之久。当时的云南尚未开发，环境荒凉艰苦，穷山恶水，冷雨凄风，禽飞兽驰，令人触目惊心。因此，杨慎十分思念家乡与亲人。但天高地远，归期莫卜，他只能在梦中与家人团聚，获得些许温暖。同时，对自己的负冤被贬，他不能没有怨恨。在这篇赋中，作者就抒发了自己的满腹牢骚。通过此赋，使我们看到了封建时代的某些优秀知识分子是如何被任意谪戍、备受磨难的。在表现手法上，由于杨慎学识渊博，才情富赡，故信手拈来大量典故，无不贴切。并且感情饱满，浩荡流畅，具有震撼人心的艺术效果。

梧桐落叶赋

靳学颜

【作者简介】

靳学颜（？—1571），字子愚，号两城，明山东济宁人。嘉靖十四年进士。授南阳府推官，以廉恕称。入为太仆光禄卿，升都察院副都御史，巡抚山西。陈理财万余言，甚切时用。为人淳谨，工于诗赋，格律清整。著有《两城集》20卷，《间存集》8卷。

序曰：循禄穷海[1]，忽焉入秋。独寤空涂[2]，感兹一叶。悲少壮之几何，耻尺寸之不效[3]。因记毫素[4]，抒我幽隐[5]，非若叹息流光、惜丹华而愁素发者也[6]。

赋曰：

何朱明之不处兮[7]，俄金祇之振节[8]。鼓三阴于璇霄兮[9]，桐应候而飞叶[10]。堕金井之离离兮[11]，下瑶阶之琤琤[12]。音中律以谐商兮[13]，孰辛酸之可听[14]。若乃逐回风兮纷舞[15]，与灵雨兮俱零[16]。辞故枝兮无语，宛长逝兮含情[17]。近抱根以若亲兮，遐乘飙而翔汉[18]。乍紫蔓以潜迹兮[19]，忽出林而自见[20]。徘徊曲榭[21]，飘摇环堵[22]。若往若来，如泣如诉。风簷籁籁[23]，亭皋萧萧[24]。形孤影只[25]，群萃朋遨[26]。托响天末[27]，借光日表。委兹轻质，游夫缥缈。故有兰台苔绣[28]，金屋萤飞[29]。鉴团圞之朗曜[30]，睹嘉树之渐稀[31]。蛾眉颦兮素心结[32]，怨莫怨兮新离别[33]。纨扇恩情中弃阻[34]，《白纻》《阳春》为离舞[35]。亦有江潭逐客[36]，关塞征人，抚青柯以流盼[37]，慨沃若之非心[38]。御重

351

恩兮报无所[39]，怅佳期兮归无音。目千里兮湛湛[40]，怪阳鸟兮先人[41]。若夫烈士怆神[42]，雄心感遇，惕修名之将坠[43]，恐芳华之迟暮[44]。情飞乎九冈之阳[45]，魂销乎华平之坻[46]。肠一日而九回，夜十起而未已。耳惊其声，目不成视。扳条抚膺[47]，悯时悼已[48]。鼓神剑以无欢[49]，援鸣琴而失理[50]。斯悲之极致，非离思之能拟也[51]。

【注释】

[1]循禄：依照资历做官。穷海：荒僻滨海之地。谢灵运《登池上楼》："徇禄反穷海，卧疴对空床。"[2]寤：醒悟。[3]此二句意为：为壮盛之年的短暂而悲哀，因未能尽力报效国家而羞耻。[4]毫素：笔和纸。[5]幽隐：内心深处的情感。[6]丹华：青春。素发：白发。[7]何：为什么。朱明：夏天。《尔雅·释天》："夏为朱明。"处：停留。[8]俄：不久。金祇：秋神。振节：摇动节旄。指到来。[9]三阴：盛阴之气。指秋天开始。《易》卦有三阴爻。唐孔颖达谓："五月一阴生，六月二阴生，阴气尚微……七月三阴生而成《坤》体。"璇箎：一种用美玉装饰的管乐器，形似玉笛。[10]应候：顺应季节。[11]堕：落。金井：装饰雕栏的井。离离：历历分明。[12]瑶阶：犹言玉阶，用美玉砌成的台阶。琤琤：象声词，此指落叶声。[13]中律：符合乐律。律，定音仪器。谐商：谐合商调。商，古代五音之一，低沉凄清。[14]孰：谁。此指为什么。[15]若乃：至于。回风：旋风。屈原《九章·悲回风》："悲回风之摇蕙兮，心冤结而内伤。"[16]灵雨：好雨。《诗经·鄘风·定之方中》："灵雨既零。"俱零：一起飘落。[17]宛：好像。[18]邈：远。飙：暴风。翔汉：飞翔于天空。[19]乍：刚。萦蔓：缠绕于草丛中。潜迹：隐藏形影。[20]自见：自现，自己出现。[21]曲榭：弯曲的廊庑。[22]环堵：四围土墙，院墙。[23]簌簌：象声词。[24]亭皋：水边平地。萧萧：象声词。[25]只：单。[26]萃：会聚。遨：游逛。[27]天末：天边，遥远的地方。[28]兰台：本为汉代官廷藏书处，后指御史台或秘书省。[29]金屋：华丽的

352

屋子。[30] 团圞（luán）：圆形。此指太阳。朗曜：明亮地照耀。[31] 嘉树：美好的树木。此指梧桐。渐稀：枝叶逐渐稀疏。[32] 蛾眉：美女的眉毛像蚕蛾的触须那样弯曲而细长，故古代常用蛾眉代指美女。嚬（pín）：皱眉。素心：纯洁的心地。结：郁结，不舒展。[33] 此句意为：再没有比新婚离别更令人哀怨的事了。[34] 此句意为：就像秋天的扇子那样半路被无情弃置。纨扇：细绢制成的团扇。[35]《白紵》《阳春》为离舞：在《白紵舞歌》和《阳春白雪》的伴唱下，跳起离别的舞蹈。《白紵》、《白紵舞歌》，古代歌曲名，歌词见《乐府诗集》卷五十五。《阳春》、《阳春白雪》，楚歌，一种高雅的乐曲。[36] 江潭逐客：此泛指被放逐的人。楚辞《渔父》："屈原既放，游于江潭，行吟泽畔。"[37] 青柯：绿枝。流盼：流转目光观看。[38] 沃若：光彩闪耀的样子。《诗经·卫风·氓》："桑之未落，其叶沃若。"非心：不合心意。[39] 御：承受。所：地方，引申为机会。[40] 目：极目，放眼。此处作动词用。湛湛：景物众多。[41] 怪：责怪，埋怨。阳鸟：鸿雁一类的候鸟，春初北飞，暮秋南返，与日进退，故名。先人：走在人前面。比喻时光飞逝。[42] 烈士：积极建功立业、视死如归的人。怆神：伤心，悲哀。[43] 惕：戒惧。修名：美名。坠：失落。[44] 芳华：美好的时光。迟暮：比喻人的晚年。[45] 九冈之阳：九冈山的南面，神话传说中的日出之处。[46] 华平之坻：即华苹之坻，生长华苹的山坡。华苹，传说中的瑞草名，天下太平则其花平，故名。[47] 抚膺：拍抚胸脯。表示慨叹。[48] 悯时悼已：叹息时光，悲伤以往。[49] 敲：敲击。无欢：不愉快。[50] 失理：此指难以弹奏成曲。[51] 此二句意为：这是最为悲哀的事情，绝不是离愁别恨所可比拟的。极致，最高境界或极端。

【评点】

海隅秋来，梧桐叶落。迎风飞舞，景象萧瑟。面对这种情景，作者不禁悲从中来。不过，这种悲哀绝不是一般意义上的离愁别恨或惋惜青春难再，而是"悲少壮之几何，耻尺寸之不效"，"御重恩兮报无所"，因而使"烈士怆神，雄心感遇"。这正如作者所说："非若叹息流光、惜丹华而愁素发者也。"无疑，这种思想境界是很高的，其感触叹息也具有积极意义。在艺术上，此赋对梧桐落叶的萧瑟情景的描写极富诗情画意，凄清感人，为作者思想的升华作了很好的铺垫。另外，作者极富联想能力，由梧桐叶联想到了上下四方、逐客征人、烈士雄心、承恩报效，并出之以疏朗流畅的语言，这都使此赋的思想内容丰富多彩，纵横有度。

梅桂双清赋

徐　渭

【作者简介】

徐渭（1521-1593），字文长，号田水月、天池山人、青藤道士等，浙江山阴（今绍兴市）人。少即以能文著称，但以秀才终其身，一生偃蹇潦倒。曾入浙闽军务总督胡宗宪之幕，参加了抗倭斗争。他具有多方面的才华，在诗文、书画、戏曲上都有成就。有《徐渭集》等著作，存赋10余篇。

伊梅桂之嘉植[1]，干青霄而上骞[2]。柯交敷于墨牖[3]，叶错举于文筵[4]。视春秋而异花[5]，既各擅其美秀；胡兹辰之夷则[6]，乃并萼而均妍[7]？尔其丹粟既缀[8]，红雪纷晕[9]。散夕香于书幌[10]，映朝阳之天镜[11]。殊容合蛟[12]，无非金玉之姿；异气同芳，一禀孤高之性。有若长春丈人[13]，强记多闻，既淑其子[14]，又谷其孙[15]。倾囊聚帙[16]，缓新急陈[17]。乃手植乎兹品[18]，拟绿槐之在庭。谓不约而皆花，兆辈梓之当兴[19]。墙桑葆羽，而刘炎以起[20]；阶荆陨采，而田氏几倾[21]。讵曰彼草木之无知[22]，遂无与于人之枯荣[23]？矧诸兰之玉茁[24]，并云霄之妙姿。漱坟典之芳润[25]，蔚文采而陆离[26]。措双树之上杪[27]，谓攀折之有期[28]。引小史以高张[29]，携斗酒而既醉。恨冬夜之不淹[30]，候击鲜之已沸[31]。乃命素而濡毫[32]，纪高堂之华瑞[33]。抽寸管之秘思[34]，与霄烛而争丽[35]。

【注释】

[1]伊(yī):句首语气词。嘉植:美好的树木。[2]上骞(qiān):向上高举。此指梅与桂的枝条向上舒展。[3]柯:树枝。交敷:交错布列。墨牖:墨窗,指书斋的窗子。[4]错举:交错伸展。文筵:文席。指书房。[5]此句意为:梅与桂分别在春天和秋天开花。[6]胡:为什么。兹辰:这个时候。夷则:打破了常规,破例。[7]萼:花骨朵。此句意为:梅与桂竟然在一块儿开放,同样美丽。[8]丹粟:红色的米。比喻梅与桂的花骨朵。缀:结。[9]红雪:比喻梅与桂的花儿盛开,像一片红雪。[10]书幌:书房的窗帘。[11]天镜:日或月。此指太阳。[12]殊容合皎:与下文"异气同芳"对举,意思都是:不同的花木在一起灿烂开放,明丽芳香。[13]长春丈人:不详。徐渭这篇赋即为其写作。[14]淑:美好。此作动词用。[15]谷:美好。此作动词用。[16]倾橐聚帙:倒空书袋,聚拢书籍。橐,一种口袋。帙,书籍的函套,代指书籍。[17]陈:旧的,古的。[18]植:栽种。兹品:这些花木。[19]辈梓:疑作"梓辈",即子弟们。古语有"乔仰梓俯",即以"梓"代指子弟。[20]墙桑葆羽,而刘炎以起:据《三国志·蜀书·先主传》,刘备少时,其"舍东南角篱上有桑树,生高五丈余,遥望见童童如小车盖,往来者皆怪此树非凡,或谓出当贵人。"刘备与伙伴嬉于树下,曾说:"吾必当乘此羽葆盖车!"后来果然建立蜀汉,割据一方。刘汉秉火德,刘备为汉朝宗室后裔,故云"刘炎"。[21]阶荆陨采,而田氏几倾:据南朝梁吴均《续齐谐记》之《紫荆树》篇,有田氏兄弟三人,共议分家,财产皆平均。堂前有紫荆一株,欲破为三段分之。明日,树即枯萎。兄弟大惊,谓树本同根,闻将分析,因而枯萎,是人不如木也。遂不解树,而树亦复荣。陨采:色彩凋落。即枯萎。几倾:几乎败落。[22]讵(jù):难道。[23]此句意为:因而就和人事的兴衰没有关系。[24]矧(shěn):况且。[25]漱:冲洗。坟典:三坟五典,为上古文献(已佚)。此指书籍。[26]蔚:盛。陆离:参差错综。[27]措:同"错"。交错。[28]攀折:旧时以"攀桂"或"折桂"指科举登第。[29]小史:记述轶闻琐事的著作。高张:大力称扬。[30]淹:

迟缓，停留。[31]击鲜：原指宰杀牲畜（新杀者其肉新鲜），后用来泛指美食。沸：此指熟。[32]命素：取纸。濡（rú）毫：以笔醮墨（写字）。[33]纪：记。高堂：高大的厅堂。华瑞：吉祥的预兆。[34]寸管：笔。[35]霄烛：天烛。此指日月。

【评点】

　　长春丈人家的书室前栽着两株向来被文人认为是高洁不凡的花木——梅与桂，读书环境已可谓优雅。而按常规，这两种花木本来是一在初春开花，一在中秋舒蕊的。但今年却异乎寻常，"殊容合皎"，"异气同芳"，竟一起开花了。究其原因，乃是由于"禀孤高之性"。这恐怕是作者寄情措意之所在。因为徐渭一生潦倒，性情孤高，梅桂之高洁颇能与其精神状态相契合，所以触于目而感于心，爱发为文。后半篇引用有关古典，说花木之荣枯关系到人事的兴衰，长春丈人家有此祥瑞，预兆着其子孙的兴旺发达。这虽然未能免俗，但却不失为一种美好的祝愿。徐渭富于才情，故其开篇对书窗前梅桂双清景象的描写颇为优美，引人入胜。所引典故，亦信手拈来，无不贴切。

铜马湖赋[1]

汤显祖

【作者简介】

汤显祖（1550-1616），字义仍，号海若，又号若士，别署清远道人，江西临川人。万历十一年（1583）进士，历任南京太常博士、礼部主事。因正直寡合，难容于世，遂辞官归里，著述以终。他才情富赡，文辞雅丽，有《牡丹亭》等传奇传世。另有《玉茗堂集》29卷。亦长于赋，存数十篇。

若有人兮邓林[2]，怀悠悠兮子襟[3]。卧仙坛于谷口，封天湖之水心[4]。谷口兮流眺，水心兮残照。山中人兮何之[5]？去沧波兮独钓。

若乃春风不寒，春流正宽，红鳞试子，绿草迷芊，揽芳洲兮杜若[6]，倚垂杨之钓竿。及夫文萍即合，珠荷未卷，麦雨飞来，兰风溜转，苔矶之迹全芜，竹屿之丝半展。至如白露霞明，绿溆风清[7]，肥鱼正美，石雁裁鸣[8]，靡芳桂以为饵[9]，泝蒹葭之盈盈[10]。况复素雪纷飘，玄池寂寥，皓明湖其未冻，讵幽山兮见招？漱寒流而队萤[11]，聊卒岁以逍遥。坐飞阑之曲硐[12]，步澄湾之板桥。眺鱼台于月夕，移翠篠于霞朝[13]。玩沈精乎在藻，宁纷波乎市朝？

厥土王生[14]，长为钓侣。比目双抽，文竿对举。鲙彼嘉鱼，陈其芳醑[15]。厌玄洲之共学，憩长杨而并语。侧微樟于归风，濯烦缨于逝渚。其钓维何[16]？载游载歌。歌曰：

水国波臣，渔父贤人。苍梧兮浙水，黄河兮卫津[17]。并垂颐于巨获，亦见巧于纤纶。玩芳湖之铜马，异昆明之石鳞[18]。不羡来提之玉，维浇去住之尘。湖水连天，亭间钓船。豫章之鱼顷刻[19]，凌阳之鲤三年[20]。既就浅兮就深，亦载浮兮载沉。饵何为兮鲂旨，钩何为兮香金。镜水中而容与[21]，莞泽畔之沉吟。苟濠鱼兮可乐[22]，计相忘乎直针[23]。

【注释】

[1] 此赋系为友人邓伯羔作。伯羔字孺孝，江苏金坛人。少即辞去诸生，隐居天荒荡之铜马泉。著有《天荒馆诗草》、《卧游集》。[2] 邓林：神话中的树林。《山海经·海外北经》："夸父与日逐走……弃其杖，化为邓林。"[3] 怀悠悠兮子衿：深深地思念朋友。《诗经·郑风·子衿》："青青子衿，悠悠我心。"[4] 水心：水中央。此指湖中间。[5] 何之：到哪里去。[6] 揽芳洲兮杜若：采摘沙洲上的杜若。屈原《九歌·湘君》："采芳洲兮杜若，将以遗兮下女。"杜若：草本植物，叶作针形，叶辛而香。[7] 溆（xù）：水边。[8] 石雁：同"石燕"，形状如燕的石块，出湖南零陵。传说遇风雨即飞，雨止还化为石。裁：同"才"。[9] 靡：倒下。此指折取。[10] 泝：同"溯"，逆水而上。[11] 队茧：似指垂纶（垂钓）。队同"坠"。[12] 曲碕（qí）：曲岸。碕同"圻"。[13] 翠筱（xiǎo）：绿竹。[14] 厥土：此地。[15] 芳醑：芳香的美酒。[16] 维何：如何，是什么。[17] 卫津：卫水的渡口。卫水在今河南省北部。[18] 昆明之石鳞：昆明池的石鲸。相传秦始皇于宫中引渭水作昆明池，池中刻石为鲸鱼，长三丈。隋江总《秋日昆明池》诗："蝉噪金堤柳，鹭饮石鲸波。"[19] 豫章：今江西省南昌市。[20] 凌阳：地名。未详何处。[21] 容与：舒适的样子。屈原《离骚》："遵赤水而容与。"[22] 濠鱼：濠梁之鱼。《庄子·秋水》记庄子与惠施游于濠梁（在今安徽凤阳）之上，见儵鱼出游从容，因辩鱼之知乐与否。后以此代指隐居自适。[23] 直针：相传商末姜尚未显时，隐钓于磻溪，钓钩作直形，明其意不在鱼，而在于隐居寄情。

【评点】

　　友人弃功名而隐居,汤显祖作此赋以赠,由衷地赞美了友人自守清操、不与世同流合污的行为,以及俯仰自乐、人事两忘的情趣。同时,也寄寓了汤氏向往隐逸生活的思想,观其辞官并隐居著述达19年之久,即可征信。另外,此赋文辞雅致,尤其对友人隐居环境与游钓情况,写得更是清艳雅丽,超凡脱俗。这既与汤氏的创作风格是一致的,同时也受到了明末抒情小品的影响。翠娱阁本评"若乃春风不寒"数句云:"淡荡如春风。"又评"及夫文萍既合"数句云:"清妍有致。"确乎其评。

临兰皋赋[1]

徐　媛

【作者简介】

徐媛，字小淑，苏州人。生卒年不详，约万历年间在世。好吟咏，与同里陆卿子唱和，吴中士大夫文人望风景从，交口称誉，名闻海内，称"吴门二大家"。嫁副使范允临，筑室天平山下，极唱随之乐。有《络纬吟》12卷。其诗赋清丽温雅，带有浓郁的女性色彩。

纵目平川[2]，杂英缤纷[3]。晴峦染翠，蒸霞吐氛。于时夷犹徙倚[4]，遐眺怡神[5]。鸾箫咽夜[6]，鼍鼓喧晨[7]。尔乃倚楫俯流[8]，命酒赓诗[9]。黄鸟翩翩，白云离离[10]。青萍软叶，碧柳绵丝[11]。辽西语燕[12]，武昌游鱼[13]。璇闺春暖[14]，玉塞寒舒[15]。滞行子于天涯[16]，望征人于绝域[17]。鞲鹰决起[18]，牧马肥泽[19]。煌煌羽盖[20]，隐隐旌旗[21]。日华飘彩[22]，素月流辉[23]。林散红桃，水芳绿蓠[24]。斯时也[25]，或驱宝马而徊翔[26]，或驾琼轮以游嬉[27]。或邀灵于洛汭[28]，或纫佩于湘湄[29]。鸣雕钟于眄泽[30]，沸广乐于咸池[31]。集有名贤，坐无俗侣。群谑浪以抗高云[32]，澹容与以遨川屿[33]。桓伊之笛奏[34]，刘伶之觞举[35]。量溟渤以为酒[36]，衡泰岱以为肴[37]。罗万象于瞬息[38]，和造物于天倪[39]。极娱乐兮迎上春[40]，列游驷兮来下里[41]。曳曳荡轻衣[42]，珊珊扬杂佩[43]。望遥路兮惊春，独予情兮悲涕。有草兮萋萋[44]，有鸟兮差池[45]。径苔兮萧瑟[46]，庭花兮离披[47]。已矣哉[48]！春光媚兮秋萤飞，春华灿兮秋露晞[49]。沧桑讵可定[50]，绮罗无复依[51]。聊抒情以

361

寄恨，结长风以束归[52]。

【注释】

[1]兰皋：生长兰草的水边高地。[2]纵目：放眼远望。平川：平坦的地带。[3]杂英：各种各样的花。缤纷：繁多。[4]于时：在这个时候。夷犹：迟疑不决。此指留恋难去。徙倚：留连徘徊。[5]遐眺：远望。怡神：心情快乐。[6]鸾箫：箫的美称。咽夜：在夜色中低声继续吹奏。[7]鼍（tuó）鼓：鼍，鳄鱼，其皮宜于制鼓，故名。泛指鼓。喧晨：在清晨震响。[8]尔乃：于是。倚楫：斜靠着船桨。俯流：低头看流水。[9]命酒：饮酒。赓诗：和诗。赓，续。[10]离离：历历分明。[11]绵丝：拖着柔软的枝条。[12]辽西语燕：北国边疆一带燕语呢喃，春色宜人。辽西，古郡名，在今河北省北部、长城以南的迁西、乐亭县一带。此处泛指北部边疆。[13]武昌游鱼：泛指江汉一带春水荡漾，鱼儿嬉戏。《三国志·吴志·陆凯传》引童谣云："宁饮建业水，不食武昌鱼。"[14]璇闺：用玉石砌成的闺门。此处代指女子所居闺房。[15]玉塞：指玉门关。此处泛指边塞。寒舒：寒气舒散，天气转暖。[16]滞：滞留。行子：游子，出远门的人。[17]征人：戎旅之人，出游之人。绝域：极远的地域。[18]韝（gōu）鹰：架在臂上的鹰。韝，臂套。决起：迅速起飞。[19]肥泽：肥壮滑润。[20]煌煌：鲜明。羽盖：用翠羽装饰的车盖。[21]隐隐：隐约，不分明。[22]日华：此指太阳。飘彩：闪耀光彩。[23]素月：月亮。因其洁白，故称。[24]蓠（lí）：香草名，即江蓠。[25]斯时：这个时节。[26]宝马：名贵的骏马。徊翔：原指鸟盘旋飞行，此借指骏马来回奔驰。[27]琼轮：以美玉装饰的车轮。代指华美的车子。游嬉：游玩嬉戏。[28]灵：神灵。洛汭：洛河弯曲的地方。[29]纫佩：将两缕捻成一缕佩带。屈原《离骚》："纫秋兰以为佩。"湘湄（méi）：湘江之滨。[30]雕钟：铸有花纹图案的钟。聘（fèi）泽：不详，待考。[31]沸：此指各种乐器齐奏，声音共鸣。广乐：传说天上的一种乐曲。咸池：东方的大泽，神话中谓日浴处。[32]谑浪：戏谑放纵。抗高云：形容说笑

声很大,能震遏高天的云彩。[33]容与:安闲自得的样子。遨:游。川屿:河流与洲渚。[34]桓伊:东晋人,字叔夏。曾与谢玄共同指挥淝水之战,大破秦军。他擅长吹笛子,时称江左第一。[35]刘伶:晋代人,字伯伦,"竹林七贤"之一,仕晋为建威参军。纵酒放达,乘鹿车,携酒一壶,使人荷锸相随,说:"死便埋我。"尝著《酒德颂》,自称"惟酒是务,焉知其余"。觞:古代喝酒用的器具。[36]溟渤:溟海和渤海,泛指大海。[37]衡:称量。泰岱:泰山。臡(ní):带骨头的肉酱。[38]罗:包罗,罗列。瞬息:一眨眼一呼吸,形容时间短暂。[39]造物:大自然的创造化育者。天倪:天边,天尽头。[40]上春:农历正月。也泛指初春。[41]游驷:游玩的马车。下里:乡里。[42]曳曳:连绵不绝的样子。此指飘摆不停。[43]珊珊:此指杂佩舒缓的声音。[44]萋萋:茂盛的样子。[45]差池:羽毛不齐。《诗经·邶风·燕燕》:"燕燕于飞,差池其羽。"[46]径苔:路上的青苔。萧瑟:寂寞凄凉。[47]离披:散乱的样子。[48]已矣哉:算了吧。意为再也没心情赏玩。[49]春华:春天的时光。常借喻为人的少壮之时。汉苏武《诗四首》之三:"努力爱春华,莫忘欢乐时。"晞:晒干。[50]沧桑:沧海变桑田。比喻事物的巨大变化。讵:岂,哪能。[51]绮罗:华美的丝织衣物。此代指富贵生活。无复依:不能够再依靠。[52]此句意为:长风促我整装,催我回家。

【评点】

作者春日踏青,赏春兰皋,看到山明水秀,云浮鸟翩,景象非常秀丽;临流赋诗,盛会举杯,境况非常热闹。然而作者却高兴不起来:"望遥路兮惊春,独予情兮悲涕。"她想到了远在天涯的征人。春色虽美,但却短暂,一人独处,韶光虚度,多情的诗人能不伤悲?这与唐诗"忽看陌头杨柳色,悔教夫婿觅封侯"有异曲同工之妙。在艺术手法上,此赋采用了反衬法:欲写悲情,先写乐景,作者运用了大半篇幅来描写明丽热闹的景象,最后才点出自己的哀怨,对比之下,更见其心情的忧郁。明末王夫之说:"以乐景写哀,以哀景写乐,一倍增其哀乐。"可见这种手法的艺术效果。另外，作者由自己的踏青游春，联想到了南北各地的赏春情景，也增加了赋作的容量，使这篇赋丰满流畅，富于细腻艳丽的感情色彩。

雁来红赋[1]

黄宗羲

【作者简介】

黄宗羲（1610—1695），字太冲，号南雷，学者称梨洲先生。浙江余姚人。清初著名思想家、史学家。宗羲为复社领导人之一，曾参与对阉党的斗争。明亡后，又纠合同志抗清。晚年隐居，著述讲学，清廷累次征聘，均不就。著有《南雷文定》、《明夷待访录》、《宋元学案》、《明儒学案》等。

溽暑初谢[2]，秋声在树。寸寸寒烟[3]，山山灵雨。水潺湲而无极[4]，天寥沉而如暮[5]。嘹亮兮声满长空，参差兮景留古渡[6]。蕙兰心死，芙蓉肠断。草则萤去情亡[7]，叶乃根离恨绊。爰有弱草，生于阶畔。根老无花，条孤不蔓[8]。埋苔藓所不辞[9]，招苋陆以为伴[10]。于斯时也，忽然露奇，遂尔目换[11]。黄疑晓莺坐树，红若春鹃哭旦[12]。蜀锦出濯[13]，霞光方乱。几登群卉之目[14]，岂特百草之冠。

儿子百家进曰[15]："天下之物无大小，未有不得一畅发其精华者也。彼草木之甚微，或花或叶，必蒙一时之咨嗟[16]；况夫魁梧长者，而有终身于风沙[17]！奈何不能安静待时，急流俗之喧哗[18]？"

余乃喟然叹曰："汝以其妖光夺目，冶色欺人[19]，乃精华之得发耶？方其云惨惨而欲凝，月黯黯而将压。莫诉霜饕[20]，谁怜雨劫。杂粉染于凄露[21]，酸心幻为媚叶[22]。秋风宛转，原是哀魂[23]；夕阳陆离[24]，但有啼颊。相对吟虫，时来病蝶。

365

岂知其所不得已者，人反赏之以目睫乎[25]？小子识之[26]：君子闻道而腴[27]，心空得第[28]，奚羡荣枯于外境？达人苦富贵之桎梏[29]，世方以为庆；修士伤声名之顿撼[30]，世方以为盛。又何殊于兹草之萎涸将败[31]，汝方以为得遂其性乎？故曰：木有瘿[32]，石有晕[33]，犀有通[34]，以取妍于人[35]，皆物之病也[36]。"

【注释】

[1]雁来红：又名"后庭花"，一年生草本植物。近顶的叶子黄色、红色相错杂，秋天开花，黄绿色。此草每到秋天而颜色愈妍。[2]潦暑：夏天潮湿而闷热的气候。初谢：刚刚过去。[3]寸寸寒烟：秋季天空中常笼罩有缕缕烟气。[4]潺湲（chán yuán）：水流缓慢貌。无极：无际。[5]寥汉（xuè）：空虚清朗貌。[6]景留古渡：此连上句，言雁叫长空，影子留在了古渡口。景，影。[7]萤去情亡：秋天了，萤火虫不再萦绕草间，有似情亡。此连下句，言秋季草枯叶落。[8]条孤不蔓：枝条稀少，不能蔓延。[9]不辞：不避。[10]苋（xiàn）陆：即商陆，一种草。此连上句，言雁来红被埋没于苔藓之中，与商陆等草为伴。[11]目换：另眼相看。[12]春鹃哭旦：春天的杜鹃鸟在早晨啼叫。俗谓杜鹃常常啼叫出血。[13]蜀锦：蜀地生产的彩锦。出濯：刚刚洗过。[14]群卉之目：各种花卉之首。[15]百家：黄宗羲之子黄百家，史学家，曾与修《明史》。[16]咨嗟：赞叹。[17]终身于风沙：终身埋没于风沙。[18]急流俗之喧哗：为世俗的议论所急迫。[19]冶色欺人：妖冶的颜色使人受骗。[20]莫诉霜饕（tāo）：其受严霜的侵害而跟谁去诉说。饕，贪食。此指受严霜的侵害。[21]杂粉染于凄露：各色花粉为凄凉的露水所浸染。[22]酸心幻为媚叶：酸苦之心幻化为诱人的叶子。[23]哀魂：此连上句，言宛转的秋风原是此花的哀凄之魂。[24]陆离：光彩斑斓貌。此连下句，言绚丽的晚霞，有似它啼泣的面颊。[25]人反赏之以目睫：此连上句言，人们欣赏此花的美丽，哪知这正是它不得已而焕发出来的。[26]识（zhì）：记住。[27]

腴（yú）：美好。[28]心空得第：心中不考虑功名富贵。得第：及第。[29]桎梏（zhì gù）：脚镣和手铐。喻束缚人的东西。此连下句言达人受到了富贵的束缚，正苦恼不堪，而世人却为他庆幸。[30]修士：修洁之士。顿撼：即撼顿，动摇、颠仆之义。此连下句言修洁之士正伤于声名的被动摇，而世人却以为他名声正盛。[31]萎浥（yì）：枯伏。此连下句，言百家对雁来红的看法，跟世俗对达人和修士的看法又有什么不同。[32]瘿（yǐng）：赘生物。[33]晕：石头的花纹。[34]犀：此指犀牛角。旧谓犀牛角中有白纹如线，直通两头。[35]妍：美。取妍：令人喜悦。[36]病：痛苦。

【评点】

此赋为梨洲晚年隐居时所作，实是借雁来红以阐明自己的人生见解和处世态度。梨洲设想雁来红开花于秋季，取妍于人，乃是一种不得已的行为。这与他自己因明亡的惨痛刺激而立志坚守气节，不事功名，不慕荣利，很有相似之处。儿子既误解了雁来红，而世俗之人也误解了他。

此赋运用了对答，这是典型的赋体的写法。另外，比喻也很有特色。既以木之瘿、石之晕、犀之通喻雁来红之"妖光"、"冶色"，又以这两者共同喻人，从而突出了赋篇不以病取悦于人的主题。

祓 禊 赋

王夫之

【作者简介】

王夫之(1619-1692),字而农,号姜斋,湖南衡阳人。晚居衡阳之石船山,世称船山先生。早年曾参加抗清运动,晚乃归隐,埋头著述。尝书堂联"六经责我开生面,七尺从天乞活埋",可以概见其生平、抱负。船山除以哲学见长外,也深于文学,其辞赋不失为明、清赋作之上乘。后人编有《船山遗书》行世。

谓今日兮令辰[1],翔芳皋兮兰津[2]。羌有事兮江干[3],畴凭兹兮不欢[4]。思芳春兮迢遥[5],谁与娱兮今朝[6]?意不属兮情不生[7],予踌躇兮倚空山而萧清[8]。阒山中兮无人[9],寋谁将兮望春[10]?

【注释】

[1]令辰:美好的日子。[2]翔:遨游。芳皋:长满芳草的水边。兰津:长满兰草的水滨。兰即骚人所咏之兰草(今名佩兰),非今之兰花。[3]羌:发语词。事:指祓禊之事。江干:江岸。[4]畴:语助词。凭兹:对此。祓禊本是雅人乐事,但作者由于心情不好,却对此感到不欢。[5]芳春:芬芳的春天。此处借指太平盛世。迢遥:遥远。[6]谁与娱:谁跟我一同娱乐。兮:此处有"于"的意思,《楚辞·九歌》中"兮"字多有替代某些虚词的用法。[7]意不属:心意不专注。情不生:情趣不产生。[8]予:我。踌躇:驻足不行貌。倚:守。萧清:萧条冷清。[9]阒(qù):寂静。[10]寋(jiǎn):发语词。将:

与，共。望春：盼望春天的到来。此句言无人将与自己一同来盼望那美好日子的到来。

【评点】

此赋借写祓禊以表达作者的内心之情。祓禊（fú xì）是我国古代的一种习俗，于每年的三月上巳日在水边举行祓除不祥、祈求福祐的仪式，亦称修禊。魏晋后固定于三月三日，并逐渐演变为文人雅事。

古人写祓禊，多是春光明媚，曲水流觞，极尽欢娱。而船山此赋却显得心情格外的沉郁。这是为什么呢？据潘宗洛《船山传》称："戊午（1678）春，吴逆（吴三桂）僭号于衡阳，伪僚有以劝进表属先生者，先生曰：'某亡国遗臣，鼎革以来，久逭于世，今汝亦安用此不祥之人为？'遂逃之深山，作《祓禊赋》。"可见船山作赋时之心情。

在写作手法上，这首骚体短赋有两点颇值得注意。一是反衬，即以通常的祓禊之欢娱反衬作者此时的心情之沉郁。二是隐喻，即用向往"芳春"隐喻反清复明，又用芳春遥远、无人可与"望春"隐喻对吴三桂的不存幻想。寓意深刻，感情蕴藉，语句错落有致，甚得楚骚之旨。

铜雀瓦赋[1]

陈维崧

【作者简介】

陈维崧（1625-1682），字其年，号迦陵，江苏宜兴人。清代著名文学家。维崧少负才名，颇为当时名流所赏。明亡后，流寓四方。康熙十八年（1679）举博学鸿词科，授检讨，参修《明史》。辛于官。维崧古近体诗及骈文皆有名，尤工词，为清初词的代表作家。所著有《陈迦陵文集》、《湖海楼诗集》、《迦陵词》等。

魏帐未悬[2]，邺台初筑[3]。复道夌延[4]，绮窗交属[5]。雕甍绣栋[6]，亘十里之妆楼；金埒铜沟[7]，响六宫之脂盝[8]。庭栖比翼之禽[9]，户种相思之木[10]。駃娑前殿[11]，逊彼清阴[12]；柏梁旧寝[13]，嗤其局蹙[14]。无何而墓田渺渺[15]，风雨离离[16]。泣三千之粉黛[17]，伤二八之蛾眉[18]。虽有弹棋爱子[19]，傅粉佳儿，分香妙伎，卖履妖姬[20]，与夫杨林之罗袜[21]，西陵之玉肌[22]，无不烟消灰灭，矢激星移[23]；何暇问黄初之轶事[24]，铜雀之荒基也哉！

春草黄复绿，漳流去不还[25]。只有千年遗瓦在，曾向高台覆玉颜[26]。

【注释】

[1]铜雀：即铜雀台。曹操所筑，上有楼。故址在今河北临漳县西南。曹操临终，曾嘱让其婢妾及伎人皆住铜雀台。[2]魏帐未悬：指曹操生前。魏，即魏王，指曹操。古人死后悬帐，故"帐未悬"指人未

死。[3]邺台：即铜雀台。因铜雀台筑于古邺城，故名。[4]复道：指楼台上的通道。袤（mào）延：深长。[5]绮窗：雕画美丽的窗户。交属：交相排列。[6]甍（méng）：屋脊。栋：栋梁。[7]金埒（liè）铜沟：黄金筑的矮墙，铜做的排水沟。此极言其奢侈。[8]脂盝（lù）：脂粉盒。盝：盒子。[9]庭：庭院。比翼之禽：即比翼鸟。古时富贵人家喜欢于庭院中蓄养禽鸟。[10]户：门前。相思之木：即相思树，因其枝叶皆向某一方向而倾故名。见任昉《述异记》。[11]駼（sà）娑（suō）：汉武帝所建宫殿名，在建章宫内。[12]逊彼清阴：言駼娑殿也比不上铜雀台的清阴。[13]柏梁：汉武帝所建台名。故址在今陕西长安县西北长安故城内。[14]嗤：讥笑。局蹙：狭窄。[15]无何：不久。墓田：指曹操之墓田。[16]离离：凄伤。[17]粉黛：妇女的化妆品。此指代美女。[18]二八：十六岁，谓年轻女子。蛾眉：指代美女。[19]弹棋爱子：喜欢弹棋的儿子。此与下文之"傅粉佳儿"均指曹操之子。[20]分香妙伎，卖履妖姬：曾蒙赠香的美妙伎女和曾学着做鞋子卖的妖冶的姬妾。据陆机《吊魏武帝文序》，曹操遗嘱中曾有"余香可分与诸夫人，诸舍中无所为，可学作履徂卖也"的话。[21]杨林：或作阳林，地名。罗袜：指代美女。"杨林"、"罗袜"语出曹植《洛神赋》。[22]西陵：曹操墓所在地。[23]矢激星移：像射出的箭镞般迅疾，像天上的星斗一样转移。比喻往事很快过去，永不复返。[24]黄初：魏文帝年号（220—226）。[25]漳流：即漳河，铜雀台即建临其上。[26]曾向高台覆玉颜：言铜雀台遗瓦当年曾在高台上遮盖过美女们的玉颜。

【评点】

此是陈维崧赋作的代表，在清代抒情小赋中也可谓上品。

作者由铜雀台遗瓦而联想到当年的铜雀台及与铜雀台有关的轶事，题目虽小，但内容丰富，含义深刻。通过对历史盛衰的感叹，也隐约透露出作者本人的家国身世之感。

此赋虽小，但作者充分发挥四六排比的优势，能于整齐对偶中寓跌宕起伏、错综变化，从而使赋篇显得气魄雄浑，读后令人心动神驰。作品选材精细，脉络清晰，气机畅达，遣词造句也都经精心锤炼，历来吟咏铜雀台之诗文难与此赋媲美。

游五莲山赋

张 侗

【作者简介】

张侗（1634-1713），字同人，一字石民，山东诸城人。学问渊博，才华横溢。遭鼎革之变，绝意仕进。好远游，尤喜结交遗民。晚岁常居卧象山和五莲山。著有《放鹤村文集》、《其楼诗集》、《卧象山志》等。

日出未出兮紫霞浓，石鸡啼晓兮落花松[1]。坐飞流兮舒远啸[2]，在洪濛兮一峰[3]。客有野服曳杖而来者[4]，迷回溪兮倚枯松[5]。乘州二李[6]，龙师、王子[7]。细雨扬风，空山如水[8]。太乙老人笔似椽[9]，手磨苍崖赋五莲[10]。日上峰头初见火，几点脂胭醮碧天[11]。仙掌时下露[12]，香炉自生烟[13]。织女洞前石浪涌[14]，是所谓玉井之藕船也耶[15]？

九仙西来[16]，猿鹤相招。世上千年，云峰一笑。少焉，月出海门空[17]，朵朵菡萏落晚红[18]。云垂垂兮欲雨，萝袅袅兮以风[19]。迟壶公兮赊酒[20]，延五老于五莲兮花中[21]。

【注释】

[1]石鸡：山鸡。松：散乱。[2]飞流：瀑布。舒远啸：向着远处发出长啸。[3]洪濛：旷古、迷茫。此连上句，言作者置身旷古迷茫的山峰，坐在瀑流之旁，向着远处放声长啸。[4]野服：乡下人的服饰。[5]回溪：回旋、曲折的溪流。[6]乘州二李：指李绘先、李象先兄弟，乘州（山东乐安）人，清初文学家。[7]龙师：五莲山光明寺和尚惊龙。王子：卧象山和尚适庵，俗姓朱。[8]空山如水：空荡荡的山

如同水洗过一般。[9]太乙：亦作太一，泰一，天帝之别名。此处指造物者。椽（chuán）：原指屋顶的木条，此处用以形容笔之大。[10]赋五莲：意即创造出了五莲山。五莲山在今山东五莲县境内，因其五峰形似五朵莲花而得名，为东鲁胜地。此连上句，言大自然以其如椽之笔，为五莲山勾画出了一幅胜境。[11]此句言日初出时，霞光映在峰头，宛如抹在蓝天之上的几点胭脂。[12]仙掌：五莲山五峰形似人掌，俗又称仙人掌。其下常有水露。[13]香炉：五莲山有香炉峰，其上常有烟云覆之。[14]织女洞：五莲山一景，在天竺峰下，人可由洞口入内。石浪：织女洞前一巨石，形如浪涌，故名"石浪"。[15]藕船：又名莲叶舟，即石浪。[16]九仙：即九仙山，与五莲山一涧之隔，传说汉代有九仙居此，故名。苏东坡有"九仙今已压京东"之句。[17]海门：站在五莲山上可以东望大海。[18]菡萏（hàn dàn）：荷花的别称。此指五莲山峰。[19]萝：葵萝。裊裊：随风摆动貌。[20]迟：等。壶公：即赵清，字涟公，号壶石。山东诸城人，清初诗人。[21]延：请。五老：指前述之二李、惊龙、适庵及石民等五位老人。

【评点】

　　五莲山为东鲁名山，苏东坡守胶西时，尝有"奇秀不减雁荡"之誉（见《次韵周邠寄〈雁荡山图〉二首》之一），惜未能具体描绘。石民此赋，恰可补之。

　　赋篇以时间为序（从日出到日落），抓住富有特征的景物，将名山、佳景、逸人融为一体，为我们勾勒出了一幅古朴、淡雅而又意境幽远的图画。风格平淡，韵味悠长。

　　赋中也隐约流露了作者因恢复之志难酬而遂作出世想的情绪，所谓"世上千年，云峰一笑"是也。这颇能代表当时一般遗民的心境。

绰然堂会食赋　并序

蒲松龄

【作者简介】

蒲松龄（1640—1715），字留仙，一字剑臣，别号柳泉居士，山东省淄博市蒲家庄人。清初著名文学家。曾屡应科举不第，一生时间主要是为别人作私塾教师。所著除《聊斋志异》外，尚有文集13卷计文（包括赋）400多篇，诗集6卷计诗900多首，词1卷计100多阕，杂著5种，戏3出，俚曲14种。路大荒辑《蒲松龄集》收罗蒲氏著述较为完备。其赋庄谐兼备，别具一格，极富生活情趣。

有两师六弟[1]，共一几餐[2]。弟之长者方能御[3]，少者仅数龄。每食情状可哂[4]，戏而赋之。

僮跄跄兮登台[5]，碗铮铮兮饭来[6]。南闱闱兮扉启[7]，东振振兮帘开[8]。出两行而似雁[9]，足乱动而成雷。小者飞忙而跃舞，大者矜持而徘徊[10]。迨夫塞户登堂[11]，并肩连袂[12]；夺坐争席，椅声错地[13]；似群牛之骤奔，拟万鹤之争唳[14]。甫能安坐[15]，眼如望羊[16]；相何品之堪用，齐噪动兮仓皇[17]。袖拂箸兮沾热沈[18]，身远探兮如堵墙。箸森森以刺目[19]，臂密密而遮眶；脱一瞬兮他顾[20]，旋回首兮净光[21]。或有求而弗得，颜暴变而声怆[22]。或眼明而手疾，叠大卷以如梁[23]。赤手搏肉，饼破流汤[24]；唇膏欲滴[25]，喙晕生光[26]。骨横斜其满地，汁淋漓以沾裳。

若夫厨役无良[27]，庖丁不敬[28]；去肉留皮，脂团膜胜[29]；既少酱而乏椒[30]，又毛卷而革硬。共秉匙而踌躇[31]，殊萧索而寡兴,乃择瘦而翻肥,案狼藉而交横[32]。时而嘉旨偶多[33],一卷犹剩[34];虑已迟晚,恐人先竟[35];连口直吞,双睛斜瞪。脍如拳而下咽[36],噎类鹅而伸颈;嘴澎澎而难合[37],已促饼而急竟。合盘托来,一掬而争[38];举坐失色,良久方定。夫然后息争心、消贪念,筋高阁[39]、饼干咽,无可奈何,呼葱觅蒜。既饱馁粮[40],乃登粥饭;众品流餕[41],声闻邻院。惟夏韭与冬萝,共感感而厌见[42];即盐齑之稍嘉[43],亦眼忙而指乱。至拄颡而撑肠[44],始閴然而一散。

乱曰[45]:一日兮两回,望集兮开斋[46]。斋之开兮众所盼,争不得兮失所愿。呜呼!日日常为鸡鹜争[47],可怜可怜馋众生[48]!

【注释】

[1] 两师六弟:蒲松龄长期在同邑搢绅毕际有家坐馆,教授毕氏子弟。两师指蒲松龄与毕家的另一位西宾王宪侯,六弟即毕际有的六个孙子。[2] 共一几餐:在一个桌子上吃饭。[3] 方能御:刚十来岁。[4] 哂(shěn):微笑。[5] 僮:仆人。跄跄(qiàng):走路不稳貌。[6] 铮铮:摆放碗的声音。此连上句,言仆人将饭摆放好了。[7] 闻闻(pēng):犹砰砰,开门声。扉启:门开。[8] 振振:不停地摇荡。此连上句,言南面门开,东面帘动,弟子们从两个方向进入绰然堂。[9] 出两行而似雁:像雁那样排成两行。[10] 矜持:拘谨自重。[11] 迨夫:等到那。堂:指绰然堂,毕家厅堂,蒲松龄授徒之所。[12] 袂(mèi):衣袖。[13] 椅声错地:夺坐时椅子触地发出声音。[14] 唳(lì):鸟鸣声。此连上句,言弟子们状如群牛突奔,声似万鹤争鸣。[15] 甫:刚。[16] 眼如望羊:眼神如四处张望的羊一般。[17] 仓皇:匆忙。此连上句,言仔细观察哪一味菜可食后,即匆忙噪动起来。[18] 簋(guǐ):食器。沈:汤。此连下句,言弟子们纷纷探身夹菜,不顾衣袖沾汤。[19] 箸:筷子。森森:多貌。此连下句,言许多只胳膊、筷子一齐伸出来,令人眼花缭乱。[20] 脱:离开。他顾:顾视其他。[21]

376

旋：接着。[22]颜暴变：脸色突变。声怆（chuàng）：悲伤。[23]叠大卷以如梁：煎饼卷得像屋梁般粗大。此系夸张。[24]饼：指齐人日常所食之煎饼。蒲松龄有《煎饼赋》。[25]唇膏：嘴唇上的油。[26]喙（huì）晕：嘴巴上的光圈。[27]无良：心眼不好。[28]庖丁：厨师。不敬：不恭维。[29]脂：肥肉。膜：肉皮。此连下句，言厨师将精肉去掉，光剩肥肉和肉皮。[30]椒：花椒，调味品。此连下句，仍言厨师之不敬，肉菜质量之不佳。[31]秉匕：拿着匕子。[32]案：饭桌。狼藉、交横：乱七八糟。[33]嘉旨：好的食物。[34]一卷犹剩：用煎饼卷一次还有剩余。[35]竟：完。[36]脍（kuài）：肉块。此连下句，言弟子们争食，狼吞虎咽，喧食伸颈的可笑情状。[37]澎澎：鼓鼓。此连下句，言嘴里食物还鼓鼓的，又争着要饼。[38]一掬而净：一捧过来就光了。[39]筯高阁：筷子放起来。筯：筷子。阁：犹搁。[40]馃（hóu）粮：干粮。[41]啜（chuò）：本义为连续而祭，此指不停地喝。[42]感感：不悦貌。[43]盐齑（jī）：咸菜之类。[44]挂颡（sǎng）：扶着脑门。撑：饱胀。[45]乱：尾声。[46]开斋：即会食。[47]鸡鹜争：像鸡鸭一般争食。[48]馋众生：此句言众生之馋相实在可怜。

【评点】

《绰然堂进食赋》写蒲松龄与他所教的六名学童一起在绰然堂（馆东的厅堂）进食的情状。赋篇依据进食时间的先后，将孩子们种种可笑的神态和动作，惟妙惟肖地刻画出来。这种将日常生活中的趣事入赋的作法，是蒲松龄所十分擅长的。作者通过对事物的细致入微的观察，以及夸张、比喻的手法，诙谐生动的语言，使赋篇洋溢着浓厚的生活情趣。可以说，此赋的文学价值，并不亚于《聊斋志异》中那些专门描写儿童生活的篇章。

当然，作品在诙谐幽默之中，也隐隐流露了作者因科举失意而不得不为人教馆的无可奈何的心情。所谓"家有二斗粮，不当孩子王"的感慨，蒲松龄当是免不了的。

秋 兰 赋

袁 枚

【作者简介】

袁枚（1716-1797），字子才，号简斋，又号随园老人。浙江钱塘（今杭州市）人。乾隆四年（1739）进士，选庶吉士，历任溧水、江宁等地知县。33岁辞官，在江宁（今南京）小仓山筑"随园"闲居，赋诗论文以终。所著有《小仓山房诗文集》、《随园诗话》等。

秋林空兮百草逝[1]，若有香兮林中至。既萧曼以袭裾[2]，复氤氲而绕鼻[3]。虽脉脉兮遥闻[4]，觉熏熏然独异[5]。予心讶焉[6]，是乃芳兰[7]。开非其时，宁不知寒？于焉步兰陔[8]、循兰池，披条数萼[9]，凝目寻之。

果然兰言[10]，称某在斯[11]。业经半谢[12]，尚挺全枝。啼露眼以有待[13]，喜采者之来迟。苟不因风而枨触[14]，虽幽人其犹未知[15]。于是舁之萧斋[16]，置之明窗。朝焉与对，夕焉与双[17]。虑其霜厚叶薄，觉孤香瘦[18]；风影外逼[19]，寒心内疚[20]。乃复玉几安置，金屏掩覆[21]。虽出入之余闲，必褰帷而三嗅[22]。谁知朵止七花，开竟百日[23]。晚景后凋，含章贞吉[24]。露以冷而未晞[25]，茎以劲而难折。瓣以敛而寿永[26]，香以淡而味逸[27]。商飙为之损威[28]，凉月为之增色[29]。留一穗之灵长[30]，慰半生之萧瑟[31]。予不觉神心布覆[32]，深情容与[33]。析佩表洁[34]，浴汤孤处[35]。倚空谷以流思[36]，静风琴而不语[37]。

歌曰：秋雁回空[38]，秋江停波。兰独不然，芬芳弥多[39]。

秋兮秋兮，将如兰何[40]！

【注释】

[1]空：空廓萧条。逝：枯死。[2]萧蔓：萧条曼延。言香气不断。袭裾：袭入衣袖。[3]氤氲（yīn yūn）：香气浮动的样子。[4]脉脉：无声感人的样子。[5]熏熏然：沁人心脾的样子。[6]讶：惊异。[7]是乃芳兰：这便是芳香的兰花。袁枚所谓秋兰即今之兰花，与楚辞所咏之"秋兰"（即泽兰）有异。[8]兰陔（gāi）：生着兰花的田梗。[9]披条数萼：拨开枝条，寻数花叶。[10]果然兰言：果然兰花说话了。[11]称某在斯：声言我在这里。[12]业经半谢：已经凋谢其半。[13]啼露眼：因啼泣而眼中含着晶莹的露珠。[14]枨（chéng）触：感触。[15]幽人：幽居之人，即隐士。[16]舁（yú）：抬。萧斋：寂静的书房。[17]朝焉与对，夕焉与双：言朝夕与兰相伴。[18]党孤香瘦：枝茎孤单，香气轻微。党，亲族，朋辈，此指兰之花枝。瘦，弱。[19]风景外逼：凉风、光影逼迫于外。[20]寒心内疚：寒气袭心，病痛于内。[21]金屏掩覆：华丽的屏风将其遮掩。[22]褰帘：揭起帘子。三嗅：反复闻嗅。[23]开竟百日：竟开放了百余日。[24]含章贞吉：文采包孕，坚贞洁美。章，文采。贞吉，坚贞美吉。[25]以：已。晞：枯干。[26]瓣以敛而寿永：花瓣已收缩而犹然未落。敛，缩。寿永，持续的时间长。[27]香以淡而味逸：香气已淡薄而香味仍在飘逸。[28]商飙（biāo）：秋风。损威：损减其威力。[29]凉月为之增色：凉月因它而增加光彩。[30]留一穗之灵长：留下一穗兰花绵延久长。灵长，绵延久长。[31]慰半生之萧瑟：足慰半生之寂寞凄凉。[32]神心布覆：心神动荡不定。布，展开。覆，转回。[33]深情容与：深情眷恋而迟缓不前。[34]析佩表洁：解下自己的佩饰以赞赏兰的高洁。[35]浴汤孤处：沐浴兰汤而孤身独处。汤，指兰汤。《楚辞·九歌·云中君》："浴兰汤兮沐芳。"此连上句，言自己深为兰的品格所感动。[36]流思：长而不断之思。[37]静风琴而不语：风静下来而无声无语。风琴，风声。此句仍言空谷长思之义。[38]秋雁回空：秋雁从空

中南回。[39]芬芳弥多：香气更浓。弥，更。[40]将如兰何：将把兰花怎样？

【评点】

　　这是一篇借咏兰花而抒写作人品格的小赋。再进一步说，秋兰即是作者自喻。袁枚身为一代才人，满腹才华，风流高雅，然而却不得重用。于是，他便辞官归隐，过起了远离现实、洁身自好的生活。篇中秋兰幽居深林、含香贞洁、超尘脱俗、晚景后凋的可贵品质，实际都是作者美好品格的写照，或者说是他理想人格的化身。

　　在中国文学史上，自屈原的《桔颂》以来，托物言志的手法已有很多人运用过了。但像《秋兰赋》这样从头到尾，将外物与己志、客体与主体结合得如此贴切、如此和谐的作品，却还少见。

　　本文的风格深婉雅致。但结尾两句："秋兮秋兮，将如兰何！"则掷地有声，表现了作者傲岸不屈、决心与恶势力抗争的精神，读后令人叫绝！

经旧苑吊马守贞文[1]

汪　中

【作者简介】

汪中（1745—1794），字容甫，江苏江都（今扬州市）人。少年丧父，家境贫寒，力学不辍。借帮助书商卖书之机，得以博览群书。但仕途多舛，自三十四岁为贡生后，仅以幕僚生涯终其一生。汪中学问渊博，于经史百家以至文字训诂之学皆有成就。擅诗，尤工骈文，风格凄丽、哀婉，感情浓重。著作有《述学》、《汪容甫遗诗》等。

　　嗟佳人之信媙兮[2]，挺妍姿之绰约。羌既被此冶容兮[3]，又工颦与善谑[4]。攘皓腕以抒思兮[5]，乍含毫以绵邈[6]。寄幽怨于子墨兮，想蕙心之盘薄[7]。

　　惟女生而从人兮，固各安乎室家。何斯人之高秀兮[8]，乃荡堕于女闾[9]。奉君子之光仪兮[10]，誓偕老以没身。何坐席之未温兮，又改服而事人[11]。顾七尺其不自由兮[12]，倏风荡而波沦[13]。纷啼笑其感人兮，孰知其不出于余心[14]。哆乎舞之婆娑兮[15]，固非微躯之可任[16]。

　　哀吾生之鄙贱兮，又何矜乎才艺也[17]。予夺其不可冯兮[18]，吾又安知夫天意也。人固有不偶兮[19]，将异世同其狼藉[20]。遇秋气之恻怆兮，抚灵踪而太息[21]。谅时命其不可为兮[22]，独申哀而竟夕。

【注释】

　　[1]此赋正文前有一较长之序，略谓作者乾隆四十八年（1783）

381

客居江宁（今南京），常过明朝南苑妓女马守贞故宅，于是感而为赋。"序"今从略。马守贞：又名马守真，字湘兰，明代江宁名妓，风流绝代，且通文墨，善画兰竹。[2]信嫭（hù）：真正美好。[3]羌：发语词。被此冶容：具备如此妖冶的容貌。[4]工颦：善皱眉头。此指作出令人喜欢的样子。善谑：善于开玩笑。[5]攘皓腕以抒思：伸出洁白的手臂进行写作以抒发情思。[6]乍含毫以绵邈：一运笔就文思深远。绵邈，遥远，此指文思深远。[7]盘薄：曲折。此指心情之委曲、缠绵。[8]高秀：才高秀出。[9]女闾：女子聚居之地。此指妓女所居住的地方。[10]光仪：风采、仪表。[11]改服而事人：又改去接待别人。[12]顾：念。七尺：指人。[13]倏风荡而波沦：像随风即起的波浪一样，起落不定。[14]余：指马守贞，是作者代马守贞而言。[15]哆（chǐ）乎：放荡的样子。婆娑：盘旋舞蹈的样子。[16]固非微躯之可任：原本不是她微小的身躯所能胜任的。[17]矜：庄重、拘谨。才艺：指作者自身之才能技艺。[18]予夺其不可冯：所给予、所夺去的都无所凭借。冯：同凭。[19]不偶：不遇时。[20]将异世同其狼藉：此言作者与马氏虽在不同的时代，但都有着相同的狼藉不安的境遇。[21]灵踪：遗迹。[22]谅：推想。时命：天时、命运。

【评点】

汪中才高性直，然一生坎坷不遇，只能为人作幕。这种予夺不能由己的身世，与名妓马守贞之遭际十分相似，故此赋之作，既吊马氏，亦用以自悼。

赋篇先赞美马氏之才貌，继写马氏青楼生涯的内心痛苦，最后联想到自己，并在青楼女子和失意文人之间找到了共同之处，即都无法主宰自己的命运。这样的主题既深刻，又令人愤激，从而也就增强了作品的感人魅力。

此赋虽短小，但风格淡雅自然，感情真率坦诚，用字精当而又不尚雕饰。是清代抒情小赋的代表作之一。

望江南花赋 并序

张惠言

【作者简介】

张惠言（1761-1802），字皋文，江苏武进（今常州市）人。嘉庆四年（1799）进士，曾官翰林院编修。工诗词与古文，与恽敬同为桐城派旁支阳湖派的首领，并为常州词派的创始人。其大赋主要学汉魏，小赋主要学六朝，但都能有所创新。著有《茗柯文编》、《茗柯词》等。

庭有小草，宵聂昼炕[1]。茎不盈尺[2]，黄花五出[3]。四柎交蓓[4]，僻而同氏[5]。紫必其偶[6]，纵午相代[7]。开秋发芳[8]，风严霜颓[9]；而彼寸柯[10]，方敷厥章[11]。客有言其名者，是曰"望江南之花"。既感其道[12]，爰为赋焉。

何小草之珍玮[13]，感兹名之见奇[14]。其纤枝附柯[15]，简节薄叶之丽生也[16]。翳弱草[17]，萦芜垂[18]。根萌谌茬[19]，枝条倚靡[20]。游尘离焉，颓飙吹焉[21]。于是晚春早夏，百卉茂止[22]。纤丹睨其左[23]，错紫睥其右[24]。凯费翚散[25]，饶部澜漫于其侧[26]。拂兮其不逮时也[27]，委委猗猗[28]，诚未足以命知其异也[29]。抽兮首兮[30]，拊乎其不为之友也[31]。

尔其觑朝阳而布叶[32]，矫夕仪而敛阴[33]。托秋霜而表荣[34]，倚曾墀而效心[35]。华不饰悦[36]，香不越林；群不比标[37]，偏不戾参[38]。独专专兮沉沉[39]，体志安隐[40]，醰醰深深[41]。凄凄兮秋风，飘飘兮吹我襟。初服兮敢化[42]，恐冉弱兮弗任[43]。谅君子之不佩，怅永望兮江南[44]！

【注释】

[1]宵聂(zhé)昼炕(hāng)：言望江南花的叶子晚上合拢，白天张开。语出《尔雅·释木》聂，合。炕，开。[2]茎不盈尺：茎高不满一尺。[3]黄花五出：开黄花，花有五瓣。出，花瓣。[4]四柎(fū)交菩(bèi)：四个花托交相托着花苞。柎，花托。菩：花苞。[5]僢(chuǎn)而同氐：花片互相交错，但同是一个根本。僢，同舛。氐，根本。[6]萦(yíng)必其偶：花枝摆动时必定两两相对。萦，草摆动貌。[7]纵午相代：纵横交错。午，此指横。[8]开秋发芳：入秋开花。[9]风严霜颓：风烈霜降。颓，落。[10]寸柯：寸把长的枝茎。[11]方敷(fū)厥章：正显示它的光彩。敷，铺。章，文彩。[12]既感其道：已为此花之特点所感发。[13]珍玮(wěi)：珍奇美丽。[14]兹名："望江南"之名。见奇：令人惊奇。[15]纤枝附柯：纤细的枝条附着在茎杆上。[16]简节：稀少的枝节。丽(lì)生：附地而生。[17]翳(yì)弱草：遮蔽了细弱的小草。翳，遮[18]萦芜垂：萦绕着乱草的花叶。[19]根萌谌荏(rěn)：根芽的确荏弱。萌，芽。谌，诚。荏，柔弱。[20]倚靡：随顺柔弱貌。[21]游尘离焉，颓飙吹焉：飘浮的灰尘附着在它上面，暴风也侵袭它。离：附丽。颓飙：暴风。[22]百卉茂之：百花茂盛。[23]纤丹睨(nì)其左：红色在它左右。纤，纤绕。睨，斜视。[24]错紫睥(bì)其右：紫色在它右面。错，镶嵌。睥，义同睨。此句与上句为互文，而丹与紫皆有双关义，既状花，又隐指官服。[25]豷(yì)费翬(huī)散：华彩飞扬。豷费，华彩。语出左思《吴都赋》李善注。翬，飞散。[26]饶部斓漫于其侧：它周围鲜花盛开。饶部：众多。斓漫：杂乱貌。[27]拂：背。不逮时：不逢时。[28]委委猗猗(yī)：委屈柔顺貌。[29]未足以命知其异：不能单凭命运来认识它的奇异。[30]抽：发芽。首：冒头。[31]捯(lì)乎其不为之友：那被摧残的样子，实在不能与众芳为友。捯，折断。[32]覛(lì)朝阳而布叶：视朝阳的方向而分布叶片。覛：求视。布：分布。[33]矫夕仪而敛阴：傍晚时收敛阴气。矫夕仪，傍晚矫正计时的仪器，意为傍晚时。[34]托秋霜而表荣：凭借秋霜而开花。表，显

384

示。荣，草之花曰荣。[35]倚曾墀（chí）而效心：倚托在层层台阶上而表达其心志。曾，层。墀，台阶。[36]华不饰悦：华丽但不是为了自饰和取悦于人。[37]群不比标：合群而不比附和标举自己。比，朋比，比附。《论语·为政》："小人比而不周。"标，标举，显扬。[38]偏不戾（lì）参（shēn）：偏执而不怪戾凌人。戾参，怪戾，凌人。[39]专专：专一貌。沉沉：深沉貌。[40]体志安隐：体态安详。神志不露。[41]醰（tán）：深厚貌。[42]初服兮敢化：初衷哪敢改变。初服，初衷。语出《离骚》："进不入以离忧兮，退将复修吾初服。"化，变。[43]冉弱：荏弱。弗任：承受不住。此连上句言哪里敢改变自己的初衷，只是怕体单力弱难以承受。[44]怅：惆怅。永望：长望。此连上句，言君子想必不会以此花为佩饰，故而只能失意地长望江南了。

【评点】

此赋选自张惠言的《茗柯文初编》，约当写于乾隆戊申（1788）至甲寅（1794）间作者旅居北京时。其时作者虽已有文名，但尚未中进士，更未得朝廷重用。此赋之作，即是以望江南花来表达自己的心志。

作者对望江南花的感兴趣，首先是因为它的名字；其次是此花的为花之"道"，即"开秋发芳"以及弱小而不比附、处群芳之中而"体志安隐"的可贵品格。应该说，这与作者其时的身份及为人十分相似。末尾的"初服兮敢化"、"怅永望兮江南"，更是借写花而将作者坚守正道的心志以及思乡的情怀完全地表达出来了。

此赋自题目以至篇中语句，双关之义甚多。明是写花，实是写人。言内意外，含蓄隽永。而通篇又扣住"望江南"之义，极耐人寻味。只是作者用词有些古僻，在一定程度上增添了文章的深晦色彩。

哀山东赋

章炳麟

【作者简介】

章炳麟（1869-1936），一名绛，别号太炎，浙江余杭人。早年积极参加民族民主革命，思想激烈，声名卓著。辛亥革命后，因反对袁世凯恢复帝制，又被软禁于北京。晚年脱离政治，专意讲学。治经宗汉人，尤精小学，于音韵、文字之学颇多发明。著有《章氏丛书》。

夫何泰岱之无灵兮[1]，不能庇此齐鲁[2]。海潮忽其上逆兮，又重以钲鼓[3]。两雄奋而相撞兮[4]，金铁鸣于楯中[5]。初既蔺吾田稼兮[6]，后又处吾之宫[7]。彼姬姜之窈窕兮[8]，充下陈于醮頞[9]；驱丁男以负儋兮[10]，老弱转于沟浍[11]。厥角蛾伏兮[12]，固庸态也；奉箪食而不省兮[13]，死又莫吾代也[14]。管仲化为枯腊兮[15]，鲁连瘞于蒿里[16]。士乡无精甲兮，游谈不足恃[17]。昔余茇舍此都兮[18]，楼橹郁其驵庄[19]；不逾稔而为丘兮[20]，血沾野之茫茫。闻老氏之遗言兮，惟大匠焉司杀[21]；白日中而下稷兮[22]；噫乎何可以不察[23]。往者吾不见兮，来者吾不闻[24]。苟金陵之不可忘兮[25]，天道岂其惛惛[26]！

【注释】

[1] 泰岱：即泰山。泰山别称岱宗、岱岳。无灵：不显灵。[2] 庇：护。齐鲁：指山东省。[3] 重（chóng）：再加上。钲（zhēng）鼓：指代战争。钲为古代行军时敲击的一种乐器，与鼓同用来指挥军队

的进退。[4]两雄：指德国、日本。时德、日为争夺山东而发生战事。[5]金铁：指武器。栝（guā）：同"栝"，箭末扣弦处。此句写德、日交锋之势。[6]蔺（lìn）：同躏，践踏。[7]处吾之宫：侵占我们的屋舍。宫，先秦一切房舍皆可称"宫"，此用古义。[8]姬姜：此指山东妇女。鲁为姬姓，齐为姜姓。窈窕：美好。[9]下陈：即后列，语出李斯《谏逐客书》。此处有供其玩乐之义。醮顇：同憔悴。[10]丁男：强壮男子。负儋：同负担，即为苦力。[11]转于沟浍（kuài）：辗转死于田间水沟。浍，田间水沟。[12]厥：其。角：原为兽的头角，即指人的头颅。蛾（yǐ）：同蚁。蛾伏：即像蚁那样低伏。此连下句，言低头服从当然是没有出息的。[13]奉：捧。箪食（sì）：本义是一篮子饭，此泛指食物。奉箪食有迎王师之义，语见《孟子·梁惠王》："箪食壶浆，以迎王师。"不省：不懂得。[14]莫吾代：即莫代吾，没有人能代替我的意思。[15]管仲：春秋时齐国著名政治家，曾辅佐齐桓公九合诸侯，一匡天下。枯腊：干尸。[16]鲁连：即鲁仲连，战国时齐国的高士，喜为人排难解纷。瘗（yì）：埋葬。蒿里：本山名，在泰山南，死人葬地。后泛指人死葬之所。以上两句言当今已没有管仲、鲁连那样的杰出人材了。[17]游谈：无根之谈，即空发议论。恃：依靠。以上两句言地方上没有精良武器，光是空发议论是靠不住的。[18]茇（bá）舍：也作"拔舍"，即除草平地，以为宿所。此指临时住宿。此都：指济南。太炎往返于京、沪间，曾止宿于济南。[19]楼橹：古代军中用以瞭望敌军的高台，此指军事设施。郁：盛貌。驵（zǎng）庄：粗大貌。[20]逾稔（rěn）：过一年。稔，谷物成熟。古代庄稼一年一熟，故称一年为一稔。丘：废墟。以上三句言作者往昔过山东时，军事设施尚完善，但不出一年竟化为虚墟。[21]惟大匠焉司杀：此是老子的话。《老子》第七十四章："常有司杀者杀。夫代司杀者杀，是代大匠斫。夫代大匠斫，希有不伤其手者矣。"意思是说，杀人的事自有专管的人去做，若他人滥杀无辜，必定会得到应有的报应。[22]白日中而下稷：太阳当中之后一定会西斜。下稷，同"下昃"，日将落也。[23]察：觉察。[24]往者：过去的贤者。来者：未来的贤才。[25]苟金陵之不可忘：只要南京政府不可忘记。金陵：南京。此指原建都在南京的中华民国政府。［26］天道：天意，人心。惛惛：迷茫。以上两句说，只要中华民国政府不曾被人们忘记，那么，人心总会觉醒，袁世凯的帝制也一定会被推倒。

【评点】

此赋约作于1914年冬或1915年春，当时作者正被袁世凯幽禁于北京的钱粮胡同。

1914年8月，第一次世界大战爆发。日本借口对德宣战，派兵争夺原由德国侵占的青岛及胶济铁路，并于10月6日占领济南车站，11月7日占领青岛。而袁世凯政府为换取日本对其帝制的支持，竟然宣布"局外中立"。太炎从民族和人民的利益出发，激于义愤，写下此赋。赋篇对德、日帝国主义在山东的争夺进行了痛斥，对袁世凯的卖国媚敌进行了揭露，对山东人民所遭受的痛苦深表同情，自始至终洋溢着强烈的爱国激情。

此赋取材于时事，反映了国家和民族的重大问题。这在以往的辞赋中是不多见的。而且，文章气势磅礴，大义凛然，虽用词失之古奥，其感人的力量还是很强的。